Stephanie Laurens

Una dama indómita

Editado por HarperCollins Ibérica, S.A.
Núñez de Balboa, 56
28001 Madrid

© 2013, Savdek Management Proprietary Ltd.
© 2017 Harlequin Ibérica, una división de HarperCollins Ibérica, S.A.
Una dama indómita, n.º 234
Título original: The Taming of Ryder Cavanaugh
Publicado originalmente por HarperCollins Publishers LLC, New York, U.S.A.
Traductora: Sonia Figueroa

Todos los derechos están reservados, incluidos los de reproducción total o parcial en cualquier formato o soporte.
Esta edición ha sido publicada con autorización de HarperCollins Publishers LLC, New York, U.S.A.
Esta es una obra de ficción. Nombres, caracteres, lugares, y situaciones son producto de la imaginación del autor o son utilizados ficticiamente, y cualquier parecido con persona, vivas o muertas, establecimientos de negocios (comerciales), hechos o situaciones son pura coincidencia.

® Harlequin, TOP NOVEL y logotipo Harlequin son marcas registradas por Harlequin Enterprises Limited.
® y ™ son marcas registradas por Harlequin Enterprises Limited y sus filiales, utilizadas con licencia. Las marcas que lleven ® están registradas en la Oficina Española de Patentes y Marcas y en otros países.

Diseño de cubierta: Depositphotos

I.S.B.N.: 978-84-687-9923-0
Depósito legal: M-11376-2017

CAPÍTULO 1

Mayo de 1837
Londres

—¡No me digas que él es el caballero en el que estás interesada!

Mary Alice Cynster se llevó tal sobresalto que tuvo la impresión de que el corazón estaba a punto de salírsele por la boca. La recorrió una oleada de furia mientras sus agitados sentidos iban regresando a tierra firme y se volvió de golpe para fulminar con la mirada a su irritante, exasperante e incontrolable enemigo acérrimo. No tenía ni idea de por qué habría decidido Ryder Cavanaugh asumir ese papel, pero desde el breve encuentro que habían tenido dos noches atrás en el baile de compromiso de su hermana Henrietta él se había dedicado a asediarla y se había convertido en un fastidio que no hacía sino distraerla.

La crème de la crème de la alta sociedad llenaba el salón de baile de los Felsham, que se extendía ante ellos en un mar donde las sedas y los satenes de vívidos colores de las damas contrastaban con el negro del sobrio atuendo de los caballeros. Los elaborados peinados eran impecables, las joyas relucían bajo la luz y cientos de voces bien moduladas se alzaban en una cortés cacofonía.

Mary se había colocado debajo de la galería balconada para poder observar a su objetivo amparada entre las sombras que bañaban aquella zona, y se había quedado tan absorta que no se había percatado de que Ryder se acercaba. Aquel hombre se movía con fluidez y sigilo a pesar de lo grandote que era y, como de costumbre, su impecable y sobria vestimenta enfatizaba aún más la fluida fuerza que contenía su alto y musculoso cuerpo.

Estaba junto a ella, con un ancho hombro apoyado contra la pared en actitud relajada mientras la observaba con los ojos entrecerrados y aquella perezosa mirada de león indolente tan típica en él. Eran muchos los que solían tragarse aquella imagen de gigantón lánguido, amigable y dulce, pero a ella no había podido engañarla nunca. Detrás de aquellos brillantes ojos pardos se escondía una mente tan incisiva, decidida e implacablemente competente como la suya.

Pero a pesar de aquella lánguida sofisticación que normalmente era tan impenetrable, una sofisticación que él solía usar como una máscara tras la que se parapetaba, no había duda de que estaba sorprendido. Le habían delatado su tono de voz y el hecho de que sus párpados se hubieran alzado por un instante cuando, tras mirar subrepticiamente por encima de ella, había identificado al caballero que la tenía tan interesada.

Masculló una imprecación para sus adentros (él era la última persona sobre la faz de la tierra con la que habría querido compartir aquella información), y fijó una mirada digna de un basilisco en aquellos cambiantes ojos pardos mezcla de verde y oro.

—Vete. Ya.

Como cabía esperar, la orden no surtió efecto alguno, así que bien habría podido ahorrarse el aliento. Era bien sabido que Ryder (cuya denominación correcta era la de quinto marqués de Raventhorne, título que había heredado seis años atrás al fallecer su padre) se regía según sus propias reglas, y eran muy pocos los caballeros a los que las grandes damas de la alta sociedad les reconocían esa autoridad. Eran caballeros con tanto poder personal que se consideraba más sensato permitir que merodearan por los salones de baile, los saloncitos y los comedores a sus anchas, sin condiciones ni impedimentos, siempre y cuando respetaran las normas sociales el mínimo imprescindible. Era una de esas concesiones que se daban por hecho.

Le sostuvo la mirada y se mantuvo firme, ya que no estaba dispuesta a dejarse amilanar, pero al mismo tiempo era plenamente consciente del potente poder que aquel hombre exudaba a todos los niveles. Era algo inevitable, teniendo en cuenta lo cerca que estaban el uno del otro.

Él la miraba como si estuviera contemplando un extraño y potencialmente delicioso bocado. Como además de ser la menor de las jóvenes Cynster de su generación también era la más bajita y él medía bastante más de metro ochenta, lo lógico habría sido que se sintiera intimidada al tenerlo cerca, pero nunca había sido así. Sí, era cierto que Ryder la distraía y la descolocaba, que incluso la descentraba mentalmente hasta el punto de hacerla sentir como si estuviera cayendo al vacío, pero jamás se había sentido amenazada ni lo más mínimo por él. Quizás fuera porque le conocía de pasada desde siempre. Pertenecían a dos de las familias de más rancio abolengo de la alta sociedad, así que se conocían debido al típico trato de rigor que existía dentro de esos selectos círculos.

Él había mantenido aquellos ojos pardos enmarcados de espesas pestañas fijos en ella, y siguió mirándola a los ojos al decir con voz firme:

—No creerás en serio que Rand sería un marido adecuado para ti, ¿verdad?

Ella alzó la barbilla con actitud gélida y altiva, pero ni poniéndose de puntillas habría podido achicarle.

—Me parece obvio y patente que esa es una decisión que voy a tomar por mí misma.

—No pierdas el tiempo, no sois compatibles.

—¿Eso crees?

Titubeó por un instante, ya que Ryder era quien mejor podía conocer las aspiraciones de su propio hermanastro. Enarcó las cejas y, procurando teñir su voz de altivo escepticismo para acicatearle y lograr sonsacarle toda la información posible, añadió:

—¿Por qué no habríamos de serlo?

Mientras esperaba a que él decidiera si iba a dignarse a contestar o no, se planteó si habría sido más sensato negar cualquier interés especial por Randolph (lord Randolph Cavanaugh, el mayor de los hermanastros de Ryder), pero el problema radicaba en que durante el baile de compromiso de Henrietta y James ella había rechazado a Ryder de forma tajante. Al declinar una invitación por la que matarían la mayoría de damas de la alta sociedad, ya fueran jóvenes o de mediana edad o ancianas, había despertado sin querer la curiosidad de aquel hombre incorregible que desde entonces, cual felino aparentemente indolente, había estado acechándola.

Aunque tan solo habían pasado dos días desde el baile de compromiso, Ryder tenía inteligencia de sobra para haber deducido cuál era el objetivo que ella se había marcado, así que... no, la verdad era que no tenía sentido intentar engañarle al respecto. Lo único que lograría con ello sería que él se comportara de forma incluso más diabólica.

De hecho, tuvo la certeza de que iba a ser diabólico de todas formas al ver que curvaba ligeramente los labios, tomaba aire para contestar y hablaba con una voz tan profunda que parecía un resonante ronroneo.

—Déjame enumerar las razones. En primer lugar, permíteme señalar que eres la última Cynster soltera de tu generación y, como tal, en el mercado matrimonial se te considera una joya muy codiciada.

—Eso no me conviene en absoluto —afirmó ella, ceñuda—, pero no veo por qué habría de ser considerada como tal. Soy la menor y, si bien es cierto que mi dote no es nada desdeñable, no soy un diamante de primera magnitud ni una gran heredera —como parecía ser que no tenía más remedio que tolerar su presencia, no había razón alguna para no sacar información aprovechando lo bien informado que estaba y la gran cantidad de contactos que tenía.

Ryder hizo una inclinación de cabeza mientras se mordía la lengua para reprimir el impulso de hacerle saber que, aunque estaba en lo cierto al afirmar que no se la podía considerar un diamante de primera magnitud, eso se debía a su fuerte personalidad y no a que le faltara belleza. Su atractivo, un atractivo vibrante y vívido, era más que suficiente para atraer la mirada de los hombres y despertarles la imaginación; de hecho, él mismo había sido sumamente consciente de ello durante aquellos dos últimos días en los que había estado siguiéndola como una sombra llevado por la curiosidad, el orgullo herido y una especie de fascinación a la que no sabía ponerle nombre.

—Has pasado por alto el aspecto más crucial de todos, Mary. Eres la última oportunidad que les queda a las familias más prominentes de la alta sociedad para establecer un lazo de unión con los Cynster en esta generación. Pasará una década o incluso más hasta que los hijos de tus primos, los miembros de la próxima generación, entren en el mercado matrimonial, por lo que a pesar de lo que tú puedas desear no hay duda de que eres una joya codiciada en ese sentido. Y, por otra parte, Rand no va a heredar ni el título ni las propiedades —a diferencia de él, que lo había heredado todo. Sin dejar de sostenerle la mirada, enarcó las cejas y añadió con ademán displicente—: pregúntaselo a cualquiera de las grandes damas, todas te dirán lo mismo. Todo el mundo da por hecho que vas a lograr un matrimonio ventajoso.

Tuvo que contener una sonrisa al oírle soltar un sonido sospechosamente parecido a un bufido burlón, ya que sabía por experiencia propia lo que ella estaba sintiendo. Antes de que pudiera hacer algún comentario, ella negó con la cabeza y afirmó:

—No. Si lo que dices fuera cierto, habría sido asediada.

—Aún es pronto para ello, el asedio llegará durante la temporada social del año que viene —le pareció buena idea ponerla al tanto de aquel pequeño dato—. Tan solo tienes veintidós años y este año están el compromiso matrimonial de Henrietta y su próxima boda, que son dos poderosas distracciones para tu familia. En lo que a enlaces se refiere, nadie tiene la atención puesta en ti de momento —solo él, y había decidido adelantarse a todos sus potenciales rivales.

Ella tensó los labios, unos labios tersos y rosados de una voluptuosidad que sorprendía en un rostro tan joven, y contestó con firmeza:

—Sea como fuere, estás hablando de lo que opinan los demás, pero en lo que respecta a mi futuro marido es mi opinión la que cuenta —su expresión se tornó más beligerante aún—. Y en cuanto a todo lo demás...

—Rand no sería un esposo adecuado para ti. Tiene seis años menos que yo, tan solo dos más que tú —mientras lo decía comprendió cuál era una de las razones que la habían llevado a elegir a Rand como potencial marido—. Y por si se te ha pasado por alto, aunque apostaría una buena suma a que no ha sido así, te diré que, aunque a los veinticuatro años un caballero puede ser maduro en lo que al cuerpo se refiere, es muy difícil que lo sea mentalmente —la sonrisa que permitió que aflorara a sus labios fue del todo sincera—. Dale tiempo a Rand y será igualito a mí, te lo aseguro.

Precisamente esa era la transformación que Mary tenía intención de asegurarse de que no ocurriera. Giró la cabeza para observar de nuevo al caballero en cuestión, que formaba parte de un grupo que estaba cerca del centro del largo salón de baile.

—En mi opinión, Rand será el esposo perfecto para mí.

Al margen de cualquier otra consideración, Randolph era una versión mucho más mansa de Ryder; si se casaba con él, estaba convencida de que podría influenciarle hasta el punto de asegurarse de que no evolucionara hasta convertirse en un caballero como Ryder, que era letalmente peligroso para la totalidad del género femenino. A decir verdad, si se casaba con Randolph podría decirse que estaría haciéndole un gran favor a todas las de su género. A la mitad femenina de la población no le convenía lo más mínimo que hubiera otro Ryder más, ya que además de ser impactante desde un punto de vista físico era un hombre ingobernable.

Aprovechó para repasar las características físicas de Randolph mientras le observaba. Mientras que Ryder tenía una leonada melena de un tono castaño dorado, él tenía el pelo de un color castaño oscuro parecido al de su madre, Lavinia; Ryder llevaba el pelo un poco más largo y le quedaba con un aspecto revuelto y ligeramente despeinado que resultaba de lo más sugerente, era una potente tentación que hacía que las mujeres anhelaran deslizar los dedos entre aquellos rebeldes mechones. Randolph, por su parte, llevaba un corte de pelo a la moda que no era ni corto ni largo y que se parecía al de muchos de los caballeros presentes.

Los hombros de Randolph eran anchos, pero no tenían la impresionante anchura de los de Ryder; su complexión era más esbelta que la de Ryder, pero había que tener en cuenta que este era unos centímetros más alto, por lo que la imponente anchura de su pecho estaba proporcionada. Aunque Randolph también estaba perfectamente proporcionado, podría decirse que lo estaba a una escala más mundana, menos divina.

Y eso, admitió pensativa para sus adentros, resumía más o menos la diferencia entre los hermanastros. No solo entre Ryder y Randolph, también entre el primero y los dos hermanos menores de Randolph, Christopher (Kit) y Godfrey. Ryder era el único hijo nacido del primer matrimonio de su padre, mientras que los otros tres eran hijos del difunto marqués con su segunda esposa, Lavinia.

Sabía que había también una hermana cuyo nombre era Eustacia y a la que todo el mundo llamaba Stacie, pero tanto a ella como a los demás los conocía de coincidir en algunos eventos sociales y poco más. Dadas sus intenciones de casarse con Randolph y entrar a formar parte de la familia, tenía intención de recabar información para averiguar todo lo que quería saber acerca de ellos, pero aún no había tenido ocasión de hacerlo.

Estaba impaciente por avanzar, por dar el siguiente paso en su campaña para convencer a Randolph de que pidiera su mano en matrimonio. Había pasado los primeros meses de aquella temporada social examinando con determinación a todos los potenciales candidatos, y una vez que se había dado cuenta de que Randolph cumplía a la perfección con sus requisitos había centrado su atención en presionar a Henrietta, su hermana mayor, para convencerla de que se pusiera el collar que una diosa escocesa conocida como «la Señora» le había regalado a las Cynster.

La Señora estaba vinculada a la familia a través de Catriona (la esposa de su primo Richard), quien era una sacerdotisa de la deidad y, al parecer, gozaba del favor de esta. A través de Catriona, la Señora había decretado que las primas Cynster debían ir poniéndose sucesivamente el collar para que la joya las ayudara a encontrar a sus respectivos héroes verdaderos, y ellas habían definido tiempo atrás a ese «héroe verdadero» como el hombre que habría de conquistarlas y llevarlas al altar y a la felicidad conyugal. Aunque en un principio todas habían sido escépticas en lo que al poder del collar se refería, lo cierto era que había obrado su magia sucesivamente para Heather, Eliza, Angelica y recientemente para Henrietta, a pesar de que esta última se había empeñado durante mucho tiempo en no creer en su poder.

Después de estar en manos de las cuatro, el collar de cuentas de amatista y eslabones de oro del que pendía un colgante de cuarzo rosa le había sido entregado a ella. En ese momento lo llevaba puesto, notaba la calidez del colgante de cuarzo entre los senos, y estaba convencida de que iba a funcionarle. Sí, lo creía con todo su corazón y con su considerable fuerza de voluntad, pero para ir allanando el camino ya había hecho la tarea preliminar. Había estudiado el terreno y había descubierto que Randolph Cavanaugh era su héroe predestinado, el esposo perfecto para ella, así que lo único que necesitaba era que el collar confirmara su elección.

Había recibido el collar dos noches atrás, justo antes del baile de compromiso de Henrietta, y lo llevaba puesto desde que esta se lo había abrochado alrededor del cuello. Al día siguiente había asistido a la velada organizada por lady Cornwallis y allí había tenido la primera oportunidad de hablar con Randolph con la joya puesta, pero a pesar de que había pasado más de media hora en el mismo grupo que él, charlando y conversando, lo cierto era que ella, al menos, no había notado nada especial.

No estaba segura de qué era lo que esperaba exactamente que pasara, pero lo que sabía por sus primas y por Henrietta indicaba que el collar no hacía nada tangible, sino que era una especie de catalizador. El hecho de llevarlo le garantizaba que su héroe predestinado iba a aparecer ante ella, pero no podía contar con más ayuda que esa. No iba a recibir ninguna indicación precisa.

La cuestión era que iba a tener que pasar más tiempo con Randolph y si realmente era su héroe, si estaban hechos el uno para el otro, entonces... pues entonces debería suceder algo, algo debería cobrar vida entre los dos.

Giró un poco más el cuerpo mientras recorría con la mirada a la gente que lo rodeaba, y evaluó pensativa las posibles opciones que tenía para acercarse a él.

—Tengo que encontrar la mejor forma de...

Apenas había acabado de murmurar aquellas palabras cuando

notó que Ryder se inclinaba más hacia ella para intentar oírla, y reprimió de golpe el impulso (un impulso casi irrefrenable) de mirarle. Lo tenía tan cerca que lo más seguro era que, en caso de alzar la mirada, se encontrara de lleno con aquellos fascinantes ojos pardos y tuviera a escasos centímetros de distancia aquellos labios endemoniadamente tentadores y aquella sonrisa pecaminosa.

Notaba a lo largo del costado derecho la calidez que emanaba de él, y la sensación resultaba tentadora y seductora. La presencia impactantemente cautivadora y sensual de aquel hombre proyectaba una promesa indefinible que atraía sin esfuerzo alguno a la hembra de la especie; de hecho, llevaba tiempo convencida de que él ya había nacido con aquel peculiar encanto sensual emanándole por los poros.

No era que ella no sintiera el efecto, que no reconociera la atracción como lo que era, que no reaccionara, pero se había dado cuenta mucho tiempo atrás de que mostrar abiertamente su reacción ante cualquier hombre, fuera cual fuese esa reacción, ponía el control de la situación en manos de él.

Hacía mucho tiempo que había decidido que siempre iba a tener el control, en especial de sí misma.

Teniendo en cuenta la cantidad de varones innatamente dominantes que había en su familia, llevaba toda la vida viendo cómo se comportaban esa clase de hombres, cómo reaccionaban ante los indicios que indicaban que no le eran indiferentes a una dama. Había tomado buena nota de cuáles eran esos reveladores indicios, y se había esforzado por erradicarlos de su repertorio de reacciones instintivas.

De modo que, aunque sentía tan intensamente como cualquier otra dama la atracción que ejercía Ryder, no hacía nada que lo indujera a pensar que provocaba algún efecto sobre ella.

Quería que se fijara en ella Randolph, no él, y estaba decidida a atraer su atención aquella misma noche. Para aquella velada había elegido un vestido en un tono azul aciano que combinaba con sus ojos y resaltaba el intenso violeta azulado de las cuentas de amatista.

Randolph... intentó centrarse en él, pero aunque fijar la mirada en él no supuso mayor problema el resto de sus sentidos se negaron a cooperar.

¡Maldito Ryder! Por mucho que ella se esforzara en disimular, si lo tenía cerca sus rebeldes sentidos se empecinaban en permanecer mucho más pendientes de él que de Randolph. Aunque este último era apuesto, fuerte y muy atractivo en todos los aspectos físicamente hablando, la verdad era que en lo que a sensualidad se refería empalidecía hasta quedar reducido a la más absoluta insignificancia en comparación con su hermanastro mayor. No existía mujer en la alta sociedad (ni fuera de ella) que no estuviera dispuesta a concederle a aquel hombre un pedestal en el Salón de Hombres de Soberbia Apostura e Increíble Atractivo.

Pero la belleza no lo era todo en la vida y, sencilla y llanamente, Ryder era demasiado guapo... no, no solo guapo, era demasiado atractivo a todos los niveles y de todas las formas posibles tanto para su propio bien como para el bien de los demás, en especial ella. Era realista en lo que a sí misma se refería y sabía que él poseía más fuerza de voluntad. Jamás podría manejarle, ninguna mujer podría lograr semejante hazaña; Randolph, sin embargo, estaba dentro de sus posibilidades, así que era una elección perfecta.

—A riesgo de que te enfades y me arranques la cabeza, debo preguntarte cómo crees que vas a poder convencer a Rand de que eres la dama adecuada para él.

Ryder murmuró aquellas palabras mientras oía ruidos procedentes de la galería que tenían justo encima. Con un poco de suerte, los músicos habían llegado y empezarían a tocar pronto, así que lo único que tenía que hacer para seguir avanzando en pos de su objetivo era mantener allí a Mary hasta que empezara a sonar la música.

Ella giró la cabeza apenas lo justo para lanzarle una mirada severa y amenazante con la que sin duda creía que iba a pararle los pies, pero tenía mucho que aprender; a decir verdad, le hubiera desmotivado más si hubiera sonreído dulcemente. Pocas cosas podrían atraerle tanto como su resistencia, ya que la novedad resultaba fascinante para alguien con un apetito tan hastiado como el suyo. Como su propósito era evitar que ella se alejara y alargar el momento, permaneció callado y esperó su respuesta con la infinita paciencia del experimentado cazador que era.

—No entiendo por qué habría de importarte eso a ti —le dijo ella al fin, ceñuda.

Él agrandó los ojos con fingida sorpresa y contestó, con la mayor de las inocencias:

—La razón me parecía obvia; al fin y al cabo, Rand es mi hermano.

—Hermanastro —alzó la barbilla con ademán terco y volvió a dirigir la mirada hacia Rand—. Si bien es cierto que no se parece en nada a ti, no alcanzo a entender por qué crees que necesita de su hermano mayor para protegerle de alguien como yo.

—Qué muchachita tan impertinente.

Aunque no pudo reprimir una pequeña sonrisa, tuvo que admitir para sus adentros que ella había dado en el clavo, ya que se sentía protector al ver que había puesto sus ojos en su inocente hermano menor. Teniendo en cuenta lo joven que era Rand, el pobre se sentiría aterrado ante una dama como ella.

Que su propio instinto protector encajara a la perfección con el objetivo personal que se había marcado había sido por pura suerte o, tal y como solía sucederle con frecuencia, por una ayuda del destino.

Ella encogió uno de sus delicados hombros y contestó, sin apartar la mirada de Rand:

—Soy como soy, y no se me puede considerar una amenaza para Rand.

—Eso depende de la opinión de cada uno.

Ella le lanzó otra mirada fulminante, pero no tuvo oportunidad de contestar porque se oyó un agudo sonido procedente de la galería que tenían encima y, al cabo de un instante, sonaron los ligeros acordes que anunciaban un vals.

¡Perfecto!

Antes de que ella tuviera tiempo de reaccionar (y mucho menos de escapar), él emergió de las sombras creadas por la galería y, bañado por la brillante luz de las arañas de luces del salón de baile, se inclinó en una reverencia asegurándose de que fuera condenadamente majestuosa, le ofreció la mano y la miró a los ojos, unos ojos que habían empezado a agrandarse en un gesto de creciente sorpresa.

—Permíteme rogarte que me concedas el honor de este baile.

Parecía haberse quedado atónita y, a decir verdad, se la veía incluso un poco horrorizada. Estaba observándola con atención, así que captó el momento exacto en que ella se dio cuenta de lo que iba a pasar cuando la tuviera entre sus brazos. Al tenerlo cerca no iba a poder sofocar la respuesta de su cuerpo, la respuesta que él sabía de forma instintiva que ella había estado reprimiendo.

Ella bajó la mirada hacia la mano que le ofrecía, y lo miró de nuevo a los ojos antes de responder con firmeza:

—No.

Él sonrió. Fue una sonrisa intensa, penetrante.

—Estoy convencido de que eres consciente de que lo más prudente es no causar una escenita, ya que la atención de todas las grandes damas presentes se centraría en nosotros; al fin y al cabo —enarcó una ceja—, ¿qué excusa podrías tener para negarte a bailar conmigo?

Ella entornó los ojos poco a poco sin dejar de sostenerle la mirada; sus labios, aquellos labios seductores con los que él había empezado a fantasear, se tensaron y se apretaron hasta formar una fina línea; al cabo de un segundo, hizo un seco gesto de asentimiento y contestó:

—Está bien —alzó la mano y la extendió hacia él, pero se detuvo como si se hubiera quedado petrificada justo antes de tocarle.

Ryder resistió el impulso de aferrar aquellos dedos que estaban a escasos milímetros de su palma, reprimió el impulso de agarrarla y atraparla, y se limitó a enarcar una ceja y a recapturar la mirada de aquellos ojos azules en los que relucía una voluntad férrea e indómita.

—Un solo baile, y después me llevarás al círculo donde se encuentra Randolph —le dijo ella con firmeza.

—Hecho —lo dijo sin vacilar y entonces la tomó de la mano, la atrajo un poco más hacia sí y se volvió hacia el centro del salón.

Sus labios se curvaron en una espontánea sonrisa mientras la conducía hacia el espacio que iba quedando despejado. La forma en que ella caminaba, con pies ligeros y casi podría decirse que con una especie de entusiasmo reprimido, revelaba que estaba convencida de haber salido vencedora de la conversación o, al menos, de haber logrado un empate, pero estaba enfrentándose a todo un maestro que ya había olvidado más de lo que ella llegaría a aprender en toda su vida sobre aquel juego en particular.

Le convenía seguirle la corriente sin entorpecerla, pero antes iba a disfrutar de su premio: el vals, un vals que iba a ser el primero de muchos a pesar de lo que ella pudiera creer en ese momento.

La tomó entre sus brazos con naturalidad al llegar al centro del salón. No se sorprendió al ver que ella avanzaba un paso con fluidez, posaba una delicada mano en su hombro y no vacilaba ni un instante en permitirle tomar su otra mano, pero que en vez de alzar la mirada hacia su rostro la desviaba hacia la derecha, hacia el lugar donde Randolph estaba charlando con sus amigos, como si a pesar de estar entre sus brazos su mente estuviera en otro lado.

Posó la mano en la delicada extensión de su espalda, y se sintió triunfal al notar el revelador temblor que la recorrió a pesar de que ella sin duda luchó por sofocarlo. Satisfecho, saboreando de antemano lo que se avecinaba, sus labios se curvaron en una sonrisa mientras empezaba a bailar y la hacía girar al son de la música. Se deleitó al ver su reacción, que fue instantánea e imposible de ocultar... la forma en que le relucieron los ojos al alzarlos de golpe y mirarlo a la cara, la forma en que sus sensuales labios se entreabrieron apenas, la forma en que contuvo el aliento de repente...

Toda la atención de Mary quedó centrada en él a partir de ese instante, y no estaba dispuesto a permitir que se desviara ni un ápice.

Capturó aquellos ojos azules como el aciano bajo un cielo tormentoso y la hizo girar centrándose en la cadencia y el balanceo, en el arrebatador baile de los sentidos. Fue alimentando aquella potente fuerza, avivando sin reparos la intensidad del donaire natural y casi perfecto de ambos.

Si él era un experto a la hora de bailar, Mary era una esbelta diosa. Ella se amoldaba a la perfección a su ritmo, pero no lo hacía de forma intencionada, sino que se ponía a su mismo nivel de maestría de forma instintiva. Y al mismo tiempo seguía mirándolo a los ojos sin titubear, como queriendo demostrar que él no la afectaba ni lo más mínimo.

Se estaban retando el uno al otro, pura y llanamente.

Como si de un guante invisible se tratara, llenos de determinación, se lanzaron mutuamente aquel mudo desafío mientras giraban por el salón de baile. En vez de palabras, lo que utilizaron fue el potente poder de lo que ambos podían comunicar a través de los ojos, a través de la mirada.

Un observador cualquiera tan solo vería a una pareja inmersa en el baile y con la mirada puesta el uno en el otro; nadie se daría cuenta de aquel tira y afloja, de la batalla descarnada que estaban librando.

Era una guerra privada que, en opinión de Ryder, no tardaría en avanzar hasta convertirse en un asedio.

El depredador que tenía dentro estaba encantado, alentado y lleno de interés. No había tomado una decisión consciente, él no funcionaba así. Había aprendido mucho tiempo atrás que, en su caso, la mayoría de las veces tenía éxito en algo cuando se dejaba guiar por sus instintos.

Era justamente eso lo que estaba haciendo en ese momento. Sus instintos le habían conducido hasta Mary Cynster, así que estaba decidido a capturarla.

Ella iba a ser suya, y sabía que ese sería el desenlace acertado. Hacerla suya era el paso que iba a hacerlo avanzar en la dirección correcta, que iba a llevarle a conseguir la vida que quería y necesitaba tener, que iba a convertir su vida en lo que él quería que fuese.

Era todo cuanto él necesitaba saber. Bueno, eso y también que iba a salir vencedor de aquella batalla. Sus talentos innatos no le habían fallado por mucho que Mary quisiera fingirse indiferente; tal vez ella no le quisiera como esposo en ese momento, pero acabaría siendo así.

Mary apenas podía respirar, se sentía como si tuviera los pulmones rígidos y constreñidos. Vio que los labios de Ryder se curvaban lentamente en una pequeña sonrisa, notó que la determinación que brillaba en sus ojos se intensificaba y se volvía más aguda, más pronunciada, y no pudo fingir que no comprendía lo que pasaba; de hecho, ni siquiera perdió el tiempo intentando hacerlo. Aquel hombre insoportable no se había dejado engañar por las barreras que ella había erigido y había visto la verdad desde el principio o, como muy tarde, en el momento en que ella había mirado hacia Randolph y había olvidado momentáneamente que el peligro mayor en todos los sentidos lo tenía justo delante.

Aquel instante en que la mano de Ryder, una mano tan grande y fuerte, había tocado su espalda a través de la seda del vestido...

Cortó de raíz aquel pensamiento, apartó de su mente aquel recuerdo porque bastaba para hacerla estremecer de nuevo y no quería despertar aún más el instinto de caza del león que estaba haciéndola girar al son de la música.

Lo que tenía que hacer era recuperar el control. Si algo había aprendido durante aquella velada era que a Ryder, fuera por la incomprensible razón que fuese, se le había metido en la cabeza cazarla, y era uno de los escasos miembros de la alta sociedad que contaban con el ingenio, el talento y la habilidad suficientes para manejarla. Era uno de los pocos capaces de engatusarla, de llevarla a su propio terreno y, por muy irritante que fuera admitirlo, de manipularla. Aquel vals era buena prueba de ello. La mera idea de que alguien la manejara la soliviantaba y le hacía plantar cara con terquedad, pero sabía perfectamente bien que en aquel caso lo más sensato no era luchar, sino huir.

Las damas sensatas nunca intentaban acometer una empresa que estuviera por encima de sus posibilidades, y ella no podía manejar a Ryder. Ninguna mujer podría hacerlo.

Por si fuera poco, le bastó con pensar en ello por un instante para saber que él acabaría por ser quien dominara en todas las esferas de su vida. Estaba convencida de que era tan experto como ella a la hora de manipular las convenciones sociales en beneficio propio.

Así que estaba claro que tenía que huir. Tenía que poner la máxima distancia posible entre los dos y mantenerle bien lejos, al menos hasta que él renunciara a darle caza y dirigiera su atención hacia presas mejor dispuestas.

Eso suponiendo, por supuesto, que él tan solo estuviera entreteniéndose tal y como acostumbraba a hacer...

Una posibilidad de lo más preocupante irrumpió de forma inesperada en su mente. Era innegable que ella, una joven casadera perteneciente a una familia de rancio abolengo, no encajaba ni mucho menos con las características que solían tener las damas con las que él solía relacionarse, pero...

Dejó que la inquietud que sentía se reflejara en sus ojos. El denso silencio que mantenían —un silencio marcado por la tensión del choque de sus respectivos caracteres, de dos personalidades dominantes que no iban a ceder— seguía alargándose, y lo rompió sin pensárselo más.

—¿Por qué estás haciendo esto? —estaba segura de que no hacía falta que fuera más concreta.

Él guardó silencio durante un segundo más, y entonces enarcó una de sus leonadas cejas y preguntó a su vez:

—¿Por qué crees?

—Si lo supiera, no te lo preguntaría. Además, tratándose de ti no voy a presuponer lo que puedas tener en mente.

Los labios de Ryder se curvaron apenas hacia arriba, pero poco a poco y con aparente renuencia acabó por aflorar a ellos una sonrisa de admiración.

—Qué inteligente por tu parte.

Mary estaba abriendo la boca para seguir hablando del tema cuando él la acercó aún más y notó el calor de su varonil cuerpo a través de la ropa. Lo tenía tan cerca que toda ella quedó inmersa de repente en un mar de sensaciones flagrantemente físicas. Estaba rodeada por él, por un cuerpo masculino que era mucho más grande y duro, mucho más pesado y musculoso, infinitamente más poderoso que el suyo.

Un cuerpo extraño y tan diferente, pero a la vez tan visceralmente atractivo.

Sintió que se le constreñían los pulmones y le faltaba el aliento. No podía pensar, sus sentidos daban vueltas y vueltas a un ritmo más rápido que el de sus pies.

Mientras él la guiaba en un giro, uno inesperadamente apretado debido al agolpamiento de las parejas que les rodeaban, perdió por completo la habilidad de respirar. Ni siquiera pudo protestar mentalmente cuando él la acercó aún más, cuando tensó el brazo que la rodeaba y la estrechó protectoramente contra su cuerpo en aquella fracción de segundo en la que pasaron el vértice de la curva, cuando su duro muslo se internó entre los suyos al hacerla girar...

Y de repente emergieron de entre la aglomeración de parejas y quedaron libres, y luchó por recobrar de nuevo el aliento.

—Ryder...

Fue lo único que alcanzó a decir, porque el vals llegó a su fin en ese preciso momento. Él esbozó una sonrisa y enarcó una ceja en un gesto de diversión, pero la soltó y se inclinó ante ella con total corrección.

Mary apretó los labios, ejecutó a su vez la reverencia de rigor y dejó que la ayudara a incorporarse. Quería obtener una respuesta, fuera la que fuese, pero antes de que pudiera pronunciar palabra él alzó la cabeza, buscó con la mirada entre los invitados y comentó:

—Bueno, es hora de buscar a Rand —la miró con ojos interrogantes y añadió, con toda naturalidad y aparente inocencia—: si aún deseas que yo te allane el camino, por supuesto.

Ella escudriñó aquellos ojos pardos y no supo qué pensar. Se sentía suspicaz, por supuesto, pero aun así...

Al final optó por asentir.

—Sí, por favor.

Él esperó unos segundos en silencio sin dejar de mirarla a los ojos, y al final enarcó una ceja en un gesto elocuente.

—¿No vas a decir nada más?

Ella sabía qué era lo que quería, pero dejó que el momento se alargara antes de ceder.

—Gracias por el vals.

Al verle sonreír pensó para sus adentros que aquello no era justo, no había derecho a que un hombre tuviera una sonrisa tan arrebatadoramente atractiva. Posó la mano sobre el brazo que él le ofreció con teatral galantería, y la recorrió un nuevo estremecimiento de excitación cuando él bajó la cabeza y murmuró con voz suave y descaradamente sensual:

—El placer ha sido todo mío.
Luchó contra el impulso de mirarlo a los ojos, alzó la cabeza mientras respiraba hondo y lanzó una mirada alrededor.

—Allí está Randolph —señaló con la cabeza hacia el aludido, que formaba parte de un grupo en el que había tanto damas como caballeros.

Él titubeó por un segundo fugaz antes de conducirla hasta su hermanastro tal y como habían acordado.

Ryder condujo a Mary, su futura esposa, al grupo donde estaba su hermano, y después de dejarla junto a este (y de que ella agradeciera sus esfuerzos lanzándole una mirada llena de suspicacia) se limitó a intercambiar unas palabras de cortesía con los demás antes de alejarse. Conocía a todos los varones que integraban el grupo, ya que eran amigos de Rand, y a las jóvenes damas las conocía de lejos, pero la diferencia de edad que le separaba de todos ellos era lo suficientemente grande como para que se le considerara de otra generación. Aparte del injustificado interés que las jóvenes damas mostraron hacia él, apenas tenían cosas en común y la conexión que existía tanto por su parte como por la de ellos era prácticamente nula.

Mientras se dirigía sin prisa hacia la sala donde se había dispuesto un pequeño refrigerio repasó lo ocurrido durante la velada y se sintió satisfecho con los avances obtenidos. Tras decidir que prefería casarse más pronto que tarde (si esperaba hasta tarde, las grandes damas decidirían tomar cartas en el asunto e inmiscuirse en su vida), había planeado aprovechar que tenía que asistir al baile de compromiso de Henrietta Cynster y James Glossup para avanzar en pos de su objetivo. Había puesto el ojo en Mary y, consciente del potencial que tenía, había intentado abordarla sin ninguna intención concreta más allá de evaluarla como posible candidata, pero ella le había rechazado de plano.

Huelga decir que eso había sido lo bastante desconcertante e inesperado para motivarle a centrar su atención en ella con mayor determinación, y eso le había llevado a su vez a oír por casualidad una conversación en la que ella había admitido haberse embarcado en la búsqueda de «su héroe», que se suponía que era el caballero con el que estaba destinada a casarse. En aquella ocasión la había oído afirmar que ya había encontrado al afortunado, pero él no se había enterado de la identidad del hombre en cuestión hasta esa misma noche.

Tal vez, en otras circunstancias, saber que era Rand el hombre en quien ella había puesto aquellos bellos ojos azules le hubiera hecho dar un paso atrás para dejar que él decidiera por sí mismo, pero su hermano tan solo tenía veinticuatro años y no tenía ni el más mínimo interés en casarse tan pronto; de hecho, la única razón por la que asistía a aquel tipo de eventos era que su madre, Lavinia, estaba intentando hacer de casamentera y el muchacho aún tenía una edad en la que prefería ceder ante ella que enfrentarse a la confrontación que se generaría si no lo hacía.

Fuera como fuese, un matrimonio entre Mary y Rand sería un infierno, al menos para este último. Ella era demasiado... demasiado independiente, testaruda, decidida, tenaz y manipuladora. Tenía un carácter muy fuerte, enredaría al pobre de Rand y acabaría manejándolo a su antojo.

Ni que decir tiene que con él también intentaría esa táctica, pero, además de ser más que capaz de lidiar con ella, también tenía ganas de enfrentarse a aquella batalla, de acometer aquel desafío.

Se conocía lo bastante bien a sí mismo para admitir que la idea le resultaba muy atrayente, al igual que el hecho de que Mary —a diferencia de la mayoría de las damas, tanto las jóvenes como las más maduras— le mirara a los ojos constantemente. Cuando conversaban ella se centraba en la interacción que estaban teniendo los dos, de persona a persona, el uno con el otro. Al igual que en todo lo que hacía, centraba su atención por completo, no la desviaba ni se distraía con facilidad. Cuando hablaban, él era el centro de toda su atención.

Su yo interno tenía mucho en común con el animal con el que se le comparaba con frecuencia, y aquella atención focalizada propia de Mary era como una larga caricia a su leonino ego que hacía ronronear al león que llevaba dentro.

Al llegar a la mesa donde estaba dispuesta la comida, agarró una copa de brandy de una de las bandejas y tomó un trago antes de girarse y recorrer con la mirada a los invitados por encima de aquel océano de cabezas. Dejó que sus ojos se centraran en su hermano y Mary, que estaban el uno junto al otro mientras escuchaban —él con ávido interés, ella con impaciencia apenas contenida— a uno de los amigos de Rand que, a juzgar por cómo gesticulaba, parecía estar relatando algo sobre equitación.

A pesar de la distancia que le separaba de ellos, saltaba a la vista que a diferencia de Rand, que estaba absorto en la conversación, Mary no mostraba ningún interés e iba camino de aburrirse.

Precisamente esa era la razón por la que la había dejado allí, junto a Rand, rodeada de todos aquellos jovenzuelos y, por tanto, sin la más mínima posibilidad de tener una conversación estimulante o, para ser más concretos, una interacción que pudiera interesarle. Así resaltaba mucho más el contraste con el vals que acababa de bailar con él.

No solo eso, sino que Rand y sus amigos iban a sentirse un poco apabullados ante ella, así que iban a andar con pies de plomo en su presencia y lo más probable era que eso terminara por exasperarla.

Sonrió y tomó otro trago del brandy que lady Felsham había elegido para sus invitados, que era pasablemente bueno.

Al notar que alguien se le había acercado bajó la mirada y se encontró con el maquilladísimo rostro de su madrastra. Lavinia, marquesa de Raventhorne, era una mujer de pelo castaño y ojos oscuros con un rostro en el que aún se apreciaban vestigios de su belleza pasada, y que a sus cuarenta y tantos años empezaba a ponerse un poquito rechoncha. Tenían muy poco en común y, de hecho, él procuraba coincidir lo mínimo posible con ella.

—Lavinia —la saludó, inclinando la cabeza con una lentitud deliberada.

Ella le miró de arriba abajo con gesto irritado. Sus ojos se detuvieron por un segundo de más en el enorme diamante que él llevaba prendido en la corbata, un diamante que formaba parte de las joyas de la familia y que había pertenecido a su padre; tras la muerte de este, a Lavinia no se le había permitido apropiarse de ninguna de ellas.

En ese momento la acompañaba una de sus mejores amigas, lady Carmody, que lo saludó con una obsequiosa sonrisa y ejecutó una reverencia a la que él respondió con una breve inclinación. Hacía mucho tiempo que había aprendido que una gélida e implacable cortesía funcionaba con gran eficacia a la hora de mantener a distancia a Lavinia y sus amistades.

—Debo admitir que me sorprende encontrarte aquí, Ryder.

—¿Ah, sí? —sostuvo la mirada de aquellos ojos ligeramente saltones que lo observaban como intentando descubrir en su rostro algo que lo delatara, algo que revelara que estaba tramando algo, y añadió con toda naturalidad—: creía que sabías que este es mi coto de caza habitual. En este momento estoy falto de compañía, así que he decidido echar un vistazo para ver si encuentro alguna presa apetecible.

—¡Por el amor de Dios, no hace falta que seas tan explícito! —exclamó ella, ruborizada—. Te aseguro que no me interesa lo más mínimo dónde consigas a tus amantes.

Lady Carmody soltó una risita y, al ver que tanto Lavinia como Ryder la miraban, comentó:

—Bueno, Lavinia, en alguna parte tiene que encontrarlas el pobre muchacho. Supongo que tú misma preferirás que las encuentre aquí, entre las damas presentes, que en algún teatro.

Ryder jamás había tenido motivo alguno para sentir simpatía hacia lady Carmody, pero a cambio de aquel comentario intervino para desviar la ira emergente de Lavinia, que estaba a punto de arrollar a la dama en una furiosa oleada.

—Acabo de hablar con Rand, está en aquel grupo de allí —esperó unos segundos para que Lavinia pudiera localizar a su primogénito entre el gentío, y entonces añadió—: y hablando de motivos para asistir a este baile, ¿debo suponer que el propio Rand ha asistido motivado por un interés similar al mío?

Lavinia se indignó al oír aquello, pero contestó sin apartar la mirada del grupo donde estaba su hijo.

—¡No digas tonterías! A diferencia de ti, Randolph no está interesado en devaneos intrascendentes. Está buscando con total corrección a la dama con la que habrá de casarse y perpetuar el linaje de los Cavanaugh —alzó la mirada hacia él y añadió—: alguien tiene que hacerlo, es lo que habría querido tu padre.

Eso era innegablemente cierto, pero había sido a él y no a Randolph a quien su padre le había hecho prometer que se casaría y perpetuaría su linaje. En vez de informar a su madrastra de ello, aprovechó que ella había empleado un despectivo tono conclusivo para murmurar:

—Dicho lo cual, aprovecho para despedirme —inclinó la cabeza—. Lavinia; lady Carmody.

La primera poco menos que lo ignoró, pero la segunda le lanzó una sonrisa de complicidad. Sin añadir nada más, Ryder se giró para dejar la copa de brandy sobre la mesa y se alejó abriéndose paso entre el gentío.

Él apenas estaba lo bastante lejos para no oírlas cuando Lavinia agarró a su amiga del brazo y exclamó en voz baja y llena de excitación:

—¡Mira eso! No quería hacerme demasiadas ilusiones, pero parece ser que mi sutil estrategia ha dado frutos.

—Vaya, mira por dónde... —dijo lady Carmody, tras seguir la dirección de su expectante mirada; después de observar durante unos segundos el grupo donde se encontraba Randolph, añadió—: para serte sincera, debo admitir que no creía posible que alguien pudiera influenciar a una joven como Mary Cynster, pero mírala ahora. Ahí está, conversando con tu Randolph con actitud bastante resuelta.

—¡Sí, así es! Te lo dije, tan solo hay que tener en cuenta que para sugerirle algo a alguien como la señorita Cynster hay que hacerlo con la mayor de las sutilezas. Yo misma no he hablado nunca con ella y me aseguré de que ninguno de los mensajes que esparcí como semillitas mencionara a Randolph de forma específica, la estrategia consistía en lograr con suma delicadeza que ella se fijara en él —respiró hondo y se irguió, henchida de satisfacción—. ¡Es obvio que mi plan ha funcionado! —miró a su amiga con una sonrisa triunfal—. Creo que ya podemos dejar que la naturaleza siga su curso, Randolph no es tonto y la señorita Cynster no tardará en darse cuenta de que no va a encontrar a un caballero mejor en toda la alta sociedad.

—Ya veo —lady Carmody seguía observando a la pareja en cuestión—. Supongo que en la mente de tu hijo has... sembrado, por así decirlo, la idea de que Mary Cynster es la última Cynster casadera de su generación, y por tanto la última oportunidad que tienen el resto de familias para establecer un vínculo con la suya.

—¡Por supuesto que sí! —exclamó Lavinia, antes de tomarla del brazo—. Pero lo he hecho con muchísima sutileza, ya que los caballeros de la edad de mi hijo son muy puntillosos a la hora de aceptar los consejos de una madre —tras lanzar una última mirada hacia Randolph y Mary, la instó a girar y se alejó con ella en la dirección contraria—. Pero he plantado bien las semillas, te lo aseguro, y todo apunta a que están dando los frutos esperados —alzó la cabeza y añadió, sonriente—: debo admitir que me resulta inmensamente gratificante, estoy deseando informar a Ryder de que el compromiso es un hecho.

—¿Has disfrutado de la velada, querida?

Mary miró a su madre, Louise, quien estaba sentada junto a ella en el carruaje de la familia mientras se dirigían a paso sosegado rumbo a casa, y admitió:

—Digamos que ha sido útil, pero lamento decir que eso es todo.

La pasajera luz de una farola iluminó el rostro de su madre, que esbozó una sonrisa y le dio unas tranquilizadoras palmaditas en la muñeca.

—No tengas tanta prisa, querida. Tu héroe llegará a ti a su debido tiempo.

Mary reprimió un bufido malhumorado. Bajó la mirada y a través de la penumbra que inundaba el carruaje contempló el collar, en concreto el colgante de cuarzo rosa que pendía entre sus senos. ¡Qué chisme tan estúpido! Había pasado más de media hora junto a Randolph y otra vez había pasado lo mismo: ¡nada de nada! No había existido ningún tipo de conexión real entre los dos y, por si fuera poco, sus amigos y él tan solo parecían estar interesados en hablar de caballos.

Los deliciosos temblores de expectante excitación no habían

aparecido por ninguna parte, había habido una ausencia total de respuesta por parte de sus sentidos. No había habido nada ni remotamente parecido a las sensaciones que había experimentado durante aquel exquisito vals con Ryder, eso era innegable, pero por mucho que él pudiera evocar dichas sensaciones sin esfuerzo alguno no era tan necia como para plantearse siquiera que pudiera ser su héroe predestinado. Era imposible que así fuera, ninguna deidad femenina emparejaría a una dama como ella, una dama para la que era tan importante estar al mando, con un noble que bajo aquella piel de león indolente no era sino un arrogante dictador.

El hecho de que Ryder despertara aquellos sentimientos en su interior carecía por completo de importancia, ya que los despertaba en la mitad de la población femenina (y estaba quedándose muy corta al decir que solo era en la mitad).

Era algo que formaba parte de su persona, y punto. Podría decirse que era un don que Ryder poseía, una parte intrínseca de su ser que ejercía su efecto sin que él tuviera que hacer un esfuerzo consciente.

—Por cierto, he estado hablando con tus tías acerca de los últimos detalles de la boda —comentó su madre, antes de apoyar la cabeza en el respaldo del asiento—. Por increíble que parezca, todo está yendo a la perfección, y como no ha surgido ningún contratiempo las demás y yo hemos pensado que unos días de paz en la campiña serán un tónico excelente que nos dejará listas para lidiar con la vorágine del gran día. Hemos decidido aprovechar este momento de relativa calma, así que mañana partiremos rumbo a Somersham y regresaremos en tres días. Estaremos fuera el tiempo justo para recobrar fuerzas.

Se volvió hacia ella y la observó unos segundos en silencio antes de añadir:

—Puedes acompañarnos si así lo deseas, por supuesto, pero estamos en plena temporada social y tanto tus hermanas casadas como tu cuñada están en la ciudad, así que si prefieres quedarte...

Mary frunció el ceño mientras sopesaba sus opciones. Aún no había llegado a ninguna parte con Randolph y no estaba preparada para plantearse siquiera que pudiera estar equivocada, que él no fuera el hombre que estaba destinado a ser su esposo. Tal vez lo que necesitara fuera pasar algo de tiempo a solas con él o, como mínimo, conversar con él sin estar en un grupo de gente.

—Prefiero quedarme, mamá. Amanda, Amelia y Portia van a asistir también a todos los eventos a los que me gustaría ir.

—Está bien, cuando lleguemos a casa les enviaré un mensaje a las tres. Si están dispuestas a hacer de carabina, no veo inconveniente alguno en que permanezcas en Londres y asistas a todos los eventos de tu calendario.

—Perfecto.

Mary miró al frente y se puso a calibrar cuáles eran las situaciones en las que podría poner a Randolph Cavanaugh para que este sacara a la luz su carácter heroico, para que revelara su verdadera forma de ser con ella.

CAPÍTULO 2

—¡Descansad mucho!, ¡no os preocupéis por nada!

Mary abrazó a su madre y después se hizo a un lado para dejar paso a sus hermanas mayores, las gemelas Amanda y Amelia, que se despidieron a su vez con sendos besos. Tras la cariñosa despedida, la primera de ellas le lanzó una afectuosa mirada antes de volverse de nuevo hacia su madre y afirmar, sonriente:

—No te preocupes, mamá, vamos a mantenerla a raya.

Su madre se echó a reír y les dio unas palmaditas en los hombros a las gemelas.

—Sí, ya sé que puedo contar con vosotras, y también con Portia.

La aludida procedió a despedirse de ella con un abrazo y fue entonces cuando Henrietta y James Glossup (quienes llevaban un buen rato en la biblioteca intentando decidir dónde iban a alojar a los familiares de este que iban a asistir a la boda, ya que la mayoría de ellos residía fuera de Londres), entraron en el vestíbulo a toda prisa.

—¡Adiós! —Henrietta besó la mejilla de su madre y se volvió para besar también a su padre, Arthur, que estaba justo al lado—. Espero que lo paséis muy bien y podáis descansar.

Arthur le devolvió el beso. Ella era la única que quedaba por despedirse de él, ya que Amanda y las demás ya lo habían hecho mientras Louise se ponía el abrigo. Sus hermanos y él habían decidido aprovechar la oportunidad de acompañar a las damas para disfrutar de unos días de paz en el campo... bueno, y también para cazar un poco.

El desayuno había terminado una hora atrás y Amanda, Amelia, Simon y Portia habían llegado para decirles adiós a los dos y disipar cualquier posible preocupación que pudieran tener. La familia al completo estaba en Londres para la celebración de la boda, que estaba próxima, y todo el mundo estaba deseoso de colaborar en lo que pudiera.

Arthur miró a su hijo Simon, que estaba casado con Portia y en ese momento estaba a un lado del vestíbulo junto a su mejor amigo, James, observando con una benevolente sonrisa en el rostro la escena de la despedida.

—Ahora eres el hombre de la casa, hijo. Asegúrate de mantener a raya a todos estos.

Tanto Simon como los demás se echaron a reír, y Amanda empleó su más depurado tono de altiva matrona al afirmar:

—No me cabe duda de que todo va a ir a las mil maravillas; además, tan solo vais a ausentaros por tres días.

Amelia tomó la mano de su madre y le dio un afectuoso apretón.

—No te preocupes por nada, mamá. Limítate a disfrutar de este descanso, las demás y tú os lo habéis ganado.

Hudson, el mayordomo, abrió la puerta principal y se oyó el tintineo de los arneses. Louise miró hacia fuera y asintió.

—Excelente, el carruaje ya está listo —se volvió de nuevo hacia su familia y les lanzó una maternal mirada—. Portaos bien y cuidaos mucho —se volvió hacia su marido, alzó sonriente la mirada hacia sus ojos azules y lo tomó del brazo.

—Vamos, querida —le dijo él. Bajó la voz con teatralidad al añadir—: creo que es seguro dejarlos sin supervisión.

Ella se echó a reír y salieron a la calle seguidos de los demás, que se agruparon en el estrecho porche para decirles adiós.

Simon y Portia se marcharon una vez que el carruaje hubo doblado la esquina, y Henrietta y James regresaron a la biblioteca para retomar la delicada tarea de distribución que tenían entre manos; Amanda, Amelia y Mary, por su parte, se dirigieron a la sala de estar para decidir cómo iban a organizarse en lo que a los eventos sociales se refería, y la primera admitió con una mueca de resignación:

—Esta noche no puedo acompañarte, Mary. Debo asistir a una aburrida cena con varios parientes de Martin que se programó hace una eternidad, pero si quieres podemos salir a dar un paseo por el parque esta tarde. Si te parece bien, podría pasar a buscarte a las cuatro.

—De acuerdo, da la impresión de que va a hacer un día espléndido, pero —miró esperanzada a Amelia— ¿podré asistir esta noche al baile de lady Castlemaine?

La noche anterior, mientras permanecía junto a Randolph, había tenido a su otro lado a Geraldine Carmody. Cuando había decidido despedirse del grupo, la joven la había secundado y, mientras se alejaban juntas, había comentado que les había oído decir a Randolph y a sus amigos que iban a asistir al baile en cuestión.

—Sí, yo puedo hacer de carabina —le contestó Amelia—. Portia también, las dos tenemos previsto asistir.

—¡Excelente!

Al final acordaron que, como tanto Amelia como Portia iban a acudir al evento en sus respectivos carruajes, lo más conveniente sería que ella fuera en uno de los carruajes de sus padres y se encontraran las tres en el vestíbulo de la mansión de los Castlemaine.

—Por si acaso —dijo Amelia, mientras se ponía los guantes. Portia y ella tenían hijos pequeños, por lo que siempre existía la posibilidad de que recibieran aviso de que ocurría algo y tuvieran que regresar a casa con urgencia.

Cuando todo quedó organizado de forma satisfactoria y las gemelas se marcharon a pie a sus respectivos hogares, Mary se sintió un poco perdida al quedarse sola. Se planteó ir a la biblioteca para ayudar a Henrietta y a James, pero descartó la idea en apenas un par de segundos al considerar que sería mejor dejar que ellos superaran por sí mismos los obstáculos que pudieran surgir. Si ella iba a ayudarles terminaría por ponerse al mando, era lo que tenía por costumbre hacer y los demás solían permitírselo porque así era más fácil.

La organización se le daba muy bien, sobre todo cuando se trataba de algo relacionado con gente, pero a Henrietta le hacía más falta que a ella aprender a lidiar con la familia de James.

Sintiéndose bastante virtuosa por haber renunciado a la oportunidad de interrumpir y tomar el control (al menos así habría tenido una actividad con la que mantenerse ocupada), fue sin prisa por el pasillo hasta llegar al saloncito trasero. Tras entrar y cerrar la puerta tras de sí, lo cruzó con el mismo paso lento y lánguido y se detuvo al llegar a las ventanas.

Se cruzó de brazos mientras contemplaba el jardín trasero, y esperó a que la nebulosa duda que había estado importunándola durante toda la mañana se solidificara más.

Cuando por fin tomó forma, no pudo por menos que admitir que era una cuestión pertinente.

¿Por qué diantres estaba Ryder allí, no solo en el baile de los Felsham, también en el de los Cornwallis la noche previa? Tras reflexionar al respecto unos minutos más, su mente dio con la explicación más probable: «Debe de estar buscando a su siguiente conquista».

A la que iba a ser la siguiente por un corto espacio de tiempo, ya que Ryder no era un hombre de aventuras largas; al parecer, para consternación de las damas en cuestión, se aburría de ellas con muchísima rapidez.

A juzgar por lo que había deducido acerca de los hombres como él —conquistadores que recorrían los salones de la alta sociedad como lobos al acecho, como su propio hermano y sus primos antes de casarse; aunque en el caso de Ryder parecía más apropiado hablar de un león al acecho, eran aplicables los mismos principios—, preferían tomar como amantes a las hastiadas matronas de la sociedad, mujeres de su misma clase social que comprendían las restricciones sociales y las reglas que regían esa clase de aventuras ilícitas.

«Supongo que en algún sitio tiene que encontrarlas y no hay duda de que en ambos eventos había una buena selección de matronas hastiadas, pero los invitados que asistirán esta noche al baile de lady Castlemaine serán distintos. Sí, será un evento plagado de casamenteras y bastante centrado en el mercado matrimonial, así que él no estará allí y podré hablar libremente con Randolph sin la distracción del abrumador hermano mayor de este. Hermanastro. A pesar de lo que Ryder pueda pensar, Randolph no se parece en nada a él».

Alentada por sus conclusiones, repasó las posibles oportunidades que podría aprovechar en el evento de lady Castlemaine para lograr hablar a solas con Randolph.

Estaban descendiendo la escalinata del salón de baile de lady Castlemaine cuando Portia se detuvo por un momento y, señalando hacia el fondo del salón, se volvió a mirar a Mary, que iba un escalón por detrás.

—Vamos a estar por allí, al fondo. Ven a buscarnos si nos necesitas para algo.

Mary ya estaba atareada dividiendo mentalmente el salón en zonas y se limitó a asentir abstraída.

Amelia, quien se encontraba junto a Portia, abrió el abanico con un enérgico movimiento y procedió a usarlo con brío.

—Sí, por allí estaremos. Qué calor que hace ya, menos mal que las ventanas que hay en aquel extremo del salón están abiertas —se volvió a mirarla también y añadió—: ya sabes cómo funciona esto. No hagas nada que nosotras no habríamos hecho a tu edad, y te buscaremos cuando decidamos que es hora de irse.

—Sí, está bien —ya había localizado a Randolph; al igual que la noche anterior, estaba en un grupo formado por sus amigos y algunas jóvenes damas.

Bajó tras Amelia y Portia, y al pisar el salón de baile giró en dirección opuesta a ellas y se internó entre el gentío. Cuando estuvo cerca del grupo de Randolph se detuvo para echar una mirada alrededor, y al ver a otra joven dama que también tenía el ojo puesto en aquel grupo sonrió y se acercó a ella. Después de presentarse y de una breve conversación que bastó para dejar claro que tenían un perfil similar y un objetivo en común, la joven (una tal señorita Melchett) y ella se tomaron del brazo y se acercaron al grupo para sumarse a la conversación.

Se aseguró de llegar desde el ángulo perfecto, y así logró colocarse junto a Randolph cuando el círculo de gente se expandió para hacerles espacio a las dos. Dado que su objetivo más inmediato ya estaba conseguido, esperó pacientemente a que George Richards concluyera la anécdota que había estado relatando (otra más sobre cacerías y caballos); en cuanto él recibió los comentarios elogiosos de sus amigos y el aplauso bastante menos entusiasta de las jóvenes damas, ella fijó la mirada en Colette Markham, a la que tenía justo enfrente y que parecía estar interesada en Grayson Manners, uno de los amigos de Randolph, y preguntó al grupo en general:

—¿Ha visto alguien la nueva obra del Teatro Real?

Colette le devolvió la mirada y se apresuró a contestar.

—He oído decir que es el mejor evento teatral de la temporada —se volvió hacia Grayson, que estaba junto a ella—. ¿La ha visto usted, señor Manners?

Quiso la suerte que la respuesta fuera afirmativa. Bajo la alentadora tutela de las dos, el joven caballero dio una descripción detallada de la obra, y la señorita Melchett aportó a continuación su opinión acerca de la obra que había visto en otro teatro, el de Haymarket.

Ella, por su parte, miró a Randolph y sonrió cuando sus miradas se encontraron. Aprovechando la conversación que mantenían los demás, murmuró:

—¿Le gusta el teatro, lord Randolph?

—Eh... pues... —sus ojos se agrandaron ligeramente, como si le hubiera alarmado la súbita pregunta— no sé si tengo experiencia suficiente para emitir una valoración. La mayoría de las veces que he ido al teatro he visto la obra desde el patio y eso no es exactamente lo mismo, ¿verdad? Aunque supongo que en un par de años sí que empezará a gustarme lo de ir a ver una obra de manera más formal.

Mary no perdió la sonrisa.

—Pero ¿qué me dice de las obras propiamente dichas?, ¿prefiere a Shakespeare o a dramaturgos más recientes?

Los ojos de Randolph se agrandaron aún más.

—Pues...

Lavinia, marquesa de Raventhorne, sonrió con aprobación mientras veía desde el otro extremo del salón cómo su hijo mantenía una conversación semiprivada con Mary Cynster. Junto a ella estaba lady Eccles, que al verla sonreír así siguió la dirección de su mirada y comentó, sorprendida:

—Vaya, querida, eso sí que es todo un progreso.

—Sí, así es —Lavinia se volvió hacia ella, y se sintió satisfecha al ver que parecía estar debidamente impresionada—. Debo admitir que resulta muy gratificante. Anoche pasaron algo de tiempo juntos y salta a la vista que todo está progresando de forma favorable. Forman una pareja espléndida, ¿verdad?

—Y no nos andemos con tapujos, una alianza así ayudará sobremanera a tu Randolph. ¿Has hecho algo para ayudar a unirlos?

Lavinia soltó una pequeña risita.

—Debo admitir que he dado algún que otro empujoncito casi imperceptible aquí y allá, pero básicamente ha sido cuestión de dejar caer algún comentario sutil ante la persona indicada y en el momento adecuado para que no pierdan la oportunidad que los dos tienen a sus pies. Ya sabes cómo son los jóvenes, nunca distinguen con claridad lo que realmente les conviene.

—Eso es cierto, no sabes cuántas veces he hablado de ese tema con mis propios hijos —lady Eccles se colocó bien el chal antes de añadir—: lamento tener que alejarte de aquí en semejante momento, querida, pero debo marcharme ya. Le prometí a Elvira que pasaría por la velada musical que celebra en su casa —miró de nuevo hacia la pareja—. ¿Vienes conmigo o prefieres quedarte aquí para asegurarte de que todo sigue progresando de forma favorable?

—No, no hace falta que me quede —Lavinia, quien había ido al baile en el carruaje de su amiga, apartó la mirada de su hijo con renuencia—. No me cabe duda de que se las arreglarán perfectamente bien sin intervención alguna por mi parte, y yo también le prometí a Elvira que asistiría a su velada.

—De acuerdo, vámonos.

Lady Eccles se volvió hacia la escalinata, y Lavinia la siguió después de lanzar una última mirada llena de regocijo hacia lo que estaba ocurriendo al otro lado del salón.

Mary, mientras tanto, había topado con el primer obstáculo grande en su camino rumbo a la felicidad conyugal: la ausencia de profundidad y sustancia en la conversación de Randolph y sus amigos. Ella era una amazona excelente, le encantaba la equitación y sentía también un aprecio razonable por los caballos, pero en la vida había más cosas aparte de las carreras, ya fuera a caballo o en calesín, y la caza.

Después de que la señorita Melchett les hablara acerca de la obra que se representaba en el teatro de Haymarket, George Richards había retomado las riendas de la conversación y le había preguntado algo a Randolph sobre una yegua que al parecer había ganado la última carrera en Newmarket dos semanas atrás. Lo había hecho de buenas a primeras, interrumpiendo sin demasiado tacto la charla sobre dramaturgos que ella estaba manteniendo con Randolph; este, por su parte, había contestado a la pregunta de su amigo con mucho más entusiasmo que a las suyas (y explayándose mucho más), y a continuación había centrado la conversación en la última subasta de caballos celebrada en Tattersalls.

Había sido la señorita Fotheringay quien, con el aspecto de alguien que ya no podía aguantar más, había tomado la palabra en cuanto Randolph y Julius Gatling habían terminado de intercambiar impresiones sobre los ejemplares que se vendían y las sumas que se pagaban.

—¿Ha visitado alguien los Jardines de Kew recientemente? El nuevo invernadero es precioso.

A pesar de que era una maniobra a la desesperada y bastante floja, tanto la señorita Melchett como Colette y ella misma habían hecho todo lo posible por lograr que la conversación se centrara en plantas, hierbas y cualquier cosa que no tuviera que ver con caballos.

Cuando alguien mencionó una planta medicinal llamada matricaria, Julius aprovechó para ponerse a hablar del emplasto que su jefe de cuadra recomendaba para tratar un corvejón lastimado, y Mary tuvo la fuerte sospecha de que el cambio de tema había sido deliberado. Apretó la mandíbula mientras recorría con la mirada a los demás integrantes del grupo, y vio la desesperación exasperada (o quizás fuera la exasperada desesperación) que se reflejaba en los ojos de las otras damas.

Se preguntó si todos los jóvenes caballeros serían realmente así de... de jóvenes, de inmaduros. Seguro que Randolph no lo era. No, no podía ser. El problema era que hasta el momento tan solo había interactuado con él en presencia de sus amigos, estaba claro que tenía que separarlo de su «manada».

En ese momento, como si de una respuesta a sus deseos se tratara, empezaron a sonar los acordes del primer vals de la noche. Su rostro se iluminó y se volvió expectante hacia Randolph, pero lo que vio relampaguear en su rostro fue la expresión de un hombre acorralado. Entonces le vio mirar al frente, hacia donde Colette estaba esperando expectante a que Grayson la invitara a bailar; Grayson lo miró a él y después desvió la mirada hacia George. Cualquiera diría que ninguno de ellos había bailado en toda su vida, lo que era una solemne tontería.

Miró de nuevo a Randolph y le vio hacer una sutil mueca a sus amigos (como diciéndoles que, si no había más remedio, los tres iban a tener que cumplir con su deber), pero antes de que pudiera parpadear siquiera él la miró con una sonrisa y se inclinó ante ella en una reverencia.

—¿Me concede el honor de este baile, señorita Cynster?

Tal vez su reverencia fuera una pobre imitación de la de Ryder y en su voz no hubiera ni rastro de sutiles y sugerentes matices, pero por lo menos la había invitado a bailar.

—Gracias, lord Randolph. Me gustaría mucho bailar —le dijo, sonriente.

Le ofreció la mano, y él se la tomó y le devolvió la sonrisa.

—Por favor, llámeme Randolph a secas.

Mary se dijo a sí misma que no era realista esperar sentir alguna sensación especial por el mero contacto con su mano, y permitió que la condujera hacia el centro del salón. Se volvió hacia él para ponerse en posición, y contuvo el aliento expectante. Por fin había llegado el momento, estaba convencida de que la chispa o lo que fuera que tuviera que encenderse cobraría vida mientras bailaban el vals.

La tomó entre sus brazos y se incorporaron a la corriente de parejas que giraban al compás de la música. Era un bailarín bastante bueno, pero, aunque no esperaba menos de él, mientras daban vueltas por el salón a un ritmo pausado, ciñéndose escrupulosamente a las restricciones que imponían las más estrictas de las buenas costumbres, se dio cuenta de que en el fondo sí que había esperado algo más. El culpable de eso era Ryder, tenía que dejar de comparar a Randolph con su divino hermano mayor.

Pensar en Ryder bastó para que emergiera el vívido (demasiado vívido) recuerdo del intensísimo vals que habían compartido la noche anterior. Por fin había conseguido estar más o menos a solas con Randolph, justo lo que quería, y por culpa de Ryder estaba distrayéndose.

Volvió a centrarse con determinación en el rostro de Randolph... un rostro de facciones agradables, pero que aún no habían alcanzado ni la fuerza ni la distinción que llegarían a tener algún día.

—Ya estamos en mayo, ¿alberga algunas expectativas especiales para esta temporada social? —al ver que parecía sorprendido y después desconcertado, decidió explicarse mejor—. Me refiero a algún objetivo en concreto que desee alcanzar antes de que llegue el verano y todos nos marchemos de la capital.

—Ah. Pues... bueno, esperaba poder encontrar dos nuevos caballos para mi calesín...

—¡Algo que no tenga que ver con caballos!

Él agrandó los ojos ante aquella orden, pero mantuvo la mirada puesta justo por encima de su cabeza. Era obvio que estaba aprovechando el hecho de tener que dirigir sus pasos entre el resto de parejas como excusa para no mirarla a los ojos.

Ryder apenas había apartado la mirada de la suya durante todo el vals que habían compartido.

—La verdad es que no —contestó él, al cabo de unos segundos. Carraspeó ligeramente para aclararse la garganta, y por fin la miró a los ojos—. Ya sé que... en fin, soy consciente de que hay muchos que interpretan mi asistencia y la de los demás a eventos como este como una señal de que nos mueve un interés concreto, uno que no tiene nada que ver con caballos —respiró hondo, alzó la mirada por un momento mientras daban un giro, y entonces volvió a mirarla y admitió con una ligera mueca—: la verdad es que tan solo venimos para complacer a nuestras madres, y a las anfitrionas, y a las grandes damas. Bueno... —esbozó una sonrisa traviesa, un brillo pícaro iluminó sus ojos por un instante— para eso y para proveer de parejas de baile a las jóvenes damas como usted, por supuesto.

Mary observó aquel rostro, aquel brillo, aquella sonrisa. Se preguntó si aún quedaba alguna esperanza, pero al repasar lo que él acababa de decir y aquel mustio intento de galantería fue incapaz de convencerse a sí misma de que podría haberla.

Aquello no encajaba, la cosa no iba bien. O a lo mejor había habido algún error.

Reprimió el repentino impulso de sacarse el colgante de cuarzo rosa de entre los senos y mirarlo, de sostener aquel dichoso chisme entre los dos para ver si pasaba algo.

Antes de que pudiera decidir cuál iba a ser su siguiente envite dialéctico sonaron los últimos compases del vals, pero el baile les había llevado al otro extremo del salón y al detenerse se dio cuenta de que las ventanas abiertas que había mencionado Amelia eran en realidad unas puertas acristaladas que daban acceso a una terraza empedrada.

Ejecutó la reverencia de rigor, y al incorporarse vio a varias parejas paseando bajo la luz de la luna.

—Esa de ahí es su hermana, ¿verdad? —Randolph señaló con un gesto de la cabeza hacia Amelia, que estaba sentada en un diván cercano—. ¿Desea regresar al grupo conmigo o prefiere...?

Ella se abanicó el rostro con la mano al contestar.

—A decir verdad, me gustaría que saliéramos unos minutos a la terraza para dar un pequeño paseo y tomar algo de aire fresco. Aquí dentro hace un calor sofocante, ¿verdad?

El calor era sofocante, cada vez había más gente y el ruido iba en aumento, así que la terraza le parecería un verdadero oasis a cualquiera.

Randolph miró hacia el exterior, pero no dio ni un solo paso hacia las abiertas puertas acristaladas.

—Pues... eh... la verdad es que no creo que...

Ella sofocó el impulso de mirarlo ceñuda y se volvió hacia las puertas.

—Hay más gente fuera, es perfectamente aceptable —dio un paso para ver si así lograba que se pusiera en marcha.

—Sí, pero...

Lo vio titubear y poco menos que tambalearse antes de echarse hacia atrás. Se quedó atónita al verle retroceder, al verle dar un paso atrás como alejándose de la terraza y de ella, y él la miró y añadió:

—Se trata de parejas, todos son mayores que nosotros.

Miró desconcertada hacia los invitados que paseaban por la terraza, iluminados por la luz de la luna y claramente visibles.

—No son tan mayores.

—¡Pero están cortejando!

Lo dijo como si fuera una obscenidad que no pudiera mencionarse en voz alta y ella se quedó mirándolo sin saber cómo reaccionar, le costaba creer que aquello estuviera pasando. Había perdido la cuenta de la cantidad de veces que otros caballeros habían intentado engatusarla para que saliera a alguna terraza oscura durante un baile (aunque, a decir verdad, siempre se había tratado de hombres mayores que Randolph), y cuando ella propiciaba un momento así de forma totalmente aceptable y se lo ofrecía a Randolph, al hombre que se suponía que era su héroe predestinado, él se resistía... no, peor aún, ¡estaba echándose atrás como si quisiera huir!

Él señaló por encima del hombro hacia el salón de baile y dijo, un poco cauteloso y titubeante:

—En fin... será mejor que vuelva junto a los demás si no quiero que manden a la caballería a por mí... es decir... bueno, usted ya me entiende.

Sí, no había duda de que empezaba a entender por fin la situación. A Randolph y a sus amigos les daban miedo las jóvenes damas como ella, jóvenes damas que buscaban esposo.

Él debió de darse cuenta de que dejarla allí sin más, después de que ella expresara su deseo de dar un paseo por la terraza, no era propio de un caballero, porque detuvo su sutil movimiento de retroceso; aun así, parecía sentirse más acorralado que nunca.

—Supongo que... que si realmente desea... es decir, si realmente necesita tomar algo de aire, entonces...

Se sintió esperanzada por un efímero instante, pero él lanzó una mirada alrededor y añadió:

—Quizás podamos encontrar a alguien que la acompañe.

Ella tomó aire y, sin soltarlo, masculló:

—Randolph...

—¡Ajá!, ¡aquí llega la persona perfecta! —sus ojos se iluminaron, solo le faltó ponerse de rodillas para darle las gracias al cielo. Su expresión se relajó mientras miraba hacia algún punto por detrás de ella—. La señorita Cynster se siente acalorada, necesita tomar algo de aire.

Mary abrió los ojos de par en par cuando el súbito cosquilleo que despertó de golpe todos sus sentidos la informó de quién acababa de materializarse a su espalda; al cabo de un momento, una voz profunda y sensual que conocía a la perfección sonó a escasa distancia de su hombro izquierdo.

—¿No me digas? En ese caso, yo puedo ofrecer mi ayuda si se me permite.

Ella giró la cabeza, alzó la mirada más y más hasta llegar a su apuesto rostro y contuvo su genio al ver la diversión que brillaba en sus ojos.

—Buenas noches, Ryder.

—Mary.

Él le sostuvo la mirada con aquellos ojos que eran una cristalina mezcla de verdes y marrones y, tal y como había sucedido la noche anterior, la atrapó por completo y cautivó sin esfuerzo alguno sus sentidos hasta tal punto que el mundo entero dejó de existir para ella...

Se liberó con brusquedad de aquel hechizo y le dijo con tono cortante:

—Randolph y yo estábamos...

Miró al aludido... y descubrió que ya se había esfumado. Tan solo alcanzó a ver la parte posterior de su cabeza mientras él se abría paso entre la cada vez más densa multitud, huyendo a toda prisa por el salón de baile para ponerse a salvo entre sus amigos.

—Te lo advertí.

Ryder le dijo aquello en voz baja y, al ver que ella se limitaba a soltar un bufido malhumorado sin apartar la mirada de Randolph, decidió concederle un momento para que digiriera su derrota. A pesar de lo centrado que estaba en ella, en darle caza, había llegado tarde al baile porque era lo que solían hacer los caballeros como él y no deseaba que nadie se percatara de la novedosa dirección que había tomado. Tal y como había pasado con Lavinia la noche anterior, si mantenía su comportamiento habitual todos creerían que estaba limitándose a buscar a su siguiente amante, o sería fácil hacérselo creer. Nadie sospecharía que en realidad estaba dándole caza a su futura esposa.

Como ya había descubierto el efecto que ejercía sobre los sentidos de Mary, que no era inmune a él ni mucho menos y, lo que era más incitante aún, que ella quería jugar a resistirse, por una parte estaba deseoso de librar aquel duelo de voluntades, pero por la otra se había dado cuenta de que la estrategia más sensata sería esperar. No había estado presente cuando ella había llegado al baile, y así no había corrido el riesgo de sentirse tentado a monopolizarla desde el mismo instante en que ella había aparecido.

Eso habría alertado a demasiados observadores, como mínimo habría dado pie a preguntas que él preferiría evitar.

Si las grandes damas se daban la más mínima cuenta de cuál era su verdadero objetivo... bueno, teniendo en cuenta que había puesto el punto de mira en Mary, lo más probable era que no interfirieran, pero el principal motivo que le había impulsado a buscar esposa a los treinta años, una edad que tratándose de un caballero como él se consideraría inesperadamente temprana, había sido el tener la libertad de poder elegir y cortejar a la dama de su elección sin que toda la mitad femenina de la alta sociedad insistiera en ayudarle con dicha elección.

A ojos de la sociedad, a los treinta años aún era demasiado joven como para haber aceptado la necesidad de casarse y engendrar un heredero, pero en unos cuantos años más todas las grandes damas dirigirían sus respectivos impertinentes hacia él. Podría decirse que se había dado cuenta de que le convenía llevar a cabo una misión encubierta preventiva.

En cualquier caso, iba a tener que casarse tarde o temprano debido a la promesa que le había hecho a su padre. Renunciar a unos años de su vida de soltero, una vida de la que ya se había hastiado, parecía un pequeño precio a pagar a cambio de la libertad de poder elegir por sí mismo, de poder llevar las riendas de la cacería.

En especial teniendo en cuenta que a quien iba a dar caza era a su marquesa, una persona a la que consideraba crucial para su futuro... para el futuro que estaba decidido a tener.

Pendiente como estaba de Mary (ella era su presa y, como tal, el foco de atención de todos sus sentidos), percibió el momento exacto en que ella decidió apartar la mirada de Rand y pasar a otra cosa, al menos físicamente. Su rostro reflejaba lo desilusionada y decepcionada que estaba.

—Ven, salgamos —le dijo, antes de ofrecerle el brazo—. Supongo que ahora sí que necesitas de verdad tomar algo de aire fresco.

La respuesta de ella fue un bufido que no fue de disconformidad, sino que más bien reflejaba una malhumorada resignación. Consintió en posar la mano sobre su brazo, y ese pequeño contacto bastó para que lo recorriera una descarga de sensaciones que le llegó hasta la médula.

—Para serte sincera, realmente me apetecía salir a la terraza —admitió ella, mientras se volvía hacia las puertas acristaladas—. Aquí dentro hace un calor sofocante.

—¿No llevas abanico? —sostuvo las finas cortinas y la ayudó a salir.

—No, me resulta demasiado engorroso.

Él ya había notado que prefería no utilizar los adornos y perifollos habituales. Llevaba un bolsito, pero era más práctico que decorativo.

Resistió el impulso de tomarla de la mano y la condujo por la terraza sin prisa, acortando las zancadas para adaptarse a su paso. Intentó imaginarse lo que ella estaría pensando respecto a Randolph, en qué punto creía estar en lo que a su objetivo de cazarlo se refería, pero no tardó en saberlo sin necesidad de usar la imaginación porque la propia Mary, tan clara y directa como siempre, se encargó de decírselo.

—¡Esto es un desastre, va todo mal! —sin apartar los ojos del empedrado del suelo, apretó soliviantada los labios e indicó la terraza con un gesto de la mano—. ¡No entiendo por qué demonios Randolph no ha podido salir a dar este paseo conmigo!

Ryder soltó un teatral suspiro y procedió a explicárselo.

—Básicamente, porque eres demasiado para él. Un plato demasiado fuerte e intenso para su paladar y su digestión.

—Por lo que parece, tú no tienes ese problema.

—Por supuesto que no —la mera idea era tan absurda que le hizo sonreír.

—No lo entiendo, no entiendo por qué tú sí que eres capaz de tratar conmigo y él no.

—A riesgo de repetirme, te recordaré que yo tengo treinta años y él veinticuatro. Eso supone una diferencia muy significativa en lo que al desarrollo de un hombre se refiere.

—¿Tú te habrías escabullido a los veinticuatro años como acaba de hacer él?

Lejos de tomarse aquella pregunta a la ligera, se concedió unos segundos para reflexionar antes de dar una respuesta.

—Para serte sincero, no sé si recuerdo cómo era yo a esa edad, pero... no, probablemente no.

Ella soltó un bufido más fuerte que el anterior. Resultaba sorprendente la emoción que podía infundirle a un sonido tan simple.

Estaba claro que Rand había conseguido enfurruñarla de verdad, pero no era justo que su pobre hermano se llevara la culpa. Daba la impresión de que Mary no era consciente de su propia fuerza, de que su personalidad tenía un poder arrollador que ella proyectaba sin ninguna pantalla protectora que mitigara el impacto en los demás.

Esa ausencia de pantallas, de velos, era una de las cosas que le atraían de ella, pero los hombres como Rand saldrían huyendo a cualquier edad; de hecho, su hermano había demostrado tener un buen instinto de supervivencia.

Cuando llegaron al final de la terraza, ella apartó la mano de su brazo y, tras dar media vuelta con brusquedad, dijo con voz tajante:

—En fin, supongo que será mejor que prosiga con el plan —echó a andar hacia las puertas acristaladas a un paso mucho más firme y rápido y lo dejó allí sin más.

Él se quedó así unos segundos, parado junto a la balaustrada y totalmente desconcertado, pero reaccionó al fin y la alcanzó en un par de zancadas.

—¿Qué plan?, ¿qué piensas hacer?

—Buscar la forma de hablar en privado con tu hermano... mejor dicho, tu hermanastro.

—Ah, ya veo —llegaron a las puertas y apartó las cortinas de gasa para dejarla pasar.

Mientras se reincorporaba tras ella al fragor del salón de baile, se planteó si debería dejarla perseguir a Rand (lo que probablemente traumatizaría a su hermano de por vida) para que acabara de darse por vencida o si...

Dirigió la mirada hacia los músicos, que en ese preciso momento empezaron a tocar.

—Mary...

Ella se detuvo y se volvió a mirarlo; a juzgar por la expresión de impaciencia de su rostro, no se sentía nada complacida por aquella interrupción.

—¿Qué?

—Ven a bailar —no cometió el error de preguntarle si quería hacerlo. La tomó de la mano, dio los dos pasos necesarios para alcanzar la despejada zona central, la tomó entre sus brazos y empezó a bailar.

No le había dado tiempo a que pudiera resistirse. Una vez que estuvieron moviéndose con fluidez entre el resto de parejas, bajó la mirada hacia ella y aquellos intensos y acerados ojos azules lo atravesaron como si de dos afiladas dagas se tratara.

Respondió con una sonrisa, pero eso la enervó aún más. Lo fulminó con la mirada y respiró hondo, con lo que sus senos se hincharon bajo el escote de seda del vestido y le ofrecieron una imagen extremadamente interesante y cautivadora.

Fue entonces cuando se dio cuenta de que, a pesar de estar centrado por completo en ella, lo cierto era que no le había prestado demasiada atención a sus atributos físicos, lo que resultaba muy sorprendente en él. La forma de ser de Mary, sus emociones y sus acciones habían sido lo que había captado su atención y lo que seguía fascinándole más de ella, pero no se podía negar que su físico también era muy atrayente.

Volvió a mirarla a los ojos, que lanzaban chispas.

—Eso ha sido... ha sido...

Al ver que parecía haberse quedado tan atónita que no le salían ni las palabras, optó por ayudarla.

—¿Un descaro insoportable?, ¿la impertinencia más grande a la que has sido sometida?

—¡Sí!, ¡eso es! —tomó aire mientras seguía fulminándolo con la mirada—. Y si tú mismo eres consciente de ello...

—Era necesario pararte los pies.

—¿Qué quiere decir eso?

—Pierdes el tiempo persiguiendo a Rand, lo único que vas a conseguir es asustarlo aún más y hacer que huya despavorido —la miró con una relajada sonrisa, plenamente consciente del efecto que iba a tener en ella ese gesto—. Es mucho mejor que afiles tus garras conmigo, yo sí que puedo aguantarlo.

Ella lo miró desconcertada y titubeó como intentando reprimir su curiosidad, pero al final se rindió.

—¿Por qué habría de tener garras?

—Porque eres como un águila, un águila imperial —le sostuvo la mirada y añadió—: no sé si te habrás dado cuenta, pero eres un poquito imperiosa y mandona.

Ella soltó un bufido burlón y apartó la mirada; al cabo de un momento, de unos segundos en los que él notó a través de la tensión que atenazaba su esbelto cuerpo cómo iba relajándola al fin el suave balanceo del baile, murmuró:

—¡Mira quién fue a hablar!

—Sí, en eso somos muy parecidos —admitió, antes de acercarla un poquitín más a su cuerpo al iniciar un giro.

El resto del vals transcurrió sin incidentes de ninguna clase, ni verbales ni de otro tipo, y Ryder se preguntó si ella era consciente de que en su rostro se reflejaba claramente que por dentro estaba maquinando y planeando. Cuando el baile llegó a su fin la soltó con total corrección, ejecutó una inclinación a la que ella respondió con la reverencia de rigor, y tras ayudarla a incorporarse esperó a ver qué hacía a continuación.

—Gracias por el vals —le dijo ella, antes de lanzar una mirada alrededor—. Si me disculpas...

Él dejó que diera media vuelta antes de preguntar:

—¿Adónde te diriges, florecilla?

La pregunta y el epíteto hicieron que ella le lanzara una mirada ceñuda.

—Al tocador, aunque no creo que eso sea de tu incumbencia.

—De acuerdo, nos veremos más tarde.

—No si puedo evitarlo.

Alcanzó a oírle murmurar aquellas palabras mientras la veía alejarse entre el gentío y sonrió de oreja a oreja, encantado y lleno de expectación.

Mary no había mentido al decir que iba a ir al tocador, ya que era el único lugar que se le ocurría donde poder disfrutar de unos minutos de privacidad. Necesitaba pensar, y hacerlo mientras bailaba con Ryder había resultado ser una tarea imposible; a pesar de sus valientes esfuerzos por concentrarse, sus sentidos habían sobornado constantemente a sus pensamientos, les habían seducido con una especie de embriagador deleite y habían dado pie a reflexiones absurdas como, por ejemplo, lo absorbente y excitante que había sido bailar el vals con Ryder y, por el contrario, lo sosa que había sido la experiencia con Randolph.

Se trataba de reflexiones completamente irrelevantes; al fin y al cabo, Ryder era infinitamente más experimentado que Randolph, lo que era un gran punto a favor de este último.

Se sentó frente a un espejo y, mientras fingía que arreglaba sus impecables rizos oscuros, obligó con determinación a su mente a abandonar el sensual sendero que estaba transitando y se centró de nuevo en su objetivo más inmediato: lograr pasar más tiempo a solas con Randolph, a poder ser en algún lugar donde él se sintiera relajado. Y, por otro lado, también tenía que evitar a Ryder a toda costa.

Eran dos objetivos que estaban relacionados entre sí, y el segundo era el más importante de los dos. Al margen de lo que ella quisiera admitir abiertamente, al margen de lo que pudiera desear, la pura verdad era que él la distraía hasta el punto de hacerle olvidar el propósito que tenía en mente.

Permaneció un rato en el tocador y, cuando supuso que él ya se habría cansado y que con algo de suerte alguien más habría distraído su atención, emergió al fin y regresó por el pasillo hasta llegar al salón de baile. Al cruzar la puerta abovedada se detuvo para lanzar una mirada alrededor... y unos largos dedos la tomaron del codo.

Antes de que pudiera protestar, Ryder comentó:

—En aquella zona de allí están manteniendo un animado debate sobre el libro ese del tal Thackeray, *Las memorias de Yellowplush*, y he pensado que podría interesarte.

Con aquello logró captar su atención de inmediato, por supuesto. Permitió que la condujera hasta un grupo muy grande donde se encontraban algunos de los personajes más eruditos de la alta sociedad, y se justificó a sí misma diciéndose que aquello no era más que una breve pausa en su campaña para hablar con Randolph, una pausa que merecía la pena. Había oído hablar del libro en cuestión, unas memorias ficticias que habían despertado su interés.

Ryder y ella fueron recibidos en el grupo con murmullos de bienvenida y corteses inclinaciones de cabeza, aunque los principales interlocutores, lord Henessey y el honorable Carlton Fitzsmythe, apenas interrumpieron el intercambio dialéctico que estaban manteniendo.

Durante el debate, que se centraba en el valor que tenían las obras como aquella como reflejo de la sociedad, iban sucediéndose los argumentos en uno y otro sentido, pero Mary tuvo la impresión de que carecía de un punto real de partida y no tenía visos de alcanzar una conclusión.

Al cabo de un rato, Ryder murmuró:

—Por lo que parece, lo que suscita mayor interés es el hecho de que se supone que la obra son las memorias de ese tal Charles J. Yellowplush.

—Sí, así es —le contestó ella en voz baja—. Pero se trata de una obra de ficción, es pura invención, así que debo confesar que no le veo sentido a tomársela tan a pecho.

Alzó la mirada, y en aquellos agudos ojos pardos vio reflejado el mismo cinismo innato que ella poseía.

—¿Has tenido bastante?, ¿pasamos a otra cosa? —le preguntó él. Al verla asentir, la instó a tomarlo del brazo y, tras murmurar unas breves palabras para excusarlos a ambos, la guio entre el considerable gentío que aún llenaba el salón de baile—. ¿Ese Thackeray es el mismo que escribe reseñas literarias para el *Times*?

—Sí, creo que sí —intentó morderse la lengua, pero no pudo. Alzó la mirada hacia él y le preguntó—: ¿quiere eso decir que tú lees ese tipo de reseñas?

—De vez en cuando.

Lo dijo con actitud distraída mientras recorría a la multitud con la mirada, pero aquella admisión fue una especie de revelación para ella. No pudo evitar preguntarse si Randolph leería también, pero se apresuró a interrumpir en seco el curso de sus pensamientos. Tal y como el propio Ryder había señalado, entre Randolph y él existía una diferencia de seis años de madurez, así que no era apropiado realizar comparaciones.

Aun así...

Apartó de su mente aquella distracción (sí, el mero hecho de pasear por un salón junto a Ryder la distraía), y se obligó con testarudez a centrarse de nuevo en su campaña para hablar a solas con Randolph.

Ryder la miró, y en cuanto leyó la expresión de su rostro alzó la cabeza para buscar alguna otra cosa con la que poder distraerla.

—Vaya, acaban de requerir nuestra presencia.

—¿Quién? —miró ceñuda a su alrededor, pero había tanta gente que no alcanzaba a ver gran cosa.

—Una anciana tía mía. Bueno, para mí es como una tía. También te ha visto a ti, así que no vamos a tener más remedio que acercarnos a saludarla y aguantar el sermón.

Sin darle tiempo a protestar, la condujo entre el gentío hacia la esquina donde había visto a lady Maude Folliwell, una prima de su difunto padre, sentada en un diván. Ella tenía una vista pésima y a duras penas podía ver lo que tenía tres metros por delante, pero siempre se alegraba al verle y hablar con él. No tenía reparos en utilizarla para alcanzar el objetivo que se había propuesto, ya que, al margen de cualquier otra consideración, si ella se enterara del objetivo en cuestión no solo le daría su aprobación, sino que aplaudiría sus esfuerzos.

La mujer ante la que se encontró Mary pertenecía a una clase de damas con la que ella estaba muy familiarizada, pero lady Maude no se parecía en nada a su difunta tía Clara. Su conversación aún era completamente racional y fácil de seguir, pero teniendo en cuenta lo gruesos que eran los cristales de sus impertinentes cabía preguntarse cómo había podido verles cuando Ryder y ella estaban poco menos que al otro lado del salón. En cualquier caso, saludó a la dama con una dulce sonrisa, permitió que Ryder la presentara y respondió a todas las preguntas que ella le hizo sobre su familia.

—No he visto ni a tu madre ni a tus tías por aquí, querida mía —lady Maude observó a través de los impertinentes la hilera de sillas y divanes que había a lo largo de la pared, en los que estaban sentadas la mayoría de las damas de edad avanzada presentes.

—Mis padres, mis tías y mis tíos están disfrutando de unos días en el campo.

—Claro, sin duda estarán recobrando fuerzas a la espera de la boda de tu hermana. La noticia ha sido una agradable sorpresa, y sé a ciencia cierta que los Glossup están encantados. Te ruego que le traslades mis felicitaciones a la feliz pareja.

Mary asintió y, al ver que dirigía los impertinentes hacia Ryder, supuso que iba a oír el habitual sermoneo al que las damas de su edad solían someter a los caballeros como él, pero no fue así; de hecho, saltaba a la vista que lady Maude sentía un profundo afecto hacia él y, aunque a juzgar por los comentarios bastante incisivos que le hizo estaba claro que la dama no estaba ciega ni mucho menos, dio la impresión de que, al menos en términos generales, Ryder contaba con toda su aprobación.

Al ver que él respondía afectuosamente a su vez y que la conversación se desviaba hacia asuntos familiares, ella se dio cuenta de que esa era su oportunidad y actuó con premura para no dejarla escapar. Su intención era retroceder un paso con discreción, despedirse de lady Maude con una cortés reverencia y perderse entre el gentío antes de que Ryder pudiera reaccionar. Él se quedaría allí atrapado al no poder interrumpir sin más la conversación, y ella podría ir en busca de Randolph libremente.

Empezó a retroceder con disimulo, poco a poco... y descubrió que él se le había adelantado una vez más.

El muy descarado siguió conversando con lady Maude como si nada, no hizo ni el más mínimo gesto que indicara que sabía lo que ella se traía entre manos, pero los largos dedos que había tenido el atrevimiento de meter entre los pliegues de su falda de seda la sujetaron con firmeza, con lo que quedó anclada a su lado.

Él mantuvo por detrás de su propio muslo la mano con la que la sujetaba, fuera de la vista de lady Maude. El salón estaba tan abarrotado que sería muy improbable que alguien que estuviera tras ellos se percatara.

No tuvo más remedio que seguir sonriendo como una dulce damisela mientras se tragaba el gruñido de pura frustración que ascendió por su garganta, pero estaba más decidida que nunca a dar caza a Randolph. ¡Iba a salir vencedora fuera como fuese!

La oportunidad perfecta se le presentó en cuanto se despidieron de lady Maude. Dieron media vuelta para adentrarse de nuevo entre el gentío y fue justo entonces cuando lady Heskett y lady Argyle, dos elegantes matronas cuya edad era similar a la de Ryder, atacaron simultáneamente desde ambos flancos.

—¡Querido, hacía una eternidad que no te veía! —exclamó la primera, mientras se abatía sobre ellos como un ave de presa.

Fue tanto su ímpetu que poco menos que la apartó físicamente de Ryder, pero ella estaba más que dispuesta a apartarse de él y aprovechó para soltarle el brazo y hacerse ligeramente a un lado.

—¡Raventhorne! ¿Dónde has estado escondido? —lady Argyle lo tomó del brazo con todo descaro. Su voz tenía un tono más estridente y estaba teñida de un matiz claramente posesivo. Aprovechando que él estaba tan ocupado, Mary retrocedió y, sonriendo encantada, dio media vuelta y huyó a toda prisa. Se abrió paso entre la multitud, zigzagueando como un zorro esquivando a los perros de presa, y entonces cambió de dirección y se refugió cerca de la puerta abovedada que daba al pasillo donde estaba el tocador.

Echó un rápido vistazo a su alrededor, y exhaló aliviada al no ver ni rastro de la leonada melena de Ryder.

—Perfecto, ahora debo encontrar a Randolph.

Fue bordeando el salón con actitud vigilante, manteniéndose alerta por si cierto león estaba al acecho. No se extrañó al ver que el grupo de Randolph estaba más o menos donde antes, pero cuando estaba a punto de emerger de entre la multitud que la rodeaba y acercarse a él y a sus amigos vio a Ryder apoyado con toda la naturalidad del mundo en una pared cercana. Se había librado de las molestas damas y parecía estar charlando con un caballero, pero en realidad estaba observando y a la espera.

Ella retrocedió de inmediato, pero él captó el movimiento y dio comienzo una sofisticada versión del juego del gato y el ratón. Le sorprendió un poco ver que él, en vez de limitarse a asegurarse de que no se acercara a Randolph, la seguía mientras ella zigzagueaba entre el gentío intentando despistarlo.

Era tan alto que pudo seguirla con facilidad, y poco después ya lo tenía pisándole los talones. La recorrió un escalofrío de pánico de lo más peculiar, una sensación de deliciosa expectación, pero no podía darse el lujo de pararse a pensar en lo extraña que era aquella reacción. Se le ocurría una única escapatoria posible. Regresó a la puerta abovedada, se detuvo justo antes de cruzarla y se volvió a mirar por encima del hombro.

Él estaba a escasos metros de distancia, les separaban tres personas. Sus miradas se encontraron, y lo que vio en sus ojos la dejó sin aliento.

Una parte de su cerebro pensaba que aquello era absurdo, pero el resto estaba totalmente centrado en una única cosa: en escapar.

No habría sabido decir de qué estaba escapando exactamente, y mucho menos por qué. Lo único que sabía era que tenía que hacerlo.

Se volvió con un jadeo ahogado y enfiló por el pasillo a toda prisa, pero en vez de entrar en el tocador pasó de largo y siguió andando sin detenerse. El largo pasillo discurría paralelo al salón de baile, y sabía por visitas previas que al doblar la esquina del fondo había una puerta que daba a la terraza. Se dirigió hacia allí a toda prisa, y tras doblar la esquina respiró hondo y luchó por calmar su acelerado corazón. Alzó la cabeza, se irguió mientras se envolvía firmemente en su habitual manto de autocontrol, abrió la puerta y salió a la terraza.

Estaba convencida de que sería el último lugar donde se le ocurriría buscarla; al fin y al cabo, no había motivo alguno para que volviera a salir, y mucho menos sola.

Cerró la puerta procurando no hacer ruido, se detuvo al amparo de las sombras proyectadas por las paredes y observó a las cinco parejas que paseaban por la zona. El hecho de que estuviera sola allí fuera, de que paseara sin ningún acompañante, llamaría la atención. Desde el salón no se la veía en ese momento, pero quedaría expuesta si daba unos pasos al frente y la presencia de una persona sola sería lo bastante llamativa como para llamar la atención de cualquiera, incluso de los invitados que en ese momento estaban inmersos en alguna conversación en el salón.

Al menos tres de las parejas que estaban paseando por la terraza la conocían y no había duda de que insistirían en acompañarla de vuelta al salón, donde Ryder estaría esperando al acecho.

Miró a su izquierda, hacia unos empinados escalones que descendían hasta un caminito pavimentado del jardín y que, por suerte para ella, en ese momento estaban envueltos en sombras. Esperó inmóvil y, aprovechando un momento en que todas las parejas estaban distraídas y era improbable que la vieran, bajó los escalones con sigilo y al llegar al caminito dobló la esquina de la casa.

Frente a ella se extendía el rectángulo de jardín al que daban las estancias privadas de la mansión y en la esquina opuesta, más allá de una extensión alfombrada de césped, había un pequeño cenador de mármol blanco flanqueado por pilares que brillaba ligeramente bajo la luz de la luna. Cuando hacía buen tiempo, lady Castlemaine solía celebrar sus meriendas en la extensión de césped, pero no había un acceso directo desde el salón de baile y la zona no estaba iluminada de noche.

En ese momento no debía de haber nadie en el cenador, así que podía ir a sentarse allí y disfrutar de la quietud de la noche un rato, el tiempo suficiente para calmar el absurdo martilleo acelerado de su corazón y para conseguir que su mente volviera a funcionar. No tenía ni idea de por qué la persecución de Ryder, el hecho de que hubiera centrado de repente su atención en ella, le había afectado hasta aquellos extremos, pero tenía que serenar sus nervios, recomponer sus sentidos y recobrar el completo control de su mente. Entonces iba a idear un plan factible para poder estar junto a Randolph el tiempo que necesitaba para... en fin, para poder evaluar adecuadamente si él era o no su héroe.

Había empezado a dudar de lo que antes tenía tan claro, y eso la irritaba muchísimo. Había estado convencidísima de que tenía razón y, por un lado, seguía estándolo. Desde un punto de vista lógico y en base a todos los criterios cuantificables que uno pudiera aplicar, lord Randolph Cavanaugh era el esposo perfecto para ella, así que en teoría tendría que ser su héroe.

Caminando sin prisa, dejó atrás la zona de césped y tomó el estrecho sendero que, serpenteando entre amplios lechos de flores, conducía al cenador. Pequeños arbustos y plantas en flor se mecían suavemente a ambos lados bajo la ligera brisa nocturna y, aunque sus colores quedaban difuminados por la luz de la luna, sus aromas aún se percibían en el ambiente.

El extraño pánico que la había atenazado fue desvaneciéndose de forma gradual; mientras avanzaba a paso lento con la mirada puesta en el camino, su genio empezó a encenderse conforme la realidad de lo que acababa de suceder tomaba forma en su mente.

Había sido obligada a salir del salón, de su campo de acción, por Ryder. ¡Por un déspota arrogante, entrometido y arbitrario! Porque eso era él por mucha amabilidad que usara para ocultar su verdadera forma de ser.

En esa ocasión había logrado vencerla... ¡la había vencido a ella, que siempre tenía el control de cualquier situación! Y no solo eso, sino que lo había hecho en un terreno que ella consideraba suyo; un terreno que siempre podía organizar y manejar a su antojo.

Se alzó la falda y subió con paso airado los tres escalones del cenador, en cuyo interior reinaba una oscuridad aún más densa. Cada vez estaba más furiosa y, aunque no había nadie que pudiera verla, entornó los ojos y apretó los labios en una fina línea.

Se detuvo al llegar a lo alto de los escalones, dejó caer la falda... y se quedó inmóvil de golpe cuando sus sentidos se pusieron alerta y se le erizó la piel.

Silencio absoluto.

Todos sus instintos le advertían a gritos que un depredador peligroso estaba cerca, demasiado cerca.

Parpadeó dos veces. Sin atreverse a respirar apenas, mientras sus ojos se acostumbraban a la oscuridad más densa del interior del cenador, fue volviéndose poco a poco hacia su izquierda...

Estaba sentado en el banco que circundaba la estructura con la lánguida placidez de un felino, observándola con ojos intensos y sin moverse ni un ápice. Tenía la cabeza ligeramente echada hacia atrás, los hombros apoyados en una columna, los brazos relajados, las manos sobre los muslos y un tobillo apoyado en la rodilla opuesta. Era una postura que enfatizaba lo grandote, poderoso y letalmente atractivo que era, y en aquella situación resultaba imposible evitar la obvia extrapolación: lo peligroso que aquel hombre podía ser para cualquier mujer lo bastante insensata como para acercarse demasiado a él.

Sintió una mezcla de enfado y de cierto respeto, ambos avivados al tomar cada vez más conciencia de lo que él podía hacerle a sus planes, de cómo podía obstacularizar el camino que ella había elegido, del grado de distracción que podía crear, de la maestría con la que podía jugar con sus sentidos.

Sí, no tenía más remedio que admitir todo eso; de igual forma, no tenía ni la más mínima duda de que Ryder sería implacable como rival e incluso peor como enemigo, y él ya le había dejado muy claro que no se sentía inclinado a ver con buenos ojos su interés por Randolph.

Aun así... lo observó con atención, pensativa, y se dio cuenta de que el deseo de proteger a su hermanastro tan solo podría impulsarlo a llegar hasta cierto punto y que en ese caso, con ella, estaba yendo más allá.

—¿Cómo has logrado tomarme la delantera?

Él señaló hacia la mansión con un indolente gesto.

—En el invernadero que hay al otro extremo del pasillo hay una puerta que da directamente al sendero.

Ella miró hacia la puerta en cuestión antes de volverse ceñuda hacia él.

—¿Cómo has adivinado que vendría al cenador?

Él tardó un momento en contestar.

—Te olvidas de que se supone que un caballero como yo debe saber dónde están los lugares más propicios para mantener un encuentro ilícito dentro de las principales casas de la alta sociedad, así como también todas las rutas para llegar hasta ellos.

—Pero no tenías forma de saber que yo iba a venir hasta aquí.

Él hizo una nueva pausa antes de darle una respuesta.

—Está claro que estoy empezando a comprender tu forma de pensar, y lo bastante bien como para predecir tu comportamiento.

Eso no contribuyó a reconfortarla, y mucho menos a tranquilizarla. El corazón había dejado de martillearle en el pecho, pero aún no había recuperado su ritmo normal. Decidió que había llegado el momento de dejar las cosas claras.

—¿Por qué estás persiguiéndome? —abrió los brazos—, ¿por qué has llegado al extremo de venir hasta aquí en mi busca?

Ryder, cuyos ojos ya se habían acostumbrado a la penumbra, la observó en silencio mientras se planteaba si explicárselo o no. De haber estado más atenta, el hecho de que no se hubiera puesto en pie al verla llegar la habría hecho sospechar acerca de los motivos que lo impulsaban, pero no parecía haberse percatado de que él se había tomado unas libertades que normalmente estaban reservadas a los parientes cercanos. O quizás ella había aceptado ya aquella realidad, aquel hecho, sin darse cuenta de forma consciente.

Eso era un logro para él, ya que quería decir que había avanzado un paso más en pos de su objetivo. Otro motivo por el que no se había levantado era que en aquellas circunstancias, estando los dos solos en medio de la oscuridad de la noche en un espacio relativamente estrecho, si lo hacía la abrumaría sexualmente. No hacerlo sería poco menos que imposible y, aunque por un lado se sentía intrigado y estaba deseando ver cómo se desarrollaban las cosas, la parte más racional de su mente sabía que Mary aún no estaba preparada para eso.

Además, él mismo aún no estaba preparado para contestar a la pregunta que ella le había formulado a menos que se viera obligado a hacerlo. Enarcó una ceja y, sosteniendo la mirada de aquellos ojos que eran como oscuros y profundos estanques bajo la tenue luz, contestó a su vez con una pregunta.

—¿Por qué crees tú que lo hago? —en función de lo que ella contestara, sabría hasta qué punto se había dado cuenta de lo que estaba pasando.

Ella alzó la barbilla en un gesto que podría ser un desafío consciente, una reacción altiva inconsciente o ambas cosas.

—Lo que creo es que estás aburrido, pero hasta el momento no has encontrado ninguna presa nueva que se ajuste a tus gustos habituales y, por algún extraño motivo, te fijaste en mí durante el baile de compromiso de Henrietta y James; creo que, por alguna incomprensible razón, te resulto entretenida, y que ahora que has descubierto que estoy interesada en Randolph has decidido divertirte no solo interponiéndote en mi camino, sino desviándome de él a base de distraerme y desconcertarme.

Tanto su voz como su tono habían ido ganando firmeza conforme iba hablando. Estaba mirándole sin amilanarse, y su actitud desafiante era claramente visible a pesar de la penumbra.

—¿Estoy en lo cierto?

—Es innegable que todo lo que has dicho es verdad —pero no toda la verdad.

—¡Lo sabía! —exclamó ella, antes de dar media vuelta con brusquedad.

Se puso a pasear con nerviosismo por el cenador (es decir, cruzó en dos airados pasos el suelo de mármol, dio media vuelta y regresó con dos pasos más), y entonces se detuvo y se encaró de nuevo con él con una actitud cada vez más belicosa.

—Pero ¿por qué?, ¿por qué? —extendió los brazos en un gesto de desesperación—. ¡Dime por qué estás empeñado en entorpecer mis intentos por captar la atención de Randolph!

—Ya te lo he dicho, Rand no es el hombre adecuado para ti.

El hombre adecuado para ella era él, pero Mary tenía que llegar a esa conclusión por sí misma. Tenía que dejar que ella se diera cuenta cuando estuviera preparada, a su propia manera. Las personas de carácter fuerte (personas como ella, como él mismo) no permitían que los demás interfirieran en su vida y, cuando se trataba de cuestiones personales, les costaba aceptar que las opiniones de los demás pudieran ser acertadas. Ninguno de los dos iba a dejarse manejar. No era una cuestión de confianza, sino más bien de inviolable determinación; en ese aspecto la comprendía muy bien, y por eso estaba dispuesto a darle tiempo para que llegara por sí misma a la conclusión correcta.

Ella se quedó mirándolo por un largo momento y al final, con una voz que rebosaba femenina frustración, exclamó:

—¡Esto es increíble! ¡No eres tú quien debe decidir eso!

—Dadas las circunstancias, creo que sí que lo soy.

—¡No, nada de eso! Ryder...

Él suspiró para sus adentros, descruzó las piernas y se puso en pie. Era la única manera de terminar con aquella situación. Según sus cálculos, el baile debía de estar llegando a su fin, y tenía que llevarla de vuelta al salón antes de que alguien la echara en falta.

Aún no estaba preparado para abrir la boca e informarla acerca de sus intenciones. El desafío al que se enfrentaba con Mary era el de ganársela sin descubrir sus cartas. Si le confesaba abiertamente que deseaba casarse con ella... no era un vanidoso ni mucho menos, pero nadie podía negar que era un partido más que excelente. Si le revelaba sus intenciones a Mary y ella decidía aceptarle por esposo, se arriesgaba a no llegar a saber nunca lo que sentía realmente por él, a no saber qué la había llevado a aceptar. Por el momento no tenía ni idea de cuáles eran sus sentimientos hacia él. No sabía si sentía algo más allá de irritación y exasperación, si alguna vez podría llegar a sentir algo más allá del transitorio deseo que sabía que podía despertar en ella.

Además, ¿y si le confesaba sus intenciones y ella le rechazaba? ¡Eso sería aún peor! No, era mejor y mucho más sensato (además de más seguro) ablandarla primero, así que...

Se irguió todo lo alto que era y dio el medio pasito necesario para acercarse a ella lo suficiente para que, debido a la diferencia de estatura, se viera obligada a echar la cabeza hacia atrás para poder mirarlo a la cara. Podría haber usado la posición para intimidarla, pero teniéndola tan cerca eso era lo último que se le pasaba por la cabeza.

Lo mismo podía decirse de ella, ya que se le quedó mirando con la luz plateada de la luna tiñéndole las mejillas y una expresión medio alelada en el rostro que él reconoció de inmediato.

Estaba claro que Mary no era inmune ni mucho menos a su cercanía, a su sensual aura. A la atracción que él sabía manejar con maestría.

El ambiente crepitaba con el potencial ilícito de aquel momento, le hormiguearon los dedos al recorrer con la mirada la delicada curva de su mejilla y su mandíbula. Porque podía hacerlo, la miró a los ojos y trazó con la punta de un dedo aquella tentadora curva de alabastro.

Vio cómo se le dilataban los ojos, oyó el jadeo ahogado que brotó de sus labios y notó su agitada respiración. Deseó que hubiera luz suficiente para poder verla mejor, para poder ver con claridad el despertar de su deseo.

Al ver que sus labios, aquellos labios rosados y voluptuosos, se entreabrían en una reacción instintiva que era toda una invitación, supo que podía besarla, que podía comenzar a seducirla en ese mismo momento.

La tentación, una tentación mucho más potente de lo que esperaba, le susurró al oído que lo hiciera. El anhelo de adueñarse de sus labios hizo que se le hiciera la boca agua, pero si se le consideraba uno de los amantes más destacados de la alta sociedad no era porque no entendiera lo que era realmente la seducción.

No se trataba de tentar a una dama a rendirse a los deseos de su amante, sino de inducirla a rendirse a los suyos propios.

Mary tenía que desearlo, tenía que ser ella quien diera el primer paso y acabaría por hacerlo, de eso no había duda. Para él, tratándose de Mary en concreto, era necesario que así fuera; empezaba a darse cuenta de cuánto podía llegar a desearla, y necesitaba que ella le deseara de igual forma.

Respiró hondo y retrocedió mentalmente del umbral que habían estado a punto de cruzar, un umbral al que él mismo les había conducido. Bajó la mano y la tomó del codo.

—Vamos, regresemos al salón —le dijo, mientras con gentileza la instaba a girar hacia los escalones.

La oyó tomar una brusca y ligeramente trémula bocanada de aire, y al ver que lo miraba dubitativa supuso que estaría debatiéndose entre protestar por la forma en que acababa de acariciarla o comportarse como si no hubiera sucedido nada. No se sorprendió al verla optar por la segunda opción. Lo miró desafiante, pero permitió que la ayudara a bajar los escalones y cuando la soltó se limitó a caminar hacia la casa junto a él con la frente bien en alto.

—Será mejor que entremos por la terraza —le indicó él.

Ella asintió y tomó el mismo sendero que había usado para llegar al cenador, pero apenas habían dado unos pasos cuando le preguntó:

—¿Por qué?

Él dio un par de pasos más antes de contestar.

—Que nos vieran llegar desde el invernadero daría pie a habladurías. Es un lugar obvio para mantener un encuentro ilícito, y lo bastante apartado para despertar la imaginación de los chismosos a pesar de tu edad.

Ella sopesó sus palabras por unos segundos.

—¿Y el hecho de que entres conmigo desde la terraza no va a llamar la atención?

—No, en absoluto —se volvió hacia ella y le sostuvo la mirada por un momento antes de añadir—: es uno de los beneficios de tener una reputación como la mía. A menos que hagamos algo demasiado descarado, algo como salir juntos del invernadero, por ejemplo, dado que mis gustos son de sobra conocidos, cualquiera que me vea entrando contigo con toda naturalidad desde la terraza supondrá que he accedido a acompañarte fuera para que tomes algo de aire; de hecho, justamente eso es lo que he hecho antes. No hay nada de extraño en ello, nada que pueda suscitar murmuraciones.

Doblaron la esquina de la casa, subieron los escalones, y al llegar a la terraza vieron a dos parejas que se dirigían hacia las puertas acristaladas del salón y se dirigieron también hacia allí. Cuando llegaron Mary se detuvo y él la rodeó con el brazo para apartar las finas cortinas, pero en vez de hacerlo se quedó quieto así, aprisionándola entre su cuerpo y las cortinas, que eran como una traslúcida pantalla que los separaba de los ocupantes del salón.

Ella le miró con ojos interrogantes y él atrapó su mirada y bajó la cabeza para murmurar, en un tono de voz coloquial y a la vez íntimo:

—Nadie sospecharía jamás que podría querer seducirte —siguió mirándola a los ojos, unos ojos que se dilataron sorprendidos ante sus palabras—. Eres demasiado joven, demasiado inocente —sus labios se curvaron en una sonrisa—, y demasiado casadera. Distas mucho de ser mi tipo como amante.

Ella escudriñó sus ojos por unos segundos, deslizó la mirada por su rostro y se quedó mirando sus labios; al cabo de un instante, soltó un exasperado bufido, se volvió a mirar de nuevo al frente, esperó a que él apartara las cortinas, y entonces entró en el salón con actitud altiva y serena.

Él la siguió con la mirada puesta en su esbelta espalda y omitió decirle que, aunque no era su tipo como amante, cada vez estaba más seguro de que era exactamente su tipo como esposa.

CAPÍTULO 3

—No tenía ni idea de que íbamos a tener que partir a toda prisa rumbo a Wiltshire —dijo Henrietta—. Simon y Portia desean venir también, en gran medida para sacar a los niños de Londres y darles un respiro del ambiente de la ciudad. Pero eso significa que vas a quedarte aquí sola.

Mary, quien estaba sentada frente a ella en la mesa del desayuno, la miró con una tranquilizadora sonrisa.

—No te preocupes, tan solo voy a estar sola en el sentido de que no habrá nadie más de la familia en casa —indicó con un gesto a Hudson, que estaba parado junto al bufé—. Estaré rodeada del servicio, y tanto Amanda y Martin como Amelia y Luc se encuentran a un par de calles de aquí.

—Aun así... —Henrietta suspiró antes de admitir—: me quedaría si pudiera, pero James no tiene más remedio que ir y la verdad es que es preferible que me haga una idea de cómo funcionan las cosas en Whitestone Hall antes de llegar allí como la nueva señora de la casa.

—Es una oportunidad demasiado buena, no puedes dejarla pasar —se comió un bocado de tostada, y entonces comentó—: la verdad es que no veo el porqué de tu preocupación, mamá y papá regresan pasado mañana. Amanda va a acompañarme esta noche a la velada musical de lady Hopetoun, mañana le tocará a Amelia hacer de carabina en el baile de lady Bracewell, y después mamá ya estará de vuelta y todo retomará la dinámica habitual. No hay motivo alguno que te impida ir, y lo mismo puede decirse de Simon y Portia.

Henrietta la observó en silencio unos segundos, y al final optó por claudicar.

—Bueno, si estás segura... —alzó una mano— y sí, ya veo que sí que lo estás. Era una forma de hablar.

Mary respondió a aquello con una amplia sonrisa, y le preguntó con actitud relajada:

—¿Cuándo os marcháis?

—En una hora —Henrietta lanzó una mirada hacia el reloj y abrió los ojos como platos—. ¡Cielos! —agarró su taza de té y, después de apurarla con rapidez, dejó la servilleta sobre la mesa y se puso en pie—. ¡Debo darme prisa! —la miró a los ojos y le ordenó sonriente—: pórtate bien y cuídate mucho.

Ella se echó a reír.

—¡Anda, vete ya!

Cuando su hermana se marchó a toda prisa, se tomó su tiempo para saborear el té y tomar una segunda tostada con mermelada mientras evaluaba en qué punto se encontraba su plan para encontrar a su héroe.

Su reacción instintiva ante la interferencia de Ryder era redoblar sus esfuerzos y seguir adelante con mayor ahínco aún por el camino que se había trazado anteriormente, mantenerse con mayor tenacidad en la dirección que había decidido seguir, pero ya era lo bastante mayorcita como para reaccionar de forma tan ciega al topar con un impedimento. Le gustaría pensar que a aquellas alturas de la vida ya era lo bastante sensata como para saber admitir que, en ocasiones, podría no tener toda la razón.

Y, a decir verdad, no era el comportamiento de Ryder durante la noche anterior el que estaba llevándola a cuestionarse lo que antes parecía tener tan claro, sino el de Randolph, quien poco menos que la había lanzado a los brazos de su hermano antes de salir huyendo.

No era un comportamiento digno de un héroe, desde luego.

Cuantas más vueltas le daba al tema, menos gracia le hacía.

Dejó la taza sobre la mesa y bajó la mirada hacia el collar, que quedaba visible por encima del pronunciado escote de su vestido de día color azul claro. El colgante de cuarzo rosa que pendía entre sus senos no estaba a la vista, pero notaba su presencia, su peso.

«Si ahora que llevas puesto el collar no sientes nada especial por ese misterioso caballero tuyo, si él no te cautiva, si no es capaz de exasperarte como nadie, si no te saca de quicio hasta el punto de que no puedes dejar de pensar en él... por favor, prométeme que harás caso a lo que te aconseje la Señora».

Esas habían sido las palabras de su prima Angelica, pronunciadas en el baile de compromiso de Henrietta y James (el baile en que el collar había pasado a estar en su poder). Angelica también era la menor de una de las ramas de la familia, y de todos era sabido que de todas las primas era la más parecida a ella en cuanto a temperamento.

El collar le había funcionado a su prima y seguía estando convencida de que ella no iba a ser una excepción, pero con Randolph no había sentido nada más allá de una exasperación creciente al ver frustradas sus expectativas.

Eso no quería decir necesariamente que Randolph no fuera su héroe verdadero, pero estaba claro que por el momento no lo era; de hecho, daba la impresión de que iba a tardar años en alcanzar ese punto.

Se llevó una mano al colgante y susurró:

—No voy a esperar años, y sin ninguna garantía —le dio vueltas al asunto mientras golpeteaba distraída una de las cuentas de amatista con una uña, y al cabo de unos segundos hizo una mueca y bajó la mano—. Debo aceptar la posibilidad de que Randolph no sea mi héroe. Puedo aprovechar la velada musical de esta noche... es imposible que Ryder aparezca por allí, gracias a Dios... para ponerle a prueba una última vez. Tal y como están las cosas, todo parece indicar que no va a estar a la altura de mis expectativas, y de ser así empezaré a buscar a mi héroe verdadero.

Un héroe que estaba siendo condenadamente reticente, ¡ya era hora de que diera un paso al frente y apareciera ante ella de una vez!

«Si él no te cautiva, si no es capaz de exasperarte como nadie, si no te saca de quicio hasta el punto de que no puedes dejar de pensar en él...».

Eso último podría aplicarse a Ryder; de hecho, repasando lo ocurrido se dio cuenta de que él era el primer hombre con el que se había relacionado después de que Henrietta le pusiera el collar. Pero la noche anterior él había confirmado directa y abiertamente sus sospechas acerca del porqué de aquel súbito interés por ella, y no era nada descabellado darle crédito al hecho de que su instinto de protección hacia Randolph fuera tan fuerte como para hacerle llegar a aquellos extremos. Ryder era el cabeza de familia, una familia tan antigua como los Cynster, y ella comprendía el instinto protector propio de alguien que ostentaba un puesto así. Un hombre como él actuaría sin pensárselo dos veces para proteger a todo el que considerara que estaba bajo su protección, y huelga decir que un hermanastro menor entraba en esa categoría.

Por todo lo dicho, no había razón alguna para suponer que Ryder pudiera ser su héroe y muchas, muchísimas para tener la certeza de que no lo era.

De entre todas ellas, una que destacaba era lo parecidos que eran tanto en carácter como en temperamento; las principales diferencias, aparte del género, eran que él era mayor, infinitamente más experimentado y, por tanto, más fuerte.

Frunció la nariz al admitir para sus adentros que aquello último no era cierto. La verdad era que Ryder era más fuerte de forma inherente, no por una cuestión de edad, y no reconocerlo y admitirlo sería una necedad que no podía permitirse. No había duda de que para una dama que tenía la firme intención de estar al mando de su propia vida él era la antítesis del hombre ideal, de su héroe verdadero, así que estaba claro que el condenado héroe en cuestión aún no había hecho acto de presencia.

Tras lanzar una última mirada al collar (una mirada en la que se reflejaba una ligera inquietud), dejó a un lado la servilleta, se puso en pie y se dirigió hacia la puerta del salón de desayuno.

Al menos tenía la tranquilidad de saber que esa noche no iba a tener que lidiar con la distracción y el sensual desconcierto generados por la interferencia de Ryder. Las veladas musicales como la de lady Hopetoun eran un terreno abonado para las casamenteras, las jóvenes que estas tenían a su cargo y los jóvenes caballeros de buena familia con edad de casarse, por lo que se trataba de eventos a los que jamás asistían los caballeros como Ryder.

Estaba segura de que iba a tener el terreno despejado, así que esa noche iba a tomar una decisión en uno u otro sentido en lo que a lord Randolph Cavanaugh se refería.

Mary entró tras su hermana mayor en la sala de música de lady Hopetoun. Mientras Amanda, condesa de Dexter, se abría paso saludando a unos y a otros hasta incorporarse a su propio círculo de amistades, ella se detuvo tras cruzar la puerta y recorrió el lugar con la mirada.

Se habían retrasado un poco porque Amanda se había entretenido con su hija pequeña, que había agarrado un pequeño resfriado del que por suerte ya estaba recuperándose. Su hermana ya era una madre experimentada, y tras comprobar el estado de la niña se había quedado lo bastante tranquila como para ir hasta Hill Street para asistir a la velada musical; aun así, a modo de precaución ella había ido en el carruaje de sus padres hasta la mansión de Amanda en Park Lane, y esta la había seguido desde allí en su propio carruaje por si acaso.

La cuestión era que a aquellas alturas ya debían de haber llegado todos los invitados. Los miembros del conjunto de cámara que iba a tocar estaban afinando los instrumentos y, aunque la mayoría de los invitados aún seguían conversando en grupitos en el espacio despejado más cercano a la puerta, había algunos que ya habían tomado asiento en las sillas tapizadas de terciopelo colocadas en apretadas filas ante la tarima.

Tenía que encontrar a Randolph, ¿dónde diantres estaría?

Después de buscarlo con la mirada, frunció ligeramente el ceño y se dirigió hacia uno de los laterales de la sala para poder ver mejor...

—No están aquí.

Se sintió orgullosa de sí misma por no brincar sobresaltada. Giró apenas la cabeza y le lanzó una breve mirada a Ryder, que se acercó y se detuvo a su lado. Tras plantearse por un segundo si valía la pena arriesgarse a tirar piedras sobre su propio tejado, acabó por rendirse y preguntar:

—¿A quién te refieres? —era tan alto que podía buscar entre los presentes mucho mejor que ella.

—A Rand y sus amigos.

—¿No ha venido ninguno de ellos?

—Me parece que tienen miedo.

¡Otra vez lo mismo! Que si tenían miedo, que si estaban asustados... Resignada, se volvió hacia él y le preguntó:

—¿Miedo de qué?

Él la miró con su habitual expresión de león lánguido y relajado, y al cabo de un instante enarcó una ceja y contestó.

—Todo el mundo sabe que esta clase de eventos, sobre todo cuando se celebran en esta época del año, tienen un único objetivo, y que ese objetivo no tiene nada que ver con la música.

Aquello era innegable; al fin y al cabo, precisamente ese era el motivo que la había llevado a asistir. Aun así...

—Randolph y los demás asistieron al baile de anoche y me dijeron que todos asistían a eventos así, eventos como este, para complacer a sus respectivas madres, a las anfitrionas y a las grandes damas.

Ryder sonrió con orgullo al oír aquello.

—Vaya, ¿Randolph admitió eso? Entonces aún hay esperanzas, no es un caso perdido.

Ella le lanzó una mirada de desaprobación.

—Puede que no lo sea según tu modo de ver las cosas, pero yo doy por ciertas sus palabras y por eso no entiendo que ni sus amigos ni él estén aquí esta noche —lanzó una rápida y elocuente mirada alrededor—. Estoy segura de que sus madres habrían deseado que vinieran. Solo hay que ver la cantidad de jóvenes damas presentes, acompañadas de madres y madrinas. Y también hay un buen número de caballeros más jóvenes que tú.

—Si te fijas bien, te darás cuenta de que la mayoría de ellos tienen alrededor de un año menos que Rand y sus amigos.

De hecho, ya se había dado cuenta de ello. Observó de nuevo a los invitados, pensativa y ligeramente ceñuda, y en su mente empezó a tomar forma una pregunta a la que Ryder dio respuesta con sus siguientes palabras.

—Supongo que anoche llegaron a un punto en el que vieron el abismo que se abría a sus pies.

—Y supongo que su ausencia en este evento significa que están dando un paso atrás, ¿verdad?

Él esbozó una pequeña sonrisa que no era de burla, sino más bien de comprensión. Era un gesto que indicaba que comprendía a su hermano, pero también a ella.

—Creo que harías bien en interpretar su ausencia como una especie de declaración de intenciones.

Ella misma se sorprendió al darse cuenta de que no sentía nada más allá de simple aceptación y resignación.

—Bueno, en cierto modo esto me deja más claro el camino que debo tomar —lo miró a los ojos y entornó un poco los suyos a modo de advertencia—. Por mucho que me cueste darte la razón, está claro que tu hermano no es el caballero adecuado para mí.

Ryder luchó por reprimir la enorme sonrisa que pugnaba por aflorar a sus labios.

—Cuánto me alegro de que hayamos dejado eso bien claro.

—En fin, ahora debo seguir adelante y avanzar en pos de mi objetivo —se volvió hacia la sala y echó a andar sin más.

Él la miró desconcertado y se apresuró a alcanzarla.

—Disculpa, pero... ¿avanzar hacia dónde, exactamente? ¿A qué objetivo te refieres?

—El de evaluar con mayor detenimiento a los caballeros disponibles para averiguar cuál de ellos es el adecuado para mí, por supuesto.

—Ah.

Fue tras ella hasta una fila de sillas situada más o menos a la mitad de la sala, la siguió a continuación por la fila hasta que se dio por satisfecha, se alzó un poco la falda, dio media vuelta y tomó asiento, y entonces se sentó junto a ella.

Los músicos empezaron a tocar una breve pieza introductoria que sirvió de aviso para que todos los invitados que aún estaban de pie procedieran a ocupar sus asientos, y ella aprovechó para mirarle de reojo y preguntarle en voz baja:

—¿Sigues empeñado en no perderme de vista?

Él le sostuvo la mirada y entonces, mientras el grueso de los invitados se acomodaba y las conversaciones se iban apagando, sonrió, se reclinó en la silla y murmuró, sin dejar de mirarla a los ojos:

—Podría decirse que sí.

Ella soltó un bufido, y con la frente en alto y el semblante decidido centró su atención en los músicos.

Al otro extremo del salón, lady Carmody frunció el ceño mientras se sentaba en una silla junto a Lavinia. Aprovechando que la música iba ganando intensidad, se inclinó hacia ella y le tiró de la manga.

—¡Mira eso! ¿Qué hace aquí tu hijastro?, ¿por qué está conversando con Mary Cynster? —lanzó un vistazo alrededor—. Por cierto, ¿dónde está Randolph?

Lavinia, al igual que muchas de las damas presentes, había dirigido también su mirada hacia la sorprendente pareja, y contestó sin girar la cabeza. La rigidez de su voz indicaba que estaba hablando entre dientes mientras luchaba por no ponerse a gritar.

—Excelentes preguntas, no tengo respuesta para ninguna de ellas —al cabo de un momento miró al frente, y entonces agachó un poco la cabeza y admitió en voz baja y llena de enfado—: ¡le dije a Randolph que viniera a este evento!

—Bueno, ya se sabe cómo son los jóvenes —le contestó lady Carmody, para intentar aplacarla.

Lavinia mantuvo la mirada puesta en la tarima, pero la música no logró distraerla. Su atención se desvió una y otra vez hacia la cabeza leonada de su hijastro y hacia sus anchos hombros, notó cómo se inclinaba ligeramente hacia Mary Cynster cada vez que intercambiaba algún comentario con ella.

—¡Lo último que quiero es que esa bobita se encapriche con Ryder!

Lo masculló en voz baja para que nadie pudiera oírla aparte de lady Carmody, y esta se tomó unos segundos para analizar la situación antes de contestar.

—Dudo mucho que alguien pueda desviar a la señorita Cynster del camino que haya decidido tomar, ni siquiera él; además, no es posible que Ryder se haya propuesto seriamente seducirla, ¿verdad? Aparte de ser consciente de que algo así causaría un gran escándalo, ella no es en absoluto su tipo.

—Eso es cierto —admitió Lavinia, ceñuda, antes de lanzar

otra mirada hacia su endemoniado hijastro—. Pero sigo sin entender qué está haciendo aquí.

Lady Carmody se encogió de hombros y se dispuso a disfrutar de la música.

—A lo mejor está aburrido y le gusta la música, tan simple como eso.

Lavinia mantuvo la expresión ceñuda en su rostro y no contestó.

Mary llegó a la conclusión de que Ryder debía de estar aburrido y le gustaba la música, seguro que era tan simple como eso. Se sentía cómodo con ella y, más aún, sabía que no corría el riesgo de que soñara siquiera con atraparlo. Sí, esa era la razón más lógica que se le ocurría para explicar por qué había decidido permanecer junto a ella, y la idea le hizo mucha gracia. ¡Ryder se sentía a salvo con ella! No pudo evitar regodearse ante el hecho de que uno de los caballeros más peligrosos de la alta sociedad tuviera que esconderse tras sus faldas.

Durante el transcurso del recital no solo disfrutó de la música, sino que sin apenas darse cuenta empezó a intercambiar impresiones con él de forma totalmente fluida y espontánea. Entablaron una conversación inteligente y sensata sobre temas como la mejor combinación de instrumentos para interpretar cada pieza, la selección del repertorio, la acústica de la sala y el hecho de que los músicos iban a necesitar en breve unos minutos para reajustar la afinación de los instrumentos debido al calor cada vez más intenso que imperaba en la sala.

Aunque estaba bastante bien versada en la mayoría de aquellos aspectos y pudo mantener el nivel de la conversación sin quedar a la zaga, lo de reajustar la afinación era algo que nunca había comprendido, pero, tal y como Ryder había predicho, los músicos hicieron una breve pausa para llevar a cabo dicha tarea.

Cuanto más charlaban más relajada se sentía, y más disfrutaba. Ryder no parecía tener ningún objetivo en mente más allá de disfrutar de la música y compartir con ella aquel momento con la mayor normalidad del mundo.

Cuando llegó el intermedio, se dirigieron hacia el salón donde se había servido un pequeño refrigerio mientras seguían charlando (en ese momento estaban sumidos en un animado debate sobre si era mejor contar con una sección de trompas o tener instrumentos de viento adicionales), y cuando se les avisó regresaron a la sala de música y retomaron sus asientos para disfrutar de la segunda parte del recital, que era más larga que la primera.

Estaba tan inmersa en el momento, tan anclada en la red tejida por la combinación de la interacción con Ryder (una interacción inesperadamente estimulante) y la excelente música, que para cuando se dio cuenta de que él estaba siendo el centro de un sinfín de miradas disimuladas y llenas de curiosidad el recital ya estaba a punto de terminar.

Se quedó desconcertada y se preguntó a qué se debería aquella extraña actitud, pero de repente comprendió cuál era el motivo de que las damas más maduras (en especial las pocas grandes damas presentes y las matronas de edad más avanzada) le estuvieran lanzando a Ryder aquellas miradas tan penetrantes y llenas de curiosidad.

La cuestión que cabía preguntarse era qué estaba haciendo él allí o, más concretamente, qué le habría llevado a hacer acto de presencia y por qué había decidido quedarse.

Ella había dado por hecho que había decidido ir para proteger a Randolph de ella y que, tras ver que su hermano no estaba allí, la había seguido hasta la silla y se había sentado a su lado porque quería disfrutar de la actuación y no quería tomarse la molestia de hablar con nadie más.

No había duda de que Ryder sentía interés por la música, pero, a pesar de que eso no era algo inusual en un caballero como él, que ella supiera ese interés nunca había bastado para hacerle asistir a un evento así. Y, a juzgar por las miradas interrogantes que se centraban en él, estaba claro que ninguna otra dama había visto a aquel león de la sociedad en un terreno como aquel.

Sintió que un súbito hormigueo le recorría la nuca y le bajaba por los hombros.

Tal y como el mismo Ryder había dicho, aquella clase de eventos, sobre todo cuando se celebraban en aquella época del año, estaban expresamente diseñados para ayudar a que aquellos que tenían en mente casarse se relacionaran entre sí y se conocieran mejor. Prueba de ello era la gran cantidad de jóvenes parejas que había por toda la sala y que se relacionaban bajo la estricta supervisión de las carabinas.

Por todo ello, que un caballero del calibre de Ryder apareciera en un evento así iba a interpretarse como una declaración de intenciones por su parte. Era como si él estuviera admitiendo que la presa que había salido a cazar no era una amante, sino una esposa.

Mientras la música iba in crescendo, una súbita tensión empezó a constreñirle poco a poco los pulmones y, sin mover apenas la cabeza, miró de soslayo al relajado león que estaba sentado junto a ella y que parecía estar totalmente absorto en la música. Tras contemplar por unos segundos las cinceladas líneas de su rostro, la innegable belleza masculina que no ocultaba en forma alguna la fuerza y el potente poder que subyacían más allá de la fachada, miró de nuevo al frente e intentó respirar hondo, pero debido a la constricción de sus pulmones no logró inhalar aire suficiente para despejar su aturdida cabeza.

Ryder estaba allí por la música, había permanecido allí para disfrutar del recital. Sí, no había otra explicación posible. ¿Qué otro motivo podría tener?

Estaba comportándose como una tonta, aquel súbito nerviosismo era absurdo. No había razón alguna para reaccionar así, él no había hecho absolutamente nada que pudiera hacer suponer que...

Estaba allí, sentado junto a ella, de forma bien obvia y visible.

Apartó de su mente con firmeza aquella posibilidad tan absurda que se le había ocurrido debido al aluvión de miradas curiosas de las damas presentes. Su férrea determinación de ocultar aquella súbita y ridícula vulnerabilidad hizo que se obligara a sí misma a escuchar la sonata hasta el final; cuando por fin terminó, aplaudió con tanto entusiasmo como los demás y, con una gran sonrisa en el rostro, se puso en pie junto con el resto de invitados para brindarles una ovación a los músicos, a quienes lady Hopetoun procedió después a darles las gracias.

Tras una última ronda de aplausos, cada quien procedió a reunirse con sus respectivos acompañantes, y ella se despidió con toda naturalidad de Ryder manteniendo en todo momento la sonrisa. Le dio las gracias con suma corrección por su compañía y entonces, más rápida que nunca antes en toda su vida, fue en busca de su carabina para ponerse a salvo.

Ryder tenía los hombros apoyados contra la última columna del porche de la mansión de los Hopetoun mientras, al amparo de la penumbra, escuchaba subrepticiamente a Mary y a Amanda, quienes tras salir por la puerta principal y cruzar el porche se habían detenido en lo alto de los escalones que descendían hasta la calle. Junto a ellas iban pasando los demás invitados, que salían de la mansión en parejas y tríos y tampoco eran conscientes de que él estaba allí, parado en silencio entre las sombras fuera de su campo visual.

Mary sacudió su chal de seda y volvió a colocárselo sobre los hombros (que, por cierto, llevaba prácticamente desnudos) antes de decir:

—Tenemos los dos carruajes aquí, no es necesario que me sigas hasta Upper Brook Street. Me acompañan el cochero y un lacayo, no voy a correr ningún peligro.

—Sí, supongo que tienes razón —asintió Amanda, mientras se colocaba bien el chal y el bolsito—. Además, vas a recorrer una distancia bastante corta.

—Y Park Lane está incluso más cerca —añadió Mary, antes de besarla en la mejilla—. Gracias por acompañarme y hacer de carabina, soy consciente de que no habrías venido de no ser por mí. Ah, y no te preocupes por Ryder; tal y como te he dicho, lo único que le interesaba era la música. Te aseguro que no espero ni mucho menos que empiece a prestarme una atención especial.

—Si tú lo dices... en cualquier caso, recuerda lo que te he dicho. Es un hombre astuto, no le subestimes.

Ryder sonrió entre las sombras al oír aquello, y permaneció donde estaba mientras las veía bajar los escalones rumbo a los dos carruajes que estaban esperándolas. Entraron ayudadas por sus respectivos lacayos, las portezuelas se cerraron, y el de Amanda se incorporó al flujo de elegantes vehículos que circulaban a paso lento en dirección oeste seguido de cerca por el de Mary.

Esperó a que este último desapareciera al doblar la esquina de Hill Street, y entonces se puso el sombrero y emergió de entre las sombras balanceando el bastón con aire despreocupado. Se incorporó a los invitados que salían de la mansión, bajó los escalones hasta la acera y, despidiéndose con corteses inclinaciones de cabeza de unos y otros, se alejó por la calle.

Casi nunca usaba un carruaje en Mayfair. Sus largas zancadas cubrían terreno con facilidad y el relativo silencio de la noche, a pesar de quedar roto por el familiar traqueteo de los carruajes, le resultaba relajante, en especial después de pasar una velada rodeado de gente y en medio de la cacofonía de ruidos a la que uno estaba expuesto durante los eventos sociales.

Viró hacia el norte por Hayes Mews, una calle estrecha y poco frecuentada, y envuelto en la oscuridad y la paz de la noche siguió caminando a paso relajado y sin apresurarse, pero sin perder el tiempo. En vez de dirigir su mente por alguna senda concreta la dejó recorrer a su antojo lo ocurrido durante las últimas horas, la dejó observar y repasar con libertad.

El impulso que le había llevado a esperar en el porche hasta asegurarse de que Mary iba camino de casa sana y salva era... interesante, por decirlo de alguna forma. Nunca antes había sentido un impulso parecido, aquella profunda necesidad, ni siquiera con las damas con las que había compartido un lecho. Supuso que se trataba de un reflejo natural de cómo veía a Mary, seguro que era una consecuencia del puesto que ella ocupaba en su vida.

Enarcó las cejas mientras le daba vueltas al asunto, pero no vio nada que pudiera ser motivo de alarma. Él era quien era, era lo que era. Dado que ya la consideraba su marquesa, esa clase de impulsos eran de esperar.

Por otro lado, también era de lo más interesante el hecho de que ella se hubiera puesto alerta de golpe al final del recital. Hasta ese momento había estado conversando relajada, con toda naturalidad y sin intentar reprimirse, pero se había dado cuenta de repente (debido seguramente a la multitud de miradas de curiosidad que lanzaban hacia él las otras damas presentes) de que el hecho de que él estuviera a su lado requería alguna explicación.

Había sentido curiosidad por saber qué pensaría ella al respecto. Aunque al despedirse de Amanda había sido clara al revelar la conclusión a la que había llegado, cabía preguntarse si creía realmente que él tan solo había permanecido a su lado para disfrutar del recital (que, por otra parte, había sido excelente).

Al llegar al final de Hayes Mews dobló a la izquierda y enfiló por Farm Street. Sonriendo para sí mismo y balanceando el bastón, cruzó la pavimentada calle rumbo a la entrada de la callejuela que solía tomar para acortar camino cuando regresaba a su casa, que estaba situada en Mount Street, procedente de la zona sur de Mayfair.

A aquellas horas de la noche, la mayoría de ciudadanos de bien evitarían pasar por estrechas callejuelas aun estando en un bastión de la alta sociedad como aquel, pero él transitaba por ellas sin preocupación alguna. Su tamaño bastaría para disuadir a la mayoría de posibles atacantes, pero si aun así intentaran agredirle el estoque que llevaba oculto en el bastón sería un elemento disuasorio incluso más potente.

Sabía cómo utilizarlo y nadie de su tamaño sobrevivía en Eton sin aprender a boxear y, más aún, a pelear a puñetazo limpio.

A decir verdad, no le temía a casi nada en la vida, al menos en lo que a su integridad física se refería. Eran muy pocas las cosas que podrían suponer una amenaza para él desde un punto de vista físico, pero la vida le había enseñado que existían otras amenazas, muchas de las cuales podrían ser potencialmente más dañinas, con las que el riesgo de sufrir una verdadera pérdida era mucho mayor que el que podría haber en el plano físico.

Debido a su forma de ser, a la clase de hombre que era, esas amenazas no eran algo en lo que quisiera ahondar y, de hecho, prefería no tratar el tema ni consigo mismo, pero se derivaban en gran medida de las cuestiones que había decidido que con treinta años ya era hora de abordar para evitar que se le escaparan de las manos.

La callejuela se estrechaba en los últimos nueve metros, y el espacio que quedaba entre las paredes era el justo para que pudiera pasar. Al salir de la penumbra desembocó en Mount Street, una calle más transitada y mucho mejor iluminada; tras doblar a la izquierda avanzó unos metros, cruzó la pavimentada calzada, y alcanzó la otra acera a escasos pasos de los escalones de entrada de su casa.

Abrió la puerta con su llave y al cruzar el umbral y entrar en el esplendoroso vestíbulo, que estaba bien iluminado por la luz de las lámparas, no le sorprendió ver que Pemberly, su mayordomo, emergía de las entrañas de la casa de inmediato para encargarse del sombrero y del bastón. Había sido el mayordomo de su padre y, al igual que la señora Perkins (el ama de llaves) y varios miembros más del servicio, había sido una constante en su vida desde la niñez.

—Bienvenido a casa, milord. Confío en que la velada haya ido bien.

—Sí, muy bien; de hecho, las cosas han ido mejor de lo que esperaba —admitió, antes de entregarle el sombrero y el bastón.

Había asistido a la velada musical de lady Hopetoun creyendo que Rand estaría presente. La ausencia de su hermano y la consiguiente admisión por parte de Mary de que no era su futuro marido había simplificado las cosas. Se le había despejado el camino sin necesidad de que hiciera esfuerzo alguno, y gracias al tiempo que había pasado después con ella había avanzado más de lo que esperaba en pos de su objetivo.

Debía decidir cuál iba a ser su siguiente paso.

—¿Va a salir de nuevo, milord?

Pemberly estaba preguntándole si iba a salir rumbo a otro baile, a algún club, a alguna casa de juegos, o al lecho de alguna dama. Su respuesta negativa fue inmediata y categórica.

—No, puedes cerrar con llave. Voy a quedarme un rato en la biblioteca, y después subiré a acostarme.

—De acuerdo, milord. Se lo diré a Collier.

Ryder asintió. Collier había sido el ayuda de cámara de su padre, pero a la muerte de este aún era demasiado joven para retirarse. Él no necesitaba que nadie le ayudara a vestirse y mucho menos a desvestirse y, a decir verdad, no le gustaba tener a alguien tan cerca, invadiendo su espacio personal; aun así, permitía que Collier le asistiera porque había servido con abnegación a su padre, y durante los últimos días de vida de este había sido de especial ayuda. En ese momento estaba intentando que todos los habitantes de la casa reemplazaran la anticuada expresión «ayuda de cámara» por «asistente», que era un término más moderno; estaba siendo una dura batalla, pero estaba decidido a salir vencedor.

Se dirigió hacia la biblioteca, y cuando entró cerró la puerta tras de sí y se detuvo para dejarse envolver por la reconfortante y acogedora atmósfera que reinaba allí. Aquel era el lugar de la casa donde pasaba más tiempo y, gracias a todas las horas que había compartido allí con su padre, el que más asociaba con él. Al cabo de un largo momento soltó un suspiro que era más de satisfacción que de cualquier otra cosa, y se dirigió entonces hacia la enorme chimenea situada hacia la mitad de la larga sala.

Estanterías que abarcaban desde el suelo hasta el techo, llenas de tomos encuadernados en cuero, cubrían todas las paredes interrumpidas tan solo por las puertas dobles, la chimenea y los tres largos ventanales situados justo enfrente de esta última. Las largas cortinas de terciopelo estaban bien cerradas de noche, así que la única luz procedía de la lámpara encendida que estaba sobre una mesita auxiliar situada junto a una de las dos butacas gemelas colocadas frente a la chimenea, y de las pequeñas pero vivas llamas que ardían en el hogar de esta. El pulsante y dorado resplandor resultante se reflejaba danzarín en la lustrosa madera, iluminaba parpadeante las letras doradas de los lomos de los libros, y acariciaba con suavidad el cuero marrón oscuro de los sofás y las sillas que había por toda la sala.

En vez de dirigirse hacia el enorme escritorio situado al fondo, se detuvo junto a la chimenea y tomó el montoncito de tarjetas que había en un extremo de la repisa de mármol. Eran todas las invitaciones que había recibido para los días siguientes y, tal y como tenía por costumbre hacer, sacó primero las de aquella noche (las que estaban en la parte superior del montón) y las echó al fuego. Separó a continuación las correspondientes al día siguiente, volvió a dejar las otras encima de la repisa y se acercó a la lámpara encendida. Abrió las tarjetas en abanico en una mano, y analizó a la luz de la lámpara los eventos que iban a celebrarse al día siguiente.

Mary había empezado a preguntarse aquella noche qué era lo que él tenía realmente en mente, había empezado a dudar de los motivos que pudiera tener. Incluso suponiendo que hubiera logrado convencerse a sí misma de que se había quedado junto a ella durante todo el recital por la música, no iba a tardar en darse cuenta de que esa explicación no se sostenía. Él tenía buen ojo para esa clase de cosas, y estaba convencido de que se aproximaba rápidamente el momento en que ella iba a preguntarle sobre sus intenciones e iban a hablar abiertamente del asunto.

Esbozó una sonrisa expectante. Estaba deseando que llegara ese momento y, aunque no estaba en sus manos decidir cuándo iba a producirse exactamente esa conversación (una conversación que era necesario que tuvieran), estaba seguro de que podía contar con que fuera ella quien la iniciara. Mary sacaría el tema cuando estuviera preparada, y eso era algo que no suponía ningún problema para él; de hecho, así no iba a tener que preocuparse por intentar adivinar cuándo llegaba ella a ese punto, porque seguro que se lo hacía saber sin tapujos.

Su sonrisa se ensanchó y se centró de nuevo en sopesar los distintos eventos que la alta sociedad tenía previsto disfrutar al día siguiente.

Tal y como estaban las cosas, no era preciso hacer nada más allá que colocarse junto a Mary de forma sistemática en los eventos a los que ella asistiera. Lo único que necesitaba para avanzar hasta la siguiente fase de su campaña era estar allí y ella se encargaría del resto, crearía la oportunidad perfecta para que quedara perfectamente claro qué era lo que él quería conseguir.

Seleccionó una marfileña tarjeta de las siete que tenía en la mano, la releyó y asintió.

—Sí, esta es —la golpeteó contra el pulgar y murmuró—: es aquí donde estará mañana por la noche, en el baile de lady Bracewell.

CAPÍTULO 4

A la mañana siguiente, mientras desayunaba té y tostadas, Mary se preguntó con irritación creciente qué diantres estaría planeando Ryder y repasó por enésima vez las conversaciones que habían mantenido en las tres noches previas.

Ella le había preguntado en dos ocasiones qué era lo que pretendía y no había llegado a obtener una respuesta clara. Cuando la había retado a que le dijera cuáles creía que eran sus motivos y ella se lo había dicho de forma clara y concisa, él le había dado la razón, pero aun así había pasado la velada anterior junto a ella en un evento al que, en teoría, un caballero de su edad no asistiría a menos que estuviera pensando en casarse. Se podría alegar que había hecho acto de presencia para proteger a Randolph de ella, pero se había dado cuenta de que su hermano no estaba allí incluso antes de que ella llegara y aun así había decidido quedarse.

¿Por qué?, ¿por la música?

¿Tan fuerte era su deseo de oír cómo un conjunto de cámara que, aunque bueno, no era famoso ni mucho menos, interpretaba unas piezas que todos habían oído infinidad de veces antes?, ¿se habría quedado por algún otro motivo?

Dirigió la mirada hacia la silla vacía situada al final de la mesa, la que solía ocupar su madre. De estar presente le pediría consejo, ya que seguro que ella podría desentrañar rápidamente los complejos motivos de Ryder.

—Mañana por la mañana ya estarán de vuelta, señorita.

Las palabras de Hudson hicieron que se diera cuenta de que

se había quedado mirando la silla vacía con expresión anhelante. Alzó la mirada hacia él y contestó, con una pequeña sonrisa:

—Sí, ya lo sé. Estarán aquí antes de que me dé cuenta.

—¿Hay algo que los miembros del servicio podamos hacer por usted mientras tanto?

—No, gracias —le indicó con un gesto que dejara sobre la mesa la tetera que acababa de llevar, y procedió a servirse otra taza—. Es que necesito el consejo que mamá podrá darme sobre cierto tema, pero no hay prisa —le miró con otra sonrisa tranquilizadora—. Puedo esperar hasta mañana.

Hudson se inclinó ante ella, y entonces recogió los platos sucios y los llevó a la cocina.

Una vez que se quedó sola, se reclinó en la silla mientras seguía disfrutando de su té y repasaba de nuevo la conversación que había mantenido con Ryder la noche anterior, y de repente abrió los ojos como platos y se quedó inmóvil con la taza suspendida en el aire. Se enderezó como un resorte, volvió a repasar los principales puntos, retrocedió hasta la noche previa y analizó...

Frunció el ceño mientras una ansiedad que hasta el momento había evitado definir iba tomando forma y se intensificaba.

Dado que en los últimos días habían conversado con frecuencia, podría llegar a comprender que, teniendo en cuenta el estatus social de ambos y que ambas familias se conocían desde siempre, él hubiera decidido prescindir del «señorita Cynster» de rigor; aun así, tanto a lo largo de la velada anterior como dos noches atrás, aparte de cuando había querido atraer su atención... no la había llamado de ninguna forma y, además, habían estado tuteándose con toda naturalidad.

Ryder le había hablado (y ella le había respondido) como si... como si existiera entre ellos alguna clase de acuerdo...

—¡No! —fue una negativa bastante débil, así que la repitió varias veces con énfasis creciente—. ¡No, no y no! —apretó los labios, dejó la taza sobre la mesa y sacudió la cabeza—. ¡No puede ser!, ¡no voy a permitirlo! —Ryder no era su héroe, era imposible que así fuera. ¡Se le consideraba el aristócrata más ingobernable de toda la alta sociedad!

Ella estaba decidida a manejar siempre las riendas de su vida (y, por tanto, también las de su futuro marido), así que Ryder no podía ser el hombre destinado a ser su esposo.

Pero ¿y si él había decidido que ella era la mujer destinada a ser su esposa?

Aquella pregunta resonó en su mente mientras mantenía la mirada perdida en el otro extremo de la mesa.

—¿Qué demonios voy a hacer en ese caso?

Para cuando entró aquella noche en el salón de baile de lady Bracewell acompañada de Amelia, estaba convencida de que había logrado volver a la normalidad y retomar su rumbo. El camino que se había fijado iba a conducirla hasta su héroe, el hombre que habría de conquistarla y llevarla al altar y a la felicidad conyugal. Lo único que tenía que hacer era darle caza, el collar y la Señora se encargarían del resto.

Había iniciado su campaña aquella misma mañana acompañando a Penelope, la hermana de Portia, a dar un paseo por el parque. Habían llevado al pequeño Oliver, el primogénito de Penelope; aprovechando que hacía algo de sol. Durante el paseo había estado atenta a los caballeros que había por la zona, ya fuera circulando por la avenida o paseando por las extensiones de terreno sembradas de césped, pero ninguno de ellos había sobresalido especialmente. Ninguno de ellos había atraído su interés, ninguno había logrado centrar su atención.

Quizás habría intentado hablar acerca de Ryder con Penelope si esta hubiera sido otra, pero, teniendo en cuenta que estaba más versada en el comportamiento de caballeros que habían vivido milenios atrás o que tenían tendencias criminales, cualquier consejo que le ofreciera sería cuestionable.

No necesitaba más dudas e incertidumbres, sobre todo en lo que a Ryder se refería.

Al regresar del parque había puesto rumbo a Dexter House. Amanda la esperaba allí porque tenían previsto ir a casa de lady Holland, quien había organizado una comida a la que tan solo iban a asistir mujeres.

Durante el trayecto de ida y vuelta en carruaje había tenido tiempo de sobra para pedir consejo a su hermana mayor sobre el asunto de cierto marqués cuya insistencia la tenía desconcertada, pero, para su propia sorpresa, había optado por no sacar el tema.

Se había dicho a sí misma que si no había mencionado a Ryder era porque estaba intentando por todos los medios olvidarse de él, quitárselo de la mente... Pero era mucho más fácil de decir que de hacer.

Ataviada con un vestido de muaré azul con las mangas y el escote ribeteados de cinta color azul aciano, saludó a lady Bracewell con su habitual seguridad en sí misma, pero mientras descendía la escalinata del salón de baile la embargó un inesperado nerviosismo que la exasperó.

Debía mantener la mente puesta en la tarea que se había propuesto. Tenía que conversar y moverse libremente entre el resto de invitados mientras evaluaba a todos y cada uno de los posibles candidatos, en especial a aquellos que habían ocupado los primeros puestos de su lista antes de que se decidiera por Randolph Cavanaugh.

Había que tener en cuenta que todas sus valoraciones previas las había hecho cuando no tenía aún el collar, así que existía la posibilidad de que un caballero que anteriormente no le hubiera parecido tan buen candidato como Randolph le resultara más atractivo al verlo a través del prisma de la Señora.

Mientras descendía por los escalones de mármol blanco y recorría con la mirada a los invitados la embargó una tensión creciente. Estaba expectante ante una posibilidad que no quería que se hiciera realidad, una posibilidad que en el fondo sabía que iba a materializarse aunque de momento no viera por ninguna parte la leonada melena de Ryder.

Bajó la mirada al bajar los últimos escalones. No quería que él estuviera allí. No quería que él acaparara su atención, que le nublara los sentidos al insistir en que bailaran juntos un vals. Bien sabía Dios que estaba dispuesta a admitir que no tenía ni la fuerza ni la experiencia necesarias para rechazarle, y ¿adónde la llevaría todo eso?

¡A quedar atrapada de nuevo en sus cautivadoras redes, tal y como había pasado en la mansión de los Castlemaine!

Alzó de nuevo la mirada al pisar el salón de baile y, mientras observaba aquel océano de invitados, se recordó a sí misma que ya no había motivo alguno por el que él hubiera de seguir pendiente de ella y rondándola, ni esa noche ni nunca más.

—Buenas noches, Amelia.

Giró la cabeza de golpe al oír aquella voz masculina y se tragó una imprecación. Miró amenazante a Ryder, quien había permanecido al abrigo de la curvada escalinata (por eso no le había visto) y había emergido de allí de improviso.

—Hola, Ryder —Amelia le devolvió la sonrisa mientras él se inclinaba sobre su mano—. Creo que Mary y tú ya os conocéis.

—Sí, así es.

Se volvió a mirarla y Mary tuvo la impresión de que su sonrisa se volvía hambrienta al posar los ojos en ella, pero intentó convencerse de que eran imaginaciones suyas. Recordó que su hermana no se había percatado de a quién había estado rehuyendo durante gran parte del baile de los Castlemaine ni sabía quién había estado encandilándola durante el recital de la noche anterior, así que se aferró a su sofisticación y miró a Ryder con una sonrisa de advertencia.

—Sí, ya nos conocemos.

Él le sostuvo la mirada por un instante antes de mirar de nuevo a Amelia.

—Lady Croxton ha comentado que está esperándote, se encuentra en aquel grupo de allí —señaló hacia una lejana esquina del salón.

—Ah, gracias —Amelia miró hacia allí antes de volverse hacia ella—. Ya sabes dónde encontrarme. Ryder —se despidió de él con una ligera inclinación de cabeza, y se alejó abriéndose paso entre unos y otros.

Cuando perdió a su hermana de vista, ella se volvió hacia Ryder y optó por centrar la mirada en sus ojos para intentar evitar que su impactante magnificencia la afectara. Como de costumbre, era el perfecto ejemplo del caballero elegante, sofisticado y superficialmente civilizado.

Apretó los labios y le dijo con voz firme:

—Estoy decidida a echar un vistazo a los posibles candidatos que podrían aspirar a que les concediera mi mano en matrimonio. Ya he eliminado a Randolph de mi lista, así que no tienes motivo alguno para seguirme de acá para allá.

Él sostuvo su retadora mirada, y al cabo de unos segundos sus labios se curvaron en algo que no alcanzaba a ser una sonrisa.

—Es posible, ya veremos.

—¿Qué clase de respuesta es esa? —le preguntó, ceñuda.

Él enarcó las cejas con aquella actitud lánguida tan característica y se limitó a contestar:

—La única que vas a obtener.

Mary contuvo a duras penas un gutural sonido de frustración, estaba claro que estaba jugando de nuevo con ella.

—Ryder, por favor, aléjate.

Dio la impresión de que él estaba considerando seriamente su petición, pero cuando estaba a punto de empezar a sentirse esperanzada negó con la cabeza y dijo, mirándola a los ojos en todo momento:

—La verdad es que no estoy seguro de poder complacerte en eso.

Lo miró desconcertada, no sabía cómo interpretar aquella situación.

—Eh... —si él se negaba a marcharse, no había nada que ella pudiera hacer al respecto. Apretó los labios y lo miró con severidad—. Está bien, pero si insistes en permanecer cerca de mí te pido que al menos tengas la cortesía de no estorbarme —se giró y se adentró con determinación en la multitud sin esperar a su respuesta.

Ryder sonrió de oreja a oreja y dejó que, al menos al principio, fuera ella quien marcara el rumbo... pero cinco minutos después su sonrisa se había esfumado.

—No creerás en serio que Cantwell y Rigby son candidatos apropiados para ti, ¿verdad? Tus primos, al menos, se horrorizarían, y seguro que el resto de tu familia también.

—¿Por qué?

—Tienen deudas —y otros defectos que era mejor no mencionar.

—Ah.

Se la veía ligeramente alicaída. Después de observar atentamente a los aspirantes en cuestión, que estaban conversando en un grupo integrado en su totalidad por caballeros similares a ellos (es decir, jóvenes miembros de familias nobles), le preguntó dubitativa:

—¿Estás seguro?

—Segurísimo. Rigby está cerca de quedarse sin blanca, y las tierras de Cantwell están totalmente hipotecadas —titubeó antes de añadir—: no puede decirse que sea algo público y notorio, pero mucha gente está al tanto de ello.

Ella bufó exasperada y dio media vuelta.

—Tendría que haber una lista, las grandes damas podrían encargarse de custodiarla. «Registro de caballeros casaderos», ese sería un buen nombre.

—Yo creía que la lista de admisión de Almack's era precisamente eso.

—En teoría, los caballeros casaderos a los que se les permite entrar en Almack's deberían ser candidatos adecuados para mí, pero me interesan más los que, aun no estando casados, solo cruzarían el umbral de Almack's arrastrados por caballos salvajes.

Caballeros como él.

Se tragó las palabras, mantuvo la boca cerrada y se limitó a seguirla. Era mejor dejar que actuara con total libertad aquella noche, dejarla sopesar los pros y los contras de todos los caballeros que ella quisiera para poder decirle por qué no eran candidatos aptos, para poder señalar los defectos de cada uno de ellos. Y si había alguno que no tenía defectos... en fin, aunque a ella parecía estar costándole darse cuenta de la realidad de la situación, la mayoría de los caballeros de la alta sociedad sí que eran conscientes de lo que implicaba el hecho de que Ryder Cavanaugh, marqués de Raventhorne, permaneciera junto a Mary Cynster y no se apartara de su lado.

Sabía el puesto que ocupaba en la lista de caballeros casaderos, eran pocos los que perderían el tiempo intentando competir contra él y todos ellos eran, si no amigos, al menos conocidos suyos; era muy improbable que alguno de ellos tentara al destino pidiéndole matrimonio a Mary, ni siquiera por competitividad.

Ella era una fierecilla mandona de la que casi todos huirían; de hecho, ni siquiera estaba seguro de por qué no era esa su propia reacción. Solo sabía que no quería alejarse de Mary, que no había duda de que ella tenía la capacidad de sorprenderle y, más importante aún, que le hacía reír (aunque fuera para sus adentros).

En ese momento estaba centrada de lleno en dar caza a George Cruikshank, al que había logrado acorralar aprovechando que estaba solo. Al oír los acordes del primer vals de la noche, el pobre se volvió hacia él y le lanzó una mirada de súplica. Era un hombre de temperamento aplacible, un alma cándida que parecía un conejillo atrapado y tembloroso que estaba deseando echar a correr.

Antes de que él pudiera interceder y sacar a Mary a bailar (era lo que tenía intención de hacer en cualquier caso), ella posó la mano en el brazo de George sin el menor reparo y le miró con la más dulce de las sonrisas.

—Disculpe mi atrevimiento, pero me encanta bailar el vals.

—Eh... es que... ¡tengo una pierna lastimada! —parecía aterrado.

—¿En serio?

Al ver que ella bajaba su desconcertada mirada hacia sus piernas, unas piernas que hasta el momento se habían mantenido perfectamente estables, George se agarró un muslo e hizo una mueca de dolor.

—Verá, es que no me gusta llevar bastón. Supongo que podría decirse que soy demasiado vanidoso. Pero me temo que mi pobre pierna no aguantaría un vals.

—Ah —ella seguía con la mirada puesta en sus piernas, y se desinfló de forma patente.

Antes de que pudiera hacer alguna pregunta sobre la supuesta lesión y el pobre George se viera obligado a lanzar mentiras a diestro y siniestro, la tomó del codo y reprimió una sonrisa al notar que el pequeño contacto hacía que ella se sobresaltara ligeramente.

—Ven a bailar conmigo, dejemos que el pobre George intente aliviar su dolor.

Mary le miró y por un instante sus ojos azul aciano quedaron desenfocados como si estuviera pensando en otra cosa, pero parpadeó y se centró en él.

—Está bien —miró a George e inclinó la cabeza—. Gracias por la conversación, espero que su pierna mejore.

Ryder reprimió con firmeza una sonrisa mientras se despedía a su vez con una inclinación de cabeza. El grado de profundo agradecimiento que George logró imbuirle a su muda respuesta estuvo a punto de lograr que perdiera la compostura y se echara a reír, pero ya se había dado cuenta de que Mary no tenía ni idea de cuánto intimidaba a los caballeros de carácter más débil de la alta sociedad.

La condujo hacia el centro del salón de baile, y al tomarla entre sus brazos comentó:

—Me temo que el elegido no va a ser George.

—No, está claro que no.

Mary dejó que Ryder tomara las riendas del vals y luchó con valentía por permanecer centrada en la tarea que se había impuesto, pero fue en vano. En cuestión de dos giros, de dos vigorosas vueltas, su mente ya se había desviado hacia la intrigante pregunta de por qué bailar el vals con él era tan maravilloso, por qué se acoplaban tan bien y era una experiencia tan... tan perfecta. Sí, no había duda de que él era un verdadero experto, pero también era mucho más alto y corpulento que ella y cabría esperar que se sintiera abrumada, pero no era así; de hecho, la verdad era que se sentía protegida. No se sentía aprisionada, el efecto era demasiado sutil para que así fuera, pero él la escudaba por completo de cualquier posible contacto con los que les rodeaban.

Los dos formaban una sola unidad mientras bailaban, una entidad disociada del resto del mundo.

Bailar el vals con él era como dar vueltas libremente en el interior de una construcción frágil y básicamente intangible. La fuerza firmemente controlada de Ryder propulsaba los movimientos de ambos y los dos estaban entregados por completo a la experiencia, pero con aquella entrega de los sentidos y de la conciencia no estaban rindiéndose, sino dándose el lujo de disfrutar.

Habían recorrido una vez el largo salón de un extremo a otro y ya iban de vuelta cuando su mente tomó conciencia de la realidad. Se dio cuenta de repente de que se había relajado y estaba disfrutando del baile, de que estaba sonriéndole abiertamente, de forma libre y sincera, y de que él estaba mirándola a su vez con una sonrisa indolente y un brillo de satisfacción en los ojos.

Se planteó decirle que se sentía inclinada a creer que no debería volver a bailar el vals con él nunca más, porque si se acostumbraba a aquello bailar con cualquier otro le parecería insulso en comparación; por otro lado, quizás debería tomarse todo lo que viviera con él a modo de guía, como una especie de medida de referencia. Seguro que cuando encontrara por fin a su héroe verdadero bailar con él sería incluso mejor que aquello, seguro que llegaría a superar aquella brillante, maravillosa y deliciosamente embriagadora experiencia.

Pero huelga decir que, tratándose de Ryder (al que no hacía falta alentar aún más ni plantearle nuevos retos), mantuvo la boca cerrada y se limitó a disfrutar de lo que quedaba del vals.

Cuando la pieza terminó, le dio las gracias con sincera gratitud y procedió a poner su punto de mira en el honorable Warwick Hadfield, quien se había parado cerca de allí con su prima, la señorita Manners, con la que había estado bailando.

Era un caballero al que había incluido en su lista inicial y, de hecho, según todos los parámetros establecidos por la alta sociedad sería mejor pretendiente para ella que Randolph. El padre de Warwick era el vizconde de Moorfield, así que era el heredero de las cuantiosas propiedades de la familia. Eso era algo que carecía de importancia para ella (y para su familia), pero tal y como el propio Ryder había comentado la sociedad tenía ciertas expectativas.

Tenía que revaluar a Warwick como posible candidato ahora que el collar ya estaba en su poder y, dado que la mayoría de los invitados iban circulando de grupo en grupo, no le resultó difícil encontrar la forma de poder conversar con él, pero a pesar de que resultó ser un caballero cuyas respuestas eran bastante inteligentes y al que no le faltaba encanto ella no sintió nada, nada de nada. La indiferencia era mutua, ya que el propio Warwick tampoco parecía sentir interés alguno por ella; de hecho, daba la impresión de que estaba sinceramente enamorado de su bella y encantadora prima.

Lo eliminó de la lista y prosiguió con su tarea sin darse por vencida. Ryder permaneció junto a ella como una especie de escolta que le abría paso entre la multitud y, dado que cada vez había más gente y el salón estaba más abarrotado, se sintió agradecida por contar con la ayuda de aquellos hombros anchos y de aquella imponente presencia que hacía que el camino se abriera milagrosamente ante ellos. Siendo justos, la verdad era que los comentarios que él hacía eran en su mayor parte generales y entretenidos, sin ánimo de crítica. Era lo bastante sensato como para no hacer comentarios negativos sobre los caballeros que ella decidía evaluar a menos que tuviera alguna información pertinente que pudiera ayudarla, e incluso entonces no interfería directamente.

Bueno, no interfirió hasta que ella, llevada por la desesperación, interrumpió su peregrinación por el salón y se unió a un grupo donde se encontraban varios calaveras en ciernes y un libertino de noble cuna.

Tanto Jasper Helforth como Joselin Filliwell eran dos de los calaveras en ciernes, pero daba la impresión de que aún podían ser reformados y los dos eran inmensamente aptos en todos los demás aspectos. Así que merecía la pena comprobar si alguno de ellos daba la talla.

Al final disfrutó de la conversación que mantuvo con ellos, pero se percató de que los dos se aseguraban de no excluir a Ryder; en cualquier caso, no hubo chispa ninguna, nada que estimulara sus sentidos ni que ejerciera en ella algún efecto que sirviera, por ejemplo, para que su atención dejara de estar centrada en Ryder. Cada vez que lo comprobaba, descubría que sus sentidos estaban pendientes de él por encima de todo y de todos, incluyendo sus posibles pretendientes; de hecho, había empezado a utilizar ese fenómeno como un barómetro del potencial de otros hombres.

Si Ryder se empeñaba en permanecer junto a ella, que por lo menos resultara de utilidad.

Ella no tenía ni idea de qué estaría sacando él de todo aquello más allá de una diversión que no se molestaba en intentar disimular, pero aparte de permanecer a su lado como una sombra no hacía nada que la obstaculizara y la dejaba proceder a sus anchas.

Los músicos empezaron a tocar otro vals, y Joselin Filliwell sonrió y le pidió que le concediera aquel baile. Ella asintió sin vacilar, ya que a juzgar por la conversación que habían estado manteniendo parecía acercarse más a su ideal que Jasper o cualquiera de los caballeros que había evaluado hasta el momento.

Él bailaba admirablemente bien y ella intentó invocar la misma magia elusiva que sentía cuando bailaba en brazos de Ryder, lo intentó de verdad, pero...

Cuando el anodino vals llegó a su fin, reprimió un suspiro y esbozó una forzada sonrisa mientras permitía que la llevara de regreso al grupo, cuya composición había cambiado. Jasper no había regresado, pero se habían incorporado al círculo dos caballeros más jóvenes (ambos muy improbables como posibles candidatos) además de Cassie Michaels y Rosalind Phillips.

Pasó los veinte minutos siguientes charlando con los recién llegados, con Ryder a su lado. Estaba claro (para ella al menos, era posible que los caballeros no se hubieran dado cuenta) que tanto Cassie como Rosalind tenían un objetivo similar al suyo, pero, a pesar de que aquellos jóvenes caballeros eran agradables y, en términos generales, no tenían nada de malo, la verdad era que no despertaban en absoluto su interés por la simple razón de que eran demasiado inmaduros.

Estaba a punto de volverse hacia Ryder para sugerir que era hora de seguir circulando por el salón cuando sonaron los primeros acordes de otro vals.

—Señorita Cynster, sería un placer para mí que me concediera el honor de este vals.

Aquellas palabras pronunciadas con voz lánguida y profunda hicieron que dirigiera su mirada hacia un caballero del grupo que se encontraba a cierta distancia de ella. Claude Legarde era un poco mayor que el resto de integrantes del grupo y tenía fama de ser un libertino en ciernes. Su atuendo, aun siendo impecable, resultaba excesivamente recargado (su camisa, por ejemplo, tenía volantes en el cuello y las mangas), y le envolvía un penetrante y empalagoso olor a clavo y mirra.

No quería bailar con él. No tuvo necesidad de planteárselo siquiera, la mera idea hizo que se le erizara la piel en una fuerte reacción de rechazo.

El problema era cómo declinar sin ofenderle cuando era obvio que había estado dispuesta a bailar con otros caballeros. Para nadie era un secreto que Legarde tenía una lengua viperina.

—No sabes lo desolado que me siento al tener que informarte de que la señorita Cynster me ha prometido a mí este vals, Legarde.

Aunque Ryder dijo aquellas palabras con la misma languidez que había usado anteriormente Legarde, saliendo de él sonaron como un decreto que no admitía ninguna objeción, y ella sintió un alivio tan inmenso que de buen grado le habría dado un beso. Sabía que su propia reacción era absurda, pero por algún extraño motivo no quería ni tocar a Legarde.

Cuando Ryder se volvió hacia ella, lo miró sonriente y le ofreció la mano de inmediato.

—Gracias, no se me había olvidado.

Él respondió con una sonrisa en la que se reflejaban aprobación y comprensión a varios niveles.

—Sabía que no había sido así.

Tras despedirse del grupo con una vaga inclinación de cabeza que ella imitó la condujo hacia el centro del salón, pero Mary alcanzó a ver la cara de Legarde en el último momento y se desconcertó al ver que parecía satisfecho, casi podría decirse que ufano. Se mantuvo inexpresiva mientras se alejaba del grupo con Ryder, pero no entendía por qué habría reaccionado así aquel hombre. Era como si hubiera visto algo, como si acabara de averiguar un secreto o alguna cosa ilícita, algo que no sabía nadie más.

Pero entonces Ryder la tomó entre sus brazos y empezó a girar con fluidez al ritmo de la música, así que apartó a Legarde de su mente y se limitó a disfrutar del momento.

—Gracias por rescatarme, el señor Legarde no está en mi lista ni mucho menos —dijo al cabo de un largo momento, cuando volvió a pensar con cierta claridad.

—Gracias a Dios.

Ryder la miró a los ojos, vio cómo se curvaban sus labios en una sonrisa llena de seguridad y utilizó lo que ella había dicho, el tono de voz que había empleado y aquella sonrisa para aplacar sus impulsos naturales, unos impulsos centrados en ella y que no esperaba que fueran tan intensos, al menos tan pronto. Por alguna extraña razón, Mary había conectado desde el principio con la parte primitiva e instintiva de su ser, y dicha conexión había ido profundizándose aún más durante los encuentros que habían tenido aquellos últimos días.

Cuando se había enterado del objetivo que ella se había marcado para aquel baile, la conexión se había vuelto más nítida aún, más definida, pero de momento había logrado capear el desafío. Porque era todo un desafío dejarla campar a sus anchas por el salón y reprimir el impulso de lanzarse a por ella, atraparla y llevársela a su guarida. La verdad era que podía sentirse satisfecho de la actuación que había tenido hasta el momento.

Dejó que el vals transcurriera con total normalidad, ya que prefirió no aprovechar aún su ventaja. Era preferible dejar que Mary se diera cuenta por sí misma de que ningún otro caballero podría encajar con ella tan bien como él (estaba seguro de que no tardaría en hacerlo), pero sin la distracción añadida de la conexión sensual que estaba claro que iba a establecerse. Esa conexión ya existía... era incipiente aún, pero a la vez potencialmente poderosa... y él la tenía a su disposición para utilizarla cuando lo deseara, pero tenía la impresión de que para persuadir y convencer a Mary lo mejor era dejar que ella empleara su propia lógica.

Tenía la suficiente confianza en sí mismo, en su forma de ser y en sus propias facultades, para dejarla establecer su propio camino, ya que ese camino acabaría por llevarla hasta él.

Cuando el vals llegó a su fin, los dos estaban sonrientes y en perfecta armonía. La condujo hasta un grupo de damas y caballeros a los que conocía y cuya edad era más similar a la de él, y procedió a presentárselos pensando que a ella le iría bien un poco de contraste para poder compararlo mejor con los jovenzuelos inexpertos que había estado valorando hasta el momento.

Lady Paynesville, quien había sido amante suya mucho tiempo atrás, lo miró sonriente.

—Milord, mi hermano me pidió que en caso de verte te preguntara si te apetecería venir a Escocia este verano para disfrutar de un poco de caza.

La miró a los ojos, consciente de que la caza no era lo único que estaría disponible si decidía aceptar la invitación, pero eran precisamente esa clase de interludios (agradables, pero insustanciales y sin ningún beneficio a largo plazo) los que habían empezado a hastiarle. Sus instintos de cazador habían decretado que ya no merecía la pena perder el tiempo con ellos.

—Transmítele mi agradecimiento a John, pero aún no estoy seguro de qué voy a hacer este verano.

Juliet no se tomó a mal la negativa.

—En fin, qué se le va a hacer —sonrió y posó la mirada en Mary—. Supongo que nunca se sabe lo que puede pasar.

Él sonrió a su vez, dirigió también la mirada hacia Mary... y reprimió a duras penas el impulso de fruncir el ceño, de soltar una imprecación, de gruñir como un león furibundo. Mientras él se distraía apenas un momento, otro caballero se había unido al grupo y se había colocado al otro lado de Mary.

El caballero en cuestión (por llamarle de alguna forma) era Jack Francome, un tipo apuesto, elegante y tan desenvuelto como él. Era de excelente cuna y eso le permitía entrar en la mayoría de los salones, pero hacía mucho que tenía fama de ser un hombre de dudoso carácter y turbia moralidad. Había perdido su patrimonio en las mesas de juego antes de cumplir veinticinco años, y desde entonces había estado viviendo a costa de una larga sucesión de amantes adineradas.

Aunque sus objetivos habituales eran viudas más maduras que Mary, no dudaría en seducir a una joven inocente para hacerse con su fortuna; aun así, que intentara ir a por una Cynster indicaba que debía de estar realmente desesperado.

Francome se las sabía todas. Había entablado una conversación con Mary para hacerla girarse ligeramente hacia él, y en ese momento estaban hablando de forma casi privada a pesar de estar en el grupo.

Se acercó todo lo posible a ellos y aguzó el oído. El tipo estaba siendo cauto y procuraba no hacer ningún comentario que pudiera despertar las sospechas de Mary, pero entonces los dichosos músicos empezaron a tocar de nuevo.

Mary alzó la cabeza y, una vez que tuvo la certeza de que la pieza era otro vals, miró con expresión alentadora al enigmático señor Francome. Ya le había visto con anterioridad, pero tan solo de pasada en algún que otro baile y era la primera vez que tenía ocasión de conversar con él. No había duda de que era más interesante que los caballeros más jóvenes que había estado evaluando hasta el momento, y eso la llevó a pensar que quizás sería buena idea ampliar el radio de búsqueda.

Francome la miró con una sonrisa que se reflejó en sus ojos marrones.

—Le solicitaría este vals, señorita Cynster, pero el salón está tan abarrotado que me preguntaba si preferiría quizás salir a pasear por la terraza.

Estaban a escasos metros de una puerta doble acristalada que estaba abierta y daba a una zona enlosada. Más allá de la balaustrada que la delimitaba se extendía la templada noche, y al ver a las parejas que paseaban bajo la luz de la luna sintió el súbito deseo de respirar algo de aire fresco.

—Gracias, me encantaría.

Lo miró sonriente y cuando él le ofreció el brazo con galantería se dispuso a posar la mano sobre su manga, pero no pudo hacerlo porque una fuerte mano masculina se la agarró y evitó el contacto.

Sorprendida, verdaderamente atónita, alzó la mirada hacia Ryder, al que había visto conversando con la dama que tenía a su otro lado la última vez que le había mirado.

—¿Qué estás haciendo?

—Ni hablar.

Su débil pregunta había quedado ahogada por la contundente y letal negativa de él. Lo miró desconcertada y se dio cuenta de que no era a ella a quien había dirigido sus palabras, sino a Francome. Nunca antes le había visto tan tenso, decir que su rostro parecía estar tallado en granito sería quedarse muy corto; en cuanto a sus ojos, estaban centrados en Francome y, si las miradas pudieran matar...

Tensa, con el aliento contenido, miró a Francome, que se había quedado inmóvil y no apartaba los ojos de Ryder. Fue quedándose más y más pálido, tragó saliva, y tras bajar el brazo dijo, con voz bastante más apagada y sin el afable encanto del que había hecho gala hasta el momento:

—No me había percatado de... —arrancó con cierto esfuerzo su mirada de la de Ryder, y al posarla de nuevo en ella sus ojos adquirieron un brillo calculador—. Pero a lo mejor...

—Ni lo sueñes —la voz de Ryder sonó tan dura y contundente, su tono fue tan amenazante, que Francome se volvió de nuevo hacia él de inmediato. Dejó pasar un segundo antes de añadir—: piensa en lo afortunado que eres de que yo no sea uno de sus primos.

Francome escudriñó su rostro y sus ojos por un momento antes de contestar.

—No serías capaz de...

—¿Qué te apuestas a que sí? —la expresión de su rostro no se suavizó lo más mínimo.

Mary iba mirando de uno a otro mientras contenía a duras penas la irritación que sentía. No había nada como ser tratada como un hueso por dos perros para enojarla. Respiró hondo.

—Ryder...

Francome habló al mismo tiempo.

—Si me disculpa, señorita Cynster, creo que solicitan mi presencia en otra parte.

—Ah.

Se despidió de ella con una breve reverencia y sin mirarla a los ojos, intercambió al enderezarse una mirada mucho más larga con Ryder, y entonces dio media vuelta y se alejó con rapidez entre el gentío.

Ella esperó hasta perderlo de vista antes de volverse hacia Ryder dispuesta a reprenderle, pero vio las caras de los demás integrantes del grupo. Estaba claro que todo el mundo había oído o, por lo menos, visto lo que acababa de suceder a pesar de fingir lo contrario, pero lo que la impactó fue el hecho de que ninguno de ellos se mostrara sorprendido.

Que aceptaran como algo natural lo que Ryder acababa de hacer... como si de un caleidoscopio se tratara, frases, miradas y fragmentos de recuerdos fueron desplazándose y alineándose hasta que todo terminó encajando. Fue en ese preciso instante cuando entendió lo que había estado pasando durante las tres últimas noches, delante de sus mismísimas narices.

Miró a Ryder y este la miró a su vez con la mayor tranquilidad del mundo. Vio cómo su rostro terminaba de relajarse hasta recuperar su habitual expresión afable, una expresión muy distinta a la de segundos atrás.

Él bajó la mirada hacia la mano que seguía sujetándole (la sujetaba con firmeza, pero sin apretar demasiado) y fue soltándola poco a poco, como si le costara esfuerzo y estuviera obligándose a sí mismo a hacerlo.

Eso confirmó la revelación que ella acababa de tener; de hecho, era incluso mayor confirmación que la exhibición previa, y bastó para enfurecerla.

Lo miró amenazante y, en vez de bajar la mano que él acababa de soltar, le agarró de la manga con firmeza, tiró de su brazo hacia abajo y lo mantuvo sujeto entre sus cuerpos, y sonrió a los demás tan dulce y vagamente como pudo.

—Si nos disculpan, vamos a pasear un poco —al ver de reojo que él enarcaba una ceja, le fulminó con la mirada y le tiró del brazo para llevárselo de allí. Mientras se alejaban del grupo, susurró airada—: ¡vamos fuera!

Él suspiró resignado.

—Está bien, pero actuemos al menos de forma civilizada —giró el brazo con suavidad, tomó su mano e hizo que lo tomara correctamente del brazo—. Salgamos antes de que te desmayes o te dé un síncope.

Mary tuvo ganas de estrangularle, pero le siguió el juego y dejó que la condujera a la terraza. Los dos echaron un vistazo alrededor al salir, vieron la zona desierta que había al final de la larga terraza, y se dirigieron hacia allí sin necesidad de decir palabra.

Su intención era soltarle el brazo y adelantarse con paso airado, pero él le cubrió la mano con la suya y la obligó a caminar sin prisa, como si estuvieran disfrutando de un relajado paseo, para evitar llamar la atención.

Estaba hecha una furia y a punto de estallar, por fin se había dado cuenta de lo que había estado pasando. Él había estado envolviéndola en una red invisible de posesiva protección, en una versión más amplia e intrincada de la protección que la había cobijado cuando bailaban el vals. Era una protección que otros caballeros percibían, y seguro que algunas damas tenían la suficiente experiencia con hombres como él para detectarla también.

En cierta forma primitiva, era una señal de que él la consideraba suya.

La protección era algo que ella podía llegar a entender porque sabía qué clase de hombre era, sabía que para los hombres como él era un rasgo profundamente arraigado. Por eso no se había sentido alarmada cuando había notado lo protector que era mientras bailaban el vals.

Pero que fuera posesivo con ella era algo muy distinto, era algo que una dama como ella no podía tolerar viniendo de un hombre como él.

La zona hacia la que se dirigían se encontraba fuera de la vista de la gente que estaba en el salón de baile, pero las numerosas parejas que paseaban por la terraza sí que podían verles. Cuando estaban a punto de llegar, apartó la mano de su cálido brazo y dio media vuelta con brusquedad para quedar de espaldas a la balaustrada y de cara a él. Como lo tenía justo delante, su masculino cuerpo la ocultaba de miradas curiosas. Las parejas que paseaban por la terraza tan solo podían ver su musculosa espalda, y de ahí no iban a poder sacar ninguna información.

En cuanto él, consciente de que tenía que actuar de pantalla protectora, se detuvo a menos de medio metro de distancia, lo miró con ojos que echaban chispas y le apuntó a la nariz con un dedo acusador.

—Te pregunté no una, sino dos veces, por qué estabas siguiéndome como una sombra por los salones de baile, y no me pasó desapercibido que en ambas ocasiones no llegaste a darme una respuesta clara —se detuvo el tiempo justo para tomar aire y continuó con el mismo tono imperioso y seco mientras seguía fulminándolo con la mirada—. Después de la pequeña escenita que acabamos de vivir, quiero dejarte una cosa muy clara: ¡no soy tuya!

Esperaba obtener alguna respuesta, pero al ver que iban pasando los segundos y él seguía allí, parado frente a ella sin moverse e inamovible, lo miró ceñuda.

—¿Qué pasa?, ¿se te ha comido la lengua el gato?

—No, estoy intentando encontrar la forma de decirte que estás equivocada.

Ella inhaló una portentosa bocanada de aire y, sosteniéndole la mirada en todo momento, afirmó con sequedad:

—No lo estoy.

—Permíteme que discrepe contigo.

—¡No!, ¡no te lo permito! —Dios Santo, no, no podía ser. No podía ser él, precisamente él. Se sintió mareada de repente—. ¡Esto no puede estar pasando!

Al ver que él se limitaba a agrandar más los ojos, como si estuviera divirtiéndose a su costa, se tragó un grito de airada frustración y le hundió en el pecho el dedo que había alzado, pero fue como intentar hundirlo en una roca.

—Dime al menos algo, pero con una respuesta de verdad. ¿Por qué diantres estás haciendo esto? —abrió los brazos de par en par—. ¿Qué crees que vas a conseguir con esta extraña campaña tuya?

—A ti. A ti como mi esposa, como mi marquesa —estaba más que dispuesto a dejar las cosas claras. Aparte de cualquier otra consideración, su tenso encuentro con Francome había sido demasiado revelador, así que no tenía sentido seguir disimulando.

Ella bajó los brazos poco a poco y se quedó mirándolo boquiabierta. Al cabo de unos segundos negó con la cabeza lentamente, como si hubiera olvidado cómo hacerlo y estuviera aprendiendo de nuevo.

—No, eso no va a pasar.

Ryder soltó un suspiro que reflejaba claramente lo absurda que le parecía aquella negativa.

—¿Por qué no? —se lo preguntó como quien se limitaba a seguirle la corriente a alguien que estaba diciendo ridiculeces.

—¡Porque no quiero casarme contigo!

—Eso es lo que dices ahora, pero solo quiere decir que voy a tener que hacer todo lo posible para lograr hacerte cambiar de opinión.

Ella se quedó mirándolo en silencio unos segundos y entonces, imitando el tono de voz que él había empleado, le preguntó como quien no quiere la cosa:

—¿Sabes cuánta gente ha intentado hacerme cambiar de opinión sobre algo y ha acabado por admitir su derrota y rendirse?

—Sí, algo de eso he oído. Tu reputación te precede.

Ella ladeó ligeramente la cabeza mientras lo observaba con ojos penetrantes, y al cabo de un largo momento preguntó:

—Si tanto sabes sobre mí, sobre mi carácter, ¿por qué quieres casarte conmigo?

Precisamente esa era la pregunta crucial, la pregunta a la que ni él mismo podía contestar por el simple motivo de que no estaba seguro de cuál era la verdadera respuesta. Bajó la mirada y se colocó bien la manga.

—Porque, por mucho que tú puedas creer lo contrario en este momento, la verdad es que tú y yo vamos a encajar a la perfección —la miró a los ojos antes de continuar—. No veo por qué motivo habrías de resistirte, pero creo que es mi deber advertirte que es muy improbable que, en este caso, el que opongas resistencia pueda hacerme desistir. Ahora ya te conozco demasiado bien.

Aquellas palabras le hicieron alzar la barbilla con altiva testarudez.

—¡No me conoces en absoluto si crees que vas a poder convencerme con afirmaciones así!

Ryder podría habérselo discutido, pero optó por aprovechar aquella oportunidad para averiguar algo.

—Dime entonces qué es lo que tiene importancia para ti.

—Mi independencia. Estar al mando y tener el control... de mi propia vida, por supuesto, pero también de aquellos que me rodean. Tener libertad para actuar como me plazca sin tener que estar pidiéndole consentimiento a mi marido en todo momento.

Las respuestas habían salido de sus labios de forma tan instantánea que, teniendo en cuenta la vehemencia de su tono y el gesto desafiante de su barbilla alzada, no había ninguna duda de que eran aspectos de vital importancia para ella.

Mary le sostuvo la mirada al añadir:

—Deberías tener en cuenta que, a pesar de cualquier cosa que puedas decirme, conozco a los hombres como tú. Eres un déspota, Ryder. Uno afable, atento y de buen corazón, pero déspota al fin y al cabo.

Eso no se lo podía negar, pero aun así... la observó con ojos penetrantes sin dejar de sostenerle la mirada, sopesó la situación, y al final dijo con voz suave:

—¿Se te ha ocurrido pensar alguna vez que incluso un déspota puede estar dispuesto a... no sé, digamos que a buscar la forma de adaptarse y hacer ajustes para complacer a una dama en concreto? Una dama independiente, de carácter fuerte, inteligente y obstinada a la que quiere tener como esposa.

Aquella posibilidad hizo que Mary sintiera de repente lo mismo que debían de haber sentido Randolph y sus amigos, como si un abismo se hubiera abierto de repente a sus pies. Escudriñó los ojos pardos de Ryder y sintió algo parecido al vértigo mientras sus pensamientos, todo lo que previamente tenía tan claro, daban vueltas y más vueltas en un caótico torbellino.

—Eh...

—¿No sabes qué decir? No te preocupes, a estas alturas no hace falta que digas nada.

El regreso generalizado al salón de las parejas que habían estando paseando por la terraza les llamó la atención, y al mirar hacia allí se dieron cuenta de que el baile debía de estar llegando a su fin.

—Será mejor que entremos —a decir verdad, estaba deseosa de poner fin a aquella sorprendente conversación antes de que cometiera alguna locura como, por ejemplo, preguntarle qué clase de ajustes...

No. Seguir ese camino la llevaría a sentirse tentada, y aún no estaba preparada para enfrentarse a ese tipo de tentación.

Sabía cómo era Ryder. A él no le habría servido de nada intentar negarlo, y ni siquiera había intentado hacerlo. Lo que había hecho era ofrecerle algo que ella jamás había imaginado siquiera que pudiera existir, le había dado la oportunidad de conseguir algo que ni siquiera sabía que estaba a su alcance.

Respiró hondo, era toda una tentación ante la que era muy difícil resistirse. Él tenía inteligencia y perspicacia de sobra para ser consciente de ello y eso le convertía en todo un peligro para ella, un peligro que amenazaba su futuro y su tranquilidad.

Él había dirigido la mirada hacia las ventanas del salón, y al ver que el lugar iba vaciándose poco a poco asintió y retrocedió un paso antes de ofrecerle su brazo.

—Sí. Es una pena, pero no podemos permanecer más tiempo aquí fuera.

A través de las ventanas había visto una cara que los miraba atónita, la cara de alguien que él habría preferido que no estuviera allí ni hubiera visto lo que había visto, por muy poco que fuera. No le convenía que Lavinia sacara conclusiones precipitadas sobre el rumbo que él había decidido tomar, en especial si dichas conclusiones eran acertadas.

Mary posó la mano sobre su brazo, y regresaron hacia el salón con pasable naturalidad. Cuando faltaba poco para llegar a la puerta doble, ella alzó la mirada hacia él y esperó a que sus ojos se encontraran antes de afirmar con firmeza:

—No voy a permitir que me seduzcas.

Qué desafío tan osado. Sintió curiosidad por saber cómo creía que iba a poder detenerle, pero se limitó a contestar:

—Lo único que te aconsejo es que no intentes evadirme, porque te aseguro que esa táctica no te serviría de nada —él no se lo permitiría.

Ella lo observó en silencio unos segundos más, como si hubiera oído las palabras que él se había callado y estuviera aceptando con renuencia que eran ciertas, y al final soltó un pequeño bufido y alzó la barbilla.

Se dio por satisfecho por el momento y dejó que lo precediera antes de entrar tras ella en el salón. La condujo hacia el diván donde estaba sentada Amelia, quien se puso en pie y, después de sacudirse la falda, se colocó bien el chal dispuesta a marcharse.

Después de dejarla con su hermana salió del salón de inmediato. Era preferible que cualquier posible curioso creyera que el interludio en la terraza no había tenido ningún resultado concreto, y que se marchaba sin preocuparse lo más mínimo de cómo regresaba Mary a su casa.

Tenía la impresión de que mostrar abiertamente su necesidad instintiva y visceral de protegerla sería contraproducente por el momento, y ella estaba con Amelia y no corría ningún peligro.

Lavinia estaba parada en una esquina, junto a las ventanas

que daban a la terraza, mientras seguía con la mirada a su hijastro, quien en ese momento estaba saliendo del salón sin mirar atrás y cabía suponer que tenía intención de marcharse de la mansión de los Bracewell sin más dilación. Cuando lo perdió de vista, se volvió de golpe y dirigió su airada mirada hacia Mary Cynster.

—¡No puede ser!, ¿cómo se atreve ese ruin canalla a intentar robarle a mi Randolph la joven dama que he seleccionado para él?

Claude Potherby, un viejo amigo suyo que la había acompañado al baile y que en ese momento estaba atareado sacudiendo y doblando de nuevo un pañuelo de encaje, le dijo conciliador:

—Tranquila, dulzura mía, no tienes por qué alterarte tanto. Dado que no has informado a tu hijastro acerca de tus planes para el querido Randolph, no puedes acusarle de haber interferido de forma intencionada. Quizás podrías ver su interés por la joven dama en cuestión como una confirmación de que has sido astuta al elegirla para tu hijo.

—¡No seas absurdo! Me trae sin cuidado lo que piense Ryder.

Potherby dirigió la mirada hacia Mary, quien iba rumbo a la escalinata con Amelia.

—En cualquier caso, da la impresión de que tu hijastro no ha tenido demasiada fortuna. La joven dama no parece demasiado interesada en él.

—Mary Cynster es demasiado sensata como para involucrarse con Ryder, es un hombre demasiado hedonista para el gusto de cualquier dama que tenga algo de cordura.

Hizo un ademán de desprecio con la mano y se colocó bien el chal, dispuesta a sumarse al flujo de invitados que salían del salón. Tomó el brazo que Potherby le ofreció con galantería y se inclinó hacia él para poder decirle en voz baja:

—Pero tienes razón, no tengo por qué preocuparme por Ryder. No será él quien esté ante un altar dentro de poco, al menos con Mary Cynster a su lado.

Potherby esbozó una sonrisa en la que se reflejaba una mezcla de ironía y de cinismo.

—Por supuesto que no, querida. Ni pensarlo. Tus planes saldrán sin duda a la perfección, ¿qué podría salir mal?

Tal y como había hecho con Amanda al término de la velada musical de lady Hopetoun la noche anterior, Mary se despidió de Amelia en los escalones de entrada de la mansión de los Bracewell y subió al carruaje de sus padres. Cuando Peter, el lacayo, cerró la portezuela, bajó la ventanilla y se asomó para decirle adiós con la mano a su hermana. Esta estaba subiendo a su propio carruaje, situado un poco más allá en la larga fila de vehículos detenidos junto a la acera, pero se detuvo para lanzarle una última mirada y asegurarse de que ya estuviera dentro del carruaje; al ver que estaba todo en orden, le devolvió el gesto de despedida y procedió a entrar en el suyo.

Mary cerró la ventanilla y se reclinó en el asiento. Un segundo después, hubo una pequeña sacudida y el carruaje inició la marcha a paso lento por la empedrada calle. La mansión de los Bracewell estaba situada en Berkley Street, justo al sur de Berkley Square, y como la temporada social se encontraba en su punto álgido aquella noche se habían celebrado en Mayfair infinidad de bailes, fiestas, veladas musicales y cenas; a juzgar por el caos de carruajes que había alrededor de la plaza, muchos de los eventos habían terminado más o menos a la misma hora.

Estaba acostumbrada a aquellos retrasos, así que se acomodó en el elegante asiento de cuero y se sintió agradecida por la penumbra y el relativo frescor que reinaban en el interior del vehículo. Lograron ir avanzando poco a poco y girar para enfilar por la parte sur de Berkley Square, pero al ver que se detenían de nuevo miró por la ventanilla y alcanzó a ver cómo el carruaje de Amelia emergía del atasco y se alejaba a una velocidad decente por la parte oeste de la plaza. Bueno, al menos una de ellas iba a llegar pronto a casa.

Aprovechando que estaba sola y sin distracciones, respiró hondo y por fin dio rienda suelta a su mente. Desde que había regresado de la terraza había estado reprimiendo y conteniendo tanto sus pensamientos como sus reacciones porque no quería que nadie, ni siquiera Amelia, se diera cuenta de la súbita y demoledora incertidumbre en la que estaba sumida.

Ryder acababa de cambiar las reglas que regían su mundo, era como si estuvieran tambaleándose los cimientos de su existencia. Tenía que lidiar con las ramificaciones, tenía que plantearse en qué punto estaba en ese momento y hacia dónde debería encaminarse, y era mejor que lo hiciera lo antes posible.

Respiró hondo y soltó el aire poco a poco mientras esperaba a que el caos que reinaba en su mente se despejara un poco y pudiera aclarar sus ideas. Daba igual lo que Ryder pudiera pensar o hacer, ella seguía manejando las riendas de su propia vida y tenía en sus manos las decisiones que iban a definir su futuro.

Fue recobrando de forma gradual su habitual confianza en sí misma. Una vez que estuvo más calmada, centró su mente en aquella situación nueva en la que se encontraba, en la nueva pauta que Ryder había creado en su relación.

Intentó recordar hasta el más mínimo detalle, tanto visual como verbal, de lo que había sucedido en la terraza, repasó y revisó todo lo que se habían dicho... y también todo lo que había quedado por decir. Él había declarado cuáles eran sus intenciones abiertamente, de una forma clara que no dejaba lugar para malentendidos, y a pesar de que no había ahondado en la cuestión estaba claro que no estaba dispuesto a aceptar un rechazo.

La posibilidad que Ryder le ofrecía era embriagadoramente tentadora y más aún por tratarse de él, por ser el hombre y el aristócrata que era. Que un hombre de su talla, de su reputación y sus características le hiciera un ofrecimiento así, que estuviera dispuesto a hacer los cambios que hicieran falta para tenerla en su vida...

—¡Bueno, que esté dispuesto a algo semejante ya es impresionante de por sí!

Y muy tentador, en especial para ella. No solo porque fuera una Cynster, sino por el desafío casi irresistible que suponía domar a un hombre como Ryder Cavanaugh.

Él había accedido a permitirle que lo intentara al menos, pero que saliera victoriosa o no era una cuestión muy distinta.

—Estoy adelantándome a los acontecimientos —murmuró entre las sombras—. Si descarto los defectos obvios de su personalidad y le evalúo con calma, basándome en los criterios habituales, como un posible candidato a convertirse en mi esposo ¿entraría en mi lista?

No le hizo falta demasiado tiempo para decidir que la respuesta era afirmativa. El título de Ryder, su familia y su fortuna, sus propiedades y su posición social... todo ello era el pináculo de las aspiraciones que podía albergar una dama como ella, la hija menor de una de las más ilustres casas nobiliarias.

—La sociedad y las grandes damas darían su aprobación, de eso no hay duda —le dio vueltas al asunto y admitió—: pero la verdad es que me da igual lo que puedan opinar los demás y la familia le dará el visto bueno a cualquiera que yo elija, así que ¿qué es lo que quiero realmente?

Tenía que decidir si convertirse en la marquesa de Raventhorne la complacería, si la satisfaría. Si se sentiría a gusto ocupando aquel puesto.

—Responder a eso no es fácil.

Miró por la ventanilla del carruaje, pero aún estaban en la parte sur de Berkley Square. Le estaba gustando pensar en voz alta sin que nadie pudiera oírla, así que prosiguió con sus reflexiones.

—Ser la esposa de Ryder, esa es la cuestión. Si como esposa suya podré ser como deseo ser —hizo una mueca—. No es una decisión nada fácil, pero voy a tener que tomarla sea como sea. Eso es algo que no voy a poder evitar. Tengo que aceptarle o rechazarle, y lo segundo será una verdadera batalla porque no estará dispuesto a rendirse sin más —para rechazar a Ryder le haría falta cierto grado de fuerza y mucha convicción—. Y estar muy segura de lo que quiero, pero en este momento no puede decirse que tenga las cosas claras.

¿Podía confiar en que Ryder cumpliera con lo que había dicho?

—Estoy segura de que ha sido totalmente sincero e intentaría adaptarse para complacer mis deseos, pero ¿y si no lo logra? Puede que esté dispuesto a intentarlo, pero la cuestión es si será realmente capaz de —hizo un ademán con la mano— hacer los ajustes necesarios.

No estaba segura de si un león sería capaz de cambiar por mucho que quisiera hacerlo. Se mirara por donde se mirase, aceptar su proposición supondría asumir un gran riesgo... bueno, lo asumiría ella, no él.

—Si le acepto como esposo, pase lo que pase él habrá conseguido lo que quiere —la quería a ella, quería que fuera su esposa. Frunció el ceño pensativa—. ¿Por qué me ha elegido a mí?

Esa era una pregunta muy pertinente, pero Ryder le había revelado una razón al menos. Era la última Cynster casadera, y para un caballero de su edad era la única posibilidad que quedaba de forjar una alianza con su familia.

Por otra parte, para su propia sorpresa la verdad era que congeniaban bastante bien. El hecho de que se hubieran criado en un ambiente similar hacía que a ella le resultara fácil moverse en sociedad junto a él; además, que tuviera muchísima más experiencia de la habitual con hombres como él y estuviera familiarizada con su comportamiento (todos los varones de su familia eran así) era sin duda una ventaja para poder comprenderle y, hasta cierto punto, podría llevarla a hacer concesiones ante ciertos comportamientos que para otras damas podrían ser difíciles de aguantar.

No era que esos comportamientos no la irritaran también, más bien podría decirse que comprendía que en determinadas circunstancias él no iba a poder evitar actuar de una forma determinada.

—Como lo que ha hecho con Francome, por ejemplo.

Se puso a pensar en lo que había notado de forma instintiva durante el incidente, pero al cabo de unos segundos dejó a un lado aquella distracción.

—¿Dónde estaba? Ah, sí. Está claro que le resulto divertida, y debo admitir que él es más que pasablemente entretenido y que baila el vals de maravilla. En cuanto a lo demás... —cómo la hacía sentir, el efecto que ejercía sobre ella y que solía ignorar porque nunca había sido capaz de reprimirlo— bueno, apostaría las perlas de la abuela a que ejerce el mismo efecto sobre todas las mujeres a las que les funcionan los sentidos, así que no creo que me sirva como baremo.

El carruaje había estado avanzando poco a poco, pero se balanceó de repente cuando el cochero hizo que los caballos giraran hacia el norte y enfilaran por la parte oeste de la plaza. Fueron ganando velocidad de forma gradual hasta alcanzar un paso sostenido.

Centró de nuevo la mirada en el asiento de enfrente y repasó sus reflexiones. Estaba claro que, según los habituales parámetros sociales y familiares, Ryder y ella hacían buena pareja.

—Pero en todo eso no se tiene en cuenta el amor en ningún momento.

Esa era la cuestión principal, el principal escollo. No podía creer bajo ningún concepto que Ryder pudiera estar enamorado de ella, al menos en ese momento, así que la gran pregunta era si podría llegar a amarla.

¿Existía la posibilidad de que se enamoraran el uno del otro? ¿Existía la posibilidad de que Ryder Cavanaugh, marqués de Raventhorne, fuera su héroe verdadero, el hombre que habría de conquistarla y llevarla al altar y a la felicidad conyugal?

Le dio vueltas y más vueltas a la cuestión mientras el carruaje iba avanzando a buen paso. Cuando aminoraron un poco la marcha para tomar Davis Street, se llevó la mano al collar y sacó el colgante de cuarzo rosa de entre sus senos, y lo contempló bajo la tenue luz de una farola mientras lo deslizaba entre sus dedos.

Había creído que sería una tarea muy fácil. Había dado por hecho que encontrar a su héroe, al hombre perfecto para ella, sería cuestión de ponerse el collar y él aparecería de inmediato y se inclinaría ante ella...

Parpadeó sorprendida al recordar la primera noche que se había puesto el collar. El primer caballero con el que había tenido una interacción propiamente dicha había sido Ryder, pero ni siquiera se había planteado que pudiera ser un posible candidato y se había alejado de él sin pensárselo dos veces.

Según las palabras de Angelica, su héroe debería sacarla de quicio hasta el punto de que no pudiera dejar de pensar en él, y Ryder encajaba con esa definición.

Se quedó mirando de nuevo el colgante de cuarzo, y al cabo de unos segundos apretó los labios y volvió a metérselo en el escote. Tenía fe en los poderes del talismán de la Señora, de eso no había duda, pero no esperaba que su búsqueda del amor y de su héroe verdadero la llevara a tener que asumir los riesgos que conllevaría adentrarse en la guarida de un león de la sociedad.

Mientras el carruaje doblaba la esquina de Mount Street, se reclinó mejor en el asiento y comentó pensativa:

—Supongo que todo se reduce a si realmente creo que ahí fuera no está esperándome ningún otro, a si estoy convencida de que Ryder es mi héroe verdadero.

Miró por la ventanilla al notar por el rabillo del ojo un súbito movimiento en la calle. Como si lo hubiera invocado con el pensamiento, Ryder salió de la boca de una callejuela situada un poco más adelante... pero no salió con normalidad, se le veía tambaleante.

Mientras el carruaje llegaba a la altura de la callejuela, vio atónita cómo trastabillaba, giraba lentamente, se desplomaba y quedaba tendido boca abajo en el suelo. Cualquiera habría podido pensar que estaba borracho, pero ella sabía que no podía ser, que al finalizar el baile estaba completamente sobrio.

Se puso en pie como una exhalación y golpeó la trampilla del techo del carruaje.

—¡John! ¡Detén el carruaje! ¡Para!

CAPÍTULO 5

Mary bajó del carruaje cuando aún no se habían detenido del todo, y retrocedió a la carrera por la calle con el corazón en un puño. Apenas fue consciente de que John y Peter le gritaban que esperara, sus voces eran como un eco apagado en la distancia.

Antes incluso de llegar junto a Ryder supo que había pasado algo terrible. Vio el brillo húmedo y rojizo de la sangre que había derramada junto a él, y un instante después estaba arrodillándose a su lado.

—¡Santo Dios!

Lanzó una mirada hacia su rostro y vio que estaba inconsciente, su laxa mano sujetaba un estoque con la hoja ensangrentada.

Intentó frenética darle la vuelta y ponerlo de espaldas para poder ver dónde le habían herido, había demasiada sangre... pero era demasiado pesado para ella, no podía moverlo por mucho que lo intentara.

—¡Ayúdame!, ¡rápido! —le ordenó a Peter, sin alzar siquiera la mirada, cuando este se detuvo junto a ella.

Lograron entre los dos ponerle de espaldas y se le paró el corazón al ver una horrible herida que sangraba sin parar en su costado izquierdo, cerca de la cintura.

—¡No! —hizo presión con una mano sobre la herida, pero al ver que la sangre rezumaba de inmediato entre sus dedos cubrió la mano con la otra en un intento desesperado de detener la hemorragia.

Al alzar la mirada se dio cuenta de que Peter se había acercado a la boca de la callejuela y estaba entrando con cautela para echar un vistazo; cuando volvió a salir, segundos escasos después, tenía el rostro macilento.

—Ahí hay dos rufianes, señorita. Yo creo que están muertos, deben de haberle atacado —respiró hondo y señaló a Ryder con un ademán de la cabeza—. Se ha defendido bien, pero ya le habían herido.

—¡Está bien, pero no te quedes ahí parado! —al ver que no se movía y que seguía allí, mirando a Ryder con expresión lúgubre, perdió la paciencia—. ¡Aún no está muerto! —el cálido y viscoso líquido que fluía bajo sus manos era prueba de ello, pero no sabía de cuánto tiempo disponían—. ¡Por el amor de Dios!

Miró medio enloquecida a su alrededor, presa de un pánico abrumador y visceral, y sintió un ligero alivio al ver que John, el cochero, se acercaba corriendo tras detener el carruaje y encontrar a algún galopín que sujetara a los caballos.

—¡Gracias a Dios! ¡John! ¡Es el marqués de Raventhorne! ¡Le han herido de gravedad, pero su casa está ahí mismo!

Sin apartar las manos del costado de Ryder (no sabía si serían imaginaciones suyas, pero daba la impresión de que ya no sangraba tanto y no sabía si eso sería bueno o malo) respiró hondo, se tragó el miedo, y señaló con la cabeza hacia las casas del otro lado de la calle.

—¡Es la que tiene la baranda de hierro!, ¡ve a dar aviso de inmediato!

—¡Sí, señorita! —John se detuvo en seco, se volvió y cruzó corriendo la calle.

A pesar del denso tráfico que había alrededor de Berkley Square y de la pequeña aglomeración de carruajes que había calle abajo, aquel tramo estaba despejado. No supo si sentirse agradecida de que no hubiera distracciones o enfadarse por no poder contar con más ayuda.

Bajó la mirada e intentó analizar la situación. La fuente de luz más cercana era la farola situada poco menos de dos metros más allá de los pies de Ryder, y no alcazaba a ver lo bastante bien para saber con certeza si el tajo que estaba taponando con las manos era la única herida que tenía.

—¿Ves si tiene alguna otra herida, Peter? —le preguntó, al verle salir de nuevo de la callejuela con el sombrero de Ryder y su bastón, que estaba claro que era la funda del estoque—. ¿Tiene sangre en alguna otra parte del cuerpo?

El lacayo se detuvo de nuevo frente a ella, saltaba a la vista lo nervioso que estaba.

—No que yo vea, señorita. ¿Desea que haga algo más?

Ella se sentía como si su mente estuviera funcionando a dos niveles distintos al mismo tiempo. Uno estaba sumido en un caos de emociones; el otro, por suerte, estaba sorprendentemente lúcido y justamente eso era lo que necesitaba en ese momento, Ryder no podía darse el lujo de que ella se dejara arrastrar por el pánico. Mantuvo a raya sus emociones y se aferró a lo que había que hacer, que era algo en lo que era toda una experta: tomar el mando.

—Sí. Cruza la calle y dile a los empleados del marqués que está inconsciente y van a necesitar una puerta o algo que pueda usarse como camilla para meterlo en la casa. Y también deben avisar de inmediato a un médico.

—Señorita, no creo que deba dejarla aquí sola...

—¡Esta parte de la calle está desierta! ¡Haz lo que te he dicho!

Eran muy pocos los que osaban discutirle algo cuando empleaba ese tono de voz. Peter, que no era inmune a él ni mucho menos, agachó la cabeza y cruzó la calle.

Mientras esperaba prefirió no pararse a pensar en cuánta sangre había derramada por el suelo, y mucho menos en la que había empapado la ropa de Ryder y empezaba a coagular entre sus manos. Al tomar conciencia de la viscosa calidez que le cubría los dedos, su instinto la instó a que apartara las manos, pero lo silenció sin contemplaciones. Se abstrajo del mundo que los rodeaba y, sin apartar la mirada del movimiento ascendente y descendente del pecho de Ryder, siguió el ritmo hasta que se convirtió en el latido de su propio corazón.

Tenía las manos apoyadas un poco más abajo del corazón de él, notaba a través de los dedos el suave golpeteo.

Respiró trémula y alzó la mirada hacia su rostro, aquel cincelado rostro tan increíblemente bello que en ese momento estaba pálido bajo la luna y tan laxo, sin su vivacidad habitual... sin el brillo de sus ojos pardos, la curva inherentemente sensual de sus labios, el arco lánguido y sugerente de sus cejas...

Sintió que una extraña sensación constreñía su propio pecho, se le empañó la mirada y susurró con fiereza:

—¡No te atrevas a morir, Ryder! ¡No puedes morirte ahora!

Ryder notó que tenía la espalda apoyada en duro pavimento. Tenía frío, mucho frío. No habría sabido decir si notaba gran parte del cuerpo, todo parecía estar muy lejos... pero notaba una calidez que estaba a su lado, y le habría gustado acercarse más a ella.

Recordó que le habían apuñalado y se preguntó por qué el destino, que nunca antes había sido veleidoso con él, le había abandonado de repente.

Intentó alzar los párpados, y se sorprendió cuando se abrieron un poquito.

Un ángel de lustroso pelo oscuro estaba inclinado sobre él. Sus ojos se enfocaron y reconoció a Mary. No era un ángel, pero para él era incluso mejor que eso.

Ella tenía la piel como el alabastro, pero en ese momento estaba incluso más pálida; tenía el ceño fruncido; se la veía preocupada, angustiada... ¿por qué?

Intentó preguntárselo, pero notó una extraña sequedad en los labios. Tenía la lengua plomiza.

—¿Qué...? —fue más una exhalación de aire que una palabra articulada.

Ella le miró sobresaltada, pero no movió los brazos, no movió las manos. Sus ojos azules se encendieron y en su rostro se reflejó de repente una fiera determinación.

—¡Quédate conmigo!

Él parpadeó sorprendido y de haber podido le habría asegurado que no tenía intención alguna de dejarla, pero sus párpados se negaron a alzarse de nuevo y fue hundiéndose en una oscuridad creciente que acabó tragándoselo por completo.

Mary lo miró mientras le rogaba en silencio que abriera los ojos, que le diera al menos ese ápice de esperanza, pero sus facciones se habían relajado y no había duda de que había perdido de nuevo la consciencia.

Oyó que alguien se acercaba corriendo, notó un revuelo de gente, y de repente se vio rodeada por un grupo de hombres que exudaban preocupación, pero que no tenían ni idea de lo que tenían que hacer. No tuvo más remedio que centrarse y organizarlos.

—¡No, no voy a apartarme de él! ¡No puedo apartar las manos!, ¡aún no! —lanzó una mirada alrededor—. Perfecto, contamos con gente suficiente. Que uno se encargue de la cabeza, que se coloque uno en cada hombro y uno a cada lado de la cadera, y que otro le levante los pies. Los otros tres se encargarán de colocar esa puerta debajo de él cuando los demás lo levantemos.

Se apresuraron a colocarse tal y como les había indicado y, siguiendo en todo momento sus indicaciones, aunando esfuerzos lograron colocarle encima de la puerta y procedieron entonces a levantar entre los seis la improvisada camilla mientras el mayordomo de Ryder, un tal Pemberly, la ayudaba a ponerse en pie para que pudiera hacerlo sin apartar las manos de la herida. A pesar de sus esfuerzos, fue inevitable que la presión que había estado aplicando sobre la herida se aligerara un poco antes de que pudiera volver a taponarla bien, pero no brotó demasiada sangre.

Después de elevar una rápida plegaria a los cielos, hizo un rígido gesto de asentimiento e iniciaron la marcha mientras John y Peter se encargaban de detener el tráfico para que pudieran cruzar la calle rumbo a la mansión de los Raventhorne.

Poco a poco, como buenamente pudieron, fueron subiendo los tres escalones de entrada de la casa.

—Ha recobrado la consciencia justo antes de que ustedes llegaran y ha hablado. Tan solo ha dicho una palabra, pero... —se le quebró la voz y tuvo que hacer una pequeña pausa antes de seguir— aún está vivo.

No habría sabido decir si estaba diciendo aquello para tranquilizarles a ellos o a sí misma, pero el mayordomo respiró hondo de forma audible, aceleró el paso para adelantarse y, mientras mantenía abierta la puerta doble, se volvió a mirar a alguien que debía de estar esperando en el vestíbulo y exclamó:

—¡Aún está vivo!

—¡Gracias a Dios! —respondió una voz femenina.

Mary cruzó el umbral de la casa momentos después y se dio cuenta de que la mujer que había hablado no era ningún miembro de la familia de Ryder, sino la que dedujo que debía de ser el ama de llaves.

Todos los miembros del servicio estaban allí. Se les veía atenazados por la preocupación y por un ansia casi desesperada de ayudar, pero era obvio que no tenían ni idea de lo que había que hacer y ella actuó sin pensárselo dos veces. No era momento de andarse con sutilezas, y si otra dama se molestaba y consideraba que estaba usurpando sus funciones al asumir el mando de la situación, pues peor para ella. Que hubiera estado allí para poder tomar las riendas de la situación.

—¡Pemberly! Deme algunos nombres, por favor. Tenemos que subir al marqués a sus habitaciones.

Su orden fue como un latigazo que hizo que el mayordomo reaccionara como un resorte. Después de cerrar la puerta de entrada le presentó a la señora Perkins, el ama de llaves, y a un tal Collier que, al parecer era el asistente de Ryder.

—Está bien. Señora Perkins, será mejor que suba a asegurarse de que la cama de milord esté lista para él. No encienda la chimenea de la habitación, por favor. Es mejor esperar a que le vea el médico.

—Lo que usted diga, señorita —contestó la mujer, con los ojos abiertos como platos, antes de hacer una reverencia y dirigirse a toda prisa hacia la escalinata.

Mary dirigió entonces la mirada hacia Collier, que parecía estar sumido en la más titubeante impotencia.

—Vaya a buscar unas tijeras para cortar la ropa del marqués, no vamos a poder desvestirlo sin más. También necesitamos vendas y una palangana; ah, y quizás pueda hacerse cargo del estoque —buscó con la mirada a su alrededor—, lo tiene mi lacayo.

Collier tragó saliva y asintió.

—Yo me encargo de buscarlo, señorita. Y también todo lo demás.

Ella se volvió hacia Pemberly mientras seguía taponando la herida con las manos en todo momento.

—¿Han mandado a buscar al médico?

—Sí, señorita. Un mozo ha ido a avisarle.

—Excelente —dirigió la mirada hacia el primer tramo de escalera—. En ese caso, vamos a subir al marqués a su habitación.

—Por supuesto, señorita... —el mayordomo intentó que sus miradas se encontraran.

—Cynster, Mary Cynster —empezó a avanzar con dificultad junto a la puerta convertida en camilla donde yacía el cuerpo inmóvil de Ryder, y advirtió con firmeza—: con mucho cuidado, no debemos apresurarnos.

Los seis corpulentos hombres (lacayos y mozos de cuadra, sin duda) acataron la orden sin vacilar y fueron subiendo lentamente peldaño a peldaño.

Mary perdió la noción del tiempo durante la hora siguiente. Hizo falta una buena dosis de organización para lograr levantar a Ryder de la puerta y colocarlo sobre la amplia cama sin que ella apartara las manos de la herida, y al final terminó arrodillada encima de la cama junto a él mientras seguía ejerciendo una presión constante. Collier y la señora Perkins maniobraron a su alrededor, y esta última limpió gran parte de la sangre que cubría la macilenta piel del torso de Ryder cuando lograron desnudarlo de cintura para arriba.

Ella se sintió fascinada, pero de forma distante y como entumecida, al ver aquel pecho ancho y aquellos músculos imponentes salpicados de vello castaño dorado, al ver aquella piel de un tono más oliváceo que la suya que recubría, tersa y tirante, aquel cuerpo duro y perfectamente esculpido.

Una parte de su ser que en ese momento estaba profundamente sumergida notó el inmenso peso de su clavícula, los poderosos músculos de sus brazos, lo impresionantemente ancho que era su pecho y cómo su cuerpo iba estrechándose al bajar por el marcado abdomen, la cintura y las caderas. Ella tenía las manos puestas en su costado, justo por encima de la cintura; sabía que, en teoría, eso quería decir que tenía las manos apretadas contra su piel desnuda y que la idea debería de escandalizarla, pero la sangre que había entre los dos evitaba que existiera un contacto real.

La primera vez que le veía semidesnudo no tendría que haber sido así; la verdad, le habría gustado sentir algo más que la viscosa textura de la sangre la primera vez que posaba las manos en su torso, piel a piel.

Se dio cuenta de que su mente estaba tomando derroteros muy extraños, pero no tuvo tiempo de pararse a pensar en ello porque la señora Perkins agachó la cabeza en ese momento para captar su mirada.

—Disculpe, señorita, pero creo que ya es hora de que examinemos esa herida con mayor detenimiento. Da la impresión de que ya no sangra apenas.

Al ver que la mujer tenía en la mano un paño limpio y húmedo, respiró hondo, asintió y muy lentamente, alerta por si tenía que volver a apretarlas contra la herida de inmediato, apartó una mano y después la otra.

Permitió que Collier se las lavara cuando este apareció junto a ella con unos trapos húmedos, pero no apartó la mirada de la herida; resultó ser un tajo de poco más de cinco centímetros de largo, una puñalada que estaba claro que era más honda que ancha.

Todos esperaron con el aliento contenido y, al ver que no brotaba más sangre, la señora Perkins preguntó:

—¿Se la lavo ya, señorita?

—No —frunció el ceño, pensativa, y se volvió cuando Collier le acercó una palangana llena de agua para que se lavara las manos—. Creo que será mejor que esperemos a que llegue el médico —dirigió la mirada hacia Pemberly, que había estado observándolo todo parado a los pies de la cama—. ¿Cuánto cree que va a tardar?

—El doctor Sanderson vive en Harley Street, señorita, así que debería llegar en breve.

Ella bajó de nuevo la mirada hacia el sangriento tajo que le parecía una marca obscena en aquel cuerpo perfecto.

—En ese caso, sugiero que tapemos la herida con un trozo de tela limpia. Sería aconsejable poner primero algo de gasa si disponemos de ella, y después habrá que aplicar un pequeño vendaje a modo de sujeción —alzó la mirada hacia el rostro de Ryder— por si recobra el conocimiento y se mueve.

Lograron hacerlo entre todos y entonces la señora Perkins y

ella salieron de la habitación para que Collier, con ayuda de Pemberly, terminara de desvestir del todo a Ryder.

Cuando volvió a entrar, la habitación estaba iluminada por la tenue luz de varias lámparas con pantalla de cristal y Ryder yacía inmóvil, arropado con las mantas hasta el cuello. Aunque su cabello castaño dorado destacaba vívidamente contra el prístino tono marfileño de las almohadas, su rostro estaba horriblemente pálido, tenía los labios azulados y las facciones laxas.

Podría haber pasado por una efigie de no ser porque su pecho subía y bajaba de forma visible. Su respiración, aun siendo lenta y superficial, al menos era regular.

Pemberly había bajado al vestíbulo para esperar allí al doctor, la señora Perkins se había marchado con los trapos ensangrentados y Collier estaba sentado en silencio en una esquina, con las manos colgando entre las piernas y la mirada fija en Ryder.

Ni ella misma había sido consciente de que, en el fondo, había albergado la esperanza de entrar y descubrir que él había vuelto en sí. Fue a por una silla de respaldo recto que había a un lado de la habitación, y al ver que Collier hacía ademán de levantarse para ayudarla le indicó con un gesto que no hacía falta. Colocó la silla junto a la cama y se sentó, dispuesta a hacer guardia junto con Collier, y tras apoyar los codos sobre el elevado colchón entrelazó las manos y centró la mirada en el rostro de Ryder.

La vorágine de actividad inicial ya había pasado y habían hecho todo lo posible por el momento, así que se tomó unos minutos para intentar serenarse y pensar en qué hacer a continuación.

—Collier, ¿estoy en lo cierto al suponer que ninguna dama maneja esta casa? —murmuró al fin.

—Sí, señorita. Es decir... sí, sus suposiciones son ciertas —titubeó por un instante antes de añadir—: la marquesa y milord no se llevan bien. Él le compró una casa en Chapel Street, y es allí donde reside.

—¿Qué hay de la hermanastra del marqués, lady Eustacia?

—Vive con su madre.

—¿Y los hermanastros?

—Lord Randolph y lord Christopher tienen su propia residencia, y lord Godfrey vive aún en Chapel Street —carraspeó un poco y con cierta cautela, como si le costara articular las palabras, comentó—: supongo que, si usted lo considerara necesario, podríamos mandar a llamar a lord Randolph.

El heredero de Ryder. Si le decía que sí, que le avisaran para que acudiera cuanto antes... aparte de que era más que probable que Randolph estuviera aún disfrutando de la noche londinense y no regresara a su casa hasta el amanecer, el hecho de mandarle a llamar cuando él no podía hacer nada por ayudar a que Ryder se recuperara sería como empezar a admitir una posibilidad que no estaba preparada para plantearse siquiera.

Respiró hondo, contuvo la respiración hasta que estuvo segura de que no iba a temblarle la voz y podía hablar con la firmeza y la seguridad que deseaba transmitir.

—Dado que el marqués no va a morir, dudo que hacer venir a lord Randolph pueda ayudar en este momento.

Collier soltó el aire que había estado conteniendo.

—Tiene usted toda la razón, señorita. Y en lo que a ayudarse el uno al otro se refiere, suele ser milord quien ayuda a su hermano.

Aquellas palabras la hicieron sonreír con cierto cinismo, ya que encajaban con su propia percepción de las cosas.

Siguieron esperando en silencio, y al cabo de unos minutos Collier volvió a tomar la palabra.

—¿Va a quedarse aquí, señorita? —como si quisiera excusarse por lo que estaba claro que no era una mera pregunta, sino más bien una petición, se apresuró a añadir—: el suyo es el último rostro que milord ha visto antes de perder la consciencia, podría servir de ayuda que esté presente cuando despierte.

Ella decidió aprovechar aquella excusa, que era tan buena como cualquier otra.

—Sí, me quedaré al menos hasta que llegue el médico y dé su dictamen.

Iba a permanecer allí hasta que estuviera total y absolutamente convencida de que Ryder iba a sobrevivir. No le hacía falta planteárselo siquiera, no tenía necesidad de debatir la cuestión con la parte racional de su mente para saber que esa era su decisión. Una decisión firme e inamovible.

Cabría preguntarse cómo creía que podría influir su presencia para evitar que la muerte se lo llevara, pero la cuestión no era esa. Si se marchaba y Ryder moría, jamás se lo perdonaría a sí misma.

Miró hacia la puerta al oír voces procedentes del pasillo. La verdad era que había estado totalmente centrada en Ryder hasta el momento y no había prestado atención apenas a la habitación, pero la revisó de forma instintiva ante lo que supuso que era la inminente llegada del médico y no se sorprendió al ver que imperaba una decoración claramente masculina, pero al mismo tiempo suntuosa.

Las colgaduras de terciopelo que rodeaban la cama, una enorme cama con dosel de elegantes postes de roble torneados y cabecera sobriamente tallada, eran tupidas y afelpadas y tenían un tono como de oro viejo que combinaba de maravilla con el intenso color del roble no solo de la cama, sino también de las cómodas y los baúles dispuestos alrededor de la habitación. A ambos lados de la cama había largas ventanas que en ese momento estaban cubiertas con cortinas del mismo terciopelo dorado, que se había empleado también para tapizar dos sillas de respaldo recto y dos butacas con armazón de roble.

Una colcha de seda en varios tonos dorados cubría la cama; las marfileñas sábanas y fundas de almohada eran de lino de la mejor calidad, y su sencillez extrema era el contrapunto perfecto al exquisito paraíso de sensual exuberancia sobre el que yacían.

Miró de nuevo hacia la puerta al oír que esta se abría y vio entrar a un hombre, un caballero a juzgar por su aspecto. Era alto, esbelto y de rostro angular, tenía unos cálidos ojos marrones en los que se reflejaba cierto cansancio, y sostenía un maletín negro que confirmaba que se trataba del médico. ¿Cómo había dicho Pemberly que se llamaba?

Los ojos del recién llegado se habían centrado de inmediato en Ryder y al verlo yaciendo allí, en la enorme cama, tan callado e inmóvil, se acercó lentamente y se detuvo a los pies de la cama. Permaneció unos segundos así, como si creyera que de un momento a otro Ryder podría abrir los ojos y hacer algún comentario jocoso, pero emergió de golpe de su ensimismamiento y, ceñudo, rodeó la cama con rapidez hacia el lado opuesto de donde estaba ella.

Después de dejar el maletín encima de la cama, la miró y procedió a saludarla.

—Buenas... no, creo que ya son buenos días. Soy David Sanderson, ¿y usted?

—Mary Cynster —había acertado al suponer que, aunque fuera un médico, también era un caballero—. Pasaba con mi carruaje cuando he visto que Ryder se desplomaba en la calle. He acudido en su auxilio, y he hecho que mi cochero y mi lacayo vinieran a dar la voz de alerta.

Sanderson parpadeó sorprendido (y no una vez, sino varias), pero se limitó a decir:

—Ya veo.

Ella se puso en pie para ayudarle al ver que se disponía a apartar la colcha y las sábanas. Una vez que Ryder estuvo expuesto de cintura para arriba, Sanderson tomó su muñeca entre los dedos, cerró los ojos y murmuró un momento después:

—Tiene el pulso regular, pero débil.

Al verle abrir los ojos, le indicó el vendaje improvisado que le habían puesto.

—Le han apuñalado, ha perdido mucha sangre.

Sanderson asintió con gravedad y levantó uno de los párpados de Ryder para examinarle el ojo.

—¿Ha permanecido inconsciente desde que usted lo encontró?

—Recobró la consciencia por un momento cuando estábamos en la calle, pero han sido apenas unos segundos.

Sanderson alzó la mirada hacia ella.

—¿Ha dicho algo?

—Sí, a mí.

—¿La ha reconocido?

Iba a asentir, pero titubeó al repasar lo ocurrido y admitió:

—Creo que sí, pero no ha dicho lo suficiente como para poder afirmarlo con certeza.

—Pero ¿ha reaccionado ante algo que usted le haya dicho?

—Creo que sí, pero no estoy completamente segura de ello.

Sanderson había empezado a desatar el vendaje, pero la miró con curiosidad al oír aquello.

—Está bien —quitó el trapo y murmuró, mientras apartaba ligeramente la gasa—: da igual que esté inconsciente en este momento; de hecho, probablemente sea preferible si ha perdido mucha sangre —hizo una pequeña pausa antes de añadir—: y a juzgar por lo fría que tiene la piel y lo macilento que está, ha perdido mucha más de la que me gustaría.

Ella lo miró sorprendida.

—Cabría suponer que, dado que es su médico, hubiera preferido que no perdiera ni una gota.

Sanderson soltó una pequeña carcajada y retiró del todo la gasa antes de decir:

—Conozco a Ryder desde Eton, y le aseguro que era bastante habitual que sangrara —se puso serio al ver la herida. Apretó los labios y, al cabo de unos segundos, afirmó—: por regla general, solía ser lo bastante sensato como para no perder tanta sangre como en esta ocasión —se inclinó un poco hacia delante, tanteó la herida con sumo cuidado y miró a Collier—. Voy a necesitar agua caliente para lavarla, que la hiervan cuanto antes y la traigan en el recipiente donde lo hagan. Necesito también una palangana metálica y un cuenco más pequeño, metálico a poder ser y si no de loza.

Collier asintió muy serio. Se había puesto en pie cuando había llegado Sanderson, y se había mantenido a un lado esperando órdenes.

—Sí, señor. De inmediato.

Pemberly, quien había entrado junto con el médico y había permanecido de espaldas a la puerta, le abrió y esperó a que saliera antes de cerrar de nuevo.

Ella no apartó la mirada de Sanderson, que estaba examinando la herida. Intentó ser paciente, pero al cabo de un momento no pudo seguir aguantando la incertidumbre.

—¿Está muy grave?

Sanderson interrumpió el examen para mirarla y contestar:

—Es pronto para dar un dictamen. ¿Sabe usted qué es lo que le ha pasado exactamente?

—Por lo que hemos podido deducir, le han asaltado en la callejuela —señaló en dirección a la calle— mientras venía de vuelta a casa. Tan solo sabemos que allí hay dos rufianes muertos y que Ryder tenía su estoque en la mano cuando se ha desplomado.

—¿Hay dos muertos?

Sanderson dirigió la mirada hacia Pemberly, que asintió.

—Así es, señor.

—¿Aún siguen allí?

—Supongo que sí, señor —al mayordomo parecía haberle ofendido un poco la pregunta.

Sanderson apretó los labios, se enderezó y mantuvo la mirada puesta en Pemberly durante unos segundos. Estaba claro que estaba sopesando algo, y sus siguientes palabras revelaron de qué se trataba.

—Sugiero que traigamos los dos cuerpos a la casa, Ryder querrá averiguar quién le ha atacado cuando recobre la consciencia y pueda pensar con claridad.

—Ah —estaba claro que a Pemberly no se le había ocurrido aquella posibilidad. Lo miró pensativo y asintió—. Sí, tiene usted razón. Haré que unos cuantos lacayos vayan a buscarlos y...

—No quiero saber nada, Pemberly.

El mayordomo esbozó una pequeña sonrisa.

—Por supuesto que no, señor. Usted no tiene nada que ver con el hecho de que unos cadáveres desaparezcan de la callejuela.

Sanderson sonrió a su vez y asintió.

—Exacto —se inclinó de nuevo hacia delante y prosiguió con el examen.

Ella le observó pensativa cuando Pemberly salió sin hacer apenas ruido de la habitación, y al cabo de un momento comentó:

—Acaba de asumir un riesgo bastante grande.

Él se encogió de hombros como restándole importancia al asunto y contestó sin apartar la mirada de la herida.

—Ryder se ha arriesgado muchas veces por mí —se enderezó con un suspiro, y al ver que ella le miraba con expresión abiertamente interrogante añadió—: él era el primogénito de un marqués, yo el hijo menor de una familia sin distinción alguna que fue admitido en Eton gracias a una beca —posó de nuevo la mirada en Ryder y admitió con voz más suave—: yo era el cerebro y él la fuerza bruta, y las cosas nos funcionaron sorprendentemente bien así.

Ella miró a uno y a otro y se dio cuenta de que Sanderson no estaba siendo justo con ninguno de los dos. A pesar de ser un hombre alto y esbelto, tirando a delgado, no parecía débil en absoluto y todo el mundo sabía que la vida de un médico requería un considerable esfuerzo físico; en cuanto a Ryder, utilizaba su patente fuerza física para disimular su inteligencia, pero a ella no había podido engañarla.

Mientras estaba absorta contemplando a Ryder, Sanderson había aprovechado para observarla con atención; cuando lo miró de nuevo, él respiró hondo antes de decir:

—No voy a preguntarle qué demonios está haciendo usted aquí, en la casa de Ryder, junto a su cama —dio de nuevo la impresión de que libraba una muda batalla interna contra sus propios principios; al igual que antes, el sentido común acabó prevaleciendo—. Lo que sí quiero saber es si será capaz de ver sangre sin desmayarse.

Ella le sostuvo la mirada al contestar.

—Cuando hemos trasladado a Ryder hasta aquí yo tenía las manos puestas justo donde estaban la gasa y el trapo que usted ha retirado. Estaban cubiertas de sangre, había coagulado entre mis dedos y notaba su textura horriblemente pegajosa —hizo una pequeña pausa antes de añadir—: para su información, ni siquiera se me pasó por la cabeza la posibilidad de sentirme descompuesta.

Él sonrió de oreja a oreja al oír aquello.

—Bien, muy bien; de hecho, es perfecto dadas las circunstancias —su sonrisa se evaporó cuando volvió a centrar la mirada en la herida—. Voy a necesitar otro par de manos para lo que creo que voy a tener que hacer.

Ella intentó interpretar la expresión de su rostro. Se le veía preocupado, pero también decidido.

—No parece estar demasiado seguro de lo que piensa hacer.

Él la miró a los ojos y, tras debatir de nuevo algo consigo mismo, admitió:

—Voy a hablar claro con usted. Ryder tiene la constitución de un buey y el corazón de un león. Con una herida como esta lo primero es de gran ayuda, pero lo segundo podría no ser tan positivo.

—¿Por qué no?

—Cuando estaba en la callejuela debía de tener el corazón acelerado como reacción al ser atacado, por la furia y el ímpetu al defenderse, al luchar por su vida, y se trata de un corazón muy fuerte. Por eso ha perdido tanta sangre con tanta rapidez —le sostuvo la mirada al añadir—: para serle sincero, si usted no le hubiera encontrado y no hubiera actuado así, si no le hubiera taponado la herida con las manos en todo momento, estoy prácticamente seguro de que hubiera muerto desangrado en cuestión de minutos.

Mary tuvo que tomarse un momento para poder digerir aquello, y su expresión ceñuda se acentuó.

—Pero no ha muerto, así que...

—No ha muerto porque la presión que usted ha aplicado con las manos ha reducido la hemorragia lo suficiente para permitir que las heridas internas no siguieran sangrando —Sanderson bajó la mirada hacia Ryder—. Eso es positivo, pero hasta que yo no vea cuál es el daño real y sepa si tengo que suturar o no las heridas internas para que permanezcan cerradas no sabremos si, cuando él despierte y se mueva, existe el riesgo de que algún corte grave pueda volver a abrirse. Si le suturo el corte externo sin realizar un examen concienzudo y alguna de las heridas internas se abre de nuevo, podría morir desangrado antes de que él mismo o cualquiera de nosotros se percate de lo que está sucediendo.

—Porque la hemorragia será por dentro, ¿verdad?

—Exacto —Sanderson miró hacia la puerta al oír que varias personas se acercaban por el pasillo. Se volvió de nuevo hacia ella y la miró a los ojos—. Lavar la sangre coagulada para poder ver qué es lo que se ha rajado conlleva sus propios riesgos, pero sería más peligroso aún no realizar un examen a fondo. Si usted está dispuesta a ayudarme manteniendo abierta la herida... yo le mostraré cómo hacerlo... será más probable que yo pueda llevar a cabo esta tarea sin provocar una nueva hemorragia. La verdad es que Ryder no puede darse el lujo de perder más sangre.

—¡Por supuesto que voy a ayudarle! En cualquier caso, no tenía intención de dejarlo a su merced.

Aquello le hizo sonreír. El gesto relajó la tensión de su rostro, que resultó ser un rostro muy apuesto.

—Por lo que parece, señorita Cynster, Ryder cuenta al menos con nosotros dos.

La puerta se abrió y mientras la señora Perkins, Pemberly y Collier entraban cargados con dos humeantes ollas, palanganas y cuencos de metal varios y un montón de trapos limpios, ella murmuró:

—Por si sirve de algo, le diré que a juzgar por lo que he visto cuenta también con todos los habitantes de esta casa.

Sanderson asintió y se dispuso a organizar su instrumental.

Ella no había ayudado nunca antes durante una intervención médica, y descubrió que era una tarea lenta y agotadora. Los otros tres permanecieron también en la habitación para sostener lámparas en alto cuando era necesario, rellenar los recipientes con agua caliente e ir suministrando trapos limpios.

—Siempre ha tenido una suerte endemoniada —murmuró Sanderson al fin.

Mary no veía la herida, ya que él estaba inclinado hacia delante y su cabeza se la tapaba; antes de que pudiera preguntarle qué quería decir, alzó la mirada hacia ella, la miró por un instante y volvió a bajarla para proseguir con su tarea.

—No me atrevía a albergar demasiadas esperanzas, pero lo único que veo es un corte en el hígado. Eso explica de sobra por qué ha perdido tanta sangre, pero es una herida que va a sanar por sí misma. No hay necesidad de intentar suturarla, es mejor no tocarla siquiera.

Ella no supo cómo interpretar aquellas palabras.

—¿Significa eso que Ryder se recuperará sin problema cuando vuelva en sí?

—Ningún vaso sanguíneo ha recibido ni el más mínimo daño, así que... sí, así es —fue enderezándose poco a poco y cerró los ojos mientras estiraba la espalda, que a aquellas alturas debía de dolerle horrores. Abrió los ojos, la miró y sonrió con cansancio—. Una vez que le suture la herida externa, la piel y las capas interiores acabarán por cerrarse y eso será todo, al menos en lo que a posibles hemorragias se refiere —se puso serio y añadió con gravedad—: pero, antes de que cantemos victoria, debo añadir que aún tiene que sobrevivir al impacto que ha supuesto para su cuerpo perder tanta sangre.

—¿Qué quiere decir eso? Y no en general, sino en concreto tratándose de alguien con la constitución de un buey.

Sanderson se inclinó hacia delante para palpar ligeramente el borde de la herida.

—Lo que quiere decir es que voy a suturar la herida y después tendremos que esperar. Si Ryder despierta podremos proceder a partir de ahí con mayor seguridad, pero que despierte o no... lamento decirle que eso aún está por verse.

El alivio que había empezado a respirarse en la habitación se esfumó de golpe.

Tras concluir con el examen, Sanderson limpió los bordes de la herida y procedió a suturarla. Cuando completó el proceso (proceso del que ella había sido literalmente incapaz de apartar la mirada) aplicó otro vendaje, y una vez que Ryder estuvo bien arropado bajo la colcha y las sábanas procedió a lavarse las manos mientras ordenaba que se encendiera la chimenea para que se caldeara la habitación.

—Pero no hasta el punto de que parezca un horno —les indicó a la señora Perkins, Pemberly y Collier—. Que sea una temperatura normal y razonable. No hay que permitir que pase demasiado calor, eso no le beneficiaría en nada.

—Sí, señor —contestaron los tres al unísono.

Sanderson se acercó de nuevo a Ryder y le tomó el pulso antes de dirigir la mirada hacia ella, que estaba sentada al otro lado de la cama en la misma silla de respaldo alto de antes.

—Su pulso se mantiene regular, pero sigue siendo demasiado débil. El ritmo es inusualmente lento. Me gustaría poder darnos más esperanzas a todos, pero la verdad es que el resultado sigue siendo impredecible —respiró hondo, claramente tenso y preocupado—. Yo creo que lo sabremos por la mañana, cuando vuelva en sí.

Ella asintió sin apartar la mirada del rostro de Ryder, consciente de que en realidad no era «cuando vuelva en sí», sino «si vuelve en sí». Contestó sin levantar la mirada.

—Voy a quedarme junto a él. Hasta que despierte.

Si Ryder iba a morir, ella no podía permitir que lo hiciera estando solo.

Se dio cuenta de que Sanderson estaba observándola en silencio, notó el peso de su mirada, pero mantuvo la suya centrada en Ryder y al final, después de unos largos segundos, por el rabillo del ojo le vio asentir.

—Debo marcharme para asistir un parto, el mozo de los recados ha venido a avisarme. Regresaré tan pronto como me sea posible, pero lo más probable es que sea a última hora de la mañana; en cualquier caso, si hubiera cualquier cambio a peor mándeme llamar. Le dejaré la dirección a Pemberly.

Ella se despidió con un gesto de asentimiento. Darle las gracias era algo que no le correspondía a ella, pero más allá de eso sería un insulto al afecto y la amistad que estaba claro que le unía a Ryder.

Permaneció callada mientras le oía despedirse de los demás antes de marcharse. Había recordado que existía un mundo más allá de aquellas cuatro paredes cuando él había mencionado lo del parto. John y Peter debían de estar esperando en la primera planta, y tanto Hudson como los demás miembros del servicio no tardarían en empezar a preocuparse al ver que no regresaban a casa.

—Pemberly, ¿sería usted tan amable de traerme papel, tinta y una pluma? Me gustaría redactar un mensaje para que mi cochero lo lleve a mi casa.

—Por supuesto, señorita. Se lo traigo de inmediato.

Collier intervino en ese momento para decir:

—La escribanía del marqués está en el vestidor, señorita. ¿Podría servirle?

—Sí, gracias. Perfecto.

Para cuando Collier regresó con la escribanía y se la puso delante sobre la cama, ella ya se había dado cuenta de que en realidad tenía que redactar dos mensajes. Uno para Hudson, para aliviar su preocupación y asegurarle que estaba sana y salva; otro para sus padres, que habría de serles entregado en cuanto cruzaran el umbral de casa aquella mañana en caso de que ella no hubiera regresado aún para entonces.

En ambos fue directa y concisa. En el primero se limitó a decirle a Hudson que todo iba bien y que no se preocupara, y en el segundo explicaba su ausencia de forma más detallada y les pedía a sus padres que fueran a casa de Ryder tan pronto como les fuera posible. Su llegada sería el sello de aprobación al hecho de que ella hubiera permanecido junto a Ryder y, en caso de que él no hubiera despertado aún, el apoyo que seguramente iba a necesitar.

La señora Perkins iba de acá para allá, ordenándolo todo y recogiendo cosas, y salió de la habitación tras lanzar una última mirada hacia la cama. Pemberly y Collier, por su parte, seguían ocupando sus respectivos puestos junto a la puerta y estaban hablando en voz baja sobre cómo había que turnarse para hacer guardia.

Después de doblar la nota para sus padres, escribió en el reverso sus nombres y las instrucciones para la entrega, la metió a su vez dentro de la misiva dirigida a Hudson, y escribió el nombre de este en el paquetito resultante.

Lo agitó con suavidad para que se secara la tinta y se volvió hacia Pemberly.

—Dele esto a John, mi cochero, y dígale que Peter y él deben regresar a Upper Brook Street y entregárselo a Hudson, el mayordomo de mis padres.

Pemberly tomó el paquetito y se inclinó ante ella.

—De inmediato, señorita —tras enderezarse esperó a que Collier se llevara la escribanía antes de añadir—: si hay algo que podamos hacer por usted, lo que sea, no dude en decírnoslo.

Collier reiteró con voz suave el ofrecimiento, y ella logró dedicarles a los dos una débil sonrisa. En los rostros de ambos se reflejaba con claridad la gratitud que sentían hacia ella por su ayuda, por haber rescatado a Ryder y, más aún, por haberse quedado allí y haberles ayudado a mantener la calma al tomar las riendas de la situación.

—Gracias. Si necesito algo tocaré la campanilla... o se lo pediré a Collier —estaba segura de que este tenía intención de permanecer junto a su señor aunque fuera en sentido figurado.

Pemberly carraspeó un poco antes de decir:

—Disculpe, señorita, pero ¿cree usted que deberíamos avisar a lord Randolph, teniendo en cuenta lo que ha dicho el doctor Sanderson?

Ella se tomó unos segundos para reflexionar al respecto antes de contestar.

—No, de momento no —se volvió de nuevo hacia Ryder y se obligó a sí misma a añadir—: si vemos que el marqués aún no ha despertado a media mañana, puede que debamos hacerlo.

Pemberly no pudo ocultar lo aliviado que se sintió al oír aquello, y se inclinó ante ella antes de marcharse con el mensaje que debía entregarle al cochero. Collier, por su parte, colocó bien las mantas y fue a sentarse en la silla que había en el rincón.

De forma gradual se fue haciendo un silencio que se adueñó de la habitación, un silencio preñado de tensa espera y quebrado tan solo por el casi imperceptible sonido de la respiración de Ryder. El olor a desinfectante impregnaba el ambiente; el pequeño fuego ya había quedado reducido a brasas en la chimenea y la habitación estaba caldeada, pero no demasiado de acuerdo a las instrucciones del doctor.

Intentó relajar la tensión que la agarrotaba, exhaló aire con suavidad y se dispuso a esperar... y a tener esperanza, y a rezar y a observar.

Con la mirada puesta en el inmóvil rostro de Ryder, dejó que su mente se abriera, que se expandiera más allá del foco en el que la había mantenido firmemente centrada en las últimas horas.

No había duda de que ya era pasada la medianoche. Le echó un vistazo al reloj que había sobre la repisa de la chimenea y vio que, en efecto, ya eran más de las dos de la madrugada.

Era plenamente consciente de que era muy inapropiado por su parte permanecer junto a la cama de Ryder, en su casa, en su dormitorio, estando él presente, pero estaba inconsciente y Collier también estaba allí y... y, a decir verdad, le traía sin cuidado lo que pudiera pensar la sociedad. Tanto sus padres como el resto de su familia lo entenderían; de hecho, todos esperarían de ella que hiciera lo que estaba haciendo: esperar y velar junto a Ryder, por si este fallecía.

Alguien tenía que ser testigo de cómo se apagaba una vida como la de aquel hombre. Era el cabeza de familia de una casa muy similar a la suya, una casa antiquísima que poseía una gran fortuna, un título nobiliario, numerosas propiedades y un legado del que enorgullecerse.

Todo eso era la pura verdad y podría usarlo como excusa, pero tenía muy claro que no eran esas consideraciones la razón de que permaneciera allí.

Era otra cosa lo que la ataba, lo que la mantenía allí por encima de todo lo demás.

No podía permitir que Ryder muriera estando solo por el simple hecho de que se trataba de él; por la clase de hombre que era, uno verdaderamente fascinante que él le había permitido vislumbrar a lo largo de aquellas últimas noches; porque gracias a él había aprendido lo mágico que podía ser un vals; por el desafío que con tanta arrogancia y firmeza, de forma tan deliberadamente tentadora, le había lanzado meras horas atrás.

Porque existía la posibilidad de que él fuera su héroe, el hombre perfecto para ella, y aún no le había dado la oportunidad de convencerla ni había tenido ocasión de decidir si realmente lo era.

Quería estar presente cuando él despertara. Quería decirle que le daba aquella oportunidad, que estaba dispuesta a explorar aquella posibilidad.

Pero no iba a poder decirle nada si no recobraba la consciencia.

Su futuro entero, el futuro con el que tanto había soñado y hacia el que se disponía por fin a avanzar con tanta determinación, un futuro predestinado por la Señora y que existía la posibilidad de que ambos estuvieran destinados a compartir, dependía de la fuerza innata de Ryder, de su capacidad para recuperarse de una herida que ya había estado a punto de acabar con él.

Así que permaneció allí, sentada junto a la cama conforme fueron pasando las horas mientras intentaba infundirle fuerzas para que siguiera respirando, para que siguiera viviendo.

En algún momento de aquella oscura vigilia nocturna le prometió a la Señora que, si Ryder sobrevivía, si al llegar la mañana él despertaba y la miraba con aquellos brillantes ojos pardos, ella iba a darle la oportunidad que le había pedido, la oportunidad de convencerla de que él era el hombre destinado a ser su esposo.

CAPÍTULO 6

Ryder iba a la deriva entre la consciencia y la inconsciencia... no, a lo mejor estaba dormido. Una parte de su mente se preguntó si en ese momento era capaz de discernir la diferencia entre lo uno y lo otro.

Pensamientos relevantes, pero al mismo tiempo carentes de importancia se sucedían en una espiral sin fin que le distraía, que le apartaba de observaciones más importantes como, por ejemplo, qué estaría haciendo Mary allí, sentada junto a su cama. ¿Qué querría decir eso?

«¡Quédate conmigo!». Aquellas palabras resonaban aún en su mente a pesar del denso velo de oscuridad que envolvía el pasado más reciente, aún podía oírla haciendo aquella petición (mejor dicho, dándole aquella orden).

Al parecer, Mary había optado por quedarse con él para asegurarse de que la obedeciera; dadas las circunstancias, aquello no era demasiado correcto, pero a pesar de que las cosas no deberían ser así él no iba a protestar ni mucho menos. Tenerla allí lo llenaba de paz y bienestar, lo reconfortaba literalmente a un nivel que ni él mismo alcanzaba a comprender.

Pasó algo de tiempo (¿segundos, minutos, horas? No habría sabido decirlo), y el dolor en su costado le recordó lo que había sucedido, los dos rufianes a los que había dado muerte en la callejuela. La emboscada había sido algo planeado. Habían permanecido al acecho, estaban esperándole ocultos a ambos lados del tramo donde se estrechaba la callejuela que solía tomar cuando regresaba a casa desde el sur.

Estaba tan absorto pensando en Mary, sopesando cuál debería ser el siguiente paso a seguir, que había pasado sin darse cuenta junto a uno de ellos que debía de estar oculto en un umbral. El segundo canalla se había abalanzado hacia él desde el extremo de la callejuela que daba a Mount Street y, antes de que pudiera darse cuenta del peligro que corría, el primero había aprovechado que estaba distraído con su compinche y le había apuñalado desde atrás a traición. Sabía que estaría muerto si fuera un hombre de estatura media. Estaba vivo, pero condenadamente débil; de hecho, no recordaba haberse sentido tan débil nunca antes, ni siquiera cuando había enfermado de niño. No tenía fuerza ni para mover un músculo, ni siquiera era capaz de levantar los párpados para poder ver bien lo que sucedía a su alrededor. Tan solo alcanzó a vislumbrar algo al entreabrir apenas los ojos, pero se le cerraron otra vez en cuestión de un par de segundos.

Debió de sumirse de nuevo en un oscuro mar de olvido, y cuando volvió a emerger no se molestó en intentar abrir los ojos y se centró en la herida.

Si respiraba un poquito más hondo notaba la constricción de un vendaje alrededor de la cintura, así que Sanderson debía de haber hecho acto de presencia en algún momento de la noche. Su instinto posesivo emergió de golpe al pensar en Mary, y le dio las fuerzas necesarias para levantar un poco los párpados. Se sintió aliviado al ver que ella aún seguía allí.

A pesar de las horas que eran (seguro que era tardísimo) estaba despierta. Tenía la mirada puesta en él, pero en medio de la penumbra que los envolvía era ajena a que estaba despierto y observándola. Habría sonreído de haber podido, pero no tenía fuerzas ni para eso.

Se la veía muy seria y preocupada, se había llevado una mano al pecho y estaba acariciando con actitud distraída algo que colgaba del extraño collar de aspecto antiguo que llevaba puesto.

Verla le dio tranquilidad, sentir el peso de su mirada le relajó.

Sus párpados se cerraron de nuevo y volvió a sumirse en las profundidades del oscuro mar.

Mary había acabado asumiendo que era inevitable que tarde o temprano acabara por adormilarse, así que había cambiado la silla de respaldo recto por una de las butacas. Había convencido a Collier de que hiciera lo mismo alegando que no ganarían nada si uno de los dos se quedaba dormido y se caía de la silla.

De modo que al despertar estaba acurrucada en la butaca, con las piernas encogidas bajo la falda y la mejilla apoyada en la palma de una mano. Abrió los ojos, miró hacia la cama incluso antes de girar la cabeza hacia allí... y los ojos pardos de Ryder se encontraron con los suyos.

Parpadeó con incredulidad, volvió a mirar y vio el brillo de aquella mente aguda a la que se había acostumbrado en aquellos ojos donde se entremezclaban tonos verdes y dorados, unos ojos que estaban mirándola a su vez con aquella expresión de lánguida diversión tan propia en él.

El arrollador alivio que la inundó fue indescriptible.

—¡Estás despierto! ¡Gracias a Dios! —bajó los pies al suelo, se estiró y se enderezó.

Él sonrió con ironía.

—No sé si Dios habrá tenido mucho que ver; si mal no recuerdo, es a ti a quien debo darle las gracias.

—Bueno, sí, yo también colaboré —admitió, mientras se levantaba de la butaca. Sería absurdo rechazar cualquier ventaja que él pudiera darle.

Los suaves ronquidos procedentes de la otra esquina de la habitación dieron paso de repente a una serie de fuertes resuellos, pero ella hizo caso omiso de Collier y se acercó a la cabecera de la cama.

El colgante de cuarzo rosa salió de debajo del vestido cuando se inclinó hacia delante para posar la mano en la frente de Ryder, quien alzó los dedos de la mano que tenía apoyada sobre su propio pecho para atraparlo.

—Así que era esto, ¿no? —examinó con curiosidad el colgante hexagonal—. He visto que lo sujetabas durante la noche, y me preguntaba qué sería —frunció ligeramente el ceño mientras sus dedos acariciaban las largas y lisas caras del cristal—. Qué raro, da la impresión de que está un poco caliente.

A ella no le sorprendió que así fuera, teniendo en cuenta dónde estaba metido escasos momentos atrás. Se lo quitó de la mano sin que él opusiera resistencia y, fingiéndose ajena a los penetrantes ojos pardos que la observaban con sumo interés, volvió a meterlo entre sus senos.

—Parece ser que conserva el calor —comentó, al notar que era cierto que estaba bastante caliente, antes de apartar la mano de su frente y retroceder un paso; al ver que él enarcaba las cejas en un gesto interrogante, añadió—: estás un poco caliente, pero creo que no tienes fiebre.

—Teniendo en cuenta lo helado que me sentí anoche, haber entrado de nuevo en calor es algo que agradezco sobremanera —aún estaba tan débil como un gatito recién nacido, así que logró apenas hacer un ligero ademán con la mano para indicar su propio cuerpo—. Deduzco que vino Sanderson.

—Sí, así es. Vino a revisar tu herida y te la suturó —vaciló por un instante, y le sostuvo la mirada al admitir con voz queda—: dijo que si recobrabas la consciencia todo debería de ir bien y te recuperarías.

Eso quería decir que, hasta que había despertado y había visto que estaba despierto, Mary no había sabido si... si lo que iba a encontrarse al despertar sería un hombre vivo o un cadáver.

—Gracias por quedarte conmigo —de haber podido mover el brazo, habría tomado su mano y se la habría besado—. Me inclinaría ante ti si pudiera. Dadas las circunstancias apenas puedo mover la cabeza, pero tienes mi más profunda gratitud.

—¿Te sientes débil?

Él vio la preocupación que apareció de nuevo en aquellos ojos azul aciano y se dijo a sí mismo que, tratándose de ella, no pasaba nada por admitir la verdad.

—Sí, muchísimo.

—Perdiste una cantidad horrenda de sangre, así que supongo que no es de extrañar —su ceño se acentuó aún más—. Sanderson dijo que iba a asistir un parto y que regresaría en cuanto terminara, pero hasta entonces no sé si podemos darte algo de comer.

—En este momento ni siquiera sé si sería capaz de tragar algo de comida.

—Quizás podríamos intentar darte un poco de agua; si puedes ingerirla, seguro que la señora Perkins puede hacer que preparen algo de caldo —le echó una mirada al reloj que había sobre la repisa de la chimenea y se quedó boquiabierta al ver lo tarde que era—. ¡Santo Dios! ¡Pero si ya son las once de la mañana!

Collier escogió aquel momento para despertarse con un resoplido. Su mirada se dirigió hacia la cama y se levantó de la silla con un grito de alegría. Se controló al darse cuenta de que su conducta era muy poco profesional y se apresuró a hacer una reverencia mientras se disculpaba profusamente, pero la sonrisa radiante de su rostro no se apagó ni un ápice.

—¡No sabe lo aliviado que me siento al verle despierto, milord!

—Y en su sano juicio —comentó Mary con ironía. Sus ojos se encontraron con los de Ryder y añadió—: por lo que parece, estás en pleno uso de tus facultades.

—Te complacerá sin duda saber que mi mente está en perfecto estado —contestó él, mientras esbozaba una gran sonrisa. Al menos tenía fuerzas para cambiar sus expresiones faciales, algo era algo.

Collier se detuvo a los pies de la cama y le preguntó, deseoso de ayudar:

—¿Puedo hacer algo por usted, milord? ¿Desea que le traiga algo?

Fue Mary quien contestó.

—Agua —le indicó la jarra, que estaba sobre la mesita de noche—. Mejor si es fresca.

—Sí, por supuesto —fue a por la jarra a toda prisa, estaba encantado de poder colaborar haciendo algo.

Al ver que se dirigía sin perder ni un segundo hacia la puerta, Ryder le pidió:

—¡Haz saber a los demás que he regresado del mundo de los muertos! ¡Y dile a Pemberly que haga subir a Sanderson en cuanto llegue!

—¡Sí, milord! —exclamó, lleno de brío, antes de salir de la habitación.

—Nadie diría que ha pasado la noche entera durmiendo en una butaca —comentó Ryder.

—Todos están muy apegados a ti.

Aquellas palabras de Mary hicieron que la mirara, y vio que estaba observándolo con ojos penetrantes. Logró un casi imperceptible encogimiento de hombros y admitió:

—Llevan conmigo desde siempre, me han visto crecer —aprovechando que Collier les había dejado solos, ya podía plantear algunas de las cuestiones que tenía en mente—. Los dos que me atacaron... los dejé en el callejón.

—Sanderson se dio cuenta de que querrías investigar al despertar, y le dijo a Pemberly que había que ir a por los cadáveres y dejarlos en algún lugar de la casa.

—Bien hecho —la siguiente cuestión era la más delicada—. ¿Qué arreglos...?

Se interrumpió al oír que llamaban a la puerta principal, Collier se había dejado entreabierta la de la habitación.

—¡Deben de ser mis padres! —exclamó Mary. Mientras se dirigía hacia la puerta, le explicó lo que pasaba—. Han pasado unos días fuera y regresaban a casa esta misma mañana. Les envié un mensaje en el que les explicaba dónde me encontraba y por qué, y les pedía que vinieran lo antes posible para... —hizo un ademán con la mano justo cuando estaba llegando a la puerta— que me dieran su apoyo y su aprobación, por así decirlo.

Él abrió los ojos del todo al oír aquello y exclamó:

—¡No, espera!

La advertencia llegó demasiado tarde, ella ya había salido de la habitación. Ryder esperó unos segundos, y al ver que no le había oído soltó una imprecación, una imprecación que era en gran parte de frustración por aquella dichosa debilidad que le impedía ir tras ella para detenerla antes de que hiciera algo que ninguna dama debería hacer jamás: bajar a toda prisa la escalera de la casa de un soltero sin tener la certeza de quién estaba a punto de entrar por la puerta.

El pequeño esfuerzo que acababa de hacer bastó para dejarle sin fuerzas. Se recostó de nuevo contra las almohadas e intentó ser optimista.

—Pemberly llegará a la puerta antes que ella, la verá y le ordenará que se aparte de la vista.

Intentó visualizar la escena, pero no pudo imaginarse a nadie (y mucho menos los fieles y abnegados miembros del servicio, que dadas las circunstancias debían de sentir una inmensa gratitud hacia ella) ordenándole a Mary que hiciera algo.

Consciente de que no había nada que él pudiera hacer, suspiró resignado, se acomodó mejor contra las almohadas y dijo unas palabras que jamás hubiera imaginado que podrían salir de sus labios.

—Recemos para que sean los padres de ella quienes llaman a la puerta.

La mansión de los Raventhorne, conocida como Raventhorne House, era tan enorme e impresionante como la que los St. Ives poseían en Grosvenor Square (muy cerca de allí, unas calles más al norte). Mientras avanzaba a toda prisa por el pasillo que conducía a la gran galería que rodeaba la majestuosa escalinata, Mary tuvo ocasión de apreciar el lujo que la rodeaba y que la noche anterior ni siquiera había notado debido a su preocupación por Ryder.

Gruesas alfombras orientales de vívidos colores amortiguaban sus pasos; las paredes estaban revestidas de lustrosos paneles de madera oscura y en ellas colgaban cuadros, tanto grandes como pequeños, con ornamentados marcos dorados; el hueco del vestíbulo estaba iluminado por la claraboya circular del techo.

Al llegar a la galería se asomó por encima de la balaustrada de madera y vio a Pemberly cruzando con paso digno y señorial el vestíbulo de losas blancas y negras, rumbo a la puerta principal. Estaba deseosa de ver a sus padres, en especial a su madre. En sus labios se dibujó una sonrisa, y se alzó un poco la falda mientras aceleraba aún más el paso.

Empezó a bajar la escalinata justo cuando Pemberly abría la puerta.

—¿Sí?

—Buenos días, Pemberly. Hemos venido a ver a mi hijastro.

Se quedó helada al oír aquella voz femenina y se detuvo en seco. Permaneció allí, paralizada en un peldaño justo por debajo del descansillo de media vuelta, mientras veía cada vez más horrorizada cómo la marquesa de Raventhorne le ordenaba con irritación a Pemberly que se quitara de en medio y, haciendo caso omiso de los valerosos esfuerzos de este por detenerla, irrumpía en la casa como un ciclón.

La acompañaban dos damas de mediana edad que entraron tras ella con paso decidido, la frente bien en alto, una expresión de firme determinación en el rostro y sus respectivos bolsitos bien aferrados entre las manos.

Las tres la vieron al instante. Redujeron el paso hasta detenerse del todo y en sus rostros se reflejó un asombro creciente al ir asimilando la situación, al darse cuenta de quién era ella y dónde estaba.

Mientras la miraban patidifusas, ella logró reaccionar al fin y sin mediar palabra, dejando atrás todo decoro, dio media vuelta, regresó escalera arriba como una exhalación y echó a correr por la galería rumbo a la habitación de Ryder.

Al llegar abrió la puerta de golpe, entró como una tromba (el pobre Collier, quien acababa de ayudar a Ryder a tomar unos sorbitos de agua, se llevó un tremendo sobresalto), dio media vuelta y cerró tras de sí a toda prisa.

Se quedó mirando unos segundos la puerta, y entonces se apresuró a acercarse a la cama.

—Ryder...

—Deduzco que no eran tus padres —comentó él.

Le habían puesto una camisa de dormir, así que estaba más o menos decente. No se le veía nervioso, sino más bien cínicamente resignado.

—¡Es tu madrastra!, ¡viene hacia aquí! —mientras huía había oído una exclamación, y al internarse a la carrera en el pasillo había oído que alguien empezaba a subir con paso decidido la escalinata.

—Qué bien —dijo él con ironía.

Al verle soltar un suspiro de fastidio y alzar la mirada hacia el techo, ella tuvo que reprimir las ganas de agarrarle del brazo y sacudirlo para que reaccionara.

—¡Es que eso no es todo! ¡Ha venido acompañada de lady Jerome y de la señora Framlingham!

Ryder la miró de inmediato al oír aquello.

—Ah —su actitud de lánguida diversión se esfumó de golpe. Se quedó mirándola en silencio un par de segundos, tras los cuales ordenó con voz firme—: ¡Collier, ayúdame a incorporarme!

El primer impulso de ella fue protestar, pero dadas las circunstancias optó por arrodillarse junto a la cama y le ayudó a incorporarse hasta quedar un poco más erguido contra las almohadas; al ver que le ordenaba a Collier que le ayudara a levantar el brazo y a colocar la mano detrás de la cabeza, lo miró desconcertada.

—¿Por qué estamos haciendo esto?

—Porque debemos preparar bien nuestra puesta en escena.

—No lo entiendo.

—Lavinia es una de esas personas ante las que uno nunca debe mostrar debilidad, Mary.

Ella seguía sin entenderlo, pero confió en que él supiera lo que estaba haciendo. No había duda de que tenía mucha más experiencia que ella a la hora de lidiar con aquella clase de situaciones.

—Ayúdame a levantar el otro brazo —le pidió él, antes de mirar a Collier—. Tú debes permanecer fuera de la vista.

—Entendido, milord.

La intención de Ryder era, con ayuda de Mary, colocar el brazo derecho en la misma posición que el izquierdo para dar la impresión de que estaba reclinado en la cama con las manos detrás de la cabeza, pero todavía estaba muy débil. Ella aún estaba luchando por subirle el brazo (que era poco menos que un peso muerto) cuando se oyeron los pasos de varias personas que se acercaban a toda prisa, las protestas de Pemberly y la voz cortante de Lavinia.

No tuvo más remedio que cambiar de planes.

—¡Espera! ¡Deja el brazo así, apoyado a lo largo de las almohadas! ¡Siéntate y ponte de cara a la puerta! ¡Vamos, deprisa!

Ella le miró sorprendida, pero acabó obedeciendo.

De modo que allí estaba, ataviada aún con el elegante vestido de muaré azul de la noche anterior, con su oscura cabellera ligeramente revuelta y las mejillas teñidas de un suave rubor, sentada en su cama con él rodeándola con un brazo y reclinado contra las almohadas como si estuviera de lo más tranquilo y relajado.

A las once de la mañana.

A pesar de lo debilitado que estaba, hizo un último esfuerzo y logró mover la mano derecha lo suficiente para posarla sobre ella, sobre su hombro derecho.

Pemberly fue el primero en entrar. Cruzó la puerta poco menos que disparado como un proyectil y exclamó:

—¡Milord! ¡He intentado...!

Señaló con impotencia a Lavinia, quien irrumpió en la habitación con los ojos encendidos de incredulidad y furia creciente.

Lady Jerome y la señora Framlingham, chismosas empedernidas y dos de las personas más entrometidas de la alta sociedad, se quedaron en el sombrío pasillo; a diferencia de su madrastra, parecían haberse dado cuenta de que irrumpir en su habitación sin ser invitadas sería pasarse de la raya.

Por suerte, las almohadas le permitían mantener la cabeza erguida y no tuvo necesidad de intentar moverla.

—Gracias, Pemberly —miró a Lavinia y su voz se tornó mucho más gélida—. Buenos días, Lavinia. No recuerdo haberte mandado llamar, ¿a qué le debo esta injustificada invasión?

Como era de esperar, ella había centrado de inmediato su atención en Mary tras echarle una somera mirada a él. En otras circunstancias le habría hecho gracia verla abrir y cerrar la boca varias veces con cara de pasmo, pero ella no tardó en reaccionar y se volvió a mirarlo mientras señalaba a Mary con un brusco ademán de la mano.

—¿Qué demonios está haciendo ella aquí?

Consciente de las dos espectadoras que observaban con avidez desde el pasillo, procuró interpretar bien su papel. Soltó el suspiro de un hombre que estaba siendo supremamente incordiado por mujeres incomprensiblemente obtusas y, con disimulo, le dio un suave apretón a Mary en el hombro a modo de advertencia.

—Para tu información, la señorita Cynster me hizo anoche el honor de concederme su mano en matrimonio.

Le lanzó una fugaz mirada de soslayo a su futura esposa. A través de la mano que tenía sobre su hombro había notado el comprensible impacto que sus palabras habían tenido en ella, pero a pesar de que tan solo alcanzaba a verla de perfil estaba convencido de que no había hecho ningún gesto que delatara su sorpresa; de hecho, daba la impresión de que estaba mirando a Lavinia con una altivez un tanto gélida muy acorde a las circunstancias.

Miró de nuevo a su madrastra y añadió, en el mismo tono frío y arrogante:

—Su presencia aquí, por tanto, no debería sorprender a nadie ni despertar interés alguno. Tu presencia, sin embargo, requiere aún una explicación.

Lavinia estaba tan atónita que parecía haberse quedado sin habla y le hicieron falta tres intentos para conseguir recuperarla.

—¡Eres un...! —dirigió la mirada hacia Mary y apretó los puños—. ¡Bobita descerebrada! ¡Podrías haber tenido a mi Randolph...!

Se interrumpió de golpe como si acabara de darse cuenta de que sugerir siquiera que Mary tendría que haber preferido a Randolph antes que a Ryder sería, según los criterios de la alta sociedad, completamente absurdo.

Se quedó un poco sorprendido al verla empalidecer, pero ella no tardó en recuperarse. Se le encendieron las mejillas de rabia y miró amenazante a Mary.

—¡Eres una...!

No pudo continuar, porque él la interrumpió de forma tajante.

—¡Lavinia! —tomó las riendas de la situación sin contemplaciones, consciente de que sus fuerzas no iban a durar mucho más—. Tus amigas y tú os habéis presentado en mi casa sin avisar y habéis irrumpido en mis aposentos privados sin más ni más. Os sugiero que os retiréis. Ahora mismo —le sostuvo la mirada al añadir—: Pemberly, por favor, acompaña a mi madrastra a la puerta.

—De inmediato, milord —no hizo falta que añadiera que hacerlo sería todo un placer para él, su tono de voz lo dejó claro.

Lavinia fulminó con la mirada al mayordomo cuando este, investido de la autoridad conferida por su señor, se acercó a ella y la tomó del brazo. Se soltó de un tirón mientras mascullaba una imprecación, y después de lanzar una última mirada hacia la cama (una mirada llena de furia, pero en la que aún se reflejaba lo estupefacta e impactada que estaba) dio media vuelta y se fue hecha un basilisco.

En cuanto Pemberly salió tras ella y cerró la puerta, Ryder se desplomó exhausto contra las almohadas. Los ojos se le cerraron y oyó que Collier salía del vestidor.

—¿Quieres bajar el brazo izquierdo? —murmuró Mary, quien seguía sentada junto a él, un instante después.

—Sí, por favor.

Entre Collier y ella le sacaron la mano de debajo de la cabeza, le bajaron el brazo y se lo colocaron encima de la cama. Detestaba estar débil, lo detestaba con toda su alma y, por si fuera poco, por culpa de su madrastra iba a tener que librar una nueva batalla.

—Sal de la habitación, Collier.

—Sí, milord.

Esperó hasta que oyó que la puerta se cerraba y entonces respiró hondo y logró con esfuerzo abrir un poco los ojos, lo suficiente para poder ver. Mary aún estaba sentada en la cama, pero se había girado hasta quedar de cara a él y la expresión de su rostro, la expresión que se reflejaba en sus ojos al mirarlo, era... inescrutable, totalmente hermética.

Aquello le sorprendió, porque hasta el momento había podido captar sus estados de ánimo razonablemente bien y con relativa facilidad. Ni se le había pasado por la cabeza que quizás no siempre le fuera posible hacerlo, no se le había ocurrido pensar que ella fuera capaz de ocultarle sus pensamientos y sus sentimientos.

Ella frunció un poco el ceño mientras lo observaba pensativa, como si él perteneciera a una especie con la que estaba familiarizada pero fuera un espécimen fuera de lo común; en cualquier caso, daba igual lo que ella pudiera estar pensando, porque para él tan solo existía un camino a seguir.

—Acepta mis más sinceras disculpas —logró hacer un pequeño ademán con la mano derecha—, lo que acaba de suceder no se parece en absoluto a la forma en que habría deseado proponerte matrimonio.

Ella enarcó las cejas al oír aquello, y titubeó por un instante antes de admitir:

—A mi modo de entender, ahora ya me lo has propuesto y yo he aceptado.

A él no le pasó desapercibida la pregunta subyacente que se ocultaba en aquellas palabras.

—No había ninguna otra opción —contestó, con una mueca. Como ella seguía observándolo con aquella expresión inescrutable que no daba ni una pista de lo que estaba pasándole por la cabeza, añadió—: ¿me permites que haga una observación? —al ver que se limitaba a enarcar las cejas y a esperar en silencio, procedió a hacerlo—. Debo admitir que esperaba que a estas alturas estuvieras hecha una furia conmigo, o al menos despotricando un poco y paseando de un lado a otro sin parar —hizo otro débil ademán y la miró a los ojos—. Ya sabes, la reacción que cabría esperar.

Ella esbozó una pequeña sonrisa, pero se puso seria de inmediato.

—No creo que ponerme hecha una furia o despotricar puedan servirnos de nada a ninguno de los dos.

—Qué actitud tan terriblemente racional —comentó, cada vez más receloso.

Aquellas palabras le granjearon otra fugaz sonrisa.

—Por muy tentada que pudiera sentirme a reprenderte, no puedo ser tan irracional como para echarte a ti la culpa de lo que acaba de ocurrir. No tenías otra alternativa, tú no las habías invitado a venir.

Él logró hacer una pequeñísima inclinación de cabeza.

—Gracias. Esa pequeña actuación no es lo que tenía en mente cuando te dije que iba a hacer todo lo posible para lograr hacerte cambiar de opinión, te lo aseguro.

Ella soltó un bufido, pero no contestó.

Siguió observándolo en silencio hasta el punto de que a él empezó a preocuparle cada vez más lo que pudiera estar planeando, y decidió provocarla un poco para intentar sonsacárselo. Suspiró con teatralidad y comentó:

—Supongo que, si fuera otro, me ofrecería con toda caballerosidad a encontrar la forma de liberarte del contrato en el que acabamos de quedar atrapados accidentalmente.

—Pero no vas a hacerlo, ¿verdad?

Él le sostuvo la mirada al contestar.

—No. No tenía ni idea de que iban a apuñalarme anoche, no tenía ni idea de que tú aparecerías y me salvarías, no tenía ni idea de que permanecerías junto a mí toda la noche, no he tenido nada que ver con el hecho de que Lavinia y sus amigas nos hayan descubierto, y no he llegado a donde estoy hoy en día sin aprender a aprovechar todos los espaldarazos que me da el destino —hizo una pequeña pausa antes de admitir, con voz más suave—: así que no, no voy a intentar deshacer lo que el destino se ha encargado de que suceda —al ver que permanecía callada, añadió—: si quieres buscar la forma de salir de esta situación, vas a tener que hacerlo sola.

—Ajá —se limitó a contestar ella, sin dejar de sostenerle la mirada.

Estaba enloqueciéndolo. De haber podido alzar los brazos en un gesto de desesperación, lo habría hecho. Dejó caer la cabeza contra las almohadas, se quedó mirando el techo y optó por ser claro y directo.

—¿Se puede saber qué demonios opinas de todo esto?

Ella tardó medio minuto en contestar.

—Para serte sincera, no lo sé.

Él se volvió a mirarla al oír aquello y comentó, ceñudo:

—Tú siempre estás segura de todo.

—Sí, pero en esta ocasión no es así.

Ella apretó los labios tras hacer aquella admisión, estaba claro que aquella inusual indecisión no le hacía ninguna gracia; antes de que él pudiera contestar, se oyó el distante sonido de la campanilla de la puerta principal.

—Esos sí que deben de ser mis padres —bajó de la cama, se sacudió la falda y le lanzó una mirada penetrante—. Voy a bajar a explicarles lo sucedido y a pedirles consejo, después subiré de nuevo para que podamos analizar la situación. Será mejor que descanses mientras tanto, no creo que el doctor Sanderson tarde en llegar —después de atusarse el pelo y darse unos segundos para recuperar por completo la compostura, salió de la habitación con actitud digna y serena.

Una vez que se cerró la puerta, él se recostó de nuevo contra las almohadas y soltó una imprecación. No soportaba estar así de débil e indefenso.

Cuando llegó a la galería y vio que Pemberly ya había hecho pasar a sus padres al vestíbulo, Mary aceleró el paso y bajó a toda prisa la escalinata. Se alegraba más que nunca de verlos.
—¡Mamá! ¡Papá!
Los dos se volvieron hacia ella y su madre dijo, sonriente:
—¡Buenos días, querida!
Aunque su vestimenta y su aspecto en general era algo que saltaba a la vista y a ellos no les pasó desapercibido, la recibieron con sonrisas de aliento y cálidos abrazos que ella devolvió con fuerza.
—¿Cómo está Ryder, querida? —le preguntó su madre al fin, con semblante serio.
—Recuperándose, gracias a Dios. Pero me temo que hemos tenido una complicación de otra índole.
—¿Qué ha pasado? —le preguntó su padre.
—Pemberly, ¿hay algún lugar donde mis padres y yo podamos...?
El mayordomo le indicó de inmediato una puerta y fue a abrirla.
—La sala de estar, señorita.
—Gracias —le dijo, antes de dirigirse hacia allí.
Era una sala grande, larga y amueblada con elegancia, aunque con un estilo tirando a masculino. Las sillas estaban bien acolchadas y tapizadas en cuero verde, al igual que los sillones. Se tomó unos segundos para ubicarse, y entonces condujo a sus padres a un sofá situado de cara a la chimenea; estaba flanqueado por dos grandes butacas, y el conjunto lo completaba una mesita auxiliar en el centro.
—¿Desea que les sirva un té, señorita?
—Sí, gracias.
Conociendo a sus padres, seguro que habían leído el mensaje nada más llegar a casa y habían salido de inmediato hacia allí; de

hecho, a ella misma le iría bien tomar una taza de té, ya que no había desayunado.

—De inmediato, señorita —contestó Pemberly, antes de inclinarse ante ella.

Louise Cynster intercambió una mirada con su marido al ver aquella reveladora interacción entre su hija y el mayordomo; cuando esta les indicó con un gesto que tomaran asiento, se sentaron los dos juntos en el sofá y centraron en ella toda su atención.

Mary se sentó en una de las butacas y se volvió hacia ellos.

—En primer lugar, debería deciros que Ryder ha estado... en fin, que ha estado rondándome, por decirlo de alguna forma, desde que nuestros caminos se cruzaron en el baile de compromiso de Henrietta y James.

Su padre se indignó al oír aquello.

—¿Cómo que ha estado rondándote?, ¿qué...?

Louise le dio unas palmaditas en el muslo.

—Tranquilízate, querido. Sabes perfectamente bien a qué se refiere.

—Exacto —como tantas otras veces, Mary dio gracias por la actitud comprensiva y perspicaz de su madre—. Se ha comportado de forma totalmente aceptable, ha respetado todos los límites. Ha estado presente en todos los bailes a los que he asistido en estos últimos días, y dos noches atrás hizo acto de presencia en la velada musical de lady Hopetoun y permaneció a mi lado durante todo el recital.

—¡Santo Dios! —exclamó su madre, atónita—, ¡eso quiere decir que sus intenciones son serias, y que no tiene reparo en demostrarlo abiertamente!

Ella optó por no decirle que Ryder no era un hombre dado a andarse con reparos, así que se limitó a contestar:

—Sí, así es, pero al principio yo creía que... en fin, que estaba aburrido y tan solo buscaba algo de entretenimiento. Cuando poco después se dio cuenta de que yo estaba interesada en Randolph, su hermanastro, me expresó su desacuerdo y yo creí que era esa la causa de su actitud; bueno, la cuestión es que al final descubrí que, si bien era cierto que no aprobaba mi interés hacia Randolph, me había equivocado al suponer que su única razón para rondarme era distraer mi atención y hacer que me olvidara de su hermanastro.

—Claro, él mismo ya te había echado el ojo. Siempre me pareció un hombre inteligente —afirmó su padre.

—En fin, en vista de lo sucedido durante el recital y del comportamiento que tuvo después, empecé a sospechar y le confronté al respecto —se interrumpió al recordar lo que había ocurrido en la terraza de lady Bracewell—. Él admitió abiertamente que quería que yo fuera su marquesa.

—Es una grata noticia, querida —asintió su madre—, aunque... no sé por qué, pero intuyo que vas a decirme que existe algún problema.

Arthur miró desconcertado a su esposa.

—¿Qué problema puede haber? La situación está clara, lo que importa es la respuesta que ella le diera.

Mary miró a su padre a los ojos, que eran de un tono un poquito más claro que los suyos, y admitió:

—Le dije que era un déspota ingobernable y que, dado que prefiero llevar las riendas de mi propia vida, estaba convencida de que él y yo no encajaríamos como pareja.

Miró a su madre, quien intentó sin éxito reprimir una gran sonrisa de deleite al decir:

—Mary, querida... si lo que realmente querías era desalentar a un hombre como Ryder, te aseguro que esa no fue la respuesta correcta.

—Esa es una buena apreciación, aunque debo admitir que no entiendo por qué habría de querer desalentarle —comentó su padre—. ¿Cuál fue la respuesta de él?

Ella miró a uno y a otro antes de contestar. La expresión de su padre era expectante, pero estaba claro que su madre comprendía mejor la situación. Respiró hondo antes de admitir:

—Aparte de asegurarme que iba a conseguir hacerme cambiar de opinión, insistió en que encajaríamos bien como marido y mujer. También afirmó que estaba dispuesto a buscar la forma de adaptarse y hacer ajustes para complacer mis exigencias.

Aquellas palabras sorprendieron incluso a su madre, que asintió con aprobación.

—¿Qué le contestaste?

—La verdad es que en ese momento no supe qué decirle y tuvimos que regresar al salón de inmediato, estábamos en la terraza.

—¿Dejasteis las cosas así? —le preguntó su padre.

—Sí, nos encontrábamos en ese punto cuando nos despedimos anoche al término del baile de lady Bracewell, pero cuando regresé a casa en el carruaje...

Procedió a narrarles lo ocurrido la noche anterior de forma clara y concisa. En un momento dado hizo una pausa para servir el té cuando Pemberly llegó con una bandeja a la que no le faltaba ni un detalle, y después de repartir las tazas tomó un sorbito de la suya y prosiguió con el relato. Sus padres quedaron horrorizados al enterarse del incidente que por poco le había costado la vida a Ryder, y apoyaron sin reservas las decisiones que ella había tomado.

—Tenías que hacer todo lo posible por salvarlo, no esperaría menos de ti —afirmó su madre—. Ten por seguro que nadie va a censurarte por ello y más aún teniendo en cuenta que Ryder estaba solo en la casa, que no estaba presente ningún miembro de su familia; dadas las circunstancias, hiciste bien en esperar a que llegara el médico.

—Bueno, es que eso no es todo —no sabía cómo explicarse, y al final optó por ser directa—. Como podéis ver, decidí quedarme incluso después de que se marchara el médico. Fui incapaz de dejar solo a Ryder sabiendo que podría morir.

—Es una decisión absolutamente comprensible —afirmó su padre con gravedad.

—Sí, por supuesto —asintió su madre—. Además, aparte de lo que tú pudieras sentir, si te hubieras marchado y él hubiera fallecido... en fin, ya sabes la clase de cuestiones que se pueden plantear cuando un hombre de su posición social fallece estando solo.

—Y, en cualquier caso, tú sabías que íbamos a llegar a casa esta mañana y que vendríamos a ayudarte, por eso nos mandaste el mensaje —su padre dejó la taza vacía sobre la mesita y la observó con perspicacia—. Anda, dinos de una vez por qué estás tan nerviosa.

Ella creía que estaba disimulando bastante bien, pero estaba claro que se había equivocado.

—Collier, el asistente de Ryder, permaneció conmigo en el dormitorio de este durante toda la noche, pero los dos nos quedamos dormidos. No despertamos hasta... —le echó una mirada al reloj que estaba sobre la repisa de la imponente chimenea— hará cosa de una hora, y descubrimos que Ryder había despertado. Está muy débil, pero tan bien como cabría esperar dadas las circunstancias —apuró su taza y la dejó sobre el platito—. Fue entonces cuando oímos que alguien llamaba a la puerta, y yo me apresuré a bajar pensando que erais vosotros. Resulta que se trataba de la madrastra de Ryder, que venía acompañada de lady Jerome y de la señora Framlingham.

Al añadir lo último miró a su madre, quien frunció el ceño con extrañeza y comentó:

—Qué raro, ¿qué motivo podría tener Lavinia para venir a visitarle acompañada de esas dos mujeres?

Mary la miró sorprendida. Era una cuestión que no se había planteado, pero no había duda de que resultaba bastante extraño.

—Fuera por el motivo que fuese, la cuestión es que vino con ellas y las tres me vieron —dejó la taza y el platito sobre la mesa, e indicó con un ademán el elegante vestido que se había puesto para el baile—. Bajaba la escalera vestida así, a las once de la mañana.

—¡Cielos!

La exclamación salió de boca de su madre, quien se echó hacia atrás en el asiento mientras la miraba intentando asimilar la situación; su padre, por su parte, frunció el ceño y comentó:

—No veo dónde está el problema. El muchacho estaba a las puertas de la muerte y su asistente también estaba en la habitación; además, el médico explicará que...

Su esposa alzó una mano para interrumpirle.

—No, querido, estás olvidando que es de Ryder de quien estamos hablando. Ningún trastorno físico, por más grave que sea, servirá de excusa —lo miró a los ojos—. Créeme si te digo que tendría que estar muerto, oficialmente muerto, para que la sociedad aceptara una explicación así. E incluso entonces habría habladurías.

—¡Pero si el médico...!

—Es un viejo amigo de Ryder, fueron juntos a Eton —le explicó Mary—. Mamá tiene razón, habría sido inútil intentar dar explicaciones y debo reconocer que Ryder se dio cuenta de ello de inmediato.

—¿Qué sucedió? —le preguntó su madre.

Ella respiró hondo antes de explicarlo.

—Regresé corriendo a la habitación de Ryder para alertarle. Él apenas podía moverse, pero insistió en que teníamos que preparar bien nuestra puesta en escena. La idea era ocultar el hecho de que estaba herido, ya que revelar su estado real no nos beneficiaría en nada, y fingir que habíamos estado... en fin, haciendo lo que las tres damas iban a suponer de todas formas que habíamos estado haciendo. Entonces, cuando ellas irrumpieron en la habitación...

—¡No me digas que cometieron semejante osadía! —exclamó su madre, escandalizada.

—Pues sí, así es. Bueno, la única que entró fue la madrastra de Ryder, las otras dos permanecieron en el pasillo.

—¿Y qué pasó? —le preguntó su padre, con semblante grave y ceñudo.

Ella tuvo que respirar hondo de nuevo para serenarse, y entonces prosiguió con su explicación.

—Ryder afirmó que me había propuesto matrimonio la noche anterior y que yo había aceptado, así que el hecho de que yo estuviera en su casa, en su habitación, sentada junto a su lecho, no debería despertar ningún interés especial.

Al ver que los dos se quedaban mirándola en silencio (su madre claramente atónita, su padre con semblante más bien pensativo), esperó unos segundos y finalmente añadió:

—Tuve que seguirle la corriente, por supuesto.

La una parpadeó sorprendida; el otro se irguió en su asiento y tomó entonces la palabra.

—A ver si lo entiendo. Ryder te hizo saber anoche que desea tomarte por esposa y hablasteis del asunto, pero lo dejasteis inconcluso. Y al final, debido a una concatenación de acontecimientos en la que ninguno de los dos habéis actuado de forma indebida, esta mañana habéis acabado prometidos en matrimonio.

Ella se tomó unos segundos para reflexionar al respecto, y al final asintió.

—Sí, es un buen resumen de lo sucedido.

—Había oído decir que el muchacho tiene una suerte endiablada —murmuró él con admiración.

Mary optó por morderse la lengua. Su padre era un Cynster, así que no debería sorprenderla que reaccionara así.

Hubo unos segundos de silencio tras los cuales su madre, que había estado observándola con atención, se inclinó hacia ella. Posó la mano sobre las suyas, que estaban fuertemente entrelazadas sobre el regazo, y la miró a los ojos al preguntar:

—¿Cómo te sientes ante todo esto?

Ella le sostuvo la mirada mientras intentaba dar con las palabras adecuadas en medio del caos que reinaba en su mente, y al final tan solo pudo responder con la verdad.

—No lo sé —miró a uno y a otra—. Cuando salí a la terraza de lady Bracewell, antes de que él y yo mantuviéramos la conversación que os he comentado, creía tener las ideas muy claras, pero ahora... —sacudió la cabeza— la verdad es que no lo sé.

No entendía cómo había sucedido. No sabía ni cómo ni por qué sus emociones se habían sublevado así, con tanta fuerza y rebeldía, y habían logrado desviarla del camino racional y lógico que se había propuesto seguir.

Antes sabía hacia dónde quería dirigirse, pero al final hétela allí, prometida a todos los efectos prácticos a Ryder Cavanaugh.

Jamás se le habría ocurrido elegirlo como marido, pero a lo largo de los últimos días sus emociones (unas emociones que solían ser tan quiescentes y manejables, que siempre obedecían los dictados de su voluntad) habían estado... intensificándose, por decirlo de alguna forma. Habían ido aumentando y ganando fuerza, habían ido alzándose en una ola creciente de agitación y confusión.

Había pasado de la irritación a sentirse cautivada; había descubierto la magia sensual que podía haber en un vals, el encanto de bailarlo como nunca antes; después estaba la fuerte reacción que había tenido ante la actitud posesiva de Ryder, una reacción que, a pesar de ser completamente normal, tan solo con él había alcanzado semejante magnitud; por si fuera poco, había tenido entonces aquella reacción tan compleja e inesperada cuando él le había declarado sus intenciones. La cosa se había complicado aún más cuando él había afirmado estar dispuesto a hacer los ajustes necesarios para complacerla (ese ofrecimiento, por cierto, revelaba una astucia que quizás debería preocuparle), y el colofón final había sido el horror indescriptible que había vivido al encontrarlo moribundo.

Aun así, nada de lo ocurrido hasta ese momento la había preparado para la avalancha de sentimientos que poco menos que la habían sepultado al plantearse la posibilidad de perderlo, de no tenerlo en su vida.

Desde que Ryder había irrumpido en su vida había sentido tantas cosas... y su convencimiento, el convencimiento que hasta el momento había sido la base de su existencia, se había hecho añicos.

Antes estaba convencida de que se conocía a sí misma, creía saber lo que quería, hacia dónde se encaminaba e incluso por qué. Qué equivocada había estado.

Iba a la deriva... no, peor aún. Estaba siendo arrastrada inexorablemente a lo largo de un camino que no había tenido intención de tomar, un camino que no tenía ni idea de hacia dónde conducía.

«¡Ayúdame, mamá! ¿Qué hago?».

De haber sido una joven dama más débil, quizás habría pronunciado aquellas palabras, pero su madre le sostuvo la mirada unos segundos y, como si le hubiera leído el pensamiento, le dio unas palmaditas en la mano y le dijo con tono tranquilizador:

—En ese caso, querida mía, lo único que debes hacer es seguir adelante y esclarecer tus sentimientos. Conociéndote como te conozco, estoy segura de que saldrás victoriosa de este desafío.

Su padre miró a la una y a la otra con perplejidad, y sacudió la cabeza antes de decir:

—Ni siquiera voy a fingir haber entendido lo que estáis diciendo, pero me da la impresión de que ha llegado el momento de que Ryder y yo tengamos una pequeña charla.

En ese preciso momento, como si le hubiera invocado con aquellas palabras, Pemberly llamó a la puerta y entró.

—Milord, milady, el marqués solicita unos minutos de su tiempo. Dado que en estos momentos le es imposible bajar, les ruega que sean tan amables de subir a su habitación.

—¡Excelente!, ¡justo en el momento perfecto! —exclamó su padre, antes de ponerse en pie.

Ella le indicó a Pemberly que podía retirarse y se encargó de conducir a sus padres hasta la habitación. La servidumbre ya le había concedido el estatus de señora de la casa y todo parecía indicar que iba a ocupar ese puesto de forma permanente, así que no había motivo alguno para dar un paso atrás. Seguro que Ryder no lo habría dado de estar en su lugar.

Al llegar llamó a la puerta, y la abrió al oír que él les invitaba a pasar. Estaba recién lavado y afeitado, y con el pelo bien peinado y brillante; aún se le veía muy pálido, pero estaba ataviado con una camisa, un pañuelo de cuello y un batín de terciopelo color burdeos. Estaba sentado en la cama y reclinado contra las almohadas, que acababan de ser ahuecadas, con la colcha de seda dorada cubriendo sus largas piernas, pero aun así lograba proyectar el aura de un rey en su corte.

Ryder centró la mirada en Mary por un largo momento antes de dirigirla hacia sus padres; al cabo de unos segundos, inclinó la cabeza y tomó la palabra.

—Lord Arthur, lady Cynster... les presento mis disculpas por no haberles recibido como corresponde, pero supongo que Mary les habrá explicado que estoy herido.

Le indicó a lady Louise con un pequeño gesto que tomara asiento en la silla que había junto a la cama, y ella contestó mientras se dirigía hacia allí.

—Gracias. Y sí, Mary nos ha puesto al tanto de la situación —la miró mientras se sentaba y añadió—: creo que su explicación ha sido bastante detallada.

Ryder le indicó a Collier que se retirara y esperó a que la puerta se cerrara antes de mirar a lord Arthur, quien se había colocado detrás de la silla que ocupaba su esposa.

—Lamento que este encuentro sea en estas circunstancias y no en las que yo hubiera deseado, milord. Debo confesar que tenía la intención de que usted y yo nos reuniéramos para mantener esta conversación, aunque de forma más convencional y un poco más adelante; en cualquier caso, el asunto que debemos tratar está claro y creo que usted ya es consciente de las razones por las que debo actuar de inmediato. Por consiguiente, deseo solicitar su permiso para preguntarle a su hija Mary si me haría el honor de aceptar ser mi esposa.

Lord Arthur frunció sus espesas cejas mientras le observaba unos segundos en silencio, y al final asintió con aprobación.

—Bien dicho —bajó la mirada hacia su esposa—. ¿Qué opinas tú, querida?

La aludida había estado observándole con atención, pero al oír la pregunta de su marido dirigió la mirada hacia Mary, que se había colocado al otro lado de la cama para poder seguir bien la conversación; después de observarla en silencio unos segundos, se volvió de nuevo hacia él, lo miró a los ojos, y finalmente asintió.

—Sí, creo que concederle ese permiso será lo mejor. Para todos.

Ryder se puso alerta de inmediato al oír el ligero énfasis que le daba a aquellas dos últimas palabras. Era consciente de la reputación que tenían las mujeres de la familia Cynster y, en la medida de lo posible, siempre se había mantenido alejado de ellas, pero lo que sabía a través de conocidos suyos que se movían en los mismos círculos que ellas bastaba para que le inspiraran un respeto considerable.

—Gracias —después de inclinar la cabeza ante sus futuros suegros se volvió hacia Mary, la miró a los ojos y extendió la mano hacia ella. Ese simple movimiento le costó un gran esfuerzo, pero intentó disimular.

Tras un titubeo casi imperceptible, ella dio un paso al frente, tomó su mano... y entonces, con suma delicadeza, se la bajó hasta hacerle apoyar el brazo sobre la cama para que no tuviera que seguir esforzándose en mantenerlo alzado.

Él cerró la mano alrededor de la suya y sintió que se hundía en las profundidades de aquellos preciosos ojos. Luchó por ocultar el súbito y primitivo impulso posesivo que lo recorrió, pero sabía que sus esfuerzos eran en vano; aun así, ella le sostuvo la mirada sin vacilar. A pesar de lo que sin duda debía de estar viendo reflejado en sus ojos al estar tan cerca de él, en sus dedos no se notaba temblor alguno.

Tenía las palabras tradicionales, las frases convencionales, en la punta de la lengua, había estado ensayándolas mientras se vestía. Pero al final no recurrió a ellas. No le bastaban, quería que entre ellos dos hubiera algo más.

—Huelga decir que no es así como hubiera deseado que sucedieran las cosas, pero, como tú bien sabes, es lo que quería, lo que tenía intención de pedirte llegado el momento. El destino ha intervenido y nos ha traído hasta aquí sin concedernos el tiempo de rigor para que podamos llegar a conocernos mejor, para que podamos comprendernos mutuamente, así que en la que es sin duda una de las decisiones más importantes de la vida tú y yo tenemos que depositar nuestra confianza el uno en el otro sin más, nos vemos obligados a hacerlo. Y así va a ser. A cambio de la confianza que espero que deposites en mí, prometo que yo confiaré en ti, que trabajaré codo con codo contigo para que nuestra vida futura, la vida que vamos a compartir, sea tan fructífera como sin duda puede llegar a ser.

Hizo una pequeña pausa y, sin apartar la mirada de aquellos ojos azul aciano, respiró hondo y añadió:

—Dime, Mary... ¿aceptas tomar mi mano y avanzar a mi lado como mi marquesa, como mi esposa? ¿Quieres que forjemos la vida que deseamos, que construyamos juntos todo aquello con lo que soñamos?

Sus ojos la tenían atrapada, pero no estaba perdida en ellos, no se sentía abrumada. En la mirada de Ryder se reflejaba una determinación firme, clara y desnuda; ella no habría sabido decir de dónde emanaba la potente fuerza que impulsaba dicha determinación, pero podía percibirla con claridad. Él quería que fuera su esposa, era lo que había querido desde el principio. Estaba claro que estaba siendo completamente sincero, que lo había sido también durante los días anteriores y que todo lo que le había ofrecido en ese sentido era real.

—Sí.

Se oyó a sí misma pronunciar aquella palabra y fue consciente de que surgía de algún profundo lugar situado más allá de su mente racional. Aceptó aquella realidad y asintió más para sí misma que para él.

—Sí, seré tu marquesa; sí, seré tu esposa.

Vio cómo sus sensuales, pecaminosos y cautivadores labios se curvaban poco a poco. Él intentó alzarle la mano a pesar de lo debilitado que estaba y del temblor que sacudió sus músculos, y ella lo ayudó levantándola con suavidad para permitirle que la acercara a sus labios.

Sus ojos, aquellos ojos pardos a los que asomaba una aguda inteligencia y en los que en ese momento brillaba un deseo sutilmente velado, no se apartaron de los suyos mientras él sellaba el pacto y depositaba un beso en sus dedos.

Ella vio la expresión posesiva que se reflejaba en su rostro, leyó la confirmación que brillaba en su mirada: «Mía, eres mía».

Lavinia, marquesa de Raventhorne, se detuvo frente a la chimenea de su tocador y exclamó airada:

—¡Esto es un completo desastre!

La acompañaba Claude Potherby, quien estaba sentado con elegante relajación en el sillón orejero situado de cara a la chimenea mientras se limitaba a escucharla. La conocía demasiado bien como para abrir la boca de momento, a aquellas alturas ya estaba habituado a su histrionismo y sabía que era mejor dejarla despotricar y desahogarse a gusto.

En el pasado se le habría considerado su admirador, su confidente durante muchos años, pero jamás había sido su amante. Aunque en su momento había aspirado a tener ese vínculo con ella, había sido mucho tiempo atrás, antes de que ella le diera la espalda para lanzarse de cabeza a un matrimonio de conveniencia y conseguir el título de marquesa que aún ostentaba.

Aun así, para su propia sorpresa (una sorpresa sazonada con una pizca de cinismo), su devoción hacia Lavinia había resultado ser tanto duradera como persistente. A pesar de no haber sido valorado como se merecía durante vete tú a saber cuántas décadas allí seguía como siempre, viéndola despotricar y divirtiéndose para sus adentros al presenciar su eterna y constante lucha por ascender en el escalafón social.

—¡Esto es inadmisible! —se volvió de golpe hacia él con los ojos encendidos de furia y los puños apretados a los costados—. ¿Cómo se atreve esa desvergonzada a seducir a Ryder?

—Eh... ¿Te refieres a la misma desvergonzada que querías para tu querido Randolph?, ¿a Mary Cynster?

—¡Sí, a ella! ¡Se ha metido en la cama de Ryder, y después...!

—Querida mía, debo admitir que hay varios puntos de tu razonamiento que me cuesta seguir. En primer lugar, a juzgar por todo lo que tanto nosotros como el resto de la alta sociedad sabemos sobre la dama en cuestión parece muy improbable que decida utilizar la seducción para conseguir marido. Es la última Cynster casadera de su generación, así que no le hace falta esforzarse lo más mínimo. Podría tener a todos los solteros de la nobleza haciendo cola para pedir su mano.

Antes de que Lavinia pudiera interrumpirle, añadió:

—Aunque admito que tu hijastro nunca ha dudado en seducir a cuanta dama haya podido desear, nunca se ha fijado en jovencitas inocentes y mucho menos del calibre de Mary Cynster —intrigado por lo poco que ella había dejado caer hasta el momento, la miró con una expresión interrogante de lo más inocente—. ¿Estás segura de que tus amigas y tú no habréis malinterpretado la situación?, ¿existe la posibilidad de que hayáis llegado a una conclusión errónea?

—¿De qué otra forma podría interpretarse lo que hemos visto? ¡Ella estaba sentada en la condenada cama de Ryder, vestida aún con el atuendo que llevaba en el baile de anoche, y él la miraba como un gato bien saciado!

Él frunció el ceño, pensativo, y comentó:

—De hecho, otra cuestión que se me escapa es por qué tus amigas y tú os presentasteis en casa de Ryder.

Ella esquivó su mirada y empezó a ir de acá para allá de nuevo antes de espetar con voz cortante:

—Para tu información, después de que él se presentara en la velada musical de lady Hopetoun y pasara toda la velada junto a Mary Cynster me di cuenta de que seguramente había decidido buscar esposa y que, como no es estúpido ni mucho menos, debía de estar planteándose si ella...

—Ah, creo que ya voy entendiéndolo. Querías que ella se casara con Randolph, así que tus amigas y tú... —parpadeó sorprendido y la miró con una burlona mirada de incredulidad—. ¿Fuisteis a casa de Ryder para ofreceros a ayudarle a encontrar una esposa adecuada?

—¿Por qué no? Soy su madrastra, la actual marquesa. Soy la más indicada para saber lo que se requiere para ocupar un puesto así, y para decidir cuáles serían las mejores candidatas. En lo que a Joyce Jerome y Kate Framlingham se refiere, ambas conocen a todas las jóvenes damas del mercado matrimonial.

—Déjame adivinar... —dijo él, con una voz que rezumaba cinismo— si Ryder hubiera accedido, tus amigas y tú le habríais hecho perder el tiempo durante años dirigiendo su atención hacia jóvenes damas que jamás encajarían con él.

—Bueno, es que en realidad no hay necesidad de que se case. Randolph no tardará en hacerlo, y cuando Ryder fallezca serán él y su futura descendencia quienes perpetúen el linaje. No me cabe duda de que mi querido difunto marido se habría sentido complacido de que así fuera, ya que Randolph es tan hijo suyo como Ryder.

—Cielos —se limitó a decir él, mientras luchaba con todas sus fuerzas por reprimir una sonrisa.

—¿Qué pasa?

—Que si nos planteamos la posibilidad de que Mary Cynster estuviera en casa de Ryder por algún motivo distinto al que tus amigas y tú disteis por hecho... —se reclinó en el sillón para poder ver mejor su reacción antes de añadir—: en fin, entonces es posible que gracias a ese intento tan bienintencionado por tu parte de interferir en la vida de tu hijastro le hayas puesto en bandeja de plata el conseguir tenerla por esposa.

Lavinia se quedó mirándolo boquiabierta y al cabo de unos segundos apretó los puños con más fuerza y, con los brazos rígidos a ambos lados del cuerpo, rechinó los dientes, echó la cabeza hacia atrás y soltó un chillido de furia.

CAPÍTULO 7

—Tienes un aspecto horrible.

Cuando Ryder le hizo aquel comentario a David Sanderson, quien acababa de entrar en la habitación y estaba ajustando la llama de la lámpara que había junto a la cama, este alzó la mirada hacia él y contestó con naturalidad.

—Supongo que nadie te ha ofrecido un espejo para que puedas verte.

—Yo tengo una excusa, ¿qué es lo que te ha pasado a ti?

—Vengo de atender un parto complicado, la madre era primeriza. Al final todo ha ido bien, pero ha habido momentos en que no sabía cómo iba a terminar la cosa.

—No sigas, acabo de decidir que no quiero saber nada —a pesar de lo débil que estaba, Ryder consiguió fingir un teatral estremecimiento—. Si hay un tema que puede hacer que a un hombre hecho y derecho le flaqueen las piernas, ese es el de los alumbramientos, y ya estoy bastante débil.

—Quiero echarle un vistazo a tu herida —al ver que intentaba apartar a un lado las sábanas, le agarró la muñeca—. Quédate quieto y deja que yo me encargue. O mucho me equivoco o estás más débil que un gatito.

Ryder suspiró y desistió obedientemente.

—Si el gatito y yo echáramos un pulso, el ganador sería él.

David examinó el vendaje antes de retirar la compresa que cubría la herida en sí, y al cabo de unos segundos comentó:

—Increíble.

—Sí, ya lo sé.

El comentario de Ryder le arrancó una carcajada.

—Bueno, veamos cuán increíble llegas a ser —alzó la mirada hacia su rostro mientras palpaba con cuidado alrededor de la herida, y le vio inhalar aire de golpe—. ¿Te duele?

Ryder analizó lo que sentía antes de contestar.

—No es un dolor punzante, sino más bien sostenido.

—¿Sientes alivio cuando aparto las manos?

—Sí, el dolor está esfumándose con rapidez.

—Entonces se debe en gran parte a que la herida aún está muy tierna. Es comprensible, tuve que hurgar bastante para asegurarme de que no se hubiera dañado nada vital.

—Tampoco hace falta que entres en detalles —procuró permanecer quieto mientras David volvía a taparle—. Lo que importa es que estoy vivo y... ¡ah, por cierto, también estoy prometido en matrimonio!

Su amigo se enderezó y le miró sorprendido; al cabo de unos segundos, la sorpresa dio paso a una expresión ceñuda.

—¿Prometido a quién? Espera, ¿se trata de la joven dama que estaba aquí? Una tal señorita Cynster.

—Sí, es ella —lo afirmó con una enorme sonrisa de satisfacción y procedió entonces a relatarle lo ocurrido.

Cuando la explicación concluyó, su amigo le observó en silencio unos segundos antes de preguntar:

—¿Y todo eso es bueno o malo?

—¡Es excelente! —su sonrisa se ensanchó aún más, se sentía como un gato al que le habían prometido un cuenco entero de leche y que ya se relamía de puro regocijo.

David se echó a reír.

—Eres la persona más afortunada que he conocido en toda mi vida —se puso serio y añadió—: ¿eres consciente de que estuviste a punto de morir? Si la señorita Cynster no hubiera actuado de forma tan decisiva y efectiva, en este momento yo no estaría revisando tu estado, sino asistiendo a tu funeral.

Ryder se puso serio también y asintió.

—Sí, soy plenamente consciente de ello. Pero Mary hizo lo que hizo y yo me he salvado, así que me gustaría preguntarte cuánto tiempo voy a tardar en poder levantarme y... en fin, disfrutar de mi buena fortuna.

—Si se tratara de otro hombre diría que un par de semanas como mínimo, pero tratándose de ti y conociendo la rapidez con la que te recuperas te recomiendo que comas lo que te plazca y cuanto te plazca. En cuestión de un par de días ya estarás en condiciones de salir de la habitación y bajar a la primera planta, la verdad es que subir y bajar te ayudará a ir recobrando fuerzas. Pero por el amor de Dios, Ryder, espera una semana al menos antes de disfrutar de tu señorita Cynster.

—Creo que podemos dar por hecho que no será tan pronto —admitió, con una mueca de pesar.

—¿Qué pasa?, ¿estás perdiendo facultades?

—Claro que no, pero ella es una Cynster y mi futura marquesa, así que nuestra relación va a progresar de acuerdo a las normas establecidas.

Con ese propósito en mente, aprovechando que se sentía mucho mejor, Ryder se sentó a la mañana siguiente en la silla que había junto a su cama y escribió varios mensajes formales que fueron entregados después en varias casas de Mayfair.

Mary llegó poco después y le ordenó imperiosa que volviera a meterse en la cama. Le aseguró que iba a darle de comer ella misma la reconstituyente sopa de pollo que había preparado la cocinera, así que optó por obedecer sin rechistar. Aparte de alguna enfermera, era la primera vez que una mujer le atendía y estaba tan pendiente de sus cuidados, y llegó a la conclusión de que era algo que en pequeñas dosis resultaba muy placentero.

Aun así, se negó en redondo a que le ayudara también con los cuatro platos restantes que Collier había subido a la habitación. Mary entrecerró los ojos en un gesto supuestamente amenazante al ver que era perfectamente capaz de usar el tenedor y el cuchillo, y accedió a comer a su vez en una mesita que Pemberly colocó junto a la cama.

Después de la comida empezó a sentirse adormilado, como si de un felino bien saciado se tratara. Ella guardó silencio mientras veía cómo se le cerraban los ojos y cuando creyó que estaba dormido se acercó a la cama, lo observó durante un largo momento, y entonces depositó en su frente un beso tan ligero como una pluma y se marchó.

Él se sintió como si acabara de ser marcado a fuego, y la sensación fue de lo más placentera.

Pasó la tarde dormitando, leyendo y dormitando un poco más. Mary regresó para compartir una cena temprana con él, y le puso al tanto de las primeras reacciones de la alta sociedad ante los inevitables rumores acerca del compromiso. Después estuvieron hablando sobre el anuncio que él publicaría en el periódico en cuanto se encargara con lord Arthur de los términos del contrato matrimonial. Estaba decidido a que todo se llevara a cabo con la mayor corrección.

Como estaba despierto cuando ella se marchó, no recibió otro cautivador beso.

Tal y como David había predicho, al día siguiente logró bajar a la primera planta y se reunió con lord Arthur y con Heathcote Montague, el agente de negocios de ambos, para negociar y finalizar el contrato matrimonial. Cuando su futuro suegro se marchó, Heathcote se quedó a tratar varios aspectos relativos a aquel inminente cambio de circunstancias, y cuando todo quedó dispuesto y volvió a quedarse solo permaneció allí abajo en vez de subir de nuevo a su habitación. Su prometida le había hecho saber a través de su padre que tenía intención de ir a comer con él, y estaba deseoso de verla.

Todos los empleados de aquella casa estaban ya enterados de que Mary era su futura marquesa, pero, de no ser así, lo habrían deducido de inmediato al ver la reacción que tuvo ella al llegar y descubrir que no estaba guardando cama. Irrumpió como una exhalación en el comedor y, al verlo esperándola de pie junto a la cabecera de la mesa, se acercó a él con un revuelo de faldas y lo recorrió de arriba abajo con la mirada.

—¡Por el amor de Dios, Ryder! ¿Se puede saber qué diantres estás haciendo aquí?

Él sonrió y le apartó la silla situada junto a la suya.

—Esperándote para comer contigo —aún no estaba en condiciones de intentar hacer una inclinación en condiciones, así que se contentó con un ademán de la mano—. Toma asiento, querida.

Ella se detuvo, entrecerró los ojos amenazante (ese era un hábito suyo que cada vez lo deleitaba más) y afirmó con exasperación:

—¡Eres pésimo como paciente!

Su única respuesta fue enarcar las cejas y lanzar una mirada elocuente hacia la silla; cuando ella, tras lanzar una exclamación ahogada de frustración, se recogió la falda y tomó asiento, dejó que un lacayo se encargara de asistirla con la silla mientras él procedía a sentarse en la suya.

—Me sorprende que David... David Sanderson, el médico... no te dijera que suelo recobrarme con bastante rapidez cuando sufro alguna herida.

—Recuerdo que comentó que tienes la constitución de un buey —se interrumpió para obsequiarle una breve sonrisa de agradecimiento a Pemberly, que acababa de sacudirle la servilleta, pero su mirada se volvió acerada cuando volvió a centrarla en él—. Lo que omitió mencionar fue el hecho de que tienes el cerebro de una mula.

Él se echó a reír, el lacayo sonrió e incluso a Pemberly le resultó difícil mantener su habitual semblante imperturbable.

—¡Me rindo!, ¡te prometo que voy a procurar no hacer demasiados esfuerzos! —alzó una mano en un gesto de paz. Al ver por la expresión de su rostro que no acababa de creerle del todo, le sostuvo la mirada y añadió con voz más suave—: no creerás de verdad que no deseo recobrarme lo antes posible, ¿verdad?

A ella se le daba bastante bien comprenderle incluso cuando sus palabras contenían algún significado velado. Se sintió complacido al ver el delicioso rubor que le teñía las mejillas, pero se sorprendió un poco al ver que no apartaba la mirada; de hecho, lo miró a los ojos unos segundos más de lo necesario (los justos para que quedara claro que estaba desafiándolo) antes de dirigir la mirada hacia las bandejas que Pemberly estaba colocando en la mesa y contestar:

—Lo importante es que accedas a no forzar las cosas.

No añadió ninguna explicación y procedió a indicarle a Pemberly cuáles eran las exquisiteces que deseaba probar, con lo que él no supo cómo interpretar aquellas palabras.

Después de comer fueron a la biblioteca. Mientras ella se dedicaba a familiarizarse con el lugar y lo recorría sin prisa contemplando las obras de arte y hojeando los libros, él se sentó tras su escritorio para revisar su desatendida correspondencia y encargarse de los asuntos más urgentes.

Aunque se planteó sugerirle con delicadeza que se marchara al ver que iba pasando el tiempo, no se decidió a hacerlo, así que a las tres de la tarde, cuando sonó la campanilla de la puerta principal y Pemberly condujo a la biblioteca a los recién llegados, ella estaba allí para recibirles.

Él había invitado a los tres caballeros, los primos mayores de Mary (Vane, Gabriel y Diablo, duque de St. Ives y patriarca de los Cynster), pero no se sorprendió al ver que sus respectivas esposas habían decidido acompañarles. Se levantó de la silla y fue a recibirlos consciente de que Mary, que había estado echándole un vistazo a los libros que había en la esquina situada por detrás del escritorio, se había recobrado de la inesperada sorpresa que acababa de llevarse y, tras lanzarle una de aquellas miradas amenazantes (él había sentido el impacto de lleno en la espalda), se dirigía a toda prisa hacia ellos.

Él llegó primero. Saludó con una sonrisa a Honoria, duquesa de St. Ives, y tomó la mano que ella le ofreció, pero cuando se disponía a inclinarse Mary le detuvo propinándole un pequeño puñetazo en el brazo. La miró sorprendido, y ella exclamó ceñuda:

—¡Ni se te ocurra! —dirigió la mirada hacia las esposas de sus primos para explicarse—. Le han apuñalado, ni siquiera debería intentar inclinarse.

—Ah —Honoria fue la primera en recobrarse y le apretó ligeramente los dedos. Cuando él se volvió a mirarla, le aseguró—: en ese caso, está excusado.

Lo dijo sonriente, como si la situación le resultara de lo más entretenida.

Fue Mary quien se encargó de las presentaciones de rigor. Él conocía a los tres caballeros y las damas le habían sido presentadas días atrás, en el baile de compromiso de Henrietta y James, pero aun así agradeció que le repitieran los nombres.

Estaban enterados de la noticia, tal y como cabía esperar, y todos ellos les ofrecieron sus felicitaciones. Después de aceptarlas con la debida cortesía, él indicó con un gesto las sillas y los sofás que había frente a la chimenea y añadió:

—Lord Arthur y yo hemos firmado el contrato matrimonial esta mañana, el anuncio oficial aparecerá mañana en el periódico.

Diablo se sentó en la silla de respaldo recto situada junto al diván en el que se había acomodado su esposa y comentó mientras fijaba en él una mirada directa y penetrante:

—Estoy seguro de que si nos has invitado a venir no ha sido únicamente para informarnos de eso.

Ryder se sentó de cara a todos ellos en un sillón antes de contestar.

—Efectivamente. Lo he hecho porque quería explicaros que, aunque no me cabe duda de que todo el mundo habrá dado por hecho que el ataque en el que resulté herido no fue más que un incidente fortuito, un oportunista intento de robo que por desgracia se complicó, la realidad es otra.

Hubo unos segundos de silencio mientras sus invitados (y también Mary, que estaba sentada en el extremo más próximo del sofá y le miró atónita) digerían aquellas palabras.

—La verdad es que me extrañaba que un ladrón en su sano juicio decidiera atacarte —admitió Vane.

—Sí, a mí también. Por muy oscuro que estuviera el callejón, el tamaño que tienes salta a la vista —apostilló Gabriel.

—Y llevaba abiertamente mi bastón, en cuyo interior se esconde un estoque. Todos los maleantes que frecuentan esta zona saben que deben ser precavidos aunque no tengan la certeza de que realmente se trate de algo más que un simple bastón.

—Pero los dos atacantes... porque fueron dos, ¿verdad? —Diablo esperó su respuesta, y al verle asentir añadió—: no eran conscientes del riesgo que corrían.

—No, no lo eran, pero sabían cuál es la ruta que suelo tomar cuando vuelvo a casa desde el sur. Casi siempre regreso caminando cuando asisto a algún evento en Mayfair.

—Es lo que hacemos todos —afirmó Vane, antes de inclinarse un poco hacia delante—. Pero en este caso deduzco que estaban esperándote, al acecho.

—No solo eso, sino que estaban en la posición perfecta para tenderme una emboscada. En un tramo corto, no deben de ser ni nueve metros, en el que la callejuela que da al sur se estrecha tanto que me queda el espacio justo para poder pasar sin ningún impedimento.

—Justo en el lugar donde serías más vulnerable —afirmó Gabriel.

—Lo que estás diciendo es que fue un ataque premeditado y tú eras el objetivo —los ojos verdes de Diablo se agudizaron aún más—. ¿Quién lo orquestó todo?

—Esa es una pregunta para la que no tengo respuesta.

—¿Qué ha sido de los dos atacantes?

—Lamento decir que están muertos, acabé con ellos antes de que se me ocurriera pensar que quizás sería necesario interrogarles para averiguar quién los había contratado. Hice que un investigador privado examinara los cadáveres antes de mandárselos a la policía y ha estado indagando, pero aparte de confirmar que eran asesinos a sueldo que solían trabajar en la zona de los muelles y que sus servicios fueron solicitados por un hombre de edad indefinida, un completo desconocido, no ha podido averiguar nada más. Sus pesquisas parecen haber llegado a un punto muerto.

—La cuestión es quién desearía verte muerto —dijo Gabriel.

Ryder se encogió de hombros y admitió con naturalidad:

—La verdad es que no tengo ni idea.

Se hizo un breve silencio que rompió Patience, la esposa de Vane.

—No sé si será poco delicado de mi parte mencionar esto, pero sospecho que habrá algunos caballeros de la alta sociedad a los que les encantaría verle... quizás sería exagerado decir que muerto, así que digamos que gravemente herido.

Ryder logró convertir su sonrisa en una mueca al admitir:

—La verdad es que no. No son tantos, si es que en realidad hay alguno. Me temo que, al menos en ese aspecto, mi reputación se ha exagerado mucho.

Se volvió hacia Honoria al oírla soltar un bufido de incredulidad, y ella admitió:

—Eso me resulta muy difícil de creer, pero se me ocurre algo que puede ser relevante: lo ocurrido con lady Fitzhugh.

Él la miró desconcertado, y al final negó con la cabeza.

—Creo que ni siquiera conozco a esa dama.

—Lo suponía, ya que no es su tipo en absoluto. No he conocido en toda mi vida a una mujer que tenga los nervios tan a flor de piel como ella. Estoy enterada de que ha utilizado una supuesta aventura amorosa con usted para despertar los celos de su marido, y cabe recordar que Fitzhugh es un escocés pelirrojo con un genio endiablado.

—Yo misma le oí despotricando contra usted, estaba al borde de una apoplejía.

El comentario lo hizo Alathea, la esposa de Gabriel, y este apostilló:

—Sí, pero para ser justos hay que decir que si Fitzhugh quisiera atacarte lo más probable es que lo hiciera en persona.

—Yo no estaría tan seguro de eso —dijo Diablo—. Anoche me comentaron que la semana pasada se enfureció por una nueva burla de su mujer, y que al día siguiente la obligó a hacer las maletas y se la llevó a ese castillo que posee en las Tierras Altas —miró a Ryder a los ojos—. No sé si estaré haciendo bien en mencionar esta posibilidad, pero no me parece descabellado que, estando tan enfurecido y viendo que no podía encargarse él mismo de ti, Fitzhugh decidiera contratar a dos criminales para que ejecutaran su venganza.

—¡Pero yo ni siquiera conozco a esa mujer! —protestó Ryder con indignación.

—Lamentablemente, eso es algo que Fitzhugh ignora —le dijo Vane—; sea como fuere, nosotros podemos encargarnos de ese asunto, y si realmente fue él el responsable es improbable que haya otro ataque.

—Sí, eso es cierto —admitió, antes de mirar a Mary—. ¿Tomamos un té?

La pregunta la tomó desprevenida, pero se recompuso de inmediato y asintió antes de ponerse en pie.

—Sí, avisaré para que lo sirvan.

El personal de cocina y Pemberly ya lo tenían todo listo, y este entró de inmediato con la bandeja. Ella le indicó que la dejara sobre la mesita auxiliar que estaba junto al sofá y miró con expresión interrogante a Honoria, quien le dijo sonriente:

—El puesto será tuyo en breve, sírvelo tú.

Así lo hizo. Gabriel la ayudó a ir repartiendo las tazas, y la conversación se encauzó hacia temas más mundanos.

Era obvio que las esposas de sus primos tenían un montón de preguntas para ella, preguntas que no podían hacerle en presencia de los cuatro caballeros; al cabo de un rato, Gabriel fue a examinar con interés un antiguo globo terráqueo que vio sobre el escritorio y Ryder no tardó en seguir sus pasos. Vane y Diablo se dirigieron también hacia allí, y mientras los cuatro conversaban en voz baja ellas aprovecharon para hablar sin tapujos.

Honoria fue la primera en tomar la palabra.

—Te sientes complacida con la situación, ¿verdad?

—Pues... —Mary se tomó unos segundos para pensar en ello, y finalmente apretó los labios y asintió—. Sí, así es.

—Viniendo de ti, eso ha sonado sorprendentemente ambiguo —comentó Patience, mientras la observaba con atención por encima del borde de su taza de té.

—Es que todo ha sido muy inesperado —frunció el ceño, pensativa, y añadió—: pero, tal y como me dijo mi madre, seguro que saldré victoriosa de este desafío.

Alathea dirigió la mirada hacia la ancha espalda de Ryder, quien seguía conversando con los demás en el otro extremo de la biblioteca, y comentó:

—No hay duda de que Ryder Cavanaugh es todo un desafío incluso para una dama como tú.

—Supongo que sabes que lo que se esperará de ti es que logres que caiga rendido a tus pies, ¿verdad? —dijo Patience.

Alathea soltó una carcajada y afirmó:

—Sí, vas a tener que cobrarle el precio que hay que pagar por casarse con una Cynster. Debe declararte su amor.

Patience asintió.

—Exacto. Y tratándose de un hombre como él debe expresarlo con palabras, sin rodeos.

Mary reflexionó al respecto antes de contestar.

—No creo que Ryder sea un hombre dado a andarse con rodeos, pero en lo que respecta a todo lo demás... en fin, precisamente ahí radica el desafío, ¿no?

Las demás se echaron a reír con delicadeza y le dieron la razón.

—¿Qué ha pasado con ese collar en el que todas habíais depositado tanta fe? —le preguntó Honoria.

Ella bajó la mirada y se sacó el colgante de entre los senos; al ver que tenía una temperatura normal, recordó las ocasiones en que había notado que estaba ligeramente caliente, y parpadeó sorprendida al comprender lo que pasaba.

—Creo que ha funcionado tal y como debía hacerlo —murmuró.

Las otras tres la observaron con ojos penetrantes, y fue Honoria quien dijo:

—En ese caso, creo que podemos confiar en que todo está saliendo tal y como debe ser.

En el otro extremo de la sala, Gabriel miró a Ryder y comentó:

—Salta a la vista que no estás convencido de que Fitzhugh sea el responsable del ataque, y me preguntaba si hay algo en tus finanzas... una inversión o un asunto relacionado con alguna propiedad, puede que alguna adquisición reciente... —indicó con un gesto el globo terráqueo— que pudiera ser la causa del incidente.

—No, al menos que yo sepa. Hace años que no hemos hecho ninguna adquisición de ese tipo, la mayor parte de las obras de arte y las antigüedades se obtuvieron en la época de mi padre y de mi abuelo; en cuanto a las propiedades y las finanzas en general, las mías, al igual que las vuestras, las maneja Montague —miró a Diablo, que estaba apoyado junto a él en el escritorio—. ¿Qué probabilidades hay de que esa sea la causa del ataque?

Fue Vane quien contestó:

—No muchas. Bueno, ahora que no nos oyen las damas ya puedes decirnos el verdadero motivo por el que nos has mandado llamar.

Ryder esbozó una fugaz sonrisa al oír aquello.

—Sí, la verdad es que hay algo más que quiero tratar con vosotros. El ataque fue específico, el objetivo era yo y estuvieron a punto de acabar conmigo, habría muerto si me hubieran clavado el cuchillo unos centímetros más arriba. Pero ahora tengo a Mary, debo pensar en ella. Si en un futuro cercano llegara a pasarme algo...

—Nosotros nos haríamos cargo de ella, por supuesto —afirmó Diablo—. ¿Es eso lo que querías oír?

—Sí. Mi hermano Randolph... somos hermanos por parte de padre, para ser exactos... es mi heredero, pero aún es demasiado joven para protegerla adecuadamente. Y preferiría que Mary jamás quedara a merced de Lavinia, mi madrastra. Aunque no la creo capaz de cometer una verdadera atrocidad, es más que capaz de comportarse de forma deplorable y siente una profunda antipatía hacia mí que sin duda se extenderá también a Mary.

Diablo asintió y le aseguró con firmeza:

—Si te sucede algo, nos aseguraremos de traerla de vuelta al seno de la familia Cynster.

—Gracias.

—Así que tu madrastra no te soporta, ¿no? —dijo Gabriel—. ¿Crees que podría ser ella la instigadora del ataque?

Ryder se tomó unos segundos para planteárselo, y al final acabó por admitir:

—La verdad es que esa es una posibilidad que me parece muy remota. Lavinia es melodramática y dada a hacer acusaciones desmedidas, se trata de una de esas mujeres que sienten constantemente que los demás se aprovechan de ellas, que las decepcionan o las tratan injustamente, pero, por mucho que pueda quejarse, despotricar o incluso encolerizarse, no me la imagino llegando al extremo de hacer algo en mi contra. Nunca lo ha hecho. Aparte de cualquier otra consideración, si me eliminara no tendría a quién echarle la culpa de la insatisfacción que reina en su vida; además, dudo mucho que supiera cómo contratar a unos matones para acabar conmigo.

Diablo se apartó del escritorio y dirigió la mirada hacia las damas.

—En ese caso, Fitzhugh sigue siendo el principal sospechoso. Veré si es posible hacerle saber que lo que dice su mujer no es cierto, y en caso de que eso no sea posible quizás podríamos encontrar la forma de que se nos avise en caso de que regrese a la capital.

Mientras los cuatro regresaban junto a las damas, Ryder se dio cuenta de que por primera vez en su vida una de las damas en cuestión era suya.

Quince minutos después, Ryder hizo caso omiso de la mirada que Mary le lanzó (una mirada que dejaba claro que le parecía preferible que él se quedara en la biblioteca ahorrando fuerzas mientras ella se encargaba de hacer los honores) y acompañó a sus invitados al vestíbulo para despedirse de ellos como correspondía. Las damas abrían la marcha, Vane y Gabriel las seguían y por último estaban Diablo y él, que caminaban a un paso más sosegado y se quedaron algo rezagados.

Aprovechando aquel momento de relativa intimidad, murmuró:

—Me sorprende un poco que os hayáis tomado esto de forma tan... amigable, por decirlo de alguna forma. Admito que esperaba una reacción un poco más hostil.

Diablo mantuvo la mirada al frente mientras esbozaba una fugaz sonrisa, un breve relampagueo de blancos dientes en aquel rostro de facciones duras.

—Es que tú eres quien eres y lo que eres y, dado que conocemos a Mary mucho mejor que tú, somos conscientes de cuánto te la mereces.

—Eh... esas palabras no me han parecido demasiado tranquilizadoras.

—No pretendía que lo fuesen —Diablo sonrió de nuevo al añadir—: digamos que todos los varones de la familia Cynster te estamos sumamente agradecidos por haberte prestado voluntario a quitárnosla de las manos, el dolor de cabeza que supone tener que lidiar con ella ha pasado a ser tuyo de forma oficial.

Ryder le dio vueltas a aquellas palabras y a lo que revelaban sobre la que en breve iba a ser su prometida oficial. Pero cuando ella se volvió a mirarlo tras despedirse de sus parientes y permitir que Pemberly cerrara la puerta y, sin vacilar ni un instante, se acercó a él con aquellos preciosos ojos azules llenos de exasperación y preocupación, la miró sonriente y decidió que el desafío de aquella mujer era uno al que estaba más que deseoso de enfrentarse.

—¡Debes de estar sin apenas fuerzas!

Él no dudó en aprovecharse de la situación. Apoyó la mano en la mesa del vestíbulo como si le costara trabajo mantenerse en pie, y se encogió de hombros como restándole importancia al asunto antes de admitir:

—La verdad es que me siento un poco cansado.

Ella soltó un sonido de exasperación.

—¡Todos los hombres sois iguales! ¿Tan grave sería admitir que no estás en plenas condiciones?

—¿Podrías pasarme mi bastón? —le preguntó, con toda la inocencia del mundo, mientras señalaba hacia el paragüero.

Ella fue a por él y se lo dio antes de decir:

—Deberías usarlo en todo momento, al menos hasta que recobres las fuerzas —al verle dar un paso con dificultad, soltó otro de sus sonidos de exasperación y se acercó más a él—. Ven, deja que te ayude —le agarró un brazo y lo colocó alrededor de sus esbeltos hombros.

Él reprimió una sonrisa triunfal. Como era mucho más alto (la coronilla de Mary apenas le llegaba al hombro) la única forma en que podía ayudarle era sosteniéndole con su propio cuerpo, y eso fue lo que hizo.

—Gracias, querida —murmuró.

Dejó que ella se le pegara cuanto deseara mientras lo conducía a través del vestíbulo y por el pasillo. Se enardeció hasta un punto casi doloroso al sentirla contra su cuerpo, al tener sus esbeltas pero definidas curvas apretadas contra el costado, al notar cómo su calidez femenina penetraba tentadora a través de las capas de tela que separaba la piel de ambos, al sentir la presión de sus delicadas manos en el pecho y la espalda, pero mientras iban rumbo a la biblioteca a paso lento decidió que valía la pena soportar cualquier incomodidad con tal de tenerla tan cerca.

Sobre todo teniendo en cuenta que, una vez que llegaron al centro de la biblioteca y Pemberly cerró la puerta tras ellos, la posición en la que estaban le permitió detenerse, instarla con suavidad a soltarle el brazo y rodearla con dicho brazo para abrazarla.

Al ver la turbación que brillaba en los ojos color azul aciano que se alzaron hacia él dedujo que a ella se le habían nublado momentáneamente los sentidos y aprovechó para saborear a placer el momento, pero en cuanto vio que sus labios iban tensándose y sus ojos empezaban a entrecerrarse se apresuró a decir:

—Todavía no te he dado las gracias por haberme salvado la vida.

Ella se relajó un poco al oír aquellas palabras, pero a juzgar por la expresión de su rostro no había duda de que no estaba dispuesta a permitir que él acaparara el control de la situación.

—Aún no sé lo que voy a pedirte como recompensa.

—No dudes en hacérmelo saber cuando tomes una decisión, pero mientras tanto he pensado que debería empezar a pagar mi deuda como es debido.

Sin dejar de sostenerle la mirada dejó el bastón apoyado contra su propio muslo, le puso una mano bajo la barbilla para alzársela un poco y lentamente, dándole todo el tiempo del mundo para que supiera cuáles eran sus intenciones, bajó la cabeza y la besó con una delicadeza infinita.

El primer contacto de sus bocas fue...

Mary sintió que un temblor la recorría y se abría paso hasta lo más hondo de su ser. Era una caricia cautivadoramente delicada, una tentación que ambos saborearon, pero no tardaron en querer aún más.

Ella abrió la boca de forma instintiva y se sintió embriagada de placer cuando él ladeó la cabeza y aceptó de inmediato su invitación, cuando sus masculinos labios se apretaron contra los suyos con mayor firmeza y ardor.

Pasión velada, un deseo más velado aún... ambas cosas estaban presentes.

Ella desplegó sus sentidos, se abrió para recibirlo; aunque lo único que hizo fue apoyarse un poco más en él, se sentía como si estuviera desplegándose y estirándose físicamente, como si estuviera cobrando vida de una forma completamente nueva.

No le sorprendió que fuera Ryder quien la hiciera sentir así; al fin y al cabo, él era un experto en aquellas lides.

Cuando él la rodeó también con el otro brazo para acercarla aún más, ella se apretó contra su cuerpo y alzó el rostro en una orden muda. Supo de forma instintiva que su respuesta lo había complacido, pero todo pensamiento se esfumó de su mente de repente cuando él le trazó los labios con la lengua antes de hundirla en su boca.

Ryder se tambaleaba al borde de un precipicio que no había pisado en años. La compulsión instintiva de lanzarse de cabeza y dejarse llevar estuvo a punto de imponerse al estratega sensual que sabía que la mejor táctica era avanzar a paso lento y firme.

Lento para poder saborear, para poder extraer hasta el más mínimo matiz y poder infundirle a su vez todo el significado posible a aquel beso, el primero que compartían. Aunque iba a ser el primero de muchos, ese beso en concreto iba a quedar grabado por siempre en su memoria... en la memoria de Mary, sin duda, pero en ese caso también en la suya.

Y se mantuvo firme como una roca para que ella no se asustara, ya que las vírgenes eran como yeguas salvajes. Había que acostumbrarlas a que un hombre las tocara, las probara y las tomara, a que las hiciera suyas.

El problema era que Mary no parecía tener ni idea de cómo deberían hacerse las cosas por su propio bien. Él luchó por reprimir con firmeza sus más bajos instintos mientras trazaba el contorno interior de su exquisita boca, mientras paladeaba el sabor del té y las galletas de miel que ella había comido, mientras saboreaba gozoso la promesa de pasión latente que el cazador que llevaba dentro percibía que existía bajo la virginal inocencia, pero ella se apretó de repente contra su cuerpo con osadía, sin ningún pudor, y aquel contacto le abrasó y dejó hecho cenizas su autocontrol.

El beso se convirtió en un frenesí de ardor y carnalidad, en un súbito torbellino de embriagadora pasión y espontáneo deleite. La lentitud y la firmeza se desvanecieron.

No era normal que se sintiera así de afectado. La cabeza no debería darle vueltas, en teoría sus sentidos tendrían que ser demasiado experimentados como para caer con tanta facilidad en aquella gloriosa maravilla.

Mary estaba saboreándole a placer, y él la devoraba insaciable. Era como una cautivadora sirena que le arrastraba hacia...

La campanilla de la puerta les devolvió de golpe a la realidad e interrumpieron el beso al unísono. Mientras la miraba anonadado, impactado por lo que acababa de ocurrir, vio cómo los labios ligeramente hinchados de ella se curvaban en la sonrisa de quien acaba de descubrir algo que le ha dejado maravillado, una sonrisa que asomó también a sus ojos azules y los hizo brillar.

El sonido de pasos que se acercaban y unas voces familiares le obligaron a arrancar su atención de ella. Miró hacia la puerta y murmuró:

—Mis hermanastros.

—Ah.

La soltó y ella retrocedió un paso. Agarró el bastón antes de que cayera al suelo, y se volvieron hacia la puerta segundos antes de que esta se abriera.

Una visión ataviada con un vaporoso vestido de muselina verde manzana a la última moda irrumpió en la biblioteca como un imparable torbellino.

—¡Dios mío, Ryder! ¿Estás bien? ¡Acabamos de enterarnos de lo sucedido!

Stacie, su hermanastra, corrió hacia él dispuesta a lanzarse a sus brazos, pero se detuvo en seco al ver a Mary (por suerte para él, teniendo en cuenta la herida), y a pesar de la curiosidad que se reflejaba en su mirada logró recomponerse y esbozar una cortés sonrisa.

—¡Vaya! Hola.

A juzgar por su tono de voz y por la mirada interrogante que lanzó hacia él, estaba claro que no estaba enterada de lo del compromiso matrimonial.

—Stacie, esta es la señorita Cynster —se volvió hacia su prometida—. Mary, permíteme presentarte a mi hermanastra lady Eustacia. Todos la llamamos Stacie.

—Sí, ya lo sé, ya nos conocemos —contestó ella, con una serena sonrisa—. Buenas tardes, Stacie.

Su hermanastra asintió con cortesía, pero en su rostro se reflejaban aún una sorpresa y un desconcierto comprensibles.

—Hola, Mary —Stacie se volvió hacia él antes de lanzar una mirada alrededor; al comprobar que estaban solos, que no había ninguna carabina agazapada en algún rincón, preguntó—: ¿qué está pasando aquí?

Él se salvó de tener que contestar gracias a que en ese preciso momento se unieron a ellos Rand, Kit y Godfrey, sus tres hermanastros, pero entonces tuvo que lidiar con una avalancha de exclamaciones y preguntas.

—¡No entiendo nada, Ryder! ¿Por qué diantres no nos avisaste de que te habían atacado? —Rand se inclinó ante Mary—. Un placer, señorita Cynster... —frunció el ceño al percatarse también de la ausencia de carabina.

—¿Te hirieron de gravedad? —la pregunta la hizo Godfrey, que se dio cuenta de inmediato de la respuesta obvia—. Bueno, salta a la vista que estás bastante bien —inclinó la cabeza ante Mary—. Señorita Cynster.

Christopher (todos le llamaban Kit), el más observador de los cuatro, se había detenido a un metro de distancia mientras se limitaba a observar al uno y a la otra con atención. Cuando miró al fin a Ryder a los ojos, enarcó las cejas y comentó:

—Creía que estabas a las puertas de la muerte, y resulta que en vez de eso... —ejecutó una fluida inclinación ante Mary— su fiel servidor, señorita Cynster —fijó de nuevo la mirada en él y añadió—: por el amor de Dios, ahora explícanos de una vez qué diablos está pasando.

Ryder alzó una pacificadora mano.

—Antes de nada me gustaría que me dijerais cómo os habéis enterado de que me atacaron.

Fue Rand quien contestó.

—Hace un par de horas me topé literalmente con David en la calle, el pobre estaba muerto de cansancio. No le culpes por habérmelo contado. Estaba medio dormido y ha farfullado que estabas recuperándote bien, y huelga decir que yo le he presionado para que me diera una explicación. Me ha hecho prometer que no se lo contaría a nadie, pero he dado por hecho que Stacie, Kit y Godfrey eran una excepción.

Ryder no estaba tan seguro de ello, pero...

—De acuerdo, sentémonos como gente civilizada y os lo contaré todo.

—¿Dónde te hirieron? —le preguntó Stacie.

Lo tomó del brazo como si tuviera intención de ayudarlo a llegar hasta una silla, pero él no se movió de donde estaba.

—En el costado, así que soy perfectamente capaz de caminar.

Ella lo miró a los ojos, y al ver la determinación que brillaba en ellos frunció la nariz y claudicó.

—Está bien, entonces echa a caminar hacia una silla.

Él se echó a reír y obedeció, pero optó por sentarse en el diván junto a Mary. Cuando los demás se acomodaron en los distintos asientos y le miraron expectantes, suspiró para sus adentros y les dio una versión muy editada de lo ocurrido; tal y como cabía esperar, los cuatro le expresaron su más sincero agradecimiento a Mary, quien aceptó los elogios con serena calma y afirmando que «era lo mínimo que podía hacer».

Al cabo de unos minutos, decidió tomar de nuevo las riendas de la conversación y admitió:

—Tengo que informaros de algo más. La señorita Cynster me ha hecho el honor de aceptar mi proposición de matrimonio, así que dentro de poco se convertirá en vuestra cuñada.

Stacie abrió los ojos como platos al oír aquello y se incorporó de golpe en su asiento.

—¿En serio?, ¿vamos a tener una boda?

Lo de la herida parecía haber pasado a un segundo plano para ella. Rand se apresuró a felicitarlos y los demás no se quedaron atrás, no había ninguna duda de la sinceridad y el entusiasmo de los cuatro.

Él se reclinó en el asiento mientras veía cómo Mary reía y se relacionaba con ellos de forma más libre y fluida, y sintió que se le quitaba de encima un peso del que ni siquiera había sido consciente.

Siempre había sido el guardián de sus cuatro hermanastros, su protector. Para él, para su propia tranquilidad, era imprescindible que su esposa les viera bajo esa misma perspectiva, era de vital importancia que ella aceptara que los cuatro tenían derecho a que él les dedicara su atención. Nunca los antepondría a ella, pero, de igual forma, jamás les negaría cualquier ayuda y apoyo que pudieran necesitar.

—Supongo que mamá no está enterada de nada, ¿verdad? —dijo Stacie.

—No sabe que fui atacado y os pido por favor que lo guardéis en secreto, no es necesario difundir algo así —les había dado la teoría más plausible para explicar el ataque, que algún marido agraviado (mejor dicho, supuestamente agraviado) había decidido eliminarle para no competir con él por los favores de una dama—. Pero sí que sabe que Mary y yo estamos prometidos y, en lo que respecta al resto de la alta sociedad, el anuncio aparecerá publicado mañana mismo en el periódico.

—Ah. Hace dos días que no la veo, he estado fuera con unas amistades —comentó Stacie, antes de añadir pensativa—: voy a tener que repasar bien las invitaciones que tengo, para ver cuáles podrían servirme para permanecer fuera de casa mañana.

Al ver que Kit se echaba a reír y bromeaba llamándola cobarde, ella contraatacó argumentando que Rand y él no vivían bajo el mismo techo que su madre, y que por eso no se veían obligados a recurrir a las tácticas de evasión que empleaban Godfrey y ella.

—Yo también voy a tener que intentar evitarla —dijo Rand, con un quejicoso gemido, antes de mirar a Ryder—. Seguro que querrá sermonearme hasta la extenuación por no echarme también la soga al cuello.

—Y a mí también —afirmó Kit—. Godfrey es el único que va a salvarse, aún es demasiado joven.

Ryder captó la mirada ligeramente interrogante que Mary le lanzó, y le hizo un pequeño gesto de asentimiento para indicarle que ya se lo explicaría después.

Tal y como cabía esperar, Stacie los bombardeó a preguntas.

Quería saber cuándo se habían conocido, por qué habían llegado a la conclusión de que hacían buena pareja, cuándo había ocurrido la proposición de matrimonio y, por supuesto, cómo había sido. Sus hermanos, a pesar de no ser tan insistentes, también sentían curiosidad, pero Mary fue tan diestra como él a la hora de esquivar las cuestiones que no deseaban airear y al cabo de un rato le dio la vuelta a la situación y fue ella quien, aprovechando que no iba a tardar en entrar a formar parte de la familia, empezó a hacer preguntas para conocer mejor a los cuatro.

Él se sorprendió un poco al ver que tanto Stacie como los demás contestaban con toda naturalidad, y que no tardaban en tratarla con la misma actitud abierta que tenían con él mismo. Mientras los comentarios, las bromas y las preguntas iban fluyendo y Mary, quien tenía una edad más parecida a la de sus hermanos que él, iba convirtiéndose en un miembro más de la familia, los contempló sonriente y se relajó también.

Su familia cercana, aquella familia, nunca había sido estable. No había tenido jamás los cimientos sólidos y firmes que tenían los Cynster, la base inamovible que tanto Mary como sus primos parecían ver como algo natural y normal porque así era como se habían criado.

Esa cohesión sólida como una roca basada en la lealtad y la devoción, en una confianza inquebrantable, era algo que él había anhelado desde su más tierna infancia, y ese anhelo había crecido a la par que él y había moldeado la imagen que tenía de su futuro ideal.

Siempre había sido consciente de que jamás podría tener una familia así, de que jamás podría construir su propia versión de ella aplicada a los Cavanaugh, si no tenía la esposa adecuada. Tenía que ser una esposa que comprendiera de forma innata el verdadero significado que una familia podía llegar a tener, todo lo que una familia debería suponer; una esposa que comprendiera el funcionamiento elemental de una familia así.

Mary poseía ese conocimiento inherente.

Aunque ella se había percatado de que la relación que él mantenía con Lavinia era peculiar y tensa y había deducido sin duda que ese hecho afectaba a sus hermanastros, los había recibido con los brazos abiertos y él estaba viendo cómo iban tomando forma ya, ante sus propios ojos, los vínculos que había albergado la esperanza de que ella pudiera crear.

Mientras iban pasando los minutos y esos vínculos emergentes iban volviéndose cada vez más fuertes y profundos, mientras las risas (más de las que aquella casa había oído en muchos largos años) inundaban la biblioteca, deseó que aquella reunión familiar no tuviera que terminar tan pronto.

Se volvió hacia Rand y le dijo, aprovechando que Kit estaba contando una de sus absurdas anécdotas y tenía a los demás distraídos:

—No voy a salir, así que cenaré temprano. ¿Puedes quedarte?

—Sí, por supuesto que sí —su hermano lanzó una mirada hacia Mary antes de volverse a mirarlo.

Él le hizo un gesto de asentimiento, y una vez que Kit concluyó su relato sometió a votación la idea de compartir todos juntos una cena temprana, una cena en familia. Sus hermanastros accedieron al instante, y se volvió entonces hacia Mary.

—Nos sentiríamos honrados si te quedaras a cenar con nosotros —tomó su mano, la alzó y, mirándola a los ojos en todo momento, depositó un suave beso en sus dedos—. Te lo pido por favor.

Ella ignoró las risitas ahogadas de Kit y Godfrey, y contestó sonriente:

—Gracias. Será un placer para mí cenar contigo —recorrió a los demás con la mirada— y con el resto de tu familia.

—¡Excelente! —no pudo ocultar su gran sonrisa de satisfacción, y no le soltó la mano al volverse hacia Rand—. Toca la campanilla para llamar a Pemberly, hay que... —se interrumpió al oír que llamaban a la puerta principal, y enarcó las cejas sorprendido—. ¿Quién será?

Todos dirigieron la mirada hacia la puerta de la biblioteca, y Pemberly apareció poco después y anunció:

—El señor Simon Cynster y su esposa; la señorita Henrietta Cynster y el señor James Glossup, milord.

Mary se puso en pie junto con los demás y permaneció junto a él mientras entraban su hermano, su hermana, su cuñada y el que en breve sería su cuñado. Después de saludarles, ella tomó la iniciativa y se encargó de hacer las presentaciones, tras lo cual fluyeron de nuevo las felicitaciones y los inevitables comentarios jocosos. Los dos grupos se entremezclaron, y durante unos minutos los saludos y los comentarios, las exclamaciones y las explicaciones envolvieron a los presentes en un agradable runrún.

En un momento dado, Mary dejó a Simon y a James conversando con Ryder y sus hermanastros y se volvió hacia Portia y Henrietta, y fue esta última quien comentó:

—Mamá no sabía cuáles eran tus planes para esta noche. Nosotros acabamos de llegar y nos han puesto al tanto de la noticia, así que nos hemos ofrecido a venir. Podemos llevarte de regreso a casa con nosotros o, si lo prefieres, trasmitirle algún mensaje de tu parte a mamá para que sepa qué es lo que piensas hacer.

—Ya veo —Mary titubeó sin saber qué hacer, pero en ese preciso momento Ryder se acercó y se detuvo junto a ella—. Henrietta estaba preguntándome cuáles son mis planes para la velada. ¿Qué tamaño tiene tu mesa de comedor?

Él la miró con aquella sonrisa de león indolente al contestar.

—En la grande hay espacio para cuarenta y ocho comensales, pero como solo somos diez podemos utilizar la del comedor familiar.

Ella asintió y se volvió de nuevo hacia su hermana y su cuñada.

—Si no tenéis ningún compromiso para esta noche, podríais quedaros y compartir con nosotros una cena temprana.

Portia intercambió una mirada con Henrietta antes de contestar.

—Como no sabíamos con certeza cuándo íbamos a regresar... —se interrumpió para darle una pequeña explicación a Ryder— hemos pasado unos días en Wiltshire, James tenía que encargarse de un asunto en la finca familiar; en fin, la cuestión es que ya había anulado todos los compromisos que teníamos para esta noche, así que para mí será un placer quedarme. Y seguro que Simon opina igual.

—Podéis contar con James y conmigo —afirmó Henrietta,

sonriente—. Será como celebrar nuestra propia cena de compromiso improvisada.

La sonrisa de Ryder se ensanchó aún más.

—¡Excelente! —bajó la mirada hacia Mary—. ¿Podrías tocar la campanilla para llamar a Pemberly, querida?

—Por supuesto —le contestó, mientras veía en sus ojos lo dichoso y satisfecho que estaba al ver cómo había manejado ella la situación y hacia dónde la había encauzado.

CAPÍTULO 8

A la mañana siguiente, Mary entró en el saloncito trasero de la casa de sus padres y, tras acomodarse en el asiento situado al pie de la ventana, leyó en el periódico el anuncio formal de su compromiso matrimonial.

Aunque una parte de su mente seguía estando un poco sorprendida al ver hacia dónde la había conducido la búsqueda de su héroe, el resto ya estaba deleitándose con el desafío que tenía entre manos.

Releyó el anuncio mientras jugueteaba distraída con el colgante de cuarzo rosa, y su mirada se detuvo en el nombre completo de su prometido: Ryder Montgomery Sinclair Cavanaugh. Tanto el segundo nombre como el tercero debían de ser sin duda apellidos de marqueses de épocas anteriores, y sumados a Cavanaugh el resultado final era un nombre que poseía todo el peso del poder y la majestad de la nobleza de Inglaterra.

Allí, ante sus ojos, tenía todo un desafío, eso era algo innegable... algo que a nadie se le ocurriría siquiera negar, ya que el carácter de Ryder era bien conocido a lo ancho y largo de la alta sociedad.

Pero aquel desafío en particular, el que él ponía ante ella con su acostumbrada arrogancia, era uno al que tan solo ella podía enfrentarse. Ninguna otra dama tendría jamás la oportunidad de ser elegida como su marquesa, de poder lidiar con él como tal, de tratar con él con esa ventaja concreta.

Tal vez el destino hubiera decidido que el de ambos fuera

un noviazgo más que fugaz, pero la había llevado hasta allí, el anuncio en el periódico la dejaba en una posición irrevocable y el único camino posible era seguir hacia delante.

Eso quería decir que tenía que llegar a conocer a Ryder mucho, muchísimo mejor, y lo antes posible. Tal vez nunca pudiera controlarle, pero aun así tenía que empezar a ahondar más y centrarse más en él, en lo que le importaba y le motivaba.

La noche anterior, Ryder había disfrutado mucho de la cena. Todos lo habían pasado bien, pero él en concreto había puesto mucho de su parte y había quedado patente lo profundamente satisfecho que se sentía al ver cómo transcurrían las cosas. Eran ya las nueve pasadas cuando había notado una ligera tensión en su semblante que la había alertado de que las fuerzas empezaban a flaquearle y, con suma sutileza, había puesto punto y final a la reunión familiar. Todos se habían marchado en un animado grupo, encantados con los nuevos vínculos que se habían creado; ella, por su parte, se había marchado con Henrietta y James, pero se había asegurado de alertar a Pemberly y a Collier para que estuvieran atentos y listos para ayudar a su señor a subir a la habitación.

Al menos no era uno de esos hombres ridículos que se negaban a permitir que las personas que tenían a su alrededor les ayudaran físicamente.

Esbozó una sonrisa y volvió a centrarse en el anuncio. Había disfrutado con aquella pequeña muestra de lo que iba a ser su vida como esposa de Ryder, y sabía que él se había sentido complacido y satisfecho al verla manejar la situación.

Era un triunfo pequeño, pero había sido un comienzo. Gracias a lo ocurrido el día anterior había vislumbrado aspectos significativos de la vida de su futuro esposo, y había algunas cuestiones que tenía que explorar más a fondo.

Estaba elaborando mentalmente una lista de todas ellas (la primera de todas era averiguar qué problema existía realmente entre Ryder y su madrastra) cuando la puerta se abrió y Henrietta entró en el saloncito.

—¡Buenos días! —su hermana sonrió al ver que tenía el periódico en la mano—. ¿Sigues sorprendida por lo que te deparaba el destino?

Ella se volvió a mirarla, y esperó a que acercara un poco más un sillón y tomara asiento antes de contestar.

—Debes admitir que, dados mis requisitos en lo que a mi héroe se refiere, nadie habría propuesto a Ryder como posible candidato.

—Pues no sé, la verdad es que estoy en desacuerdo con eso. Aparte de lo que vi anoche, sé de buena tinta que mamá se siente muy complacida. Ella está convencida de que Ryder es perfecto para ti y vais a encajar a la perfección, y por lo que respecta a las demás... Honoria, Patience y Alathea además de las grandes damas incluyendo a tía Helena, tía Horatia y lady Osbaldestone... todas ellas creen que es una unión perfecta en todos los aspectos.

—Ya veo —la verdad era que había sentido curiosidad por saber qué opinarían las demás—. Aun así, él es bastante... no sé, supongo que podría decirse que es más de lo que yo esperaba.

La sonrisa de su hermana se ensanchó al oír aquello.

—Puede que tengas razón, pero no hay duda de que parece estar completamente decidido a conquistarte y llevarte al altar.

—Sí, pero lo que no tengo tan claro es lo del amor y la felicidad conyugal.

—Precisamente por eso eres la mujer perfecta para él.

—Eso es lo que no entiendo, ¿por qué todo el mundo está tan seguro de eso?

Henrietta la miró en silencio durante medio minuto como si estuviera preguntándose si estaba hablando en serio, y cuando contestó parecía estar tan perpleja como ella.

—En fin, ya sabes... y sé que eres consciente de ello porque es algo que todos te decimos a menudo... que eres la mujer más mandona que haya pisado jamás los salones de baile.

Mary le sostuvo la mirada mientras asentía, seguía sin comprender adónde quería llegar su hermana.

—Sí, por supuesto que soy consciente de ello. Aparte de todas vuestras quejas, me comporto así de forma deliberada.

—¡Exacto!, ¡ahí lo tienes! —al ver que seguía mirándola con perplejidad, Henrietta abrió los brazos de par en par—. ¿No lo ves? De todos los caballeros de la alta sociedad a los que les hace falta que les traten con mano firme, Ryder Cavanaugh es quien encabeza la lista; de hecho, se encuentra muy por delante de los demás. De todos ellos es el que más necesita a una dama como tú, una que tenga el temperamento adecuado para contrarrestar el suyo y que pueda meterlo en vereda.

—¡Ah, ya lo entiendo! ¡Por eso están tan satisfechas las grandes damas!

Su hermana la miró como si aquello fuera una gran obviedad.

En ese momento oyeron el sonido de pasos que se acercaban, y segundos después su madre abrió la puerta y sonrió al verlas.

—¡Perfecto! Tengo que hablar con las dos —tras cerrar la puerta, cruzó el saloncito y se acomodó junto a Mary en el asiento—. Hoy tenemos que dejar listo lo de las flores para la boda, pero antes de ir a encargarnos de eso tenemos que decidir cuándo va a celebrarse tu cena y baile de compromiso con Ryder.

—Debo admitir que no me lo había planteado aún —admitió.

—Es comprensible, pero ten en cuenta que en este caso hay que compatibilizar tu baile con la boda de Henrietta.

—Pero la boda tiene precedencia, ¿verdad? ¿No podemos dejar mi baile de compromiso para después?

—Podríamos hacerlo —asintió su madre—, pero en ese caso debería ser una semana después como mínimo y entonces nos topamos con el problema de encontrar una fecha adecuada para la boda —hizo un ademán con las manos—. Todo esto se ha convertido en una pesadilla logística, hay que pensar también en los miembros de la familia que han venido a Londres para asistir a la boda de Henrietta. Se verían obligados a alargar su estancia aquí si retrasamos tu baile de compromiso y tu boda —hizo una mueca y miró a la una y a la otra antes de añadir—: las damas de la familia nos reunimos ayer en casa de Horatia y, tras debatir el asunto largo y tendido, llegamos a la conclusión de que si Ryder y tú estáis de acuerdo la mejor opción sería celebrar la cena y el baile de compromiso antes de la boda de Henrietta, y vuestra boda una semana después de la suya más o menos —hizo una pequeña pausa—. A menos, por supuesto, que estéis dispuestos a retrasar la boda hasta septiembre.

Mary le dio vueltas al asunto mientras su madre y su hermana esperaban su respuesta, y finalmente tomó una decisión.

—Aunque un compromiso más largo tiene algunos beneficios —como darle tiempo para aprender a lidiar mejor con Ryder antes de permitir que él le pusiera la alianza en el dedo, por ejemplo—, no creo que ninguno de los dos nos sintamos cómodos esperando hasta septiembre.

Su madre asintió.

—Sí, ese fue el sentir general durante la reunión de ayer. La verdad es que todas coincidimos en que no tendría demasiado sentido esperar a confirmar formalmente vuestro compromiso —indicó con un gesto de la cabeza el periódico que Mary tenía aún en la mano—, sobre todo teniendo en cuenta que ya se ha publicado el anuncio. Ha tomado a la gente por sorpresa y, aunque eso carezca de importancia, a todas nos pareció innecesario acrecentar aún más dicha sorpresa retrasando la celebración de un baile de compromiso formal. Y haceros esperar hasta septiembre para casaros nos parecía igual de innecesario, así que... —respiró hondo y la miró a los ojos—. ¿Qué opinas?, ¿qué crees que dirá Ryder?

—No lo sé, la verdad. Como ya te he dicho, ni siquiera me lo había planteado, así que ni siquiera he hablado del asunto con él —apretó los labios y miró a Henrietta antes de volverse de nuevo hacia su madre—. Pero está claro que debo hacerlo cuanto antes. ¿Qué fecha habéis pensado para el baile de compromiso?

—Faltan seis días para la boda, así que vuestro baile tendría que celebrarse dentro de cuatro noches como muy tarde.

—¿Y nuestra boda?

—Desde nuestro punto de vista, como miembros de la familia Cynster, se sugirió que tendría que ser una semana después de la de Henrietta como mínimo, pero se trata de una fecha más flexible. Debemos consultarlo con Ryder y con su familia para tener una idea más concreta.

Mary asintió.

—De acuerdo, le propondré que lo hagamos así. Nuestro baile de compromiso dentro de cuatro noches, y nuestra boda una semana después de la de Henrietta.

—¡Perfecto! —exclamó su madre, sonriente, antes de ponerse en pie—. Bueno, será mejor que no nos demoremos más. Hay que ir a Covent Garden, la florista sugirió que visitáramos su tienda para echarle un vistazo a las flores y asegurarnos de que estamos satisfechas con la selección que hicimos.

Henrietta se levantó del sillón de inmediato, pero Mary fue un poco más renuente. Al ver que su hermana le lanzaba una expresión interrogante, admitió con una mueca:

—Tenía intención de acompañaros, pero si mi baile va a celebrarse en cuatro noches no dispongo de mucho tiempo —miró a su madre a los ojos—. Creo que será mejor si empleo la mañana en averiguar qué opina Ryder sobre las dos fechas que hemos escogido.

El hecho de que la marquesa de Raventhorne hubiera decidido desayunar en la mesita situada frente a la chimenea de su tocador en compañía de Claude Potherby, quien la había visitado para hacerle compañía, fue lo único que salvó a su juego de té de Sèvres de la más absoluta destrucción.

Claude estaba echándole un vistazo al periódico cuando de repente alzó la mirada hacia ella y se lo entregó.

—Ten, será mejor que leas esto.

Ella dejó la taza sobre la mesita, tomó el periódico, y cuando leyó lo que ponía soltó un grito de furia y se puso en pie con tanto ímpetu que la delicada silla donde estaba sentada se volcó y se estrelló contra el lustroso suelo de madera.

—¡No puede ser! ¡Maldita sea! ¿Por qué no han detenido esta locura?

Él reprimió un suspiro antes de decir:

—Te pido disculpas, pero he considerado que era preferible que lo vieras ahora a que te enteraras después, en público; en cualquier caso, sabías que esto estaba por suceder. Por cierto, no entiendo a quién te refieres, ¿quién habría de querer detener este compromiso? —aparte de ella, claro. Pero lo que Lavinia pudiera desear no tenía peso alguno, al menos en lo que a su hijastro se refería.

Ya había leído todas las noticias, así que ni se inmutó cuando ella lanzó el periódico a la chimenea con un grito de rencor y las llamas lo devoraron.

—¡Creía que los Cynster llegarían a la conclusión de que Ryder no es un marido adecuado para la princesita de la familia! —exclamó ella, mientras empezaba a pasear de un lado a otro con paso airado y los brazos cruzados y rígidos—. ¡Todo el mundo sabe que es un conquistador!

«De matronas hastiadas que están más que dispuestas a ser seducidas». Consciente de que no era sensato dar voz a aquellas palabras, Claude optó por decir:

—Creo que deberías tomártelo como una indicación de que Mary Cynster no es la dama adecuada para tu Randolph.

—¡Ja! ¡Pues claro que no lo es! —siguió paseándose de acá para allá, el desayuno había quedado relegado al olvido. Empezó a mordisquearse una uña y añadió, pensativa—: voy a tener que encontrarle a Randolph una candidata incluso mejor que ella, una joven dama de excelente cuna y una dote más cuantiosa aún, y debo hacerlo a la mayor brevedad posible.

Claude no supo si alegrarse por Randolph o compadecerse de él, y se dio por satisfecho al haber podido cumplir con su deber como amigo evitando que Lavinia perdiera los estribos en público. Alzó su taza de té, hizo oídos sordos mientras ella seguía refunfuñando sin parar, y se centró en saborear el excelente café que preparaba la cocinera de la casa.

Media hora después de que su madre y Henrietta partieran rumbo a Covent Garden, Mary entró en la biblioteca de Ryder sin ser anunciada y lo encontró sentado detrás de su escritorio. Él alzó la mirada al oír que la puerta se abría y sonrió al verla, claramente complacido por el significativo hecho de que ella no hubiera permitido que Pemberly la anunciara.

—Buenos días, Mary.

Sintió que aquella voz profunda y sonora resonaba a través de todo su cuerpo. Él se puso en pie y su mirada la recorrió de arriba abajo antes de alzarse de nuevo, más lentamente, hasta su rostro.

—¿Has dormido bien? —le preguntó, antes de echar a andar hacia ella.

—Sí, gracias. ¿Y tú? —se esforzó por ignorar aquella intensa mirada de león hambriento y luchó por reprimir el impacto que suponía tener cerca su potente presencia física, sobre todo estando a solas con él. Se detuvo junto al diván y señaló con un gesto su costado—. ¿Qué tal va la herida?

Él le indicó que tomara asiento y procedió a sentarse a su vez en un sofá situado junto al diván.

—Sanderson ha venido esta mañana a examinar el resultado de su trabajo, y los dos hemos coincidido en que todo está sanando muy bien.

—Perfecto. Hay algo de lo que debemos hablar, y eso nos facilita las cosas —al verle enarcar las cejas en un gesto interrogante, le explicó—: se trata de las fechas del baile de compromiso y de la boda.

Él permaneció en silencio por un instante antes de asentir.

—Ah, claro. Henrietta y James se casan... ¿cuándo era?, ¿dentro de seis días?

—Exacto —se sintió complacida al ver que comprendía el problema. Dejó su bolsito a un lado y se quitó los guantes—. Las damas de mi familia son unas expertas en estas lides, y ellas opinan que tenemos dos opciones: hacerlo cuanto antes o esperar —expuso de forma sucinta la situación, y Pemberly acababa de entrar con la bandeja del té cuando concluyó diciendo—: y por esa razón ellas aconsejan que la cena y el baile de compromiso se celebren dentro de cuatro noches y la boda después de la de Henrietta y James, pero con una semana de diferencia como mínimo.

Se interrumpió para servir el té; cuando los dos se reclinaron de nuevo en sus respectivos asientos con sendas tazas, tomó un sorbito y lo miró con ojos interrogantes.

—¿Qué opinas?

Aunque sus lánguidos ojos pardos estaban puestos en ella, daba la impresión de que en realidad no estaba viéndola, sino que estaba dándole vueltas al asunto, sopesando opciones y posibles consecuencias; al cabo de un largo momento, él emergió de sus pensamientos y asintió.

—Coincido totalmente en que, dado que hemos anunciado

nuestro compromiso, todo el mundo esperará que haya alguna confirmación de dicho compromiso por parte de ambas familias por mucho que la boda de Henrietta y James sea tan inminente —tomó un poco de té antes de continuar—. Además, el hecho de que nuestro compromiso haya tomado por sorpresa a casi todo el mundo es otro factor que me hace pensar que es preferible no esperar más de lo estrictamente necesario, así evitaremos que la gente empiece a especular sobre si nuestras familias están de acuerdo con nuestro matrimonio. Da igual que en realidad ninguno de nuestros allegados esté en contra, ya sabes cómo es la alta sociedad.

—Sí, sin duda —estaba gratamente sorprendida al ver su aguda y perspicaz visión de los entresijos de los círculos donde se movían.

—En definitiva, aunque celebrar la cena y el baile de compromiso dentro de cuatro noches podría considerarse un tanto precipitado en condiciones normales, es la opción que más convendría a nuestros propósitos; además, la inminente boda de tu hermana nos proporciona una excusa perfecta.

—Estamos de acuerdo. Queda decidido, la cena y el baile de compromiso se celebrarán dentro de cuatro noches en la mansión de St. Ives —tomó otro sorbo de té y le sostuvo la mirada por encima del borde de la taza—. Todos los bailes de compromiso de la familia se han celebrado allí en los últimos tiempos.

Cuando él asintió, mostrando su aquiescencia, ella bajó la taza y añadió:

—Hay algo que no he hablado con mi madre, no podía hacerlo estando Henrietta presente —buscó su mirada y se la sostuvo por un instante antes de decir—: en términos de relevancia social, tu compromiso conmigo está bastante por encima del matrimonio de James con ella, pero no quiero que nuestro baile de compromiso opaque la boda de mi hermana.

Ryder parpadeó sorprendido, y aprovechó sin titubear la oportunidad que se le acababa de presentar.

—¿Por qué habría de opacarla? —se inclinó hacia delante para dejar la taza sobre la mesita auxiliar—. Teniendo en cuenta lo poco que queda para la boda, si tus padres y tú estáis de acuerdo no veo impedimento alguno para que nuestra cena de compromiso esté restringida a nuestras familias, a los primos más cercanos y punto; en cuanto al baile, también podría ser un evento muy restringido, nadie más allá de las amistades y los conocidos principales.

—¡Gracias! —exclamó ella, encantada con la propuesta—. Ah, y el término correcto no es «restringido», sino «selecto».

Él esbozó una pequeña sonrisa y se reclinó en el asiento.

—Mis disculpas, permíteme que me corrija: nuestro baile de compromiso va a ser un evento de lo más selecto —vio la clara aprobación que se reflejó en su rostro y la observó en silencio mientras ella apuraba la taza, se inclinaba hacia delante para dejarla en la bandeja y volvía a echarse hacia atrás—. Una cosa... —esperó a que lo mirara antes de continuar— nuestra boda tiene que ser un evento que esté a la altura de la alianza entre dos de las familias más antiguas, poderosas y prósperas de la alta sociedad.

Ella enarcó las cejas, y le sostuvo la mirada en silencio durante unos segundos antes de contestar.

—No tengo nada en contra de tu sugerencia, pero querría saber si existe algún motivo por el que...

Él se encogió de hombros como restándole importancia al asunto.

—Soy consciente de las ventajas que conlleva aplicar el grado adecuado de pompa y boato en ciertas circunstancias, pero más allá de eso... no, la verdad es que no.

Era algo que a él en particular le daba igual, pero era en ella en quien estaba pensando. Quería regalarle una boda para recordar y, tratándose de la alta sociedad, eso quería decir que tenía que ser un evento majestuoso. El comentario que ella había hecho sobre no querer opacar la boda de su hermana había sido un sacrificio por su parte, eso era algo que estaba claro por mucho que ella hubiera intentado disimular.

Era una dama a la que le encantaban los grandes eventos, y él no veía motivo alguno por el que hubiera de conformarse con una boda que no estuviera a su altura; de hecho, en su opinión había múltiples motivos para asegurarse de que el matrimonio de ambos fuera un acontecimiento tan fastuoso como Mary pudiera desear, pero no estaba dispuesto a darles voz y mucho menos ante ella.

Al ver que seguía mirándolo con considerable escepticismo optó por darle otra razón más, una que estaba bastante seguro de que ella iba a aceptar.

—Aparte de cualquier otra consideración, al celebrar una gran boda nos aseguraremos de que nadie pueda imaginar ni por asomo que alguna de nuestras familias está en desacuerdo con nuestra unión.

Ella asintió, pensativa, y le observó con ojos penetrantes al decir:

—Hablando de nuestras familias, ayer tuve la clara impresión de que entre tus hermanastros y su madre existe cierta tensión en lo que a ti se refiere, y huelga decir que eso es algo que va a afectarme a mí también.

—Sí, la verdad es que será mejor que te ponga al tanto de la situación.

Ella le indicó con un elegante ademán digno de una reina que procediera a hacerlo, pero él se tomó unos segundos para organizar sus ideas y no tardó en darse cuenta de que... hizo una mueca y se reclinó en el sillón antes de admitir:

—Creo que para poder explicártelo bien, para que estés lo suficientemente bien preparada para lo que algún día puedes llegar a enfrentarte al tratar con Lavinia, debo remontarme a cómo y por qué se convirtió en la segunda esposa de mi padre.

Ella adoptó una posición más cómoda en el diván.

—Soy toda oídos.

Aquello le arrancó una sonrisa, pero se puso serio al iniciar el relato.

—Aunque te cueste creerlo, la verdad es que yo fui muy enfermizo en mis primeros años de vida. Tenía tres años cuando mi madre murió a causa de una fiebre que también estuvo a punto de acabar conmigo, el médico se sorprendió mucho al ver que lograba sobrevivir. De allí en adelante, si había una enfermedad en las inmediaciones yo acababa contrayéndola y, para desesperación de mi pobre padre, estuve a las puertas de la muerte innumerables veces. Al cabo de varios años, todos los médicos coincidieron en que era muy improbable que lograra sobrevivir y llegar a la edad adulta. Mi padre había adorado a mi madre y me quiso muchísimo durante toda su vida, pero era consciente de cuál era su deber. Los años iban pasando y tenía que procurar un heredero, así que decidió volver a casarse y eligió a Lavinia. Era una mujer de excelente cuna, pero él me confesó más adelante que el motivo principal que le había llevado a elegirla era que estaba dispuesta a casarse con un hombre veinte años mayor que ella y a darle varios hijos. Rand nació de inmediato, a continuación llegó Kit, al cabo de unos años tuvieron a Stacie, y después llegó Godfrey.

Hizo una pequeña pausa antes de continuar.

—Llegados a aquel punto, mi padre y Lavinia acordaron que de allí en adelante su matrimonio sería puramente nominal. Llevaron vidas separadas, y a juzgar por lo que vi creo que resultó ser un acuerdo satisfactorio —hizo otra pausa, y sus labios se curvaron en una sonrisa llena de cinismo—. Mi padre, mis hermanastros y yo vivimos una existencia relativamente apacible, ya que nos llevamos bien y no existen grandes tensiones. Yo era el hermano mayor de los cuatro, y ellos eran mis tres hermanos pequeños y mi hermanita. Pero resulta que había algo que impedía que Lavinia fuera feliz: mi presencia —la miró a los ojos al afirmar—: las circunstancias la habían llevado a dar por hecho que yo moriría, pero no había sido así.

—¿Estás diciendo que ella deseaba tu muerte?, ¿que sigue deseándola? —le preguntó, atónita.

Él se apresuró a corregirla.

—No, las cosas jamás han sido así exactamente. Tal y como les expliqué a tus primos, a Lavinia le encantaría verme muerto, pero nunca ha hecho nada que sugiera que tiene la más mínima intención de hacer algo en ese sentido. Más bien diría que ella esperaba que Rand heredara. Ella creía que sería su hijo y no yo quien llegaría a convertirse en el vizconde de Sidwell y, más tarde, quien ocuparía el puesto de mi padre como marqués de Raventhorne. A su modo de entender, el hecho de que yo siga vivo significa que no se le ha dado algo que ella esperaba obtener tarde o temprano al casarse con mi padre; desde su enrevesado punto de vista, considera que el hecho de que yo no haya muerto es como el incumplimiento de una promesa.

—Ya veo. ¿Qué me dices de Randolph?, ¿qué opina él de tu buen estado de salud?

—Él no aspira en absoluto a convertirse en marqués —afirmó él, sonriente—. Lo haría si se viera obligado, pero no ambiciona asumir esta responsabilidad. Supongo que te percatarías de ello ayer al ver la efusividad con la que nos felicitó.

—Sí, yo habría jurado que era sincero. La verdad es que me habría sorprendido mucho si me hubieras dicho que desea heredar el título.

—No es así, y Kit mucho menos; en cuanto a Godfrey, dudo mucho que se le haya pasado por la cabeza la posibilidad de convertirse en marqués, y apuesto a que la mera idea le horrorizaría —se detuvo por un instante antes de añadir—: pero huelga decir que los cuatro son plenamente conscientes de la frustración que siente Lavinia debido a mi presencia, al hecho de que estoy vivo. Ellos y yo estamos muy unidos y, como tú misma pudiste apreciar ayer, se preocupan por mi bienestar y me tienen mucho afecto, así que, como es natural, se sienten muy incómodos cuando su madre y yo nos vemos obligados a relacionarnos, cuando ella y yo estamos en la misma sala en presencia de ellos aunque sea por un breve espacio de tiempo.

—No creo que fueras capaz de cometer la grosería de insultar a tu madrastra, ni siquiera en privado.

—Tienes razón, no lo soy. Puede que la insulte para mis adentros, pero por regla general la trato con la más gélida cortesía porque sé por experiencia que esa es la mejor táctica. Y aunque ella pueda ser indiscreta en ocasiones e incluso insultante si estamos a solas, es muy consciente del puesto de marquesa que ocupa. Sabe que su posición social se deriva del título que yo ostento, así que no va a hacer nada que pueda menoscabar el prestigio del marqués de Raventhorne a ojos de la alta sociedad.

—Así que se encuentra en una encrucijada y no puede hablarte mal en un salón de baile.

—Ni durante una cena, pero procuro evitarla para ahorrarnos a los dos la molestia. Nos movemos en círculos distintos, así que suele ser una tarea fácil.

—No entiendo por qué sigue estando tan frustrada —comentó ella, mientras lo observaba con atención. A pesar de la herida, exudaba una fuerza física palpable y ya no estaba pálido, así que no se le veía débil ni por asomo—. Debió de quedar claro hace mucho que has superado lo que te aquejaba de niño, fuera lo que fuese. A nadie se le ocurriría pensar que puedas fallecer de un momento a otro.

—Bueno, sí y no. Para cuando cumplí los diez años ya había dejado de ser tan enfermizo y eso me permitió ir a Eton, pero el comportamiento que tuve tanto allí como más adelante en Oxford e incluso después, cuando vine a vivir a Londres, debió de hacerle creer a Lavinia que iba a llegarle la noticia de mi muerte en cualquier momento dado. Estoy convencido de que eso es algo que más de un maestro debió de advertirles tanto a mi padre como a ella a lo largo de los años.

La miró al admitir:

—Era un muchacho incorregible, un alocado que siempre estaba armando líos. Me habían dicho durante tantos años que no iba a vivir mucho tiempo, que no alcanzaría la mayoría de edad, que aprovechaba hasta el último segundo de vida que tenía, exprimía cada instante para sacarle toda la vida posible. Desde las magulladuras durante mi niñez, las inevitables caídas y las consiguientes lesiones, pasando por peleas en la escuela y bromas de lo más peligrosas, por carreras a caballo y en faetón, cacerías... a decir verdad, Lavinia tenía motivos de sobra para suponer que, aunque no había muerto por una enfermedad, yo mismo me encargaría de acabar con mi vida.

Se interrumpió por un momento, y esbozó una pequeña sonrisa antes de continuar.

—De hecho, fue Sanderson quien, a su regreso tras completar sus estudios médicos en Edimburgo, me convenció finalmente de que si no moría de viejo sería única y exclusivamente porque yo mismo me habría herido de muerte.

—Recuérdame que le dé las gracias la próxima vez que le vea.

—Lo haré. Pero, tal y como había sucedido durante mis primeros años de vida, cuando salía de una zona de peligro otra parecía asomar en el horizonte, o eso era al menos lo que pensaba

Lavinia —la miró a los ojos al admitir—: me ha dicho en más de una ocasión que está convencida de que tarde o temprano le llegará la noticia de que he muerto a manos de algún marido agraviado.

Ella enarcó las cejas y comentó, con serena sobriedad:

—Tal y como estuvo a punto de suceder.

—Así es, si ella supiera... pero apareciste tú y me salvaste.

Mary le sostuvo la mirada por un instante, y de repente comprendió algo.

—¡Por eso has mantenido tan en secreto lo del ataque!

Él había quedado atrapado en sus ojos y titubeó unos segundos, demasiados; consciente de que era inútil intentar mentir, se encogió de hombros y admitió:

—No hay razón alguna para contribuir a que pueda creer que tiene motivos para sentir resentimiento hacia ti.

—¿Porque te ayudé a burlar la muerte?

—Porque me ayudaste a evitar lo único que le habría dado a ella lo que más desea en el mundo: ver a Rand ocupando mi lugar. Ese es su objetivo, el hecho de que yo tenga que morir para que suceda es algo puramente casual.

—Tu hermano debe de sentirse bastante asediado.

—Sí, a veces. Él soporta la situación como puede, ya que se trata de su madre al fin y al cabo. Sabe que soy consciente de lo que pasa y que tanto los demás como yo comprendemos sus sentimientos, pero está claro que es más duro para él porque a diferencia de mí no puede darse el lujo de evitar a Lavinia.

—¿Es ese el motivo por el que ella no vive aquí?, ¿su antipatía hacia ti?

Él vaciló antes de admitir:

—Fui yo quien le compró la otra casa, pero ese no fue el único motivo que me impulsó a hacerlo —se detuvo por un instante para ordenar sus ideas antes de proseguir—. En Raventhorne vive en la casa destinada a la marquesa viuda con su propia servidumbre; aquí, en Londres, vive en otra situada en Chapel Street donde también dispone de sus propios criados, y por la misma razón. Tras la muerte de mi padre intentó... no sé, supongo que podría decirse que intentó usurpar mi puesto, tomar el control de la finca y de esta casa. Ambas propiedades cuentan con una dotación completa de sirvientes, y cuando se negaron a acatar sus órdenes en cuestiones para las que se requería mi consentimiento intentó despedirles. Se trata de familias que han servido a los Cavanaugh durante generaciones, Mary. Llegó un punto en que generaba tantas molestias y contratiempos que tuve que echarla de la casa; de hecho, no quería verla en ninguna de mis propiedades.

Mary reflexionó sobre todo lo que él acababa de contarle, y también sobre el motivo que le había llevado a contárselo. No había duda de que la necesidad de proteger a los suyos era una de las principales fuerzas motrices de su futuro esposo. Lanzó una mirada hacia el reloj y se sobresaltó al ver la hora que era.

—¡Cielos!, ¡debo marcharme ya! —exclamó, mientras agarraba su bolsito a toda prisa—. Estoy invitada a comer en casa de mi tía Celia —se puso en pie y él hizo lo propio. Se volvió hacia la puerta, y mientras se ponía los guantes le preguntó—: ¿hay algo más que deba saber sobre tu madrastra y tu relación con ella o con tus hermanastros?

Ryder iba a negar con la cabeza, pero se detuvo en el último instante y admitió:

—Sí, la verdad es que sí —al ver que lo miraba con expresión interrogante, bajó la mirada hacia el suelo y dio varios pasos junto a ella rumbo a la puerta antes de decir—: cuando estaba sentado junto al lecho de muerte de mi padre, estando solos él y yo, me pidió que le prometiera que encontraría una esposa apropiada y perpetuaría nuestro linaje. A esas alturas él ya desconfiaba de Lavinia y no quería...

Al ver que se interrumpía, ella dedujo lo que quería decir.

—No quería que la sangre de ella se introdujera en la rama principal de la familia, ¿verdad?

—Exacto.

Mary lo miró sorprendida al atar cabos.

—Y supongo que eso explica por qué decidiste asistir a algunos bailes, por qué te topaste conmigo y te diste cuenta de que estaba interesada en Randolph.

Él se detuvo al oír aquello. Bajó la mirada hacia ella, escudriñó sus ojos y su rostro durante un largo momento, y finalmente admitió con voz suave:

—Me resulta muy tentador dejar que sigas creyendo que fue eso lo que pasó, pero, para serte completamente sincero, la verdad es que puse mi punto de mira en ti y me propuse darte caza días antes de darme cuenta de que era él el caballero en quien habías cometido la equivocación de fijarte.

Ella contuvo el impulso de entrecerrar los ojos con gesto amenazante.

—¿Por qué? —parecía dispuesto a responder a todas sus preguntas, y esa encabezaba la lista.

—Por las mismas razones que te di en la terraza de lady Bracewell.

Aquellas palabras la hicieron regresar de golpe a aquella terraza bañada por la luz de la luna. Allí estaba de nuevo, a solas con él, con los sentidos alborotados por tenerlo tan cerca y abrumadoramente consciente de su presencia, de su masculinidad, de lo que imaginaba que podría haber bajo la elegante ropa y los corteses modales.

La tentación era demasiado fuerte. Sabía que no debería hacerlo, pero no pudo reprimirse y le pidió retadora:

—Recuérdamelo.

Él enarcó una de sus leonadas cejas ante aquel claro desafío.

—Porque creo que tú y yo vamos a encajar —la mirada de sus ojos pardos se agudizó, se volvió más penetrante—. Creo que vamos a encajar a la perfección en muchos sentidos, por no decir en todos. Y porque te deseo, y a mí me basta con eso.

Su voz se había profundizado hasta convertirse en un fascinante ronroneo. El anhelo, el deseo y la pasión que se reflejaban abiertamente en su mirada la mantuvieron cautiva, fascinada, y se humedeció los labios antes de decir casi sin aliento:

—Esos argumentos no me parecen demasiado persuasivos.

Él esbozó una sonrisa e inclinó ligeramente la cabeza.

—En ese caso, quizás podríamos dejarnos de palabras e intentarlo con hechos.

En un abrir y cerrar de ojos la tenía entre sus brazos y estaba besándola, y Mary se sintió exultante. Ni siquiera lo había admitido para sí misma, pero el principal motivo que la había llevado a visitarlo aquella mañana era precisamente ese, seguir explorando ese terreno tan nuevo para ella.

El bolsito quedó colgando de su muñeca cuando abrió bien las manos y las posó sobre su masculino pecho. Los guantes de cuero que enfundaban sus dedos y sus palmas entraron en contacto con la fina tela de la chaqueta que él llevaba puesta, pero bajo todas aquellas capas notó la solidez y la dureza de su cuerpo y se sintió inmensamente intrigada y fascinada.

Sus sentidos se desbocaron, deseosos de abarcar y absorber hasta el más mínimo detalle.

Se había entregado al beso con abandono desde un primer momento, y mientras intentaba asimilar aquel bombardeo de sensaciones empezó a darse cuenta de la forma en que él —lentamente, con su habitual languidez y de forma increíblemente posesiva— estaba adueñándose de sus labios, de su boca y de su lengua.

Era como si, de un modo sutil y adictivo, estuviera marcándola a fuego. Se dejó guiar por él, empezó a imitar y a devolver aquellas caricias en las que no había duda de que era todo un experto, y empezó a tomar conciencia del potente efecto que ejercían...

Ryder se obligó a poner fin al beso y se echó un poco hacia atrás. Contempló su rostro teñido de un delicado rubor mientras seguía rodeándola con un brazo, y sintió una intensa satisfacción al ver los vestigios de sensualidad que aún empañaban sus ojos.

—¿Qué opinas?, ¿he logrado convencerte?

Ella parpadeó dos veces y le preguntó, ligeramente ceñuda:

—¿De qué?

Él se sintió triunfal y no pudo ocultarlo del todo.

—De que vamos a encajar excepcionalmente bien en casi todos los aspectos.

Aunque no la sostenía con fuerza, ella tenía que estar notando la prueba tangible que confirmaba que había sido sincero al afirmar que la deseaba; al ver que su rubor se intensificaba aún más y sus ojos se agrandaban supuso que ella no volvería a poner en duda esa cuestión, pero de repente el azul aciano de sus ojos se intensificó un poco más, su mirada se despejó del todo y asintió, aunque era imposible saber si el gesto estaba dirigido a sí misma o a él.

—Quizás. Es posible que tengas razón.

Se sorprendió un poco al ver que se echaba hacia atrás para apartarse de él, pero la soltó sin protestar. No le gustaba en absoluto tener que dejar ir la calidez de su cuerpo y mucho menos dejar de sentir el tentadoramente ligero contacto de sus manos en el pecho, pero se recordó a sí mismo y a sus instintos que en breve habría tiempo de sobra para eso y para más.

Lo más sensato era no intentar ir más allá de momento, era una cuestión de estrategia. La mejor táctica en aquellas circunstancias era dejar que fuera ella quien tomara la iniciativa, tal y como acababa de ocurrir.

La observó en silencio mientras ella retrocedía, se sacudía la falda y agarraba bien el bolsito, y lo recorrió una oleada de satisfacción. Además de superar de forma más que adecuada el desafío al que ella acababa de enfrentarle, su estrategia para lidiar con ella estaba dando ya sus frutos. Si jugaba bien sus cartas en el campo de la sensualidad, Mary se entregaría a él sin que se viera obligado a tener que admitir nada más allá de simple deseo carnal.

Estaba plenamente dispuesto a admitir que sentía deseo, pasión y lujuria, sobre todo tratándose de ella.

Al ver que estaba lista para marcharse, le abrió la puerta, hizo un ademán para que lo precediera y la acompañó por el pasillo rumbo al vestíbulo.

—¿Está esperándote tu carruaje?

—Sí, suelo usar uno de los dos que mis padres poseen en la ciudad.

Ryder asintió y tomó nota mental de comprarle su propio carruaje. Al llegar a la puerta principal se dispuso a abrirla, pero se detuvo en el último momento con la mano en el pomo y la miró a los ojos.

—Una última cosa más, la fecha de nuestra boda. A menos que tengas algún motivo concreto para querer esperar más, yo creo que será mejor para los dos que nos casemos lo antes posible.

Ella no se hizo la tonta, no fingió que no entendía a qué se refería. Para ser una dama de veintidós años de alta alcurnia, se comportaba con una naturalidad y una falta de afectación que eran un verdadero soplo de aire fresco.

Aunque estaba ruborizada de nuevo, asintió tras titubear apenas un instante y contestó con firmeza:

—Sí, en eso concuerdo contigo. Está decidido, se celebrará en la iglesia de San Jorge una semana después de la de Henrietta y James —como si tal cosa, se centró entonces en ponerse los guantes.

Él reprimió una sonrisa, y al abrir la puerta principal logró ejecutar una pequeña inclinación.

—Buenos días, milord —le lanzó una mirada de soslayo y se despidió con una inclinación de cabeza.

—Buenos días, mi señora —la miró sonriente, sin intentar ocultar lo complacido que se sentía.

Siguió sonriendo mientras la veía bajar los escalones hasta la acera, donde un lacayo la esperaba para abrirle la portezuela de un pequeño coche de caballos negro. Había reprimido el fuerte impulso de preguntarle cuáles eran los eventos a los que pensaba asistir aquella noche, aún no estaba lo bastante recuperado como para intentar permanecer de pie demasiado rato. Así que no tuvo más remedio que permanecer donde estaba mientras la veía alejarse.

Dos noches después, tras ceder ante la insistencia de su madre, Mary asistió al baile de lady Percival y acabó por perder la paciencia con el papel social que le tocaba desempeñar y que, básicamente, consistía en responder de forma adecuada al flujo constante de felicitaciones y preguntas nada sutiles generado por la publicación del compromiso en el periódico.

No esperaba que ser agasajada y recibir tantos parabienes resultara ser una tarea tan agotadora.

En ese momento se encontraba en un lateral del salón de baile de lady Percival, de pie junto al diván donde su madre estaba conversando con varias matronas. Permanecía lo bastante cerca de ellas para poder participar en la conversación si fuera necesario y mantenía una sonrisa en el rostro, pero mientras seguía aceptando con pasable cortesía las felicitaciones (felicitaciones que en algunos casos no eran nada sinceras) y puntualizaba cada dos por tres que, en realidad, Ryder y ella se conocían desde hacía más de una década, deseó con todas sus fuerzas haberse quedado en casa.

Era una reacción realmente sorprendente e inusual en ella. Al ser una persona mandona por naturaleza, necesitaba que hubiera gente a la que poder guiar y dirigir y, de hecho, tenía varios objetivos en mente, pero ninguno de ellos estaba presente, ni siquiera Stacie; además, el hecho de ser el centro de tantas miradas le impedía poder circular a sus anchas por el salón en busca de algún entretenimiento. Tenía que permanecer en un sitio y servir de entretenimiento a los demás.

Estaba preguntándose cuánto tiempo iba a tener que esperar hasta poder indicarle con sutileza a su madre que deseaba marcharse de allí cuando a su izquierda se abrió un espacio entre el gentío y apareció Ryder.

Llevaba el bastón, pero más allá de eso era el mismo caballero elegante e increíblemente apuesto de siempre. Estaba impecable. Su leonada melena de color castaño dorado tenía un brillo lustroso, el atuendo que llevaba era de corte perfecto y el prístino pañuelo de cuello estaba anudado con precisión y caía con intrincada maestría. Los toques de color marfil en cuello y puños contrastaban con el negro de la levita y los pantalones, y también con el chaleco a cuadros negros y dorados.

Cuando sus miradas se encontraron, esbozó aquella sonrisa de león lánguido (nadie que estuviera observándolos podría dudar de que la consideraba suya, toda suya) y fue directo hacia ella mientras las pocas personas que se interponían aún entre los dos se apartaban de su camino de inmediato.

Un par de matronas que en ese momento se acercaban a hablar con ella acompañadas de las jóvenes damas a su cargo se detuvieron y permanecieron a un lado, observando y haciendo comentarios en voz baja entre risitas, pero ella apenas las oyó. Sintió que el corazón le daba un brinco, que sus sentidos cobraban vida de repente. Era como si hubiera estado en un desierto, muerta de sed, y un torrente de energía inundara de repente sus venas como una revitalizadora lluvia.

Aun así, al mismo tiempo la embargó una profunda preocupación mientras le veía acercarse. Se disponía a regañarle por haber salido de casa, donde estaba cómodo y protegido, pero antes de que pudiera articular palabra él se abatió sobre ella. Aunque no la tomó entre sus brazos, se sintió como si lo hubiera hecho, como si acabara de envolverla en un manto protector.

La tomó de la mano y se inclinó ante ella. Era la única que estaba lo bastante cerca para notar que sus movimientos carecían de la habitual fluidez que lo caracterizaba, pero no hizo ningún comentario al respecto al ver la clara y muda advertencia que se reflejaba en sus ojos pardos y en la tensión de sus movimientos.

Luchó por reprimir un estremecimiento cuando él, sin dejar de sostenerle la mirada, le alzó la mano y depositó en sus nudillos un beso ligero como una pluma. Estaba segura de que él había percibido su reacción, pero permaneció impertérrito y le dijo, en aquella pecaminosa voz profunda que reservaba para momentos como aquel:

—Tenía la esperanza de encontrarte aquí, querida mía. Estaba aburrido, y no podía conformarme con nada que no fuera disfrutar de tu compañía.

Ryder le sostuvo la mirada y vio en sus ojos que, consciente de dónde estaban y de que la mitad de los invitados presentes estaban observándoles de forma subrepticia, estaba reprimiendo la regañina que tenía en la punta de la lengua. Aunque llevaba el bastón por precaución, en ese momento no estaba apoyado en él, así que nadie tenía por qué sospechar que había sufrido algo más grave que una mera torcedura del tobillo.

—No sabes cuánto me complace verte —le contestó ella, con una sonrisa.

Aquella sonrisa claramente sincera y el tono de sus palabras le hicieron preguntar en voz baja:

—¿Tan horrible ha sido?

—Peor de lo que imaginas —susurró ella. Sin perder la sonrisa en ningún momento, se volvió hacia las dos matronas que habían permanecido a la espera, deseosas de acercarse.

Él cumplió con su papel de solícito prometido mientras permanecía en un segundo plano y dejaba que fuera ella quien llevara las riendas de la situación. A eso había ido, a apoyarla en todo lo que pudiera. Cobijarse en la paz y la tranquilidad de su biblioteca mientras ella daba la cara sola ante la alta sociedad en pleno era algo que no le parecía bien por varios motivos. La herida ya no le molestaba a menos que girara el torso hacia un lado y había recobrado las fuerzas suficientes para arriesgarse a pasar aquellas horas de pie, así que había hecho que un lacayo fuera a preguntarle al mayordomo de lord Arthur dónde podía encontrarla.

A pesar de sus buenas intenciones, en apenas diez minutos su sonrisa ya se había vuelto un poco forzada. Miró de soslayo a Mary y, aprovechando un paréntesis de apenas unos instantes entre felicitaciones y corteses comentarios, murmuró:

—¿Cómo diantres puedes tragarte tanta lisonja?, ¿no te empalaga?

—No me trago nada —se limitó a contestar ella.

—*Touché*.

Tuvo que centrar la atención en una pareja que se acercó a felicitarles y que, en un irónico tono de broma, se maravilló por el hecho de que hubieran logrado comprometerse sin que los cotillas ni las grandes damas se dieran cuenta del vínculo que estaba creándose entre ellos.

Cuando la pareja se alejó al fin, no pudo aguantar más y preguntó quejicoso:

—¿Tenemos que soportar esto mucho tiempo más?

Ella le lanzó una mirada a su madre, a la que él ya le había presentado sus respetos aprovechando un momento de respiro, y tras mirar alrededor para asegurarse de que en ese momento nadie se aproximaba a hablar con ellos lo tomó del brazo.

—Quizás podríamos pasear un poco.

—Excelente idea. Si estamos en movimiento no seremos un blanco tan fácil —le cubrió la mano con la suya y echó a andar de inmediato. Bajó la mirada hacia ella y descubrió que estaba observándolo con atención.

—No esperaba que vinieras, ¿estás seguro de que tienes fuerzas suficientes para enfrentarte a todo esto?

—Por completo —no pudo contener una sonrisa y se sintió un poco culpable por sentirse tan complacido al verla preocupada por él. Alzó una mano con la palma hacia fuera—. Te juro que no voy a excederme, ¿de acuerdo?

—Bueno, supongo que debo conformarme con eso, pero te advierto que espero disfrutar de mi baile de compromiso. No quiero tener que estar sujetándote todo el rato para evitar que te desplomes.

Él se echó a reír, y al verla enarcar una ceja con altivez comentó sonriente:

—Me he imaginado la situación y me ha hecho gracia, eres un poco exagerada.

Ella le pellizcó el brazo y soltó un bufido de exasperación.

—¡Era una forma de hablar!, ¡tú ya me entiendes!

Ryder le dio unas palmaditas en la mano mientras su sonrisa se ensanchaba aún más.

—No te preocupes, querida, te juro que tendrás un baile de compromiso inolvidable.

—De acuerdo —alzó la barbilla y le ordenó con firmeza—: que no se te olvide.

Él resistió el impulso de asegurarle que claro que no se le iba a olvidar, y mucho menos después de que ella recalcara tanto el asunto, y centró su energía y su pericia en permanecer alerta y maniobrar para esquivar a todos cuantos intentaban acercarse a ellos para felicitarles e intentar sonsacarles más detalles sobre su inesperado romance mientras, al mismo tiempo, procuraba entretenerla y divertirla (lo que a su vez le entretenía y le divertía a él mismo).

El destino había decidido que se casaran sin tener un período de noviazgo previo, pero él quería aprovechar los días que quedaban hasta la boda para ofrecerle todo lo que estuviera en su mano, para que ella disfrutara en la medida de lo posible de lo que se le había negado por salvarle la vida.

Pasearon sin rumbo fijo por el salón charlando, bromeando y riendo, deteniéndose de vez en cuando para intercambiar algunas corteses palabras con unos y otros. No esperaba disfrutar tanto de aquellas horas, pero se dio cuenta de que si se sentía así era en gran medida porque estaba viéndola disfrutar a ella. Sabía que era una mujer directa que no solía perder el tiempo con actitudes impostadas, pero la forma abierta y natural con la que le trataba era algo de un valor incalculable para él.

El resto de la velada transcurrió en plácida armonía, y cuando llegó la hora de marcharse salieron junto con lady Louise. Después de ayudarlas a subir al carruaje que las aguardaba y esperar a que se pusieran en marcha, subió al suyo y se reclinó contra el mullido asiento con una sonrisa en el rostro. Tal y como cabía esperar, Mary había exigido saber cómo pensaba regresar a casa, y él se había ganado una mirada de aprobación (aunque un tanto imperiosa) al asegurarle que su propio carruaje estaba aguardándole.

Mientras el vehículo se ponía en marcha se dio cuenta de que aún estaba sonriendo, y no habría sabido decir el porqué.

CAPÍTULO 9

Tres noches después, Mary ocupaba junto a Ryder el puesto central en uno de los largos lados de la enorme mesa del comedor formal de la mansión de St. Ives mientras, henchida de una exuberante felicidad y rodeada de las familias de ambos, escuchaba cómo su padre, desde su puesto más cercano a la cabecera de la mesa, proponía un brindis por «la Cynster más joven de su generación y el caballero con el que va a casarse».

Todo el mundo alzó su copa entre sonrisas, muestras de alegría, tintineo de cristales y entusiastas palmadas en la mesa, y tras brindar por ellos bebieron a su salud.

Ella no podía parar de sonreír, encantada y satisfecha por haber llegado hasta allí. Tal vez, dadas las circunstancias, aún no hubiera alcanzado el final de la campaña que había emprendido, pero estaba encaminada y avanzaba a paso firme en aquella dirección. En ese momento se encontraba en el punto de no retorno. Estaba formalmente comprometida, no había vuelta atrás y estaba centrada por completo en alcanzar su objetivo final.

Se moría de impaciencia por seguir avanzando. Fuera cual fuese el siguiente paso a dar para conseguir que Ryder cayera rendido a sus pies metafóricamente hablando, quería darlo cuanto antes.

—¿Te sientes feliz? —le preguntó él, cuando el bullicio amainó y todos retomaron sus respectivas conversaciones.

Habían conversado lo suficiente a lo largo de aquellos últimos días para saber que era una pregunta tanto literal como específica.

Reprimió el entusiasmo que la embargaba y, tras tomarse unos segundos para examinar sus propios sentimientos, lo miró a los ojos y asintió.

—Tal y como ha transcurrido la velada hasta ahora, no se me ocurre ni una sola parte que pudiera haber salido mejor.

Él sonrió, pero no lo hizo con su habitual sonrisa de león lánguido, sino con una expresión mucho más íntima y personal; por un momento fue como si estuvieran los dos solos en medio del caos que les rodeaba, pero tras aquel segundo de privacidad él tuvo que dirigir su atención a Luc, el esposo de Amelia, que estaba sentado a su derecha varios puestos más allá y acababa de comentarle algo; ella, por su parte, se volvió hacia su izquierda para contestar a una pregunta que le hizo Marcus, el hijo de su primo Richard, un joven de casi diecisiete años con el cabello oscuro y unos ojos azules que había heredado de su padre.

Marcus había llegado procedente de Escocia junto con su hermana gemela, Lucilla, y sus padres para asistir a la boda de Henrietta. Para estos tres últimos el hecho de poder asistir también a su baile de compromiso y a su boda con Ryder era un placer añadido, pero daba la impresión de que el joven no opinaba lo mismo.

Conversaron sobre lo que él había visto hasta el momento de Londres, pero mientras hablaban ella tenía parte de su atención puesta en el hombre que tenía al otro lado, el que sería en breve su esposo.

Desde que él se había presentado en el baile de lady Percival para respaldarla y permanecer junto a ella, ocupando así de forma inequívoca y clara el puesto que le correspondía como prometido suyo, habían pasado gran parte del tiempo juntos; aun así, no había sido realmente consciente de hasta qué punto él había marcado su territorio ante la alta sociedad en pleno hasta que había ido a buscarla la mañana anterior para pasear juntos por el parque y había notado cómo la trataban las damas, tanto las jóvenes como las maduras, y también los caballeros.

Una vez que se había percatado de lo que pasaba había permanecido alerta, dispuesta a lanzarle una mirada de advertencia en cuanto le viera sobrepasar los límites de una actitud protectora y comportarse de forma posesiva. Él había estado a punto de pasarse de la raya en varias ocasiones, pero en todas ellas había dado un paso atrás como si no quisiera arriesgarse a enfurecerla.

Durante el transcurso de aquellos días habían paseado juntos por el parque y por Bond Street, y también habían pasado muchas horas en la biblioteca de Ryder; se habían dedicado a charlar y a debatir, a contarse anécdotas y, por increíble que pudiera parecer, a compartir relajados momentos de silencio que no había hecho falta rellenar con ningún vacuo comentario. Lo cierto era que se había quedado bastante sorprendida al ver que tenían en común muchas más cosas aparte de querer estar siempre al mando.

Después, por la noche, él había acudido a casa de sus padres para acompañarla junto a su madre a todos los eventos que esta hubiera seleccionado y, una vez allí, se había dedicado a complacerla y a hacer todo lo posible para hacerla disfrutar al máximo de la velada.

Esa mañana no había pasado a buscarla en el faetón, sino en un carruaje cerrado, argumentando que, dado que ella había dejado claro que quería que el día de su baile de compromiso fuera inolvidable, estaba decidido a lograr que así fuera. Habían pasado el día disfrutando de la paz y la tranquilidad del parque de Richmond y habían regresado con el tiempo justo para prepararse para la vorágine de actividad y emociones que tenían por delante, para la celebración de la cena y el baile de su compromiso matrimonial.

Que él estuviera esforzándose por complacerla, que quizás lo viera como una forma de facilitar las cosas, de allanar un camino que habían tomado de forma un tanto precipitada debido a las circunstancias, era algo que saltaba a la vista y que no la sorprendía demasiado. Lo que le había llamado poderosamente la atención era el hecho de que él, en todo cuanto llevaba a cabo, disfrutaba en la medida en que ella lo hiciera.

Ryder disfrutaba de las cosas que hacían, de los momentos que pasaban juntos. Medía el éxito de cualquier iniciativa que hubiera tenido en función de si había logrado complacerla. Podría tratarse de una táctica superficial que había sido dictada por la razón y no por el corazón, algo más deliberado que instintivo, pero daba la impresión de que aquel empeño en complacerla era una parte intrínseca de él, algo que le salía de lo más hondo.

Aprovechó para lanzarle una mirada de soslayo cuando Marcus se volvió hacia Portia, quien estaba sentada al otro lado de este y acababa de comentarle algo. No podía observarle con demasiada fijeza porque corría el riesgo de que él se percatara de que era objeto de su escrutinio, pero al ver cómo se manejaba en aquella situación, al ver cómo bromeaba con los varones de la familia (ella conocía bien a sus primos, su hermano y sus cuñados, y a lo largo de los años había oído multitud de anécdotas reveladoras de boca de sus respectivas esposas) se preguntó si aquella disposición para centrarse en el placer de una dama se habría convertido en una intrínseca parte de su ser debido a su largo reinado como uno de los amantes más destacados de la alta sociedad.

Era una posibilidad que bastaría para acelerarle el corazón a cualquier dama.

Notó cómo se ruborizaba y se apresuró a apartar la mirada antes de que él (o cualquier otro de los presentes) se diera cuenta, y lanzó una mirada alrededor que le bastó para confirmar que la velada estaba siendo un rotundo éxito. Tanto la cena como la reunión familiar previa en la larga sala de estar habían transcurrido sin el más mínimo tropiezo. Estaba presente la familia de Ryder al completo, incluyendo a su madrastra, quien tal y como él había predicho parecía estar portándose bien. Su comportamiento era cortés y un tanto frío, aunque a decir verdad estaba tratando con cálida cordialidad a todos menos a ellos dos. Tomó nota mental de, más adelante, ver si podía hacer algo para intentar que relajara un poco su actitud hacia ellos.

Se puso en pie junto con los demás cuando Honoria anunció entonces que había llegado el momento de subir al salón de baile. Ryder, tras levantarse a su vez, le apartó la silla y le ofreció el brazo con una sonrisa que ella le devolvió. Posó la mano en su manga y, mientras avanzaban a paso lento precedidos de otras parejas, se dio cuenta de la rapidez con la que se había acostumbrado a caminar junto a él.

Era una sensación de familiaridad que en cierto sentido le resultaba tranquilizadora, que la hacía sentirse protegida y a salvo.

Nunca se había sentido amenazada físicamente por él, jamás. Si bien era cierto que Ryder había provocado en ella una sensual turbación de los sentidos, incluso esa alarma instintiva había cambiado hasta convertirse en algo parecido a la curiosidad.

Le miró sonriente y al ver que estaba mirando al frente se dispuso a hacerle algún comentario para atraer de nuevo su atención, pero captó por el rabillo del ojo un movimiento que la hizo mirar a un lado y vio a Lucilla, que estaba abriéndose paso entre los demás. Sus ojos verdes y su cuerpo esbelto, sumados a la vívida melena pelirroja que le caía como una lustrosa cascada alrededor del rostro y al vestido de seda en un pálido tono verde que lucía, le daban un aspecto como de duendecilla.

Al ver que la joven se acercaba a ella con una expresión decidida en el rostro, se detuvo y alzó la mirada hacia Ryder.

—Debo hablar con Lucilla unos minutos, en privado. Adelántate tú, en breve me uniré a vosotros en la línea de recepción.

Él dirigió la mirada hacia Lucilla, quien se había detenido a unos pasos de distancia, y la saludó con una inclinación de cabeza y una sonrisa antes de mirarla de nuevo a ella. La observó con atención unos segundos como si quisiera asegurarse de que no había surgido ningún problema, y finalmente asintió y contestó:

—No tardes mucho.

—Está bien.

Le soltó el brazo y se dirigió hacia Lucilla, que en cuanto la tuvo lo bastante cerca afirmó:

—Creo que tienes algo para mí.

—Sí, así es —le dijo, con una sonrisa de oreja a oreja, antes de tomarla de la mano—. Ven, estoy bastante segura de que se supone que debemos hacerlo allí.

La joven la miró un poco desconcertada, pero permitió que la condujera hacia un lado de la sala; al ver que se detenían junto a uno de los largos aparadores, le preguntó con curiosidad:

—¿Por qué tiene que ser aquí?

—Porque fue donde Angelica le entregó el collar a Henrietta, y donde esta me lo entregó a mí —le soltó la mano y se desabrochó el collar—. No sé dónde estaba Heather cuando se lo dio a Eliza ni dónde estaba esta cuando se lo entregó a su vez a

Angelica, pero es posible que también fuera aquí —se quedó mirándolo unos segundos después de quitárselo y entonces lo sujetó por el cierre y lo sostuvo en alto, con lo que el colgante quedó oscilando con suavidad en el extremo de la cadena de cuentas de amatista y eslabones de oro—. Me parece sensato que sigamos la misma pauta, aprovechando que podemos hacerlo.

Lucilla asintió, alargó la mano y la cerró alrededor de los eslabones.

—Gracias. Tienes razón, en cualquier talismán basado en la fe nunca está de más seguir cualquier tradición, por muy pequeña que esta sea.

Mary soltó el collar, pero al ver que Lucilla permanecía inmóvil como una estatua la miró a la cara y vio que tenía la mirada perdida, como si estuviera viendo algo que estaba muy, pero que muy lejos de allí.

La joven parpadeó de repente, frunció ligeramente el ceño, y al cabo de unos segundos la miró y le dijo:

—No caigas en la trampa de ser tan ciega como lo fue Simon, y no olvides nunca que Ryder... no es ciego en absoluto.

—¿Qué significa eso? —le preguntó, desconcertada.

Lucilla agrandó los ojos y contestó, con un ligero encogimiento de hombros:

—La verdad es que no lo sé —la miró a los ojos y, tras una pequeña pausa, admitió—: a veces recibo mensajes, pero el significado es algo impreciso —hizo otra pausa, como si estuviera analizando algo que solo ella podía discernir—. Lo que sí que puedo decirte es que la Señora se siente complacida, que considera que estás justo donde debes estar, a punto de casarte con Ryder... —parpadeó y añadió—: enfrentándote a este desafío. Eh... no sé si eso tendrá algún sentido para ti.

Mary se quedó mirándola sorprendida unos segundos antes de admitir:

—Sí, la verdad es que sí que lo tiene, y mucho.

Lucilla sonrió al oír aquello.

—¡Excelente! En ese caso, te doy las gracias por el collar. Espero que sea tan eficaz al norte de la frontera como lo ha sido aquí para todas vosotras.

—¡Mary!

Se volvieron y vieron a Henrietta haciéndole un gesto de apremio desde la puerta.

—Será mejor que vayas —le aconsejó Lucilla.

Ella la miró sonriente, se alzó un poco la falda y se fue tan rápido como permitía el decoro rumbo a la escalinata, a su prometido y a su baile de compromiso.

Ryder, quien la esperaba en lo alto de los escalones, no pudo reprimir una sonrisa de placer al verla llegar tan llena de entusiasmo y le ofreció el brazo.

—Me han ordenado que te conduzca de inmediato a la línea de recepción.

—¡Estoy lista, vamos allá! —le dijo ella, con una sonrisa exultante.

Él se echó a reír, y cuando se disponían a cruzar la amplia antesala su mirada se posó en la piel que quedaba expuesta por encima del escote de su resplandeciente vestido violeta. Ella seguía llevando el delicado camafeo sujeto al cuello con una cinta de terciopelo morado que se había puesto para la ocasión, pero no había ni rastro del collar.

—¿Qué le ha pasado a tu collar?

—Solo me pertenecía por un tiempo, se lo he entregado a Lucilla.

Ryder recordó que la primera vez que la había visto con aquel curioso collar en el cuello había sido en el baile de Henrietta. Aprovechó que los primeros invitados en llegar estaban en el vestíbulo y aún tenían que subir hasta allí para aminorar el paso y preguntar:

—¿Henrietta te lo entregó a ti en su baile de compromiso?

—Qué observador eres —comentó ella, mientras le lanzaba una mirada penetrante.

Él respondió con una de sus más persuasivas sonrisas. Recordó lo que le había oído comentar con Angelica acerca de embarcarse en una campaña para encontrar a su héroe verdadero, y dedujo de inmediato lo que pasaba.

—Es una especie de talismán, ¿verdad?

Esperó pacientemente mientras ella le observaba en silencio.

Era obvio que estaba planteándose si debía contestar o no y, en caso de hacerlo, cuánta información darle.

—Es un regalo de la Señora de Catriona, la diosa de la que es sacerdotisa, y se supone que ayuda a aquellas que lo reciben a encontrar al caballero adecuado —miró al frente mientras se acercaban a las puertas del salón—. La primera en recibirlo fue Heather, después fueron Eliza, Angelica y Henrietta, y esta me lo entregó a mí —alzó la mirada hacia él y añadió, como si esperara una reacción de incredulidad por su parte—: todas nosotras estamos convencidas de que nos ha funcionado, aunque no espero que tú le des crédito a algo tan supersticioso.

Él le sostuvo la mirada y, consciente de la cantidad de gente que esperaba en la línea de recepción, justo delante de ellos, no supo si debería correr el riesgo de admitir que sabía sin ningún género de duda que a ella sí que le había funcionado, ya que la había conducido hasta él. Al final se limitó a sonreír y miró al frente.

—¿La Señora? —la ayudó a ocupar su puesto en la línea de recepción, y entonces bajó la cabeza y le susurró al oído—: la verdad es que yo nunca le he dado ese nombre, para mí siempre ha sido el Destino.

Ella lo miró con ojos brillantes de emoción, pero en ese momento hicieron su aparición lord y lady Jersey, los primeros invitados en llegar al selecto baile de compromiso, y no hubo más remedio que dejar a un lado la conversación y todas aquellas revelaciones.

A lo largo de la hora siguiente ninguno de los dos tuvo tiempo de hacer nada más allá de dar la bienvenida a los invitados y conversar con ellos; aun así, el hecho de que fuera un evento tan selecto les permitía relajarse un poco, ya que conocían a todo el mundo y todos les conocían a su vez. A pesar de ser un baile que tenía lugar en el momento álgido de la temporada social, un baile en el que se celebraba el inesperado compromiso matrimonial que unía a dos de las más antiguas y poderosas familias de la alta sociedad, reinaba un ambiente relajado y distendido que carecía de la tensión que solía haber en eventos a mayor escala y por lo tanto más formales.

Para Ryder el único elemento discordante era su madrastra, pero ver que sus hermanos se esforzaban por mantenerla entretenida y alejada de ellos dos le conmovió y dibujó una sonrisa en su rostro. Mary y él circularon por el salón yendo de un grupo a otro y confirmando que su boda iba a celebrarse en diez días, una semana después de la de Henrietta y James.

Los músicos prepararon sus instrumentos y llegó el momento que él había estado esperando, el momento con el que tanto había soñado ella.

La miró sonriente a los ojos mientras se inclinaba ante ella con total fluidez (Sanderson le había quitado los puntos y había confirmado que estaba curado del todo), se enderezó antes de tomar con firmeza la mano que ella le ofreció... y sintió que algo en su interior se tensaba y encajaba de golpe. La condujo hacia el centro del salón mientras ella lo miraba con aquellos ojos de un azul violáceo iluminados por una vibrante expectación, y sin dejar de mirarla la tomó entre sus brazos y dio comienzo el vals de su baile de compromiso mientras los invitados, sonrientes y llenos de regocijo, retrocedían para dejarles espacio.

Giraron solos por el salón al son de la música, con la luz refractada de las arañas de cristal reflejándose en su cabello y en sus ojos, y el mundo que les rodeaba dejó de existir. Tan solo tenían ojos el uno para el otro, el momento los tenía cautivos.

Él sonrió para sus adentros al mismo tiempo que en su rostro se reflejaba una intensa sonrisa. Había tenido en cuenta las palabras de Mary, había visto en ellas la oportunidad de tener el momento perfecto para dar el siguiente paso, para acercarla aún más, para adueñarse de ella y de sus sentidos de forma mucho más absoluta y definitiva.

Era el momento de pasar a la siguiente fase, de capturarla por completo y hacerla suya. Mary era su futura esposa y eso era algo que no solo tenían que reconocer y aceptar la alta sociedad, sus respectivas familias y él mismo, sino también ella. Y no solo con su mente racional. También debía aceptarlo la mujer sensual, sensible, de carácter firme y férrea voluntad que estaba seguro que tenía en su interior.

Atrapar a esa elusiva y fascinante mujer era su objetivo, y tenía mucha experiencia en ese tipo de cacerías.

Su atención no se desvió ni un ápice mientras giraban por el salón sin esfuerzo alguno; su cuerpo, gracias a la práctica, ejecutaba los pasos del baile sin que tuviera que guiarlo de forma consciente, y ella se dejaba llevar de forma igualmente automática. En lo que a ellos concernía, a todos los efectos, en ese momento no estaban bailando en Mayfair, sino en un mundo propio.

Mary notaba la diferencia, la forma en que sus sentidos parecían haberse agudizado, la tensión que los atenazaba a ambos y resonaba entre ellos...

Había estado esperando expectante a que llegara aquel momento, el momento del vals y todo lo que eso conllevaba, pero cuando se había imaginado en un principio bailando por primera vez el vals con su prometido había dado por hecho que sería una especie de punto y final. Había creído que el periodo de noviazgo habría concluido y que aquel baile sería una declaración pública del amor que se profesarían ya mutuamente.

Pero no era así y en vez de eso aquel vals, el vals de su baile de compromiso, era un comienzo. Era el primer paso en un camino que jamás habría pensado que tomaría sin tener el aliento y la confianza que le otorgaría el amor.

Pero hételes allí, bailando al compás de la música, mirándose a los ojos, centrados el uno en el otro de una forma que consumía todos los sentidos; tal y como Lucilla había confirmado, los dos estaban justo donde debían estar.

Para ellos aquella era la forma adecuada, el camino correcto a seguir, por muy diferente que fuera a lo que ella había imaginado. Quizás no fuera de extrañar, teniendo en cuenta que Ryder era muy distinto al hombre que había imaginado para sí misma. Había dado por hecho que el caballero destinado a ser su esposo sería fácil de manejar, pero en vez de eso estaba atrapada en aquellos ojos pardos mientras compartía el vals de su baile de compromiso con el aristócrata más indomable de la alta sociedad.

Sí, no había duda de que aquello era todo un desafío.

Eso era algo obvio, ineludible y quedaba patente en el sutil choque de sus miradas (un choque en el que saltaban chispas), pero mientras percibía de forma distante que otras parejas se unían al baile se preguntó si él veía el desafío de la misma forma que ella, si era consciente de cuál era la base que lo sustentaba y cuál era el firme propósito que ella tenía en mente.

El propósito de Ryder estaba claro, tendría que estar inconsciente y con todos los sentidos cegados para no ver, percibir y sentir la primaria actitud posesiva que se centraba en ella. En honor a la verdad, él ocultaba su deseo tras el velo de sofisticación que manejaba como todo un experto, pero estaba tan inmersa en el momento, tan centrada en él, que era imposible que se le pasaran por alto los indicios delatores. Era imposible no ver el poder y la pasión que ardían abiertamente en sus ojos.

Ryder la había elegido a ella, la deseaba y pronto sería suya en todos los sentidos, pero estaba bastante convencida de que él creía que iba a poder usar la pasión que estaba emergiendo entre los dos para poder manejarla.

Permaneció cautiva en sus ojos mientras le devolvía su sonrisa con otra igual de intensa y decidida.

Estaba por verse quién manejaba a quién.

Los músicos iniciaron en ese momento la última repetición del vals, y no pudo reprimir el impulso de murmurar:

—No estaría de más que recordaras que los dos somos personas muy decididas, y —ladeó la cabeza y lo observó con ojos penetrantes— que ambos tenemos la firme determinación de emprender este camino.

El camino que iban a recorrer juntos, que iba a llevarlos a construir un futuro compartido.

Ryder regresó a la realidad mientras el vals llegaba a su fin y, tras detenerse con elegancia con un último giro, la soltó, retrocedió un paso y ejecutó una inclinación a la que ella respondió con una reverencia, una formal y profunda digna de una corte real. Era la elección perfecta teniendo en cuenta el título nobiliario que él ostentaba y, tal y como ella sin duda pretendía, logró hacerle sonreír y disipó la tensión que se había creado.

Era él quien había provocado dicha tensión, pero había sido mucho más de lo que esperaba. Su intención había sido que quedara atrapada en la magia del momento, pero no esperaba quedar atrapado a su vez por ella, por la extraña fuerza que había ido creciendo entre los dos.

Lo que acababa de suceder había ido mucho más allá de lo planeado y lo que había sentido lo había tomado por sorpresa, pero tal y como había dicho ella los dos eran personas muy decididas y tenían la firme determinación de emprender ese camino.

Después de ayudarla a incorporarse, la atrajo a su costado, hizo que lo tomara del brazo y la miró con una de sus habituales sonrisas lánguidas y llenas de encanto.

—¿Regresamos al fragor de la batalla?

Ella lo miró con ojos brillantes y le dijo con conmiseración:

—Me temo que no tenemos otra alternativa.

Y así lo hicieron. Bastó con que él alzara la cabeza para que la gente se acercara de inmediato a charlar y felicitarles. Conforme la velada fue avanzando oyó varios comentarios que hicieron que se diera cuenta de que la determinación que sentían, su firme resolución de emprender juntos aquel camino, era algo que había sido mucho más obvio para todos de lo que él, al menos, creía.

—Por lo que parece, nuestro vals ha sido más revelador de lo que pretendía —murmuró, mientras se alejaban de un grupo de invitados.

Ella le miró sorprendida y lanzó una mirada alrededor.

—Vaya. No me había dado cuenta, pero, ahora que lo mencionas, la verdad es que puede que tengas razón. En fin, quizás sea mejor así —enarcó las cejas, y miró al frente antes de añadir—: en cualquier caso, creo que no nos viene mal.

Él no estaba tan convencido de ello y, por otra parte, no tenía claro cómo interpretar aquellas palabras ni lo que estaría pasando por aquella cabeza tan obstinada, pero mientras se incorporaban al siguiente grupo de invitados supuso que, teniendo en cuenta cómo era Mary, lo más probable era que no tardara en averiguarlo.

Lavinia, quien estaba al otro extremo del salón, se apoyó en el brazo de Claude Potherby y comentó con desprecio:

—¿Te has enterado de lo que está diciendo todo el mundo? Bueno, al menos las grandes damas y las principales anfitrionas. Que después del espectáculo que hemos presenciado no hay duda de que esos dos van a convertirse en una de las parejas más influyentes y poderosas de la alta sociedad.

Claude se planteó mentir, pero al final optó por no hacerlo.

—Eh... pues sí, la verdad es que sí —no se consideraba una persona demasiado perceptiva, pero había sido algo muy obvio y patente. Hasta él había visto aquel aura indefinible de determinación y fuerza que, combinadas, generaban un potente poder que había envuelto a la pareja mientras compartían su primer vals—. Pero ni siquiera tú puedes negar que asistir a este baile es como presenciar un momento histórico, querida. Aparte del relevante puesto social que ambos ocupan, teniendo en cuenta quién es él y quién es ella no se puede negar que se trata de una gran alianza.

—Puede que así sea, pero habría preferido mil veces que fuera Randolph quien hubiera bailado con ella ese vals.

Él prefirió no decirle que el propio Randolph discreparía con ella en eso y que, de haber sido él quien hubiera bailado ese vals, el resultado no habría sido tan impactante ni de lejos. Como no se le ocurría nada que pudiera animarla, se limitó a murmurar:

—No olvides que eres la madrastra de Ryder, se supone que debes sentirte gozosa.

Ella recuperó de inmediato la sonrisa falsa que se había esfumado de su rostro, hizo un pequeño gesto de asentimiento y se volvió para saludar a otra pareja más que se acercaba a ofrecerle sus felicitaciones por el compromiso matrimonial de su hijastro.

En opinión de Claude, logró mantenerse bastante serena y guardar la compostura razonablemente bien. Era lo máximo que podían esperar de ella sus hijos, su hijastro y la prometida de este.

Pasada la una de la madrugada, cuando Ryder acababa de entrar en su vestidor y, tras dejar su levita sobre una silla y desabrocharse el chaleco, se disponía a desanudar el pañuelo de cuello, oyó que sonaba la campanilla de la puerta principal.

Regresó a su dormitorio y salió al pasillo mientras se preguntaba quién demonios sería a aquellas horas, pero se detuvo al oír que Pemberly se acercaba a la puerta y empezaba a abrir los cerrojos y aguzó el oído mientras seguía desanudándose el pañuelo.

Pemberly dijo algo y el sonido de la puerta al cerrarse sofocó casi por completo la respuesta que dio alguien, pero la voz era inequívocamente femenina.

La desagradable posibilidad de que alguna de sus antiguas amantes hubiera decidido visitarle al enterarse de su compromiso hizo que mascullara una imprecación malhumorada, y echó a andar de nuevo.

Recorrió el pasillo con paso firme y rostro ceñudo, llegó a la galería... y Mary chocó contra él.

—¡Ay!

La rodeó con los brazos de forma instintiva para impedir que trastabillara hacia atrás y la miró sin relajar ni un ápice su expresión ceñuda.

—¿Qué haces aquí? —le invadió una súbita preocupación—. ¿Ha sucedido algo?

—No —se quedó mirándolo unos segundos antes de echarse hacia atrás.

Él la soltó a regañadientes, pero se quedó aún más desconcertado al ver que ella le indicaba con un gesto que regresara hacia la habitación. En vez de complacerla se asomó por encima de la balaustrada y vio que Pemberly, tras cerrar de nuevo la puerta a cal y canto, regresaba a su vez a su propio cuarto con la lámpara que había llevado consigo para iluminar el camino.

Cuando la oscuridad volvió a adueñarse del vestíbulo se volvió de nuevo hacia Mary, que se había cubierto los hombros con un chal pero llevaba aún el atuendo que había lucido en el baile.

—Te repito la pregunta, ¿qué haces aquí?

Una parte de su ser sabía ya la respuesta, pero su mente estaba sumida en un auténtico caos mientras intentaba decidir si aquello era una buena idea, tanto para ella como para él.

—He venido a verte, por supuesto —le contestó ella, con la frente en alto.

—Nos hemos despedido hace media hora escasa.

—Pero estábamos allí, y ahora estamos aquí.

Ese era un hecho innegable; aun así, en ese momento se encontraban en la desierta galería de su casa, inmersos en una penumbra que tan solo rompía la luz de la luna que entraba por la gran claraboya del techo y, además de estar medio desnudo, estaba más que medio excitado. Aunque estaban a algo menos de medio metro de distancia el uno del otro, aún no se había desvanecido la sensación de tenerla entre sus brazos, de tener su cálido cuerpo apretado contra el suyo. Después de los últimos días, de los deseos primarios que habían emergido inesperadamente debido a aquel vals que los dos habían estado esperando expectantes, no estaba seguro de si el que ella estuviera allí sería algo positivo, en especial si tan solo había ido a hablar con él.

Se las ingenió para soltar un suspiro que rezumaba un condescendiente aburrimiento, y obligó a su cuerpo a proyectar la misma emoción.

—De acuerdo, aquí estamos. Tienes toda mi atención —la miró a los ojos a través de la penumbra—. ¿Qué es lo que deseas?

Ella lo miró beligerante y afirmó con firmeza:

—¡Si crees que voy a ser la primera mujer de mi familia que llegue virgen al altar, estás muy equivocado!

Él cerró los ojos para ocultar su reacción inmediata ante aquellas palabras y murmuró:

—No sé si te he oído bien...

Ella le clavó el dedo en el pecho con fuerza.

—¡Sí, me has oído perfectamente bien!

Abrió los ojos al notar que se movía, pero ya era demasiado tarde. Ella había pasado por su lado y avanzaba por el pasillo rumbo a la habitación con un paso marcial que hacía ondear su falda.

Se apresuró a seguirla, pero el no saber cómo proceder hizo que aminorara el paso y para cuando llegó a la habitación ella ya había entrado. Le pareció que lo más prudente era no seguirla más allá del umbral, así que reprimió las ganas de entrar tras ella y permaneció allí parado mientras con una mano aferraba con fuerza el marco de la puerta.

Ella se detuvo al llegar a los pies de la cama, se volvió a mirarlo y, con la espalda bien erguida y la frente en alto, le miró desafiante.

—Ahora que estamos comprometidos de forma oficial y que nuestro enlace ha recibido la aprobación de todas aquellas personas que cuentan, he venido para que me muestres el porqué de tu tan cacareada reputación.

La habitación quedó sumida en un silencio cargado de una crepitante tensión.

Él mantuvo el brazo apoyado en el marco de la puerta, siguió agarrándolo con fuerza mientras la observaba y se debatía por dentro. Estaba intentando pensar, pero las palabras que ella acababa de pronunciar le habían descolocado por completo. No sabía qué decir ni qué hacer.

Estaba acostumbrado a ser el cazador, era comprensible que se parara a evaluar la situación al ver que la presa que tenía en el punto de mira cambiaba las tornas y se lanzaba a sus brazos. Se dio cuenta de que tratándose de Mary, en lo que a aquel aspecto de su relación con ella se refería, estaba claro que las cosas no estaban destinadas a seguir un curso convencional.

Al ver que ella no titubeaba a pesar de que el silencio iba alargándose, que no cedía ni lo más mínimo, optó por actuar tal y como solía hacerlo cuando se encontraba en una circunstancia que estaba más allá del alcance de su experiencia: se dejó guiar por lo que le decían sus instintos.

Respiró hondo, soltó el marco de la puerta, bajó el brazo y entró en la habitación; después de cerrar la puerta, se volvió hacia ella y se limitó a decir:

—No voy a llevarte la contraria en esto.

—¡Excelente! —ella lanzó una mirada alrededor y fue a dejar su bolsito plateado encima de una cajonera.

—¿Cómo has llegado hasta aquí? No habrás venido caminando, ¿verdad? —le preguntó, mientras intentaba asimilar aquel giro tan inesperado de la situación y la veía quitarse el chal.

Mary dobló con pulcritud el chal y lo dejó junto al bolso mientras intentaba calmar su desbocado corazón.

—Por supuesto que no, me ha traído mi cochero —se sintió aliviada al ver que no le temblaba la voz—. Ha esperado a que yo entrara en la casa antes de marcharse.

—¿Tu cochero? —le preguntó él con incredulidad.

Se dio cuenta de que lo tenía justo a su espalda, y el corazón le dio un brinco mientras sus sentidos intentaban absorber con avidez su varonil calidez, la solidez y la descarnada masculinidad de su cuerpo.

—Sí. John nos quiere mucho tanto a Henrietta como a mí, así que está dispuesto a acatar todos nuestros deseos y a mantener después la boca cerrada.

Él la observó en silencio unos segundos, tras los cuales apretó los labios y sacudió la cabeza.

—Me está costando un poco asimilar todo esto —alzó una mano para silenciarla al ver que iba a contestar—. No, espera un momento. Contéstame con sinceridad, ¿estás segura de lo que estás haciendo? ¿Lo has pensado bien?

—¡Por supuesto que sí! —lo dijo con un tono un poco irascible—. ¡No es algo que se haga sin pensar, llevada por un arrebato momentáneo!

—No, supongo que no, en tu caso al menos. Aun así...

Ella estampó las manos en su pecho, se puso de puntillas y le besó sin más. Aprovechó que él tenía los labios entreabiertos para que su lengua llevara a cabo una juguetona incursión, y la recorrió una oleada de excitación cuando él respondió, cuando la rodeó con los brazos y se adueñó de su boca.

Dejó que sus sentidos alzaran el vuelo, que dejaran atrás cualquier pensamiento racional, pero después de un largo momento hizo acopio de fuerza de voluntad, interrumpió el beso y se echó hacia atrás lo justo para poder decir:

—Basta de discusiones.

Le puso la mano en la mejilla, lo miró a los ojos por un instante y volvió a besarlo, pero tras unos segundos fue él quien se echó ligeramente hacia atrás.

—¿Por qué?, ¿porque podrías perder?

—¡No, porque estamos perdiendo el tiempo! —le agarró de la nuca, le hizo bajar la cabeza y lo besó de forma más ávida y flagrante.

Al ver que él seguía conteniéndose, que se negaba a ceder ante lo que ambos deseaban, se apretó contra su cuerpo sin pensárselo dos veces y notó cómo se estremecía, percibió cómo dejaba a un lado de forma deliberada toda resistencia.

Se sintió exultante al saber que ya era suyo.

Él la tomó de la cintura y se hizo con el control del beso sin vacilación alguna, tomó las riendas con irresistible maestría y se puso al mando, y ella le cedió gozosa el control y se dejó guiar.

Ryder dejó de fingir que no iba a complacerla, que no iba a aceptar con una celeridad y una avidez impropias todo lo que ella le ofrecía con tanta inocencia.

Le sorprendió darse cuenta de que el hecho de que ella fuera inocente, una virgen que jamás había yacido con un hombre, le resultaba inesperadamente excitante, que avivaba su expectante impaciencia y teñía su deseo de un intenso matiz con el que no estaba familiarizado, pero, por otra parte, le hacía ser consciente de que debía controlarse en todo momento.

Tenía que ir despacio. Sí, debía ser concienzudo, pero no podía precipitarse. Despacio. No podía olvidarlo.

Aquello no era algo puntual, no era algo pasajero. El resultado de aquella noche, el interés que lograra despertar en ella gracias a su actuación, iba a marcar el tipo de relación que iba a crearse entre ellos de allí en adelante.

Aquella noche todo tenía que salir a la perfección.

Un hombre menos experimentado se habría achantado quizás ante tanta presión, pero él sabía que podía estar a la altura de aquel desafío y que iba a hacerlo; de hecho, se moría de ganas de tener aquella oportunidad, la oportunidad que ella acababa de poner a sus pies.

La boca de Mary era una delicia, dulce como la miel y tentadora; sus labios eran maleables y exigentes a la vez, y esa contradicción resultaba fascinante. El tiempo dejó de existir mientras saboreaba no solo los placeres del beso, sino también la promesa abiertamente íntima que le hacía el cuerpo esbelto, suave, vibrante, vital e innegablemente femenino que tenía entre sus brazos.

Habría podido pasar mucho tiempo más limitándose a saborear las posibilidades que se abrían ante él, pero la conocía y sabía que ella no iba a esperar sin más. Si quería conservar las riendas de la situación iba a tener que avanzar de forma activa. Desvió su atención a regañadientes del beso, de la tentación casi abrumadora de aquella boca, del sutil estímulo de la caricia cada vez más segura de sus labios y su lengua, y despejó su mente lo suficiente para evaluar la situación y valorar distintas opciones.

La cama estaba junto a ellos y resultaba muy tentadora. Estaba cubierta con la colcha de seda dorada, el montón de almohadas estaban colocadas con pulcritud; la habitación estaba bañada por la suave luz de cuatro lámparas, dos encima de las mesitas de noche y otras dos en las cómodas que había a ambos lados de la habitación; las cortinas estaban echadas; el fuego de la chimenea había quedado reducido a un puñado de ascuas encendidas y el ambiente era agradablemente cálido.

Sin pensárselo más, apartó una mano de la cintura de Mary y fue deslizándola espalda arriba hasta llegar a su sensible nuca. Notó el estremecimiento que la recorría, y se estremeció a su vez cuando ella empezó a besarle con mayor ardor aún. Deslizó los dedos por encima de la cinta que sujetaba el camafeo y los hundió en aquella gloriosa melena, buscó tanteando las horquillas y las dejó caer al suelo.

Le soltó el cabello mientras seguía besándola y sujetándola contra su cuerpo, mientras la sumergía en aquel mar de fuego y deseo creciente, mientras inundaba sus sentidos. Disfrutó lleno de deleite cuando los lustrosos y tersos mechones cayeron en una exuberante cascada, pero al ver que ella se echaba un poco hacia atrás permitió sin protestar que interrumpiera el beso. La observó en silencio mientras ella sacudía la cabeza para agitar y liberar del todo su melena, sus ojos estaban entrecerrados y empañados de deseo y sus hinchados labios se entreabrieron en un gesto de maravillada sorpresa cuando alzó la mirada hacia su leonada cabellera.

Tal y como habían hecho infinidad de mujeres en el pasado, se inclinó hacia él, alzó las manos y con claro regocijo pasó los dedos por su espesa melena, pero, a diferencia de todas esas veces anteriores, ella logró hacerle estremecer con aquella inocente y posesiva caricia.

Lo miró a los ojos y, tras escudriñar su mirada por un instante, se apretó contra él, se puso de puntillas y le sujetó la cabeza con ambas manos mientras lo besaba con pasión.

Por unos inesperados e incontables segundos fue incapaz de pensar, la cabeza le daba vueltas como si estuviera embriagado. Le aferró con fuerza la cintura y la mantuvo alzada contra su cuerpo, pero sus sentidos se estabilizaron cuando se recordó a sí mismo que ella era una novicia, que como no había besado a demasiados hombres con anterioridad no comprendía el efecto que...

Perdió el hilo de sus pensamientos cuando aquella aventurera lengua penetró de repente en su boca, jugueteó incitante con la suya y retrocedió otra vez. Toda su atención se centró de nuevo en aquel beso cada vez más ardiente, en el placer de aquella boca cálida y húmeda que ella le ofrecía para su deleite libremente y sin reservas, como una hurí.

No había duda de que Mary aprendía con rapidez. Conociéndola, no podía esperarse menos de ella.

Y, como no podía ser de otra forma, estaba llena de impaciencia; en teoría, eso no tendría que haber supuesto ningún problema, pero la cuestión era que él estaba igual de impaciente.

Contuvo aquella primitiva bestia interior que de repente estaba tan llena de apremio, la relegó sin contemplaciones a un rincón de su mente y se recordó a sí mismo que era él quien estaba al mando, que era mejor para ambos que se asegurara de seguir estándolo. Alzó las manos por su espalda y buscó los botones del vestido. Quizás tendría que ir más despacio aún, pero le cosquilleaban las palmas de las manos y sus sentidos anhelaban con desesperación saborear su tersa piel sin ningún tipo de barrera que amortiguara el contacto, la sensual sensación.

Mary estaba preparada para vivir aquella nueva experiencia, preparadísima. Estaba preparada para lanzarse de cabeza a aquel terreno tan fascinante que, a su modo de ver, ya tenía todo el derecho del mundo de explorar, conquistar y hacer suyo. No solo eso, sino que tenía un propósito y una razón bien definidos. Aún le quedaba un largo camino por recorrer hasta alcanzar su objetivo final en lo que a Ryder se refería, y estaba completamente segura de que aquella era la ruta que tenía más probabilidades de llevarla al éxito.

Aunque besar a Ryder y que él la besara era una experiencia gloriosa en sí misma (la pulida sofisticación de su futuro marido ocultaba una pasión infinitamente más potente, casi animal, que la tentaba y la cautivaba), había muchas más cosas que quería y necesitaba ver, aprender y experimentar. Tenía que convencerle de que se las mostrara, de que las compartiera con ella aquella noche.

Ese era su objetivo inmediato, el siguiente paso a dar.

Apartar su atención un ápice de la sensual batalla de sus bocas, de la tentadora presión mutua de los labios, del resbaladizo y seductor jugueteo de sus lenguas, le costó un gran esfuerzo; de hecho, tuvo que dar una especie de tirón mental, pero en el mismo instante en que lo logró se dio cuenta de que él le llevaba ventaja y ya estaba desabrochándole con destreza los botoncitos del vestido.

Ver que ambos tenían el mismo objetivo en mente la alegró sobremanera. Apartó las manos de su rostro, de su pelo, y puso todo su empeño en quitarle el pañuelo que llevaba al cuello, cuyo nudo ya estaba medio deshecho. Luchó a ciegas por deshacerlo del todo y empezó a tironear con impaciencia, pero al ver que él emitía un sonido estrangulado y se movía como intentando que soltara la prenda decidió dejarla para luego y centrarse en el chaleco. Como ya estaba abierto agarró ambos lados y lo abrió de par en par, y su atención se desvió de golpe hacia el ancho pecho enfundado en una camisa de lino que tenía ante sus ojos. Sus sentidos se alborotaron y, presa de un voraz deseo de explorar, subió las manos por los laterales del chaleco hasta llegar a los hombros y entonces agarró la tela y la echó hacia atrás para intentar quitarle la prenda.

Esperaba que él dejara de desabrocharle el vestido y le hiciera el favor de bajar los brazos, pero al ver que se limitaba a gruñir como una bestia terca y poco servicial redobló sus esfuerzos.

Él la soltó de repente, pero en vez de bajar las manos las subió y empezó a despojarla del vestido. Las cálidas palmas de sus manos se deslizaron por sus hombros, le bajaron la prenda de seda por los brazos e intentaron hacerle bajar las manos.

Ella protestó contra sus labios y se negó a hacerlo, se negó a soltar el chaleco y a renunciar al objetivo que se había marcado... pero él tampoco quiso ceder y tironeó. Ella respondió tironeando a su vez, y dio comienzo un alocado tira y afloja que duró varios segundos y que estaba provocado en gran medida por terquedad y por el deseo de ver quién se rendía antes.

Interrumpieron el beso jadeantes y medio riéndose, pero esa risa que brotaba de sus propios labios y que veía reflejada en los ojos pardos de él hizo que soltara sin querer el chaleco, y a él le bastaron dos rápidos movimientos para apartarle las manos y bajar las mangas del vestido hasta dejarla con los brazos aprisionados a los costados.

Tenía el corpiño bajado a la altura de la cintura, y lo único que ocultaba sus senos era la traslúcida seda de su fina camisola. Respiró hondo y se dispuso a lanzarle una mirada amenazante, pero contuvo el aliento de golpe al ver cómo sus ojos se encendían de deseo al posarse en sus senos. Se le secó la boca, pero su lengua logró articular una protesta.

—¡No es justo!

Él alzó la mirada poco a poco hasta encontrarse con la suya.

—¿Ah, no?

La tenía agarrada de los codos para evitar que pudiera liberar los brazos. Ella se retorció intentando que la soltara sin prestar atención al hecho de que el movimiento hacía que la fina seda de la camisola frotara contra sus senos, contra sus dolorosamente rígidos pezones.

—¡No, no lo es! Tenemos que ir a la par. Mi vestido está medio bajado, así que tienes que quitarte el chaleco.

Ryder la miró sorprendido, pero la verdad era que tendría que haberse esperado algo así.

—¿Quién crees que está al mando de la situación? No, espera, déjame replantearlo de forma más pertinente. ¿Quién de los dos posee la experiencia necesaria para llevar la voz cantante?

—Tú, pero eso no quiere decir que...

Él la alzó en alto, la echó de espaldas sobre la cama y la cubrió con su cuerpo, pero, lejos de quedarse paralizada por la sorpresa o de actuar con aquiescencia, empezó a retorcerse contra él. Aquello lo distrajo de forma muy efectiva aunque momentánea, y ella logró sacar los brazos de la manga del vestido.

Al verla alzar las manos de inmediato con la clara intención de quitarle el chaleco, soltó un gruñido, las interceptó con las suyas y se las sujetó a ambos lados de la cabeza, pero el movimiento hizo que sus cuerpos se apretaran aún más el uno contra el otro.

Bajó la mirada hacia aquellos ojos llenos de exasperación y le pidió, más que un poco exasperado a su vez:

—¡No corras tanto, Mary!

—¿Por qué no?

Era una buena pregunta y él sabía que existía una respuesta, pero no era una que pudiera pararse a explicar en ese momento en que su mente, su atención y hasta el último de sus anhelantes sentidos estaban intensamente centrados en ella, en la sensación de su esbelto y flexible cuerpo atrapado bajo el suyo, en la fascinante imagen de sus senos, plenos y turgentes, subiendo y bajando de forma tan tentadora bajo la tela casi transparente de la camisola.

—¡Deja de pensar y enséñame de una vez lo que hay que hacer!

Imprimió tanta vehemencia a aquellas palabras que él bajó la cabeza de forma instintiva, pero se detuvo de golpe e intentó recordarse a sí mismo que tenía que ir poco a poco, que no debía precipitarse.

Alzó la mirada y vio en sus ojos que ella se había dado cuenta de que había estado a punto de salirse con la suya. Le soltó las manos, y con un abrupto movimiento se incorporó y bajó de la cama antes de que ella pudiera detenerle.

—¡No!, ¡vuelve aquí!

Él entrecerró los ojos en un gesto amenazante para darle a probar su propia medicina y le preguntó con firmeza:

—¿Vas a portarte bien y a seguir mis instrucciones?

Con esas palabras se ganó que ella le fulminara con la mirada. Al ver que le miraba en silencio con terquedad y rebeldía, añadió de forma tajante:

—Tiene que ser a mi manera.

No logró que su lengua articulara las palabras «o eso o nada», porque sería una gran mentira. Tomaran la ruta que tomasen, no existía ni la más mínima posibilidad de que ella saliera de aquella habitación con su virginidad intacta, pero no era tan tonto como para admitirlo y darle más munición aún en aquel duelo de voluntades que ya estaba lo bastante tenso.

Ella hizo un sonido de frustración y se dejó caer sobre la cama en señal de rendición.

—¡Está bien!, ¡vamos a hacerlo a tu manera! —un segundo después, se volvió a mirarlo y enarcó las cejas en un gesto interrogante—. Bueno, ¿y ahora qué?

Él la incentivó despojándose del chaleco que había estado tan empeñada en quitarle.

—Ahora quiero que me contestes a algo: ¿por qué ahora?, ¿por qué has elegido esta noche? —lo preguntó más por ganar tiempo, para que el ardor de ambos se enfriara un poco antes de regresar a la cama, que porque necesitara saber la respuesta.

Ella frunció el ceño y no contestó de inmediato, porque para responder a aquella pregunta tenía que pensar y en ese momento su mente estaba sumida en un delicioso caos. Un novedoso y embriagador torbellino de excitación expectante y anhelos emergentes se había adueñado de sus sentidos. Se preguntó si sería deseo, deseo físico; de ser así, no había ninguna duda de que nunca antes lo había sentido, y estaba claro que era una emoción que tenía el poder de llevarla a reordenar sus prioridades.

Lo lógico sería que toda su atención estuviera centrada en el hecho de que estaba tumbada en la cama de Ryder con el vestido bajado hasta la cintura y los pechos poco menos que al descubierto, pero no era así. Sus sentidos, sus deseos (incluyendo el físico) estaban mucho más centrados en repetir esos momentos en los que había tenido el duro y pesado cuerpo de Ryder cubriéndola por entero e imprimiéndose en su mente, en su cuerpo y en sus sentidos de una miríada de placenteras formas distintas.

Cuando esa novedosa experiencia, la de tener su cuerpo cubriéndola, había terminado de forma tan repentina había estado a punto de pedirle a gritos que no se apartara. Lo único que ocupaba su mente en ese momento era el deseo de volver a tenerlo encima, encontrar la forma de lograrlo.

Él acabó de quitarse el largo pañuelo y lo lanzó encima del chaleco antes de empezar a desabrocharse la camisa, pero se detuvo y la miró con una ceja enarcada para indicarle que estaba esperando su respuesta. Ella se incorporó, respiró hondo (no le pasó por alto que cuando lo hizo él bajó la mirada hacia sus senos como atraído por un imán) y admitió:

—Porque quiero experimentar esto, quiero saber cómo es y comprenderlo antes de que me pongas la alianza en el dedo.

Él siguió desabrochándose la camisa, hizo una breve pausa para desabrochar los puños y prosiguió entonces con la deliberadamente lenta tarea de ir desabotonando la prenda.

Ella se apoyó sobre los codos y se limitó a disfrutar viendo cómo iba quedando al descubierto su pecho.

—¿Por qué? —al ver que ella estaba tan absorta viéndole desvestirse que no parecía haber entendido la pregunta, esbozó una pequeña sonrisa—. ¿Tienes intención de dejarme plantado en el altar si mi actuación no está a la altura de tus expectativas?

Mary miró aquellos ojos pardos y vio la confianza absoluta que se reflejaba en ellos, la férrea convicción masculina de tener el papel dominante y el control. Sintió que algo se desplegaba en lo más profundo de su ser, que iba emergiendo y llenándola.

Mirándolo a los ojos en todo momento, dejó que a sus labios aflorara lentamente una sonrisa, se reclinó contra las almohadas y se esforzó por parecer lo más seductora posible al murmurar:

—Solo yo tengo la respuesta a eso y no voy a dártela, así que tendrás que procurar estar a la altura.

Él se quedó mirándola con la camisa abierta del todo. Sabía que ella estaba bromeando, pero no podía evitar sorprenderse al ver su audaz descaro y, al mismo tiempo, estaba encantado y deseoso de enfrentarse al desafío.

—¿Ah, sí? —murmuró, antes de quitarse la camisa.

Reprimió una sonrisa al ver que se quedaba mirando con los ojos como platos su pecho. Después de lanzar a un lado la camisa se quitó los zapatos y las medias y entonces, con el pecho desnudo y descalzo, se acercó a la cama. Desabrochó los dos primeros botones del pantalón antes de apoyar una rodilla sobre el colchón, y fue inclinándose hacia ella poco a poco. Plantó las palmas de las manos a ambos lados de los hombros de Mary, apoyó el peso en sus brazos, bajó la mirada hacia aquellos ojos azul aciano que lo miraban expectantes y en los que brillaba una invitación clara y evidente, y no pudo evitar sonreír.

—En ese caso —bajó la mirada hacia sus senos— será mejor que me ponga a ello, ¿no?

Bajó la cabeza y se adueñó de sus labios, pero en ese preciso momento ella posó las manos en su pecho y el contacto fue como un ardiente latigazo que de forma totalmente inesperada fragmentó en dos su concentración, que le dejó titubeante y debatiéndose entre saborear los deliciosos placeres de su boca o saborear la cautivadora sensación de aquellos dedos deslizándose sobre su piel, explorando con inocencia el hirsuto vello que poblaba su pecho y trazando con delicadeza la cicatriz, lo que súbita e inesperadamente le resultó intensamente erótico...

Se recordó desesperado que tenía que ser a su manera y ladeó un poco la cabeza para poder devorar a placer aquella boca suave que lo recibió gozosa y que era suya, enteramente suya. Se adueñó de sus labios y de su lengua, hizo que ella centrara toda su atención en el beso y sintió cierto grado de alivio al notar que sus manos dejaban de acariciarle y se limitaban a permanecer quietas sobre su acalorada piel.

Pero el contacto seguía siendo excesivo, así que la mantuvo distraída con el beso mientras cambiaba de posición y se tumbaba de lado junto a ella, apoyado en un codo. Se dio por satisfecho al ver que respondía girando un poco hacia él y subía las manos hasta sus hombros, así era mucho mejor. Con la mano libre la instó a subir las suyas un poco más, pero eso resultó ser un error porque lo único que logró fue que ella fuera demasiado lejos y las subiera hasta su leonada melena. Hundió los dedos en su cabello, agarró los espesos mechones para sujetarle la cabeza mientras la situación se invertía y lo besaba con una pasión desatada que le desconcentró por completo.

Antes de que pudiera despejar su mente, ella atacó de nuevo arqueándose contra él y sus senos casi desnudos se apretaron, tentadores y seductores, contra su pecho. Ella se echó hacia atrás, con lo que aquellos montículos cubiertos de seda acariciaron...

Se dio por vencido de golpe. Renunció a su plan de hacer aquello de forma cuidadosamente orquestada y se dejó llevar por sus instintos.

Le cubrió un pecho con la mano libre. Se tragó la exclamación ahogada que brotó de aquella deliciosa boca, y al notar la reacción que la sacudía se sintió satisfecho. Ella se lo tenía merecido.

Tenía que seguir avanzando. Sabía qué era lo que tenía que hacer, sabía que podía hacerlo, pero no estaba seguro de si ella comprendía aquello lo bastante bien para permitirlo.

Tenía muy claro su objetivo: seducirla por completo y convertirla en su amante de tal forma que no solo deseara más, sino que lo ansiara con todas sus fuerzas. Eso haría que ella acudiera a por más noche tras noche mientras durara la magia que existía entre ellos. No sabía cuánto tiempo duraría dicha magia, pero era demasiado experimentado como para perder el tiempo preocupándose por eso. La compatibilidad que había entre los dos, la atracción física y el deseo mutuo durarían lo que tuvieran que durar.

Sabía perfectamente bien que, a la larga, eso era algo en lo que tan solo podía influir de forma superficial, pero el grado de placer mutuo que pudieran alcanzar, lo profundo que fuera ese placer, era algo que sí que estaba en sus manos.

En eso consistía ser uno de los amantes más destacados de la alta sociedad.

Deslizó la mano por la piel de Mary, trazó sus curvas y fue aprendiéndose la orografía de su cuerpo. La hizo arquearse contra su palma, fue excitándola más y más mientras la acariciaba... juguetón primero, y poco a poco de forma más carnal. La despojó del vestido, y lanzó la prenda a un lado con abandono antes de posar la mano en su pantorrilla. Tuvo que tomarse un momento para asimilar la gloriosa sensación de tocar su tersa piel desnuda y entonces subió la mano por la firme curva y por el sensible valle de la corva, siguió subiendo por la parte posterior del muslo y por encima de la camisola mientras saboreaba la sensual sensación de la tela deslizándose contra la palma de la mano.

Al llegar a una de sus curvilíneas nalgas la amasó de forma deliberadamente provocativa y abiertamente posesiva, y entonces agarró aquella carne prieta y atrajo sus caderas para apretarla contra sí y que notara su rígida erección.

Lejos de apartarse con virginal modestia, ella le besó con ardor y se arqueó con mayor firmeza contra él en una invitación instintiva. Tener su cuerpo femenino apretado contra el suyo, sentir cómo aquellas firmes y cálidas curvas, aquellos exquisitos valles, se le entregaban con tanto abandono, era como un potente canto de sirena, una tentación casi irresistible.

Ella le soltó el pelo y empezó a explorar su pecho, a acariciar y amasar y agarrar con audaz apremio. Primero se centró en la parte superior, pero, aprovechando que había logrado distraerle por completo, empezó a bajar.

Después de acariciarle el abdomen y los costados bajó por su cintura, y él interrumpió el beso y echó la cabeza hacia atrás mientras luchaba por respirar.

Ella se regocijó al ver su reacción y, más alentada aún, cambió ligeramente de postura y volvió a subir las manos por su pecho. Extendió los dedos mientras los deslizaba por su piel, trazó sin titubear los fuertes músculos con obvio deleite y actitud inconscientemente (o quizás conscientemente) posesiva.

Él mantuvo los ojos cerrados. No le hacía falta ver, sentía todo lo que pasaba mediante el tacto, pero... tenía que detenerla.

Le gustaba que sus amantes le acariciaran. Le encantaba sentir cómo sus delicadas manos le tocaban, cómo se tensaban y se aferraban a él conforme la pasión iba creciendo, cómo hundían las uñas en su piel al rendirse. Por regla general notaba la sensación y la disfrutaba, nada más, pero con Mary la experiencia era muy distinta.

Las sensaciones que ella generaba en él con sus manos, con sus sensuales caricias, eran tan intensas, tan arrolladoramente potentes, que sin esfuerzo alguno logró que toda su atención pasara a estar en el placer que ella estaba dándole.

Intentó respirar hondo, pero lo logró a duras penas porque una expectante tensión le constreñía el pecho. Más tarde podría yacer allí quieto y disfrutar mientras ella lo acariciaba a placer, pero aún no. Ese no era el momento adecuado. Se tomó medio segundo para consultarle a sus instintos si existía alguna otra forma de... y pasó a la acción.

Atrapó las aventureras manos de Mary, las sujetó con una de las suyas y se inclinó sobre ella para apretarla contra la cama y sujetárselas entonces por encima de la cabeza.

—¡Es injusto!

Lo miró con una expresión ceñuda que más bien parecía un

sensual mohín y su tono de voz era tentador como un canto de sirena, pero él luchó por resistirse.

—No, es justo —su voz sonaba áspera, ronca—, al menos en esta ocasión —al verla enarcar las cejas, añadió—: créeme si te digo que esta vez tenemos que ir más despacio.

—¿Y el que yo te acaricie dificulta las cosas?

Él se debatió consigo mismo mientras la miraba a los ojos, que se habían oscurecido hasta adquirir un tono violeta, y finalmente apretó los labios y admitió:

—Sí, así es.

Ella lo miró con una cara de inocencia claramente fingida.

—Ah. ¿Qué pasa si hago esto? —se retorció y se arqueó con sinuosidad, frotó su cuerpo (piernas, caderas y torso) contra él con felina flexibilidad.

—¡Mary! —apretó los dientes, cerró los ojos y luchó por aferrarse a lo poco que quedaba de su autocontrol.

Ella se echó a reír juguetona y contestó imitándole.

—¡Ry... der! —su tono no era de burla, lo dijo con una voz suave que reflejaba una clara invitación.

Él notó cómo se movía ligeramente y un segundo después sintió el delicado roce de sus labios contra los suyos, notó la caricia de su aliento al oírla susurrar:

—No voy a romperme, soy una mujer fuerte.

Mary le vio entreabrir los ojos para mirarla. Sintiéndose poderosa, envalentonada y muy segura de sí misma, esbozó una sonrisa y sostuvo la mirada de aquellos brillantes ojos pardos al añadir en voz baja:

—Ya sé que soy impaciente, pero no es necesario que me protejas de esto. No necesito protección estando contigo, Ryder. Lo único que tienes que hacer es marcar el paso, como cuando bailamos el vals —hizo una breve pausa antes de añadir—: ¿podemos bailar de una vez por todas, por favor?

Ella percibió cómo dejaba a un lado toda reserva, notó cómo el Ryder dominante, arrogante y que siempre tenía el control se rendía y se apartaba a un lado, y sintió una profunda excitación. Ni siquiera había imaginado que aquel encuentro fuera a desarrollarse de aquella forma. Ya había aprendido un par de cosas sobre cómo lidiar con él, y sabía que era todo un logro tener la oportunidad de avanzar mano a mano, sin que ninguno de los dos intentara ganar la supremacía. No esperaba llegar tan lejos durante su primera noche juntos, no esperaba que él hiciera semejante concesión.

Aunque fue ella quien se movió primero para apretarse aún más contra su cuerpo, él le soltó las manos y la rodeó con los brazos sin vacilar. El uno bajó la cabeza mientras la otra alzaba la suya, y sus labios se encontraron a medio camino.

Realmente fue como estar bailando de nuevo el vals. Se movieron al unísono con una sincronización perfecta y la magia del momento los envolvió en cuerpo, alma y mente hasta que el resto del mundo dejó de existir y el deseo, un deseo profundo, ardiente y exquisito entremezclado con una creciente pasión, fue adueñándose de ellos.

Las manos de Ryder creaban un reguero de fuego sobre su piel mientras ella le acariciaba incitante a su vez, las ardientes palabras que le oía susurrar la excitaban aún más y se estremeció de placer al ver el posesivo brillo de pasión descarnadamente masculina que iluminó sus ojos pardos al despojarla de la camisola.

La tocó de forma reverente en un primer momento, pero sus manos fueron ganando firmeza y empezó a acariciarla y a adueñarse posesivo de todas y cada una de sus curvas, de hasta el último valle de su cuerpo. Bajó de repente la cabeza para cubrir un pezón con la boca y ella se arqueó hacia arriba de golpe mientras gritaba de placer. Se aferró con fuerza a él mientras la chupaba y la saboreaba, mientras succionaba y creaba una corriente de lava que la recorría con turbulencia y se acumulaba ardiente entre sus muslos.

La exploró a placer con los labios y la lengua, su cálida y húmeda boca saboreó sus senos y le hizo experimentar unas embriagadoras sensaciones que ella ni siquiera sabía que existían. Siguió enloqueciéndola hasta que el fuego cada vez más intenso del deseo la llenó por completo, hasta que la fuerza de aquella arrolladora pasión consumió casi por completo sus sentidos.

Él subió de nuevo hasta su boca para devorarla otra vez, la sujetó con sus fuertes manos para mantenerla arqueada contra su cuerpo y no opuso resistencia cuando ella (jadeante y con el corazón martilleándole en el pecho, con la paciencia totalmente agotada) empezó a desabrocharle la portañuela de los pantalones. Le dejó abrirla del todo y meter la mano dentro, pero soltó una exclamación ahogada e interrumpió el beso cuando ella cerró la mano alrededor de su erección.

Mary mantuvo la mirada puesta en su rostro y vio cómo se ponía cada vez más rígido mientras le acariciaba. Su miembro estaba caliente como el acero forjado, rígido como el hierro y era mucho, muchísimo más grande de lo que ella esperaba, pero se dijo a sí misma que eso no importaba, que él sabría lo que había que hacer y le enseñaría cómo...

Ryder se tragó una imprecación, le agarró la mano y se la apartó de su dolorida erección para poder quitarse los pantalones. En cuanto se desprendió de la prenda, ella le abrazó para atraerlo hacia sí y se arqueó hacia arriba con abandono. Presionó sus senos contra él y, cuando quedó apretada contra su cuerpo desde el pecho hasta por debajo de las rodillas, echó la cabeza hacia atrás y cerró los ojos mientras saboreaba aquella sensación, mientras se limitaba a sentir, mientras asimilaba el sensual impacto que suponía sentir el contacto de sus cuerpos desnudos por primera vez.

Al verla así, tan extasiada, lo recorrió un estremecimiento en lo más hondo de su ser, y no pudo seguir soportando aquel tormento.

La tumbó en la cama, le abrió las piernas y deslizó una mano entre sus muslos. Sin apartar la mirada de su rostro, pendiente de cada una de sus reacciones, trazó con dedos temblorosos los húmedos pliegues y acarició la entrada con movimientos circulares. Al ver que ella empezaba a alzar las caderas con impaciencia creciente y el intenso tono violeta de sus ojos entornados, hundió un dedo con delicadeza en el aterciopelado canal y lo movió con suavidad.

La acarició con mayor intensidad al ver el brillo de placer que empañaba sus ojos, y ella se retorció jadeante. Hundió el dedo más hondo, deslizó otro más en su interior y empezó a prepararla.

Su intención era darle su primer clímax antes de penetrarla, pero, conforme el deseo fue adueñándose de ella, un rubor encendido le cubrió la piel y la fuerza de la pasión la arrastró hasta que, enfebrecida, le clavó las uñas en el antebrazo, se arqueó hacia arriba y le pidió con voz jadeante:

—¡Hazlo ya! ¡Ryder, por favor, no esperes más!

No tuvo fuerzas para negarse. Sacó los dedos de su ardiente canal, le abrió bien las piernas con manos trémulas y, después de encajar las caderas entre sus muslos, colocó la punta de su erección en la entrada del estrecho canal y bajó la cabeza para adueñarse de su boca en un último y ardientemente apasionado beso.

Se aferró con determinación a su autocontrol mientras la penetraba, pero en ese preciso momento ella se arqueó hacia arriba y soltó un pequeño grito al empalarse de golpe a sí misma.

Él se tragó aquel sonido y lo utilizó como estímulo para intentar apartar su atención de la cálida y húmeda funda que lo envolvía con una fuerza increíble, lo aprovechó para obligarse a tensar los músculos y permanecer inmóvil. Mary había logrado que se hundiera hasta el fondo, y...

Ella se relajó bajo su cuerpo y se movió un poco para probar con cautela; al cabo de unos segundos, echó la cabeza hacia atrás lo justo para interrumpir el beso y susurrar:

—Enséñame lo que hay que hacer ahora, ¿cómo funciona esto?

Ryder se dio cuenta de que en ese momento no podía ni reír, y tan solo alcanzó a decir con voz ronca:

—Así.

Retrocedió antes de volver a penetrarla, y tras una repetición ella empezó a moverse a su vez y le siguió el ritmo mientras él soltaba las riendas y dejaba que aquella danza ancestral tomara el control.

Era algo simple y sencillo, algo que había hecho infinidad de veces antes, así que en teoría no debería de haber nada en todo aquello que fuera lo bastante poderoso como para hacerle perder la cabeza.

En teoría no tendría por qué perder conciencia del mundo que le rodeaba, no tendría que quedar inmerso en el primitivo toma y daca hasta el punto de que el rítmico movimiento lo arrastrara por completo, no tendría que estar cautivado hasta lo más hondo de su ser por la indescriptible sensación de sentir cómo el cuerpo de Mary le acariciaba de forma tan íntima y le aceptaba con aquella pasión sin reservas.

El ritmo fue in crescendo, fue ganando más y más intensidad mientras se lanzaban a la carrera juntos, con el corazón atronándoles en el pecho y la respiración entrecortada, centrados en cuerpo y alma en alcanzar la resplandeciente cima.

Para él no existía nada más allá de aquel impulso primario, de aquella compulsiva fricción. Tenía la respiración áspera y jadeante, los brazos apoyados en el colchón y la cabeza caída mientras, cegado por la desesperación, la poseía una y otra vez. No veía ni sentía nada, no notaba sabor alguno más allá de la pasión desatada que ardía entre ellos, que acudía a la llamada de ambos y los inundaba, los atrapaba y los zarandeaba, los sacudía y los hacía añicos.

Vagamente, como en la distancia, la oyó gritar y notó cómo se arqueaba desesperada y le hincaba las uñas en los brazos, pero más que nada notó cómo el canal que lo envolvía se contraía con fuerza a su alrededor cuando ella llegó a la cima.

Sus cuerpos, sus sentidos y sus voluntades estaban tan fusionados, estaban tan conectados, que no tuvo más opción que lanzarse tras ella al vacío y gritó de placer mientras el clímax le sacudía de pies a cabeza.

Cayeron juntos a través de un éxtasis arrollador y fueron a parar a un glorioso cataclismo de cegador esplendor. Un esplendor que le recorrió arrollador, que le llenó a rebosar y que entonces, poco a poco, fue desvaneciéndose y lo dejó hundido en el familiar vacío.

Familiar, pero al mismo tiempo muy distinto. Era mucho más profundo, no había comparación posible.

Saciado y pleno como nunca antes en toda su vida, cayó rendido y se sumió en un profundo sueño.

Algún tiempo después emergió del mundo de los sueños lo suficiente para preguntarse si estaría aplastándola, pero la idea apenas estaba tomando forma en su mente cuando sus sentidos percibieron que ella estaba acariciándole el pelo con suavidad.

Permaneció así, con los ojos cerrados y limitándose a disfrutar, durante un largo momento; de haber sido el león con el que casi todos le comparaban, se habría puesto a ronronear.

No recordaba haber sentido jamás aquella profunda e intensa satisfacción después del coito.

Saboreó la sensación durante unos segundos, muy satisfecho de sí mismo, pero, cuando sus sentidos empezaron a expandirse y captaron la gloriosa sensación del cuerpo de Mary yaciendo rendido y totalmente entregado bajo el suyo, una parte de su ser empezó a insistir en que tenía que quitarle su peso de encima. Acabó cediendo, y se enderezó un poco apoyado en los brazos antes de preguntarle en voz baja:

—¿Estás bien?

Ella no abrió los ojos, pero en sus labios se dibujó una sonrisa que dio énfasis a sus palabras.

—¡Estoy espléndida!, ¡de maravilla! —le dio un ligero apretón con la mano que tenía apoyada en su hombro—. Gracias.

La sensación triunfal que le embargó fue absurdamente intensa.

—El placer ha sido todo mío.

Ella soltó una carcajada.

—Si intentara ponerle un colofón a eso me arriesgo a que pasemos toda la noche con un tira y afloja para ver cuál de los dos tiene la última palabra, así que no voy a hacerlo.

—Buena idea.

Empezó a echarse hacia atrás, a salir del húmedo canal que lo aferraba con suavidad, pero ella apretó las piernas alrededor de sus caderas (en un momento dado las había alzado para aferrarse a él) y tensó los músculos que lo envolvían.

—¿Es necesario?

Él la miró de nuevo a la cara y vio que aún no había abierto los ojos, pero que ni la más mínima marca de tensión empañaba la expresión de dicha de su rostro.

—No, pero ¿no peso demasiado para ti?

Ella negó con la cabeza, y sus oscuros mechones se deslizaron sobre la almohada.

—Me siento como Ricitos de Oro. Eres perfecto. Me gusta la

sensación de tenerte encima de mí, dentro de mí... me gustan la dureza y el calor.

Era imposible discutir ante algo así, y soltó una suave exhalación mientras la cubría de nuevo con su cuerpo. No se apoyó por entero en ella como antes, pero sí lo suficiente para satisfacerlos a ambos.

Se relajó mientras apoyaba la cabeza junto a la suya, y lo embargó la intensa sensación de satisfacción y plenitud de antes cuando ella empezó a acariciarle de nuevo el pelo con suavidad.

—Voy a tener que llevarte de vuelta a tu casa dentro de poco —murmuró, adormilado.

—Sí —se limitó a contestar ella, mientras sus labios esbozaban una pequeña sonrisa. Gracias a su atrevimiento había conseguido mucho más de lo que esperaba—. Dentro de poco.

CAPÍTULO 10

—¡Esto es insoportable! —exclamó Lavinia, al entrar con paso airado en su tocador.

Lanzó a un lado su elegante sombrerito sin prestar ni la más mínima atención a dónde iba a parar y se volvió de golpe hacia Claude Potherby, quien acababa de entrar tras ella. Extendió las manos y preguntó, con el rostro encendido de furia:

—¿Quién va a librarme de ese condenado granuja?

—Qué dramática eres, querida —contestó él, con una pequeña sonrisa—. Lamento decir que no veo a nadie haciendo cola para encargarse de esa tarea, y si crees que puedes convencerme de que me lo plantee te pido que me excuses porque no voy a hacerlo.

—¡Ja!

Tal y como solía hacer cuando estaba agitada, empezó a pasear de acá para allá frente a la chimenea. Mantuvo la mirada baja mientras empezaba a morderse una uña, y al cabo de un largo momento añadió:

—¿Has visto ese faetón nuevo que ha adquirido? ¡Es un artilugio atrozmente peligroso! ¡Me sorprende que los Cynster no pusieran el grito en el cielo ni se negaran a permitir que llevara a la princesita de la familia por las calles a semejante velocidad!

Claude se sentó con pesadez en un sillón y suspiró para sus adentros. Acababan de regresar de dar un paseo por el parque, donde habían visto a la pareja de moda circulando por las avenidas.

—Querida, me temo que vas a llevarte una gran desilusión si estás planteándote siquiera la posibilidad de que Ryder pierda el control de sus caballos, vuelque su faetón y se rompa el cuello. Todo el mundo sabe que maneja las riendas con maestría y, aunque admito que sus caballos son briosos, es más que capaz de controlarlos.

Ella contestó con un bufido de desagrado y al cabo de un momento comentó, como si estuviera recitando una letanía:

—Primero nació enfermizo y todo el mundo, incluso su amantísimo padre, estaba convencido de que iba a morir, pero no fue así; después partió rumbo a la escuela y participó en todas las travesuras peligrosas imaginables, pero sobrevivió a todas ellas; luego, junto con otros jóvenes alocados de la sociedad, se dedicó a cazar, ir de picos pardos, echar carreras en calesines y sillas de posta, y solo Dios sabe qué más, pero aunque otros murieron él no sufrió ni un solo accidente grave —sus ojos oscuros ardían de rabia. Le dio una patada a su falda en un gesto de frustración antes de añadir—: y entonces vino a la ciudad y empezó a seducir a toda dama que se le ponía delante. Lo normal habría sido que alguno de los maridos que integraban el pequeño ejército de cornudos que fue dejando a su paso lo retara a duelo, pero ¡ninguno de ellos tuvo los arrestos necesarios para hacerlo!

Claude convirtió la involuntaria sonrisa que afloró a su rostro en una mueca.

—Debes excusarles, querida. Por lo que yo tengo entendido, Ryder jamás le ha dado a ningún caballero razón alguna para arriesgar el cuello. Y uno estaría arriesgándolo de forma literal, porque he oído decir que tiene muy buena puntería.

—¡Eso me trae sin cuidado! —exclamó con impaciencia, antes de sentarse en el otro sillón—. Lo único que quiero es que desaparezca y Randolph se convierta en marqués.

Después de observarla en silencio unos segundos, se puso serio y le dijo con voz grave:

—Debes darte por vencida, querida. Puede que tengas razón en todo lo que has dicho acerca de Ryder, pero eso debería servir para convencerte de que es un hombre al que le sonríe la buena fortuna. No va a morir, Randolph no va a convertirse en marqués, y clamar contra el destino no conduce a nada bueno.

—¡Bah!

Él soltó un pesaroso suspiro al ver que seguía enfurruñada. A decir verdad, no habría sabido decir qué era lo que veía en ella ni habría podido explicar por qué permanecía a su lado con tanta devoción. Podría parecer un perrito faldero, pero él no se veía como tal y estaba bastante seguro de que los demás tampoco. Lo cierto era que Lavinia se había convertido en un hábito conveniente para él. Permanecer junto a ella le permitía moverse en los círculos sociales a los que ambos pertenecían sin convertirse en un objetivo debido a la fortuna que poseía y, como jamás había estado interesado en ninguna otra mujer, era un arreglo que le iba bien.

Así que se limitaba a esperar con una paciencia que iba agotándose poco a poco a que ella dejara a un lado sus inútiles sueños, a que regresara a la vida real y a él.

Mary miró a Ryder, quien estaba parado junto a ella en el salón de baile de la mansión St. Ives, y comentó sonriente:

—Menos mal que insististe en que nuestra boda sea un gran acontecimiento —era media tarde, y los invitados a la boda de James y Henrietta conversaban a su alrededor en medio de un ambiente festivo—. Dado que Henrietta y James han optado por una celebración bastante íntima y ya ha pasado más de una década desde que Amelia y Amanda se casaron, no me cabe duda de que mi pobre madre se habría sentido decepcionada si nosotros también hubiéramos optado por no hacer las cosas a lo grande.

Ryder posó la mano sobre la que ella tenía apoyada en su brazo en un gesto posesivo que no pudo reprimir y del que ella no se percató (o sí que se percató y decidió permitírselo), y sonrió mientras observaba a los allí presentes. Aunque no era una gran celebración según los parámetros de la alta sociedad, tanto en la boda como en el banquete posterior había reinado un cálido ambiente familiar, un ambiente lleno de alegría y buenos deseos hacia la pareja que iniciaba dichosa una vida en común. Participar en aquella celebración había cimentado aún más su convicción de que, en lo que a su propia búsqueda de un futuro similar al de ellos se refería, estaba justo donde debía estar: junto a Mary Cynster.

Ella no iba vestida de azul como de costumbre, porque como dama de honor de Henrietta llevaba en esa ocasión un vestido dorado. Él se había dado cuenta de que casi todos sus vestidos, tanto los de gala como los de diario y los de paseo, eran azules en distintas tonalidades que combinaban con sus ojos o los hacían resaltar.

No había duda de que eran unos ojos de un color impactante y se preguntó si los futuros hijos de ambos tendrían los ojos pardos como él o de color azul aciano como ella, pero eso le hizo recordar a su vez lo que habían hecho dos noches atrás.

Cuando se habían levantado finalmente de la cama se había intensificado aún más la sensación de que, a pesar de lo que pudiera parecer, con ella se había adentrado en un territorio totalmente desconocido. Había habido una marcada ausencia de incomodidad y la despedida, por mucho que fuera meramente temporal, se había desarrollado con demasiada naturalidad. Se había dicho a sí mismo que aquello se debía a que, dadas las circunstancias, no existía la duda de si iban a volver a compartir el lecho, pero aun así...

No habría sabido explicar por qué le turbaba tanto que todo se hubiera desarrollado de forma tan fluida, pero llevarla de vuelta a su casa había sido tarea fácil; si el cochero de Mary era discreto, el suyo lo era aún más. En cualquier caso, no se había marchado hasta asegurarse de que estuviera sana y salva en la casa, así que había descubierto que ella había usado la ventana del saloncito trasero para salir y, en ese caso, para entrar.

El experimentado estratega que llevaba dentro consideraba positivo el hecho de no haberla visto la noche anterior; al fin y al cabo, era mejor que ella no se diera cuenta de que estaba tan impaciente por poseerla por segunda vez como ella lo había estado la primera. Se había mostrado muy animada a la mañana siguiente, cuando habían ido a dar un paseo por el parque, pero después había estado muy atareada con los preparativos de la boda y no había vuelto a verla.

Él, por su parte, había aprovechado mientras tanto para poner al día sus asuntos de negocios, pero la noche anterior había celebrado junto con James, la mayoría de varones de la familia Cynster y varios caballeros más el adiós de James a su soltería.

Había sido una noche alegre y distendida, una donde habían abundado ejemplos de la camaradería que unía a los Cynster, del inquebrantable vínculo familiar que existía entre ellos y que él tanto ansiaba para los suyos. Quería crear y alimentar ese mismo vínculo entre los Cavanaugh, comenzando a partir de su propia generación. En lo más profundo de su mente, el guerrero que se dejaba guiar por su instinto veía ese vínculo tan fundamental y emocional como una fuerza monumental, una fuerza de la que su familia carecía.

Vio que Mary hacía ademán de volverse a mirarlo, y antes de que ella pudiera indicárselo tomó la iniciativa y echó a andar. Mantuvo la mirada al frente mientras circulaban entre los invitados, y fingió no percatarse de la mirada que ella le lanzó. Le encantaba desconcertarla, en especial cuando ella se disponía a darle alguna orden.

Se detuvieron a conversar con lord y lady Glossup, los padres de James, con los que él estaba emparentado. Pasaban gran parte del tiempo en Glossup Hall, la propiedad que poseían en Dorset, pero habían viajado a Londres para asistir a la boda y saltaba a la vista la dicha que sentían al ver tan feliz a su hijo. Era una pareja que vivía bastante apartada de la alta sociedad, pero en aquel ambiente tan familiar y relajado no tenían reparos en mostrar abiertamente su alegría.

Cuando Mary y él se alejaron para seguir circulando, ella se inclinó un poco más hacia él y le confió en voz baja:

—A Henrietta le preocupaba que se sintieran incómodos entre tanta gente, pero da la impresión de que están muy relajados.

—Antes solían pasar mucho más tiempo en Londres, pero con el paso de los años fueron decantándose por la vida campestre. Sobre todo Catherine, aunque Harold también la prefiere.

—Yo creo que lo que más preocupaba a Henrietta era que les resultara difícil relacionarse con la gente debido a un desafortunado incidente ocurrido tiempo atrás, un incidente relacionado con la difunta esposa de Henry, el hermano mayor de James, pero parece ser que al menos se han repuesto lo suficiente para que Henrietta y James se sientan orgullosos, que es lo principal.

—Sí, sin duda —Ryder miró por encima de las cabezas hacia un caballero de semblante sobrio que permanecía un poco apartado cerca de la pared—. Henry ha intentado poner buena cara durante la boda, pero aun así parece...

—Triste, está triste. Espero que logre recobrarse.

—Eres consciente de que está emparentado conmigo, ¿verdad? Cuando nos casemos te convertirás en la matriarca de toda la familia, así que no me extrañaría que te propusieras ayudarle.

Miró al frente al añadir aquellas últimas palabras, y por el rabillo del ojo vio cómo se iluminaba su sonrisa.

—¡Qué gran idea! No sabía que tuvierais una relación tan cercana.

Él asintió y no tuvo ningún reparo en dejar a Henry a merced de las fieras... o, en ese caso, de la fierecilla.

—Yo no diría que es cercana exactamente, pero sí que es sólida.

A juzgar por lo que había visto hasta el momento, la camaradería que unía a los varones de una familia siempre conllevaba alentar a los que aún no se habían echado la soga al cuello a rendirse ante el destino. Y si de paso uno podía ganarse la aprobación de su propia esposa, pues mejor que mejor.

—Ah, y no te olvides de Oswald, el hermano menor de James. Seguro que él también necesita que le ayuden.

—Ajá —se limitó a contestar ella.

Simon emergió en ese momento de entre el gentío y sonrió al verlos.

—¡Te estaba buscando, Ryder! Verás, es que...

Se interrumpió al ver que se unía a ellos el honorable Barnaby Adair, quien les saludó con su habitual encanto lleno de elegancia y caballerosidad. Mary le conocía bien, y Ryder había coincidido con él en varias ocasiones desde que su vida se había unido a la de los Cynster.

—Adair y yo queríamos preguntarte si has recibido algún

dato concreto sobre quién contrató a los dos granujas que intentaron asesinarte.

Ryder contestó aunque no había tenido intención de sacar el tema durante aquella celebración.

—No. St. Ives me mandó un mensaje para informarme de que Fitzhugh afirmó que no sabía nada al respecto, y parece ser que los que estaban presentes creen que estaba siendo sincero; a decir verdad, lo que sé de él me induce a pensar también que no tuvo nada que ver. Es posible que en un arranque de ira le encargara a alguien que acabara conmigo, pero no creo que mintiera y lo negara una vez que se calmara y recobrara la cordura.

—¿Ni siquiera sabiendo las consecuencias que sin duda tendrían sus actos? —le preguntó Barnaby.

Él le dio vueltas a la cuestión, y al cabo de unos segundos negó con la cabeza.

—No, yo diría que Fitzhugh es un hombre honorable a pesar del mal genio que pueda tener.

—Sí, Diablo opina igual que tú —admitió Simon—. Así que de momento seguimos sin saber quién contrató a esos hombres para que te mataran, y mucho menos por qué.

Mary se movió ligeramente para poder mirar a Ryder a la cara, y este se volvió ligeramente hacia ella y sus miradas se encontraron. Supo sin necesidad de que él dijera ni una sola palabra que habría preferido no exponerla a aquella conversación, pero estaba muy equivocado si creía que iba a alejarse para dejarles hablar tranquilos o a permitir que ellos se fueran a conversar a otro lado.

Él debió de darse cuenta de lo decidida que estaba, porque miró a Simon y a Barnaby y, al cabo de un momento, admitió:

—El investigador que contraté estuvo indagando más a fondo y averiguó que el hombre que les contrató era un abogado de aspecto turbio, uno que parecía estar muy fuera de lugar. El investigador fue a verle, pero llegó a un punto muerto incluso peor que el anterior. El tipo accedió a describir al hombre que le había contratado para que contratara a su vez a los dos matones, pero hay miles de criados en las casas de la alta sociedad que encajarían con la descripción que dio.

—¿El hombre que contrató al abogado es un criado? —le preguntó Barnaby.

—Sí, así es. No llevaba librea, por supuesto, y en opinión del abogado no era un criado de alto rango, pero basándonos en su descripción podría ser desde un lacayo sin uniforme hasta un ayudante de cocina o un mozo de cuadra.

—También podría tratarse de alguien que fue contratado para contratar a su vez al abogado, las posibilidades son innumerables —afirmó Simon—. La probabilidad de poder encontrarlo es muy remota.

Nadie dijo nada por unos segundos, tras los cuales Barnaby miró a Ryder y le dijo con semblante serio:

—Dadas las circunstancias, aunque preferiría no tener que hacerlo, me veo obligado a aconsejarte que permanezcas alerta —su mirada se desvió hacia Mary por un momento antes de posarse de nuevo en Ryder—. Si alguien se tomó la molestia de contratar a dos hombres para que te asesinaran, la experiencia me dice que es muy improbable que se detenga tras una única intentona fallida. Es mucho más probable que lo intente de nuevo.

Hubo un instante de silencio, un instante en el que Mary miró a uno y a otro sin decir palabra y tras el cual Ryder asintió con la cabeza.

—Gracias, lo tendré en cuenta.

Aquella simple contestación la dejó desconcertada. Tuvo la clara impresión de que la última parte de la conversación había tomado un enrevesado derrotero que solo podría seguir una mente masculina, pero antes de que pudiera exigir una explicación Barnaby la distrajo primero con un mensaje de Penelope y después con un comentario sobre su heredero, el joven Oliver.

Simon contribuyó con una anécdota sobre sus dos hijos, que también eran muy pequeños, y ella tuvo que reprimir una sonrisa mientras les escuchaba. Era increíble cómo afectaba la paternidad a hombres como ellos, hombres como su hermano, como Barnaby y, seguramente, como el propio Ryder.

Sonrió encantada y le lanzó una mirada de soslayo, ¡estaba deseando ver lo que les deparaba el futuro en ese sentido!

Él se volvió hacia ella al notar el peso de su mirada y la observó con ojos penetrantes; debió de leerle bastante bien el pensamiento, porque enarcó una ceja, pero en ese momento los músicos empezaron a tocar el vals nupcial y los invitados se apresuraron a apartarse para dejarles el centro del salón a los recién casados.

Mientras veía a su hermana bailando en brazos de James, Mary vio con claridad el amor que había entre ellos. Estaba a plena vista y resplandecía, lleno de vida, en la mirada que la pareja compartía, en la sonrisa radiante que iluminaba el rostro de Henrietta. Era un amor que resplandecía con igual intensidad en el rostro de James, un rostro cuya expresión había pasado a estar totalmente centrada de aquella forma tan peculiar que revelaba ante todo el que tuviera la capacidad de percibirlo que Henrietta se había convertido en su vida entera, que estaba entregado en cuerpo y alma a ella y a la vida que iban a construir y a compartir.

«Con mi cuerpo te honro...».

Ese era el significado de aquel vals nupcial. Aquella era la expresión física de los votos matrimoniales que habían pronunciado en la iglesia, una expresión que hizo que muchos ojos se inundaran de lágrimas y que dibujó sonrisas arrobadas en el rostro de todos los presentes.

Ella parpadeó y se dio cuenta de que también estaba sonriendo, pero más allá de la felicidad que sentía por su hermana y por su cuñado subyacía la firme determinación de conseguir también aquello, justamente aquello. Quería que su vals nupcial fuera así.

Simon y Barnaby se habían ido en busca de Portia y Penelope respectivamente, y Ryder la tomó del codo e inclinó la cabeza hacia ella para murmurar:

—Unámonos al baile.

—Sí, por supuesto.

Manteniendo en todo momento una sonrisa deliberadamente cortés en el rostro, ocultando la firme determinación que sentía, avanzó con él, dejó que la tomara entre sus brazos y se sumaron al resto de familiares que estaban incorporándose al vals nupcial.

El vals fue una oportunidad que Ryder recibió con los brazos abiertos. Le proporcionaba algo con lo que poder satisfacer, aunque fuera de forma temporal, a la hambrienta bestia salvaje que acechaba impaciente en su interior, algo con lo que poder calmar a esa parte de su ser y distraerla de la concatenación de provocaciones que le empujaban a ir en una dirección.

Mientras giraban por el salón y Mary, con su habitual abandono, se entregaba por completo al baile, la contempló totalmente cautivado mientras por fuera se aferraba como buenamente podía a la máscara de sofisticado, lánguido y hastiado león de la alta sociedad.

Había pasado los dos últimos días deseándola con una avidez descarnada que no había sentido nunca antes por ninguna otra mujer, y mucho menos después de haberse acostado con ella. Por regla general, después de un primer encuentro solían pasar unos días o incluso una semana antes de que sintiera el más mínimo impulso de repetir la experiencia, pero en el caso de su futura esposa ya había estado planeando una segunda vez mientras la llevaba de vuelta a su casa y no estaba seguro de si esa era una señal alentadora o, por el contrario, un aviso de que tenía que echar marcha atrás a toda velocidad.

Fuera como fuese, su yo interior estaba absolutamente centrado en su objetivo y no estaba dispuesto a dar marcha atrás; además, el hecho de que Barnaby le advirtiera que si alguien intentaba atacarle de nuevo ella también podría resultar lastimada había acentuado aún más la necesidad creciente que le atenazaba de mantenerla a salvo en su guarida, de protegerla en todo momento.

Necesitaba tenerla durmiendo plácidamente a su lado, saciada y relajada y... y rebosante de toda la felicidad que tan solo él podía darle. Así era como su yo interior veía las cosas, y no iba a ceder ni lo más mínimo.

No había sentido jamás ni el más ínfimo impulso posesivo hacia ninguna de sus amantes anteriores. Intentaba justificar lo que le pasaba con Mary, aquella compulsión hasta entonces desconocida, con el argumento de que ella estaba destinada a ser su esposa, pero aun así se sentía extrañamente desestabilizado. No estaba seguro de hacia dónde le conducía su relación con ella, pero lo que tenía claro era que nunca antes había recorrido aquella senda.

Al margen de cómo quisiera racionalizar todo aquello, al margen de si sus instintos la veían bajo una luz diferente debido a que ella tenía un carácter más fuerte y difícil de manejar o porque para dichos instintos ella era ya su mujer, el impulso de atraparla y hacerla suya, de mantenerla a su lado, permanecía intacto; de hecho, cada vez iba en aumento. En contra de lo que esperaba, el vals no sirvió para calmarlo y mucho menos para saciarlo.

Cuando la pieza llegó a su fin y se detuvieron, ejecutó la inclinación de rigor y ella respondió con una formal reverencia; después de ayudarla a incorporarse, la instó a tomarle del brazo y se dispusieron a circular de nuevo entre los invitados.

La tarde fue transcurriendo en medio de aquel ambiente festivo hasta que, entre bromas y risas, los invitados bajaron al vestíbulo para despedir a una radiante Henrietta y a un James henchido de orgullo, que iniciaban su vida como marido y mujer; después de la lluvia de arroz y de recibir un sinfín de comentarios y de consejos, James ayudó a Henrietta a subir al carruaje, entró tras ella y cerró la portezuela. El cochero, quien tenía una sonrisa de oreja a oreja en el rostro, restalló el látigo y condujo los caballos al trote por el lateral de Grosvenor Square antes de enfilar por Upper Brook Street.

Ryder se volvió a mirar a Mary, que estaba un escalón por encima de él en la escalera de entrada, y le preguntó:

—¿Se dirigen a Wiltshire?

—Sí, así es. Regresarán en cinco días, a tiempo para asistir a nuestra boda, pero querían empezar donde piensan terminar, por decirlo de alguna forma, y lo antes posible.

—¿Son tan impacientes como tú?

Ella le sostuvo la mirada por un instante antes de contestar con voz suave:

—Dudo mucho que eso sea posible.

Él no dejó escapar aquella oportunidad.

—En ese caso, deja abierta esta noche la ventana del otro día.

Ella le observó con toda la serenidad del mundo, y al cabo de unos segundos hizo un gesto negativo con la cabeza.

—No, destrozarías mi cama. Iré a tu casa como la otra noche.

—No —su visceral necesidad de protegerla rechazaba por completo esa opción, pero se apresuró a revaluar la situación y a corregirse al ver la expresión de altiva independencia que emergía en aquellos ojos azules—. No me gusta la idea de que vayas sola a ningún lado, ni siquiera al callejón de detrás de tu casa, así que hagamos lo de la otra noche a la inversa. Sal por la ventana del saloncito y nos encontraremos allí mismo, en el jardín. Mi carruaje estará esperándonos para llevarnos a casa.

Aquellas últimas palabras fueron un pequeño desliz que pronunció llevado por el instinto y de forma medio deliberada. A ella no se le pasó por alto, pero tras observarle pensativa unos segundos sonrió y no hizo ningún comentario al respecto.

—Está bien —indicó con un vago ademán al resto de invitados, no faltaba demasiado para que la celebración llegara a su fin—. Después de esto seguro que todo el mundo se retira temprano a descansar, nos vemos a las once.

Él no sonrió, se limitó a asentir y a decir:

—Allí estaré.

Cuando ella salió por la ventana Ryder ya estaba allí, esperándola entre las sombras de la parte trasera de la casa; después de ayudarla a salir, bajó con sigilo la hoja de la ventana, la tomó de nuevo de la mano y la condujo a través del jardín en penumbra. Cuando salieron a la calle la llevó hasta su carruaje, que no tenía marca distintiva alguna, y el arnés tintineó cuando la ayudó a subir y entró tras ella.

El cielo nocturno estaba encapotado, las nubes tapaban la luna y el riesgo de que alguien les viera lo bastante bien como para reconocerles era muy escaso. Se sentó junto a ella en el asiento después de cerrar la portezuela, y cuando el carruaje se puso en marcha con una ligera sacudida y empezó a avanzar con lentitud se sintió tentado, muy tentado, a tomarla entre sus brazos y besarla hasta dejarla sin aliento, a devorar su boca y saborear su pasión.

Pero en vez de eso se limitó a seguir sosteniéndole la mano con firmeza contra el asiento, entre los cuerpos de ambos, mientras fingía que miraba por la ventanilla y veía pasar las casas, e intentó no preguntarse por qué no se atrevía a rendirse ante aquel impulso casi irrefrenable.

Hacía mucho, muchísimo tiempo que no ponía en duda su

autocontrol, que no tenía motivo alguno para dudar de él, pero el deseo que en ese momento le hormigueaba bajo la piel era demasiado poderoso como para ser ignorado. Sabía que, una vez que empezara a besarla...

Por suerte, el trayecto hasta Mount Street apenas duró unos minutos y en cuanto el carruaje se detuvo abrió la portezuela, se apeó a toda prisa y la ayudó a bajar. Cerró la portezuela y le hizo un gesto afirmativo a su cochero, Ridges, antes de subir los escalones de entrada junto a ella, y al llegar al porche bañado en sombras se sacó la llave del bolsillo y la metió en la cerradura.

—¿Pemberly no está?

—Les he dicho tanto a él como al resto del servicio que podían retirarse —la miró a través de la penumbra—. Ridges regresará de madrugada para llevarnos de vuelta a Upper Brook Street —abrió la puerta y la hizo entrar.

—Pobrecito —dijo ella, mientras se adentraba en el oscuro vestíbulo.

Él soltó una carcajada y cerró la puerta antes de contestar, sonriente:

—De pobre no tiene nada, y está encantado de poder ayudarnos —al ver que se volvía a mirarlo y enarcaba las cejas en un gesto interrogante, se acercó a ella y añadió—: sabe que serás su señora en breve.

—Ah —le observó con ojos penetrantes por un momento antes de preguntar—: ¿puedo deducir entonces que el personal de tu casa se alegra de la noticia?

No la había llevado hasta allí para hablar del servicio.

—Todos están entusiasmados —se quedó mirándola unos segundos mientras ella enarcaba las cejas y esbozaba una sonrisa, y no pudo evitar admitir—: pero la felicidad que sienten no puede compararse a la mía —titubeó ligeramente y, a pesar de saber que estaba cometiendo una temeridad, añadió—: eres consciente de ello, ¿verdad?

Ella le observó en silencio unos segundos más, y entonces su sonrisa se ensanchó aún más y se limitó a decir:

—Puede que sí —se volvió con un revuelo de faldas y se dirigió hacia la escalinata—, aunque... —se detuvo con una mano puesta en la barandilla y un pie en el primer escalón, y se volvió a mirarlo— quizás deberías recordarme lo complacido que te sientes por nuestra inminente unión.

Él le sostuvo la mirada mientras cruzaba el vestíbulo. Se detuvo al llegar junto a ella, la miró a la cara y dejó pasar un instante antes de preguntar:

—¿Eso es un desafío?

—Espero que lo consideres como tal y te esfuerces debidamente.

Una parte de su ser se echó a reír, y el resto picó el anzuelo. Sus labios se curvaron en una sonrisa (sí, una sonrisa de diversión, pero también intensa y llena de determinación) mientras se disponía a tomarla entre sus brazos y...

Ella soltó una carcajada ahogada y echó a correr escalera arriba.

Fue tras ella a toda velocidad y estaba pisándole los talones antes de darse cuenta de lo que estaba haciendo, pero recobró a tiempo la habilidad de pensar. La dejó alcanzar el descansillo de media vuelta y entonces le rodeó la cintura con un brazo, la hizo girar mientras se volvía hacia la pared lateral y la aprisionó contra ella mientras se adueñaba de su boca y la devoraba.

Mary hundió los dedos en su leonada melena y se aferró a él como si le fuera la vida en ello, se dejó arrastrar por aquel torbellino de sensaciones y abrió de par en par sus sentidos; durante un largo y glorioso momento se limitó a disfrutar de la pasión de Ryder, y entonces se dedicó en cuerpo y alma a devolvérsela.

Agarró con fuerza aquellos espesos mechones mientras le devolvía el beso, mientras contestaba a cada hambriento envite de él con su propio fuego, su propia pasión, su propio deseo ardiente. Sentía cómo se abría paso en su interior, irrefrenable y poderoso. Era un intenso anhelo de unirse a Ryder, de estar desnuda y fusionarse con él y perderse por completo entre las llamas de la pasión.

La compulsión fue ganando fuerza, cada vez era más intensa, un apremio incontrolable que le corría por las venas.

Sus bocas se devoraban, hambrientas y ardientes y llenas de avidez, mientras se besaban con pasión desatada. Las riendas iban pasando del uno al otro, sus lenguas se batían en duelo buscando... él, la supremacía, ella, la igualdad de fuerzas.

Ella ganó, defendió el terreno ganado, le presionó aún más y percibió el momento exacto en que él se quebró, en que admitió que le daba igual cómo fuera mientras la hiciera suya... y ella lo hiciera suyo a su vez.

Apenas tuvo un segundo para preguntarse qué iba a suceder a continuación antes de que él la alzara contra su cuerpo de improviso, pero reaccionó de inmediato y ajustó el ángulo del beso porque no quería que el contacto se interrumpiera, porque no quería que ninguno de los dos tuviera ni un instante para pensar; cuando él retrocedió y la apartó de la pared, ella alzó las piernas y se retorció y maniobró hasta lograr colocarse la falda de forma que le permitiera aferrarse a sus masculinas caderas con los muslos.

Él soltó una especie de gruñido gutural, pero, al igual que ella, no intentó interrumpir el ardiente beso y deslizó las manos bajo sus caderas para sujetarla mientras echaba a andar escalera arriba.

Ella dio gracias al Cielo por lo fortachón que era y dejó en sus manos la tarea de llevarlos hasta la habitación mientras, por su parte, se centraba en el beso y en mantenerlos a ambos profundamente inmersos en aquel mar ardiente para que no se apagaran las llamas que ya habían encendido.

Puso tal empeño en ello y tuvo tanto éxito que, al llegar al pasillo donde estaba su habitación, él la sentó encima de una mesa que estaba colocada contra la pared, enmarcó su rostro entre las manos, tomó el control del beso e insufló un torrente de fuego en sus venas.

Ella echó la cabeza hacia atrás con un jadeo y él permitió que interrumpiera el beso, pero entonces puso con suavidad la palma de la mano en su mandíbula, la instó a alzar la barbilla, bajó la cabeza y posó los labios en su cuello. Trazó un ardiente sendero descendente que la marcó a fuego hasta llegar al valle donde el pulso de ella latía acelerado, chupó y succionó con ardor hasta hacerla estremecer de placer.

Lo oyó soltar un sonido ronco y gutural, y de repente notó que el vestido se le aflojaba y él empezaba a bajárselo; antes de que recobrara la compostura suficiente para poder reaccionar, él le bajó el vestido y la camisola hasta la cintura y bajó la cabeza hacia sus senos desnudos.

Empezó a succionar con fuerza un erecto pezón, y la intensa sensación le hizo soltar un grito de placer que resonó, seductor y excitante, en medio de la oscuridad. Él soltó una carcajada áspera y entrecortada, cubrió el otro pecho con la mano y empezó a amasarlo y a estrujarlo mientras se adueñaba de ella con los labios y la lengua. Deslizó la otra mano por su cintura hasta llegar a su espalda para sujetarla y sostenerla, esperó a que ella sacara a ciegas los brazos de las mangas, y entonces la echó hacia atrás hasta hacerla apoyar la parte posterior de la cabeza contra la pared y se abatió sobre ella para retomar su tarea.

Parecía estar decidido a enloquecerla hasta dejarla reducida a un estado de total abandono, pero, de ser así, ya lo había logrado. Ella gimió de placer mientras se aferraba a su pelo, mientras mantenía los ojos cerrados y la cabeza echada hacia atrás; se arqueó enfebrecida mientras aquella cálida boca rendía pleitesía a su sensible piel, mientras él la bombardeaba con un sinfín de sensaciones increíblemente intensas.

La pasión era ya un rítmico martilleo que resonaba con fuerza en sus venas. Se preguntó cuánta fuerza podría llegar a alcanzar y se estremeció expectante, consciente de que no iba a tardar en averiguarlo.

A pesar del potente deseo que la inundaba, en esa ocasión era más consciente de lo que pasaba, podía apreciar mejor la sensual maestría de Ryder. La vez anterior sus sentidos se habían visto arrastrados por la pasión, pero en esa ocasión estaban navegando sus aguas.

El fuego, el calor de las llamas, la pasión cada vez más intensa... era algo que deseaba, que ansiaba y necesitaba con todas sus fuerzas; más que nada, anhelaba la fusión hacia la que iban a conducirles, aquella unión tan intensa, íntima y poderosa.

La primera vez había estado demasiado distraída como para poder asimilar bien todos los detalles, pero en esa ocasión sus sentidos estaban ávidos y devoraban con glotonería hasta el más mínimo matiz.

Tenía el vestido y la camisola arrebujados alrededor de la cintura. Él estaba de pie entre sus piernas, manteniéndole los muslos abiertos con las caderas, y de repente se movió ligeramente y apartó la mano de su pecho para ir deslizándola hacia abajo. Al llegar a la cintura apartó a un lado la tela, posó la mano abierta sobre su estómago, y al cabo de unos segundos sus largos dedos siguieron bajando, se abrieron paso entre el vello del vértice de sus muslos y se hundieron en su sexo.

Ella se sacudió sobresaltada, se estremeció de placer y contuvo el aliento mientras él la exploraba, mientras la acariciaba y abría los húmedos pliegues, mientras trazaba pequeños círculos y presionaba con suavidad. Se retorció jadeante, enloquecida por las deliciosas sensaciones que le corrían bajo la piel. Necesitaba más, necesitaba...

Él apartó la boca de su pecho, masculló una imprecación en voz baja y sacó la mano de entre sus muslos.

—¡No! —le pidió ella, mientras le agarraba el brazo con desesperación para detenerlo.

—¡Espera!

Se lo ordenó con una voz ronca y tajante que no admitía discusión alguna, pero ya estaba levantándole la falda para que no le estorbara. Posó la dura palma de la mano en su rodilla, la deslizó por encima de la media, dejó atrás la liga y cubrió sin titubear los henchidos pliegues de su sexo.

Fue un contacto flagrantemente posesivo que la sacudió de pies a cabeza, pero no tuvo tiempo de recobrar el aliento. Él la penetró con un dedo y después con otro más, fue hundiéndolos más y más...

Estremecida de placer, jadeante, siguió aferrada a su brazo y a su cabeza mientras se arqueaba, mientras se alzaba y le facilitaba el acceso de forma instintiva. Él aprovechó al máximo su total entrega y flexionó la mano, la movió a un ritmo cada vez más intenso y profundo, usó sus enloquecedoras caricias para jugar sin compasión con sus sentidos.

Ella sintió que una tensión cada vez más intensa iba atenazándola. Era una tensión que, aun siendo similar al compulsivo anhelo de la vez anterior, no era exactamente igual, pero que iba ganando más y más fuerza avivada por las íntimas caricias de Ryder, por cada profundo envite de sus dedos.

Él bajó de nuevo la cabeza hacia sus henchidos senos, atrapó los fruncidos pezones entre sus labios y tironeó de ellos juguetón antes de cubrirlos con la boca y empezar a chupar y succionar con ardor.

Ella cerró los ojos mientras las embriagadoras sensaciones se sucedían en una cascada irrefrenable, mientras entrechocaban en una vorágine cegadora, mientras teñían su piel de un acalorado rubor y recorrían su cuerpo en pulsantes oleadas. Oyó cómo su propia respiración iba volviéndose agitada y desesperada; sintió cómo las llamas la recorrían voraces y se abrían paso hasta lo más hondo de su ser, cómo la abrasaban y ardían cada vez más y más...

Sí, más... más fuerte, más rápido, más... la tensión cada vez era más intensa, el fuego la consumía por completo. Jadeó y se retorció, pero nada lograba calmar el deseo que la consumía, nada colmaba el voraz vacío que sentía en su interior.

Pero entonces él movió la mano, colocó el pulgar sobre el sensible nudo que se ocultaba entre sus pliegues y empezó a presionarlo siguiendo el ritmo de las cada vez más fuertes embestidas de sus dedos, de la succión cada vez más intensa con la que su boca estaba atormentando un pezón... y la hizo estallar en mil pedazos.

Gritó de placer mientras su mundo se hacía añicos, mientras sus sentidos se fragmentaban y se descontrolaban.

El impacto de la devastadora sensación la dejó sin fuerzas y tambaleante, y una profunda lasitud la recorrió en una arrolladora oleada. El mundo que la rodeaba parecía distante y remoto, se sentía como desconectada de todo, pero al mismo percibía lo que la rodeaba y era consciente de lo que estaba pasando.

Mientras luchaba por respirar y el corazón le palpitaba atronador en los oídos y en la entrepierna, notó cómo los dedos de Ryder salían de su cuerpo, fue una sensación intensa y profunda. Él sacó entonces la mano de debajo de la falda, la levantó de la mesa, alzó en brazos su laxo cuerpo (estaba tan floja que ni aun queriendo habría podido protestar) y la llevó a su habitación.

Ryder maniobró para poder abrir la puerta con ella en sus

brazos, entró en la habitación y cerró tras de sí con el tacón. En esa ocasión Collier tan solo había dejado encendidas las dos lámparas que había sobre las mesitas de noche, y aunque estaban graduadas al mínimo bañaban la cama con una suave luz dorada.

Era el marco perfecto para una belleza saciada de placer.

Condujo a Mary hasta la cama, se arrodilló en el colchón, la tumbó con delicadeza y le apoyó la cabeza en las almohadas, cuyo tono marfileño contrastaba con su cabello oscuro. Se tomó un instante para saborear el momento y para dar gracias por haberla podido llevar al clímax con rapidez y aprovechar la oportunidad (una oportunidad remota y, seguramente, la única que iba a tener) de retomar el control, de volver a estar al mando de la situación.

La pasión retumbaba en sus venas, poderosa e inexorable, pero aquella era una situación con la que tanto él como el deseo que lo inundaba estaban familiarizados. Era una pausa momentánea, un paréntesis temporal que le iba a permitir alcanzar en breve una satisfacción incluso más profunda y completa.

Dios, Mary había sido tan... la palabra que le vino a la mente para describirla fue «potente». Ella era como una droga que tenía el poder de enloquecerlo de deseo, de hacer que su cuerpo entero ardiera de pasión.

Tenía que reprimir y manejar la poderosa reacción que ella despertaba en su interior. Incluso después del primer encuentro que habían tenido (o, quizás, aún más debido a dicho encuentro) sentía la imperiosa necesidad de permanecer al mando. No sabía si iba a poder controlarla a ella, pero necesitaba poder controlarse a sí mismo por lo menos.

Sabía que disponía de poco tiempo antes de que ella recobrara las fuerzas e intentara manejarlo todo (a él, a los dos, la situación, lo que pasara o dejara de pasar... en fin, absolutamente todo), así que la despojó del vestido, la camisola y las medias y la cubrió con la colcha dorada para evitar que se enfriara. No tuvo más remedio que aceptar el hecho de que si no se desnudaba cuanto antes ella iba a insistir en ayudarle a hacerlo y, como solo Dios sabía a dónde les conduciría eso, en un tiempo récord se desprendió de la levita y del chaleco, se desanudó el pañuelo y se quitó la camisa, los zapatos, las medias y los pantalones.

Al volverse hacia la cama sintió que su mirada lo recorría como una caricia palpable. Ella lo contempló abiertamente con sensual aprobación mientras lo veía acercarse, sus labios esbozaron una pequeña sonrisa y el azul de sus ojos se tornó aún más intenso mientras su mirada se llenaba de calidez.

Él era plenamente consciente de cómo le veían las mujeres («impresionante» era un epíteto usado con frecuencia para describirle), y sintió cierto alivio al ver que en el rostro de Mary tan solo se reflejaba una ufana y muy femenina expresión posesiva. No había sorpresa ninguna empañando sus ojos color azul aciano, y mucho menos miedo; de hecho, lo único que alcanzaba a distinguir en ellos era un brillo expectante, pero uno más específico y focalizado que el de dos noches atrás.

Su expresión manifestaba a las claras que sabía lo que se avecinaba, y que estaba deseosa de disfrutar de cada segundo de la experiencia.

Su miembro ya estaba totalmente erecto, pero verla con esa expresión en el rostro, saber lo que esa expresión implicaba, hizo que se pusiera más rígido aún.

Se detuvo junto a la cama, echó la colcha hacia abajo y se tomó un último instante para disfrutar viéndola así, saciada y con el cabello revuelto, tumbada con sensual abandono en su cama. Dejó que su mirada fuera deslizándose poco a poco por sus pequeños y delicados pies, por sus torneadas pantorrillas, por los deliciosos hoyuelos de sus rodillas y por sus esbeltos muslos; fue subiéndola por aquellos rizos oscuros que ya estaban humedecidos por el deseo, por la ligera curva de su estómago, por la curvilínea cintura, por los firmes y altos pechos cuyos pezones se fruncieron como si los hubiera acariciado, por el cuello y la barbilla, por sus labios... y cuando llegó a sus ojos descubrió que ella había estado esperando.

Parpadeó sorprendido cuando ella, con una sonrisa tan dulce como decidida, alzó los brazos hacia él en una orden muda, pero obedeció y se tumbó a su lado apoyado en un codo. Alargó la mano hacia su vientre, pero antes de que pudiera tocarla ella rodó hacia él y se sentó. El inesperado movimiento lo tomó desprevenido y se echó ligeramente hacia atrás de forma instintiva y, aunque se dio cuenta de inmediato del error e intentó rectificar e incorporarse, ya era demasiado tarde. Ella ya había apoyado las palmas abiertas sobre su pecho con avidez.

Con un ágil y sinuoso movimiento, Mary se inclinó hacia él y deslizó el cuerpo a lo largo del suyo hasta que las caderas de él quedaron medio cubiertas por las suyas, hasta que le rozó el estómago con el suyo y las piernas de ambos se entrelazaron con suavidad, hasta que notó cómo su rígida erección le rozaba la cadera. Cerró los ojos por un segundo y respiró hondo mientras se limitaba a saborear la sensación de tenerlo apretado contra su cuerpo. En esa ocasión era plenamente consciente del contacto de su masculino cuerpo desnudo contra el suyo, de la ligeramente abrasiva caricia de sus extremidades espolvoreadas de vello contra su fina piel, del táctil contraste que había entre los cuerpos de ambos... el uno duro, musculoso y recubierto de una tirante piel, y el otro firme, terso y esbelto.

Sabía que a él le habría resultado muy fácil obligarla a echarse de nuevo hacia atrás, pero cuando sus miradas se encontraron y ella empezó a acariciarle con abandono, sin ocultar el placer que sentía al hacerlo, se limitó a permanecer quieto y la miró con ojos penetrantes como si estuviera intentando adivinar qué era lo que ella estaría planeando.

Estaba tan complacida al ver que no oponía resistencia, que lo miró sonriente y le sacó de dudas.

—Antes de proseguir quería preguntarte algo. ¿Podrías...? ¿Irás poco a poco cuando yo te lo pida?

Él la miró sorprendido y no se molestó en intentar ocultar su incredulidad.

—¿Quieres ir poco a poco?

—Solo cuando yo lo diga, y solo en esos momentos concretos —se apresuró a hacer aquella aclaración; consciente de que con él su mejor arma posible era un desafío, le sostuvo la mirada y enarcó una ceja—. El resto del tiempo preferiría que fuéramos a nuestro ritmo desenfrenado de siempre. Se adapta mucho mejor a nuestra forma de ser, ¿no te parece?

Al ver que no contestaba y que la miraba con suspicacia creciente, se echó a reír.

—¡Estoy siendo sincera! —cruzó los brazos, aplastó los senos contra su musculoso pecho al tumbarse sobre él, sonrió llena de deleite al notar que el contacto hacía que se tensara de pies a cabeza, y le miró a los ojos—. Bueno, ¿cuál es tu respuesta? —el abrasivo contacto con el hirsuto vello de su pecho hizo que los pezones se le pusieran dolorosamente tensos. Resistió el impulso de cerrar los ojos extasiada, y le sostuvo la mirada al añadir—: ¿podemos hacerlo a mi manera por esta única vez?

—¿Solo será por esta vez?

Ryder no estaba nada convencido de que fuera a ser así; mejor dicho, tenía la sospecha de que una sola vez iba a bastar para afectarles a ambos de por vida. Sus instintos no estaban siéndole de ayuda, y eso era algo muy inusual. Por un lado le alertaban a voz en grito y con insistencia que el camino por el que ella, cual seductora sirena, estaba incitándole a seguir era peligroso, que debía actuar con cautela o incluso batirse en retirada, pero por el otro le empujaban a darle todo lo que ella le pidiera; no solo eso, sino que insistían en que era su deber consentirla y complacer todos y cada uno de sus deseos.

La verdad era que no había elección posible. A pesar de ser consciente de ambos impulsos, el segundo era el dominante, era prácticamente una necesidad visceral. Respiró hondo, intentó no pensar en la firme presión de sus senos contra el pecho y la miró a los ojos al decir:

—Está bien, vamos a hacerlo a tu manera. Esta única vez. ¿Qué quieres hacer?

Ella lo miró con una sonrisa tan radiante como el sol. Se echó un poco más hacia arriba hasta que estuvieron cara a cara, y lo miró con ojos chispeantes y llenos de entusiasmo.

—¡Te lo diré cuando llegue el momento! —inclinó la cabeza y, sin más, lo besó y los lanzó de nuevo a las llamas.

Él se quedó con la mente en blanco por un momento, y entonces luchó por pensar a toda velocidad para intentar alcanzarla, para intentar ejercer algún grado de control.

Le había tomado desprevenido el que las llamas aguardaran tan cerca de la superficie. Si bien era cierto que había estado brutalmente excitado desde que se había tumbado junto a ella, había dado por hecho que el ardor de Mary se habría enfriado y que tardarían un tiempo en...

Pero nada más lejos de la realidad. Había bastado con un beso, con que ella se adueñara de su boca y él respondiera de forma instintiva, para que las llamas estallaran entre los dos.

No había forma de refrenar aquello. Era imposible controlar aquella pasión ardiente, aquella conflagración de deseo que los sacudía y los envolvía y los consumía por completo.

Ella se echó a un lado de improviso para colocarse de espaldas, tiró de él con apremio a pesar de que la había seguido al instante. Se desató entonces un acalorado forcejeo mientras ella deslizaba las manos por su piel, mientras las bajaba por su cuerpo en busca de su erección y las cerraba con avidez a su alrededor y sus palmas le acariciaban con voracidad.

Él amasaba sus senos y la besaba enfebrecido mientras ella, su ardiente sirena, le inflamaba y le acicateaba.

¿Poco a poco?, ¿aquello era ir poco a poco para ella?

Fue ella la que abrió las piernas de par en par, la que se retorció y maniobró hasta tenerle con las caderas en la posición adecuada. Él masculló una imprecación e interrumpió el beso el tiempo justo para bajar la mano y colocar su dolorida erección en la entrada de su cuerpo.

Un cálido néctar bañó la ancha punta. Estaba más que húmeda, preparada y dispuesta, y la desesperación con la que se aferraba a él así lo atestiguaba.

Estaba igual de atrapado que ella en aquella ardiente desesperación, presa de hasta el más mínimo movimiento que ella hacía mientras la cubría por completo con su cuerpo. Le aferró las caderas, volvió a hundirse en el ardiente paraíso de su boca y se dispuso a penetrarla...

Ella echó la cabeza hacia atrás de golpe y jadeó con voz ronca:

—¡Ahora!, ¡poco a poco!

Le costó asimilar lo que acababa de oír.

—¡Santo Dios! —apoyó el peso en los codos, apretó los dientes y la mandíbula mientras se tensaba de pies a cabeza y libraba una descarnada batalla contra el abrumador impulso de moverse, de hundirse en el cálido paraíso que le esperaba incitante.

Ella tragó una bocanada de aire y logró hacer un pequeño asentimiento de cabeza.

—Quiero... sentirte. Ahí dentro. La primera vez no tuve ocasión de hacerlo...

Su explicación no estaba ayudándole en nada.

—Voy a intentarlo —alcanzó a decir con voz gutural, antes de callarla de la única forma que funcionaba con ella (es decir, con un beso).

Luchó por darle lo que quería, luchó con todas sus fuerzas.

La penetró apenas un poquitín, lo justo para que la punta de su erección franqueara la prieta entrada, y notó el estremecimiento que la recorría. No era un estremecimiento causado por el miedo, sino por una expectante y sensual curiosidad que le llegó a lo más hondo, que le hizo estremecer a su vez y le dio las fuerzas suficientes para intentar avanzar un poquito más. Hizo una nueva pausa, y entonces avanzó un poco más.

Ella estaba tan tensa como él, y suspiró contra su boca antes de apartarse lo suficiente para poder susurrar contra sus labios:

—Dios... sí... ¡oh, sí...!

El intenso matiz que imprimió a aquellas dos últimas palabras... solo por eso a él ya le habría merecido la pena soportar aquel suplicio.

Reconocer esa realidad, darse cuenta de que gracias a haber accedido a su petición estaba llenándola de placer, hizo que le resultara más fácil seguir penetrándola poco a poco, de forma gradual.

Mary yacía bajo su cuerpo totalmente abrumada y con todos los sentidos centrados en la sensación de su miembro, ardiente como el fuego y duro como el acero forjado, hundiéndose en su interior poco a poco, a un ritmo más sostenido que antes. Sentía cómo iba abriéndose paso, cómo la ensanchaba y la llenaba y, de una forma que ni ella misma alcanzaba a comprender, la completaba.

Era un momento que saturaba por completo su mente, que había acabado con el vacío que había sentido en lo más hondo de su ser desde que él la había tumbado sobre la cama.

Alzó los párpados con dificultad y vio que él tenía los ojos cerrados y el rostro tenso de deseo, de pasión contenida. El rígido control que estaba ejerciendo sobre sí mismo para darle lo que ella le había pedido era casi palpable.

Cerró de nuevo los párpados y expandió su mente, desplegó los sentidos alrededor de los dos y saboreó el efecto que estaba teniendo en ellos aquel momento tan cargado de increíblemente intensas sensaciones. Los dos estaban jadeantes, sus entrecortados alientos se entremezclaban. Tenían los labios secos, pero aun así seguían hambrientos.

Estaban al límite, tensos, al borde del sexual abismo...

Con un último y pequeño envite quedó hundido hasta el fondo. Ella sentía cómo la llenaba por completo, notaba la punta de su miembro en lo más hondo y el roce de su escroto contra su sensibilizada piel.

Él estaba haciéndola suya, pero ella estaba haciéndolo suyo a su vez.

Se esforzó por esbozar una sonrisa a pesar de la tensión que la atenazaba y susurró:

—Gracias —hundió a ciegas los dedos en su pelo, alzó ligeramente la cabeza y susurró contra sus labios—: ya puedes dejarte llevar.

Lo besó y la pasión entró en erupción de golpe. Habían estado reprimiéndola durante tanto rato que estalló con una fuerza arrasadora que los sacudió, que los arrastró en aquella danza ancestral a un ritmo vertiginoso, un ritmo cada vez más fuerte y acelerado, y los lanzó de lleno a las llamas.

Jadeantes, con envites cada vez más fuertes e intensos que no hacían sino avivar aún más el deseo febril que los consumía, fueron subiendo más y más alto rumbo a la cima, a la cumbre última del gozo íntimo.

El corazón les atronaba en el pecho, respiraban con jadeos entrecortados. Unidos, moviéndose anhelantes al unísono, lucharon por alcanzar aquel punto álgido que tenían justo delante, que prácticamente tenían ya al alcance de la mano...

Ella estaba tan atrapada como él, a merced de la pasión que habían desatado, pero aun así tenía la mente despierta y permanecía junto a él a cada paso del camino de forma mucho más consciente que la primera vez. Podía percibir y sentir, saber y apreciar la turbulenta fuerza que habían desatado, un poder físico y etéreo que habían provocado juntos.

Mientras se aferraban el uno al otro con intensidad febril notaba las manos de él en su piel, percibía lo pendiente que estaba de ella, sentía cómo su masculino cuerpo se comunicaba con ella, a través de ella y de sus sentidos.

No había palabras que pudieran alcanzar aquel plano, que pudieran abarcar aquella primordial realidad. Hacer el amor sí que tenía esa capacidad.

Se tensó alrededor de Ryder mientras ascendían al galope por aquella maravillosa senda; de repente, impulsados por un gozo vertiginoso y palpitante, alcanzaron la tan deseada cima y se lanzaron al vacío sin vacilar.

La tensión implosionó. Las sensaciones, ardientes y arrasadoras, estallaron y brotaron como lava fundida desde el punto de unión de sus cuerpos, inundaron sus venas y penetraron hasta lo más hondo de su ser.

Los dos se rompieron en mil pedazos, gritaron extasiados mientras el placer los sacudía, los atravesaba y los hacía añicos.

A través de su propio clímax notó cómo él se ponía rígido entre sus brazos, notó en su interior la descarga de su cálida simiente. Se rindió por completo y notó que él hacía lo mismo.

El éxtasis los inundó en una oleada desbordante y tan profunda, tan intensamente sensual, que los ojos se le inundaron de lágrimas y se aferró desesperada a la bendición de aquel momento tan efímero y maravilloso.

Tal y como habría de pasar siempre, el momento se desvaneció, pero mientras soltaba a Ryder y se sumergía en aquel mar de paz y plenitud, mientras él seguía hundido en su cuerpo y permanecían unidos más allá del plano físico, supo que ese momento culmen de íntima comunión no iba a desaparecer nunca. Supo que iba a estar siempre allí, esperándoles, que iba a formar parte de ellos por siempre jamás.

Llena a rebosar de una satisfacción inconmensurable, esbozó una pequeña sonrisa y dejó que aquel mar de plenitud y bienestar la envolviera por completo.

Ryder yacía desplomado sobre ella. No tenía fuerzas para moverse ni para pensar, y ni siquiera le quedaba la energía necesaria para preocuparse por ello.

Había sido consciente del peligro que corría, y aun así había caído de lleno.

El último pensamiento consciente que le pasó por la mente antes de caer rendido fue preguntarse si era aquello lo que se sentía cuando se adueñaban por completo de uno y lo conquistaban en cuerpo y alma.

Tan solo quedaban siete días para la boda, y pasaron en un suspiro.

Al día siguiente de la boda de Henrietta, Mary se sumió de lleno en la vorágine de los preparativos para la suya. Ryder la había llevado de regreso a Upper Brook Street de madrugada y se había metido en su propia cama feliz, repleta y saciada, pero su madre la había despertado temprano, mucho más de lo que ella habría querido, para recordarle que aquella mañana estaba previsto que acudieran a la modista para probarse el vestido de novia.

Era la misma modista que había confeccionado poco antes el vestido de Henrietta, así que la ocasión se convirtió en una oportunidad para que sus tías, las esposas de sus primos y algunas de las integrantes de la siguiente generación se congregaran y disfrutaran juntas admirando las exquisitas capas de encaje y perlas que conformaban el delicado vestido.

—¡Pareces una princesa de cuento de hadas! —exclamó Prudence, la hija mayor de Demonio y Flick, mientras Lucilla y ella la miraban con ojos soñadores.

Mary no pudo por menos que darle la razón al verse reflejada en el espejo de cuerpo entero de la modista. Para confeccionar la prenda se había tenido en cuenta tanto su relativamente corta estatura como su tonalidad de piel y de cabello, y el resultado era muy favorecedor. Ella misma se sorprendió al ver que sus ojos parecían dos grandes estanques azules cuando la modista le colocó el velo.

Pasó el resto del día inmersa en un torbellino de actividad

junto con el resto de mujeres de la familia. Disponían de muy poco tiempo para prepararlo todo, así que todas asumieron gustosas un papel.

Aquella noche acudió a un baile con Ryder. Estaba decidida a volver a pasar la noche en Mount Street, pero él alegó que, dado que faltaban escasos días para la boda, quizás deberían limitarse a esperar.

—Es innecesario que nos encontremos a escondidas —afirmó, con un lánguido ademán.

A ella no le convenció demasiado aquella explicación, pero cedió y, por aquella noche al menos, lo dejó ir.

Durante los dos días siguientes se encargó junto con su madre, Honoria, Patience y Alathea de los mismos preparativos que ya había llevado a cabo la semana anterior para la boda de Henrietta, y todas las demás pusieron también su granito de arena. Había que encargarse de las flores, la comida, el vino y la música; de la distribución de los asientos, tanto en la iglesia como en el banquete; de los carruajes, de programar el horario y organizar al personal de refuerzo que iban a aportar las distintas casas de la familia.

Las tareas eran básicamente las mismas, pero como iba a ser una boda tan fastuosa, un evento a una escala tan grande, aquello se convirtió en una especie de campaña militar que las damas de la familia acometieron con unánime brío. Su tía Helena y Therese Osbaldestone se autoproclamaron las comandantes al mando de las tropas, las que tenían la última palabra en todas las decisiones.

Había un flujo constante de lacayos que iban de acá para allá entre las distintas casas llevando mensajes con instrucciones, preguntas, sugerencias, y un sinfín de cosas más.

Fueron días de vértigo y, como estaban en plena temporada social y tuvo que asistir a varios bailes y eventos ineludibles, pasaron tres noches antes de que pudiera centrarse de nuevo en Ryder, en el hombre que iba a convertirse en su esposo.

Había pasado todas aquellas veladas junto a él, había asistido a todos los eventos de su brazo, pero el Ryder que se mostraba en público era muy distinto al hombre que era en privado, al menos con ella. Cuando estaban en público era él quien llevaba el mando, gracias a lo experimentado que era contrarrestaba cualquier amago de envite que ella pudiera hacer. Cuando estaban en privado podía manejarse bien, pero el problema era que durante aquellos días apenas tuvo oportunidad de estar a solas con él.

Sabía por Stacie, quien había sido nombrada por unanimidad su segunda dama de honor, que él estaba dedicando todo su tiempo al manejo de sus propiedades y que, de hecho, uno de los asuntos que lo tenía ocupado era encargarse de que todas sus casas estuvieran preparadas para recibir a su nueva marquesa.

Huelga decir que eso había despertado su curiosidad. Había acribillado a preguntas a su futura cuñada, pero, más allá de admitir que Ryder había consultado su opinión en varias ocasiones, esta se había negado de forma categórica a revelar más detalles al respecto.

Al final había decidido no intentar sonsacarle a él la información; aun así, cuando aquella noche las acompañó a su madre y a ella de vuelta a casa y les dejaron a solas en el vestíbulo para que pudieran despedirse, lo miró a los ojos y se limitó a decir:

—Dentro de una hora.

Le ofreció su mano con una sonrisa sin añadir nada más, y él le sostuvo la mirada por un largo momento antes de tomarla, inclinarse sobre ella y besarle los dedos.

—Sus deseos son órdenes para mí, mi señora.

La esperó en el jardín, junto a la ventana de siempre, la llevó a su casa y en el transcurso de las horas siguientes hubo una febril y desatada repetición del último encuentro que habían tenido. Eso la tranquilizó, ya que lo tomó como una prueba de que las cosas progresaban entre ellos tal y como ella quería.

Después de llevarla de vuelta a la casa de sus padres, Ryder regresó a su lecho (que había quedado como si acabara de ser arrasado por un ciclón) y reflexionó acerca de la trampa que le había tendido el destino, la trampa en la que había caído por completo. Mary tenía todo lo que él podría desear en una esposa, y muchísimo más. Y precisamente ese «más» adicional era algo con lo que no había contado.

Cuando había decidido encontrar esposa ni se le había pasado por la cabeza que fuera a tener que lidiar con algo así, pero cada vez estaba más convencido de que ese «más» era el precio que iba a tener que pagar a cambio de conseguir todo lo demás. Sí, no había duda de que ese era el precio a pagar por ser bendecido con todo lo demás, por poder hacerse con ello y conservarlo.

No logró conciliar el sueño en toda la noche y, llevado por un impulso que ni él mismo habría sabido explicar, esperó lo justo para que fuera una hora aceptable, se presentó sin previo aviso en Upper Brook Street y poco menos que la secuestró. La llevó a dar un paseo por el parque en su faetón, y mientras circulaban por la avenida dejó que ella le contara cómo iban ultimándose todos los detalles de la boda. Cuando la llevó de vuelta a la casa de sus padres (tenía programada una última prueba del vestido de novia y a él se le había prohibido, so pena de muerte, verlo antes de que ella caminara hacia el altar), la sonrisa radiante que iluminó su rostro al mirarle y el brillo de sus ojos azules lograron serenarle y llenarlo de paz, lograron calmar a la bestia salvaje que moraba en su interior.

Regresó entonces a su casa y se centró en encargarse de sus propios preparativos, en supervisar los toques finales de los cambios que había ordenado que se llevaran a cabo. Después le mantuvieron ocupado varias reuniones con Montague, se reunió también con Rand y Kit, pasó un rato distendido en compañía de los varones de la familia Cynster para celebrar el fin de su soltería, y tomó también unas copas con sus amigos más cercanos.

Entre dichos amigos se encontraba Sanderson, quien, conociéndole tan bien como le conocía, le preguntó si la herida había aguantado bien. No hizo falta que especificara más y, cuando él le informó que había hecho un gran trabajo y que la herida había aguantado de maravilla, hubo carcajadas generalizadas alrededor de la mesa.

—¡Estoy planteándome seriamente ir vestida de negro! —exclamó Lavinia con enfado, mientras se contemplaba en el espejo de su habitación—. ¡Eso dejaría muy clara la opinión que me merece este matrimonio!

Claude Potherby suspiró y dejó a un lado el periódico que había estado hojeando.

—Lamento decirte que la gente no lo interpretaría así.

—¿Ah, no? —se volvió a mirarlo desafiante—. ¿Qué crees que pasaría?

—Creo que un gesto así serviría para hacerles deducir varias cosas sobre ti, y dudo mucho que desees tal cosa —hizo un lánguido ademán—. Y eso suponiendo que llegaras a entrar en la iglesia, por supuesto, porque no me extrañaría que algún Cynster te enviara de vuelta a tu casa de inmediato —hizo una pausa como si estuviera visualizando la escenita y admitió—: yo de ti no correría ese riesgo —la miró a los ojos y sonrió—. Estoy seguro de que asistir en todo tu esplendor será mayor venganza para ti, querida; además, ya sabes que el negro no te sienta bien.

Ella frunció los labios, enfurruñada, pero al final acabó por asentir.

—Sí, tienes razón. No me lo había planteado así.

Claude no perdió la sonrisa y se dispuso a servirse un poco más de té.

Cuando Henrietta y James, radiantes de felicidad, regresaron a la capital, dio inicio la última fase de los preparativos y las prisas se adueñaron de todo el mundo.

Mary apenas podía recobrar el aliento en medio de aquella vorágine de actividad mientras la bombardeaban con un sinfín de cuestiones de última hora. Tenía que decidir qué iban a llevar las damas de honor aparte de los ramos, si para sujetar el velo prefería una diadema de diamantes o una de perlas, si deseaba ponerse el collar y los pendientes de perlas de su abuela. Sus respuestas fueron, respectivamente, «herraduras de plata adornadas con cintas de colores», «perlas» y «sí», pero al parecer no se podía tomar ninguna decisión sin consultarlo antes con las demás mujeres de la familia.

Teniendo en cuenta su temperamento, habría sido de esperar que se irritara y se impacientara ante aquella limitación, pero el hecho de estar rodeada del amor de su familia y de sus amistades más cercanas, el hecho de ver cómo todo el mundo se volcaba en ella y en lograr hacerla feliz, hizo que le resultara sorprendentemente fácil aguantar tanta intromisión.

Por si aún le quedara alguna duda de cuánto había cambiado, de cómo en el transcurso de los últimos días (mejor dicho, las últimas semanas) había aprendido a valorar incluso más profundamente a su familia, con todos los defectos y las virtudes que esta pudiera tener, durante los escasos momentos robados que había compartido con Ryder, momentos en los que hacían planes de cara a la vida que iban a compartir, esa realidad se había solidificado aún más en su mente; más aún, había tomado plena conciencia de que la boda iba a ser un punto y aparte en su vida, de que iba a abandonar el seno de su familia.

Iba a comenzar una nueva vida, y estaba en las manos de ambos definir cómo iba a ser.

Tenía aquel claro e inequívoco desafío en su mente cuando, plácidamente exhausta, se acostó en su cama para pasar la que iba a ser su última noche como una joven dama soltera.

El sol brillaba con fuerza cuando despertó a la mañana siguiente, y logró dominar apenas su felicidad al darse cuenta de que aquel era el día en que iba a caminar vestida de novia rumbo al altar donde su héroe estaría esperándola para tomarla de la mano.

Echó a un lado las mantas a toda prisa, se levantó de la cama sin perder ni un instante y, con una radiante sonrisa en el rostro, tiró de la campanilla para llamar a su doncella.

CAPÍTULO 11

La boda del muy noble Ryder Montgomery Sinclair Cavanaugh, marqués de Raventhorne, vizconde de Sidwell, barón de Axford y lord mariscal de Savernake con Mary Alice Cynster, celebrada aquel soleado día de junio de 1837 en el que el verano parecía haber querido hacer acto de presencia de forma anticipada, fue un acontecimiento de lo más entretenido para la ciudad de Londres.

Los elegantes carruajes de la alta sociedad llenaban a rebosar las calles de Mayfair, encopetados aristócratas y damas emperifolladas con sus mejores galas desfilaban ante la vista de todos. Quienes habían llegado a una hora lo bastante temprana para colocarse delante de todo y tener así una vista privilegiada frente a la iglesia de San Jorge, alrededor de Hanover Square o en las calles aledañas se quedaron impresionados al ver la cantidad ingente de miembros de la nobleza que asistían al evento. Los carruajes, que en ocasiones avanzaban con tanta lentitud debido a la aglomeración que parecían casi estacionarios, seguían llegando y sus elegantes propietarios iban apeándose uno tras otro a pesar de que la iglesia ya debía de haber quedado repleta hacía mucho.

Para la alta sociedad, aquel era un evento de asistencia obligada, uno del que uno no podía ser excluido por nada del mundo y que iba a ser sin duda el acontecimiento social más importante del año. Todo el mundo había sido consciente de la reciente alianza que se había creado entre los Glossup y los Cynster, pero eran muy pocos los que habían visto venir la que iba a establecerse entre estos últimos y los Cavanaugh. Era una unión mucho más poderosa desde un punto de vista estratégico. El hecho de que dos casas de aquella magnitud (dos casas cuyas raíces se remontaban a un distante pasado, que eran poseedoras de una inmensa fortuna y ejercían una influencia incuestionable) se unieran había impactado a la alta sociedad como muy pocas cosas podrían hacerlo.

Todo el que ostentaba alguna relevancia social deseaba ser visto ofreciéndole los debidos respetos al matrimonio y, dado que una ocasión como aquella requería que las invitaciones se extendieran a todos aquellos que tuvieran la más mínima relación con alguna de las dos casas (lo que en ese caso abarcaba a la mayoría de la alta sociedad), para nadie era una sorpresa que la iglesia estuviera llena hasta los topes.

En cuanto a Mary, el día de su boda empezó maravillosamente bien y fue incluso a mejor. Tras un desayuno lleno de alegre algarabía en compañía de su familia (incluyendo a sus hermanas, su cuñada, su hermano y sus cuñados además de sus respectivos retoños) había dado comienzo la alocada carrera para lograr que todo el mundo se vistiera y llegara a la iglesia a tiempo. Su madre y el resto de damas de la familia se habían encargado de supervisarlo todo, así que huelga decir que todo había salido a la perfección.

La inmensa sonrisa que adornaba su rostro reflejaba lo dichosa que se sentía cuando, entre los entusiastas vítores del gentío, su padre la había ayudado a apearse del carruaje engalanado con lazos blancos. Una profunda emoción le había inundado el corazón cuando le había mirado a los ojos antes de tomarle del brazo y subir con él los escalones de entrada de la iglesia, en cuyo interior las damas de honor estaban esperando junto con los pajes y las damitas de honor que portaban las cestitas llenas de pétalos.

Cada cual ocupó su puesto con rapidez y la procesión se dirigió con paso ceremonioso hacia las puertas dobles, que Martin y Luc se encargaron de abrir mientras sonreían alentadores. La música inundó la iglesia y avanzaron por el pasillo hacia el hombre que estaba esperándola, el hombre que ella había descubierto que era sin duda su héroe predestinado.

En cuanto a Ryder... en el momento en que, estando de pie frente al altar de la iglesia de San Jorge con sus hermanastros a su derecha, se había girado alertado por la música del órgano y había visto a Mary del brazo de su padre, avanzando hacia él a paso lento, firme y decidido con una sonrisa de pura dicha en los labios, había tomado plena conciencia por fin de que su vida estaba a punto de cambiar por completo.

Sintió que se le paraba el corazón. Empezó a latir de nuevo cuando sus ojos se encontraron con los de Mary, pero habría podido jurar que la cadencia era distinta.

Los ojos de ella parecían enormes bajo el velo, intensamente azules y brillantes, expectantes y llenos de vívido entusiasmo; su vestido se balanceaba y ondulaba a cada paso que daba, era una creación delicada, exquisita y de una bella fragilidad... al igual que ella.

Sintió la abrumadora necesidad de hacerla suya por completo, pero la posesiva reacción iba acompañada de una turbadora sensación de gratitud.

Cuando ella aminoró el paso y se colocó a su lado, él le ofreció la mano y lord Arthur se la entregó formalmente. La miró a los ojos mientras cerraba la mano alrededor de sus delicados dedos, y sintió que aquello era como un nuevo comienzo.

Los dos respiraron hondo y se volvieron al unísono hacia el altar.

Apenas fue consciente de las palabras del sacerdote, y mucho menos de los cánticos. Durante la hora que duró la ceremonia su atención y sus sentidos permanecieron centrados en Mary, todo lo demás parecía superfluo e irrelevante. El momento de los votos matrimoniales fue el único que quedó marcado en su mente. Los pronunció con firmeza, como una promesa firme e inquebrantable, sintiendo cómo cada una de aquellas palabras resonaba en su interior; oyó cómo ella pronunciaba los suyos a su vez con una voz clara en la que se reflejaba la misma firme promesa, el mismo compromiso.

Sintió que su mundo entero se movía bajo sus pies, que

cambiaba y se realineaba, y a pesar de que aún mantenía cierta cautela tomó la libre decisión de no oponer resistencia y dejar que el destino sellara su futuro y le uniera a Mary para siempre.

Cuando el sacerdote les declaró marido y mujer y les dio permiso para que se dieran su primer beso de recién casados, se volvieron el uno hacia el otro, sus ojos se encontraron y él se vio reflejado en aquel vívido azul. Vio al hombre al que ella veía ante sí, al hombre hacia el que ella se alzó para compartir un dulce y delicado (y, tratándose de ellos, ridículamente casto) beso.

Vio al hombre al que ella había aceptado como el «héroe verdadero» al que había estado buscando.

Se sorprendió al ver que en su propio rostro se dibujaba una sonrisa tan radiante como la de ella, al ver que el gesto brotaba de su interior con toda naturalidad. Hizo que ella lo tomara del brazo y se volvieron hacia los allí congregados, quedaron frente a frente con el mundo en que vivían.

Estaban llenos de seguridad y determinación, de fuerza y convicción y firme propósito. Mientras avanzaban por el pasillo con toda la confianza que ambos tenían en sí mismos y un atronador aplauso inundaba la iglesia, él tomó la firme decisión de, de allí en adelante, ser el hombre que se reflejaba en los ojos de Mary.

El corto trayecto en un carruaje abierto hasta Brook Street y de allí hasta la mansión St. Ives, situada en Grosvenor Square, estuvo marcado por un sinfín de vítores, gritos de enhorabuena y, gracias a sus hermanastros, una lluvia de arroz y flores procedente del gentío que se aglomeraba a lo largo de la ruta.

El mismo regocijo desatado y una especie de vertiginoso júbilo reinaron en el ambiente del gran banquete de boda. Los discursos y las felicitaciones se vertieron como el buen vino, burbujeantes y efervescentes como el champán. El vals nupcial, cuando llegó por fin, fue como una bendición, un momento en que el irrevocable poder ante el que ambos se habían arrodillado aquel día brilló reluciente mientras giraban al ritmo de la música, y los envolvió por completo.

Finalmente, rodeados de un bullicioso grupo de familiares, fueron acompañados hasta el carruaje que les esperaba a los pies de los amplios escalones de entrada para llevarlos a la abadía de Raventhorne, la propiedad campestre donde iban a comenzar su vida en común.

Era obvio que ella estaba tan jubilosa y tan deseosa de partir como él mismo. Había cambiado el vestido de novia por uno de viaje nuevo en un tono azul violáceo, sus ojos brillaban de felicidad y sus rosados labios estaban curvados en una sonrisa de pura dicha. Estaba incluso más increíblemente deslumbrante que de costumbre.

Logró por fin ayudarla a entrar en el carruaje, y tras entrar a su vez cerró la portezuela mientras los familiares de ambos seguían vitoreándoles y lanzándoles sugerencias. Después de acomodarse en su asiento, ella miró por la ventanilla con una radiante sonrisa y exclamó, mientras se despedía de todos con la mano:

—¡Qué felices están todos! Eso es lo que ha contribuido en gran medida a que este haya sido un día tan maravilloso, ¡no he visto ni un solo rostro que no estuviera lleno de alegría!

El carruaje llevaba amarradas las inevitables botas en la parte trasera y alguien había tenido la ocurrente idea de añadir también una pica, y cuando se pusieron en marcha el golpeteo se sumó a los alegres gritos de despedida que les siguieron mientras se alejaban. Él se sentía como en una nube impelida por aquella marea de alegría y buenos deseos, y se limitó a mirarla y a asentir con una sonrisa. Optó por no contradecir el comentario que ella acababa de hacer, ya que era cierto en su mayor parte y lo único que conseguiría mencionando a su madrastra sería empañar el buen humor de ambos. Lavinia había asistido a la boda, por supuesto, pero sus hermanastros y Claude Potherby habían procurado mantenerla bien controlada; aun así, la había visto de pie en los escalones entre el resto de familiares que habían salido a despedirlos, y la expresión de su rostro distaba mucho de ser feliz.

En cualquier caso, lo que ella opinara le traía sin cuidado. Se acomodó bien en el asiento, se llevó la mano de Mary a los labios y depositó un beso en sus dedos antes de decir:

—Ahora ya podemos relajarnos, vamos a tardar unas horas en llegar a la abadía.

Ella contestó con un inarticulado sonido de asentimiento, y se puso cómoda sin soltarle la mano.

Los labios de Lavinia estaban apretados en una fina línea mientras volvía a entrar en la mansión St. Ives del brazo de Claude Potherby, pero por lo demás logró mantener una expresión impasible en el rostro. Se dejó arrastrar por la oleada de invitados que regresaban al salón de baile, pero de repente oyó que la vieja bruja de lady Osbaldestone decía un poco más adelante:

—Estoy segura de que la fecha de nacimiento del heredero de Ryder no tardará en llenar esos absurdos libros de apuestas que tienen en los clubes de caballeros.

Fue lady Horatia Cynster quien contestó.

—Sí, sin duda. Y seguro que la gran mayoría apuestan a que el nacimiento será dentro de nueve meses.

Varias damas se echaron a reír.

Lavinia apretó aún más los labios y entornó los ojos, pero al notar que Claude le apretaba la mano recordó dónde estaban. Reprimió sus emociones y serenó su rostro mientras seguía caminando de su brazo rumbo al salón.

Mary esperó a que el carruaje llegara a las afueras de Londres antes de tomar una iniciativa que no había podido quitarse de la cabeza desde que se había enterado de que el trayecto hasta su nuevo hogar iba a durar más de cinco horas.

La abadía de Raventhorne estaba situada más allá de Hungerford, así que habían acordado no quedarse en el banquete hasta muy tarde para que ella pudiera verla por primera vez a la luz del día. Eso quería decir que tenían horas por delante mientras el carruaje, que tenía buena suspensión, avanzaba por caminos que se encontraban en bastante buen estado. Estaba familiarizada con la ruta hasta Reading, así que no se sentía inclinada a contemplar el paisaje.

Una vez que la mansión de St. Ives había quedado fuera de la vista, el cochero se había apeado para quitar todo lo que habían amarrado a la parte trasera del vehículo, y después habían proseguido el viaje sin ese constante golpeteo. Ryder y ella habían intercambiado comentarios y observaciones sobre cómo había ido la boda, sobre los invitados, sobre algún que otro detalle del que alguno (o los dos) se hubiera percatado. Ese grado de agudeza en el ámbito social, la capacidad de percibir cuestiones que afectaban a aquellos con quienes compartían los mismos círculos, era un rasgo que ambos compartían. Los dos eran conscientes de que la información era poder.

Cuando la conversación había terminado, el carruaje había quedado sumido en un relajado silencio. Era la primera vez que viajaba en él, y la verdad era que estaba impresionada al ver el moderno diseño y los pequeños toques añadidos como los cierres cobrizos de las ventanillas, las cortinillas ocultas y los soberbios y mullidos asientos de cuero azul oscuro.

Pero el lujo que la rodeaba no logró mantenerla entretenida por mucho tiempo y, para cuando pasaron por Hounslow y el cochero hizo que los caballos aceleraran el paso mientras recorrían los célebres brezales, decidió que había llegado el momento de llevar a la práctica la tentadora idea que no podía quitarse de la cabeza.

Ryder estaba sentado junto a ella con los hombros apoyados relajadamente contra el respaldo del asiento, las piernas cruzadas a la altura de las rodillas, los muslos entreabiertos y un codo apoyado en el alféizar de la ventanilla. Le lanzó una fugaz mirada y vio que estaba contemplando el paisaje.

El carruaje había adquirido una velocidad considerable y la suspensión era excelente, había un ligero balanceo que ella utilizó para dejarse caer de buenas a primeras contra él y, tal y como esperaba, reaccionó al instante y la sujetó de forma instintiva.

Él titubeó por un instante, pero al ver que se retorcía intentando volverse a mirarlo la agarró y la alzó hasta colocarla tal y como ella deseaba. Una vez que estuvieron cara a cara lo miró sonriente y se apoyó en su pecho con los brazos cruzados, dispuesta a comentarle la tentadora idea que se le había ocurrido.

Ryder vio el brillo que había en sus ojos y la sonrisa que curvaba sus voluptuosos labios, y enarcó una ceja de forma deliberadamente lánguida y condescendiente. Había sido consciente de que se avecinaba algo así, pero, por mucho que una parte de su ser (la parte más primitiva) estuviera deseosa de hacer todo lo que ella quisiera, no había querido dar pie a que sucediera.

Aún no tenía claro hacia dónde les conducía aquella senda que Mary le había incitado a transitar, y no había duda de que encuentros como los que ella tenía sin duda en mente no hacían sino adentrarlo aún más en dicha senda. Avanzaba por ella sin oponer resistencia, porque sabía que resistirse sería inútil; no, peor aún, era imposible, pero eso no aliviaba en nada el nerviosismo creciente que sentía.

Durante el transcurso de las últimas horas, había habido un momento en que había comprendido por fin que ella era su destino. Mary era suya, y para poder mantenerla a su lado iba a tener que pagar el precio.

Al ver que ella, mirándole con ojos penetrantes, se pasaba de repente la punta de la lengua por su labio inferior y lo dejaba húmedo, brillante y tentador, gimió para sus adentros e intentó no reaccionar de forma demasiado obvia, pero ella debió de notar algo porque el brillo de su mirada se agudizó aún más y su sonrisa se intensificó ligeramente.

—Se me ha ocurrido que, ya que tenemos por delante este viaje tan largo y aburrido... —murmuró, seductora, mientras bajaba la mirada hacia sus labios— podríamos intentar amenizar la experiencia viviendo una aventura.

—¿Qué quieres decir?

—Propongo que nos dediquemos a explorar lo que podemos llegar a hacer juntos en los confines de un carruaje —lo miró a los ojos de nuevo antes de añadir—: estoy segura de que tú ya habrás vivido antes alguna aventura así, pero yo carezco de experiencia en estas lides —se apretó un poco más contra él—. Así que me parece que deberías enseñarme cómo se hace.

Aquellos ojos azules lo tenían tan cautivado, la atracción que ejercía sobre él con tanta facilidad lo tenía tan atrapado, que se oyó a sí mismo admitir:

—La verdad es que nunca he... llevado a cabo ese tipo de actividades en un carruaje.

Ella abrió aquellos increíbles ojos de par en par al oír aquello.

—¿Nunca?, ¿ni una sola vez?

—No. Nunca surgió la oportunidad.

Le parecía imposible que la expresión de su rostro pudiera iluminarse aún más, pero así fue. Se la veía rebosante de júbilo, entusiasmada.

—¡Pues aún mejor! Así podremos explorar juntos, aprender y descubrir todas las posibilidades —ella posó la mirada en sus labios, y al cabo de un instante la bajó hasta el pañuelo que llevaba anudado al cuello—. Así que...

Al ver que se disponía a desanudárselo, la detuvo y le hizo apoyar las palmas de las manos contra su pecho.

—No, espera. Eso es algo que sí que tengo claro sobre este tipo de aventuras, no hay que quitarse la ropa.

—¿En serio? —lo miró sorprendida.

Él iba a asentir, pero se lo pensó mejor.

—Bueno, yo no tengo que hacerlo, pero tú... —bajó la mirada hasta sus senos— más o menos.

Ella le observó en silencio por un instante antes de echarse a reír de aquella forma que Ryder había notado que reservaba solo para él. Era la risa cálida y sensual de una seductora sirena, y sus experimentados instintos le decían que esa era la Mary Cynster de verdad, la mujer que vivía bajo el caparazón de dama mandona, pragmática, perspicaz y autoritaria que usaba para moverse en sociedad.

Esa era ella en realidad, una mujer de una calidez y una sensualidad inconmensurables... la hembra a la que el león que llevaba dentro deseaba con todas sus fuerzas.

Sus miradas se encontraron, y vio el claro desafío que se reflejaba en aquellos cautivadores ojos azules.

—Está bien, milord. Voy a dejarme guiar por ti —se inclinó un poco más hacia él y susurró, a un suspiro de distancia de sus labios—: adelante, muéstrame lo que hay que hacer.

No podría haberse resistido ni aunque su vida dependiera de ello. Deslizó la palma de la mano por su espalda con deliberada lentitud, para que pudiera sentir bien su peso y su fuerza. La deslizó entre sus omóplatos, y al llegar a la sensible piel de su nuca la sujetó para mantenerla inmóvil mientras cubría sus labios con los suyos.

Sin más preámbulos tomó plena y completa posesión de su boca y, tal y como ella le había pedido, se lanzaron juntos a la aventura.

Varias horas después, mientras Mary yacía entre sus brazos adormilada, completamente saciada y, a juzgar por todas las indicaciones, inmersa aún en un profundo mar de satisfacción, Ryder se dio cuenta de que estaba sentado allí, con la mirada perdida, sonriendo como un bobalicón sin ningún motivo aparente.

Apoyó la mandíbula con mayor firmeza sobre el oscuro cabello de su esposa mientras su sonrisa se teñía de ironía.

No había duda de que lo que acababan de vivir había sido toda una aventura. Mary era tan creativa como él, y estaba mucho más dispuesta a experimentar de lo que él esperaba en una joven dama de la sociedad; de hecho, estaba deseosa de hacerlo.

Siempre le daba todo lo que él le pedía, todo lo que esperaba, e iba un poquito más allá.

Le habían tomado por sorpresa las risas, la pura y desatada diversión de ambos mientras retozaban y se revolcaban con abandono; tampoco esperaba la súbita oleada de pasión, una pasión entremezclada con un profundo anhelo y un intenso y visceral deseo, que les había arrastrado cuando habían unido sus cuerpos, cuando ella, colocada a horcajadas sobre él, había descendido al fin y le había recibido en su interior y simultáneamente, en ese preciso instante, los dos se habían dado cuenta de que esa era su primera vez como marido y mujer.

Y más desprevenido aún le había tomado la increíble sensación de íntima unión que le había embargado después, cuando ella había apoyado la mano en su mejilla, le había besado y habían traspasado juntos todas las barreras y las restricciones y habían dejado que aquella vibrante pasión desplegara sus alas y alzara el vuelo.

Era algo que jamás habría podido prever porque nunca había sentido con ninguna otra mujer lo que sentía con ella. Era muchísimo más potente y poderoso, muchísimo más complejo y profundo, tenía muchísimas más facetas. Le resultaría imposible intentar describir adecuadamente todo lo que ella le hacía sentir.

No habría sabido decir en qué punto del camino le dejaba eso a él y mucho menos lo que significaba, pero tenía claro que una vez que se emprendía aquel camino no existían cambios de dirección ni bifurcaciones.

El pelo de Mary desprendía un suave aroma a romero y limón que, combinado con los olores aún perceptibles de la pasión, inundó su mente y fue relajándolo y aplacándolo, y finalmente aceptó que avanzar de la mano con Mary era su única alternativa.

No tenía más opción que avanzar junto a ella, ver lo que sucedía y confiar en que ambos supieran superar los desafíos que tenían por delante.

Llegaron a la abadía de Raventhorne justo antes de que el sol se hundiera tras el horizonte. Estaba situada al norte del bosque de Savernake, y era una finca que tenía grandes extensiones de terreno cubiertas de espesos bosques. La enorme mansión de tres plantas tan solo quedó plenamente a la vista cuando el carruaje emergió de entre los robles que flanqueaban el camino de entrada hasta ese punto. A partir de allí no había nada que obstaculizara la vista. El camino discurría paralelo al borde de la gran explanada del lado sur y desembocaba en el patio delantero de grava que se extendía ante los escalones de entrada, que ascendían hacia una impresionante puerta principal.

Ryder había vivido muchas veces ese primer momento de ver la casa al llegar por el camino y sabía cómo el sol poniente estaría tiñendo de oro las pálidas piedras, cómo brillaría y se reflejaría en la multitud de ventanas de cristal emplomado. Por regla general habría contemplado la impresionante escena... habría recorrido con la mirada el enorme edificio y la almenada silueta del tejado, tras la que se alzaba el abovedado tragaluz del vestíbulo... y habría sentido la satisfacción de saberse dueño de todo aquello, la satisfacción de estar viendo aquello que con mayor claridad le definía. Pero en esa ocasión había otra cosa que acaparaba su atención por completo.

Observó a Mary mientras esta ponía por primera vez los ojos en el que iba a ser su hogar de allí en adelante (para ellos, aquella iba a ser la residencia principal, su verdadero hogar) y, para su desazón, le atenazó una especie de pánico cuando de improviso se le pasó por la mente la posibilidad de que a ella no le gustara aquel lugar.

Antes de tener tiempo siquiera de preocuparse por el hecho de haberse visto sujeto a una reacción semejante, una reacción que reflejaba inseguridad y dependencia, la cuestión quedó relegada al olvido por la expresión de puro deleite que apareció en el rostro de su esposa.

Al verla inclinarse aún más hacia la ventanilla para no perderse ni un detalle, al ver cómo lo observaba todo con una expresión en la que se reflejaba un ávido, entusiasta y casi acaparador interés, se relajó contra el asiento y se aseguró a sí mismo que todo iba y seguiría yendo bien.

Mientras el carruaje iba aminorando la marcha para entrar en el patio delantero, aprovechó para mirar también por la ventanilla por razones tanto emocionales como prácticas. Aunque algunas partes de la gran casa eran muy antiguas, la fachada había sido renovada según el estilo palladiano que tan popular había sido en la generación de su abuelo. Teniendo en cuenta el resultado final, la verdad era que había sido un dinero bien invertido; incluso él, que veía aquel lugar con tanta frecuencia, se maravillaba siempre con aquel primer contacto visual.

Tal y como él había ordenado, todos los criados de la casa esperaban alineados por orden jerárquico en una larga fila que iba desde el centro del patio hasta lo alto de los escalones de entrada, preparados e inmaculadamente ataviados, para recibir a su marquesa.

Cuando el carruaje se detuvo con una pequeña sacudida, él esperó a que el lacayo se apeara y abriera la puerta con gran ceremonia y, tras apearse a su vez, se volvió y extendió la mano hacia Mary; al ver que ella miraba hacia el patio y titubeaba, murmuró:

—Todo está en su sitio, estás perfecta.

Al ver que lo miraba con una sonrisa, supo que le había leído correctamente el pensamiento. Después de explorar como un par de aventureros la había ayudado a arreglarse el pelo y le había rehecho la lazada del vestido, pero era comprensible que le preocupara estar presentable.

Mary tomó la mano de Ryder y respiró hondo antes de dejar que la ayudara a apearse del carruaje. Por fin había llegado, por fin estaba en un punto del camino con el que siempre había soñado. Estaba a punto de entrar en su nuevo hogar, a punto de ser recibida por los criados que en adelante estarían bajo sus órdenes.

Se sacudió un poco la falda con la mano libre, alzó la cabeza y dirigió la mirada hacia el regio mayordomo que encabezaba la fila.

Ryder la condujo hacia allí y procedió a encargarse de las presentaciones.

—Permíteme presentarte a Forsythe, querida mía. Ha sido el mayordomo de este lugar desde que yo era un niño.

El aludido se esforzó por reprimir su sonrisa, pero afloró a su rostro en cuanto se inclinó en una profunda reverencia.

—Bienvenida a la abadía de Raventhorne, milady —se enderezó y añadió—: en nombre de todos los miembros del servicio, le doy la bienvenida a su nuevo hogar y le transmito nuestros más sinceros deseos de que su estancia aquí sea larga y llena de felicidad.

—Gracias, Forsythe —le dijo ella, con una sonrisa sincera. Alzó la voz al recorrer con la mirada a los demás—. Me siento muy feliz de estar aquí, de que el señor de esta casa me haya elegido como su marquesa. Estoy deseosa de trabajar con todos ustedes —miró a Forsythe y le indicó con un gesto que podía proceder—. Si es tan amable...

—Gracias, milady —el mayordomo asintió y, precediéndola a lo largo de la fila, fue deteniéndose frente a cada criado para presentárselo y resumir en pocas palabras su puesto y sus funciones.

El ama de llaves, la señora Pritchard, era una mujer delgada de edad difícil de determinar que tenía la espalda recta como un palo y unos ojos grises a los que empezó a asomar un brillo cálido. Después de saludarla y de intercambiar unas palabras, Mary se sintió razonablemente esperanzada de que la relación entre ambas, que iba a ser sin duda de gran importancia para que pudiera desempeñar con éxito su papel como marquesa de Ryder, llegaría a ser muy buena; a juzgar por su actitud, la señora Pritchard parecía estar dispuesta a darle su aprobación a la elegida de su señor, fuera quien fuese. Supuso que la mujer debía de llevar muchos años expuesta al encanto innato de su marido; si eso la predisponía a aceptarla de buen grado como su nueva señora, pues perfecto.

Se alegró mucho al ver a Collier, y lo saludó con calidez; la siguiente era Aggie, su doncella personal, que tenía una sonrisa de oreja a oreja en el rostro. Aggie había partido de Upper Brook Street inmediatamente después de la boda y había viajado hasta la abadía en otro de los carruajes de Ryder junto con Collier y todo el equipaje; aunque no lo dijo con palabras, el brillo de sus ojos revelaba que estaba encantadísima con su nuevo puesto, con su nuevo hogar.

Mientras seguía avanzando junto a Forsythe a lo largo de la fila, Ryder se limitó a seguirlos con actitud relajada, y no tardó en quedar patente que era ella y no él quien centraba por completo la atención de todos los miembros del servicio. Daba la impresión de que lo conocían bien, lo bastante como para no mostrar nerviosismo ninguno en su presencia, y eso fue algo que a ella le llamó la atención. Prestó atención a la actitud que mostraban hacia él, y llegó a la conclusión de que todos ellos se habían dado cuenta mucho tiempo atrás de que, por mucho que el león pudiera rugir, no iba a morder.

Teniendo en cuenta que aquella actitud relajada se extendía incluso a los más jóvenes, a los mozos y los muchachos encargados de vaciar los orinales, era algo que decía mucho acerca de la clase de hombre que era Ryder. El Ryder que vivía allí, lejos de la alta sociedad y de las exigencias sociales más rígidas que conllevaba su posición social.

Estuvo atenta por si notaba algún gesto de antipatía hacia ella. Había dado por hecho que, como mínimo, habría una o dos personas que no se sentirían complacidas con el hecho de que se incorporara a sus vidas, ya que la situación cambiaba mucho al tener una señora además de un señor, pero lo único que percibió fue una curiosidad y un interés generalizados (y que eran un reflejo de lo que ella misma sentía a su vez).

Después de saludar con una alentadora sonrisa a la última de la fila, una joven que trabajaba de fregona, subió el último escalón de entrada y se volvió a mirarlos desde el porche.

—Gracias, Forsythe —le hizo un gesto de asentimiento al ama de llaves, que les había seguido por detrás de Ryder—. Señora Pritchard —alzó la cabeza y la voz al añadir—: y gracias a todos por darme la bienvenida. Espero que tengamos por delante muchos años juntos en esta casa, trabajando unidos para lograr que la Casa de Cavanaugh tenga un futuro próspero.

«¡Sí, milady!», «¡Por supuesto, milady!», «¡Gracias, milady!» y un sinfín de respuestas similares se sucedieron mientras todos se inclinaban y hacían reverencias.

—¡Gracias, milady! —le dijo la señora Pritchard, sonriente—. Si le parece bien, habíamos pensado en retrasar la cena hasta las nueve para que usted pudiera ver sus nuevos aposentos e instalarse con calma, pero si prefiere cenar antes...

Ella miró a Ryder y pensó en las intrigantes pistas que Stacie había dejado caer, en el rebosante entusiasmo de Aggie.

—No, creo que me gustaría ver antes mis aposentos —miró al ama de llaves y añadió—: mis felicitaciones a la cocinera, a las nueve me parece perfecto.

Ryder la miró con aquella sonrisa lánguida tan suya.

—En ese caso, querida mía, permíteme que te lleve hasta allí.

Ella le tomó del brazo y sonrió.

Ryder no esperaba sentir... lo que fuera que estaba sintiendo. Era una compleja mezcla de orgullo, sutil excitación, una sensación de estar a la espera y expectante que tan solo había sentido de niño y, más allá de todo lo demás, pura felicidad. Había conseguido lo que quería. Mary era su esposa y estaba allí, en la casa que él consideraba su hogar.

Ningún otro triunfo había sido tan satisfactorio, tan prometedor.

Mientras subían por la amplia escalinata, indicó con un gesto las armaduras que estaban expuestas en el rellano y le advirtió sonriente:

—Por cierto, ni se te ocurra pensar en deshacerte de estas. Son el tesoro más preciado de Forsythe.

Ella se detuvo a contemplarlas por un momento y, cuando se volvió de nuevo hacia él y acometieron el siguiente tramo de escalera, comentó:

—A mí me parece apropiado que estén aquí, encajan bien en este lugar. Supongo que pertenecieron a algunos de tus ancestros, ¿no?

—Eso es lo que tengo entendido —les lanzó una breve mirada por encima del hombro, y al mirar al frente añadió—: pero nunca me lo he creído del todo, los Cavanaugh no somos tan bajitos —sonrió al ver que ella se echaba a reír, la tomó de la mano y la condujo por la galería antes de enfilar por el amplio pasillo de la sección norte de la mansión—. Este es el ala de la familia, nuestras habitaciones se encuentran al final del pasillo. Están a ambos lados, pero la puerta que hay al fondo del pasillo es la vía principal de acceso.

Al llegar a la puerta en cuestión, puso la mano en el pomo y abrió sin apartar la mirada de su rostro.

—Aquí tienes el saloncito privado de la marquesa.

Mary abrió los ojos como platos al lanzar una mirada al interior. Su rostro se iluminó de placer, sus labios formaron una muda exclamación de entusiasmo y se apresuró a entrar.

Él la siguió con una sonrisa de oreja a oreja, estaba tan entusiasmado como ella.

—¡Dios mío, qué maravilla! —exclamó, extática, mientras giraba sobre sí misma en el centro de la sala—. ¡Los colores son perfectos!

Un azul plateado combinado con el azul aciano que la caracterizaba, realzados con una franja de violeta oscuro. Los tres colores, en varias combinaciones, se habían usado en la seda que recubría las paredes y en el tapizado tanto de las butacas gemelas como de las sillas; en las largas cortinas, que en ese momento estaban descorridas para dejar entrar la luz por las dos amplias ventanas, se repetía el mismo diseño de hojas en una versión similar, pero un poco más oscura.

Entre las ventanas había un delicado escritorio femenino sobre el cual descansaba una bella lámpara cuyo diseño mantenía el motivo de hojas. Un juego de tinteros de cristal y de elegantes plumas de marfil estaba listo para ser usado junto a un secante enmarcado en cuero azul.

Todo el mobiliario de madera (los baúles que había contra las paredes, la mesita baja situada entre las butacas, el armazón de roble de las propias butacas) era de roble dorado con una pátina que despertaba el deseo de tocar, de acariciar.

Recorrió maravillada el saloncito deslizando los dedos por acá y por allá, saboreando aquel paraíso táctil y visual y los pequeños y sutiles toques como la lámpara que había sobre el escritorio y el reloj que descansaba sobre la repisa de la chimenea, que consistía en una sencilla esfera dorada enmarcada en delicadas hojas del mismo color, y se dio cuenta de repente de lo que cabía deducir de todo aquello. Se detuvo y se volvió hacia Ryder, que se había limitado a observarla junto a la puerta cerrada.

—Has hecho que lo redecoren por completo —no era una pregunta, sino una afirmación. Era la única explicación posible para el hecho de que los colores fueran exactamente aquellos—. En tan solo... —se detuvo para hacer los cálculos— quince días, dieciséis como mucho —miró maravillada alrededor—. Has logrado todo esto en tan poco tiempo —ella era consciente de lo que había supuesto sin duda algo así. Y no solo en lo que al coste económico se refería, sino a la organización.

Él se encogió de hombros como restándole importancia al asunto y se acercó a ella.

—Tratándose de ti, me resultó fácil elegir los colores; en cuanto al resto... —lanzó una mirada alrededor antes de volverse de nuevo hacia ella— en Raventhorne House aún se está trabajando en tus habitaciones, pero —señaló hacia la puerta que tenía a su izquierda— aquí todas están terminadas del todo y listas para recibirte, tanto tu dormitorio como todo el resto.

Ella se dirigió de inmediato hacia la puerta que acababa de indicarle. Justo enfrente de esa, en la otra pared, había otra más, pero supuso que daba al dormitorio destinado al señor de la casa. Mientras abría la puerta que él le había indicado y la cruzaba era consciente de que él la seguía y estaba pendiente de su reacción. Era obvio que le satisfacía hacerla feliz, saber que el regalo que estaba haciéndole la complacía, y para ella no fue nada difícil mostrar abiertamente su entusiasmo y darle esa satisfacción.

La cama con dosel era enorme, estaba dotada de un armazón sólido de madera de roble tallada con el delicado motivo de hojas que predominaba en toda la habitación. Se repetían las mismas telas y diseños del saloncito, pero de forma más suntuosa y lujosa. Las sábanas de color azul plateado eran de un fino satén; la colcha, también de satén, era una versión más tupida del tapizado de los muebles, y para el bordado que decoraba algunas de las almohadas se había elegido tonalidades un poco más oscuras.

En cuanto a las ventanas, había dos bastante largas y estrechas que miraban al norte y otras dos que flanqueaban la cama y que eran igual de altas, pero más anchas que las primeras.

—El jardín de rosas —le dijo Ryder, al verla acercarse a una de las que flanqueaban la cama.

Estaban en junio. Los grandes y bien cuidados arbustos estaban cubiertos de hojas, los capullos empezaban a florecer y salpicaban de rosa, melocotón, blanco y rojo aquel verde océano. Senderos empedrados enmarcaban los arriates, y una antigua fuente de piedra ocupaba el centro del cuadrado jardín.

—Alguien hizo un gran trabajo diseñándolo —comentó ella, antes de lanzarle una mirada por encima del hombro—. ¿Fue tu madrastra?

—No. Que yo sepa, Lavinia jamás se ha interesado demasiado por los jardines. Según el jardinero en jefe, que es más viejo que Matusalén, fueron mi madre y él quienes se encargaron de hacerlo —titubeó antes de añadir—: aunque yo era muy pequeño cuando ella murió, aún recuerdo que era su lugar preferido del exterior de la casa. Si se encontraba en los jardines y me llevaban junto a ella, siempre estaba ahí, sentada en ese banco que hay al final del sendero.

Ella vio el banco en cuestión y se dio cuenta de que desde allí debía de haber unas vistas magníficas de la casa.

—En Somersham Place hay un jardín de rosas similar, y también un banco como ese —lo miró sonriente—. Puede que sea una de esas cosas que se supone que todas las principales familias de la nobleza deben tener en su residencia principal.

Él soltó una pequeña carcajada y la miró a los ojos.

—Yo creo que las damas más relevantes decidieron imponerlo como una especie de manifestación tangible de la influencia que ejercen en cuanto al refinamiento.

Ella se echó a reír y se volvió hacia otra puerta; tal y como suponía, daba al vestidor, que resultó ser realmente fabuloso. Era amplio y espacioso, estaba dotado de numerosos baúles y de un amplio tocador situado entre un par de ventanas más pequeñas que las de la habitación, además de dos armarios. En uno de ellos se habían colgado ya sus vestidos, y en el otro sus enaguas y sus chales.

Giró poco a poco sobre sí misma mientras intentaba captar hasta el último detalle, y afirmó sorprendida:

—Esto es más un tocador que un vestidor.

Ryder se encogió de hombros y se acercó a ella antes de contestar.

—Lavinia le daba ese uso. Cuando pasaba un rato con sus hijos, prefería hacerlo aquí en vez de en su saloncito.

Ella le miró con ojos interrogantes al notar por su tono de voz que sus palabras contenían algún significado velado, y él esbozó una irónica sonrisa al admitir:

—No quería arriesgarse a que mi padre oyera lo que les decía. Habían acordado de forma tácita que esta habitación le pertenecía a ella, así que él jamás habría entrado sin ser invitado.

—¿Te molesta que estas habitaciones fueran de ella, que reemplazara a tu madre en los aposentos reservados a la marquesa?

Él no intentó evadir la pregunta. Se tomó unos segundos para reflexionar, unos segundos en los que ella vio cómo su mirada se volvía pensativa, introspectiva, y finalmente sus labios se curvaron en una suave sonrisa y negó con la cabeza.

—No. Pero creo que esa es una de las razones por las que he disfrutado tanto redecorándolos por completo, borrándola totalmente a ella de este lugar para reemplazarla contigo. Me parece que es una de las razones por las que disfruto tanto viéndote aquí, satisfecha y feliz.

Ella le devolvió la sonrisa y contestó con igual sinceridad.

—Me siento inmensamente satisfecha y feliz —y le encantaba que él hubiera contestado a su pregunta sin reservas.

Se puso de puntillas, posó una mano en su mejilla para no perder el equilibrio y le besó con suavidad, pero al ver que no respondía se echó hacia atrás y le miró sin ocultar su desconcierto.

Él esbozó una sonrisa y le explicó:

—Antes de que nos distraigamos, hay algo que quiero mostrarte.

—¿Aún hay más?

Él contestó acercándose al tocador, que estaba dotado de un espejo de tres caras en las que se reflejaban sus cepillos y sus peinetas, su cajita de ornamentos para el pelo y su joyero, todo ello dispuesto con pulcritud sobre el mueble. Abrió el estrecho cajón situado bajo la parte central del tablero, metió la mano y, tras sacar una cajita forrada de terciopelo, se volvió hacia ella y se la ofreció.

—Esto es para ti.

Mary aceptó la cajita con una mezcla de entusiasmo, deleite y curiosidad, y al abrirla soltó una exclamación ahogada. No había palabras que pudieran hacerle justicia a lo que había dentro.

—¡Es...! ¡Son...! —fabulosas, increíbles, maravillosas—. ¡Exquisitas!

Verla tan entusiasmada, tan radiante de felicidad, le llenó de dicha y satisfacción. Sacó el collar del lecho de terciopelo blanco sobre el que descansaba y comentó:

—La próxima vez que quiera verte atónita, recordaré que debo regalarte una alhaja.

—¡Pero es que esto no es una alhaja sin más, esto es una fantasía plasmada en joyas! —dio media vuelta para ofrecerle su espalda, estaba poco menos que brincando de entusiasmo—. ¡Pónmelo!, ¡tengo que ver cómo me queda!

Su entusiasmo era contagioso. Con una irreprimible sonrisa de oreja a oreja, él le puso el delicado collar alrededor del cuello y se inclinó un poco hacia delante para abrochárselo.

—Ya está —dijo, antes de enderezarse.

Ella se miró en el espejo, expectante y llena de excitación, y se colocó bien el collar con delicadeza. La compleja creación de zafiros de un intenso azul violáceo y diamantes se deslizó ligeramente contra su piel mientras ella la acariciaba con la punta de los dedos. Cada diamante de talla marquesa representaba una hoja o el pétalo de una flor, y cada uno de ellos estaba suspendido de un fino alambre alrededor de los grandes y vívidos zafiros. Estos últimos formaban el centro de cada flor y estaban engarzados en los eslabones del collar propiamente dichos, mientras que los diamantes formaban trémulos el delicado y brillante marco que los rodeaba.

Sus miradas se encontraron en el espejo, y Mary se giró de improviso y se lanzó a sus brazos. Él se echó a reír y la abrazó, y ella dejó a un lado la cajita antes de enmarcar su rostro entre las manos y besarle. Antes de que él pudiera devolverle el beso, se echó un poco hacia atrás y empezó a salpicarle de besitos la mandíbula y las mejillas mientras le daba las gracias sin parar, pero, cuando él logró recapturar al fin sus labios y se adueñó por completo de su boca en un beso lento y profundo, suspiró embriagada y se relajó contra su cuerpo.

Permanecieron así durante un largo momento, compartiendo a través de aquel beso la esencia de lo que pensaban y lo que sentían, comunicándose un deseo y una pasión que, como cabía esperar, ya se había encendido, que estaba presente por mucho que en ese momento permaneciera en un segundo plano, latente.

Un reloj dio la hora en ese momento y el sonido los devolvió de nuevo a la tierra, a aquella realidad nueva en la que se encontraban, una realidad en la que acababan de iniciar una vida en común.

Interrumpieron el beso, pero permanecieron tal y como estaban, abrazados el uno al otro. Mary le miró con ojos en los que se reflejaba una profunda serenidad, como si por una vez en su vida no considerara necesario apresurarse y quisiera saborear bien el momento, y al cabo de unos largos segundos esbozó una sonrisa con aquellos labios ligeramente hinchados por el beso y retrocedió un paso.

Él no pudo ocultar cuánto le costó soltarla, dejar que se

apartara de su cuerpo, y la sonrisa de ella se acentuó un poco más.

—Ven, milord, ayúdame a ponerme tus regalos —se volvió hacia el tocador, tomó la pulsera y se la dio para que se la pusiera. Lo miró a los ojos al añadir—: nos espera nuestra primera cena como marido y mujer.

Con una sonrisa tan amplia y llena de profunda felicidad como la suya, Ryder tomó la delicada pulsera y procedió a hacer lo que se le había ordenado.

En opinión de Mary, la cena no tuvo ni el más mínimo fallo. Aunque Ryder y ella estaban sentados a ambos extremos de la mesa, al menos era la del comedor informal reservado a la familia, que era más pequeña que la enorme de más de quince metros del comedor formal; aun así, ninguno de los dos era tan insensato como para sugerir que ella se cambiara de sitio y fuera a sentarse en la silla situada a la izquierda de Ryder en la cabecera de la mesa, ya que saltaba a la vista que los miembros del servicio estaban deseosos de atenderla con toda la pompa y la ceremonia habidas y por haber en aquella primera ocasión que comía en la casa.

Aparte de la pompa y la ceremonia ya mencionadas, que se ejecutaron de forma impecable, la combinación de los platos fue soberbia... ligeros y deliciosos para ella, copiosos y sustanciosos para Ryder. Mientras él se esforzaba por hacerle justicia a todo lo que había preparado la cocinera, ella sostuvo una copa de vino entre las manos mientras comentaba algunos aspectos de la boda, mientras destacaba algunos momentos ocurridos durante la ceremonia y el banquete y le relataba pequeñas anécdotas de las que él no se había percatado.

En la mesa había espacio de sobra para doce comensales, pero no le resultó difícil proyectar la voz lo necesario; al ver que él asentía, sonreía y se echaba a reír según correspondía, dedujo que la oía bien. No tardó en darse cuenta de que tanto los dos lacayos que permanecían quietos como estatuas junto a la pared como Forsythe, que esperaba tras la silla de Ryder, estaban escuchándola con sumo interés y supuso que debían de estar tomando nota mental de todo para poder compartirlo después con el resto del servicio, así que empezó a explayarse más, a hacer descripciones más detalladas. Ryder la miró con desconcierto en un momento dado, pero cuando ella sonrió y le lanzó una mirada elocuente al lacayo que él tenía a su derecha comprendió lo que pasaba y, sonriente, siguió atareado con la cena.

Era un hombre muy grandote y, por lo tanto, comía mucho; aun así, cuando las cortinas se corrieron y ella enarcó una ceja en un mudo gesto interrogante para saber si tenía intención de disfrutar de un brandy en soledad, la miró sonriente, dejó a un lado la servilleta, se puso en pie, y se acercó mientras ella se levantaba a su vez después de que un lacayo le apartara la silla.

—Ven, te mostraré la sala de estar —le dijo, al llegar junto a ella y ofrecerle su brazo.

Tal y como solía suceder en aquel tipo de mansiones, la sala en cuestión resultó ser amplia y cómoda y, aunque estaba dotada de una elegancia pasable, la principal prioridad al amueblarla había sido crear un ambiente práctico y acogedor.

Mientras la recorría a paso lento, notó el calor que emanaba del pequeño fuego que ardía en la chimenea y murmuró pensativa:

—Es un lugar cálido, y no me refiero a la temperatura —se volvió hacia Ryder antes de añadir, sonriente—: es acogedor y relajante, me siento como en casa.

Él se limitó a asentir mientras la miraba a los ojos y le preguntó, tras un ligero titubeo:

—¿Quieres que nos sentemos aquí?

Ella recorrió la sala con la mirada antes de volverse de nuevo hacia él.

—Ya sé que la señora Pritchard me llevará mañana a hacer una especie de recorrido oficial por toda la casa, pero quizás podrías mostrarme brevemente las habitaciones de esta planta y decirme qué uso se le da a cada una —quería descubrir su guarida, el lugar donde él se refugiaba cuando residía en aquella casa. Estaba impaciente por verlo y, a ser posible, sin pedirle directamente que se lo mostrara.

Él la complació encantado y le mostró dos saloncitos, uno con vistas al este y otro con vistas al jardín; después pasaron unos minutos en el comedor formal, donde contestó a sus preguntas sobre los ancestros cuyos retratos adornaban las paredes; le mostró a continuación el despacho destinado a la administración de la finca y también su estudio personal, que se encontraba justo al lado del despacho y estaba demasiado impoluto como para ser su principal guarida.

Ella supo que por fin había encontrado el lugar que buscaba cuando entraron en la biblioteca, que era una sala larga con una distribución similar a la de la casa de Londres. Estanterías llenas de libros ocupaban las paredes, en el centro de la pared interior había una gran chimenea de piedra, y un macizo escritorio de madera ocupaba un puesto privilegiado al final de la sala.

Frente a la chimenea había un conjunto de dos largos sofás y cuatro mullidos sillones, y una mesa circular proporcionaba un lugar donde consultar los gruesos tomos encuadernados en cuero. Una escalerilla situada en una esquina daba acceso a la galería superior, que discurría a lo largo de los cuatro lados de la sala.

Alzó la mirada y giró lentamente sobre sí misma mientras contemplaba admirada las gloriosas pinturas que decoraban los paneles superiores, y se dio cuenta de que aquella biblioteca era el original en el que se habían basado para crear la de la casa de Londres. Las dos eran muy similares, pero la de la abadía estaba creada a una escala mucho más grande. Era mucho más impresionante y antigua, parecía más sólida.

Estaba claro que era un lugar con solera, un lugar donde la presencia humana había dejado con el transcurso de los años una impronta, un aroma que había penetrado en las telas y en la madera; además, era obvio que el escritorio se usaba con frecuencia porque había marcas en el secante, y en la bandeja había varias plumas además de un abrecartas y varias barritas empezadas de lacre.

Se volvió hacia Ryder, que se había detenido junto a los sofás, y le preguntó con voz suave:

—Tu padre también solía utilizar bastante esta sala, ¿verdad?

—al verle asentir, añadió—: ¿cuándo murió? Por lo que tengo entendido, creo que fue hace unos años.

—Seis.

Era imposible que su presencia se percibiera aún después de tanto tiempo, así que no había duda de que había encontrado la guarida de Ryder. Fue a echarles un vistazo a las estanterías que había más allá del escritorio, las lámparas situadas en las esquinas de la sala estaban encendidas e iluminaban con su luz tenue los títulos escritos con letras doradas en los lomos de los libros.

—Filosofía —murmuró, mientras seguía con aquella lenta inspección.

Después de observarla en silencio unos minutos, Ryder agarró el libro que había dejado junto al sillón que solía ocupar, se sentó, se puso cómodo y se dispuso a leer, pero no se sorprendió al ver que las palabras que llenaban la página no lograban que su atención se desviara de su esposa. Todos sus sentidos estaban puestos en Mary, y aquellas palabras no tenían la fuerza necesaria para apartarlos de ella.

Al verla detenerse a examinar las dos armaduras medievales situadas entre las ventanas, murmuró:

—Son cosa de Forsythe. Se han convertido en una especie de pasatiempo para él.

—¿Hay más?

—Sí, en el ático. Tengo entendido que Forsythe sube de vez en cuando para engrasarlas y darles brillo, creo que se ha convertido en todo un entendido.

—Ah.

Eso fue cuanto dijo antes de proseguir su lento recorrido por la sala, un recorrido en el que todos los sentidos de Ryder permanecieron pendientes de ella; cuando se dio por satisfecha al fin, regresó a la esquina sudoeste (allí se encontraban los libros de jardinería) y, tras seleccionar un libro, procedió a sentarse frente a él en un sillón, encogió las piernas bajo el cuerpo, se puso cómoda, abrió el libro, y se puso a hojearlo con toda la tranquilidad del mundo.

Él bajó de nuevo la mirada hacia el libro que tenía en sus manos, e intentó convencer a sus rebeldes sentidos de que prestaran alguna atención a las palabras impresas y dejaran de centrarse en su esposa.

Mary encontró una página adecuada y fijó los ojos en ella, pero en vez de leer se puso a repasar mentalmente la situación. Allí estaban los dos, convertidos en marido y mujer, cómodamente sentados en la biblioteca, leyendo.

Ella se había rendido ante el destino y los dictados de la Señora, y la habían conducido hasta allí. Muy bien, de acuerdo, todo iba de maravilla en cierto sentido, pero la cuestión era que tan solo estaba a medio camino de alcanzar su objetivo final.

Ryder le había puesto la alianza en el dedo y estaba segura de que contaba con todo su apoyo, pero aún tenía que conseguir lo más importante de todo: que él le declarara su amor y lo admitiera abiertamente, al menos ante ella.

No estaba dispuesta a conformarse con menos, no podía hacerlo.

Así que tenía que encontrar la forma de avanzar.

Mientras miraba sin ver las palabras impresas, repasó todas las interacciones privadas que habían tenido previamente. Las analizó y las evaluó intentando encontrar la vía de comunicación más directa, abierta y sin restricciones, el método más fiable para conseguir que Ryder centrara en ella toda su atención y poder convencerle de lo conveniente que era dar ese último paso.

A esas alturas lo conocía lo bastante bien para saber que, tratándose de él, la persuasión era la única táctica que iba a funcionar; además, al margen de cualquier otra consideración, ella iba a tener que demostrarle que el amor era algo que merecía la pena, algo que tenía un valor real y verdadero. Eso quería decir que iba a tener que definir cuál era ese valor tanto para ella como para él y para el futuro que iban a construir juntos, para la vida que iban a compartir en aquella casa.

Aquella era su primera noche juntos como marido y mujer, su noche de bodas. El momento perfecto para empezar.

Cerró el libro sobre su regazo y alzó la mirada hacia él. Aunque se hizo el duro y tardó unos segundos en reaccionar, estaba claro que era puro teatro, pero finalmente alzó la mirada a su vez y la observó en silencio unos segundos antes de enarcar una ceja con lánguida sofisticación.

Estaba completamente segura de que era tan consciente como ella de que aquella era su noche de bodas, así que sin decir ni una sola palabra dejó el libro a un lado y se puso en pie. Esperó a que él se levantara también, y cuando estuvieron el uno frente al otro lo miró a los ojos y le dijo con voz firme:

—Tengo que hacerte una petición, milord.

Él le sostuvo la mirada. Estaba claro que estaba intentando adivinar cuál sería esa petición, pero al final se rindió.

—¿De qué se trata?

—Quiero que me lleves a tu lecho.

CAPÍTULO 12

Ryder parpadeó sorprendido, estuvo a punto de tambalearse por el brutal esfuerzo que tuvo que emplear en reprimir sus impulsos el tiempo suficiente para clarificar las cosas.

—¿Al mío? ¿No prefieres ir al tuyo?

—No, quiero ir al tuyo —alzó la barbilla, decidida y atrevida—. Mi habitación me ha encantado y quiero darte las gracias como corresponde. En tu lecho.

—En ese caso...

La alzó en brazos sin más y, haciendo caso omiso de su ahogada exclamación de sorpresa, la llevó hasta la puerta, maniobró hasta poder abrirla, y se dirigió entonces por el pasillo rumbo al vestíbulo y a la escalinata.

Ella le rodeó el cuello con los brazos y, riendo con suavidad, se aferró con fuerza mientras él subía los escalones de dos en dos. La excitación que la embargaba se reflejaba en sus brillantes ojos, en la expresión de su rostro, en la seductora tensión que recorría su esbelto cuerpo, y al mismo tiempo avivaba e incitaba la que lo embargaba a él.

Al llegar a lo alto de la escalinata, sin detenerse ni un segundo, rodeó el hueco del vestíbulo por la galería y se adentró en el ala norte por el amplio pasillo.

La puerta del saloncito no estaba cerrada del todo, y se abrió en cuanto la rozó con el brazo; entró con ella en brazos, giró a la derecha, se dirigió hacia la puerta que daba a sus propios aposentos y la abrió en un abrir y cerrar de ojos; tras entrar en su dormitorio, la cerró de un taconazo, fue directo a su cama y, sin la más mínima pausa, dejó caer a Mary sobre la colcha en tonos verdes y dorados y la cubrió con su cuerpo.

Ella soltó una exclamación ahogada y se retorció para intentar ponerse arriba, pero él la mantuvo aprisionada con su peso, le agarró las manos y se las sujetó contra la cama, y entonces la besó.

Era su noche de bodas, y ella era su mujer. Quería tenerla desnuda y enfebrecida, quería enloquecerla y hacerla gritar de placer... pero, tal y como cabía esperar, ella tenía otras ideas en mente.

En cuanto él le soltó las manos para desabrocharle los botones que bajaban en una hilera por la parte delantera del vestido, ella hundió los dedos en su pelo, aferró los mechones y empezó a besarle con una potente mezcla de provocativa seducción y apremio que bastó para distraerle por completo.

El beso se convirtió en una ardiente fusión de bocas, de cálidas y resbaladizas lenguas, de un hambre voraz. Logró desabrocharle el vestido hasta la cintura, pero en cuanto se echó hacia atrás para abrirlo ella alzó las manos entre sus cuerpos para desanudarle el pañuelo.

Lo que sucedió a continuación fue una batalla desatada, nunca antes había participado en nada semejante. Las mujeres no le desvestían, era él quien las desvestía a ellas, pero estaba claro que su esposa no estaba de humor para adoptar un papel pasivo. Sus manos, aquellas manos delicadas y ardientes, estaban por todas partes acariciándolo, tironeando y agarrando, buscando y encontrando...

Le enloqueció de deseo y le llevó a un estado de sensual desesperación que nunca antes había alcanzado, que ni siquiera sabía que existía; la oyó jadear, oyó sus gritos ahogados de placer, y supo que ella estaba en las mismas condiciones.

La ropa de ambos salió volando literalmente, la lanzaron con abandono cegados por la pasión. En un momento de lucidez, al caer de espaldas sobre el colchón mientras luchaba por respirar, se preguntó si sería una locura permitir aquello, aquella explosiva fusión de dos fuertes voluntades. Ninguno de los dos estaba dispuesto a ceder, a desviarse de su camino, pero, al parecer, podían nutrirse mutuamente, el uno podía aprovechar los avances logrados por el otro para alimentar aún más la salvaje y tumultuosa pasión que los arrastraba.

El uno luchaba por llevar al otro por el camino deseado y al final terminaban yendo por un camino intermedio, uno por el que él no había transitado nunca antes.

Ella se puso a horcajadas sobre sus caderas y devoró con la mirada y con las manos su pecho desnudo, dejó un reguero de fuego a su paso mientras deslizaba las palmas por su piel y las bajaba hasta llegar a los botones de sus pantalones.

Él tomó una bocanada de aire, la echó un poco hacia atrás y la hizo rodar hacia el lado, pero ella lo tomó por sorpresa al imprimir más ímpetu al movimiento y siguieron rodando; estuvieron a punto de caerse de la cama, pero él logró frenar justo a tiempo. Desesperado por tocar su piel desnuda, soltó un gruñido de advertencia mientras luchaba por subirle la casi transparente camisola, que era lo único que la cubría aparte de los zafiros y los diamantes que él le había regalado.

Logró por fin poner las manos en sus cálidas y desnudas curvas. Su piel, aquella piel tersa y suave como la seda, actuó como un afrodisíaco, uno que no necesitaba ni mucho menos. Apretó la mandíbula por el palpitante dolor resultante, se colocó de espaldas y forcejeó con ella hasta lograr colocarla encima de su cuerpo el tiempo suficiente para rasgar la camisola de un tirón, pero mientras lanzaba a un lado la dichosa prenda ella aprovechó para zafarse de sus brazos y deslizarse hacia abajo por sus muslos mientras tironeaba de sus pantalones.

Logró bajárselos hasta las rodillas, y él soltó una imprecación y movió las piernas para poder terminar la tarea. Logró desprenderse de ellos y los empujó hacia los pies de la cama, pero antes de que pudiera rodar de nuevo hacia un lado para colocarse encima ella le plantó las manos en el pecho, apoyó todo su peso en los brazos y le ordenó jadeante:

—¡No!

La negativa lo dejó paralizado, y se quedó mirándola sin saber qué hacer. El collar que brillaba alrededor de su cuello y los pendientes que colgaban de sus orejas fragmentaban la luz, eran la prueba tangible de que ella le pertenecía. Quería hacerla suya, poseerla por completo, y una negativa no encajaba en absoluto en aquella situación.

Ella le deseaba, y el sentimiento era mutuo.

Le habría resultado muy fácil tumbarla de espaldas, pero, a pesar de que el deseo de hacerlo era tan intenso que resultaba incluso doloroso, vio algo en aquellos ojos azules que hizo que se mantuviera inmóvil.

—¿Qué pasa? —alcanzó a decir con voz estrangulada.

—Se supone que estoy dándote las gracias.

—Pues la mejor forma de hacerlo sería...

—¿Cómo lo sabes?

Lo dijo con un hilo de voz, un deseo palpitante impregnaba cada una de sus palabras. Estuvo a punto de gemir atormentado al verla humedecerse los labios, y antes de poder pensar siquiera en una respuesta ella añadió:

—¿Cómo sabes cuál sería la mejor forma de hacerlo si no sabes lo que quiero hacerte?

Si antes ya estaba dolorido, en ese momento estaba sufriendo una verdadera agonía.

—Mary...

—Esta es nuestra noche de bodas, y te pido que te tumbes de espaldas y dejes que te haga... —le sostuvo la mirada y sus labios se curvaron en una pequeña sonrisa— exactamente lo mismo que deseas hacerme a mí.

Sabía que debería negarse, pero... a juzgar por lo que veía en aquellos ojos azules estaba bastante seguro de que ella ya se había dado cuenta de que era totalmente incapaz de negarse a complacerla, de que no podía negarle nada que pudiera anhelar. Y saber que ella anhelaba hacer eso bastó para hacerle respirar hondo y asentir.

—Está bien, pero solo por tratarse de esta noche.

Ella sonrió como si supiera perfectamente bien que aquello no era cierto, pero entonces subió las manos por sus hombros y se tumbó completamente sobre él. Se restregó sinuosa contra su cuerpo mientras subía hasta que quedaron cara a cara y, tras mirarle a los ojos por un largo instante, bajó la cabeza y lo besó como una hurí, como una mujer cuya vida tenía un único propósito: complacerlo y darle placer.

Ryder no tenía ni idea de dónde habría aprendido a hacer aquello, pero tuvo la sospecha de que había aprendido de él y que había extrapolado a partir de ahí.

Cada caricia, cada húmedo envite de la lengua, cada sutil y a la vez deliberada presión de las manos y cada movimiento de los dedos contenía una potente mezcla de inocencia y concupiscencia.

No habría sabido decir cuánto tiempo duró aquella íntima tortura tan agónicamente exquisita, durante cuántos minutos le sometió ella a aquella magia que le arrebató los sentidos y lo dejó con el corazón martilleándole en el pecho. Lo único que sabía era que cuando se quebró al fin, cuando no pudo seguir soportando la poderosa succión de su boca y, con una imprecación ahogada, sacó su duro miembro de aquel cálido y húmedo paraíso y la alzó enfebrecido para colocarla a horcajadas sobre su cuerpo, hacía mucho que estaba más allá de todo pensamiento racional.

Ella estaba en similares condiciones, pero apretó las rodillas contra su cintura, sacudió su larga melena oscura con un brusco movimiento y le hincó las uñas en los antebrazos para dejarle muy claro que no estaba dispuesta a entregarle aún las riendas ni mucho menos.

Todo lo contrario. Cuando él apenas había tenido tiempo de inhalar, de luchar contra el constreñimiento que le atenazaba los pulmones y llenarlos de aire, se colocó en posición y fue bajando poco a poco, fue empalándose centímetro a centímetro en su dolorido miembro y envolviéndolo en aquel glorioso y cálido canal mientras le arrebataba el aliento, los sentidos y hasta la última gota de voluntad.

Para cuando estuvo hundido en su interior por completo, enfundado hasta la empuñadura, estaba perdido... y entonces ella empezó a cabalgar con abandono sobre él y lo hizo añicos.

Siguió subiendo y bajando con los ojos entrecerrados, bañada por la luz de las lámparas con las manos apoyadas en su pecho. Estaba entregada por entero a su objetivo, a aquel enardecido ritmo, al primitivo placer mientras le azotaba con el deseo de ambos, mientras le sacudía con la pasión combinada de los dos.

Él respondió a su llamada con todo su ser. Fue incapaz de reprimirse, de contenerse ante la fuerza arrolladora de aquel frenesí, de resistirse a la visceral compulsión de fusionarse con ella, de unirse y perder toda identidad llevado por la necesidad abrumadora de fundirse en un solo ser.

Se rindió por completo, abandonó toda restricción y se unió a ella en aquel desbocado galope a través de un glorioso terreno de ardiente pasión.

Al notar de repente que ella se tensaba más y más, que se ponía rígida, la aferró con más fuerza aún de las caderas, la apretó hacia abajo, alzó las caderas de golpe, y alzaron juntos el cielo. Alcanzaron el sensual sol, se estiraron desesperados, lo tocaron al unísono y el éxtasis los cegó, los golpeó y los sacudió hasta que sus sentidos se hicieron añicos... y entonces llegó una oleada de satisfacción y gozo, una oleada poderosa y pesada que los cubrió y los arrastró hacia un dorado mar de paz y plenitud, de placer dado y recibido como un solo ser.

Mary era todo lo que él hubiera podido desear y más, muchísimo más.

Mientras yacía tumbado de espaldas, con ella acurrucada contra su costado y las mantas cubriendo sus acalorados cuerpos, encontró por fin algo de claridad mental, la suficiente para poder al menos preguntarse qué era lo que acababa de pasar y admitir finalmente que la imagen que había tenido en su mente de su matrimonio, de cómo iba a funcionar, había cambiado por completo.

Jamás habría podido imaginar siquiera algo tan profundo, algo que pudiera llegarle tan hondo.

Nunca antes había conocido a ninguna mujer capaz de despertar en él algo más que un ligero afecto, el templado y bastante patriarcal impulso de asegurarse de que estuviera segura y bien alimentada. Lo más profundo que había llegado a sentir por una mujer era un ligero cariño.

Pero con Mary... lo que sentía por ella, con ella, era algo totalmente distinto, algo que no tenía previsto y de lo que no sabía si alegrarse o no.

Si bien era cierto que lo había vislumbrado en distintas ocasiones durante la última semana más o menos (desde que habían yacido juntos por primera vez), había dado por hecho que, conforme los encuentros fueran repitiéndose y fuera creándose cierta familiaridad, el sentimiento iría perdiendo intensidad, que se volvería menos intenso y cautivador, pero había sido todo lo contrario. Con cada sucesivo interludio, ese vínculo inesperado y sin precedentes había ido volviéndose más y más poderoso.

Tenía muy claro por qué la había elegido como esposa, por qué la había considerado como posible candidata en un principio. En aquel entonces quería encontrar una dama que le diera todo aquello de lo que había carecido a lo largo de su vida (un fuerte vínculo familiar, la devoción y la lealtad de una familia unida), una dama que comprendiera de forma inherente la importancia que tenían esas cosas y que, más allá de eso, encajara con la imagen que tenía de cómo debería ser su esposa.

Mary había encajado a la perfección con lo que buscaba; de hecho, que pareciera tan perfecta para el puesto quizás tendría que haber despertado sus sospechas, pero era un hombre que siempre había tenido el control de su propia vida y al que siempre le había sonreído el destino, así que no había visto razón alguna para sentir recelo... bueno, al menos al principio.

E incluso cuando había empezado a sentir algo de intranquilidad había sido tan pagado de sí mismo, había estado tan arrogantemente convencido de que él, el mejor amante de la alta sociedad, con más de mil noches de pasión a sus espaldas, jamás sería víctima de los caprichos del corazón, que había hecho caso omiso cuando su instinto de conservación se había puesto alerta.

Tendría que haber prestado atención a las advertencias de sus amigos sobre lo veleidoso que podía llegar a ser el destino, pero ya era demasiado tarde. El destino le había concedido todo lo que hubiera podido desear en una esposa, y había llegado el momento de pagar el precio debido.

Pero la forma exacta en que iba a pagar... a lo mejor ese era un aspecto de la situación que aún estaba en sus manos.

Mary, la mujer a la que estaba inextricablemente unido de una forma mucho más profunda y visceral de lo que había planeado en un principio, era una persona manipuladora (no había ninguna duda al respecto, porque era un rasgo que ambos compartían). Si permitía que ella se percatara del poder que ejercía sobre él...

Para un aristócrata acostumbrado a tener siempre el control de sí mismo, no era una posibilidad nada apetecible, así que iba a tener que encontrar la forma de lidiar con todo lo que sentía sin dejar que se le notara.

Tenía los ojos cerrados, el cuerpo relajado y aún seguía dándole vueltas al asunto cuando ella se movió un poco y, al cabo de unos segundos, se dio la vuelta y se arrebujó bajo las sábanas de espaldas a él.

Debatió consigo mismo y al final llegó a la conclusión de que, dado que lo más sensato era intentar mantener al menos la falsa impresión de que entre ellos no existía nada más que mero cariño, tenía que permanecer tal y como estaba, tumbado de espaldas y con un par de centímetros de separación entre los dos.

Pasó un minuto entero, pero al final suspiró para sus adentros, relajó su apretada mandíbula, se puso de lado y, tras pasarle un brazo por encima, se apretó contra su espalda. Por fin pudo relajarse, y se quedó dormido de inmediato.

Mary notó adormilada la calidez del cuerpo de Ryder, sintió el peso de su brazo alrededor de su cuerpo. No estaba tan sumida en el mundo de los sueños como para no sonreír cuando se le pasó por la mente que no había duda de que su esposo era un poco protector y posesivo.

—¿Cómo que preferirías que no saliera de la casa?, ¿qué quiere decir eso?

Mary miró atónita a Ryder, que estaba sentado al otro extremo de la mesa del desayuno, y decidió que al día siguiente iba a indicarle a Forsythe que deseaba sentarse a la izquierda de su marido. Desde aquella distancia no le veía lo bastante bien como para poder leer la expresión de sus ojos.

De la expresión de su rostro apenas sacó información, ya que él se limitó a fruncir ligeramente los labios y a enarcar por un instante una ceja cuando, tras lanzar una fugaz mirada hacia ella y ver su cara de incredulidad, bajó la mirada de nuevo hacia su plato.

—Exactamente lo que te he dicho. Este es tu primer día aquí, así que estoy seguro de que vas a estar ocupada de sobra familiarizándote con la casa y con su manejo. La señora Pritchard está lista para llevarte a hacer un extenso recorrido, así que dudo mucho que vayas a aburrirte —contempló la porción de asado que había pinchado con el tenedor y al cabo de unos segundos, sin mirarla, añadió—: además, preferiría que hoy permanecieras dentro.

«Y soy tu marido y vas a obedecerme». No fue necesario que agregara aquellas palabras, ella las oyó alto y claro y, a pesar de que estaba mirándolo desafiante, por dentro estaba desconcertada. No entendía qué había sido del hombre que la noche anterior había compartido gustoso las riendas con ella... y, de hecho, también aquella misma mañana. Meras horas atrás iba camino de ser el marido que ella quería que fuera y de repente hételo allí, haciendo una imitación magistral del más dictatorial de los tiranos.

La cuestión era si se trataría realmente de una imitación o si era la pura realidad.

Entornó los ojos y lo observó con atención, pero ambas posibilidades parecían igual de factibles; fuera como fuese, lo que estaba claro era que tenía que meterlo en cintura, tenía que reaccionar y rehacer aquello, pero, teniendo en cuenta que Ryder era lo que era y, más aún, que él sabía lo que ella era a su vez, tenía que discernir cuál era la mejor forma de alcanzar su objetivo.

Tardó un largo momento en dar con la pregunta adecuada.

—¿Por qué?

Al ver que él la miraba deseó de nuevo tenerlo más cerca para poder verle bien, pero tuvo la impresión de que había visto relampaguear en sus ojos pardos algo parecido al pánico y eso la envalentonó. Agarró su taza de té y añadió:

—Estoy segura de que habrá algún motivo que explique una prohibición tan peculiar —tomó un sorbito y le miró por encima del borde de la taza—. Así que dime, ¿qué es lo que ha motivado tu... petición?

Él parpadeó, la miró con semblante deliberadamente inexpresivo y contestó al fin:

—Ratas.

—¿Qué? —bajó la taza y lo miró boquiabierta—. ¿Me estás diciendo que en esta casa hay ratas?

Él hizo una mueca y bajó la mirada.

—Han encontrado una esta mañana —miró hacia la ventana—. Hemos hecho entrar a los gatos, se ha realizado una búsqueda exhaustiva por toda la casa y estamos seguros de que dentro no hay ninguna más, pero hay hombres revisando las terrazas y los jardines.

Eso explicaba la extraña actividad que ella había notado cuando había bajado a desayunar, tanto dentro de la casa como en el exterior. Al echar un vistazo por las ventanas se había preguntado por qué habría tantos hombres sacudiendo los arbustos, pero ni siquiera se le había pasado por la cabeza que... en fin. Se encogió de hombros y tomó otro sorbito de té antes de admitir:

—Las ratas no me dan ningún miedo.

—¿No? —parecía sorprendido.

—En absoluto, son pequeñas y siempre huyen corriendo. No es que me guste la idea de que hayan estado dentro de la casa, por supuesto, y me alegra saber que el servicio reaccionó de forma tan rápida y contundente, pero si tu negativa a dejarme salir se debe a que crees que podría desmayarme al ver a una pobre ratita...

—Nada de «pobres ratitas», son enormes. Tan grandes como gatos. Y rabiosas, estas no son de las que huyen. Si te encontraras con una te atacaría, podría morderte —respiró hondo, apartó la mirada e hizo un vago ademán con la mano—. Como comprenderás, no puedo exponerte a un peligro semejante.

Ella se quedó mirándolo desconcertada, y al cabo de un largo momento intentó confirmar lo que acababa de oír.

—Tan grandes como gatos. Y rabiosas.

Ryder se llevó su taza de té a los labios y, eludiendo su mirada en todo momento, asintió y rezó para que se tragara aquella patraña.

—Exacto. Supongo que mañana, pasado mañana a lo sumo, ya nos habremos librado de todas.

Después de lo que se había descubierto aquella mañana iba

a estar custodiada en todo momento, ya fuera por él o por sus criados de mayor confianza. No iban a perderla de vista ni un solo segundo, el pánico que lo atenazaba no lo permitiría. Estaba reprimiendo con todas sus fuerzas el abrumador impulso de aprisionarla entre sus brazos y rugir como un amenazante león a cualquiera que intentara acercarse; apenas podía pensar, y menos aún formular una respuesta racional. La idea de que, siendo tan empecinada y decidida como era, no acatara su orden de permanecer en el interior de la casa, donde el servicio y él podían mantenerla a salvo... cada vez que esa posibilidad le pasaba por la mente, el pánico le invadía de nuevo.

Era un pánico abrumador que le sacudía de pies a cabeza, era como si su mundo entero se tambaleara. Nunca antes había sentido algo así, no tenía ni idea de cómo manejarlo; no sabía cómo controlar sus desbocadas reacciones, cómo calmarse lo suficiente para poder pensar con sensatez.

En el mismo instante en que pensaba en ella, en cuanto la veía, instintos que ni siquiera sabía que poseía le sobrepasaban y tomaban el control. Estaba tan tenso que, a pesar de que intentaba relajarse, sentía que se le iba a resquebrajar la mandíbula de lo apretada que la tenía y ya había doblado un tenedor. En ese momento, su cordura dependía de que Mary se creyera (o, al menos, que no lo cuestionara) aquel cuento de que aquel plácido rincón de la campiña inglesa había sido invadido por ratas, ratas rabiosas y tan grandes como gatos.

Esperó lleno de tensión, mirándola de forma velada mientras ella le observaba a su vez con atención, y estuvo a punto de suspirar de alivio al verla asentir.

—Es cierto que voy a estar ocupada durante toda la mañana con la señora Pritchard y el resto del servicio, supongo que no quedaré libre hasta esta tarde; aun así... —esperó a que él alzara la cabeza, y atrapó su mirada con la suya— podríamos llegar a un acuerdo. ¿Qué te parece si después me acompañas a dar un paseo por el jardín de rosas? Me gustaría recorrerlo y verlo bien, podría acompañarnos también tu jardinero en jefe. Estoy segura de que entre los dos podréis protegerme en caso de que haya alguna rata al acecho.

Dado que se sentía como un náufrago a merced de un tempestuoso océano, se aferró a aquella tabla de salvación y asintió.

—Sí, me parece razonable.

Ella sonrió. Había algo en su expresión que parecía indicar que aquella aquiescencia no era una rendición, sino pura estrategia, pero eso era lo de menos. Lo importante era que había accedido a esperarle antes de aventurarse a salir, así que no iba a sentirse inclinada a hacerlo sola. En ese momento, esa era la principal preocupación para él.

Mary pasó el día funcionando a dos niveles; al menos, esa fue la impresión que tuvo. Por una parte interpretó su papel de marquesa y, acompañada de Forsythe y de la señora Pritchard, hizo un recorrido exhaustivo por toda la casa. Había insistido en que en dicho recorrido se incluyeran tanto las habitaciones del servicio como los áticos y el tejado y había sentido cierto alivio al ver que, aunque durante mucho tiempo, tal vez incluso décadas, no había habido una señora de la casa que estuviera al mando, que se preocupara por el manejo de aquel lugar y por el bienestar de sus moradores, se habían hecho las reformas de modernización necesarias y todo, incluyendo las habitaciones del servicio, había sido remodelado y puesto al día.

Cuando había preguntado qué era lo que había impulsado aquellos cambios, había sido Forsythe quien había contestado.

—Ha sido en gran parte obra de milord, tiende a tener un carácter progresista en casi todos los aspectos.

Ella había tomado buena nota de aquella información con la intención de indagar más a fondo sobre las aspiraciones políticas de su esposo.

Al mediodía, mientras comían en el comedor informal, le había bombardeado a preguntas porque quería saber más sobre cuál era su enfoque en el manejo de su patrimonio, qué esperaba lograr en el futuro inmediato y cuáles eran sus planes a largo plazo.

Ryder había contestado tras un ligero titubeo (la extraña tensión que había percibido en él durante el desayuno seguía estando presente), y poco a poco había ido relajándose y dándole respuestas más detalladas.

Ella no había cometido el error de mencionar su negativa a dejarla salir de la casa, y al salir del comedor se había limitado a recordarle su promesa de acompañarla a dar un paseo por el jardín de rosas un poco más tarde; él había asentido y le había dicho que iba a estar en la biblioteca y podía ir a buscarlo cuando estuviera lista.

Se había dado por satisfecha, y había pasado las dos horas siguientes en el saloncito de sus aposentos privados, conversando con la señora Pritchard. No habían tenido ningún problema para acordar cómo organizarse para encargarse juntas del manejo de la casa, pero había tenido la impresión de que el ama de llaves tenía la cabeza en otra parte.

Había bajado a la biblioteca en cuanto había quedado libre por fin, y Ryder había dejado a un lado su correspondencia de inmediato. El paseo por el jardín de rosas había sido muy agradable y no había aparecido ni una sola rata, ni rabiosa ni de ninguna otra clase; de hecho, tampoco había visto ni un solo gato.

Había detectado de nuevo aquella extraña y frágil tensión que atenazaba a Ryder, como si estuviera listo para saltar como un resorte a las primeras de cambio, y había optado por no decir nada al respecto y limitarse a disfrutar de las rosas y de su compañía.

Para cuando habían regresado a la biblioteca se sentía apaciguada y de buen talante, y se había puesto cómoda con un libro para hacerle compañía en silencio. Él la había observado por un momento, pero al final había regresado a su escritorio para seguir ocupándose de la correspondencia. Creía que quizás intentaría convencerla de que se fuera a otra parte de la casa y lo dejara solo, pero no fue así. Dio la impresión de que le complacía tenerla allí, y de vez en cuando sentía el peso de su mirada.

Había sido cuando estaba arreglándose para la cena y Aggie, creyendo que estaba enterada, había soltado toda la información, cuando se había enterado por fin del verdadero motivo que había provocado aquel extraño cambio en la actitud de Ryder, de lo que le había llevado a hacer aquella sorprendente prohibición y había generado la tensión que había percibido también en los miembros del servicio.

Fue entonces cuando averiguó por fin toda la verdad sobre el asunto de las ratas.

Tranquilizó de inmediato a Aggie al ver que esta, al notar su enfado creciente, empezaba a ponerse nerviosa, pero no dio explicaciones para no tener que admitir que hasta el momento no había estado al tanto de lo ocurrido.

Eso era algo que tenía que discutir con el culpable de que no estuviera enterada, que no era otro que su marido.

Su primer impulso fue ponerse en pie, bajar hecha una furia y encararse con él de inmediato, pero... respiró hondo, permaneció allí sentada mientras Aggie seguía peinándola y se recordó a sí misma que las damas casadas tenían que ser mucho más hábiles y astutas que las solteras, en especial a la hora de lidiar con su marido.

Si una se opone a ellos lo único que consigue es que se resistan levantando un sólido e instintivo muro, así que he descubierto que es preferible buscar la forma de colaborar con ellos. Una vez que dejas claro que estás dispuesta a encontrar una solución para lo que sea que les preocupe, que estás dispuesta a trabajar codo a codo con ellos en vez de oponer resistencia, los pobres se sienten tan aliviados y agradecidos que compartirán las riendas encantados, y una puede aprovechar entonces para reconducir la situación y hacer que las cosas tomen un rumbo más adecuado.

En cuanto había oído aquellas palabras se había dado cuenta del peso que tenían, y de que era muy probable que algún día pudieran servirle de ayuda. Así que había memorizado aquel consejo que había salido de boca de Minerva, duquesa de Wolverstone, cuando esta estaba hablando acerca de la mejor forma de lidiar con aristócratas con tendencia a actuar de forma dictatorial. Royce, su marido, era uno de ellos, así que era toda una experta en el tema y no había duda de que en ese momento sus sabias palabras eran de gran ayuda.

De modo que permaneció allí sentada mientras Aggie le recogía el pelo, y se centró en calmar su enfado e idear la forma de averiguar lo que quería saber, lo que le permitiría retomar su mitad de las riendas: qué aspecto de la situación había preocupado tanto a su marido.

Cuando terminó de arreglarse no bajó a toda prisa, se tomó

su tiempo y aprovechó mientras bajaba a paso lento la escalinata para reforzar el control que ejercía sobre su genio y recordarse a sí misma cuál era su objetivo.

Al llegar al vestíbulo, alzó la cabeza y se dirigió hacia la sala de estar. Le dio las gracias con una regia inclinación de cabeza al lacayo que se apresuró a abrirle la puerta, y al entrar vio a Ryder de pie junto a la chimenea. Tenía un brazo apoyado en la repisa, y su mirada se centró en ella desde el mismo instante en que la oyó llegar.

Era obvio que había estado esperándola.

Ella respiró hondo, alzó un poco más la barbilla de forma instintiva y avanzó hacia él sin dejar de sostenerle la mirada.

Ryder supo que estaba enterada de lo sucedido mientras la veía acercarse, y aceptó el hecho de que no tenía más opción que hacer algo que se había dado cuenta de que era necesario.

Antes de que ella le alcanzara, alzó una mano a la altura del hombro con la palma hacia fuera en un gesto de paz.

—*Mea culpa*. Lo siento.

Ella se detuvo y lo observó con ojos penetrantes. Fue incapaz de interpretar la expresión de su rostro, y eso le intranquilizó.

—¿Por qué te disculpas?

Lo dijo muy serena y con semblante inocente, pero él le sostuvo la mirada y no se dejó engañar. Estaba claro que se había enterado por alguien de lo sucedido.

—Tendría que habértelo contado de inmediato en cuanto he sido informado.

—¿Qué más? —enarcó las cejas en un gesto elocuente.

Él apretó los labios antes de admitir:

—Tendría que haber hablado del tema contigo para decidir cómo lidiar con la situación.

—¿Por qué no lo has hecho? —lo miró con cierta curiosidad.

—Porque... —llenó los pulmones hasta un punto casi doloroso— quería que tu primer día aquí, como mi esposa, fuera... perfecto. Quería que te sintieras bienvenida en esta casa y que contemplaras este lugar y a las gentes que lo habitan con ese vibrante entusiasmo tuyo tan expectante y lleno de ilusión.

La mirada de ella se tiñó de una ligera ironía, pero sus labios se relajaron.

—Puede que esté expectante y llena de ilusión, pero ni soy una ilusa ni estoy ciega.

—Eso ya lo sé —siguió mirándola a los ojos mientras respiraba hondo. La verdad era que la cosa había ido mejor de lo que esperaba—. En fin...

Dejó la frase inacabada para que la terminara como mejor le pareciera, y ella le observó en silencio durante unos segundos más antes de hacer un pequeñísimo gesto de asentimiento.

—¿Qué has averiguado?

Sus instintos le gritaron que se limitara a contestar, que no tentara a la suerte, pero le resultaba difícil de creer que ella estuviera poniéndoselo tan fácil.

—¿Eso es todo?, ¿no vas a ponerte hecha una furia?

Ella no apartó la mirada y dejó pasar un segundo antes de contestar con naturalidad.

—Te has dado cuenta por ti mismo del error que has cometido, enfadarme sería una reacción superflua que solo serviría para malgastar tiempo y mi paciencia. Así que te repito la pregunta, ¿qué has averiguado?

Daba la impresión de que había logrado salvarse de lo peor, pero... hizo una mueca y admitió:

—Nada en absoluto.

Ella frunció el ceño, dio media vuelta y se sentó en el extremo más cercano del sofá. Lucía un vestido a rayas azules y negras, y alrededor del cuello llevaba una cinta de terciopelo que sujetaba un camafeo. Se la veía fresca y vivaz, perfecta para disfrutar de una tranquila cena a solas con su marido. Con él.

Ella le miró y dijo con serenidad:

—Todo lo que sé es que esta mañana han encontrado una víbora en mi cama, no me cabe duda de que estarás intentando averiguar cómo ha llegado hasta allí.

Él intentó con todas sus fuerzas que su semblante no se tornara demasiado grave.

—Estamos rodeados de bosques y en el campo hay víboras, pero nunca nos hemos encontrado una en los jardines y mucho menos en la casa. La doncella que ha ido esta mañana a tu alcoba para revisar la chimenea ha notado que algo se movía bajo la manta, y por suerte ha tenido el sentido común de avisar a Forsythe. Entre los jardineros y él han logrado atrapar a la serpiente y llevársela, pero sería quedarse muy corto decir que nadie entiende cómo ha podido llegar hasta allí, cómo ha podido subir hasta la segunda planta y meterse entre tus sábanas.

Ella parpadeó sorprendida, se quedó mirándolo como si estuviera intentando asimilar la situación, y al cabo de un largo momento respiró hondo varias veces y afirmó:

—Alguien la puso allí.

Su incredulidad parecía ser tan enorme como la que él mismo sentía.

—Sí, pero estoy convencido de que no ha sido nadie del servicio. No puedo tener la certeza al cien por cien, por supuesto, pero estoy todo lo seguro que se puede estar.

Se apartó de la chimenea, pasó junto a ella, se sentó en el sofá, esperó a que ella se volviera a mirarlo, y entonces añadió:

—Todas las personas que sirven en esta casa, incluso las que trabajan en los jardines y en las cuadras, pertenecen a alguna de las familias que han vivido en estas tierras durante generaciones, y tú sabes bien lo que eso significa a efectos de lealtad. Según afirman tanto Forsythe y la señora Pritchard como Filmore, el jefe de cuadra, y Dukes, el jardinero en jefe, todo el mundo recibió con entusiasmo la noticia de nuestra boda, todos estaban deseosos de conocerte y nadie ha dicho ni una sola palabra en tu contra. Y antes de que me lo preguntes te diré que sí, que he pedido que lo comprueben, y que no han averiguado nada. Todo el mundo se ha horrorizado al enterarse de lo de la serpiente.

Titubeó por un instante antes de proseguir.

—Más aún, como ayer era una fecha tan señalada y todos querían asegurarse de que todo estuviera perfecto de cara a tu llegada, las doncellas y los lacayos estuvieron subiendo y bajando sin parar, entraban y salían de nuestras habitaciones cada dos por tres. Tu cama no estuvo hecha hasta eso de las cuatro de la tarde aproximadamente y tu doncella personal, Aggie, permaneció en el vestidor más o menos desde que llegó a primera hora de la tarde hasta que se avisó a todo el mundo de que era hora de salir a formar para recibirte.

—¡Espera, eso es! ¡Alguien aprovechó que todos estaban formando fuera para meter a la serpiente en mi cama! Fue el único espacio de tiempo en que esa persona podía tener la certeza de que la casa estaría desierta y, por tanto, podría entrar y salir sin ser descubierta.

—Pero...

Ella le agarró la mano.

—¿Has comprobado si alguien ha visto a algún forastero por la zona?

—No —admitió, ceñudo. Giró la mano y cerró los dedos alrededor de la suya—. Justo ahora hemos terminado las indagaciones por la casa para comprobar que no faltara nadie.

Ella asintió, pero la embargó una súbita sensación de apremio cuando se le ocurrió otra posibilidad. Lo miró a los ojos y le aferró la mano con más fuerza antes de decir:

—¿Crees que es posible que esto tenga algo de ver con lo que Barnaby ya nos advirtió? ¿Cabe la posibilidad de que el mismo canalla que intentó que te mataran en Londres siga empeñado en acabar contigo, y este sea un intento más por su parte?

Él la miró pensativo por unos segundos, pero finalmente apretó los labios y negó con la cabeza.

—De ser así, ¿no crees que habría puesto la serpiente en mi lecho?

—¿Por qué? Era nuestra noche de bodas. Debió de suponer que dormirías conmigo, o que visitarías al menos mi lecho antes de regresar al tuyo.

—Sí, supongo que existe esa posibilidad, pero... —frunció el ceño y negó de nuevo con la cabeza—. No, esa teoría no encaja del todo. Si hubiéramos actuado según lo que dicta la tradición, tú ya habrías estado en la cama cuando yo llegara a reclamar mis derechos conyugales.

—A lo mejor metió a la serpiente en el extremo inferior de la cama, quizás pensó que mis pies no llegarían hasta allí. Y así es, los míos no llegarían, pero los tuyos sí.

—Sigo pensando que es una posibilidad muy remota.

Ella discrepaba en eso, pero optó por tomarse un tiempo para poder analizar la situación con calma e idear un plan antes de insistir.

Él lanzó una mirada hacia la puerta y comentó:

—Forsythe va a llegar de un momento a otro para avisarnos de que la cena está lista —se volvió de nuevo hacia ella y la miró a los ojos—. Ahora que ya estás al tanto de la situación, me gustaría saber cuál crees que debería ser nuestra reacción ante el servicio. Todo el mundo debe de estar pendiente de nosotros, a la espera de ver cómo reaccionamos.

Ella le sostuvo la mirada por unos segundos antes de contestar.

—Me han enseñado desde niña que los criados leales son nuestros mayores aliados; a juzgar por lo que me has contado y por lo que yo misma he podido observar, no creo que haya motivos para sospechar que alguno de ellos sea el culpable o incluso un mero cómplice.

—Coincido contigo —asintió él, claramente aliviado.

—En ese caso, sugiero que por el momento actuemos como si se tratara de un mero incidente fortuito —miró hacia la puerta al oír el sonido de pasos que se acercaban.

Él vaciló por un instante, pero acabó por asentir y se puso en pie antes de ayudarla a levantarse. Se volvieron entonces hacia la puerta, que se abrió un momento después cuando Forsythe llegó para informarles con regia formalidad que la cena estaba lista.

Cuando Ryder, tras ayudarla a sentarse en su puesto a los pies de la mesa, se dirigió al otro extremo para tomar asiento a su vez en la gran silla labrada situada en la cabecera, Mary procedió a hacer varios comentarios sobre el asunto de la víbora a los que él contestó. De esa forma dejaron clara cuál era la postura de ambos respecto a ese tema ante Forsythe y los dos lacayos presentes, y se daba por hecho de forma tácita que estos tres iban a encargarse de trasladar el mensaje al resto del servicio.

Una vez que Ryder y ella completaron esa tarea, ninguno de los dos volvió a mencionar el asunto (aunque estaba claro que ambos lo tenían muy presente) y se esforzaron por entretenerse el uno al otro conversando sobre multitud de temas. Tuvieron bastante éxito en su empeño, y después de la cena Ryder la condujo a la biblioteca.

A ella no le molestó que no le consultara antes si prefería ir a otro sitio; de hecho, se sintió complacida al ver que la llevaba a su guarida de forma instintiva, sin necesidad de pensar en ello. Se sentó satisfecha en el sillón que había decidido que iba a ser el suyo, tomó su libro e intentó centrarse en la historia de la jardinería.

Ryder ordenó su escritorio antes de ir a sentarse frente a ella en el otro sillón. Tomó también un libro e intentó sumirse en la lectura, pero fue incapaz de hacerlo. Aún estaba intentando asimilar todo lo que había ocurrido a lo largo del día y las emociones que todo ello había generado en su interior.

Aquella mañana había sido toda una revelación. No tenía ni idea de que fuera capaz de sentir un pánico semejante, un pánico tan abrumador que le había impedido pensar, que le había nublado por completo la mente; en cuanto había podido pensar de nuevo con cierta racionalidad, se había dado cuenta de que no había actuado de forma sensata, en especial si deseaba ocultar lo profundos que eran los sentimientos que albergaba hacia su mujer.

Ni siquiera había sido consciente de que pudiera sentir algo tan intenso y profundo. Jamás habría podido imaginar que sus sentimientos hacia alguien podrían llegar a ser tan fuertes como para generarle un pánico de ese calibre, y tomar conciencia de ello le resultaba incluso más aterrador.

Respecto a la posibilidad de que alguien hubiera metido la víbora en la cama con la intención de acabar con él, no sabía si sentirse aliviado por el hecho de que no fuera ella el objetivo u horrorizado al ver que, tal y como había vaticinado Barnaby, el empeño de un loco por intentar matarle había estado a punto de convertirla en una víctima colateral.

La mera idea hizo que sus emociones amenazaran con entrar de nuevo en erupción, pero luchó por reprimirlas. No tenía sentido torturarse imaginando cosas que no habían sucedido. Además, aún tenía que asimilar y analizar con calma la reacción que había tenido ella al enterarse de lo ocurrido. No había duda de que era una mujer con un carácter muy fuerte, así que en teoría tendría que haber arremetido contra él hecha una furia, y en vez de eso había tenido un comportamiento mucho más sensato y razonable que el suyo.

Una de dos: o era mucho más apacible y tenía un carácter mucho más sosegado de lo que él creía o había comprendido por qué él se había comportado como lo había hecho. Dado que él mismo no acababa de comprender su propio comportamiento, aquella segunda posibilidad hacía que se sintiera más expuesto e inseguro que nunca antes en toda su vida.

Las manecillas del reloj situado sobre la repisa de la chimenea fueron avanzando, y en un momento dado ella sofocó un bostezo y dejó a un lado el libro.

—Me voy a la cama —dijo, antes de ponerse en pie.

Él se levantó a su vez como un resorte.

—¡Yo también subo!

Ella enarcó una ceja y una lenta sonrisa de sirena curvó sus labios.

—Albergaba la esperanza de que lo hicieras. Si no te importa, dadas las circunstancias prefiero compartir tu cama a meterme en la mía.

Él intentó reprimir el estremecimiento de excitación que lo recorrió y le indicó la puerta con un ademán.

—Vas a dormir conmigo, eso está decidido.

Subieron juntos a sus aposentos. Al llegar a la puerta que daba al saloncito la dejó pasar primero, la siguió hasta la alcoba reservada al señor de la casa, y después de entrar cerró tras de sí y la tomó de la mano. La atrajo hacia su cuerpo, y la abrazó mientras se internaban aún más en la alcoba.

Echó un rápido vistazo alrededor y vio que las dos lámparas estaban encendidas, las cortinas echadas, y que la cama ya estaba abierta. Estaba seguro de que tanto la habitación como la cama habían sido revisadas a fondo a pesar de que no había dado la orden. Todos los habitantes de la casa se habían horrorizado ante lo ocurrido y, más aún, se lo habían tomado como una afrenta. No iban a permitir que se repitiera lo que consideraban un ataque contra él y contra ellos, contra la Casa de Cavanaugh, la casa a la que servían; tanto para ellos como para él mismo, Mary se había convertido en una parte valiosa y vital de la familia.

La tomó de la cintura y contempló su rostro, escudriñó aquellos ojos azul violáceo tan llenos de misterio. Se tomó un momento para saborear la fuerza de su esbelto cuerpo antes de decir:

—Gracias por comprender y perdonar el atroz comportamiento que he tenido hoy —enarcó ligeramente una ceja—. Porque me perdonas, ¿verdad?

—Por supuesto que sí —se lo dijo sonriente, y se echó a reír al ver que no parecía demasiado convencido—. ¡Soy una Cynster!, ¡soy plenamente consciente de cómo os comportáis los hombres como tú!

Y por qué. Mary omitió esas palabras, pero ese «por qué» era lo que más interesada la tenía, lo que centraba su atención. Era más que posible que resultara ser lo que estaba buscando, la base sobre la que poder construir su vida en común.

Los acontecimientos de aquel día, lejos de desmoralizarla, le habían dado sólidas esperanzas... y, como siempre, quería poner todo su empeño y su empuje en seguir avanzando. Sonriente, incapaz de ocultar la expectante excitación que la recorría, le rodeó el cuello con los brazos y le puso las manos en la nuca.

—Vamos a olvidarnos de lo que ha pasado hoy y a centrarnos en lo que está pasando ahora en esta habitación, en este momento.

Vio la cautela que asomaba a aquellos ojos pardos, la reacción típica de un depredador que se huele que hay... no una trampa, sino más bien unas ataduras ocultas. Si ella estaba en lo cierto, entonces esas ataduras estaban ya dentro de él mismo y al final terminaría llevándolas de buen grado, pero tenía la impresión de que en ese momento no estaba preparado para ver esa realidad. O quizás sí que la veía, pero estaba esforzándose por ignorarla.

Tras una ligera vacilación, él asintió y bajó la cabeza mientras ella se estiraba hacia arriba. Sus labios se encontraron, se rozaron y se acariciaron antes de fusionarse. No estaba segura de por qué la experiencia era tan distinta en esa ocasión, pero esa era la sensación que tenía.

En esa ocasión lo que primaba era reconfortarse mutuamente, explorar de nuevo, reconectar; repetir experiencias anteriores, pero con una comprensión más profunda nacida de lo sucedido aquel día, de las emociones que se habían desatado y que habían estado conteniendo hasta ese momento.

Por fin pudieron liberarlas y darles rienda suelta, dejar que impulsaran sus movimientos y les guiaran, permitir que se expresaran a través de aquel acto físico que ambos intentaban canalizar y doblegar a su voluntad.

Tal y como había pasado en las ocasiones anteriores, ninguno de los dos logró salir victorioso. La fuerza que emergía cuando se unían, aquella fuerza que parecía ser que creaban juntos, a la que daban vida entre los dos, les arrastró sin remedio, les rebasó arrolladora y en esa ocasión se transformó en una vorágine de pasión desatada, de ardientes y posesivas caricias, y de una abrasadora necesidad de satisfacer el visceral anhelo que se había adueñado de ellos, voraz e irrefrenable.

Al final cedieron, se doblegaron y se rindieron y dejaron que las llamas los envolvieran y los fusionaran, que los consumieran y los forjaran de nuevo antes de lanzarlos, laxos y agotados, a un sereno mar. Flotaron saciados en sus aguas hasta llegar a la distante orilla, donde estaba esperándoles un pesado y reconfortante manto de dicha y plenitud que los envolvió por completo.

Sus cuerpos aún hormigueaban de placer cuando, exhaustos e indefensos, se separaron para poder cubrirse con las mantas antes de volver a desplomarse y acurrucarse el uno contra el otro.

Estaban justo donde debían estar, justo donde anhelaban estar... juntos, el uno en brazos del otro.

CAPÍTULO 13

La vida estaba tratándola bien, no se podía quejar. En el transcurso de los días siguientes, la satisfacción de Mary fue en aumento al comprobar que el puesto de marquesa de Ryder no solo la satisfacía, sino que le iba como un guante.

Lo ocurrido con la víbora seguía sin esclarecerse, pero pasaron varios días sin que sucediera nada que rompiera la paz reinante mientras se acomodaba a su nuevo hogar, así que todos fueron dejando a un lado el incidente y ella decidió que había llegado el momento de que Ryder la llevara a hacer un recorrido a caballo por sus tierras.

Se lo pidió una mañana cuando estaban sentados a la mesa del desayuno, y añadió antes de que él pudiera contestar:

—Tal y como te comenté anoche, creo que deberíamos invitar a todas las familias que viven en estas tierras y a todos los trabajadores a una jornada campestre cuando el verano esté un poco más avanzado; antes de eso me gustaría conocer mejor la finca y a todos cuantos viven en ella, y no hay duda de que en ese sentido tú eres la mejor fuente de información —enarcó las cejas en un gesto interrogante—. ¿A qué hora debo estar lista para salir?

A aquellas alturas, Ryder ya estaba acostumbrado a sus manipuladores ardides y era más que consciente de que aquella última pregunta daba por hecho que él había accedido. La miró mientras le daba vueltas a su petición. Esa jornada campestre era la clase de evento que le gustaría instaurar, el tipo de acontecimiento anual del que Raventhorne carecía y que había tenido la esperanza de que su esposa se encargara de organizar; además, iba a estar junto a ella en todo momento.

—Está bien —al ver la expresión triunfal que iluminaba su rostro, se llevó la taza de té a los labios para ocultar una sonrisa—. ¿Cuándo estás libre?

Ella había notado el gesto de diversión. Lo miró con aquellos ojazos azules y batió las pestañas antes de contestar.

—¡En cuanto lo estés tú!

El desafío mudo que había en sus palabras hizo que se encontraran en el saloncito privado de sus aposentos en cuanto se cambiaron de ropa. Él no se sorprendió al ver que el traje de amazona que se había puesto era de un tono azul intermedio, pero lo que acaparó su atención fueron los alamares sobre el pecho, la estrecha cintura de la chaqueta y la drapeada falda con vuelo. Salió tras ella al pasillo y, para cuando vio la pluma que decoraba el sombrerito que coronaba su oscuro cabello, ya habían recorrido media galería.

Ella caminaba con su habitual paso garboso, y antes de darse cuenta estaba sonriendo como un tontorrón mientras veía cómo la pluma se balanceaba de acá para allá.

La condujo a las cuadras por el camino más directo. Había dado aviso con antelación para que alistaran los caballos, y los encontraron ensillados y esperándoles. Tanto Julius, su brioso rucio, como la yegua baya de paso ligero que Mary había enviado desde Londres piafaban y resoplaban, deseosos de desfogarse.

Él recorrió a la yegua con la mirada antes de alzar a su esposa y sentarla en la silla. Esperó a que se colocara bien y aceptara las riendas de manos del mozo de cuadra antes de comentar:

—Supongo que procede de las cuadras de Demonio.

—Sí, él proporciona todos los caballos de mi familia —asintió ella, mientras sus enguantadas manos sostenían las riendas con una naturalidad nacida de la práctica.

—Tengo entendido que presta mucha atención a la hora de emparejar a un caballo con un jinete.

Ella sonrió al captar la pregunta velada que se ocultaba en sus palabras y asintió.

—Sí, nunca nos permite montar un animal que no podamos

controlar —se inclinó hacia delante, acarició el lustroso cuello de la yegua y enarcó una ceja al volverse de nuevo a mirarlo—. Así que todos aprendemos a controlar los animales que montamos.

Él le sostuvo la mirada mientras se preguntaba si el doble sentido habría sido deliberado o no, y al final soltó una pequeña carcajada y se volvió hacia su poderoso caballo. Montó con un ágil movimiento una vez que el mozo le hubo entregado las riendas, y en cuanto estuvo bien acomodado intercambió una mirada con Mary y salió tras ella del patio de la cuadra.

Se puso a su altura en el patio delantero de la casa, y señaló con la cabeza hacia una suave ladera alfombrada de hierba.

—¿Qué tal se te da saltar vallas y setos?

Ella estaba observando a Julius con ojo crítico, pero al oír su pregunta alzó la mirada hacia él y enarcó una ceja con altivez.

—Lucinda y yo podemos con cualquier obstáculo que podáis superar tu brutote y tú.

Él ya había notado la seguridad con la que se manejaba a lomos de la yegua, así que dedujo que aquello no era un alarde sin fundamento; aun así, no respondió a su claro desafío y se limitó a decir:

—Está bien, ya lo veremos.

Ella soltó un pequeño bufido, pero le siguió con fluidez cuando la condujo hacia la primera valla. Recorrieron a medio galope los campos y los prados de la finca, pero a los caballos les hacía falta correr a sus anchas.

Cuando dejaron atrás los campos y se dirigieron hacia los bosques por un camino de herradura bien transitado, se volvió a mirarla y le indicó:

—¡Vamos a dejar que se desfoguen! ¡Un poco más adelante hay un claro bastante largo!

—¡Perfecto!, ¡vamos allá!

Se dirigieron hacia allí y, sin intercambiar palabra, en cuanto tuvieron el claro frente a ellos dieron rienda suelta a los caballos para que pudieran estirar las piernas y se lanzaron al galope.

Los dos animales eran veloces como el viento. Julius era más fuerte, pero la yegua era esbelta y tenía fuerza e ímpetu de sobra. Ryder sonrió enardecido mientras cabalgaban a la par y el atronador repiqueteo de los cascos inundaba el valle.

Mary rio con entusiasmo mientras permanecía inclinada hacia delante sobre el cuello de Lucinda, y el viento que generaban a su paso se llevó el sonido. Su corazón martilleaba acompasado con los cascos de la yegua mientras cabalgaban codo con codo con el rucio de Ryder, ninguna de las dos estaba dispuesta a quedarse a la zaga y la embargaba una gloriosa dicha que...

Lucinda rompió el paso de improviso, pero ella era una amazona muy experimentada y reaccionó al instante. Fue tirando poco a poco de las riendas, se enderezó y ajustó su peso para ayudar a que el animal fuera frenando. Aunque Lucinda empezó a aminorar la marcha, ella notó bajo sus piernas cómo se retorcía ligeramente, cómo se le tensaban y se le crispaban los músculos como si quisiera encabritarse. Se sintió alarmada, ya que era un animal que nunca antes se había portado mal, pero mantuvo la calma porque sabía que era la mejor forma de conseguir que la yegua se mantuviera calmada a su vez. Se centró por completo en Lucinda, siguió frenándola poco a poco, y en cuanto vio que era seguro hacerlo quitó la pierna de alrededor de la corneta, sacó el pie del estribo y desmontó.

Sujetó las riendas con firmeza mientras esperaba a que la trémula yegua se detuviera del todo; desconcertada, con movimientos cautos para evitar sobresaltarla, se acercó a su cabeza y le acarició el morro.

—¿Qué te pasa?

Ryder había hecho que su caballo diera media vuelta y regresara hacia ella al notar su súbita ausencia, y se detuvo a unos pasos de distancia.

—¿Qué ha pasado?

—No lo sé —admitió ella, ceñuda, antes de señalar a la yegua con un ademán de la mano—. Mírala, está temblando como si estuviera alterada por algo.

Le oyó mascullar una imprecación, y al mirar por encima del hombro le vio desmontar; después de atar las riendas de su caballo a la rama de un árbol, se acercó y revisó a la yegua con rostro adusto mientras ella seguía acariciándole el morro y susurrándole palabras tranquilizadoras. Daba la impresión de que iba calmándose, pero aún la recorrían algunos estremecimientos y su respiración era irregular.

—¿Ves algo?

—No —le contestó él—. Cuéntame lo que ha pasado exactamente, ¿por qué te has detenido?

—Ha perdido el ritmo. Me preocupaba que pudiera haber apoyado mal la pata, que hubiera metido la pezuña en la madriguera de un conejo o algo así. No ha sido una sacudida fuerte, sino más bien una especie de saltito, pero... —cerró los ojos y repasó mentalmente lo ocurrido—. Me parece que ha sido justo cuando uno de los cascos traseros ha golpeado el suelo.

—Mantenla sujeta para que no se mueva, voy a revisar las patas y las pezuñas.

Procedió a hacerlo, pero a pesar de que no encontró nada (ni molestias visibles ni heridas, y ni una sola piedra en los cascos) que pudiera explicar aquel cambio súbito en el paso de la yegua, esta seguía claramente inquieta a pesar de haberse calmado bastante.

Se llevó las manos a las caderas mientras la observaba desconcertado, y al final miró a Mary y le indicó:

—Hazla caminar, puede que eso nos sirva para ver qué es lo que le causa la molestia.

Ella obedeció de inmediato. La yegua empezó a caminar sin ninguna restricción aparente, sus largas patas marrones se movían con fluidez y cada uno de sus movimientos tenía la firmeza debida... pero al cabo de unos segundos se movió inquieta, se retorció un poco y se estremeció.

—No tiene nada que ver con las patas —dijo él con convencimiento, cada vez más desconcertado. Se acercó a la yegua, se detuvo frente a Mary y la miró a los ojos—. Creo que le pasa algo a tu silla.

Ella parpadeó sorprendida antes de dirigir la mirada hacia la silla en cuestión.

—Es la que suelo utilizar, la que le pongo siempre.

—En cualquier caso, vamos a quitársela para ver cómo reacciona.

Rodeó al animal, que resopló e intentó alejarse en cuanto él tiró de la hebilla de la cincha. Mary la mantuvo sujeta y comentó con preocupación:

—¡Sí, parece que tiene algo que ver con la silla! A lo mejor se ha roto algo y se le está clavando.

Siguió manteniéndola quieta mientras él desabrochaba la cincha con más cuidado. Cuando la silla quedó suelta al fin, la levantó y vieron de inmediato el problema.

—¡Aulaga! —exclamó, ceñuda, antes de agarrar la rama llena de púas. Estuvo a punto de lanzarla a un lado, pero se detuvo en el último momento y se puso de puntillas para poder echar un vistazo a la zona herida—. ¿Cómo diablos habrá llegado hasta aquí?

Ryder echó un vistazo a su vez y tuvo que darle la razón.

—Es imposible que se haya metido tan dentro mientras tú estabas en la silla.

—Ni antes tampoco, la silla se ajusta demasiado bien como para que haya podido meterse por debajo —deslizó su enguantada mano por la zona y la yegua se estremeció como si sintiera un enorme alivio—. En fin, ya hemos resuelto el problema.

—Solo en parte, aún queda por descubrir cómo ha podido meterse esa aulaga bajo la silla.

Intentó controlar la inquietud creciente que lo atenazaba, y ella lo miró en silencio unos segundos antes de decir:

—Está claro que no estaba ahí cuando han ensillado a Lucinda, ha permanecido tranquila cuando he montado; aun así, es imposible que una rama de ese tamaño pueda haberse metido bajo la silla mientras estábamos recorriendo las tierras.

—Sí, tienes razón —Ryder llegó a la única conclusión posible—. Eso quiere decir que ya estaba ahí cuando la han ensillado, pero que no le pinchaba —se volvió hacia el lugar donde había dejado la silla, le dio la vuelta y se puso de cuclillas para revisarla bien.

Mary se acercó sin soltar las riendas de la yegua, se detuvo al otro lado de la silla y se agachó; al cabo de unos segundos, le indicó un pliegue que había en la parte inferior.

—¡Mira eso, hay un pequeño pliegue en la ranura! ¿Lo ves?

Él dirigió la mirada hacia el punto indicado, se quitó los guantes y examinó el pliegue en cuestión.

—Es una costura, la han descosido para abrirla y crear una especie de bolsillo.

Alzó la cabeza lentamente y sus miradas se encontraron. Mary leyó la expresión de sus ojos y afirmó, con un suspiro:

—Así que no ha sido un accidente.

Ryder no quiso arriesgarse a que ella montara de nuevo a lomos de su yegua, así que la montó en Julius, se colocó tras ella y regresaron a las cuadras mientras la yegua, a la que habían vuelto a ensillar dejando la cincha floja, les seguía con las riendas alargadas atadas a la silla de Julius.

Se creó un gran revuelo cuando llegaron en aquellas condiciones. Filmore y dos mozos de cuadra, los mismos que se habían encargado previamente de ensillar a los caballos, estaban en el patio de las cuadras y se apresuraron a acercarse.

—¿Qué ha pasado? —les preguntó Filmore.

—Hemos tenido un pequeño problema.

Fue Ryder quien contestó, aunque su mandíbula apretada y su tenso tono de voz dejaron claro que el problema en cuestión no había sido pequeño ni mucho menos. Bajó a Mary del caballo mientras Filmore empezaba a revisar a la yegua, y añadió:

—Es la silla. Quitádsela para que te lo muestre.

Benson, el mayor de los dos mozos, se encargó de hacerlo y dejó la silla encima del apeadero. Ryder la puso boca abajo y les mostró a los tres la abertura.

—Aquí dentro había aulaga, una rama de tamaño considerable —dirigió la mirada hacia los mozos—. La culpa no es vuestra, dudo mucho que alguien hubiera podido darse cuenta. La cuestión es que la rama ha ido saliéndose de su escondrijo mientras cabalgábamos, en especial cuando nos hemos lanzado al galope, y la yegua ha reaccionado cuando ha empezado a hincársele en la piel —miró a Mary y apretó aún más la mandíbula—. Por suerte, la marquesa es una amazona muy experimentada y ha podido frenarla sin que ocurriera un accidente.

Los tres parecían haberse quedado horrorizados, tanto como él mismo lo estaba. No quería ni imaginarse lo que podría haber pasado si Mary no hubiera reaccionado con rapidez. La mayoría de los jinetes no estaban tan bien adiestrados como ella, y las mujeres con esa habilidad eran incluso más escasas.

La cara de Filmore se despejó de repente como si se le hubiera ocurrido algo, y un instante después su expresión se oscureció y exclamó:

—¡Eso era lo que esos malnacidos se traían entre manos! —se dio cuenta de que estaba en presencia de Mary y bajó la cabeza—. Le pido disculpas, milady.

—¡No pasa nada!, ¡tranquilo! ¿Qué malnacidos?

Filmore miró a Ryder al contestar.

—Hace dos mañanas encontramos abierta la puerta del cuarto de aparejos. El cerrojo no estaba roto y no faltaba nada, ni siquiera daba la impresión de que hubiera algo fuera de lugar —indicó la silla con un tenso ademán—. Quienquiera que fuese debió de hacer esto, debió de rajar la costura para meter la aulaga. Es un viejo truco para causar problemas en las carreras de caballos.

—Bueno, está claro que no ha podido ser nadie de esta casa —comentó Mary, al entrar en la biblioteca y dirigirse hacia los sillones situados frente a la chimenea—. Ninguno de los miembros del personal habría tenido necesidad de entrar de noche en el cuarto de los aparejos, habría sido más fácil hacerlo a hurtadillas de día. Habría tenido multitud de oportunidades para ello.

—No veo en qué pueda tranquilizarme eso —comentó él, mientras entraba tras ella y cerraba la puerta.

—¿No? —dejó la fusta y los guantes encima de una mesa auxiliar, y tomó asiento en el que se había convertido en su sillón—. Bueno, puede que «tranquilizar» no sea la palabra adecuada, pero gracias a eso sabemos que los malnacidos a los que se ha referido Filmore no querían arriesgarse a que alguien pudiera verlos. Así que no trabajan aquí, pero saben que los miembros del servicio podrían reconocerlos.

Ryder miró aquel rostro lleno de firme determinación, y tomó asiento frente a ella antes de contestar.

—Como tú bien sabes, esa no es la principal cuestión. Averiguar quién es el culpable es una cosa, pero me preocupa más el porqué de sus actos.

No le sorprendió demasiado oírla suspirar.

—No tengo enemigos, al menos que yo sepa. Y tampoco tengo motivos para creer que alguien pueda desear hacerme daño —alzó las manos en un gesto de impotencia—. Es posible que alguien esté intentando asustarme, pero no alcanzo a imaginar por qué.

—¿Asustarte, dices? —Ryder logró a duras penas mantener la voz serena—. La mordedura de una víbora en esta época del año podría ser mortal, en especial para alguien de tu tamaño. Una caída de un caballo brioso, sobre todo yendo al galope, podría haber hecho que te rompieras el cuello. Si crees que...

—Espera un momento —capturó su mirada y frunció el ceño, pensativa, pero siguió hablando antes de que él pudiera interrumpirla—. ¿Se te ha ocurrido pensar que una posible razón que podría llevar a alguien a provocar estos accidentes sería querer causar problemas en nuestro matrimonio, o incluso ponerle fin?

Aquellas palabras hicieron que le recorriera un escalofrío. Tardó un momento en reprimir su reacción instintiva, y cuando lo logró preguntó con voz carente de inflexión:

—¿Qué quieres decir exactamente? —aunque él también había visto esa posibilidad, no había querido pensar en ella, pero no iba a tener más remedio que hacerlo y quería saber qué opinaba Mary al respecto, cómo veía ella la situación.

—Que es una coincidencia demasiado grande que primero alguien mande a unos matones para asesinarte y después, cuando la intentona fracasa y tú y yo nos casamos, yo me convierta en el objetivo. Primero fue lo de la víbora en el que en teoría tendría que haber sido mi lecho de bodas, y debes admitir que visto desde esa perspectiva el incidente está cargado de significado. Pero eso no funcionó, y entonces recurren a una estratagema cuyo resultado más probable habría sido que me cayera del caballo en la primera ocasión en que saliéramos a cabalgar, y casi con toda seguridad estando tú y yo solos.

Sin dejar de sostenerle la mirada en todo momento, ella añadió con semblante serio:

—¿Qué probabilidades hay de que no haya relación alguna entre los tres incidentes? Y si la hay, cabe preguntarse quién querría atacarte y, al verte convertido en un hombre casado, desviaría el punto de mira hacia tu esposa. ¿Qué tipo de persona actuaría así?

Él guardó silencio durante unos segundos, y finalmente hizo un gesto de asentimiento casi imperceptible.

—El principal sospechoso sería algún caballero que creyera que le he arrebatado a su esposa.

—Creíamos que se trataba de Fitzhugh, pero, dado que ha quedado descartado, ¿quién más se te ocurre?

Ryder escudriñó su mirada y en aquellos ojos azul aciano vio una inquebrantable confianza en sí misma, la firme seguridad de saber quién era ella y quién era él. No estaba agitada, se la veía centrada y un poco irritada. Esa irritación no estaba dirigida a él, sino a la persona que había tenido la temeridad de perturbar la vida que estaban construyendo juntos.

En cualquier caso, él estaba más que irritado. La mitad de su mente estaba centrada en contenerse, en reprimir la visceral necesidad de destruir a la persona que había osado intentar lastimarla, intentar arrebatársela, y el resto de su capacidad mental estaba atareada en gran medida ideando planes para garantizar sin ningún género de duda que ella estuviera a salvo, que permaneciera a su lado. La mera idea de perderla le enloquecía.

La escasa atención que le quedaba libre estaba dedicándola a darle vueltas a lo que ella acababa de preguntarle. Era la pregunta que cabía hacerse dadas las circunstancias y tendría que existir alguna respuesta, pero por mucho que se devanaba los sesos no la encontraba.

—Para serte sincero, no se me ocurre nadie. Admito que lo más probable es que sea un hombre así quien está detrás de los tres incidentes, pero no sé de quién podría tratarse. No tengo ni idea.

—Bueno, tampoco eras consciente de lo de Fitzhugh, de que tenía motivos para creer que le habías arrebatado a su esposa. Existe la posibilidad de que haya algún otro caballero al que le haya pasado lo mismo que a él, al que su esposa le haya contado una patraña porque... no sé, puede que para ocultar una aventura con otro calavera.

—Empiezo a tener la impresión de que estoy recogiendo lo que he sembrado en mi vida previa, y de que por mi culpa te has visto implicada tú —le confesó él, tras un momento de silencio.

Ella no sonrió ni le restó importancia a sus palabras. Lo miró a los ojos durante un largo momento que hizo que él se preguntara hasta qué punto estaría leyéndole la mente, y entonces esbozó una irónica sonrisa de asentimiento, se puso en pie y, antes de que él pudiera levantarse a su vez, se sentó en su regazo con un revuelo de faldas.

Le puso una mano en la mejilla, le hizo girar un poco la cabeza para que la mirara a los ojos, y afirmó con firme determinación:

—No te preocupes, juntos podemos superarlo todo y vamos a encontrar la forma de solucionar esto.

Media hora después, Ryder se puso en pie, se detuvo junto al sillón que ella ocupaba y dijo con firmeza:

—No puedes salir de la casa —cerró los labios y se preparó para la discusión que se avecinaba.

Ella alzó la mirada, enarcó las cejas con languidez, y volvió a bajar la mirada al libro que la tenía entretenida antes de decir con voz serena:

—No deseo salir en este momento —al ver que él seguía observándola como si no se atreviera a creerla, le lanzó una breve mirada y añadió—: ya te he dicho que vamos a encontrar la forma de solucionar esto.

—¡Creía que habías accedido a no salir de la casa! —exclamó, mientras lo recorría una súbita oleada de pánico.

—Eso fue ayer, pero hoy... en fin, no hay necesidad de que me aleje demasiado. Me conformo con ir al jardín de rosas —le tomó del brazo y añadió sonriente—: puedes venir conmigo si así lo deseas para mantenerme a salvo. El paseo te vendrá bien, estás demasiado tenso.

Ryder empezaba a creer que era cierto que el destino había obrado para que se casaran. Mary no solo era más de lo que esperaba, era más de lo que se merecía.

Cuando ella le había asegurado que iban a solucionar juntos aquel asunto, él había interpretado que se refería a que iban a aunar sus respectivos intelectos para investigar quién estaba detrás de los ataques. No se le había pasado por la cabeza que fueran a encargarse juntos de todos y cada uno de los detalles, las precauciones, los planes y los elementos necesarios para que tuviera la tranquilidad de saber que ella estaba a salvo, para que pudiera lidiar con las emociones que lo atenazaban, para que pudiera dormir junto a ella sin estar aterrado por lo que pudiera depararles el día siguiente.

No iba a analizar lo que sentía. En su mente no quedaba el espacio libre necesario para hacerlo, para pararse a pensar en si se trataba de algo racional o incluso lógico. No quería definir qué era aquella poderosa, imperiosa y aplastante emoción que había arraigado en su corazón y en sus entrañas, al menos mientras Mary corriera el más mínimo peligro.

Daba la impresión de que ella le comprendía, y eso era algo por lo que iba a sentirse eternamente agradecido. Le comprendía lo bastante bien para saber que él no podía evitar haberse convertido de repente en un sargento dictatorial, en un tirano; que aquel no era el comportamiento que deseaba tener, sino el resultado de algo contra lo que estaba indefenso, contra lo que no podía luchar.

Teniendo en cuenta el temperamento y la personalidad de ambos, la situación podría haberse puesto muy difícil si ella no hubiera sido capaz de comprenderle, así que durante los días posteriores al incidente con la aulaga él dio gracias al Cielo constantemente al ver que sí que lo hacía.

Si alguien le hubiera dicho que algún día agradecería el hecho de que su esposa pudiera ver el interior de su alma, se habría muerto de risa.

Pero en ese momento no estaba riendo ni mucho menos, porque era la mañana que ella había elegido para volver a aventurarse más allá de los jardines de la casa.

Desde aquella desastrosa primera salida había permanecido dentro del cordón de protección que él había creado con la ayuda de los miembros del servicio, que estaban dispuestos a defender con uñas y dientes a su nueva señora. Mary había permanecido el primer día dentro de la casa; al día siguiente le había convencido de que saliera a pasear con ella por los jardines y más tarde, durante la comida del mediodía, había comentado que quería salir de nuevo a montar; cuando él le había dicho que no estaba dispuesto a permitirle hacer otra salida a lomos de un caballo, ella le había mirado con un brillo en la mirada que delataba que estaba tramando algo y, después de asentir con aquiescencia, había insistido en que le permitiera ir a visitar el pueblo vecino en el calesín.

Él le había contado previamente que los hombres encargados de hacer las averiguaciones necesarias le habían informado que no se había visto a ningún desconocido, ni por sus tierras ni por los alrededores, así que no había podido negarse esgrimiendo la posibilidad de que hubiera algún malhechor al acecho; aun así, se había opuesto a la idea y había discutido con vehemencia, pero ella se había mantenido firme y, dado que había sido tan comprensiva hasta el momento...

Al ver que no tenía munición suficiente para hacerla desistir directamente, había recurrido a la táctica de acceder, pero con la condición de que ella le demostrara antes que sabía manejar las riendas lo bastante bien para que se diera por satisfecho.

Ella había sonreído y había aceptado.

¿Cómo iba a saber él que había convencido a Simon de que la enseñara a conducir tiempo atrás?

Después de verla conducir el calesín por el camino de entrada con pericia, relajada y sonriente, había sido incapaz de negarle la salida.

Así que esa mañana, después de desayunar y de que ella concluyera su reunión diaria con la señora Pritchard, salieron al patio delantero, donde estaba esperándolos el calesín con un ruano entre las varas, un ejemplar recio, estable y fiable de robustas patas y dotado de un temperamento muy apacible.

El calesín en sí era pequeño y ligero. No podían usarlo los dos a la vez y, de hecho, como era un hombre tan grandote ni siquiera lo habría usado estando solo debido a su peso. Después de ayudarla a subir se volvió hacia donde Benson esperaba con Julius, montó a lomos del caballo y tomó las riendas.

Entonces se volvió de nuevo hacia Mary, quien lo miró con una amplia sonrisa y señaló hacia delante con la fusta al exclamar:

—¡Vamos allá!

En más de un sentido. Él apretó los dientes y condujo a Julius al trote por la orilla junto al calesín, que empezó a avanzar a paso sosegado por el camino.

Axford era un pueblo que se encontraba a poco más de tres kilómetros de la abadía. La ruta más directa para llegar hasta allí era tomar el camino que había detrás de la casa, y seguir después por la senda en la que este desembocaba.

En las cuadras había tanto un coche de dos caballos como un faetón que podría haber usado para llevarla al pueblo, pero ninguno de los dos vehículos era el más adecuado para circular por aquellos irregulares caminos de tierra y se habría visto obligado a llevar las riendas; en su opinión, intentar proteger a una mujer mientras controlaba al mismo tiempo a un par de briosos caballos sería mucho peor que escoltarla a lomos de Julius con una pistola y un sable corto enfundados en la silla de montar.

Además, desde allí arriba podía abarcar mucho más terreno con la vista. Sus propios prados se extendían ante ellos, el camino estaba bien nivelado y los atravesaba trazando un curso suavemente serpenteante.

Mary hizo que el ruano mantuviera un ritmo sostenido, sosegado y nada excitante, pero al menos estaba al aire libre y en compañía de Ryder (estaba alerta y tenso, pero en ese momento lo principal era que lo tenía allí, acompañándola), así que en lo que a ella se refería el día había empezado bien e iba a ir incluso a mejor.

En su opinión, estaba logrando con bastante éxito sacar algo positivo de una situación difícil. Se sentía... no podría decirse que encantada, pero sí al menos complacida con el resultado de su plan, con cómo iban transcurriendo las cosas al seguir el consejo de Minerva sobre cómo lidiar con un noble extremadamente protector; de hecho, a esas alturas se sentía capaz de redactar sus propios consejos para domar a un hombre así (concordar con él, colaborar y aunar esfuerzos, encontrar soluciones a los problemas que él pudiera tener), para reconducir con tacto una situación y que las cosas tomaran un rumbo más adecuado.

El día anterior había escrito una carta dirigida a Minerva en la que le daba las gracias por aquel consejo que había recibido de ella tiempo atrás y le contaba que dicho consejo estaba dando sus frutos en ese preciso momento. Tal vez Ryder sintiera aún cierta cautela (era algo que ella vislumbraba en ocasiones en sus ojos pardos), pero iba aprendiendo a pedirle su opinión, a tener en cuenta e incorporar las sugerencias que ella hacía, las ideas que aportaba.

En un momento dado vio que el camino por el que se habían alejado de la casa desembocaba un poco más adelante en una senda perpendicular a él, y Ryder hizo que Julius se acercara un poco más al calesín y le advirtió:

—Voy a saltar ese seto —señaló hacia un punto de la senda y añadió—: te esperaré allí.

—¡De acuerdo! —lo miró sonriente y alzó la fusta en un gesto de saludo.

Mientras ella aminoraba aún más la marcha para poder girar e incorporarse a la senda, Ryder dirigió a Julius hacia el seto, golpeó sus flancos con los talones y saboreó la súbita explosión de energía cuando el poderoso caballo aceleró campo a través.

Salvaron el obstáculo con un limpio salto, y al aterrizar en la senda tiró de las riendas para ir frenando. Su intención al adelantarse había sido revisar aquel tramo para comprobar que estuviera despejado, y se relajó al cerciorarse de que no había nadie a la vista.

Se volvió a mirar hacia la entrada del camino una vez que detuvo al impetuoso animal, pero justo cuando el calesín estaba girando para incorporarse a la senda vio unas cosas con espinas esparcidas por el suelo.

—¿Qué diablos...?

Su incrédulo cerebro le dijo lo que eran esas cosas en el mismo momento en que Mary las vio también y reaccionó. Ella tiró de las riendas, pero lo hizo hacia un lado para que el ruano no solo se detuviera, sino que torciera hacia la cuneta. El animal se resistió a obedecer aquel súbito cambio de dirección y, aunque acabó cediendo ante la insistencia de ella, su respuesta fue demasiado lenta y pisó uno de los objetos. Se medio encabritó mientras lanzaba un estridente relincho, y el calesín dio un bandazo descontrolado.

Mary soltó las riendas y saltó del vehículo.

El ruano trastabilló, cayó en la cuneta medio patinando y medio rodando y arrastró tras de sí el calesín, que se volcó y chocó contra el suelo.

Ryder galopaba hacia ella como un loco, soltando imprecaciones y presa de un pánico visceral.

Detuvo a Julius antes de llegar a la ancha franja de suelo sembrada de abrojos, se apeó de un salto y recorrió aquellos últimos metros a la carrera, con el corazón en un puño y la mirada fija en Mary, que yacía boca abajo en el borde exterior de la cuneta. La vio moverse, vio cómo se apoyaba en los brazos para incorporarse un poco, cómo soplaba para apartarse el desmelenado cabello de la cara, cómo empezaba a ponerse en pie.

Él saltó a la cuneta, pasó corriendo junto al ruano (que estaba con gran parte del cuerpo en la cuneta y una pata delantera extendida, pero se había calmado bastante), saltó por encima del destrozado calesín, se inclinó hacia ella, la tomó entre sus brazos y la apretó con fuerza contra su cuerpo.

Permaneció durante un largo momento así, con el rostro hundido en su oscuro cabello, inhalando su aroma, sintiendo su esbelto y cálido cuerpo contra el suyo. Estaba tembloroso, al menos por dentro. Y estaba casi seguro de que ella también.

Al cabo de un largo momento, ella sacó una de sus aprisionadas manos, le acarició la mejilla y le dijo con voz suave:

—Estoy bien.

En su tono no había ni rastro de su habitual vivacidad.

Él apenas se atrevía a creer aún que hubiera salido ilesa. Alzó la cabeza y la soltó lo justo para poder mirarla a la cara. Estaba seria, pero no daba muestras de estar dolorida.

—¿No te duele nada?, ¿no tienes contusiones ni magulladuras?

—No, por eso he saltado. En esta zona hay una capa más espesa de hierba, y una vez que el caballo se ha encabritado me he dado cuenta de que era mi única opción.

Había sabido reaccionar con celeridad, su rápida mente y sus habilidades habían vuelto a salvarla.

—Tenemos que revisar al caballo —añadió ella, al dirigir la mirada hacia el calesín.

Se acercaron al ruano con la debida precaución, pero el único daño que parecía haber sufrido era el causado por el abrojo que tenía en la pezuña delantera izquierda.

—Si no le hubieras dirigido hacia un lado, el resultado habría sido mucho peor estuviera o no la cuneta —comentó él, antes de pasarle las riendas—. Sujétalo mientras yo me deshago de estas condenadas cosas.

Mary acarició el morro del caballo mientras él sacaba una cesta vacía del interior del destrozado calesín y procedía a llenarla con aquellos extraños artilugios de metal que habían sido colocados a través de la senda en una ancha franja.

Una vez que los tuvo todos, Ryder agarró las riendas de Julius, regresó hacia donde estaba ella y sacó una de las cosas para que ambos pudieran verla bien. Tenía el tamaño aproximado de un puño, y consistía en tres largos clavos entrelazados.

—¿Qué es? —le preguntó ella.

—Un abrojo, se inventaron para entorpecer la carga de una caballería. Estos son una versión rudimentaria de los que se usan en el ejército, pero aun así son efectivos.

—¡Qué horror! ¡Imagínate el dolor que sufre el pobre caballo!

—Sí.

Él estaba más preocupado por el dolor que podría haber sufrido ella. Lanzó una mirada hacia el calesín. Los montantes de madera estaban rotos, una de las ruedas se había hundido y el asiento estaba partido en dos. Se volvió de nuevo hacia ella y la miró a los ojos.

—Vamos a llevar al ruano al campo cercado más próximo, lo dejaremos allí y regresaremos montados en Julius.

—A Filmore va a darle un ataque cuando nos vea llegar así otra vez.

Ryder pensó para sus adentros que su jefe de cuadra no era el único al que estaba a punto de darle un ataque, pero su prioridad en ese momento era llevarla cuanto antes a la abadía para que estuviera bien protegida.

Aquella noche, mientras yacían el uno junto al otro viendo cómo la luz de la luna se deslizaba por el techo de la habitación de Ryder, flotando aún en un mar de plenitud y bienestar tras alcanzar el clímax, él murmuró:

—Quizás sería mejor que regresáramos a Londres.

Ella contestó de inmediato.

—No, no voy a permitir que ningún canalla me obligue a irme de mi nuevo hogar.

Él la envolvía entre sus brazos, y los apretó ligeramente antes de contestar.

—Estoy pensando en tu seguridad, en cómo protegerte mejor.

—No entiendo cómo... —se interrumpió y, un segundo después, se corrigió—. Bueno, sí que lo entiendo, pero si estás pensando en dejarme en Londres al cuidado de mi familia y regresar aquí tú solo para descubrir quién está detrás de todo esto, si estás planeando hacer de cebo para incitarles a intentar acabar contigo de nuevo... —se detuvo y tomó aire— en fin, ya puedes ir olvidándote de esa idea.

Se volvió hacia él y escudriñó su rostro en medio de la penumbra. Supo que su deducción era acertada al notar la tensión que atenazó su musculoso cuerpo.

—No voy a apartarme de tu lado, Ryder. Estamos casados y, por si lo has olvidado, yo prometí «Amarte y cuidarte de hoy en adelante, en la prosperidad y en la adversidad, en la riqueza y en la pobreza, en la salud y en la enfermedad, hasta que la muerte nos separe». Ahí no se dice nada sobre marcharme y dejar que te enfrentes solo a vete a saber tú qué enemigos.

Ryder notó el tono beligerante de su voz, y no le pasó desapercibido el hecho de que había omitido la parte de los votos donde se comprometía a obedecerle.

—Ya lo sé, pero es que... —soltó un suspiro antes de admitir—: mantenerte a salvo es de vital importancia para mí.

—Sí, y yo siento exactamente lo mismo en lo que a ti se refiere, así que vamos a tener que aceptar el hecho de que ninguno de los dos va a mantenerse al margen de esto; de hecho, creo que deberíamos tomárnoslo como un desafío.

—¿Qué quieres decir? —sus sentidos le advertían que fuera cauto, pero sentía curiosidad por saber a qué se refería.

—Una vez que hayamos superado esto, sabremos cómo manejar cualquier otra cosa que nos depare el destino.

Teniendo en cuenta el calvario que él estaba pasando, no pudo por menos que darle la razón. Empezaba a tener la impresión de que aquella situación era como una especie de prueba de fuego iniciática.

Al ver que permanecía callado, ella se echó un poco hacia arriba para poder mirarlo a la cara y escudriñar su mirada bajo la tenue luz.

—Te aseguro que tengo razón, ya lo verás. Saldremos de todo esto reforzados, más seguros de nuestra fortaleza como pareja. Yo estoy tomándome esta experiencia como un aprendizaje y, si te paras a pensar en ello, no tardarás en llegar a la conclusión de que es la postura más sensata.

A decir verdad, Ryder ya había llegado a aquella conclusión. Ella acostumbraba a extraer lo positivo de una situación y a usarlo para convencerlo. Se limitó a hacer un sonido inarticulado, la hizo bajar de nuevo para poder abrazarla bien contra su cuerpo, y depositó un beso en su coronilla antes de limitarse a decir:

—Ya lo veremos.

Después de debatir la cuestión con él largo y tendido, Mary accedió a no aventurarse más allá de los jardines de la casa durante los días siguientes.

Durante los dos primeros estuvo entretenida, ya que las personas más prominentes de la zona acudieron a la casa en una sucesión de visitas para conocerla. Las damas habían esperado los siete días de rigor para ir a verla, pero en cuanto Ryder y ella cumplieron una semana de casados empezaron a llegar los carruajes; en su mayoría acudieron solas, pero algunas de ellas fueron acompañadas de sus respectivos maridos.

Estaba tan inmersa en la tarea de navegar las procelosas aguas de las alianzas existentes en la zona y el orden jerárquico (aunque no eran tan peligrosas como las de la alta sociedad londinense, existían y había que tenerlas en cuenta) que estuvo a punto de olvidar los incidentes que habían empañado su primera semana como esposa de Ryder. Las visitas de los vecinos les dieron mucho de lo que hablar y debatir, ella tenía mucho que aprender y le hizo infinidad de preguntas. De modo que los días, las veladas y las noches transcurrieron en la agradable vorágine que cabía esperar en una pareja de recién casados.

A la mañana siguiente llegó la que, en opinión de Ryder, iba a ser la última de aquella sucesión de visitas para conocer a la recién casada. Lady Hamberly, la representante más cercana del grupo de las grandes damas, permaneció allí poco más de media hora y, a juzgar por su actitud, se sintió satisfecha con todo lo que vio y les dio su sello de aprobación.

Mientras permanecía en el porche delantero junto a Ryder, despidiéndose de la dama con la mano, Mary murmuró:

—¿Qué apuestas a que pasa la tarde entera redactando misivas para todas sus amigas a lo largo y ancho del país?

Él le lanzó una mirada mientras se volvían hacia la puerta y comentó con ironía:

—Esa es una apuesta más que segura.

Ella se echó a reír y lo tomó del brazo mientras regresaban a la biblioteca. Dado que era el propietario de un gran patrimonio y de una enorme fortuna, el flujo de cartas que su marido recibía era enorme, así que ella se sentó en su sillón de siempre y se puso a leer mientras él se encargaba de la correspondencia; cada vez que hacía una pausa y la miraba para dedicarle algo de su tiempo, aprovechó para hacerle preguntas sobre el resto de propiedades que poseía por todo el país.

Conforme fue avanzando la tarde decidió que había llegado el momento de escoger un refugio para sí misma, un lugar cómodo al que poder retirarse cuando él estuviera fuera o cuando no le apeteciera estar en la biblioteca, así que decidió salir de expedición por la casa. Fue recorriendo las salas de recepción de la primera planta, sentándose acá y allá, pero no acababa de encontrar el lugar adecuado.

Al final optó por subir al saloncito privado que tenía en sus propios aposentos para ver qué tal se sentía allí y descubrió que era perfecto para ella. La forma en que la luz entraba por las ventanas que flanqueaban el escritorio creaba un ambiente especial, y al ver la butaca situada en la esquina a la izquierda del escritorio daban ganas de arrellanarse allí y relajarse.

Fue a sentarse en ella y recorrió la sala con la mirada. No la había elegido de inmediato porque estaba bastante lejos del resto de salas de recepción, pero se ajustaba como un guante a sus gustos y a su personalidad y eso se debía en gran parte al cambio de decoración que había hecho Ryder. Él lo había concebido como una especie de templo para ella y había logrado crear un espacio donde la embargaba un profundo bienestar, donde sentía que encajaba plenamente.

Se relajó sonriente, se volvió a mirar hacia la ventana, y tras contemplar las vistas por unos segundos se planteó bajar a la biblioteca a por su libro.

Estaba debatiendo la idea cuando su mirada se posó en su costurero de mimbre. Hacía bastante que no bordaba, pero Aggie lo había dejado junto a la butaca y no había duda de que allí sentada disponía de la luz perfecta para la tarea. Decidió sonriente que ya era hora de seguir con el cojín que había empezado, se agachó hacia el costurero, abrió la tapa, se dispuso a meter la mano...

Un escorpión correteó por el interior y se volvió hacia sus dedos con la cola en alto.

Gritó sobresaltada y retiró la mano justo a tiempo de evitar que el animal la picara, se puso en pie de un salto y cerró la tapa con la punta del pie. Se quedó mirando el costurero con el corazón atronándole en el pecho, no podía ni quería desviar la mirada por si el escorpión levantaba la tapa y se salía.

Oyó que alguien se acercaba corriendo por el pasillo, la puerta se abrió con tanta fuerza que se estrelló contra la pared y en un abrir y cerrar de ojos Ryder estaba abrazándola, posando una mano en la parte posterior de su cabeza y envolviéndola protector entre sus brazos.

—¿Qué pasa? —le preguntó él con apremio mientras dos lacayos y Forsythe irrumpían en el saloncito, alarmados y dispuestos a defenderla—. ¿Dónde?

Ella se apartó lo justo para poder señalar hacia el costurero con la mano, aún estaba temblando de pies a cabeza.

—¡Un escorpión! ¡Ahí!

—¿Qué?

La miró boquiabierto, y ella asintió y tragó saliva.

—No me dan miedo los roedores, pero detesto los bichos y te aseguro que ahí dentro hay un escorpión, uno rojo. ¡Estaba arriba de todo y ha intentado picarme!

Ryder masculló una imprecación, apretó la mandíbula mientras la dejaba a un lado con delicadeza y entonces se acercó al costurero, se agachó y lo levantó manteniendo la tapa bien cerrada con una mano.

Ella permaneció cerca a pesar del miedo que sentía y le advirtió:

—¡Ten cuidado! ¡Está soliviantado, y no llevas guantes!

Él se dirigió hacia la puerta con el costurero sin decir ni una palabra y, seguido de los cuatro, recorrió el pasillo y la galería con paso firme, bajó la escalinata y esperó a que Forsythe abriera la puerta principal; una vez que salió al porche se agachó, dejó el costurero en el suelo y alzó la mirada hacia ella.

—Mantente bien apartada.

Ella asintió titubeante, pero por una vez obedeció y permaneció en el quicio de la puerta. Forsythe se colocó delante de ella para escudarla, pero ligeramente a un lado para que pudiera ver lo que sucedía.

Cuando tuvo la certeza de que ella estaba bien protegida, Ryder dirigió la mirada hacia los dos lacayos, que estaban flanqueándole, y les preguntó con semblante adusto:

—¿Preparados?

Al verlos asentir, alzó con la punta de la bota la tapa del costurero y un escorpión, un espécimen de unos colores muy llamativos, correteó por encima de las telas que había en el interior. Cuando el animal, con bastante buen tino, decidió no aventurarse a salir, él rodeó el costurero para colocarse al otro lado, se inclinó hacia delante, alzó un poco la parte posterior del costurero agarrándola por debajo, y procedió a volcarlo parcialmente mientras lo sacudía.

Varios bordados cayeron al suelo junto con el escorpión, que se dirigió a toda velocidad hacia la derecha de Ryder abriendo y cerrando sus pinzas alzadas.

Lo aplastó con la bota sin contemplaciones. Mientras los lacayos, que no habían visto un animal así en toda su vida, examinaban los restos, él procedió a revisar el costurero. No oyó ningún otro sonido procedente del interior, pero fue apartando a un lado con cuidado hasta el último retazo de tela y lo revisó a fondo. Tras asegurarse de que ya no hubiera peligro alguno, se agachó a recoger los dos bordados que habían caído al suelo, los sacudió con vigor y volvió a guardarlos en su sitio. Tras cerrar la tapa, se acercó a Mary y le entregó el costurero.

—Ya está.

—Gracias —le dijo ella.

Al ver que aún estaba impactada por lo sucedido, le pasó un brazo por los hombros y la acurrucó contra su cuerpo en un gesto protector.

—Ya sabes lo que tienes que hacer, Forsythe.

—Sí, milord. Revisaremos de inmediato tanto el saloncito como el resto de los aposentos de ambos; de hecho, creo que vamos a hacer un barrido del ala entera.

—Perfecto —giró a Mary hacia el vestíbulo con delicadeza, y ella obedeció sin oponer resistencia—. Ven, vamos a la biblioteca a sentarnos un rato.

Les vendría bien tomar un poco de brandy.

Media hora después, Mary había pasado de la conmoción a estar hecha una furia.

—¡Esto tiene que acabar de una vez por todas!

—Sí, estoy totalmente de acuerdo contigo en eso.

Ryder estaba arrellanado frente a ella en el otro sillón mientras se tomaba su segunda copa de brandy. La primera se la había bebido de un solo trago, pero Mary aún tenía la suya por la mitad.

—Es la primera vez que veo un escorpión al natural, solo los había visto en libros —comentó ella, al cabo de un momento.

—Yo ya había visto alguno con anterioridad. Un amigo mío posee una casa cerca de Rye en cuyas tierras aparece alguno de vez en cuando, pero son distintos a este... más grandes, y de un tono marrón oscuro. No son venenosos, pero tengo entendido que la picadura resulta muy dolorosa.

—Este era rojo.

—Sí, ya me he dado cuenta.

Tras un largo momento de silencio, ella respiró hondo y admitió:

—He estado preguntándome si habremos llegado a la conclusión equivocada.

—¿Qué quieres decir?

—Hemos dado por hecho que la persona que intentó que te asesinaran en Londres también es culpable de los incidentes que yo he sufrido, pero si se repasa con detenimiento lo que ha pasado... una serpiente en mi cama, aulaga bajo mi silla de montar, abrojos en el camino cuando salí a dar un paseo, y ahora un escorpión... uno se da cuenta de que, aunque todos ellos podrían haber sido mortales, en realidad las probabilidades de que así fuera no son demasiado altas; en comparación, una puñalada cerca del corazón es mucho más letal.

Él frunció el ceño mientras la miraba pensativo, y al final comentó:

—Lo que dices es indiscutible, pero no sé si acabo de entender a dónde quieres llegar.

—A que existe la posibilidad de que los incidentes que han ocurrido aquí no tuvieran como objetivo lastimarme, sino más bien asustarme para hacerme huir despavorida y causar problemas en nuestro matrimonio.

—Sí, supongo que podría ser así —su expresión ceñuda se acentuó aún más.

—Es una posibilidad a tener en cuenta, y que hace que los incidentes que he sufrido resulten menos alarmantes.

Él se limitó a responder con un bufido de desacuerdo antes de tomar otro trago de brandy, y Mary se preguntó si estaba logrando calmarlo aunque fuera un poco con sus palabras. La principal razón de la furia creciente que sentía hacia el responsable de los recientes incidentes, fuera quien fuese, era que dichos incidentes estaban avivando, intensificando y acrecentando cada vez más la actitud protectora de Ryder. En varias ocasiones había tenido un comportamiento que rayaba en lo dictatorial y con cada incidente sucesivo se mostraba más intransigente, pero la verdad era que no podía culparle por ello; al fin y al cabo, dichos incidentes debían de estar dándole de lleno en un punto que (si todo iba tal y como ella esperaba) en ese momento debía de estar muy débil y sensible.

El hecho de que él estuviera reaccionando así demostraba que todo estaba saliendo tal y como ella había deseado, que ya había germinado entre los dos aquello que había albergado la esperanza de que naciera entre ambos; aun así, sabía por experiencia hasta qué punto podía llegar a arraigar ese impulso sobreprotector en los hombres como él, hombres como los Cynster. Ryder era un ejemplo perfecto de ese tipo de varón.

Decidió adelantarse antes de que él pudiera proponer alguna otra cosa.

—Sugiero que en los próximos días me quede dentro de la casa o que como mucho salga al jardín, y que esperemos a ver lo que pasa. Todo el mundo va a permanecer alerta, puede que con un poco de suerte atrapemos al culpable la próxima vez que intente entrar a hurtadillas —él se limitó a hacer un sonido inarticulado más parecido a un gruñido que a otra cosa, pero se dio por satisfecha al ver que al menos no había rechazado la sugerencia de plano—. Y mientras tanto podemos pedirles consejo a Barnaby y a Penelope, además de ampliar la búsqueda dentro de los círculos de la sociedad para intentar averiguar quién podría desear tu mal.

Él apuró su copa antes de ponerse en pie.

—Sí, voy a redactar ahora mismo una carta para Adair —bajó la mirada hacia ella—. Supongo que tú querrás añadir un mensaje para Penelope.

—Sí. Redacta primero la carta, yo añadiré unas líneas al final —después de leer lo que él había escrito, por supuesto.

Mientras lo veía dirigirse hacia el escritorio, aprovechó para repasar mentalmente su estrategia. Procurar que los dos estuvieran ocupados haciendo lo posible por identificar al responsable de los ataques y, al mismo tiempo, hacer todo lo posible por evitar que hubiera más incidentes, parecía ser sin duda la táctica más sensata.

Ryder y ella habían avanzado muchísimo juntos, y no estaba dispuesta a permitir que un canalla destrozara todo lo que habían conseguido.

—¿Aún está viva?

—Sí, la he visto esta mañana paseando por la terraza.

—¡No estoy viendo los resultados esperados! ¡Me aseguraste que podías encargarte de esto!

—Puedo hacerlo sin problema, pero usted insistió en que tenía que parecer un accidente. Las opciones son limitadas y, tal y como el marqués y ella ya han demostrado, siempre existe la posibilidad de que se salve de la muerte.

—¡Maldito Ryder! Siempre ha tenido una suerte endiablada, y ahora parece ser que ella es igual de afortunada.

—Por mucha suerte que tengan, mi consejo es que si realmente desea que nos deshagamos de ellos nos permita intentar algo mucho más directo y drástico. Algo que sepamos que va a funcionar de una vez por todas.

Hubo un largo silencio, tras el cual le preguntó:

—¿Qué tienes en mente?

CAPÍTULO 14

Había transcurrido una semana de paz absoluta.
—¡Por fin!
Mary iba por la galería camino de la sala de estar poco antes de la cena, pero se detuvo por un momento para respirar hondo y soltar un suspiro de satisfacción. Guardó silencio mientras dejaba que sus sentidos se expandieran y oyó el sonido de los lacayos atareados en el comedor y el caminar digno y señorial de Forsythe.

Todo parecía estar en calma, no había nada fuera de lugar.

Ryder ya debía de estar esperándola en la sala de estar. Habían adquirido el hábito de empezar a compartir allí cómo habían ido sus respectivas jornadas, seguir haciéndolo durante la cena y retirarse después a la biblioteca, donde ella leía y él terminaba cualquier asunto de negocios que le hubiera quedado pendiente; una vez que lo concluía se sentaba a leer junto a ella, o subían juntos al dormitorio principal.

La recorrió una expectante excitación y procedió a bajar la escalinata.

Llevaban casi tres semanas en la abadía, y podría decirse que la regulada y plácida serenidad que, de acuerdo a lo que estaba acostumbrada, debía reinar en cualquier casa de la nobleza que estuviera bien manejada y organizada se había instaurado y prevalecía en el ambiente. Manejar una gran casa como aquella era algo poco menos que instintivo en ella, había sido criada desde la cuna para ocupar un puesto como aquel y encajaba bien con su personalidad. Le gustaba dirigir y que las cosas funcionaran bien bajo su mando, y la abadía era suya.

El dueño de la abadía también era suyo, aunque en un sentido muy distinto.

En un primer momento había visto los ataques dirigidos contra su persona como algo totalmente negativo, pero su actitud había ido cambiando durante las dos últimas semanas y, a esas alturas, estaba prácticamente convencida de que aquello les había forjado como pareja. No los ataques propiamente dichos, sino lo que esos ataques habían requerido tanto de Ryder como de sí misma. No podía imaginar ninguna otra situación que pudiera haberles empujado de forma tan rápida y brutal a lidiar con los aspectos más complicados del amor, con los matices y las consecuencias de lo que sentían el uno por el otro.

En el transcurso de aquellas últimas semanas había aprendido mucho, y no solo sobre él; en cuanto a Ryder, era obvio que también había estado aprendiendo, y esa comprensión más profunda que iba adquiriendo se reflejaba en cada interacción que tenían el uno con el otro.

Descendió el último escalón y se dirigió hacia la sala de estar con una sonrisa en los labios. Inclinó la cabeza con regia elegancia ante el lacayo que le abrió la puerta, entró en la sala y encontró a Ryder esperándola como de costumbre, con un pie apoyado en el reborde cobrizo de la chimenea y un brazo sobre la repisa.

Aunque estaban en el campo, siempre iba impecablemente ataviado, y ella no pudo evitar sonreír al ver que parecía más que nunca un gran león de la alta sociedad. Algunos mechones de pelo se le habían aclarado más debido a que durante los últimos días había estado recorriendo las tierras a caballo, así que el aspecto leonado se había acentuado aún más, el contraste se había vuelto aún más pronunciado.

Ver aquella espesa melena seguía bastando para hacer que le hormiguearan las palmas de las manos a pesar de que a aquellas alturas sabía de sobra cuál era su tacto. Bien sabía Dios que se había aferrado a aquellos mechones infinidad de veces.

Él había sonreído al verla entrar, y se enderezó sin perder la sonrisa mientras la veía acercarse.

Aquella luz especial que aparecía en sus ojos al mirarla, la forma en que aquella aguda mirada se suavizaba al posarse en ella, le afectaba de formas que no estaban relacionadas con la sensualidad, sino con la conexión que se había creado entre ellos. El canalla que estaba detrás de los ataques les había hecho acelerar el paso por el camino que habían emprendido juntos, pero ambos habían estado dispuestos a hacerlo y ella estaba convencida de que ya estaban a punto de alcanzar la meta.

Él tomó su mano y se la llevó a los labios para depositar un ligero beso en sus nudillos, pero tras hacerlo no la soltó. La miró sonriente a los ojos y le preguntó, mientras le acariciaba los dedos con suavidad:

—¿Te ha aburrido la señora Hubert con sus planes para el bazar benéfico de la iglesia?

—Sí y no. Es una mujer muy obstinada, pero yo no me quedo atrás; en cualquier caso, como está acostumbrada a estar al mando he decidido que voy a limitarme a aportar mi presencia, que en realidad es todo cuanto ella deseaba. El manejo de la casa me mantiene bastante ocupada, y quiero convertir en realidad mi idea de organizar una jornada campestre para todos los habitantes de la finca.

Permanecieron allí, tomados de la mano, mientras seguían hablando de ese tema y la idea iba tomando forma, y al cabo de unos minutos Forsythe llegó para anunciar que la cena estaba lista. Cuando se dirigieron hacia el comedor informal y Ryder la ayudó a tomar asiento, ella se dio cuenta de que los miembros del servicio también parecían estar más sonrientes en los últimos días.

Durante la cena solían conversar sobre cuestiones de ámbito más general que pudieran haber surgido durante la jornada, y en esa ocasión el primer tema de conversación fueron los zíngaros y la desconfianza de los lugareños hacia los nómadas que habían acampado en la explanada de Axford. Después se embarcaron en una animada discusión sobre política, una discusión generada a partir de una controversia que había aparecido en el periódico de la jornada. Fueron, como de costumbre, intercambios de opiniones entretenidos y estimulantes, así que la cena pasó volando y se retiraron a la biblioteca enfrascados aún en el tercer y último tema.

Mientras caminaba junto a ella escuchándola opinar sobre los últimos avances en el alumbrado de gas, Ryder volvió a sentirse maravillado y sorprendido ante aquella situación, ante la actitud del uno y del otro. No esperaba poder relacionarse así con su esposa, era algo que jamás se le había pasado siquiera por la cabeza. Antes de decidirse por Mary no había tenido una idea clara de cómo sería su futura esposa, pero de haberse parado a pensar... nunca habría podido imaginarse a una mujer con la que pudiera conversar sobre aquella clase de asuntos y, más aún, que él aprendería a valorar sus opiniones y a tenerlas muy en cuenta. Para él, las opiniones de Mary tenían más peso que las de cualquier otra persona.

Entraron en la biblioteca justo cuando ella estaba concluyendo su argumento, y él asintió y la siguió hacia los sillones.

—Concuerdo contigo —dijo, mientras esperaba a que tomara asiento; al ver que alzaba la mirada hacia él y enarcaba las cejas en un gesto interrogante, añadió—: debemos recordar tenerlo en cuenta cuando la cuestión vuelva a surgir, supongo que será en la casa de Londres.

Ella contestó con una sonrisa antes de alargar la mano hacia su libro, y él deslizó las yemas de los dedos por sus hombros en una ligera caricia antes de dirigirse hacia su escritorio. Aún tenía que encargarse de un par de cartas, pero, dado que se trataba de asuntos mundanos que no requerían de demasiada concentración, mientras escribía su mente se desvió hacia temas más atrayentes.

Temas como el de ellos dos, el de la conexión y la unión que estaba fraguándose entre ellos.

No tenía ni idea de cómo habría sucedido (de hecho, ni siquiera había sido consciente de que pudiera suceder), pero, fuera como fuese, mientras se desarrollaban los acontecimientos que les habían llevado a casarse, mientras se sucedían los imprevistos y las tensiones de las últimas semanas, habían alcanzado una unión, un vínculo directo y profundamente íntimo que les conectaba el uno al otro. Una conexión que podía manifestarse en una mirada, en una sonrisa íntima, al tomarla de la mano y besarle los nudillos con delicadeza, al envolver su delicada mano con la suya, al deslizar las yemas de los dedos por sus hombros.

El otro extremo de ese vínculo se manifestaba en cómo Mary se abría a él por completo, en la sonrisa radiante con la que mostraba sin tapujos cuánto disfrutaba de su compañía, en cómo se suavizaban aquellos ojos azul aciano al mirarlo.

Todo aquello lo había pillado desprevenido. No esperaba que se creara ningún vínculo emocional por el mero hecho de que no sabía que poseyera el potencial para experimentar ese tipo de sentimientos y emociones, pero ahora que lo sabía, ahora que ella lo había demostrado más allá de toda duda, se sentía agradecido de que ese vínculo existiera.

Más aún, sus instintos le instaban a aferrarse a él, a asegurarse de que permaneciera allí, a no dejar escapar la promesa que acarreaba consigo. En esa conexión, a través de ella, estaba la ruta que sin duda iba a llevarle a conseguir todo aquello con lo que había soñado, al matrimonio y la vida que anhelaba.

Siempre les había prestado atención a sus instintos y en esa ocasión se mostraban firmes, no albergaban ni la más mínima duda. Se habían centrado en Mary desde el principio y a esas alturas la fijación era mayor e inamovible, estaban devota y posesivamente centrados en ella. Mary era la piedra angular sobre la que iba a construir su futuro; para él, todo lo que estaba por llegar giraba en torno a ella.

Por todo lo dicho, no era de extrañar que la carta que había recibido de Barnaby Adair le hubiera inquietado tanto.

No se la había mostrado a Mary, él era el único que debía leerla. Eso era algo que le había dejado muy claro Barnaby, quien le decía en la misiva que, a pesar de que los ataques contra Mary parecían haber cesado y existía la posibilidad de que no hubieran sido nada más que desagradables intentos de asustarla y causar problemas en su matrimonio, tanto Stokes como él, basándose en su dilatada experiencia, estaban convencidos de que aún seguía existiendo la mucho menos halagüeña posibilidad de que los ataques contra ambos formaran parte de una estrategia y que, de ser así, era muy probable que el culpable no se detuviera por mucho que pudiera tomarse un tiempo para reorganizarse y reestructurar sus planes.

El consejo de Barnaby y de Stokes había sido que permaneciera alerta, que no bajara la guardia. Estaba escrito bien claro en la carta.

Aquella advertencia había acrecentado aún más la incertidumbre en la que estaba sumido. A pesar de que tanto los Cynster como los caballeros relacionados con la familia a través de vínculos matrimoniales (Jeremy Carling, Breckenridge, Meredith y todos los demás) habían estado haciendo indagaciones, nadie había encontrado ni una sola pista sobre quién podría querer verle muerto.

Su propia investigación para intentar averiguar quién había contratado a los dos maleantes a los que había matado en la callejuela no había dado más resultados, así que ese rastro no había llevado a ninguna parte.

Tal y como Barnaby decía al concluir la carta, estaban enfrentándose a una amenaza invisible que podía atacar desde cualquier dirección y en cualquier momento dado.

No era una situación que contribuyera a calmar a la bestia que llevaba dentro, desde luego, pero...

Cuando concluyó la última de las cartas que tenía pendientes dirigió la mirada hacia Mary, que seguía leyendo, y dio gracias de nuevo por lo comprensiva e inteligente que era. Ella seguía aceptando el hecho de no poder ir más allá de los jardines de la casa sin poner ni una sola objeción, sin una sola protesta.

Después de escribir su título nobiliario en la esquina de los sobres, los dejó en una bandejita para que Forsythe se encargara de recogerlos y de enviarlos, y entonces se puso en pie y echó a andar hacia su mujer, quien alzó la mirada al oír que se acercaba.

Extendió las manos hacia ella con una sonrisa y, cuando ella dejó el libro a un lado y las tomó, tiró con suavidad hacia arriba para ayudarla a ponerse en pie.

La miró a los ojos y le dijo, sin soltarla:

—Barnaby te envía sus saludos, y nos advierte que no podemos bajar la guardia.

Ella ladeó ligeramente la cabeza mientras le observaba con ojos penetrantes, y tardó unos segundos en contestar.

—Por suerte, en este momento no hay motivo alguno por el que deba aventurarme a alejarme de la casa.

—¿Estás dispuesta a permanecer en la casa y los jardines?

—Sí, por el momento sí —le soltó las manos y le tomó del brazo antes de volverse hacia la puerta—. Si alguien desea consultarme algo puede venir a verme; además, he descubierto que me gusta disfrutar de paz y tranquilidad.

Él soltó una carcajada y dejó que lo condujera hacia la puerta, pero mientras cruzaban el vestíbulo y subían rumbo a sus habitaciones no podía desprenderse de aquella sensación de incertidumbre, del tormento de saber que lo que tenían en ese momento podría verse amenazado al día siguiente.

Entró tras ella en el dormitorio principal, el dormitorio que le había tenido a él como único ocupante durante años, pero que había pasado a estar salpicado de pequeños toques que revelaban la presencia de su esposa... una bata de seda colocada con pulcritud sobre el respaldo de una silla, un peine sobre la más baja de las cajoneras junto con un platito que ella usaba para dejar horquillas y joyas. Collier y Aggie parecían haber llegado a alguna especie de acuerdo para compartir los derechos territoriales sobre la alcoba.

Al ver que ella, tras soltar un pequeño suspiro lleno de sereno placer, se dirigía hacia la cajonera y empezaba a quitarse las horquillas del pelo, él empezó a desanudarse el pañuelo de cuello tras sacar el alfiler que lo sujetaba. Era la prenda que a Mary le costaba más trabajo quitarle, los intricados nudos por los que él tenía preferencia eran todo un desafío para ella y en ocasiones la llevaban a unos arranques de frustrada impaciencia que a él le hacían mucha gracia.

En esa ocasión no estaba de humor para poner a prueba la paciencia de su esposa, ya estaba lo bastante impaciente y ansioso de por sí.

No habría sabido explicar el porqué, pero el compulsivo apremio lo recorría ya como una lenta y rítmica pulsación que le retumbaba en las venas. Era posible que fuera el resultado de esa incertidumbre que seguía atenazándolo, pero no se paró a cuestionarlo. Se acercó a ella mientras terminaba de desanudarse el pañuelo, y la abrazó desde atrás.

Mary ya había acabado de soltarse el pelo y, con la melena cayéndole a la espalda y enmarcándole el rostro, dio media vuelta entre sus brazos y apoyó las palmas de las manos en su pecho. Sus dedos se hundieron con suavidad de forma instintiva sobre su camisa, y alzó la mirada hacia él mientras enarcaba las cejas en una muda pregunta. Aunque en ocasiones disfrutaban jugueteando, casi siempre optaban por una ruta directa y a galope tendido, ya que las necesidades de ambos eran simples y complementarias.

Pero en esa ocasión ella vio el brillo acerado que había en sus ojos pardos, notó la tensión que atenazaba el brazo que tenía alrededor de la cintura y supo de forma instintiva que él quería algo más; vio por su expresión que quería proponerle algo, le vio titubear de forma casi imperceptible, y cuando él decidió finalmente no recurrir a las palabras y bajó la cabeza ella le ofreció sus labios para que se adueñara de ellos.

Se adueñó de ellos y más, mucho más. Desde el primer contacto de sus bocas, desde el primer dominante beso, ella supo que aquella noche no iba a producirse una simple repetición de lo que ya habían compartido anteriormente, que iban a ir más allá.

Después de aquel primer enérgico envite empezó a saborearla y a tentarla y se adentraron juntos en un largo y ardiente intercambio en el que se saborearon mutuamente sin prisa, en el que ambos disfrutaron con relajada seguridad de aquel momento que presagiaba la intimidad aún más profunda y cautivadora que estaba por llegar.

A partir de ahí, las cosas se aceleraron. Por una vez, él hizo gala abiertamente de su tan cacareada experiencia y la puso a los pies de lo que había crecido entre los dos. Desplegó su innegable maestría en nombre de lo que sentían el uno por el otro, lo puso a su servicio.

Mary era consciente de ello, la forma en que la besaba revelaba la determinación que lo impulsaba. Saboreó llena de gozo la apasionada devoción que se reflejaba no solo en la fusión de sus bocas, sino en cada contacto, cada caricia, cada presión.

Las prendas de ropa cayeron al suelo lanzadas por manos que ya se habían acostumbrado a ese ritual, a aquellas devotas caricias mientras la piel desnuda iba quedando expuesta al aire nocturno y a la plateada luz de la luna... a las caricias de un amante, de unos dedos que empezaron a temblar conforme el primitivo ritmo fue ganando intensidad.

Cuando la atrajo contra sí, cuando el delicado cuerpo y la tersa piel de ella quedaron apretados contra su duro cuerpo de poderosa musculatura y piel salpicada de vello, se quedaron inmóviles, presa del sensual impacto de aquel cautivador momento.

La sensación de tenerlo contra su cuerpo, sentir su calor y la dureza de su piel, la tensión que atenazaba sus músculos, notar su rígida y caliente erección apretada contra su vientre... aquel bombardeo de sensaciones la hizo reaccionar al fin, la impulsó a seguir. Alzó las manos por sus anchos hombros, las hundió en su pelo y profundizó aún más el beso, respondió sin reparos al desafío que él le había lanzado y le lanzó uno a su vez mientras se restregaba sinuosa contra su masculino cuerpo.

Había tenido razón al pensar que aquella vez era diferente para ambos, más profunda. Alcanzaron un nivel situado más allá y la intensidad entró en erupción de repente, los sentidos de ambos se expandieron en un vertiginoso torbellino hasta que lo físico se fusionó con la pasión, con los sentimientos y con un acuciante anhelo, hasta que fue absorbido por aquel voraz deseo y se convirtió en un conducto, en una forma de expresión, en una forma honesta, totalmente abierta e irrefutable de comunicación.

Él interrumpió el beso, la alzó en sus brazos de repente y la llevó a la cama.

Mientras la tumbaba sobre el colchón y se tumbaba a su vez, ella abrió sus sentidos para captar todo lo que él estaba diciéndole sin necesidad de palabras, todo lo que estaba comunicándole a través de sus acciones, de las caricias que depositaba sobre su trémula piel, de la telaraña de placer que estaba tejiendo a su alrededor para acaparar toda su atención y mantenerla cautiva del placer, del gozo y la pasión, de aquel arrollador y casi sofocante estallido de deseo.

Fue como una erupción de lava en el pecho, una presión que

se abría paso en su interior y se acrecentaba cada vez más, una necesidad irrefrenable de dar, de abrir el corazón y compartir, de dejar emerger como un géiser aquella emoción acumulada y entregársela por completo, compartirla abiertamente con él.

Buscó desesperada la manera de liberarla mientras hundía las manos en aquella suave y espesa cabellera leonada, mientras se arqueaba hacia arriba y se restregaba contra su cuerpo, mientras la lengua de él exploraba su boca y sus labios acariciaban los suyos y tironeaban, mientras la saboreaba con los ojos cerrados y la respiración agitada.

Cuando él alzó la cabeza una fracción de segundo antes de que fuera demasiado tarde y se alzó ligeramente, ella bajó las manos por su pecho y notó el estremecimiento que lo sacudió. Encontró su rígido y ardiente miembro, lo guio hasta colocarlo en la entrada de su sexo, y él presionó hacia delante y se hundió hasta el fondo con un gemido gutural.

Se quedó inmóvil encima de ella con la cabeza caída, con los músculos de los brazos temblorosos por la tensión. Estaba luchando por controlarse y permanecer quieto mientras esperaba a que ella se acostumbrara a aquella profunda penetración, a aquella sólida y gloriosa intrusión que la llenaba por completo.

Aquello la hizo sonreír a pesar de las circunstancias. Después de las últimas semanas no le hacía falta aquel momento de ajuste, pero aun así lo saboreó, lo aceptó y, en esa ocasión, lo aprovechó para alzar los brazos, hacerle bajar la cabeza, adueñarse de sus labios mientras arqueaba el cuerpo hacia arriba y unirse a él por completo y sin ningún tipo de reserva.

Sin barrera alguna, sin reprimir nada de lo que sentía.

Sintió cómo se abría su corazón y dejó que sucediera, no intentó refrenarse lo más mínimo. Ya le había concedido su mano en matrimonio a aquel hombre, le había entregado su futuro y su cuerpo; en ese momento le entregó la última pequeña parte de su ser que aún le quedaba por dar, el pedacito de su corazón que se había guardado con cautela por si él jamás llegaba a entregarle el suyo por completo.

Había llegado el momento de hacerlo. Se lo dijo cada fuerte embestida, cada sincronizado latido de sus acelerados corazones.

Era el momento de confiar en todo lo que podían llegar a ser, el momento de comprometerse y entregarse por completo, de forma irrevocable y con todo su ser, para hacerlo realidad, para materializar ese potencial y compartirlo todo con él.

Ryder no podía pensar, las sensaciones habían tomado el control y le empujaban inmisericordes a seguir sin descanso; le arrastraban hacia una rendición de la que jamás se habría creído capaz, le impulsaban a doblar la rodilla y a hacer una admisión que jamás habría imaginado siquiera que pudiera llegar a hacer.

Nada le había preparado para algo así, pero lo deseaba con todo su ser. Lo anhelaba con toda su alma.

Se hundió en ella una y otra vez con acometidas cada vez más fuertes y profundas y sintió cómo se arqueaba hacia él. Sus cuerpos se unían con fluidez y sin esfuerzo, pero no solo en un sentido físico, consumidos por la fricción y el deseo, la humedad y aquella gloriosa sensualidad, sino también impulsados por una firme determinación, embriagados y con abandono, fusionándose de una forma mucho más fundamental.

A un nivel más profundo, en un plano superior.

Dando y tomando, recibiendo y entregando, deseosos de alcanzar aquel último y trascendental grado de unión, avanzaban a galope tendido, llenos de un acuciante apremio y decididos, en pos de la explosión que iba a convertirlos en un solo ser.

Estaba sumido en cuerpo y alma en el placer que se daban mutuamente, pero, a pesar de aquella vorágine de sentimientos y sensaciones que nublaban sus sentidos, había una realidad que había cristalizado en su mente y relucía con diáfana claridad: aquello era lo que suponía unirse y convertirse en uno solo, alcanzar de verdad la unión total, el culmen de una intimidad física demoledora impulsada y arrollada por la fuerza de las emociones.

Aquello era amar, dejar a un lado toda reserva, dar sin limitación alguna.

Aquello era perder el corazón... no, era entregárselo a alguien y dejarlo en sus manos voluntariamente, convertirse en un ser dependiente y posesivo, aceptar que era el precio a pagar a cambio de que la persona amada hiciera lo mismo a su vez.

Aquel era el momento para ambos y, dado que eran tan similares, lo habían alcanzado juntos.

El uno había abierto la puerta del otro y lo había conducido hasta el umbral. Aquella era la creación del vínculo definitivo.

En aquella fracción de segundo de lucidez mientras ascendían, jadeantes y enfebrecidos, rumbo a la máxima cumbre, se dio cuenta de que era un paso irrevocable, un paso para el que no habría vuelta atrás... y, aun así, quiso darlo.

Era un paso que iba a unirlo a ella, pero que también iba a unirla a él. Y a cambio de eso valía la pena pagar cualquier precio.

Con un último jadeo desesperado luchó por alcanzarlo, alargó la mano mentalmente hacia ese trascendental regalo que iban a darse mutuamente, lo agarró y se aferró a él mientras, en una ardiente tempestad de pasión, las sensaciones y las emociones colisionaban y les envolvían en llamas.

Ardieron en el fuego de la pasión que compartían, en la conflagración del amor que sentían el uno por el otro. Un amor que ambos aceptaban y admitían, que los consumió y los transmutó, que los soldó y volvió a forjarlos.

Que los hizo de nuevo, renovados y completados, que los llevó más allá de lo que eran antes.

Mientras los últimos estremecimientos de placer lo sacudían, mientras las últimas contracciones de ella se desvanecían, se derrumbó sobre su cuerpo. Estaba demasiado extenuado para moverse, demasiado exhausto y abrumado para pensar.

Incluso mucho después, cuando salió de su cálido cuerpo, se tumbó junto a ella y la tomó entre sus brazos, el único pensamiento coherente que pudo hilar su mente fue que no iba a soltarla nunca, que jamás la dejaría ir.

No podía hacerlo, ella lo era todo para él.

Tras la pasión de la noche anterior y la nueva realidad subyacente, Ryder esperaba que hubiera cierto grado de inseguridad entre ellos, esperaba sentirse al menos un poco cauteloso, pero nada más lejos de la realidad. Al despertar sus miradas se habían encontrado, el uno había visto la verdad en los ojos del otro, y los dos habían sonreído.

Entonces la había cubierto con su cuerpo, habían hecho el amor, y a partir de ahí había sido un día idílico en el que no había habido ningún contratiempo.

El reloj situado sobre la repisa de la chimenea dio las cinco y, mientras guardaba los últimos cálculos que había hecho sobre la cosecha de la temporada venidera, su mente siguió explorando aquel estado nuevo en que se encontraba. Era un estado que había llegado sin buscarlo, inesperado e imprevisto; uno de tanta plenitud, paz y satisfacción, tan prometedor, que constituía una vulnerabilidad muy real.

Estaba sorprendido consigo mismo por haber aceptado esa vulnerabilidad con tanta premura y facilidad, pero su decisión sería la misma si tuviera la opción de tomarla de nuevo en ese momento, estando en plena posesión de sus facultades.

No había duda de que había algunas cosas por las que valía la pena pagar el precio, cualquier precio.

Dejar la decisión para más adelante, postergar aquella profunda felicidad por la amenaza que se cernía sobre ellos... ninguno de los dos eran personas dadas a jugar sobre seguro, y no estaban dispuestos ni mucho menos a dejar que un canalla les gobernara a través del miedo.

No, ni hablar. Fuera lo que fuese lo que les deparara el destino, lidiarían con ello; además, después de lo de la noche anterior eran incluso más fuertes que antes.

Cerró el cajón del escritorio mientras pensaba en los placeres que iban a disfrutar durante la velada que tenían por delante, y segundos después alguien llamó a la puerta de la biblioteca.

—¡Adelante!

Se trataba de Forsythe, que entró con una expresión de ligero desconcierto en el rostro. Le entregó la bandeja que contenía la correspondencia de la tarde antes de preguntar:

—Milord... Aggie, la doncella de milady, lleva un rato buscándola, pero no logra encontrarla. ¿Tiene usted idea de dónde puede estar?

Ryder frunció el ceño al oír aquello.

—Me ha dicho que tenía intención de subir a bordar un poco, pero... —lanzó una mirada hacia la ventana, hacia el soleado día—. Es posible que haya salido a dar un paseo —echó la silla hacia atrás y se puso en pie—. No habrá ido muy lejos. ¿Ha ido Aggie a ver si está en el jardín de rosas?

La propia doncella les aseguró que sí cuando le preguntaron al respecto y añadió que la había buscado también por las terrazas, en las inmediaciones de la casa y en sus aposentos privados de la segunda planta.

—Siempre está fácilmente localizable, milord, y le gusta que a esta hora más o menos yo vaya a consultarle qué vestido desea ponerse para la cena —le explicó, cada vez más agitada.

Los lacayos tardaron quince minutos en revisar el resto de la casa. Él, mientras tanto, mandó llamar a Dukes, el jardinero en jefe, quien partió a toda prisa para comprobar si alguno de los ayudantes que tenía dispersados por los jardines sabía algo.

—No hay duda de que milady no se encuentra en el interior de la casa, milord.

Aquellas palabras las dijo Forsythe, cuya actitud reflejaba lo que el mismo Ryder sentía. Se resistía a dejar que el pánico emergiera, pero empezaba a sentir un miedo incipiente.

—Envía a alguien a preguntar en las cuadras. No habrá salido a cabalgar, pero es posible que haya ido a ver a su yegua.

A aquella hora del día era una posibilidad muy remota que no tardó en quedar descartada.

—No hemos visto a milady en todo el día, milord —le informó Filmore.

Dukes regresó entonces a paso rápido. Era un hombre bastante taciturno, y aquel arranque de energía era tan poco habitual en él que se convirtió en el centro de todas las miradas. Se detuvo ante Ryder e hizo un gesto de asentimiento.

—Uno de mis muchachos ha visto a milady paseando por los jardines, milord. Ella le ha sonreído y le ha dedicado unas amables palabras antes de regresar a la casa. El muchacho cree que se dirigió hacia la terraza de la zona este, pero fue hace unas horas y desde donde estaba no alcanzó a ver si ella llegaba a entrar en la casa o si se desviaba y se dirigía a otra parte.

Ryder sentía cómo iba invadiéndole el pecho una gélida sensación que nunca antes había experimentado. Miró a Forsythe y a Filmore antes de depositar de nuevo la mirada en Dukes, y ordenó con firmeza:

—¡Reunid a todos los hombres disponibles en el patio delantero!, ¡hay que iniciar una búsqueda!

—¡Sí, milord! —contestó Forsythe con semblante grave.

—¡De inmediato! —dijo Filmore con determinación, antes de dirigirse hacia la puerta.

Dukes se dirigió también hacia allí tras limitarse a asentir con gravedad. Forsythe mandó a un lacayo con la orden, pero permaneció junto a Ryder para ayudarle a desplegar mapas de la finca y sus alrededores; Aggie, por su parte, se había limitado a permanecer a un lado muerta de preocupación, pero, para sorpresa de Ryder, apretó la mandíbula de repente, dio media vuelta y salió de la biblioteca a toda prisa.

Al final no fueron los hombres los únicos que se congregaron en el patio delantero. Las mujeres más jóvenes del servicio, reclutadas por Aggie y con la aprobación de la señora Pritchard, se unieron al grupo dispuestas a colaborar para encontrar a la desaparecida señora de la casa.

Eso le facilitó un poco las cosas a Ryder, ya que encargarles a ellas que revisaran por parejas hasta el último centímetro de los terrenos de la casa le permitió contar con hombres suficientes para enviar jinetes a las granjas cercanas, y para organizar también una búsqueda exhaustiva de los bosques y los campos circundantes.

Aunque aquello era Wiltshire, un condado tan tranquilo y apacible como cualquier otro del país, existía la posibilidad de que Mary hubiera sufrido un accidente incluso en el caso de que no se hubiera adentrado en los bosques.

Él albergaba la esperanza de que se tratara de eso, eso era lo que todos creían que había pasado. Una caída, un tobillo torcido... cualquier cosa similar sería preferible a la alternativa, a la posibilidad de que le hubiera ocurrido algo peor.

Iniciaron la búsqueda a plena luz del día, pero aún no había pasado ni una hora cuando el sol empezó a descender y las sombras que proyectaban los árboles empezaron a alargarse; aun así, quedaba luz suficiente y la búsqueda continuó. Cada grupo regresaba a informar a la casa una vez que completaba la zona que se le había asignado, y Ryder los enviaba a otra que aún estuviera por examinar.

Raventhorne era una finca muy extensa, así que iba a tomar bastante tiempo peinarla por completo. Incluso Forsythe, quien había nacido y se había criado en las tierras de la abadía, salió finalmente a sumarse a la búsqueda.

El crepúsculo estaba cayendo amenazante sobre ellos cuando alguien llamó a la puerta de la biblioteca. Ryder sintió que le daba un brinco el corazón y alzó la cabeza de golpe, pero sus esperanzas se derrumbaron al ver asomarse a la señora Pritchard.

—¿Qué pasa? —intentó no sonar demasiado brusco.

—Milord, el hijo de Dixon está aquí. Ha venido desde Axford, y creo que lo que tiene que decirle podría ser importante.

—¿Dixon? —le preguntó, ceñudo, mientras ordenaba un poco los mapas que había estado estudiando.

—Sí, el pescadero —el ama de llaves cruzó el umbral y le indicó a alguien que entrara.

Ryder intentó mantener su rostro inexpresivo al ver que un muchacho se asomaba por la puerta y agachaba la cabeza de inmediato, pero dadas las circunstancias no fue tarea fácil.

—Así que tú eres el hijo de Dixon —procuró hablar con un tono lo menos áspero y amenazante posible.

El muchacho agachó de nuevo la cabeza antes de contestar.

—Sí, milord —alzó la mirada hacia la señora Pritchard, quien le indicó con un ademán que se acercara al escritorio.

Al ver que el joven, claramente indeciso, avanzaba tres pasos y volvía a detenerse, Ryder miró a la señora Pritchard y esta se encargó de darle las explicaciones pertinentes.

—Davy, aquí presente, acaba de llegar con la mercancía y ha mencionado que ayer fue a hacer una entrega a casa de la marquesa viuda.

—¿Qué? —Ryder fijó su mirada en el muchacho de inmediato—. ¿Quién se encuentra allí?, ¿lo sabes?

—No, milord. Solo vi a la cocinera y a sus dos ayudantes, pero puedo decirle lo que se había pedido.

El muchacho, al verle asentir, empezó a enumerar una serie de pescados, pero Ryder no supo cómo interpretar la información y dirigió una mirada hacia la señora Pritchard, que asintió y afirmó con rostro severo:

—Ni el rodaballo ni el esturión debían de estar destinados al servicio, milord.

—¡Pues claro que no! —exclamó Davy Dixon, con un bufido burlón—. ¡Son lo mejor de lo mejor!

Ryder tardó un momento en asimilar la descabellada idea que acababa de irrumpir en su mente, pero se dijo que era una locura y la desechó antes de centrarse de nuevo en el muchacho.

—Gracias, señora Pritchard. Davy merece una recompensa por haber aportado esta información.

—Sí, milord. Ven, Davy, acompáñame. En la cocina te están esperando un buen pedazo de bizcocho y un chelín —lo condujo hacia la puerta y cerró al salir.

Una vez que volvió a quedarse solo, Ryder permaneció con la mirada fija en los paneles de madera de la puerta por un largo momento. Bajó entonces la mirada hacia los mapas que tenía sobre el escritorio, lanzó una mirada hacia la oscuridad creciente que se veía a través de las ventanas y, tras un segundo más de indecisión, se dirigió hacia la puerta y subió a sus habitaciones.

La señora Pritchard estaba esperando en el vestíbulo cuando bajó de nuevo a toda prisa poco después, ataviado con la ropa y las botas de montar.

—¿Va a ir hasta allí?

Él asintió mientras se ponía los guantes.

—Sí, voy a preguntar al menos si alguien ha visto a mi esposa por allí. En caso de no ser así... cuando Forsythe regrese, dígale que se encargue de organizar la búsqueda y que yo voy a examinar el terreno boscoso cercano a la casa de la marquesa viuda. Aún no hemos enviado a nadie a esa zona, así que echaré un vistazo aprovechando que estoy allí.

—Le aconsejaría que permaneciera aquí y enviara a alguien, pero las únicas que quedamos en la casa somos la cocinera y yo.

—Sería inútil enviar a otra persona —afirmó él, mientras se volvía hacia el pasillo por el que se llegaba a las cuadras con mayor rapidez—. Si mi madrastra, tal y como parece, se encuentra allí, soy el único de esta casa al que accedería a recibir.

La señora Pritchard soltó un inarticulado sonido de asentimiento y permaneció allí mientras le veía alejarse. Ryder notó el peso de su mirada en la espalda mientras se alejaba por el pasillo, mientras su paso se aceleraba cada vez más y, a pesar de todos los argumentos racionales de su mente, una profunda premonición se adueñaba de él.

CAPÍTULO 15

—Es imposible que Lavinia se haya atrevido a hacer algo así.

Ryder murmuró aquellas palabras mientras se adentraba a caballo en la franja de terreno boscoso que conformaba el borde oriental de las granjas de la finca, un terreno donde el camino de herradura por el que estaba transitando era el único existente.

Los árboles que poblaban aquella zona eran robles y hayas de tronco grueso que flanqueaban el camino y cubrían el lugar con un manto umbrío.

La casa de la marquesa viuda era tan antigua como la parte original de la abadía, había sido uno de los edificios eclesiásticos que habían estado conectados en un principio al monasterio. Su abuela paterna vivía allí cuando él había nacido, pero había fallecido poco después y desde entonces los únicos ocupantes habían sido los cuidadores hasta que él había desterrado allí a Lavinia.

Como ninguno de los lugareños querían trabajar para ella, se había visto obligada a buscar empleados en zonas más alejadas y, debido a eso (y a diferencia de lo que solía suceder en la campiña, en especial tratándose de un condado con tanta población como Wiltshire), el servicio de la casa no tenía apenas contacto ni relación con el de las casas circundantes.

Además, a pesar de que Lavinia insistía en pasar en el campo una buena parte del año, nunca había intentado relacionarse con la gente más prominente de la zona, ni siquiera cuando aún ostentaba su puesto en la abadía. Ella siempre se había comportado como si ni ellos ni los entretenimientos que ofrecían estuvieran a su altura, así que el resultado era que apenas tenía relación con sus vecinos.

De modo que la casa de la marquesa viuda era una especie de mundo aislado y desconocido.

El golpeteo de los cascos de Julius contra el suelo era un eco de su propio corazón mientras avanzaban entre los árboles. Su reacción ante la desaparición de Mary había ido endureciéndose con el paso de las horas; cada minuto que pasaba sin tenerla a su lado y al amparo de su protección, tal y como debía ser, hacía que su reacción instintiva fuera fortaleciéndose más y más, acrecentaba la sospecha de que había sido secuestrada. Era la única explicación posible para aquella súbita desaparición. El invisible enemigo que primero había intentado asesinarle a él y que después había puesto en ella su punto de mira se la había llevado.

Quienquiera que fuese iba a pagar por ello.

En algún punto de las horas previas, los instintos que por regla general solía mantener bajo férreo control habían salido a la superficie y en ese momento lo gobernaban casi por completo. Cuando se trataba de Mary, cuando ella corría el más mínimo peligro, no se sentía inclinado a actuar de forma civilizada.

Su instinto y su intelecto estaban totalmente centrados en un único objetivo: encontrarla y llevarla de vuelta a casa, volver a tenerla a salvo entre sus brazos.

En cuanto a la posibilidad de que Lavinia pudiera estar detrás de la desaparición y de todo lo demás, hasta ese momento la había descartado. Su madrastra era un incordio para él, una persona rencorosa y vengativa a la que le encantaba vituperarle, pero básicamente se le iba la fuerza por la boca. Resultaba muy difícil de creer que fuera capaz de actuar de forma activa y determinante, ya que no lo había hecho nunca. Despotricar era muy distinto a pergeñar planes y ponerlos en marcha.

Siempre había sido una persona de esas que hablaban mucho, pero que al final hacían poco, así que en caso de que hubiera actuado debía de haber habido algún cambio que la empujara a hacerlo.

Quizás fuera una indicación de ese cambio el hecho de que no hubiera mandado ningún aviso de su presencia allí. Hasta el momento, siempre que se trasladaba a la casa de la marquesa viuda enviaba un altivo mensaje a la abadía para informar a sus ocupantes que ella se encontraba en la zona. Los carruajes de sus amistades londinenses empezaban a llegar cada dos por tres por el camino, y había que indicarles que debían retroceder y dar la vuelta para tomar el camino de entrada independiente que conducía a la otra casa.

Pero en esa ocasión no había enviado mensaje alguno y, aunque cabría pensar que no lo había hecho porque estaba más furiosa que nunca debido a su reciente boda con Mary, conociéndola lo lógico habría sido que quisiera asegurarse de que ambos supieran que estaba allí, que había otra marquesa en los alrededores dispuesta a competir por el puesto hegemónico en la escala social de la zona. Eso sería más típico de la Lavinia a la que él conocía.

En realidad no existía ninguna competencia, no había comparación posible entre su esposa y su egoísta madrastra, pero esta no lo vería así y por eso cabía preguntarse por qué no les había enviado mensaje alguno.

La señora Pritchard era conocedora de la antipatía que existía entre Lavinia y él; de hecho, casi todos los miembros del servicio estaban al tanto. Cuando ella vivía en la abadía y habían estado a sus órdenes ninguno de ellos lo había pasado bien, así que no albergaban ninguna simpatía hacia ella y a él le veían como a una especie de salvador.

Por eso, en cuanto se había enterado de que su antigua señora había ocupado la casa de la marquesa viuda sin dar aviso, la señora Pritchard había llegado de inmediato a la conclusión que él aún se resistía a aceptar.

No podía imaginarse a su madrastra orquestando un plan para asesinarle, un plan que había estado a punto de tener éxito. No podía imaginársela ideando la forma de secuestrar a Mary.

Ver asomar entre los árboles los empinados tejados de la casa hacia la que se dirigía hizo que Julius fuera aminorando la marcha hasta hacerlo ir al paso. Antes de anunciar su llegada quería echar un buen vistazo.

El camino de herradura y el camino de entrada cubierto de

grava de la casa se unían en un punto situado, aproximadamente, a unos cuarenta y cinco metros de distancia del patio de entrada que se extendía ante el porche. La casa apenas tenía jardines, el bosque prácticamente se cernía sobre ella por tres lados.

Era un lugar aislado que proporcionaba mucha privacidad, un lugar donde reinaban una quietud y un profundo silencio que lo envolvieron cuando detuvo a Julius justo a la entrada del camino, al amparo de las sombras de las grandes ramas de los árboles, y observó la casa con atención.

Daba la impresión de estar... no deshabitada, sino temporalmente desierta. Como si todo el mundo hubiera ido a pasar el día fuera.

Le recorrió un gélido miedo al ver que la puerta estaba entreabierta, y su mente se inundó de todos los pensamientos que había estado eludiendo hasta ese momento. Lavinia poseía los recursos necesarios para contratar a un par de maleantes para que le asesinaran, y también para contratar a intermediarios que se encargaran de contratarlos a su vez, y así sucesivamente. Ella sabía cuáles eran las rutas que él solía utilizar para regresar a casa cuando estaba en Londres. Allí, en el campo, a pesar de que no existían vínculos de amistad entre el servicio de ambas casas, el jefe de cuadra de Lavinia o los mozos debían de saber dónde estaba el cuarto de aparejos y les habría resultado fácil identificar la silla de montar de Mary, ya que era la única que estaba casi nueva. Habría sido tarea fácil espiar desde el bosque, verlos mientras ella le demostraba en el patio delantero de la abadía que sabía manejar el calesín y deducir qué ruta iban a seguir para llegar hasta Axford.

No podía encontrar una respuesta inmediata para el incidente del escorpión, pero, en lo que a la víbora se refería, los criados de Lavinia debían de saber cuándo iba a congregarse el personal de la abadía en los escalones de la entrada para recibir a Mary, debían de saber cuál era el dormitorio destinado a la marquesa y cómo entrar y salir de allí con rapidez a través de la escalera de servicio.

Permaneció a lomos de Julius mientras observaba pensativo la puerta entreabierta. Estaba claro que era una especie de invitación, y eso revelaba el calibre de los hombres que estaban detrás de todo aquello: hombres sin sofisticación, pero efectivos.

En ese momento estaban observándole desde algún punto entre los árboles del otro lado del camino, notaba el peso de sus miradas. Él conocía bien aquellos bosques y sabía que intentar perseguir a alguien a través de ellos era una pérdida de tiempo; además, no tenía la menor duda de que eran varios. Muy pocos hombres cometerían la locura de enfrentarse a él desarmados, cuerpo a cuerpo.

A pesar de que a su mente racional aún le resultaba difícil imaginarse a Lavinia, a una mujer tan mezquina, tan llena de rencor y con tanta agudeza mental como un nabo, en el papel de maléfica villana, sus instintos no tenían ese problema; de hecho, para ellos esa era una cuestión totalmente irrelevante en ese momento, ya que estaban totalmente centrados en cómo rescatar a Mary.

No tenía ni la más mínima duda de que ella se encontraba en el interior de la casa, ese era el claro mensaje de aquella puerta entreabierta. Pero no estaba armado y, aunque le habría venido de perlas, que él supiera en las paredes de la casa no había expuesto ningún par de espadas cruzadas.

Contuvo a duras penas el apremio que le invadía, la imperativa necesidad de lanzarse al galope, irrumpir como una tromba en aquella casa y encontrar a Mary, envolverla entre sus brazos y tranquilizar a su expuesto corazón con la certeza de que estaba sana y salva, de que estaba ilesa. Contenerse no fue una tarea nada fácil, pero sabía que precipitarse sería muy peligroso. Se encontraba ante una situación inesperada, una situación que no había previsto y que le había tomado por sorpresa, pero tenía muy claro que iba a conseguir que los dos salieran de aquello con vida.

¿Cómo si no podría ejecutar su venganza?

Más aún, no estaba dispuesto a renunciar a todo lo que Mary y él habían conseguido.

Dejó a un lado sus emociones, llenó su pecho de aire y obligó a su mente a pensar con fría lógica. Era muy poco probable que los secuestradores, quienesquiera que fuesen, lastimaran a Mary por el momento. El objetivo de Lavinia era asesinarle a él. Tal vez hubiera intentado asustar a Mary para hacerla huir, pero en ese momento era un mero cebo para hacerle caer en la trampa. No había necesidad alguna de acabar con ella, todo lo contrario. Una trampa siempre funcionaba mejor si el cebo estaba vivo.

Tuvo que obligarse a sí mismo a tomarse unos minutos para sopesar sus opciones, y cuando se apeó finalmente de Julius acortó las riendas y las entremetió bajo la correa del estribo. El poderoso caballo iba a esperarle sin necesidad de que lo atara, pero si alguien se acercaba e intentaba agarrarlo se resistiría y acabaría por regresar a las cuadras de la abadía.

Era la mejor forma de enviar un mensaje en caso de que algo saliera mal y la situación empeorara aún más.

No permitió que sus pensamientos fueran más allá y salió al camino de entrada. Se detuvo a observar por unos segundos la vieja casa, recorrió con la mirada las ventanas de cristal emplomado y la piedra gris. Sus ojos se detuvieron en la puerta entreabierta y, centrado en la oscura sección de vestíbulo que había al otro lado, se dirigió hacia allí.

Bastó un pequeño toque para que la puerta se abriera más, y apareció ante él el oscuro y frío vestíbulo. No oyó ningún sonido, ni el más mínimo crujido, ni un leve murmullo, nada que revelara que había alguien cerca.

Tanto la sala de estar como el resto de salas de recepción de la primera planta estaban desocupadas. Aguzó el oído mientras revisaba el lugar, pero seguía estando inmerso en un profundo y denso silencio.

Fue subiendo la escalera poco a poco, con los sentidos alerta. En las habitaciones no había nada que indicara que estuvieran ocupadas. En la más grande de todas encontró botellas de perfume y polvos sobre el tocador, y los vestidos que había en el armario confirmaron que todo aquello le pertenecía a Lavinia. El estilo era inconfundible. Avanzó un poco más por el pasillo y en otra habitación encontró cepillos, peines y ropa masculina. Las bufandas de seda y el particular diseño de las levitas y de los chalecos revelaban sin lugar a dudas quién se alojaba allí.

Potherby. Le dio vueltas a aquello con gélida calma. Sabía de la existencia de aquel hombre desde que Lavinia había entrado en la vida de su padre, Potherby y ella habían sido amigos desde la infancia. Aunque mucha gente daba por hecho que eran amantes, él tenía la impresión de que ni lo eran ni lo habían sido nunca.

La forma en que Potherby la miraba, la expresión de su rostro, era más propia de un viejo amigo de la infancia que de un amante.

En cualquier caso, la cuestión era si aquel hombre estaría involucrado en los ataques que habían sufrido Mary y él. No había duda de que poseía la inteligencia de la que carecía Lavinia, pero él siempre le había considerado un tipo decente a pesar de su amistad con su madrastra... aunque, por otro lado, jamás habría imaginado que esta fuera capaz de recurrir al asesinato.

Optó por dejar la cuestión de la posible implicación de Potherby para después y, tras salir de la habitación, se detuvo en el pasillo y aguzó el oído. El silencio que inundaba la casa era tan profundo que no había duda de que no había nadie más en esa planta. Sus sentidos se expandieron, pero no detectaron nada que revelara la presencia de Mary.

Aún quedaba por revisar el ático, así que se dirigió hacia el final del pasillo y abrió la estrecha puerta que conducía hacia allí. Los escalones ascendían envueltos en una relativa oscuridad, pero pequeños haces de luz crepuscular penetraban aquí y allá entre las tejas del techo, y una vez que sus ojos se acostumbraran podría ver bastante bien.

Empezó a subir poco a poco, escalón a escalón.

De haber estado en el lugar de sus enemigos, aquel era el sitio que habría elegido para tender su emboscada. La escalera era tan estrecha que tuvo que encoger los hombros para poder emerger al ático, así que estaba en verdadera desventaja, pero... no. Incluso antes de que su cabeza sobrepasara el nivel del suelo del ático, supo que nadie estaba esperando allí al acecho para propinarle un porrazo o pegarle un tiro, pero también supo que Mary no estaba allí.

Las personas con vida y despiertas nunca estaban tan inmóviles.

Tras echar un rápido vistazo bajó por la estrecha escalera y permaneció alerta al salir al pasillo, pero nadie había subido a la segunda planta mientras él estaba arriba.

Aceleró el paso mientras regresaba hacia la escalera principal, bajó con rapidez y se replanteó su certeza de que Mary se encontraba en algún lugar de aquella casa, de que estaba escondida en alguna parte. A pesar de que no había encontrado ni rastro de ella, seguía convencido de que estaba allí. ¿Por qué si no habrían dejado la puerta entreabierta?, ¿cómo se explicaba si no el hecho de que no hubiera ni un solo miembro del servicio?

Cruzó la puerta de paño verde que había al fondo del vestíbulo, recorrió un corto pasillo, pasó junto a una pequeña despensa, y bajó los tres pequeños escalones que conducían a la cocina. Al igual que el resto de la casa, no había ni rastro de vida, pero había utensilios alineados sobre la mesa, platos y cubiertos organizados en un aparador junto con servilletas dobladas, y sobre un banco situado junto a los fogones había un juego de té listo para ser utilizado.

Era obvio que los criados aún vivían allí, pero debían de haberles dado un día libre, tal vez incluso varios. Dirigió la mirada hacia la ventana. Cada vez estaba más oscuro, pero estaban en pleno verano y aún faltaban unas horas para que la noche cayera del todo.

Se adentró aún más en la cocina mientras miraba a su alrededor, y vio de repente que la puerta que bajaba hacia el sótano también estaba entreabierta.

La observó en silencio unos segundos, y al ver los quinqués que estaban alineados sobre un estante cercano fue a agarrar uno y vio la marca que había dejado otro de ellos, uno que en ese momento estaba ausente. Encontró la yesca, encendió el quinqué y lo graduó antes de abrir del todo la puerta del sótano con un pequeño empujón. Era la única zona que le quedaba por revisar y, aunque la casa estaba dotada también de unas pequeñas cuadras sobre las cuales había habitaciones para el cochero y el lacayo, los secuestradores debían de haber ocultado a Mary en algún lugar seguro, algún lugar donde pudieran atraparlo cuando él acudiera a rescatarla, así que...

Mientras sus sentidos confirmaban que nadie más había cruzado la puerta de paño verde, que ningún enemigo se acercaba sigiloso por la espalda, cruzó la puerta del sótano, se detuvo en el descansillo situado en lo alto de la escalera y alzó el quinqué para iluminar el oscuro lugar.

El haz de luz recorrió cestas llenas de manzanas, patatas y

cebollas, y barriles variados; también había estantes repletos de tarros de vidrio y de telas metidas en cajas y sacos, pero que le impedían ver lo que había más al fondo.

No se veía a nadie, no había nada que indicara que Mary estuviera allí y seguía sin percibir su presencia, pero se repetía el mismo interrogante: ¿por qué habían dejado la puerta entreabierta?

Regresó a la cocina, dirigió la mirada hacia los tres pequeños escalones que conducían hacia la parte delantera de la casa y miró después hacia la puerta trasera. Sus enemigos podrían llegar desde cualquier dirección, pero aún no se habían atrevido a dar la cara.

Le bastó pensar en ello por un momento para tener la certeza de que, si podían elegir, no iban a aparecer hasta que él hubiera encontrado a Mary. Sería entonces cuando estaría más vulnerable, ya que la necesidad de protegerla haría que su atención estuviera dividida.

Aunque no tenían forma de saber que estaba desarmado, la costumbre de llevar una pistola o una espada estaba en desuso, y uno no esperaba toparse con una situación así cuando salía en busca de una dama desaparecida en sus propias tierras.

Su mirada se posó en los utensilios alineados sobre la mesa, y dejó a un lado el quinqué antes de empezar a rebuscar a toda prisa. No había ningún cuchillo, buscó en los cajones y en los armarios y no encontró ni uno solo. Por muy poco sofisticados que fueran sus adversarios, estaba claro que no eran tontos.

Aun así, encontró varias cosas que podrían servirle. Uno de los atizadores le sirvió para romper el cerrojo de la puerta del sótano, y encajó una larga espátula bajo el borde inferior de la puerta para impedir que pudieran moverla con facilidad; una vez completada esa tarea, prosiguió con la búsqueda.

El atizador podría serle de utilidad. Lo sopesó pensativo y, tras meterse en el bolsillo unas cuantas varillas metálicas usadas para asar comida, recorrió de nuevo con la mirada el resto de utensilios que había encontrado. Además de los cuchillos, sus adversarios habían sacado de allí cualquier herramienta que fuera larga y puntiaguda como, por ejemplo, los tenedores de mango largo que sin duda tendrían que haber estado allí. Pensar en eso hizo que se metiera cuatro tenedores normales en otro bolsillo, y entonces se volvió de nuevo hacia la puerta del sótano.

Seguro que estaban observando desde el exterior de la casa, al amparo de los árboles. La cocina daba al oeste y la luz mortecina debía de ser suficiente para permitirles seguir sus movimientos, así que sabían que tenía el atizador; además, la luz del quinqué que llevaba consigo iba a revelarles que estaba bajando finalmente al sótano.

Tras bajar los escalones actuó con rapidez. Dirigió la luz del quinqué hacia uno y otro lado mientras avanzaba por el pasillo que quedaba entre los altos estantes y vio que al fondo había una zona abierta y totalmente despejada. El suelo de dicha zona no era de piedra, sino de madera, y en la fina capa de polvo que cubría las tablas (que debía de proceder de los sacos de grano apilados contra la pared del fondo) había pisadas y el rastro dejado por el bajo del vestido de una mujer.

Las marcas se dirigían hacia una trampilla cuadrada que había en el suelo.

Era la primera vez que estaba en aquel sótano, así que no sabía qué había allí debajo. No recordaba haber oído nada al respecto.

Tras dejar el quinqué en el suelo se inclinó hacia delante, asió la gruesa argolla metálica y abrió la trampilla (su mente registró el hecho de que fuera una «trampilla» en un sentido tanto figurado como literal, pero en ese momento no estaba para juegos de palabras), que tenía un borde metálico y era muy pesada. Después de dejarla abierta sobre sus goznes se puso de cuclillas para echar un vistazo al interior, pero lo único que se veía allí abajo era un oscuro vacío. Agarró el quinqué, y al dirigir el haz de luz hacia abajo vio un tosco suelo de piedra a unos tres metros de distancia. No había escalones, ni siquiera una escalerilla.

No había nada. Intentó ver bien todos los rincones, se inclinó un poco más hacia delante para asomarse más mientras enfocaba la luz hacia todos lados, pero lo único que vio fue un espacio vacío con paredes desnudas que, al igual que el suelo, estaban talladas directamente en la roca. Era posible que el agujero hubiera formado parte de una cantera tiempo atrás, y que después se hubiera edificado encima. En una de las paredes se abría un túnel lo bastante grande para que él pudiera pasar. Le echó un breve vistazo antes de pasar de largo, pero un instante después volvió a dirigir la mirada hacia allí y lo observó con atención; al cabo de un momento masculló una imprecación, se apresuró a apartar el quinqué y vio que sí, que de la boca del túnel salía una tenue luz.

Titubeó brevemente, pero como no tenía nada que perder gritó en voz alta:

—¡Mary!

Oyó de inmediato el distante sonido de talones golpeteando la piedra, y una voz ahogada. ¡La había encontrado!

—¡Espera!, ¡ya voy!

Esas palabras desataron un torrente de ahogadas protestas. Ella le estaba advirtiendo que no bajara, que era una trampa, pero eso era algo que él ya sabía y asumía. Era plenamente consciente del riesgo que estaba corriendo, pero aun así iba a bajar a por ella.

Antes incluso de cruzar la puerta principal ya se había dado cuenta de que dejarla allí e ir a la abadía en busca de ayuda no era una opción viable, porque cuando regresara ella ya no estaría allí. Mary era el cebo que estaban usando para conducirlo a su perdición. Lavinia y sus secuaces habían descubierto que esa táctica funcionaría, que su mujer era su punto débil, así que no iban a dejarla ir hasta que lograran hacerlo caer en la trampa. Con esperar lo único que conseguiría era prolongar aquella tortura y poner en riesgo la vida de Mary, y lo más probable era que la llevaran a algún lugar de donde sería más difícil rescatarla.

Saltar por la trampilla era tarea fácil, el problema sería volver a subir. Y si no había ninguna otra salida en lo que parecía ser una especie de cámara que no había sido utilizada en ni se sabía cuánto tiempo...

Se tomó unos segundos para sopesar la situación, pero no se le ocurrió ninguna otra alternativa. Incluso en el caso de que intentara esperar, acabarían por ir a por él antes de que apareciera alguien de la abadía, y estaba desarmado. Seguro que ellos no.

Las únicas armas con las que contaba eran su ingenio y su fuerza, iba a tener que arreglárselas como pudiera; además, Mary estaba allí abajo, sola, atada y amordazada.

Rebuscó por el sótano y encontró lo que suponía que iba a

encontrar: una soga. Tras atar un extremo a la argolla de hierro, la pasó por el hueco que quedaba entre las grandes bisagras de la trampilla y la dejó caer por el agujero. Era bastante larga, así que el otro extremo quedó a escasos centímetros del suelo.

Tras reflexionar un momento, volvió a izarla con rapidez, ató el extremo libre al mango del quinqué y procedió a bajarlo. Se volvió a mirar por encima del hombro hacia la puerta del sótano, que sin la luz del quinqué apenas se veía, y tras un ligero titubeo regresó hacia los escalones. Mientras pasaba entre los estantes agarró todos los tarros de cristal que pudo y dos baldes metálicos, y cuando llegó al pie de la escalera lo dejó todo en el suelo antes de subir a la cocina. Encendió tres quinqués más, y los movió para que quien estuviera observando supiera que estaba allí arriba y no había caído aún en la trampa.

Dejó los tres junto a la puerta del sótano para confundir a sus adversarios, para que no tuvieran forma de saber por la cantidad de luz si estaba en el sótano o más abajo. Después cerró con rapidez la puerta del sótano y la apuntaló con la espátula, bajó la escalera, creó un rudimentario sistema de alarma colocando los tarros de cristal a lo largo de los escalones y los baldes metálicos de forma estratégica, y sin más dilación echó a correr hacia la trampilla, lanzó el atizador por el agujero de una patada, se sentó en el borde, se aferró a los lados, bajó las piernas y se dejó caer.

En cuanto sus pies tocaron el suelo, agarró el atizador y echó a correr a toda velocidad por el túnel. Era lo bastante ancho para que dos hombres pasaran el uno al lado del otro, y se alejaba de la casa en una suave curva. Llevaba recorridos unos veinte metros cuando vio al frente una vieja pared de piedra en cuya base había un quinqué encendido, estaba claro que lo habían dejado allí a modo de señuelo para que, tal y como había sucedido, él viera su luz emergiendo por la boca del túnel. Irrumpió como una tromba en el ancho espacio que había ante el quinqué, otra especie de tosca cámara que debía de medir unos tres metros y medio y que se extendía unos cuatro metros y medio a ambos lados.

Un grito ahogado le hizo mirar hacia su izquierda y vio a Mary sentada en una silla al fondo de todo, atada y con una capucha de tela negra cubriéndole la cabeza.

No habría sabido explicar por qué eso último le enfureció tanto, pero ¿se habrían molestado siquiera en preguntarle si le daba miedo la oscuridad? Se acercó a ella a toda prisa, soltó el atizador, agarró aquella condenada capucha y se la quitó con mucha delicadeza.

Al ver que sus ojos azules lo miraban llenos de furia y que emitía una especie de gruñido a través de la mordaza, no pudo reprimir una sonrisa a pesar de la gravedad de la situación.

—Hola, Mary —ella respondió echando chispas por los ojos y ladeando la cabeza, así que obedeció la muda orden y se puso a desatar la mordaza—. Ya sé que es una trampa. He hecho lo que he podido para sacarnos de esta, pero no me han dejado más opción... —notó que el nudo se aflojaba— que bajar a por ti.

Mary sacudió la cabeza y la mordaza se cayó.

—¡Siempre existen otras opciones! —se sorprendió al notar lo ronca que sonaba su propia voz, y se humedeció los labios.

Él cambió de posición para empezar a desatar los nudos que la mantenían sujeta a la silla, y la miró a los ojos al afirmar con firmeza:

—Sí, y yo he elegido esta.

Aquellas palabras la desarmaron por completo. Se limitó a soltar un gruñido gutural mientras esperaba llena de impaciencia y de apremio, preocupada y asustada (más por él que por sí misma) a que terminara de desatarla.

—Van a regresar. Son tres, tres hombres bastante corpulentos. ¿Dónde estamos?

—En la casa de la marquesa viuda, no has estado nunca antes aquí.

Ella giró la cabeza para intentar verle la cara.

—¿La casa donde vive tu madrastra?

—Sí —su tono de voz era duro y carente de inflexión.

Ella se levantó en cuanto estuvo libre de las ataduras y trastabilló, pero él la sujetó.

—Tenemos que apresurarnos —le dijo, mientras la sostenía para ayudarla a recobrar el equilibrio.

—Sí, salgamos de aquí cuanto antes.

Después de recoger el atizador del suelo, la tomó de la mano y corrieron tan rápido como las debilitadas piernas de ella les permitían hacia el túnel por el que Mary dedujo que había llegado. No había visto su prisión hasta ese momento, ya que cuando la habían bajado hasta allí ya estaba encapuchada.

Justo cuando doblaban el recodo para adentrarse en el túnel se oyó un estrépito de vidrios rotos y de algo metálico entrechocando procedente de arriba. Antes de que ella pudiera reaccionar, Ryder soltó una imprecación, la alzó en brazos y corrió a toda velocidad por el túnel.

Alguien que estaba por encima de ellos gritó una sarta de imprecaciones, pasos apresurados resonaron contra un suelo de madera.

Justo cuando emergían del túnel a toda velocidad e iban a parar a otra cámara, un cabo que pendía del techo y en cuyo extremo se balanceaba un quinqué cayó y se estrelló contra el suelo.

Ryder alzó la mirada hacia el agujero con ella aún alzada en sus brazos y afirmó con calma:

—Vais a morir, malnacidos.

La gélida certeza que se reflejaba en su voz hizo que Mary se estremeciera.

No hubo respuesta, solo un profundo silencio que se rompió segundos después cuando se oyó un chasquido.

Ryder soltó un fuerte improperio, dio media vuelta y regresó al túnel como una exhalación.

Tras ellos estalló un súbito disparo que dio contra la pared de roca, y las esquirlas volaron por los aires.

Ryder la sostuvo apretada contra su cuerpo y permaneció encorvado sobre ella para protegerla cuando se detuvo y se apoyó contra la pared del túnel, fuera de la vista de los hombres que estaban arriba.

Unas risas toscas y llenas de malicia resonaron en la cámara.

—¡Es usted el que la va a palmar, señoritingo! ¡Y su señora también!

Tras aquellas palabras se oyó un fuerte golpe, y Ryder supo sin necesidad de comprobarlo que habían cerrado la trampilla.

Al notar que Mary se retorcía un poco, se apartó de la pared y le soltó las piernas para que pudiera bajarlas y ponerse en pie, pero siguió rodeándola con un brazo. Ella estaba apoyándose en él y él estaba aferrado a ella cuando se apoyaron contra la pared del túnel en silencio.

Aquellos hombres seguían allí arriba, se oía cómo iban de acá para allá y el sonido apagado de sus voces; al cabo de unos segundos se oyó el sonido de alguien avanzando arrastrando los pies, y a continuación un fuerte y sólido ruido sordo al que siguieron otros sucesivos, pero cada vez más amortiguados.

—¿Qué es eso? —preguntó ella, ceñuda.

Ryder se dio cuenta de lo que pasaba. Echó la cabeza hacia atrás hasta apoyarla contra la pared de piedra y cerró los ojos.

—¡Maldita sea! —aguzó el oído unos segundos, y admitió con un suspiro—: antes he visto unos sacos de grano junto a una de las paredes. Los acaban de poner encima de la trampilla.

—¿Por qué? No tenemos forma de subir hasta ahí arriba para abrirla.

—No, pero los sacos van a ocultar la trampilla —abrió los ojos y la miró.

—Pero los criados de la casa sabrán de su existencia, ¿no?

—Es posible que así sea, pero... —miró hacia las cámaras vacías que tenían a ambos lados— está claro que este lugar no se usa para nada. Ni yo mismo sabía que existía, así que es posible que sean muy pocos los que estén al tanto.

Ella analizó pensativa la situación y lo miró a los ojos.

—¿Sabe alguien de la abadía que has venido a este lugar?

—Sí, pero no sabíamos dónde estabas. Acabábamos de enterarnos de que Lavinia se encontraba en la casa, así que vine a preguntar si alguien te había visto por aquí. No se me ocurrió pensar que pudieran tenerte atrapada aquí, dije que después de preguntar por ti buscaría por los bosques.

—Supongo que eso quiere decir que nadie dará la voz de alarma si no regresas.

—No, al menos hasta mañana por la mañana, pero llegados a ese punto nadie tendrá motivos para sospechar que estoy aquí. He dejado a Julius desatado, así que va a regresar a las cuadras tarde o temprano, pero no hay nada que revele que nos hemos separado aquí y no en algún lugar de los bosques.

Guardaron silencio durante un largo momento mientras se insuflaban fuerza mutuamente. El mero hecho de estar juntos, de poder apoyarse el uno en el otro, les reconfortaba y les daba ánimo.

Finalmente, Mary se apartó y regresó a la cámara con paso firme.

—En ese caso, será mejor que tomemos el quinqué y revisemos a fondo este lugar para ver si hay otra salida.

Su perseverante optimismo le resultó agridulce. A él le parecía muy improbable que hubiera otra salida, ya que de haberla no tendría sentido que aquellos canallas les hubieran encerrado allí.

Ella se agachó a recoger el quinqué, que al caer se encontraba a escasos centímetros del suelo y no había sufrido ningún daño, y tras enderezarse empezó a enfocar las paredes de piedra. Él se acercó con el atizador aún en la mano y revisaron juntos la tosca cámara redondeada, pero no era más que un agujero tallado directamente en la piedra del que salía el túnel.

Recorrieron el túnel examinando las paredes a su paso, y al llegar al espacio rectangular que había al otro lado ella fue girando poco a poco sobre sí misma mientras lo recorría con la mirada. El pasillo desembocaba en el punto medio de uno de los largos lados, tanto el suelo como el techo y las tres paredes eran de sólida roca toscamente tallada, pero el lado que estaba de cara al túnel consistía en una vieja pared conformada de grandes bloques de piedra. La silla a la que la habían atado estaba a la izquierda de la boca del túnel, de cara al resto de la cámara; a la derecha del túnel, en el otro extremo del espacio rectangular, había una mesa vieja sobre cuyo desgastado tablero descansaba una bandeja con una jarra de agua y dos vasos.

Ryder se dirigió hacia allí y ella le siguió a paso más lento mientras intentaba recordar cuándo había sido colocada allí la bandeja.

—¿Cuánto tiempo he pasado aquí abajo?

Él la miró mientras alargaba la mano hacia la jarra.

—¿Cuándo te secuestraron?

—Poco después de comer. Salí a dar un paseo por los jardines, y después de pasar un rato entre las rosas decidí ir a echar un vistazo al huerto. Me dirigía hacia allí por el sendero de los rododendros cuando salieron de improviso de entre los setos y me agarraron. Uno me sujetó los brazos, otro me amordazó, otro se encargó de ponerme la capucha, y listo. Me ataron las manos y los tobillos, y cargaron conmigo como si fuera un saco de patatas.

—Así que debían de ser las dos más o menos, y... —sacó el reloj de bolsillo y lo consultó— son más de las ocho.

—Seis horas, tenía la impresión de que había sido mucho más tiempo —mientras le veía llenar los vasos sintió una extraña desazón, una nebulosa inquietud que no habría sabido explicar.

Aceptó el vaso que él le entregó, vio cómo se llevaba el otro a los labios...

—¡No! —le bajó imperiosa la mano en la que tenía el vaso para impedir que bebiera, y fijó la mirada en el que ella misma sostenía—. ¿Por qué han dejado esto aquí?

Ryder la miró con una ceñuda expresión de perplejidad en el rostro, pero de repente se dio cuenta de lo que quería decir y bajó la mirada hacia su propio vaso.

—¿Veneno?

Ella lanzó una mirada hacia la silla.

—Me atan, encapuchada y amordazada —dirigió la mirada hacia el túnel—. Después nos disparan —se volvió de nuevo hacia la jarra—. ¿Y resulta que nos dejan agua y dos vasos? —apretó los labios y dejó el vaso sobre la mesa.

Ryder se quedó mirando aquella condenada jarra, y en un arranque de furia lo barrió todo con el brazo. Bandeja, vasos... todo salió volando, y la jarra y los vasos se hicieron añicos al chocar contra el suelo.

Cerró los ojos y respiró hondo mientras luchaba por recobrar el control; al sentir que Mary posaba una mano en su brazo, dijo con una mueca:

—Perdón.

—No te disculpes. Yo he estado a punto de hacerlo, pero el efecto no habría sido tan impactante.

Aquel irónico comentario logró arrancarle una carcajada. Abrió los ojos, la miró, y al ver la pregunta que se reflejaba en sus ojos azules hizo un gesto negativo con la cabeza.

Ella recorrió la cámara con la mirada, y contempló pensativa la pared de bloques de piedra.

—Puede que haya una puerta secreta.

Él agarró el otro quinqué y procedieron a inspeccionarla juntos, pero no encontraron puerta alguna ni nada que pudiera indicar que había una salida oculta.

Tras convencerse de que era inútil seguir buscando, retrocedió un paso y se volvió a mirarla.

—Me parece que se trata de un muro de contención, debieron de construirlo para contener la tierra que hay al otro lado.

Ella hizo una mueca y revisó las otras paredes, pero eran iguales a las de la primera cámara, de roca sólida, así que al final dejó de buscar y soltó un sonoro suspiro.

—Bueno, está claro que no hay ninguna puerta, así que supongo que será mejor que nos sentemos a pensar para ver qué más se nos ocurre.

Él se acercó a la sección de la pared de contención alineada con la silla antes de decir:

—Ven, siéntate.

Tras indicarle con un gesto que ocupara la silla, se sentó en el suelo con la espalda apoyada contra la pared y sus largas piernas ligeramente dobladas. Apoyó las manos sobre sus muslos y la miró en silencio mientras ella, después de observarle con ojos penetrantes por un instante, procedía a acercarse. En vez de sentarse en la silla optó por hacerlo junto a él, y se abrazó a su brazo antes de apoyar la cabeza sobre su hombro.

Tras un ligero titubeo, él ladeó la cabeza y apoyó la mejilla contra su cabello antes de decir con voz suave:

—No pueden dejarnos aquí sin más. Tarde o temprano alguien del servicio bajará al sótano y nos oirá si gritamos, así que nuestros captores tienen que acabar con nosotros y lo más probable es que sea esta noche —hizo una pequeña pausa antes de añadir—: esos canallas van a venir a asesinarnos, y no hay nada que yo pueda hacer para detenerlos.

—¡Aún no nos han matado! —afirmó ella, con fiera determinación—. Ya sabes lo que dicen, que mientras hay vida hay esperanza —al cabo de un momento añadió—: el hecho de que hayan intentado envenenarnos... bueno, estaba claro que el objetivo eras tú, porque yo no supongo ninguna amenaza... indica que no quieren arriesgarse a enfrentarse contigo cara a cara, al menos estando sano, vivo y enfurecido.

Él soltó una carcajada y dirigió la mirada hacia la boca del túnel.

—Podría detenerles si estuvieran desarmados, pero si vienen con pistolas...

Hubo un largo momento de silencio tras el cual ella dijo, con voz más suave e insegura:

—Van a venir con pistolas, ¿verdad?

—Yo en su lugar me aseguraría de portar dos cada uno, por si acaso.

Se hizo de nuevo el silencio mientras asimilaban la situación y se enfrentaban a la realidad. Estaba claro cuál era el desenlace más probable. No tenían escapatoria, no había ningún lugar donde esconderse ni ponerse a cubierto. No tenían forma de tender una emboscada que pudiera darles esperanzas.

Verse a las puertas de la muerte era algo que helaba la sangre, así que Ryder no se extrañó al notar que ella se estremecía. Le rodeó los hombros con un brazo, la apretó contra su costado y depositó un beso en su coronilla.

Ella se acurrucó contra él, y al cabo de unos segundos preguntó:

—¿Por qué están esperando?, ¿lo sabes?

Él se sentía agradecido de que lo hicieran, pero la pregunta le permitió deducir lo que ella debía de estar pensando.

—Lavinia. No está aquí. En la casa no hay nadie aparte de los tipos que nos han disparado y han cerrado la trampilla, que supongo que serán los tres que te han secuestrado.

Ella giró la cabeza para poder mirarlo a la cara y le preguntó, atónita:

—¿Es ella quien ha orquestado todo esto?

Él apoyó la cabeza contra la pared y admitió con semblante grave:

—Creo que sí. Sus pertenencias están arriba y es la única con autoridad para ordenarle al personal que se tome uno o varios días libres; además, me imagino que le encantaría poder jactarse ante mí de su victoria —hizo una pequeña pausa antes de añadir—: también es posible que, en esta ocasión, quiera asegurarse de que acabo muerto, de que no logro escapar.

—Entonces ¿dónde está?

—La verdad es que no lo sé. No me la imagino en una taberna, esperando pacientemente a que la avisen.

—De hecho, si yo fuera ella y estuviera planeando nuestras muertes, me aseguraría de estar bien lejos de la abadía y de tener un montón de testigos que pudieran confirmarlo. Apuesto a que al mediodía habrá asistido a alguna comida a la que estuviera invitada y que se habrá quedado para asistir a una cena o un baile, y todo ello a una buena distancia de aquí.

—No sé si ella sería capaz de planear tan bien las cosas, pero Potherby también está aquí, he visto sus pertenencias arriba. No tengo ni idea de si estará involucrado en todo esto, pero lo que tú sugieres le habría permitido a Lavinia asegurarse de que él tampoco se encontrara en la casa.

Ella se apretujó un poquito más contra él.

—Al margen de que él esté enterado o no de sus planes, el hecho de que la acompañe en todo momento le da a Lavinia una coartada para nuestras desapariciones, o eso será al menos lo que parezca.

—Si tu teoría es cierta, lo más probable es que tarden unas horas en venir a por nosotros.

Ninguno de los dos quería pensar en lo que podía suceder cuando llegara ese momento.

Se hizo el silencio, un silencio que fue alargándose hasta que él le cubrió una mano con la suya y murmuró:

—Es a mí a quien quieren... a quien ella quiere.

—A decir verdad, yo creo que no es así. Puede que en un principio sí, pero ya no. Ya has oído lo que ha dicho ese canalla, que tú ibas a morir y tu señora también. No pueden dejarme con vida. Aparte de que la furia de Dios y de los Cynster caería sobre sus cabezas, para Lavinia está también la pertinente cuestión de tu heredero.

—¿Qué? —miró sobresaltado su coronilla, y agachó un poco la cabeza para poder verle el rostro.

Ella le miró a los ojos y se encogió de hombros.

—Es posible que ya esté embarazada, ¿quién sabe? Y no, no tengo la certeza de que sea así, pero ella tampoco la tiene.

Él guardó silencio durante un largo momento antes de contestar.

—¿Crees de verdad que quiere matarme... y no solo a mí, sino a ti y a cualquier hijo que podamos haber concebido... para que Rand pueda heredar el título?

Ella asintió con firmeza.

—Sí, así es. Tú mismo me dijiste que siempre estuvo convencida de que Randolph terminaría por heredar y que, mientras existía la posibilidad de que el destino o tú mismo provocarais ese desenlace sin que ella tuviera que intervenir, estaba dispuesta a esperar, pero ahora... —se interrumpió ceñuda—. ¿Por qué ahora?, ¿por qué ha decidido después de tantos años que había llegado el momento de pasar a la acción? El desencadenante no fue nuestro matrimonio, ya que fue posterior al intento de asesinato que sufriste... ¡espera!, ¡eso es! —lo miró a los ojos—. Randolph.

—No, Randolph no habrá tenido nada que ver en todo esto.

Ella le sostuvo la mirada al preguntar:

—¿Estás seguro?

—Sí, por completo. Rand y yo... y Kit, y Stacie y Godfrey... estamos unidos de una forma que es difícil de definir. Te aseguro que ninguno de ellos habría tenido nada que ver en esto, que ninguno de ellos habría colaborado para hacernos daño a ti y a mí; además, Randolph no quiere heredar. Le aterra la responsabilidad que tendría que asumir —esbozó una irónica sonrisa—. Ese era uno de los motivos que me llevaban a estar seguro de que el hombre adecuado para ti no era él, sino yo. Siempre supe que Raventhorne sería mío algún día, incluso cuando era un niño enfermizo. Siempre supe que tendría que asumir esa responsabilidad algún día, pero Rand... él lo haría si no tuviera otra alternativa, pero cuenta con que tú y yo nos encarguemos de que eso no suceda.

Ella escudriñó sus ojos, y al ver la inquebrantable convicción que brillaba en ellos acabó por asentir.

—De acuerdo, pero él sigue siendo el meollo de la cuestión

lo quiera o no. ¿Crees que Lavinia sabe lo que opina él sobre el marquesado?, ¿le importaría en caso de saberlo?

—No, no le importaría lo más mínimo —Ryder hizo una pequeña pausa antes de seguir—. Ella considera a sus hijos, a todos ellos, una mera extensión de sí misma. Eso quiere decir que, en su opinión, no tienen otro propósito en la vida más allá de ser sus hijos. Mi padre intentó interceder y ejercer una mayor influencia sobre la vida de los cuatro cuando eran pequeños, pero ella se opuso con uñas y dientes y podría decirse que al final él terminó por rendirse prácticamente. Me tenía a mí, estábamos muy unidos. Se le permitía tener muy poca relación con los demás.

—Así que Lavinia está empecinada en que Rand herede el título sin importarle cuáles puedan ser los deseos de él, y en ese caso... —entrecerró los ojos mientras lo miraba pensativa, y al cabo de unos segundos preguntó—: ¿cuántos años tenías cuando heredaste?

—Tenía veinticuatro cuando falleció mi padre... —se interrumpió, y tras una pequeña pausa siguió hablando con voz más firme—. Pero para cuando todo quedó solventado tenía veinticinco y heredé por derecho propio, sin necesidad de tutela alguna —la miró a los ojos y asintió—. ¡Eso es!, ¡la edad de Randolph ha sido el detonante!

—Exacto. Lavinia vio cómo funcionaba todo el proceso cuando tú heredaste tras la muerte de tu padre, supo la edad que debía alcanzar Randolph para poder heredar limpiamente tras la tuya y esperó a que llegara el momento adecuado. ¿Estoy en lo correcto al suponer que, si tú murieras ahora, para cuando todo quedara solventado él tendría veinticinco años?

—Sí —Ryder apretó la mandíbula—. Así que ha estado esperando todo este tiempo, y cuando Rand alcanzó la edad necesaria lo organizó todo para que me asesinaran y estuvo condenadamente cerca de salirse con la suya.

Mary le agarró el brazo de repente con la mano libre y exclamó, boquiabierta:

—¡Espera un momento!, ¡por eso se presentó en tu casa aquella mañana! Eran más de las once y aún no había recibido noticias de tu muerte, así que fue a tu casa para averiguar qué era lo que estaba sucediendo.

—Y llevando consigo a dos de las mayores cotillas de la alta sociedad, para que se encargaran de difundir la noticia. Debió de pensar que mi gente había decidido esperar antes de hacerlo público. Ojalá hubiera estado enterado en su momento de lo que pasaba, así habría disfrutado aún más con su reacción al verme lleno de vida.

Mary se estremeció.

—No tan lleno, estabas pálido y débil y te sostenían un montón de almohadas —soltó una carcajada que rezumaba una cínica ironía y comentó—: acabo de darme cuenta de que lo último que ella habría querido en ese momento era que te casaras y engendraras un heredero, ¿crees que nos habríamos casado si ella no hubiera enviado a aquellos asesinos?

—Sí, por supuesto que sí, aunque puede que no con tanta celeridad —al verla enarcar una ceja, esbozó una sonrisa y le sujetó la mano con más fuerza—. Ya había decidido que era a ti a quien quería como mi marquesa, y no me habría rendido.

Ella le miró con ojos penetrantes.

—¿Por qué? Siempre me pregunté por qué estabas tan seguro, por qué te centraste por completo en mí prácticamente desde que coincidimos en el baile de compromiso de Henrietta y James.

La sonrisa de él se ensanchó aún más al admitir:

—No tenía la certeza antes de que nos encontráramos allí, pero después lo tuve claro.

—¡Vaya! ¿Qué fue lo que dije?

—No fue por lo que dijiste, sino más bien por lo que hiciste.

—Ah. Sí, lo recuerdo bien. Fue por el desafío, no me desmayé a tus pies.

Él soltó un bufido de diversión y exclamó:

—¡Tú no te has desmayado en toda tu vida!

—Sí, en eso tienes razón. ¡Bueno, confiésalo de una vez! Fue por eso, ¿verdad?

—No —titubeó por un instante, pero al final admitió—: supongo que eso también contribuyó en cierta medida, pero fue sobre todo porque no podía controlarte, porque eras impredecible y eso me fascinó —se avecinaba su muerte, así que decidió admitirlo todo. Respiró hondo y prosiguió—. Pero ese no fue el motivo que me llevó a pensar que podrías ser una posible candidata en un primer momento, el motivo por el que me acerqué a hablar contigo de forma premeditada en el baile de compromiso.

—¿Por qué lo hiciste? —lo miró fascinada, llena de curiosidad.

—Se resume en una única palabra: «familia» —centró la mirada en las manos entrelazadas de ambos—. Los Cavanaugh... te he contado que mis hermanastros y yo estamos unidos, que nos une un vínculo difícil de describir. Ese vínculo nació a partir de que compartíamos el hecho de habernos criado sin una figura materna normal. Mi madre falleció cuando yo tenía tres años y, aunque los demás tuvieron a Lavinia, ya te he contado cómo los ve, cómo los ha tratado siempre. Para ella son poco más que unos muñecos animados. Nuestro vínculo se forjó a partir de no tener una familia normal, a partir de la carencia de ese eje central que una madre suele proveer. Los cinco compartíamos el hecho de no tener los cuidados de una madre. Yo era el mayor, así que los demás se apoyaban en mí; nos mantuvimos unidos, nos cuidamos mutuamente lo mejor que supimos; mi padre hizo lo que pudo, pero no llegó muy lejos porque Lavinia siempre se interponía en su camino. Cuando él murió ayudé a Rand a escapar de las garras de Lavinia y después hice lo mismo por Kit, pero Stacie y Godfrey aún siguen atrapados y no voy a poder... —se interrumpió y se corrigió— no habría podido liberarles hasta que ambos cumplieran los veinticinco años.

Hizo una pausa, y siguió hablando tras unos segundos sin apartar la mirada de sus manos.

—Pero la cuestión es que los Cavanaugh no hemos funcionado como una familia desde la generación de mis abuelos. Yo quería mejorar la situación, corregir esa carencia, pero no conozco la forma de hacerlo porque no es algo que haya vivido. Veía otras familias de la alta sociedad, familias como los Cynster y algunas otras, que son tan... «fuertes» es la única palabra que se me ocurre para definirlo, para darle nombre a esa estructura en la que cada rama apoya a las demás hasta el punto de que el árbol entero es prácticamente invencible.

Alzó la cabeza y la miró a los ojos.

—Quería que los Cavanaugh tuviéramos eso y allí estabas tú, la última Cynster soltera de tu generación, y entonces te negaste a desmayarte a mis pies y nuestro destino quedó sellado.

Ella entrecerró ligeramente los ojos y abrió los labios, pero antes de que pudiera pronunciar palabra él alzó una mano para indicarle que esperara y añadió:

—Y sí, sabiendo que los Cynster solo se casan por amor admito abiertamente que estaba dispuesto a fingir con toda la sangre fría del mundo que me enamoraba de ti si eso era lo que hacía falta para lograr que fueras mi marquesa, la madre de mis hijos y la matriarca de los Cavanaugh —la miró a los ojos, tomó una enorme bocanada de aire y la soltó al admitir—: pero entonces descubrí que no me hacía falta fingirlo.

Perdido en aquellos profundos ojos azul aciano, se llevó su mano a los labios para depositar un beso en los nudillos, y entonces se la giró y le acarició la muñeca mientras le abría la mano. Bajó la cabeza sin dejar de sostenerle la mirada, depositó un beso más largo en su palma, y añadió con voz suave y baja:

—Descubrí que, en algún punto del camino, me había enamorado de ti.

Ella parpadeó varias veces mientras sus ojos se inundaban de lágrimas y esbozó una trémula sonrisa.

—Sí, ya lo sé. Y si no sabes que te amo tanto como tú a mí es que no has estado prestando atención.

Él sonrió de oreja a oreja, y preguntó en tono de broma:

—¿Significa eso que no hacía falta que confesara mis sentimientos?

La sonrisa de ella se ensanchó aún más.

—No me malinterpretes, oírte pronunciar las palabras es maravilloso y antes creía que era lo que más deseaba, pero en el transcurso de las últimas semanas me he dado cuenta de que ver en acción esa emoción, ese sentimiento, sentirlo y vivirlo cada día en una miríada de pequeños detalles, es mucho más grande, va mucho más allá. Sentir amor, ser amada, es algo que no tiene precio; es todo cuanto podría desear y todo cuanto te pediré, que sigas amándome tal y como lo haces.

Él se había puesto serio mientras la oía hablar, y contestó emocionado:

—Eso es algo que no hace falta que me pidas. Mi corazón ha sido tuyo desde hace semanas, te pertenecerá para siempre.

Los dos eran conscientes de que el tiempo se estaba agotando, sabían que existía la posibilidad de que aquella fuera la última conversación privada que llegaran a compartir. Ninguno de los dos mencionó que iban a amarse hasta que los separara la muerte, porque esta estaba al acecho demasiado cerca.

Aun así, ella esbozó una tierna sonrisa al decir:

—Bueno, ahora que has confesado tus sentimientos ante mí no tendrás que volver a hacerlo. Sé lo que significa para un caballero como tú, lo difícil que es.

Él enarcó las cejas, y al cabo de un momento comentó:

—Por extraño que parezca, creo que no confesarlo, no dar voz a esas palabras, no admitir que te amo, intentar negar mis sentimientos... en fin, creo que eso sería mucho peor que admitir ese sentimiento —la miró a los ojos—, admitir que te amo.

Ella soltó una pequeña carcajada, pero los dos se percataron de que el sonido reflejaba el esfuerzo que estaba haciendo por intentar ser valiente. Agachó la cabeza y se acurrucó contra su masculino cuerpo, y él la abrazó con fuerza contra sí. Allí abajo hacía bastante fresco y los dos empezaban a tener algo de frío.

El tiempo iba avanzando inexorable.

De repente, mientras estaba sentado en aquella prisión subterránea con ella entre sus brazos, tan cálida y llena de vibrante vida y tan suya, tan perfecta para él, como una pieza que completaba del todo su ser, tomó plena conciencia de lo que habían alcanzado juntos, de lo que habían logrado crear entre los dos.

Mary le había dado todo cuanto él habría podido soñar y más, mucho más. El potencial combinado de ambos iba más allá de sus más descabellados sueños, pero sus victorias no iban a servir para nada y el potencial de aquello que formaban juntos no iba a materializarse jamás.

Se sintió lleno de dolor e impotencia, de amargura y tristeza.

No recordaba cuándo había llorado por última vez, pero al notar que las lágrimas le inundaban los ojos bajó la cabeza y apoyó la mejilla contra su cabello; tras humedecerse los labios, dijo con voz baja y ronca:

—Lo único que lamento es que no vamos a tener la oportunidad de envejecer juntos, de tener a nuestros hijos, de reír y llorar y desafiarnos el uno al otro —se le quebró la voz y tuvo que interrumpirse.

Notó cómo ella se aferraba con más fuerza a él, la oyó tragar saliva y respirar hondo, supo que tenía el pecho tan constreñido como él mismo. Suspiró pesaroso y agachó aún más la cabeza al murmurar:

—Lo siento.

Ella alzó la cabeza, enmarcó su rostro entre las manos y exclamó con indómita fiereza:

—¡No! ¡La culpable de todo esto es ella, no tú! —le secó las lágrimas con las yemas de los dedos sin que nada en su expresión reflejara que se había percatado de la acción, y lo miró con ojos penetrantes al añadir—: ¡no eres...! —se interrumpió de golpe y despacio, muy despacio, le quitó una mano de la mejilla y contempló perpleja sus propios dedos.

Él se puso alerta de inmediato.

—¿Qué pasa? —miró hacia la boca del túnel, pero al no oír nada se volvió de nuevo hacia ella y vio la expresión de maravillado asombro que asomaba a su rostro.

—¡Hay una corriente de aire! —se apartó de él a toda prisa, se sentó erguida, acercó la palma de la mano a la pared y la sostuvo a tres centímetros escasos de la dura superficie—. ¡La noto contra la piel húmeda! —se puso en pie de golpe y observó pensativa la pared—. ¡Viene de por aquí!

—¿Estás segura? —le preguntó, mientras se levantaba a su vez.

Ella le lanzó una mirada con la que le dijo sin necesidad de palabras que no dijera estupideces.

—Chúpate un dedo y tú también la notarás —estaba moviendo la mano, humedecida con las lágrimas que él había derramado, a lo largo de la ranura de unión entre dos filas de bloques de piedra—. ¡Aquí es! —su voz rebosaba entusiasmo. Se acercó un poco más a la pared, observó con detenimiento la piedra, y entonces se volvió hacia él con ojos llenos de apremio y un sinfín de cosas más—. ¡Hay una grieta, noto una corriente de aire fresco contra la cara! —retrocedió un paso y le indicó con un ademán que se acercara—. Compruébalo tú mismo.

Él se chupó un dedo, lo acercó al punto indicado y no sintió nada de nada. Suspiró para sus adentros, pero cuando se disponía a darse la vuelta notó algo de aire contra su húmeda piel. El corazón le dio un brinco, observó de cerca aquel punto con el aliento contenido y vio la fractura que había en el mortero.

Retrocedió un poco, miró pensativo la pared, y al cabo de unos segundos lanzó una mirada por encima del hombro hacia el suelo y vio algo que sería mucho menos perceptible desde cualquier otro punto de la cámara: una ligera depresión en la piedra.

—¡Diantres! El túnel se desvía, pero se extiende más allá —fue siguiendo la línea de la depresión y se volvió hacia la pared—. Sigue adelante, pero...

—Pero está bloqueado —dijo ella, mientras se apresuraba a agarrar el atizador—. Es posible que logremos escapar si conseguimos quitar algunos bloques de piedra.

Él tomó el atizador de su mano, y al recordar de repente las varillas y los tenedores que se había guardado en los bolsillos empezó a sacarlos.

—Ten, usa esto. Vamos a intentar aflojar un solo bloque, centrémonos en este.

Se pusieron a ello con un empeño nacido de una inquebrantable fuerza interior y de una obstinada determinación. Con ayuda de los tenedores y de las varillas lograron ir despejando las juntas hasta llegar a unos diez centímetros de profundidad y, aunque el bloque permanecía en su sitio, Ryder se dio cuenta de que ya casi habían logrado soltarlo cuando plantó las palmas de las manos en él y empujó con todas sus fuerzas.

—Apártate.

Esperó a que ella estuviera a una distancia segura y entonces, sosteniendo el atizador al revés, golpeó con el extremo romo de la empuñadura en una esquina del bloque y procedió a repetir la acción a lo largo de los laterales, siguiendo el contorno de la piedra.

—¿De cuánto tiempo crees que disponemos? —le preguntó ella, mientras miraba por encima del hombro hacia la boca del túnel.

—Ya son cerca de las once, he mirado la hora hace poco —empujó el bloque de piedra con fuerza y notó que se sacudía—. Cuando se dispongan a bajar lo sabremos, van a tener que quitar todos esos sacos de encima de la trampilla. Pero si yo fuera Lavinia no regresaría hasta medianoche como muy pronto. Cada vez estoy más convencido de que Potherby no tiene nada que ver en todo esto, y de ser así ella se arriesgaría a despertar sus sospechas si decidiera regresar temprano.

—Sí, tienes razón. ¿Está moviéndose ya? —añadió, poco menos que dando brincos de impaciencia.

—No, aún no —tras dar dos contundentes golpes más con el atizador, se lo entregó y añadió—: vamos a ver ahora.

Plantó bien los pies en el suelo, apoyó las palmas de las manos contra la roca, preparó brazos y espalda, tomó una gran bocanada de aire, la contuvo y empujó con todas sus fuerzas.

El bloque se movió poco más de un centímetro, y oyó la ahogada exclamación de regocijo de Mary.

Tomó aire de nuevo, se preparó, empujó otra vez y en esa ocasión logró hundir el bloque un poco más. Repitió varias veces más el proceso mientras ella le lanzaba palabras de aliento y a la tercera el bloque cedió por fin ante la presión, se hundió más y de repente cayó hacia atrás y oyeron cómo se desplomaba contra el suelo al otro lado de la pared.

Él sacó los brazos del hueco y retrocedió mientras Mary se acercaba a toda prisa con los quinqués y procedía a iluminar el agujero.

—¡Sí, el túnel sigue al otro lado! ¡Gracias a Dios! —hizo una pequeña pausa y de repente añadió—: ¡qué asco!, ¡esto está lleno de telarañas!

Él se echó a reír. Al ver que se volvía a mirarlo y entrecerraba los ojos con aquella expresión amenazante tan típica en ella, le dijo sonriente:

—¿Tenemos ante nosotros una vía de escape y te preocupan unas cuantas telarañas?

—¡No, las que me preocupan son las que las tejen! Ya te dije que detesto los bichos, y las arañas entran en esa categoría.

—Me parece que en estas circunstancias vas a sobreponerte a tu desagrado —observó pensativo los bloques de piedra que había por encima y por debajo del hueco—. Creo que nos bastará con sacar estos dos para que el agujero sea lo bastante grande para mí.

Se pusieron manos a la obra de nuevo. Ryder era consciente de que los minutos iban pasando y, en cuanto lograron hacer caer el segundo bloque, intentó convencerla de que pasara por el hueco y siguiera ayudando desde el otro lado de la pared (así podría huir si aquellos canallas bajaban a acabar con ellos antes de que hubieran podido quitar el tercer bloque de piedra), pero ella se negó en redondo.

—No te olvides de las arañas, te necesito a mi lado para poder soportar su presencia.

Le bastó con ver la firme testarudez que se reflejaba en su rostro para saber que intentar insistir sería inútil, y en ese momento no tenían tiempo que perder.

Por suerte, la gravedad contribuyó a que el tercer bloque se desprendiera y cayera con mayor facilidad.

—¡Ya está! —exclamó ella, antes de lanzar una mirada a su alrededor—. ¿Qué nos llevamos?

—El atizador y los dos quinqués.

Ella agarró estos últimos y, una vez que graduaron la luz de uno de ellos al mínimo para conservar el aceite, Ryder asió el otro y lo utilizó para iluminar lo que había al otro lado de la pared cuando se asomó a echar un vistazo.

—¡Ni rastro de arañas! —y tanto las paredes como el techo del túnel parecían tener la solidez y la estabilidad necesarias para poder internarse en él sin temor.

Alargó el brazo todo lo que pudo para dejar el quinqué al otro lado, y entonces se echó hacia atrás y alargó la mano hacia ella para que lo precediera. Vio cómo debatía consigo misma instarle a que pasara primero, pero estaba claro que, al igual que él, empezaba a ponerse nerviosa al ver que iba pasando el tiempo, así que al final le agarró la mano y con la otra se arremangó las faldas antes de adentrarse en el agujero.

Él la soltó y, tras lanzar una última mirada al lugar donde habían estado presos, el lugar que seguramente había estado a punto de convertirse en la tumba de ambos, le pasó el segundo quinqué y el atizador y, maniobrando como buenamente pudo y soltando alguna que otra imprecación, logró al fin que su voluminoso cuerpo pasara al otro lado.

Se pusieron en marcha sin más dilación, deseosos de poner toda la distancia posible entre ellos y aquel lugar. Ninguno de los dos dijo ni una sola palabra en más de diez minutos hasta que al fin, mientras caminaba junto a él aferrada a su brazo izquierdo, ella susurró:

—¿Sabes hacia dónde nos dirigimos?

—No, pero la zona está repleta de sistemas de cavernas.

Ella permaneció callada unos segundos antes de comentar con un hilo de voz:

—Existen historias de personas que se pierden en esta clase de laberintos y de las que no vuelve a saberse nada más, ¿verdad?

—Sí, pero nosotros no nos encontramos en un túnel cualquiera, este ha sido construido de forma artificial; de hecho, lo más probable es que en un principio formara parte de un sistema natural y que alguien lo agrandara después —indicó las paredes con un ademán de la cabeza—. En la roca se aprecian aún las marcas de los picos y los cinceles.

Ella se fijó bien, y el insidioso temor que había empezado a invadirla fue desvaneciéndose.

—Si alguien lo agrandó a propósito, entonces lo más probable es que conduzca a alguna parte.

Siguieron avanzando tan rápido como podían, aquel suave soplo de viento en la cara era una tentadora caricia que les prometía la salvación. A su paso encontraron bifurcaciones, las entradas de otros túneles, pero el hecho de que no hubiera marcas de herramientas ni en las paredes ni en el suelo revelaba que eran naturales y les resultó tarea fácil mantenerse en el que estaban.

Mary tuvo la impresión de que iban alejándose cada vez más de la casa de la marquesa viuda y de la cámara secreta, y en un momento dado susurró:

—¿Tienes idea de en qué dirección vamos?

—Aquí abajo no es fácil de decir, pero me parece que nos dirigimos hacia Axford y eso significa que la abadía está a nuestra derecha.

Las palabras apenas acababan de brotar de sus labios cuando la luz del quinqué que él sostenía fue tragada por una súbita oscuridad un poco más adelante. Aminoraron la marcha mientras alzaba el quinqué y trazaba un lento arco para deslizar el haz de luz por la zona, y se dieron cuenta de que tenían ante sí una caverna.

Se detuvieron al entrar, y él dirigió la luz hacia arriba y alcanzó a ver a duras penas el techo. Era una caverna lo bastante amplia como para que tan solo pudieran ver la sección iluminada directamente por el quinqué, pero mientras deslizaba el haz de luz por el suelo ella le aferró el brazo de repente para detenerle y exclamó:

—¡Ahí!

Al verla señalar hacia un punto situado a la izquierda de donde se encontraban dirigió el haz de luz hacia allí y vio a qué se refería: un voluminoso bloque de piedra de forma más o menos rectangular, más alto que su cintura y de unos dos metros de ancho. Se acercaron a verlo de cerca y comprendió de qué se trataba.

—Es un altar —notó el brillo de algo metálico y dirigió hacia allí la luz del quinqué—. Un crucifijo.

Era bastante tosco y estaba oxidado, pero seguía siendo reconocible.

—Esto era una iglesia, una capilla secreta —dedujo ella, mientras lanzaba una mirada alrededor.

—Sí, la gente debía de venir aquí a rezar en secreto durante el reinado de María o de Isabel —de espaldas al altar, deslizó la luz poco a poco por la caverna y vio que había cinco entradas; al cabo de unos segundos afirmó, pensativo—: estoy convencido de que fueron los protestantes durante el reinado de Isabel.

—¿Por qué?

—Porque los Cavanaugh, al igual que la mayoría de familias de esta zona, nunca fueron católicos, al menos de verdad —señaló hacia la entrada que quedaba a la izquierda de donde se encontraban, la que estaba casi enfrente del túnel por el que habían llegado hasta allí—. Así que ese túnel de ahí debe de conducir hacia Axford, el pueblo. Lo que significa que ese de ahí... —señaló hacia la siguiente boca de túnel— lleva a The Oaks y ese otro a la finca de los Kitchener, así que... —señaló hacia el túnel que estaba prácticamente enfrente del altar— ese de ahí conduce a la abadía.

—¿Estás seguro?

—No —la miró a los ojos a través de la penumbra—. Pero tenemos que seguir avanzando y, mientras nos aseguremos de ir por algún túnel donde haya marcas de actividad humana y en el que sintamos un soplo de aire en la cara, tarde o temprano saldremos a la superficie en algún lugar de la zona.

Ella miró por encima del hombro hacia el que conducía hacia la casa de la marquesa viuda, y un momento después asintió y dijo con decisión:

—Vamos.

Tomaron el túnel que creían que podría llevarles a la abadía, y el hecho de que lo hubieran ensanchado más que el anterior y hubieran nivelado el suelo les permitió mantener un buen ritmo. Habían avanzado unos ochocientos metros cuando Mary le tironeó de repente de la manga y preguntó:

—¿Qué hora es?

Él la miró y decidió que no pasaba nada por hacer una pequeña pausa; después de pasarle el quinqué, se sacó el reloj de bolsillo y lo acercó a la luz.

—Aún no es medianoche —volvió a guardarse el reloj, tomó el quinqué y retomó la marcha.

El túnel ascendía en una ligera pendiente, y de repente llegaron a un punto donde se estrechaba mucho y tan solo había cabida para que pasara una persona a la vez. Más allá parecía haber un espacio más ancho, y después... se oía el suave murmullo y el chapoteo de una caída de agua.

Ryder intentó iluminar la brecha con el quinqué para ver lo que había al otro lado, pero la luz quedó reflejada por una cortina de agua.

—¡No me lo puedo creer!

—¿Qué pasa? —le preguntó ella con apremio, mientras intentaba asomarse por encima de su hombro.

—Me parece que estamos detrás de la cascada de la gruta que hay en lo alto del lago de la abadía —se apartó y le indicó con un gesto que le precediera—. Tranquila, con tanta agua no vas a encontrar ni una sola araña.

Ella le entregó el segundo quinqué antes de meterse en la brecha y pasar hacia el otro lado.

—Espero no quedar empapada —fue a parar a un estrecho saliente de piedra que discurría a su izquierda alrededor de la cascada.

—¡Aquí tienes los quinqués!

Ryder se los pasó uno a uno por la brecha antes de entregarle también el atizador; entonces, con bastante dificultad y algún que otro improperio, logró salir y se detuvo junto a ella bajo el rocío de la cascada, una cascada que Mary tan solo había visto hasta el momento desde la boca de la gruta.

En vez de ponerse en marcha de inmediato para salir de allí, ella dejó los tres objetos en el suelo y alzó la mirada hacia él. Su rostro se iluminó con una sonrisa, se puso de puntillas, le rodeó el cuello con los brazos y le besó con un ímpetu feroz.

Él, por su parte, la abrazó con fuerza y le devolvió el beso con igual pasión, con una posesividad incluso mayor, pero tras un largo momento se echó un poco hacia atrás y la bajó al suelo.

—Aún no estamos a salvo, la casa está a poco menos de un kilómetro de aquí.

Salieron de la gruta mojados, pero sin llegar a empaparse, y apagaron los quinqués de inmediato. Ryder conocía hasta el último rincón de sus jardines, y la luna les daba luz suficiente para poder ver por dónde andaban.

Con el quinqué y el atizador en una mano y la otra firmemente cerrada alrededor de la de Mary, avanzó tan rápido como pudo teniéndola en cuenta a ella. Gracias a Dios, no era una delicada y débil damisela carente de agallas ni mucho menos y había seguido el ritmo que él marcaba sin quejarse ni una sola vez, ni en los túneles ni una vez que habían salido al exterior.

Ya quedaba poco para llegar a la abadía, la veían ante ellos como un brillante faro. De las largas ventanas de la biblioteca emanaba luz, y en el patio delantero se habían plantado postes con antorchas. Había actividad en el patio de las cuadras, pero se sintió aliviado al ver que no había ningún carruaje detenido ante la puerta principal.

—Reza para que Forsythe no haya llegado aún al punto de hacer llamar al magistrado, lord Hughes; a ser posible, me gustaría encargarme yo mismo de este asunto.

—Tú eres el lord mariscal de la zona, ¿verdad?

—Sí, pero dado que he sido yo quien ha desaparecido...

—Pero ya estás de vuelta, y listo para tomar de nuevo el control.

Él sonrió al oír aquellas tajantes palabras, pero se puso serio cuando siguieron avanzando y su mente analizó la situación.

—Estoy intentando pensar en las pruebas que tenemos para demostrar que Lavinia está detrás de todo esto. Está claro que tus secuestradores son nuestros mejores testigos, y casi seguro que los únicos —la miró a los ojos cuando ella alzó la mirada hacia él—. ¿Alcanzaste a ver a alguno de los tres cuando te secuestraron?

—No.

Él hizo una mueca y miró al frente.

—Pero les oí.

La miró sorprendido al oír aquello.

—¿Qué quieres decir?

—Los tres olían a caballo, era un olor inconfundible. Y uno les daba órdenes a los otros dos, así que lo reconoceré por la voz. ¿Cuántos hombres trabajan en las cuadras de la casa de la marquesa viuda?

—Lavinia tiene un mozo de cuadra por el que siente preferencia, y creo que también hay dos peones —una sonrisa asomó a su rostro.

—¡Vaya! —exclamó ella, mientras aceleraba aún más el paso—. ¡En ese caso, me parece que ya sabemos quiénes son nuestros tres malhechores!

—Sí, pero vamos a ver qué sucede. Tengo entendido que el mozo de cuadra, un tal Snickert, le guarda absoluta lealtad a Lavinia, y es posible que no la delate cuando ella alegue que él ha actuado por cuenta propia.

—Aun suponiendo que así fuera, ¿crees que los tres estarán dispuestos a dejarse ajusticiar por ella?

—No, lo más probable es que no —admitió él, justo cuando estaban llegando a la terraza. Subieron los escalones y, mientras rodeaban la casa rumbo a la puerta principal, añadió—: propongo que calmemos a nuestras tropas, nos aseemos y nos cambiemos de ropa, y que después vayamos a hacerle una visita a Lavinia a pesar de lo tardío de la hora —bajó la mirada hacia ella y vio la sonrisa (una especialmente fiera y decidida) que curvó sus labios.

—Sí, buena idea.

Doblaron la esquina y se encontraron con una casa sumida en la más absoluta consternación.

CAPÍTULO 16

Estalló un verdadero caos cuando los miembros del servicio, que estaban muertos de preocupación y de pánico, los vieron llegar como si tal cosa, pero Ryder se quedó atónito al ver que Mary lograba instaurar la calma en cuestión de minutos y dio gracias al cielo por tenerla a su lado.

A pesar de que tan solo habían pasado tres semanas desde que se había convertido en su marquesa, ya había asentado su posición y había desarrollado una especie de tono firme y directo que estaba claro que reconfortaba e infundía seguridad al servicio.

Primero puso fin a las muestras de preocupación y a la inevitable avalancha de preguntas con una cantidad mínima de tajantes aseveraciones; después, sin preocuparse lo más mínimo por su aspecto desaliñado, cruzó el vestíbulo con paso firme mientras lanzaba órdenes a diestro y siniestro, y el servicio respondió bajo su mando como un equipo perfectamente sincronizado. Poco después los dos estaban en sus respectivos baños provistos de agua caliente, ropa limpia, cepillos, toallas y aromáticos jabones.

Quince minutos después, una vez que recobraron su acostumbrada compostura, descendieron juntos la escalinata y cruzaron el vestíbulo rumbo a la puerta principal, que Forsythe mantenía abierta. El carruaje ya estaba esperándoles. Ridges estaba listo en el pescante y además de Filmore, quien estaba sentado junto a él, le acompañaban también dos corpulentos lacayos, uno que estaba de pie en la plataforma trasera del vehículo y otro que en ese momento mantenía abierta la portezuela.

Forsythe era el único varón que quedaba en la gran casa, ya que antes de subir tras Mary a sus habitaciones Ryder había ordenado que todos los hombres disponibles, con la excepción de los cuatro que iban a acompañarles en el carruaje, fueran de inmediato a formar un cordón alrededor de la casa de la marquesa viuda. Dukes conocía hasta el último rincón de las tierras de la finca, incluyendo los bosques, así que le había puesto al mando y le había dado instrucciones de que todos los hombres permanecieran en silencio y fuera de la vista y que no intervinieran si veían llegar a alguien a la casa, pero que no permitieran que nadie saliera de allí.

Subió tras Mary después de ayudarla a subir al carruaje, el lacayo cerró la portezuela y se colocó en la plataforma trasera junto a su compañero, y Ridges hizo que los caballos se pusieran en marcha.

—¿Qué hora es? —le preguntó ella. Le había visto consultar su reloj cuando se dirigían hacia el carruaje.

—Las doce y veinte. Llegaremos en menos de cinco minutos.

—Así que no sabemos si ella habrá regresado ya.

Su hombro se deslizó contra el musculoso brazo de él cuando el carruaje giró al salir del camino de entrada de la abadía. Ryder se había sentado junto a ella y la había tomado de la mano.

—Le he dicho a Dukes que procurara echarle un vistazo a la casa para intentar averiguar quién se encuentra allí y, sobre todo, dónde están Snickert, el mozo de cuadra de Lavinia, y los dos peones.

—Ya veo. Corrígeme si me equivoco, pero damos por hecho que Potherby va a regresar a la casa con Lavinia y aún no sabemos cuál es su postura en todo esto.

—No, no lo sabemos —le dio un suave apretón en la mano—. Tendremos que actuar según vaya desarrollándose la situación y veamos cuál es su reacción.

El carruaje aminoró la marcha, viró y siguió avanzando a paso lento, pero poco después se oyó el suave ulular de un búho y Ridges hizo que los caballos se detuvieran.

Ryder bajó la ventanilla y Dukes apareció al otro lado.

—Milady no ha regresado aún, milord. Los criados están en la casa, pero da la impresión de que acaban de llegar. Están cenando en la cocina. Hemos estado escuchándoles a hurtadillas a través de la ventana y resulta que milady insistió en que todos menos Snickert y los dos peones fueran al circo que hay en Marlborough. Nadie sabe qué es lo que habrán estado haciendo esos tres y se mueren de curiosidad, pero Snickert y los otros dos han entrado hace poco en la cocina y se los ve muy ufanos. La cocinera se ha quejado de que alguien ha roto el cerrojo de la puerta del sótano y Snickert le ha dicho que no se preocupe por eso, pero tanto él como sus compinches permanecen cerca de esa puerta.

Ryder se tomó unos segundos para idear un plan, y finalmente asintió y procedió a dar las indicaciones pertinentes.

Tres minutos después, el carruaje se detuvo ante los escalones de entrada de la casa y Ryder ayudó a Mary a apearse. Con la cabeza en alto, ataviada con su elegante vestido, subió junto a él rumbo a la puerta principal. Una pequeña lámpara colgada de la pared aún estaba encendida y proyectaba un charco de luz justo delante de la puerta, pero el espacio que quedaba a ambos lados estaba envuelto en densas sombras.

Ryder se detuvo en el charco de luz y le hizo un gesto de asentimiento a Dukes, quien, tras encabezar a los seis hombres que procedieron a ocultarse entre las sombras a ambos lados de la puerta, tiró de la cadena que colgaba a un lado y procedió a ocultarse también mientras se oía el tintineo de una campana en el interior de la casa.

Tras un largo momento oyeron que un mayordomo se acercaba con pasos medidos, descorría el cerrojo y abría la puerta.

El mayordomo en cuestión, un hombre de mediana edad tras el que asomaba un larguirucho lacayo, se quedó sorprendido al verlos.

—¿Milord?

—Buenas noches, Caldicott —fue todo cuanto Ryder dijo antes de hacer que Mary entrara en la casa.

El mayordomo retrocedió para dejarles pasar, indeciso y sin saber cómo reaccionar.

—¿Milord? —abrió los ojos como platos al ver a los siete hombres que se disponían a entrar tras ellos—. ¿Pero qué...? ¡Milord! ¡Verá, es que milady no está...!

—Sí, ya sé que no se encuentra aquí en este momento —le miró a los ojos—. Sabes perfectamente bien quién es el dueño de esta casa, y quién se encarga de pagar el sueldo de todos cuantos trabajan aquí.

Caldicott titubeó, pero al final asintió con cautela.

—Por supuesto, milord.

—Dado que todo el personal de esta casa trabaja para mí, voy a decirte qué es lo que quiero que hagáis.

Cinco minutos después, la casa estaba en sus manos. Los criados estaban confinados en la cocina, dos lacayos de la abadía custodiaban la puerta que conducía hacia allí y otro hacía guardia en la puerta trasera; al parecer, tanto Snickert como sus dos compinches habían reaccionado con rebeldía y beligerancia y en ese momento se encontraban en el sótano, sentados sobre el montón de sacos de grano. Dukes se encargaba de custodiarlos junto a otros tres hombres de la abadía, y huelga decir que los cuatro estaban armados. Ridges y Filmore se habían encargado de llevar el carruaje al patio de las cuadras para quitarlo de la vista, y permanecían allí a la espera de que llegara el de Lavinia.

Satisfecho al ver que todo iba saliendo bien, Ryder llevó a Mary a la oscura sala de estar y cerró la puerta. La miró a través de la penumbra y afirmó:

—Ahora solo nos queda esperar.

Ella asintió, miró a su alrededor y fue a sentarse en un diván.

—¿Por qué no has querido que Snickert y los otros dos nos vean ni nos oigan?, ¿por qué no quieres que sepan que hemos escapado?

Ryder había hecho que fuera Dukes quien se encargara de Snickert, y había dado orden de que los miembros del personal de la abadía se comportaran como si no tuvieran ni idea de dónde estaban Mary y él.

—Porque será mucho más fácil manejarlos mientras los tres crean que llevan las de ganar, que tú y yo aún seguimos atrapados allí abajo —se detuvo a encender la lámpara que había encima de una mesa—. Snickert creerá que Lavinia les estará lo bastante agradecida como para sacarles de cualquier posible embrollo; además, si aún no hubiéramos aparecido ni el personal de la abadía ni las autoridades podrían hacer gran cosa basándose en simples suposiciones y sospechas.

Tras hacerles jurar a Caldicott y al lacayo larguirucho que no iban a revelar que Mary y él estaban allí, les había permitido regresar a la cocina junto a los demás. Era obvio que ninguno de los criados de aquella casa estaba al tanto de lo que había estado sucediendo. Dukes le había informado de que todos estaban desconcertados y perplejos, pero dispuestos a esperar en la cocina mientras el jueguecito que se traían entre manos los dueños de la casa se desarrollaba en otra parte.

La mecha de la lámpara se encendió, y Ryder la graduó al mínimo. Estaba colocando de nuevo la pantalla cuando dirigió la mirada hacia el amplio ventanal.

Mary, por su parte, también había oído algo y ya estaba acercándose. Corrió una pesada cortina hasta la mitad del ventanal, se dirigió entonces al extremo contrario y procedió a correr también la que cubría la otra mitad, pero se detuvo antes de cerrarla del todo y, al amparo de la tupida tela, se asomó a echar un vistazo a través de la estrecha rendija que había dejado.

—Se aproxima un carruaje por el camino, yo diría que es un faetón. Sea quien sea, tiene mucha prisa.

Ryder se acercó ceñudo y, usando también la cortina para ocultarse, miró por encima de su cabeza.

—¿Quién es? —le preguntó ella, al ver que su ceño se acentuaba aún más.

—Rand —lo dijo con voz tensa y agarró el borde de la cortina con rigidez, pero un instante después la miró a los ojos y afirmó—: sigo convencido de que no ha tenido nada que ver en todo esto.

—Yo también estoy convencida de ello —admitió ella, con una sonrisa en los labios.

Él escudriñó sus ojos, vio la convicción que se reflejaba en ellos, y alzó la mirada de nuevo al oír que Rand irrumpía a toda velocidad en el patio delantero de la casa. Cerró la cortina del todo antes de decir:

—Espera aquí, voy a abrirle.

Para cuando él llegó a la puerta principal y la abrió, Rand estaba subiendo los escalones de la entrada; a pesar de la poca luz que había, Ryder alcanzó a ver lo pálido que estaba su hermano, la tensión que atenazaba su rostro... y vio con claridad cómo su expresión se transformaba al verle, vio el enorme alivio y la gran alegría que iluminó sus facciones.

—¡Estás bien! —exclamó el joven, mientras aceleraba el paso al cruzar el porche.

—Sí, ya lo ves. Ven, entra.

Mientras Rand pasaba junto a él, vio las oscuras siluetas de sus hombres acercándose al faetón para llevarlo a la parte posterior de la casa. Cerró la puerta y se volvió entonces hacia su hermano, quien estaba revisándolo de arriba abajo con la mirada y exclamó al fin con obvia perplejidad:

—¡Ni siquiera estás herido!

—No, en absoluto —le indicó con un ademán que entrara en la sala de estar y vio que obedecía de forma instintiva, pero que estaba deseando hacer un montón de preguntas. Entró tras él y cerró la puerta.

Rand se detuvo en seco al ver a Mary, pero un instante después siguió andando y extendió las manos hacia ella.

—Hola, Mary.

—Randolph —tomó sus manos y le ofreció la mejilla.

Él se la besó, pero al echarse hacia atrás parecía estar más confundido que nunca. Miró a Ryder y comentó:

—Está claro que los dos estáis bien.

—¿Por qué no habríamos de estarlo? Por cierto, ¿qué haces aquí?

—Aquí tengo la respuesta a tus preguntas —se sacó una nota del bolsillo y se la entregó antes de mirar a uno y otra—. Por cierto, ¿qué hacéis vosotros dos aquí? ¿Dónde está mi madre?

Ryder alisó la nota y comentó, tras leer el corto mensaje que contenía:

—Parece ser que todos nos encontramos aquí por una misma razón.

Le entregó la nota a Mary, quien la leyó en voz alta.

—«Randolph, querido, ven de inmediato. Ha ocurrido algo terrible en la abadía. Me encuentro en la casa de la marquesa viuda, pasa primero por aquí y te lo explicaré todo» —alzó la cabeza y miró a Ryder—. ¿Cuándo escribió esto?

Él miró con ojos interrogantes a Rand, quien se encogió de hombros.

—La ha entregado un mensajero. La he recibido a las nueve y he partido de inmediato.

Ryder asintió.

—Asumiendo que no la enviara desde aquí, sino desde algún lugar más cercano a Londres, eso significa que debió de escribirla como muy tarde a eso de las seis.

Ella apretó los labios y asintió, y Rand los miró cada vez más desconcertado.

—¿Se puede saber qué está pasando? —soltó un pesaroso suspiro—. ¿Qué es lo que ha hecho ahora mi madre?, ¿dónde está?

—No sabemos dónde está. Yo diría que lleva fuera desde primera hora de la tarde, puede que incluso desde antes. Y en cuanto a lo que ha hecho, creo que será mejor que lo oigas de su propia boca.

Su hermano lo observó en silencio unos segundos antes de asentir.

—Está bien.

Los tres se volvieron hacia el sofá y las sillas, pero se detuvieron de repente y alzaron la cabeza mientras escuchaban atentos. Mary miró a Ryder a los ojos y se limitó a decir:

—Otro carruaje.

—Sí, y también viene a toda prisa —afirmó él, antes de ir a echar un vistazo por el ventanal.

Rand se asomó por encima de su hombro, y segundos después afirmó:

—Es el faetón de Kit.

—Sí, y viene acompañado de Stacie y de Godfrey —comentó Ryder—. Lavinia debe de haberos mandado un mensaje a todos.

—Sí. Voy a abrirles.

Ryder se acercó a Mary mientras su hermano salía de la sala de estar. Dejó la puerta abierta, así que oyeron lo que sucedía.

—¿Qué ha pasado? —gritó Kit, con voz llena de preocupación.

—Por lo que parece, nada de nada —le contestó Rand—. Entrad, Ryder y Mary están aquí.

—¡Cielo Santo! —exclamó Stacie—, ¿de verdad están bien? ¡El mensaje de mamá me ha hecho temer que les hubiera pasado algo!

La joven irrumpió como una tromba en la sala de estar un instante después, y al verlos corrió hacia ellos y abrazó primero al uno y después a la otra.

—¡Gracias a Dios que estáis bien!

Kit y Godfrey entraron entonces seguidos de Rand, que cerró la puerta. Tras los efusivos abrazos y las claramente sinceras exclamaciones de alivio llegaron las preguntas.

Ryder había tenido tiempo para pensar, así que se mantuvo en su postura de negarse a responder por el momento y se limitó a asegurarles que tanto Mary como él estaban ilesos. Estaba de espaldas a la chimenea y se aseguró de mantener las manos entrelazadas a su espalda, ya que al luchar por lograr que los bloques de piedra se desprendieran se había destrozado varias uñas y Stacie podría darse cuenta de ese detalle.

A sus cuatro hermanos les extrañó que no quisiera darles respuestas, pero acataron su decisión porque estaban tan aliviados al verle que estaban dispuestos a hacer concesiones. Él aprovechó esa circunstancia para decir:

—Cuando vuestra madre llegue, será mejor que ni Mary ni yo intervengamos mientras oís lo que tiene que deciros —lanzó una mirada hacia su esposa, que estaba sentada en el sofá—. De hecho, creo que lo más conveniente será que os limitéis a preguntarle lo que queráis sin hacerle saber que estamos aquí.

Dirigió la mirada hacia el biombo oriental que se usaba en pleno invierno para contener la corriente de aire que se colaba por la puerta. En ese momento se encontraba medio plegado en una esquina del fondo de la sala, y quedaría medio oculto tras la puerta abierta.

—Cuando ella llegue, nosotros nos colocaremos detrás del biombo y —miró a los cuatro— os estaría muy agradecido si pudierais interpretar un papel de forma convincente, si pudierais fingir que no nos habéis visto ni tenéis ni idea de dónde estamos.

Los otros intercambiaron miradas. Nadie sabía mejor que ellos lo pésima que era la relación que existía entre Lavinia y él, y los cuatro eran lo bastante inteligentes para darse cuenta de que se había llegado o incluso rebasado un punto crítico; aun así, cuando se volvieron de nuevo hacia él Ryder vio en sus rostros que estaban dispuestos a hacer lo que les había pedido, que los cuatro confiaban en él incluso tratándose de algo tan peliagudo.

—¿Es realmente necesario? —le preguntó Rand, tras un ligero titubeo.

Ryder sabía que lo había preguntado pensando en ahorrarles el mal trago a ellos cuatro, no a Lavinia, y le sostuvo la mirada al asentir.

—Sí, creo que sí.

Si a él mismo le había resultado difícil asimilar que Lavinia estuviera dispuesta a llegar al asesinato, que hubiera intentado acabar con Mary y con él, no podía ni imaginarse lo duro que iba a ser aquello para sus propios hijos.

—Como ya os he dicho, quiero que oigáis la explicación de todo esto de su propia boca.

Rand apretó los labios y asintió.

—En ese caso, por supuesto que vamos a hacer lo que nos pides.

Los otros asintieron también, y Kit se acercó al biombo para desplegarlo más y colocarlo de forma que hubiera más espacio detrás. Ryder fue a ayudarle, pero justo entonces se oyó el sonido de un carruaje acercándose por el camino. En esa ocasión el vehículo no se acercaba a toda velocidad, sino a un paso sosegado.

—Esa debe de ser Lavinia —lanzó una mirada hacia Mary, que se puso en pie y se dirigió de inmediato hacia él.

—Yo creo que así está bien —afirmó Kit, cuando terminó de colocar mejor el biombo.

Ryder tomó a Mary de la mano y dirigió la mirada hacia Rand, que asintió y le dijo:

—Será mejor que os ocultéis ya, voy a salir a recibirla —recorrió a sus hermanos con la mirada. Kit se disponía a sentarse junto a Stacie en el sofá, y Godfrey estaba de pie junto a la chimenea—. ¿Todos listos?

Los tres asintieron. Ryder condujo a Mary hasta el biombo, dejó que lo precediera y, una vez que se ocultó también detrás, se asomó por encima para mirar a sus hermanos y les hizo un gesto de asentimiento antes de agacharse. Era demasiado alto para poder estar de pie. A través de la rendija que quedaba entre los paneles del biombo se podía ver bien la zona de delante de la chimenea, y Mary apoyó una mano en su hombro y permaneció de pie mientras miraba también.

Se oyeron voces procedentes del vestíbulo... Lavinia exclamó algo, Rand la saludó y procedió a saludar también a Potherby. La puerta principal se cerró y ella irrumpió en la sala, ataviada con un elegante vestido a rayas rojas y color crema y con un chal de seda roja con flecos alrededor de los hombros. Era obvio que había estado en algún baile.

Al ver a sus tres hijos menores reunidos alrededor de la chimenea, abrió los brazos de par en par y exclamó:

—¡Queridos míos! ¡No esperaba que ninguno de vosotros llegara hasta mañana, pero quizás sea mejor así! ¡Ha ocurrido un desastre!, ¡una verdadera tragedia!

—¿A qué te refieres, mamá? —le preguntó Kit, quien se había puesto en pie al verla entrar.

—¡Pues a lo que sea que les ha ocurrido a Ryder y a su Mary, por supuesto! ¡Han desaparecido! Todos los criados de la abadía deben de estar buscándolos por todas partes, pero nadie sabe dónde están.

Después de dejar caer los guantes y el bolsito sobre la mesa se acercó a ellos con la clara intención de que la abrazaran y la besaran, y los tres lo hicieron. Lavinia no hizo nada que indicara que había notado algo raro en la actitud de alguno de ellos.

Rand, que había entrado tras Claude Potherby y se había encargado de cerrar la puerta, permaneció en aquel extremo de la sala, pero se percató de que Potherby estaba mirando a su madre con extrañeza. Se volvió hacia ella y le preguntó con calma:

—¿Qué crees que les ha pasado, madre?

—¿Cómo quieres que lo sepa, querido? Es posible que la haya

llevado a dar un paseo en alguno de esos ridículos faetones que tanto le gustan, y que hayan volcado y se hayan roto el cuello.

—¿No crees que de ser así Filmore o alguno de los mozos de cuadra de la abadía lo sabrían? —adujo Godfrey, que había empalidecido de forma visible—. No, sabes bien que eso no es posible.

Lavinia alzó las manos al aire.

—¡Bueno!, ¿qué sé yo lo que puede haberles pasado? En cualquier caso, ¿qué más da? Puede que hayan salido a dar un paseo a pie y les hayan atacado unos maleantes, que hayan caído en algún pozo, que se hayan despeñado o... o... ¡o lo que sea! ¡Lo que importa es que se han esfumado!

—¿Cuándo te has enterado de la desaparición, Lavinia?

Aquella pregunta formulada con voz suave por Claude Potherby la tomó desprevenida. Se volvió de golpe hacia él, frunció el ceño y abrió la boca, pero volvió a cerrarla y parpadeó. Era obvio que se le había quedado la mente en blanco.

Sus hijos la miraron en silencio mientras ella hacía un claro esfuerzo por encontrar una respuesta adecuada, y Potherby se humedeció los labios. Parecía cada vez más consternado, y cuando habló lo hizo tanto para los demás como para la propia Lavinia.

—Llevo dos días aquí. Esta mañana salimos a eso de las once para ir a comer a Marlborough, y después partimos rumbo a Quilley House para cenar y asistir al baile que se celebraba allí. Nos hemos marchado de allí un poco pronto y hemos venido directos aquí —tras un instante de silencio, miró a Rand y añadió—: es la primera noticia que tengo sobre la desaparición de Raventhorne.

Lavinia se irguió todo lo alta que era. El tono rojizo que moteó su rostro era una clara señal de que su furia estaba a punto de estallar, y miró con gélida altivez a su amigo de la infancia.

—No sé qué estarás insinuando, Claude, pero sea lo que sea carece de importancia. ¡Puedes marcharte ahora mismo de aquí!, ¡no te necesito! —hizo un desdeñoso ademán con la mano y centró su atención en Rand—. Parece ser que no sois capaces de comprender la situación, así que voy a tener que explicárosla. Aquí lo que importa es que como resulta que a Ryder y a Mary les ha pasado algo, sea lo que sea, tienes que encargarte de tomar las riendas de la abadía, Randolph. ¡Es una finca demasiado grande como para dejarla a la deriva, sin un hombre al mando, ni un solo día!

Respiró hondo y añadió:

—Habría sido mejor que ya estuvieras casado, por supuesto, y habría sido ideal que te casaras con Mary tal y como yo quería, pero eso ya es agua pasada y...

—¿Qué? ¡Espera un momento! —Rand había empalidecido de golpe—. ¿Qué quieres decir con eso?, ¿cómo que querías que me casara con Mary?

Lavinia le miró como si estuviera siendo increíblemente lento de entendederas.

—¿Cómo que qué quiero decir? ¡Pues que me encargué de hacer que ella se fijara en ti, por supuesto! ¿Por qué crees que empezó a buscar tu compañía?

Detrás del biombo, Ryder alzó la mirada hacia Mary y no le extrañó ver que tenía los labios apretados en una fina línea y sus ojos estaban entrecerrados y echaban chispas.

Lavinia, mientras tanto, siguió diciendo con petulancia:

—Pero entonces Ryder se interpuso y te la arrebató. Tú fuiste un tontorrón y no hiciste nada para impedírselo, pero, pensándolo bien, resultó ser más pretenciosa y difícil de manejar de lo que yo esperaba, así que quizás fuera mejor así. No me cabe duda de que podré encontrarte alguna joven amable y complaciente una vez que te conviertas en el marqués de Raventhorne, pero de eso ya me encargaré más adelante. Por ahora... —se volvió y señaló con teatral dramatismo en dirección a la abadía— ¡debes hacer lo que tu padre habría deseado! ¡Debes ir a la abadía, ocupar el puesto de Ryder y cumplir con tu deber!

Rand le sostuvo la mirada por un largo momento, y entonces respiró hondo y negó con la cabeza.

—No, mamá, no voy a ocupar el puesto de Ryder. Ni ahora ni, casi con total certeza, nunca.

Lavinia lo miró boquiabierta y perdió los estribos. Sus ojos se llenaron de una furia casi incandescente, apretó los puños, cerró los ojos, echó la cabeza hacia atrás y exclamó, poco menos que a voz en grito:

—¡No seas tan estúpido! ¡Si él ya no está, entonces tú eres el marqués! —bajó la voz, le miró de nuevo y masculló entre dientes—: y créeme cuando te digo que ya no está, que esta vez se ha ido para siempre y...

Ryder se puso en pie y salió de detrás del biombo.

—De hecho, no me he ido a ninguna parte —tiró con suavidad de Mary para que saliera también—. Y mi esposa tampoco.

La furia se esfumó de golpe del rostro de Lavinia y fue sustituida por una absoluta incredulidad.

—¡No! —la negación brotó de sus labios como por voluntad propia. Respiró hondo e intentó corregirse—. Es decir... —se llevó una mano al pecho— lo que quiero decir es que...

—¿Qué?, ¿que quieres saber cómo hemos logrado huir de tus secuaces?

Lavinia se sacudió como si la hubiera golpeado y retrocedió un paso. Miró a Rand y a Potherby, negó con las manos con los dedos extendidos como si quisiera detener lo que aquellas palabras daban a entender.

—¡No sé de qué estás hablando!

—¿Ah, no? —Ryder la observó en silencio unos segundos antes de proponer con voz fría y serena—: ¿por qué no bajamos al sótano a ver qué tienen que decir Snickert y los dos peones?

Ella habría retrocedido aún más, pero la presencia de Kit se lo impidió; cuando este intentó agarrarla del brazo, se apartó con brusquedad.

—¡No! —miró a Kit y después a Godfrey, que estaba junto a él; tras un momento dirigió la mirada hacia Rand, que seguía al otro lado de la sala—. ¿Por qué le hacéis caso? ¡Siempre tenéis en cuenta lo que él dice! —dio un zapatazo en el suelo—. ¡Soy vuestra madre! ¡Tenéis que obedecerme, y os ordeno que no permitáis que me hable así!

Al ver que nadie decía nada miró a Potherby, quien, con semblante pétreo, le sostuvo la mirada por un efímero instante antes de volverse hacia Ryder. Lo miró a los ojos antes de ejecutar una pequeña inclinación.

—Con su permiso, milord, me dispongo a marcharme. Creo que este es un asunto de familia, uno en el que le aseguro que ni he participado ni deseo hacerlo.

Ryder lo observó en silencio antes de asentir.

—Le creo —tras un ligero titubeo, le ofreció la mano—. Sé que ha sido un amigo incondicional para ella a lo largo de los años, pero hay veces en que ser un amigo no es suficiente.

Potherby inclinó la cabeza y admitió con rigidez:

—Sí, está claro que tiene usted razón —le estrechó la mano, y entonces miró a Rand y asintió—. Cavanaugh —miró a los demás e inclinó también la cabeza. Cuando miró finalmente a Lavinia, alzó la cabeza, respiró hondo con el pecho claramente constreñido, y dijo sin inflexión alguna en la voz—: adiós, Lavinia —sin más, dio media vuelta y salió de la sala.

La puerta se cerró con suavidad tras él y ella permaneció con la mirada fija en los paneles de madera, pero un momento después miró a Ryder y se irguió con altivez.

—No sé a qué estás jugando, con qué calumnias pretendes manchar mi buen nombre...

—No se trata de calumnias, Lavinia. Te aseguro que lo único que pretendo es dejar claros los hechos —hizo una pequeña pausa antes de añadir—: y creo que vamos a poder aclarar mejor las cosas si oímos lo que tienen que decir los tres hombres que trabajan para ti y que en este momento se encuentran en el sótano.

—¡Adelante, baja al sótano si crees que eso va a servirte de algo! ¡Yo permaneceré aquí mientras tanto!

Kit la agarró del brazo antes de que pudiera sentarse.

—No, madre, tú también tienes que bajar.

El joven le lanzó una mirada elocuente a Godfrey, quien a pesar de estar pálido estaba tan decidido como los demás y la agarró del otro brazo.

—¡No! —Lavinia intentó resistirse cuando la obligaron a girar hacia la puerta, pero al ver que no la soltaban gritó a pleno pulmón—: ¡no quiero bajar al sótano!

—Baja el tono de voz, mamá. Mantén tu dignidad —Stacie se detuvo junto a Kit y la tomó con suavidad de la mano—. Es inútil que te resistas, no vamos a ceder; además, sabes bien que no deseas que los criados presencien un espectáculo que dé pie a murmuraciones.

Ese argumento funcionó como muy pocos lo habrían hecho, y Lavinia dejó de oponer resistencia.

—No creerás de verdad que puede pasarte algo en tu propio sótano y estando rodeada de tus hijos, ¿verdad?

Ryder dijo aquellas palabras con una calma que tuvo el efecto deseado en ella. Se puso erguida, respiró hondo y alzó la cabeza con altivez.

—Está bien. Ya que estáis tan empeñados en hacer esto, bajemos a ver con qué nos encontramos.

Ryder y Mary encabezaron la marcha. Tras ellos iban Rand y Stacie, y por último iban Kit y Godfrey con Lavinia en medio.

Cuando llegaron a la cocina, Ryder se detuvo delante de la puerta del sótano para indicarle a Dukes que tanto Potherby como su ayuda de cámara, su cochero y su lacayo podían marcharse, y que los criados de la casa podían retirarse a dormir; concluida esa tarea, bajó rumbo al sótano seguido de aquella pequeña procesión, y al ver a dos de los jardineros de la abadía haciendo guardia a los pies de la escalera les miró a los ojos y les ordenó:

—Subid y esperad con Dukes.

Los dos asintieron, esperaron a un lado mientras los demás terminaban de bajar, y entonces subieron a la cocina y cerraron la puerta.

Había un quinqué encendido junto a los escalones, y varios más iluminaban la zona donde Snickert y sus dos compinches seguían sentados sobre los sacos de grano que ocultaban la trampilla. Al ver que parecían muy ufanos y relajados, Mary se dio cuenta de que, como el pasillo entre los altos estantes no estaba iluminado, no se habían percatado de que quienes se aproximaban a ellos por allí eran los prisioneros a los que creían atrapados bajo sus pies.

En cuanto Ryder y ella emergieron de entre los estantes y entraron en el círculo de luz que iluminaba aquella parte del sótano, a los tres se les borró la sonrisa del rostro y se tensaron de golpe.

Al ver que uno de ellos, el que debía de ser el tal Snickert, soltaba un grito airado y, con el rostro crispado de furia, se abalanzaba hacia su esposo, ella tuvo el buen tino de soltarle el brazo y apartarse a un lado.

Ryder dio un paso al frente y estampó el puño en la cara del tipo con toda la furia que llevaba acumulada dentro. Se oyó un fuerte crujido cuando algo se rompió. Snickert trastabilló hacia atrás, y cayó al suelo de espaldas mientras empezaba a sangrarle la nariz.

—¡Eres un animal!

Lavinia lanzó aquella exclamación y se zafó de improviso de Kit y de Godfrey, que se habían sobresaltado con el súbito ataque de Snickert y la habían soltado. En vez de intentar huir echó a correr hacia delante, pasó junto a Stacie y rodeó a Mary antes de detenerse junto a su mozo de cuadra.

Todos la contemplaron atónitos al ver cómo se agachaba a su lado, cómo se inclinaba sobre él con el aparente propósito de alzarle la cabeza... Snickert gimió dolorido, pero de repente soltó un estridente chillido, sus piernas se sacudieron antes de ponerse rígidas, y por último quedaron totalmente laxas.

Una total y absoluta estupefacción los inmovilizó a todos por un instante, y entonces Ryder soltó una imprecación y reaccionó de golpe. Se acercó a ella como una exhalación, le agarró una muñeca con cada mano, la obligó a incorporarse sin miramientos y masculló:

—¡Maldita seas! ¿Qué has hecho?

—¡Dios mío! —Randolph también se había apresurado a acercarse, y su horrorizada mirada estaba fija en algo que su madre aferraba en su mano izquierda. Algo que brillaba y de lo que empezó a gotear un viscoso líquido rojo.

Mary se había tapado la boca con una mano sin darse cuenta siquiera, y exclamó a través de sus dedos:

—¡Es el alfiler de su chal!

El chal en cuestión caía tras Lavinia como una ola de seda roja que se extendía por el suelo.

Randolph se puso en cuclillas junto to Snickert; un segundo después afirmó, anonadado y lleno de incredulidad:

—Le ha atravesado el ojo, está muerto.

Ryder apretó con más fuerza las muñecas de Lavinia, pero dio la impresión de que ella no se dio ni cuenta. Respiraba con agitación mientras mantenía la mirada fija en Snickert y en Randolph, que seguía agachado junto al cadáver.

—¡Tenía que matarle! Es obvio por qué tenía que hacerlo, ¿verdad?

Randolph se volvió lentamente y alzó la mirada hacia ella.

—¡No, no lo es! ¿Por qué lo has hecho? —con un rictus casi de dolor en el rostro, señaló con la mano hacia el inerte cuerpo de Snickert—. ¡Acabas de asesinarle! ¡Dios Santo, madre! ¿Qué crees que podría excusar algo así?

Lavinia intentó acercarse a él. No pudo moverse porque Ryder la mantuvo sujeta, pero dio la impresión de que ni siquiera se daba cuenta de ello y mantuvo su atención puesta en su hijo. Como si creyera que podía llegar a convencerle, se apresuró a añadir:

—Él era el único que sabía la verdad, pero ahora que ya no está ya no hay nada que se pueda hacer —encogió ligeramente el hombro—. Nadie tiene pruebas de nada, así que todo está arreglado.

—¿Pero qué estás diciendo? —la expresión que se reflejaba en el rostro de Randolph iba más allá de la incredulidad—. ¿Crees que esto podrá llegar a arreglarse alguna vez? —la miró con una absoluta e inquebrantable condena.

Lavinia lo observó en silencio mientras seguía respirando agitada, y sus ojos se entrecerraron de repente. De buenas a primeras, echó la cabeza hacia atrás y gritó enfurecida:

—¡Lo he hecho por ti! —intentó liberarse de las manos de Ryder y repitió aquellas palabras, poco menos que lanzándoselas a la cara a su hijo. Al ver que este se limitaba a mirarla horrorizado, gritó de nuevo—: ¡por ti!

Mary vio cómo las palabras golpeaban a Randolph, vio cómo se tensaba y su mirada se tornaba gélida, pero desvió de inmediato su atención hacia su esposo. Ryder protegía con fiereza a todos cuantos estaban bajo su cuidado, y en aquel caso...

Vio la violencia que lo recorrió, la oleada que transformó sus músculos en puro acero; vio la desnuda realidad en su rostro cuando él cerró los ojos y luchó contra el poderoso impulso de... podía matar a Lavinia con toda facilidad.

Ella respiró hondo, se acercó a él, le puso una mano en la espalda y le acarició con suavidad.

—Ryder.

Ryder se estremeció, y no hizo falta que ella añadiera ni hiciera nada más. Bastó con el contacto, con oírla pronunciar su nombre; aun así, le costó esfuerzo alejarse de aquel precipicio y necesitó de varios segundos para ello. Llenó con lentitud los pulmones y abrió los ojos. Aún sujetaba las muñecas de Lavinia. Miró a Rand, quien se levantó y le dio la espalda a su madre como si fuera incapaz de seguir mirándola.

Al ver que su hermano se dirigía hacia la pared del sótano, se detenía y se quedaba mirando la roca con fijeza, Ryder alcanzó a decir:

—Kit... por favor.

No tuvo que pedirlo dos veces. Kit, quien era el más pragmático y práctico de sus hermanos, se acercó y les hizo un gesto a los dos peones, que se habían quedado atónitos al presenciarlo todo y aún seguían sentados sobre el montón de sacos.

—Vosotros dos, arriba. Poneos ahí —señaló hacia el lateral del sótano, a cierta distancia de Rand.

La orden les arrancó del estupor en el que estaban sumidos y se apresuraron a obedecer.

Kit se volvió entonces hacia Lavinia, y ni su rostro ni su voz reflejaron emoción alguna al indicarle los sacos y decir:

—Siéntate, por favor.

Ella notó que Ryder empezaba a aflojar las manos para soltarla, y aprovechó para liberarse de un tirón. Empezó a frotarse las muñecas mientras miraba a Kit y entrecerraba los ojos con expresión pensativa, como si estuviera buscando alguna escapatoria.

Al ver que su mirada se dirigía después hacia Godfrey y Stacie, Ryder se volvió a mirar a su vez a sus dos hermanos menores y vio que estaban de pie hombro con hombro, bloqueando la salida, y que permanecían inmóviles e impertérritos bajo el escrutinio de su madre.

Lavinia dio media vuelta al fin, se acercó al montón de sacos y se sentó. Fue entonces cuando se dignó a mirar a Ryder, pero este ya no estaba interesado en ella.

Quería hacer todo cuanto estuviera en su mano para proteger a sus hermanos, así que tenía que zanjar aquella cuestión lo más limpiamente posible. Miró a los dos peones y les dijo con voz firme:

—Como supongo que ya sabréis, soy el lord mariscal de la zona. Eso significa que puedo entregaros a las autoridades, y también que puedo actuar yo mismo como la autoridad pertinente.

—¡La hemos visto! —el mayor de los dos señaló a Lavinia con la cabeza—. ¡Hemos visto muy claro cómo ha pinchado a Snickert en el ojo con ese alfiler! ¡Lo ha matado a sangre fría!

—Sí, ya lo sé, pero no es eso lo que necesito que me digáis. Vosotros dos ayudasteis a Snickert a secuestrar a mi esposa de los jardines de nuestra casa por la tarde.

El hombre que había hablado miró a Mary.

—Es imposible que ella sepa si fuimos nosotros. Procuramos que no nos viera, y Snickert fue el único que habló.

A Ryder le asombró ver lo torpe que era el tipo.

—Ya veo. Acabas de confirmar que estabais allí, no pierdas tiempo intentando negarlo. Secuestrar a una marquesa, mantenerla cautiva, disparar contra nosotros...

—¡Ese fue Snickert!

—Sea como fuere, el hecho de ayudarle os convierte en culpables. Lo que ya he mencionado basta para mandaros al patíbulo, pero... —alzó un dedo— si cooperáis, dado que soy el lord mariscal y que mi esposa y yo somos aquellos a quienes intentasteis causarles un daño, accederé a que en vez de eso seáis deportados —hizo una pequeña pausa antes de añadir—: pero eso solo ocurrirá si me contáis todo lo que deseo saber.

Los dos peones intercambiaron una larga mirada antes de volverse de nuevo hacia él, y el mayor de los dos dijo con semblante resignado:

—Pregúntenos lo que quiera.

—Quiero que nos contéis, tanto a mí como al resto de personas aquí presentes, todo lo que sepáis, todo lo que os dijo Snickert sobre sus planes para asesinarnos a mi esposa y a mí.

El hombre frunció los labios mientras pensaba en ello, y contestó al cabo de unos segundos.

—No sabemos gran cosa sobre lo que pasó en Londres, pero Snickert comentó que había contratado a un abogado que conocía a dos tipos del puerto dispuestos a...

Procedió a contar el relato más o menos completo. El plan inicial de Lavinia de asesinar a Ryder, y que a raíz de la boda se expandió después para incluir también a Mary.

—Según Snickert, la señora —el peón indicó con un gesto de la cabeza a Lavinia— dijo que ahora que usted estaba casado había que acabar primero con su esposa, porque era posible que usted ya la hubiera dejado preñada y, si lo matábamos a usted primero, como la familia de su esposa tiene mucho poder, se la llevarían y nadie podría tocarlos ni a ella ni a su bebé, y se ve que eso tampoco le convenía. Ella quería borrarlos por completo de la faz de la Tierra, tanto a usted como a su descendencia.

En la mirada que Rand le lanzó a Lavinia brillaba algo parecido al odio.

—Así que entonces...

El peón prosiguió con el relato. Les contó que Snickert había entrado a hurtadillas en la abadía (primero para dejar allí la víbora, y después para hacer lo mismo con el escorpión) usando un túnel secreto que iba desde un cuarto oculto que había tras la chimenea del comedor de aquella casa hasta la capilla situada en la primera planta de la abadía.

—¿A qué túnel se refiere?

Ryder les hizo aquella pregunta a sus hermanos, quienes le miraron sorprendidos. Fue Godfrey quien le preguntó:

—¿No sabías de su existencia?

Al verle negar con la cabeza, Kit admitió:

—Supongo que los cuatro dimos por hecho que sí.

Ryder centró de nuevo la atención en los peones y les indicó que siguieran relatando lo sucedido. Mientras Mary intervenía de vez en cuando para hacer algún apunte y Rand formulaba alguna que otra pregunta, confirmaron todo lo que había hecho Snickert en nombre de Lavinia y concluyeron narrando cómo habían secuestrado a Mary para usarla de cebo para atraparle a él, y cómo les habían encerrado después en la cámara que había bajo el sótano.

—Snickert pensó que el agua envenenada era un buen toque adicional, y se ve que milady estuvo de acuerdo. Creíamos que cuando ella llegara apartaríamos los sacos, abriríamos la trampilla y encontraríamos los dos cadáveres, así de sencillo —el tipo miró a Ryder con resignación—. Pero está claro que las cosas no nos han salido bien. Ya le dije yo a Snickert que no era buena idea enfrentarse a un noble.

—Tendrías que haber seguido tu propio consejo —afirmó Ryder.

—Sí, es verdad —admitió el hombre, antes de enderezarse—. Bueno, ¿y ahora qué?

—Ahora voy a dejaros en manos de mis hombres, que van a encargarse de llevaros a la abadía. Permaneceréis encerrados en una celda que hay allí mientras yo doy aviso para que la policía venga a por vosotros.

—¡Un momento! —Rand se acercó a Lavinia y se detuvo justo delante de ella—. ¿Niegas algo de lo que acaban de decir estos hombres?

Ella le miró sin achantarse y esbozó una sonrisa burlona.

—¡Por supuesto que no! —miró a Ryder sin disimular el odio que le tenía—. ¡Lo único que lamento es no haber podido encontrar criados más eficientes!

Rand la observó en silencio durante un largo momento antes de volverse hacia Ryder.

—Kit y yo la vamos a llevar arriba para encerrarla en su dormitorio.

—Está bien. Los demás esperaremos en la sala de estar —alargó la mano hacia Mary sin molestarse en volver a mirar a Lavinia—. Tenemos que decidir qué es lo que vamos a hacer.

Mary le tomó del brazo y, mientras iba camino de la puerta del sótano con él, hizo que Stacie y Godfrey les acompañaran también.

Dejaron que Rand y Kit se encargaran de su madre, quien se había convertido en una verdadera asesina.

El té era un remedio universal para todos los males.

Caldicott, quien había permanecido a la espera por si necesitaban algo, procedió a prepararles por orden de Mary una bandeja, y además de dos teteras añadió unas porciones de bizcocho en un plato.

—Debes de estar hambriento —comentó ella, mientras veía cómo Godfrey desmenuzaba una de las porciones en vez de comérsela.

Su cuñado bajó la mirada hacia el montón de migajas y suspiró.

—Sí, pero no creo que sea capaz de volver a probar bocado en esta casa en lo que me queda de vida.

—Y menos aún en Chapel Street —asintió Stacie, estremecida.

Mary le lanzó una mirada a Ryder, y entonces cubrió la mano de la joven con la suya y le dijo en tono tranquilizador:

—No te preocupes por eso, vas a venir a vivir con nosotros —miró a Godfrey—. Y tú también, por supuesto.

Los dos la miraron con una desgarradora mezcla de alivio y de sincera gratitud.

Cuando la puerta se abrió segundos después y Randolph entró en la sala, ella alzó la tetera y le miró con expresión interrogante. Él respiró hondo, y al ver que Ryder tenía un vaso de brandy hizo un gesto negativo con la cabeza.

—Eh... no, gracias —se volvió hacia el aparador y vio que Kit, quien había entrado tras él, ya estaba allí sirviendo dos vasos—. Me vendrá mejor un buen trago.

Ryder esperó a que los dos estuvieran sentados en sendas butacas con una copa de brandy en la mano, y entonces recorrió con la mirada el círculo que formaban y preguntó:

—¿Qué hacemos?

Fue Randolph quien respondió.

—Tiene que ser encarcelada, la única cuestión es dónde.

Kit asintió y se inclinó hacia delante con la copa de brandy entre las manos.

—No puede ser aquí por obvias razones, ni en ninguna de las propiedades de la familia. Sería demasiado difícil mantenerlo en secreto. Pero no se me ocurre ninguna otra opción; más aún, creo que nosotros somos los únicos que no nos dejaríamos embaucar por sus tretas. No sé si me quedaría tranquilo sabiendo que está a cargo de alguien más.

Godfrey asintió con semblante grave.

—Sí, no aparenta ser una mujer capaz de atravesarle el ojo a un hombre con el alfiler de su chal.

Stacie no dijo nada, se limitó a abrazarse con más fuerza.

Ryder se reclinó en el asiento antes de afirmar:

—Apoyaré cualquier decisión que toméis, siempre y cuando tenga la certeza de que los míos y yo estamos a salvo de ella y de sus maquinaciones.

—Eso va por descontado —Randolph fijó la mirada en su copa mientras agitaba con suavidad el líquido—. Ahora entiendo por qué has insistido en que oyéramos la verdad de su propia boca —apuró la copa de un trago y la bajó antes de admitir—: si me hubieras contado tú lo sucedido, incluso si lo hubiera oído de boca de esos dos hombres sin verla sentada ahí, oyéndolo todo impertérrita y sin negarlo después... la verdad es que creo que me habría resultado imposible creerla realmente capaz de...

Un grito interrumpió sus palabras, y todos alzaron la mirada a tiempo de ver cómo un cuerpo se precipitaba hacia el suelo al otro lado de la ventana.

—¡No! —Stacie se llevó las manos a la cara y se puso en pie como un resorte.

Todos los demás se levantaron de golpe también, y Mary detuvo a la joven para dejar que los hombres se adelantaran. Randolph y Kit echaron a correr hacia la puerta seguidos de cerca por Godfrey; Ryder se detuvo al llegar a la puerta para lanzar una mirada por encima del hombro, vio que ellas dos les seguían a paso más lento, y miró a Mary a los ojos por un instante antes de asentir y salir de la sala.

Para cuando ellas salieron a los escalones de la entrada, Randolph y Kit habían cubierto el cuerpo inerte de su madre con sus levitas, y Mary se sintió agradecida por ello. Ya había tenido suficientes sobresaltos por un día, y sabía que Stacie debía de estar al límite de sus fuerzas. Sus cuatro cuñados habían tenido que enfrentarse en cuestión de unas horas a más de lo que cualquiera podría soportar.

Ryder se colocó al otro lado de su hermana y la ayudó a bajar los escalones. Los tres se acercaron al cadáver, pero se detuvieron cuando a la joven le flaquearon las piernas y sus pies se negaron a dar un paso más.

Cuando sus tres hermanos la vieron allí, temblando entre los brazos de Mary, con el brazo de Ryder alrededor de los hombros, uno a uno fueron apartándose del cuerpo sin vida de su madre y fueron a unirse a ellos.

Mary y Ryder soltaron a Stacie para dejarla en brazos de Kit. Randolph se detuvo junto a Ryder y le preguntó, con una expresión en el rostro que reflejaba lo conmocionado que estaba:

—¿Crees que habrá saltado a propósito, o que se ha caído cuando intentaba escapar?

Ryder vaciló por un instante antes de contestar.

—Yo no me la imagino planteándose la posibilidad de suicidarse, ¿y vosotros? —al ver que todos negaban con la cabeza, añadió—: en ese caso, dado que estamos todos de acuerdo, puedo declarar que su muerte ha sido accidental.

—Es lo que ella habría querido, eso le granjeará la compasión de la gente. Todo tenía que girar alrededor de ella —Randolph miró por encima del hombro hacia el cuerpo cubierto que yacía sobre la grava—. Fue así desde siempre.

Mary dejó pasar un momento antes de decir con firmeza:

—De acuerdo, ahora que eso ya está decidido será mejor que entremos de nuevo. Tenemos que impartir órdenes, y después los cuatro vais a veniros con nosotros a la abadía.

Había empleado su voz de marquesa, así que no se sorprendió lo más mínimo al ver que nadie emitía ni una sola protesta.

El amanecer empezaba a colorear el cielo cuando Ryder entró tras Mary en el dormitorio de ambos.

—Por fin ha terminado todo —dijo ella, con un enorme suspiro.

Habían pasado las últimas horas organizándolo todo y a todos lo mejor que habían podido. Los miembros del servicio de la abadía, capitaneados por la propia Mary, se habían apresurado a hacerse cargo de Rand, Kit, Stacie y Godfrey; dado que los cuatro solían ir con frecuencia, tenían sus propias habitaciones, y estaban tan exhaustos que se habían retirado a descansar en cuanto se las habían preparado.

—Espero que los demás puedan dormir —comentó él.

—¿Crees que los dos peones van a decir algo sobre la muerte de Snickert que pueda causar problemas?

—No. Lavinia, a través de Snickert, les había ofrecido una pequeña fortuna a cambio de ayudarle a deshacerse de nosotros, así que saben lo cerca que están del patíbulo —titubeó antes de admitir—: la muerte de Snickert podría haber supuesto un problema si ella no hubiera fallecido también, pero, dado que ella ya no está y los peones lo saben, creo que... —soltó un profundo suspiro— espero que todo esto quede zanjado sin nada que pueda empañar la entrada en sociedad de mis hermanos.

—¿Cuánta información debes dar sobre la muerte de Lavinia?

—Oficialmente, puedo limitarme a decir que ha muerto en un accidente. Su muerte ha sido accidental, así que no estaré mintiendo. Dado que los criados de su casa han estado a la altura de las circunstancias y van a encargarse del cuerpo y de lidiar mañana... no, mejor dicho, hoy... con los enterradores, aparte de organizar el funeral no queda demasiado por hacer para zanjar y enterrar este asunto de una vez por todas.

—Para enterrar a Lavinia y que sus hijos queden liberados.

—Sí —le pasó el brazo alrededor de la cintura y la condujo hacia la ventana.

Permanecieron allí durante un largo momento, apoyados el uno en el otro mientras el amanecer despuntaba en el horizonte.

—Un nuevo amanecer, un nuevo comienzo —comentó ella con voz suave.

—No solo para nosotros, sino también para los otros cuatro... para los Cavanaugh.

Sus miradas se encontraron y ella asintió, sonriente.

—Sí, así es —lo tomó de ambas manos y tiró de él mientras retrocedía hacia la cama—. Y, hablando de los Cavanaugh... —le soltó las manos al llegar a la cama, se apretó contra él, se puso de puntillas, le rodeó el cuello con los brazos y miró aquellos profundos ojos pardos—. Creo que deberíamos tumbarnos en esta cama y esforzarnos todo lo posible por crear la siguiente generación.

Ryder esbozó una lenta sonrisa y de repente se echó a reír, la alzó en sus brazos con un brioso movimiento, la besó... y se echó de lado hacia la cama con ella en brazos.

Mary soltó un gritito cuando rebotaron contra el colchón y se echó a reír.

Empezaron a desvestirse mutuamente con abandono, se detuvieron por un instante para saborear el sensual impacto de estar piel contra piel, y entonces se sumieron en un mar de placer mientras se acariciaban con amor, mientras trazaban con fervorosa veneración las familiares curvas de sus cuerpos, mientras volvían a tomar posesión el uno del otro de aquella forma que ya les era familiar, pero que parecía más impactante y llena de significado que nunca.

Sus ojos se encontraron. En la mirada de ambos se reflejaba la misma certeza, la misma capitulación; los dos eran plenamente conscientes de lo que, durante los tumultuosos acontecimientos de aquella noche, habían reconocido por completo, lo que habían compartido y habían admitido abiertamente, de forma directa y sin rodeos.

Sin máscaras ni restricciones, sin barreras que separaran al uno del otro, se unieron con un jadeo compartido, contuvieron el aliento por un instante de brillante claridad y entonces ella atrajo sus labios hacia los suyos, él bajó la cabeza y dejaron que la pasión y la poderosa fuerza que la impelía se alzara como una ola, que los sacudiera y los arrastrara.

Dejaron que el deseo, la pasión y el anhelo se fusionaran en un fuego imposible de controlar; que los inundara la indescriptible dicha de estar vivos, de haber burlado juntos la muerte, de haber sobrevivido juntos y poder unirse así, rebosantes de maravillado gozo y esperanza, de compromiso mutuo y reverente agradecimiento.

Se hundieron en aquella dicha, se sumergieron por completo y dejaron que los fusionara hasta quedar convertidos en un solo ser.

Llenos de amor y de pasión, de dicha y de éxtasis, de esperanza y rendición, se entregaron por completo a todo lo que iban a llegar a ser juntos, a todo lo que estaba por llegar, a todo lo que iban a crear juntos.

CAPÍTULO 17

Polvo al polvo; cenizas a las cenizas.

El funeral de Lavinia marcó el final de una era perdida para los Cavanaugh. Ryder estaba decidido a conseguir que de allí en adelante, sin la presencia de una Lavinia empecinada en crear divisiones entre sus hermanos y él, los cinco llegaran a convertirse, con Mary como guía, en la clase de familia que todos ellos habían ansiado ser desde siempre.

Era algo que iba a requerir tiempo y cierto grado de aprendizaje, pero disponían de tiempo, estaban más que dispuestos a aprender, y Mary estaba allí para ayudarles a comprender cuáles eran las ocasiones en que debían compartir con los demás las dificultades que pudieran tener. Ella se había puesto manos a la obra sin dudarlo un segundo y había asumido con brioso ímpetu su papel de marquesa, su puesto como matriarca de la familia (en toda la extensión de la palabra, no solo la familia más inmediata), y había dejado muy claro que, en caso de que cualquiera tuviera un problema, esperaba que se les informara a ambos de inmediato (o, en su defecto, a ella como mínimo).

A él le encantaba lo mandona que era, y lo que no dejaba de sorprenderle era que siempre lograra salirse con la suya; a decir verdad, tenía la impresión de que la mayoría de las veces no era que las personas implicadas estuvieran de acuerdo, sino que más bien se rendían ante una fuerza que estaba claro que los superaba y terminaban por ceder. Cada vez lo hacían con mayor rapidez, así que no le extrañaría que aquello acabara por convertirse en un hábito.

No pasaba ni un solo día en que ella no dijera o hiciera algo que le hiciese sonreír. En ocasiones disimulaba su diversión, pero en otras dejaba que ella se diera cuenta para verla reaccionar. Le encantaba ver cómo ella entrecerraba aquellos vívidos ojos azules, soltaba un bufido de exasperación y le daba la espalda con altivez.

Tenerla a su lado durante los días posteriores a la muerte de Lavinia, contar con su ayuda para ayudar a su vez a los demás a superar los obstáculos, tanto sociales como de cualquier otra índole, que iban surgiendo, había sido un enorme apoyo para él, una verdadera bendición. Lo cierto era que no sabía cómo se las habría arreglado sin ella.

Habían debatido entre los seis la cuestión del luto y Mary y él habían decidido que, en lo que a ellos dos se refería, bastaría con una semana de luto seguida de otras tres de medio luto; dado que la antipatía que había existido entre Lavinia y él no era un secreto ni mucho menos, más tiempo habría parecido una hipocresía. Habían animado a Rand, Kit, Stacie y Godfrey a que decidieran por sí mismos lo que deseaban hacer. Los cuatro se habían decidido al final por un mes de luto seguido de tres y medio de medio luto, y todos los que habían acudido a Raventhorne para asistir al funeral habían mostrado su aprobación.

Después del funeral formal celebrado en la iglesia cercana y de la breve ceremonia de enterramiento, los asistentes se congregaron en la abadía en lo que, hablando desde un punto de vista social, podría considerarse como un nuevo comienzo. Los vecinos que habían asistido al funeral dejaron claro que lo habían hecho sobre todo para mostrarles su apoyo a Mary y a él, y que consideraban la muerte de Lavinia como algo que ponía punto y final al pasado.

Estaba claro que todos esperaban que los dos instauraran una nueva dirección y, para su eterna gratitud, su marquesa estaba más que dispuesta a acometer aquel desafío.

Ella circuló con regia elegancia entre los presentes mientras dispensaba serenidad y calma, mientras infundía a los demás una especie de sosiego, de seguridad, que formaba parte intrínseca de ella. Los que no la conocían sonrieron cautivados, los que ya habían sido cautivados previamente volvieron a caer gustosos a sus pies.

Verla manejar sonriente y llena de seguridad la situación sirvió para darle sosiego a él también, para que se sintiera satisfecho y más que feliz con la certeza de que ella se sentía plena y realizada estando allí, manejando su casa y dirigiendo la vida de ambos (hasta donde él la dejara, claro).

Mary estaba donde debía estar: junto a él, ocupando el puesto que le correspondía como su marquesa. Era un puesto que estaba hecho para ella, el puesto que debía ocupar tanto por sí misma como por él y por muchos otros.

Ella pasó la tarde circulando entre la gente y de vez en cuando se acercaba a él para posar una mano en su brazo, para cautivar por completo sus sentidos al acercarse más y compartir con él alguna aguda observación antes de volver a alejarse para seguir supervisándolo todo y dar órdenes.

Claude Potherby estaba entre los que habían asistido al funeral; él mismo le había enviado una nota personal para invitarle a asistir, ya que sabía que aquel hombre siempre había sido un amigo incondicional de Lavinia. Potherby había asistido al funeral y al entierro, pero tan solo había permanecido en la reunión posterior el tiempo estrictamente necesario para cumplir con las normas sociales.

De todos era sabido que había sido el confidente de Lavinia durante años, y se le veía destrozado. Parecía haber envejecido diez años en menos de una semana, y había aprovechado un momento en que se había quedado a solas con él para preguntarle si Lavinia se había quitado la vida. Cuando él le había asegurado que su muerte había sido un accidente que había sufrido al intentar huir de la justicia, Potherby había asentido y había reflexionado con voz suave:

—Ella no habría elegido un final así, pero puede que haya sido lo mejor —había hecho una pequeña pausa antes de admitir—: tanto para ella como para mí —había alzado la mirada hacia él antes de añadir—: ya es hora de que deje esto atrás y siga adelante con mi vida.

Se había marchado tras desearles con obvia sinceridad un futuro próspero y lleno de dicha a Mary, a él y a toda la familia Cavanaugh.

Mientras recordaba aquella conversación, Ryder tuvo que darle la razón a Potherby. Era el momento de dar gracias por lo que la vida le había dado a uno, dejar lo malo atrás y seguir adelante.

Deslizó la mirada por encima del océano de cabezas que inundaba la sala de estar de la abadía, y sintió que por fin estaba emprendiendo libre de cargas el camino que le había prometido a su padre que iba a seguir. Él iba a instaurar una época de renovación para los Cavanaugh, y le bastaba con mirar a su alrededor para saber que ya no carecía de la guía necesaria para alcanzar todas sus metas.

Diablo y Honoria, así como también lord Arthur y lady Louise, habían viajado desde Londres en representación de la familia Cynster. Cuando él le había preguntado a Mary si el resto de su familia inmediata iba a asistir también, ella le había mirado sorprendida, como si la respuesta fuera obvia.

Había tenido la impresión de que para ella había sido una pregunta absurda y la verdad era que en ese momento la entendía. Todos estaban allí, desde Simon y Portia, Henrietta y James, hasta Amanda y Martin, y Amelia y Luc.

Él se había sorprendido bastante al ver que Diablo y Honoria llegaban acompañados de Helena, duquesa viuda de St. Ives y matriarca de mayor edad del clan de los Cynster, y de la mejor amiga de esta, lady Osbaldestone, quien tras mirarle de arriba abajo con ojos agudos y perspicaces le había dicho que ser el marido de Mary le sentaba bien y que iba a cumplir bien con su papel; por si fuera poco, escasos minutos después Helena le había dado unas palmaditas en la mejilla, le había dicho que era un buen muchacho y que tranquilo, que ya vería como todo salía bien.

Sus instintos se habían echado a temblar.

Más tarde, cuando le había mencionado a Mary lo sucedido con la clara intención de que lo tranquilizara, ella le había dicho que a Helena se la consideraba una mujer perspicaz en grado sumo y que debería sentirse agradecido de que no hubiera sido más explícita.

Estaba claro que sus instintos habían acertado al echarse a temblar.

Pero, desde el punto de vista de lo que suponía ser una familia, era consciente del valor que tenían la fuerza y el poder innatos de los Cynster (y que eran el resultado creado por sucesivas generaciones manteniéndose unidas); dado que la línea principal de los Cavanaugh había quedado reducida a sus hermanastros y a él, la ruta hacia el futuro, hacia el futuro que quería crear, estaba clara.

Los relojes de la casa acababan de tocar tres veces cuando Mary se acercó a él, le tomó del brazo y le hizo girar hacia la puerta.

—Es hora de salir al porche y despedirnos de la gente.

Él le cubrió la mano que ella tenía apoyada en su manga y obedeció con gusto.

Todo el mundo les siguió, por supuesto, y a pesar del sombrío motivo de la reunión la gente se marchó entre sonrisas cordiales. En cuestión de media hora las despedidas concluyeron y Ryder permitió que ella le condujera de vuelta a la biblioteca, donde se encontraban quienes iban a quedarse a pasar la noche en la abadía.

Mary se detuvo en el vestíbulo para intercambiar unas palabras con Forsythe y la señora Pritchard, que habían estado esperando a que les diera instrucciones. Lacayos y doncellas estaban encargándose ya de ordenar y limpiar la sala de estar. Después de expresar lo satisfecha que se sentía por la actuación del servicio, les confirmó al mayordomo y al ama de llaves los planes que se habían hecho para la cena.

—Seremos catorce comensales, tal y como supuse.

—En ese caso prepararemos de inmediato el comedor formal —contestó Forsythe.

Mary titubeó, pero acabó por asentir.

—Sí, será una oportunidad excelente para abrirlo —después de hacer un pequeño gesto de asentimiento para indicarles que eso era todo se volvió hacia Ryder, que estaba esperando pacientemente junto a ella. Le tomó del brazo y comentó—: todo ha salido bien, ¿verdad?

Echaron a andar de nuevo rumbo a la biblioteca, y él cerró su fuerte y cálida mano sobre la suya antes de contestar.

—Sí, muy bien. Por un lado, ha sido un final; por el otro, un comienzo.

—Exacto —a ella no le sorprendió que lo hubieran visto de la misma forma.

—¿Quién va a quedarse? Has dicho que vamos a ser catorce.

—Sí. Diablo y Honoria se han llevado a Helena y a lady Osbaldestone de regreso a la ciudad, así que tan solo van a ser mis padres, mi hermano y su mujer, mis hermanas y sus respectivos esposos, y tus hermanastros.

—Perfecto —al ver que lo miraba con ojos interrogantes, le explicó—: vamos a tener que decidir lo que va a pasar con Stacie y Godfrey, y agradeceré que tus padres y tus hermanos me den su opinión.

Ella le soltó el brazo cuando él se dispuso a abrir la puerta de la biblioteca, y lo miró sonriente al decir:

—No te preocupes, van a dártela sin necesidad de que te molestes en pedírsela.

En opinión de Ryder, eso era otra bendición por la que sentirse agradecido.

Se unieron a los demás, que estaban distribuidos por los sofás y las sillas, y tras dar un breve repaso a la jornada Mary hizo que la conversación se centrara en la cuestión de dónde iban a residir a partir de entonces Stacie y Godfrey.

—Los cuatro sois bienvenidos aquí cuando os plazca, por supuesto, pero ¿qué deseáis hacer cuando estéis en Londres?

—Lamento decir que yo no dispongo de habitaciones extra donde resido —afirmó Rand.

—Yo tampoco. Además, tengo que buscar otro sitio —dijo Kit.

Ryder miró a este y a Godfrey con una opción en mente.

—Podríais volver a vivir en Raventhorne House si así lo deseáis. Hay espacio de sobra, y Mary y yo tan solo estaremos allí durante la temporada social y unas cuantas semanas en otoño.

Kit y Godfrey intercambiaron una mirada, y fue el primero quien contestó a Ryder.

—Podríamos intentar esa opción, al menos para empezar, y ver cómo va la cosa —miró a Mary con una sonrisa—. Es posible que Mary acabe por considerarnos un incordio o que al llegar la primavera y la temporada social estéis deseando que nos vayamos, pero por ahora creo que será buena idea que Godfrey y yo volvamos a vivir allí.

Ryder tamborileó con un dedo sobre el brazo de la silla y asintió.

—De acuerdo. La siguiente cuestión es decidir qué vamos a hacer con la casa de Chapel Street. Es propiedad del marquesado. ¿Deseáis conservarla, o preferís que se venda?

A pesar de que los cuatro hijos de Lavinia afirmaron de inmediato que no querían tener nada que ver con esa casa, el debate fue largo y sopesaron las distintas opciones que había. Una de ellas era arrendar la propiedad y compararon el coste a largo plazo del servicio y del mantenimiento con el valor que podría tener para el marquesado, pero al final el veredicto unánime fue venderla.

Ryder agradeció las valiosas apreciaciones que hicieron lord Arthur, Louise, las gemelas y sus respectivos esposos, e inclinó la cabeza antes de decir:

—De acuerdo, está decidido. Le enviaré un mensaje a Montague para hacérselo saber.

—¡Excelente! —dijo Mary, antes de mirar a Stacie con una sonrisa de ánimo—. Bueno, ahora hay que decidir lo que vas a hacer tú. Sabes que siempre serás bienvenida en esta casa, pero, tal y como Ryder ha comentado, lo más probable es que él y yo permanezcamos aquí hasta la temporada social del año que viene como mínimo, exceptuando las semanas de la sesión otoñal. Pero supongo que tú preferirías pasar más tiempo en Londres.

—Bueno, para empezar debo regresar a la casa de Chapel Street y empacar mis pertenencias, sobre todo si se va a vender. Puede que eso solo lleve una o dos semanas, pero la verdad es que debo asistir a la boda de varias amigas y que ya había aceptado una serie de invitaciones para otros eventos —hizo una pausa y añadió, sin demasiado convencimiento—: supongo que podría cancelar mi asistencia...

—¿Puedo proponer algo? —intervino Louise, sonriente. Esperó a que Ryder y Mary hicieran sendos gestos de asentimiento, y entonces miró a Stacie—. Puedes quedarte con nosotros en Upper Brook Street si así lo deseas. Ahora que tanto Mary como

Henrietta se han ido de casa, al igual que los demás —indicó con un ademán de la mano a Amanda, Amelia y Simon—, Arthur y yo nos hemos quedado solos y hay espacio más que de sobra. Además, por regla general yo voy a asistir a todos los eventos a los que has sido invitada y estaría encantada de ser tu carabina, al menos hasta que Mary regrese a la ciudad —miró a su hija menor y en sus labios se dibujó una sonrisa—. Y, llegados a ese punto, podríamos asistir las tres juntas a los eventos, al menos hasta que Mary aprenda a manejarse como carabina; al fin y al cabo, es una tarea que no ha tenido que desempeñar nunca.

Los familiares de Mary se echaron a reír y se sucedieron entonces una serie de observaciones, anécdotas y comentarios. Muchos de ellos eran incisivos, todos ellos divertidos y llenos de cariño y buen humor.

Ryder les vio intercambiar sonrientes aquellas bromas típicas que se daban dentro de una familia, vio cómo chispeaban los ojos de Mary al capear con una divertida ocurrencia uno de los comentarios de Luc; vio cómo sus propios hermanastros asimilaban todo aquello y tomaban buena nota, cómo observaban lo que sucedía con un anhelo igual al que él mismo sentía... con el deseo de comprender, de vivir lo mismo, de ser parte de una interacción así.

Aquella era la otra parte de una familia. La calidez, el apoyo y la comprensión, el hecho de aceptar incondicionalmente a cada miembro sabiendo quién era, lo que era y lo que podía contribuir, de aceptarlo con sus rasgos y sus defectos, con sus puntos fuertes y sus gustos. El afecto profundo y la inclusión que englobaba a cada uno y les convertía en un todo tan poderoso.

Familia... fuerza, calidez, apoyo... poder.

Después de que le aseguraran multitud de veces que no iba a ser un estorbo ni mucho menos, Stacie aceptó la propuesta de Louise, y las dos empezaron de inmediato a hacer planes.

Pasaron todos juntos el resto del día y aquella velada. Conversaron con cordialidad, descubrieron intereses comunes y profundizaron en ellos, y finalmente se generaron dos grupos. Por un lado, las damas se acomodaron en las sillas de la biblioteca para hablar de moda y de los últimos escándalos de la alta sociedad;

por el otro, los caballeros se fueron a la sala de billar y organizaron un improvisado torneo en el que el equipo de los Cavanaugh se enfrentó al formado por los Cynster y allegados.

No ganó ninguno de los dos equipos.

Aunque la cena se sirvió en el majestuoso comedor formal, dada la compañía reinó un ambiente relajado y fue el colofón ideal para aquellas últimas horas de cordial camaradería. Después de disfrutar del oporto y del brandy, los caballeros se unieron a las damas en la sala de estar y, para cuando todo el mundo subió a las habitaciones una hora y media después, la fúnebre tensión de la primera parte del día se había esfumado y Ryder habría podido jurar que todos y cada uno de ellos estaban centrados en mirar hacia delante. En disfrutar del día siguiente, y del siguiente, y de todo lo que pudiera depararles la vida.

Al llegar a lo alto de la escalinata, Mary se detuvo en la galería para darle las buenas noches a su familia (eso les incluía a todos, tanto los de un lado como los del otro), y también para asegurarse de que todos recordaran dónde estaban sus respectivas habitaciones. Tras encargarse de que todo el mundo tomara el pasillo correcto, dio media vuelta sonriente y vio que, tal y como esperaba, Ryder estaba esperándola.

Le tomó de la mano y caminó junto a él por el pasillo rumbo a los aposentos de ambos sintiéndose exultante. Tenía el corazón tan lleno de júbilo que le daban ganas de mecer sus manos entrelazadas y avanzar dando saltitos como una niñita feliz, pero, lamentablemente, esa no sería una actitud digna de una marquesa.

Al menos podía sonreír. Cuando Ryder abrió la puerta del saloncito, lo miró con una sonrisa radiante al entrar y le tomó de nuevo de la mano para conducirle hacia la izquierda, hacia la alcoba destinada a la marquesa. La alcoba que él había decorado tan maravillosamente bien para ella, pero que aún no habían utilizado.

Él agarró al pasar el candelabro encendido que se encontraba encima del aparador y la siguió gustoso, tal y como había hecho a lo largo de todo el día, pero cuando ella se detuvo y se volvió a mirarlo le preguntó:

—¿Estás segura de que quieres dormir aquí?

Ella le sostuvo la mirada y contestó con firmeza.

—Sí. Esta mañana hemos enterrado el pasado, esta tarde hemos subrayado ese hecho y durante esta velada hemos dado comienzo a nuestro futuro. Qué mejor que usar esta habitación esta noche, la primera noche de este nuevo camino que emprendemos juntos.

Él escudriñó sus ojos por unos breves segundos, los suficientes para ver en ellos lo decidida y segura que estaba, y asintió con una pequeña sonrisa.

—Tus deseos son órdenes para mí, como siempre.

Ella se echó a reír y se dio la vuelta mientras empezaba a quitarse las horquillas del pelo. Ryder, por su parte, dejó a un lado el candelabro y se quedó mirándola por un largo momento antes de proceder a quitarse la levita. Miró a su alrededor mientras intentaba decidir dónde dejarla, y aquella idea le condujo a otra.

—Espero que mañana por la mañana no se genere el caos por nuestra culpa, cuando Collier y Aggie vayan a mi alcoba y descubran que no estamos allí.

—Estoy segura de que deducirán de inmediato que estamos aquí, a nadie se le ocurriría pensar que vamos a huir —le dio la espalda—. Ayúdame con la lazada.

Él lanzó la levita hacia los pies de la cama y, después de ayudarla, agarró de nuevo la prenda y fue a dejarla sobre una silla mientras ella se encargaba de despojarse por sí misma del vestido. Tras quitarse el chaleco empezó a deshacer el nudo del pañuelo, y acababa de desanudar la larga tira de tela cuando oyó un suave crujido a su espalda que le hizo volver... justo a tiempo de verla meterse desnuda entre las sábanas.

La sonrisa que afloró a su rostro era la de un león satisfecho por el breve vistazo, pero que a la vez se relamía pensando en lo que iba a encontrar esperándole en breve en la cama, aquella hermosa cama que había creado para ella.

Tan solo llevaban tres semanas de casados, pero ya estaban comportándose como si fueran un compenetrado matrimonio que llevaba muchos años juntos. Había notado que ella solía preferir que se desnudaran por separado, que cada uno se despojara de su propia ropa, y se había preguntado el porqué de esa marcada preferencia hasta que se había dado cuenta de que se apresuraba a desnudarse a toda prisa para, una vez que estaba metida en la cama, poder ver cómo se desvestía él, tal y como estaba haciendo en ese preciso momento.

Cuando él lograba adelantarse y ponerle las manos encima, su esposa no tenía la oportunidad de presenciar aquello ni aunque se encargara ella misma de desvestirlo, no tenía la oportunidad de ver cómo se desnudaba ante ella en tantos sentidos.

Consciente de que ella le observaba, procedió sin apresurarse, tomándose su tiempo. Fue tirando poco a poco del pañuelo hasta dejarlo caer sobre el chaleco y la levita, y entonces se desabrochó los puños antes de centrarse en la larga hilera de botones que cerraban la camisa.

Al ver que ella reaccionaba moviéndose ligeramente bajo las sábanas no pudo reprimir una sonrisa, pero bajó la cabeza para disimular y recordó de repente algo que estaba deseoso de preguntarle. Tal vez esa fuera la noche perfecta para preguntarle algo así, tal vez ese fuera el momento justo. Tras desprenderse de la camisa alzó de nuevo la cabeza, pero vio que ella no estaba mirándole precisamente a la cara.

—Me preguntaba... —esperó hasta que su mirada, seguida por su atención, subiera renuente hasta centrarse en su rostro, y entonces añadió—: si hay algo que quieras decirme, algo que quieras compartir conmigo.

Ella le sostuvo la mirada por un momento; entonces enarcó una ceja y preguntó, con una sonrisa juguetona y toda la inocencia del mundo:

—¿Algo como qué?

En vez de responder de inmediato, él se quitó los zapatos, se sentó para quitarse también las medias, y una vez que terminó se puso en pie de nuevo y centró la mirada en ella. Se acercó a la cama sin prisa, como un león que avanza hacia su presa, mientras iba desabrochándose el pantalón; al llegar se arrodilló sobre el colchón y siguió avanzando, gateando con lentitud, hasta que se colocó a cuatro patas encima de ella y estuvieron cara a cara, a escasos centímetros de distancia.

—Sé contar, Mary.

Ella le sostuvo la mirada sin titubear, pero su anhelante cuerpo se movió con impaciencia; aunque sus manos se tensaron, las mantuvo quietas y permaneció tal y como estaba, con los brazos extendidos sobre las almohadas por encima de la cabeza, mientras debatía consigo misma, y cuando al fin se decidió fue alzando poco a poco los brazos, le rodeó el cuello con ellos, entrelazó las manos contra su nuca, y utilizó ese anclaje para colocarse mejor bajo su cuerpo (y, de paso, restregarse contra su piel en una embriagadora caricia).

Aquellos gloriosos ojos azul aciano le sostuvieron la mirada, y murmuró sonriente:

—Sí —se estiró hacia arriba y depositó un beso en su barbilla—, creo que estoy embarazada —le dio un breve beso en los labios, se echó un poquito hacia atrás, y le bañó los labios con su aliento al susurrar—: creo que llevo a tu heredero en mi vientre.

Volvió a besarle y él la besó a su vez mientras una súbita oleada de emoción los golpeaba a ambos.

Al cabo de un largo momento ella volvió a echarse hacia atrás, se reclinó contra las almohadas, lo miró con ojos oscurecidos por el deseo y labios ligeramente hinchados, y le hizo un imperioso gesto con la mano para ordenarle que se quitara los pantalones.

—Aunque podría ser una niña, claro —añadió, mientras él bajaba la prenda por sus largas piernas.

—Me da igual lo que sea.

Una vez que estuvo desnudo del todo, se metió bajo las sábanas y allí estaba ella esperando a rodearlo con los brazos y apretarlo contra su piel tersa y sus firmes curvas. Se colocó encima de ella apoyado en los codos, la miró a los ojos, y al ver el ligero escepticismo que se reflejaba en ellos sonrió y le dio un beso en la punta de la nariz.

—Estoy siendo sincero, te aseguro que me da igual lo que sea. Niña o niño, será el primer brote nuevo del árbol genealógico de nuestra familia.

Ella sonrió, después se echó a reír, y entonces lo atrajo hacia sí. Los labios y los deseos de ambos se encontraron, se unieron, se fusionaron; llenos de gozo, con el corazón abierto, la mente en total sintonía y el alma entregada por completo, se dejaron llevar por lo que les aguardaba... la poderosa fuerza, la pasión y aquel amor sólido e imperecedero que les unía.

El futuro de ambos estaba claro, el viaje estaba claramente definido. Mientras se amaban entre risas tenían un único objetivo, un deseo al que estaban consagrados; un deseo en cuyo nombre renovaban su entrega mutua con cada jadeo, con cada frenética caricia, con cada atronador y voraz latido del corazón.

A ninguno de los dos les hacía falta ya pensar en ese deseo, materializarlo mediante palabras. Estaba forjado dentro de ellos, marcado a fuego en sus almas.

Iban a crear una familia propia.

Iban a llenar su hogar con sus hijos, iban a esforzarse por ir fortaleciendo el vínculo entre los hermanos de ambos para construir una red de tíos, tías y primos que formaran las ramas y los brotes de un árbol genealógico sano y fuerte.

Iban a revigorizar, revitalizar y restablecer a los Cavanaugh.

Envueltos en aquella vorágine irrefrenable de sensaciones, cabalgaron con desenfreno rumbo a la cima, se lanzaron al vacío y se dejaron arrastrar por la arrasadora oleada del éxtasis.

Con las manos unidas y los dedos entrelazados, en ese momento en que sus corazones latían como uno solo inhalaron aire y, con los ojos entrecerrados, se miraron fijamente.

Iban a conseguir todo lo dicho y después iban a llevarlo incluso más allá, iban a forjar aquel futuro y a perpetuarlo.

La respiración de ambos se entremezcló mientras se aferraban con fuerza a aquel momento, a la promesa que el uno veía reflejada en los ojos del otro; sus labios se encontraron, se rozaron en un mudo juramento.

Juntos tenían una fuerza y una pasión inconmensurables; era tanto lo que podían entregarle a aquella tarea, lo que podían dedicarle...

Familia. Por siempre jamás.

No existía objetivo más grande ni que pudiera dar una satisfacción tan enorme como aquel.

EPÍLOGO

Agosto de 1837
Somersham Place, Cambridgeshire

Los Cynster se congregaron, tal y como habían hecho durante los últimos diecisiete años, para celebrar todo lo bueno que había traído consigo ese año. Las bodas, los vínculos, los niños... en especial estos últimos, como siempre. Era una ocasión para dar la bienvenida, para dar gracias, para valorar todos los frutos que había dado el hecho de ser una familia tan grande y fructífera, de raíces tan sólidas.

Honoria, duquesa de St. Ives, anfitriona y principal impulsora de aquella reunión familiar, se encontraba en el porche de la monumental mansión que era su hogar mientras observaba con honda satisfacción aquel mar de cabezas que inundaba los terrenos.

—Por primera vez en mucho tiempo... desde la triple boda, creo, y eso fue en el veintinueve... estamos todos presentes sin excepción.

Patience Cynster, quien estaba parada junto a ella, contestó sonriente:

—Eso puedes agradecérselo a Henrietta y más aún a Mary, las dos eligieron el momento perfecto para casarse. Entre las dos bodas sucesivas, la muerte del rey y la ascensión al trono de Victoria, antes de que los que habían viajado desde lejos para asistir a las bodas pudieran plantearse siquiera regresar a casa ya faltaba poco para esta fecha, y ninguno de ellos quiso perderse la oportunidad de estar aquí.

—Sí, así es —asintió Catriona, que se acercaba por el porche acompañada de Phyllida y de Alathea—. Solo hay un grupo que viva más lejos de aquí que el mío, pero, a pesar de que no tenía planeado que nos ausentáramos tanto tiempo de casa, la verdad es que me alegra que Mary y su Ryder hicieran que permaneciéramos aquí; de no haber sido así, ya habríamos estado de vuelta en el valle para cuando nos hubieran llegado noticias de la enfermedad del rey, y tras su muerte Richard habría insistido en venir de nuevo al sur para comprobar el estado de la situación política.

Flick, que se había parado a asomarse por encima de la balaustrada para regañar a uno de sus hijos, las alcanzó en ese momento y se detuvo junto a ellas. Mientras recorría también el gentío con la mirada, suspiró satisfecha y comentó:

—La familia crece cada vez más. ¿Quién habría pensado en aquel primer verano de 1820 que crearíamos juntos una prole tan extensa y robusta?

Honoria soltó una pequeña carcajada y dijo, sonriente:

—Estoy convencida de que, si se encontraran aquí en este momento, nuestros maridos querrían llevarse todos los honores y afirmarían que este espectáculo es justo lo que corresponde, ni más ni menos que lo que ellos se merecen.

Todas se echaron a reír, y fue Catriona quien preguntó:

—Por cierto, ¿dónde están? —al igual que las demás, estaba buscando de forma instintiva al Cynster en particular que atraía su mirada como un imán.

—He visto que iban hacia las cuadras —contestó Flick, con tono de resignación—. Demonio insistió en traer ese último ejemplar que ha adquirido, y huelga decir que los demás estaban deseando ir a echarle un vistazo y preguntar cuándo habrá disponible algún vástago.

Aquello hizo que todas sonrieran, ya que conocían a la perfección a sus respectivos maridos. Permanecieron varios minutos allí paradas así, la viva estampa de un grupo de elegantes matronas que contemplaban llenas de orgullo a sus hijos y observaban con ojos indulgentes a los más pequeños, y finalmente fue Phyllida quien, tras apoyar la cadera contra la balaustrada, rompió el silencio.

—Tengo muchas ganas de llevar a mi tropa de vuelta a Devon, pero la verdad es que no habría querido perderme la reunión de este año por nada del mundo —miró a las demás—. Tengo la sensación de que estamos en el final de una era y de que otra se acerca, pero no ha llegado aún.

—Sí, es verdad —asintió Alathea, que tenía la mirada puesta en un grupo de niños que jugaban a las tabas al pie de los escalones—. Gabriel ha oído decir que la coronación no tendrá lugar hasta mediados del año que viene, así que vamos a disponer de algo de tiempo antes de que esa nueva era dé comienzo.

—Tanto desde un punto de vista social como político —Honoria miró a las demás y enarcó una ceja al añadir—: y es muy posible que también en lo que a la familia se refiere.

—Sí, estamos ante el fin de una generación, ¿verdad? —asintió Patience—. Mary era la más joven que aún quedaba por casar.

Fue Catriona quien contestó.

—Sí, sin duda, pero aunque aún faltan diez o más años para la siguiente ronda de matrimonios los nacimientos van a seguir sucediéndose y debemos celebrarlos como lo hemos hecho hasta ahora.

—Y como seguiremos haciéndolo siempre —afirmó Alathea—. Los monarcas, los políticos e incluso las costumbres sociales irán quedando atrás, pero la familia perdura y sigue adelante.

—Sí, al menos esta —dijo Honoria—. Y dado que somos nosotras, las damas de la familia, las encargadas de conducirla hacia delante, no me cabe la menor duda de que vamos a manejar la situación de maravilla.

Se echaron a reír, pero más allá de las risas había una firme determinación de la que todas eran conscientes, que todas compartían. En lo concerniente a la familia, a aquella familia, formaban un bloque unido que llevaba las riendas, y así iban a seguir. Iban a permanecer unidas, a manejar juntas las riendas, a avanzar juntas hacia lo que les deparara el futuro, fuera lo que fuese.

Como si estuvieran adentrándose en esa nueva fase del trayecto, descendieron los escalones y se dispersaron.

Honoria fue la última en bajar los escalones del porche y vio sonriente cómo las demás se adentraban entre el gentío en busca de sus respectivos retoños. Cada una de las uniones que estaban allí representadas había resultado ser muy fructífera, tal y como atestiguaba la cantidad de miembros de la siguiente generación que llenaban tanto los verdes prados alfombrados de hierba como varias zonas de los extensos jardines.

Su sonrisa se ensanchó aún más mientras se dirigía hacia el banco donde su suegra, Helena, considerada la matriarca de mayor edad del clan, estaba sentada con una de las últimas incorporaciones acunada sobre el regazo. Persephone era hija de Portia y Simon, y era una chiquitina de pocos meses de vida que en ese momento estaba gorjeando mientras agitaba sus pequeños puños.

Helena alzó la cabeza al verla llegar, la miró a los ojos, esbozó aquella dulce sonrisa suya y preguntó, mientras sus ojos verdes lanzaban una lenta mirada alrededor:

—¿Sabes cuántos hay?

Honoria soltó una pequeña carcajada antes de contestar.

—¡Me he puesto a contar! Hemos llegado a setenta y nueve, ¿puedes creerlo?

Therese, lady Osbaldestone, había ido a dar un corto paseo, pero regresó a tiempo de oír esas palabras y se sentó en el otro extremo del banco antes de protestar:

—Los Cynster no podéis atribuiros el mérito de todos ellos. Tened en cuenta que están presentes los Carmarthen y también los Kirkpatrick además de los Anstruther-Wetherby, los Ashford, los Tallen, los Morwellan y los Caxton, por no hablar de los Adair.

—Sí, eso es cierto —admitió Honoria, mientras dirigía la mirada hacia el gentío—, pero todos están vinculados de alguna forma y... en fin, de eso se trata, ¿no? Las amistades que nuestros hijos forjen en reuniones como esta les servirán de apoyo por el resto de su vida.

Tanto lady Osbaldestone como Helena asintieron con firmeza, y esta última afirmó:

—Exacto. Es así como funciona, y tanto tú como las demás sois dignas de elogio por lograr que los Cynster lleguen a este punto —hizo una pequeña pausa y murmuró, con una melancolía inusual en ella—: desearía que Sebastian hubiera vivido para poder ver esto, qué orgulloso se habría sentido.

Lady Osbaldestone soltó un pequeño bufido antes de aducir:

—Si él hubiera seguido con vida no habría sido lo mismo; de hecho, es posible que esto no hubiera llegado a suceder. Sylvester habría sido St. Earith, lo que no es lo mismo que ser St. Ives, y es posible que los acontecimientos hubieran tomado otro curso y que nada hubiera sucedido de la misma forma y... en fin, ya me entendéis. El destino nos arrebata unas cosas y nos entrega otras. Te arrebató a tu marido, pero te dio todo esto y creo que Sebastian se habría dado por satisfecho.

Helena se echó a reír con delicadeza antes de admitir, con una pequeña sonrisa:

—Sí, en eso tienes razón. Estoy segura de que él diría que las cosas son tal y como deben ser, que este es un legado apropiado.

Honoria dejó a las dos grandes damas haciendo apreciaciones y comentarios sobre algunos de los jóvenes miembros de la familia y, como cualquier buena anfitriona que se preciara, circuló entre sus desperdigados invitados pendiente de que todo transcurría bien.

Sebastian, su hijo mayor, llamado así en honor a su abuelo y más conocido como marqués de St. Earith, era el mayor de la generación siguiente. A los dieciocho años iba camino de ser incluso más letalmente apuesto que su padre y en ese momento se encontraba en un grupo formado por el resto de varones de entre dieciséis y diecisiete años de la familia. En el grupo de jóvenes caballeros en ciernes se encontraban tanto Michael (hermano de Sebastian) como Christopher y Gregory, los hijos mayores de Vane y Patience; también estaban allí Marcus, el hijo mayor de Richard y Catriona; Justin, el hijo mayor de Gabriel y Alathea; y Aidan, el hijo mayor de Lucifer y Phyllida.

Lo más probable era que estuvieran hablando de cosas que ella prefería no oír. Era plenamente consciente de que los hombres cambiaban poco de generación en generación.

Por suerte, alguien había convencido a los muchachos de quince, catorce y trece años de que supervisar un animado partido de críquet en el que participaban un grupo de niños más pequeños sería mucho más divertido que escuchar a los más mayores y dejar que estos les llenaran la cabeza con sueños de adolescente. Nicholas, el hijo mayor de Demonio y Flick, Evan, el hijo mediano de Lucifer y Phyllida, Julius, el hijo mayor de Gyles y Francesca, y Gavin y Bryce, los pupilos de Dominic y Angelica, estaban metidos de lleno en el bullicioso juego que enfrentaba a dos equipos formados por los varones de nueve, diez y once años, que eran once en total.

Flick, la más atlética de las matronas (y la única que entendía más o menos las normas que regían el juego de los niños), había estado vigilando al grupo, y al verla llegar se acercó a ella.

Honoria tomó buena nota de los nombres, los rostros y las edades, y comentó sonriente:

—Mil ochocientos veintiséis fue un buen año para los varones, añadimos ocho más a la familia.

Flick recordó el año en cuestión y comentó, pensativa:

—No nació ninguna niña, ¿verdad?

—No, pero al año siguiente nacieron cinco. Y al otro añadimos dos niñas más, pero ningún niño.

—Ajá. Si estás preguntándote dónde estarán nuestras damitas, creo que están intercambiando secretos entre las rosas —su cabeza de cabello rubio cobrizo señaló hacia el jardín cerrado.

—Supongo que era de esperar —comentó Honoria, sonriente—. ¿Has visto quién se dirigía hacia allí?

—Tan solo eran Lucilla, mi Prudence y Antonia. En cuanto a las demás, no hay duda de que tu hija ha heredado tus dotes de mando, porque la última vez que la he visto tenía a todas las otras... bueno, al menos a las que han superado la edad de corretear como locas jugando al pilla-pilla... sentadas en un círculo sobre la hierba, al otro lado de los robles.

—Conociendo a Louisa, creo que será mejor que vaya a asegurarme de que aún siguen allí y no han decidido embarcarse en alguna aventura con vete a saber tú qué misión en mente.

Flick se echó a reír y asintió. Mientras ella seguía caminando a paso pausado bajo los árboles, deteniéndose de vez en cuando para charlar con las demás damas mientras seguía vigilando a los niños, Honoria avanzó dando un rodeo alrededor del extenso prado mientras se paraba también aquí y allá para charlar.

Pasó lo bastante cerca de la entrada del jardín de rosas para ver a las tres damas que estaban sentadas en el banco situado al final del sendero central. El cabello pelirrojo de Lucilla, iluminado por el sol, brillaba como una llama encendida; a su derecha estaba Prudence, la rubia hija mayor de Demonio y Flick, y a su izquierda Antonia, la primogénita de Gyles y Francesca, una joven de cabello oscuro llena de vitalidad. Lucilla tenía diecisiete años, las otras dos dieciséis, y creaban juntas una impactante estampa.

Honoria las contempló en silencio, vio la expresividad con la que hablaban y gesticulaban, y se alejó sonriente sin interrumpirlas.

Para cuando llegó a la hilera de robles que bordeaba el extremo más alejado del prado ya habían pasado más de veinte minutos, así que se sintió bastante aliviada al ver al grupo de jovencitas que aún seguían sentadas en el suelo. Iban ataviadas con vestidos de diversos tonos pastel, y parecían unas florecillas esparcidas sobre la hierba.

Las contó para comprobar que estuvieran allí las doce niñas de entre nueve y catorce años. Aunque estaban sentadas en un círculo, no había duda alguna de que la líder era su propia hija, Louisa, quien a los catorce años iba camino de convertirse en la peor pesadilla de su padre.

La joven era una versión femenina de Diablo en muchísimos aspectos. Estaba dotada de una aguda inteligencia y de una gran agilidad mental, y se le daba de maravilla manejar a los demás; sus ojos de color verde claro eran impactantemente similares a los de Diablo y Helena, pero cada vez estaba más claro que su mente era incluso más obstinada, más testaruda.

Honoria sabía que, en lo que a su hija se refería, no iba a ser tarea fácil manejar a Diablo en los próximos años, pero, como de costumbre, mientras la contemplaba afloró una sonrisa a sus labios y se sintió llena a rebosar de orgullo materno, pero de una forma distinta a cuando observaba a Sebastian o a Michael.

Dio media vuelta, salió de entre las sombras de los árboles y regresó hacia el prado sur, que era donde se encontraba el grueso de los invitados.

Se detuvo a charlar con Francesca y Priscilla (quien acunaba amorosa entre sus brazos a Jordan, el hijo que Dillon y ella habían tenido meras semanas atrás) y, tras pasar unos minutos con ellas admirando al bebé, se acercó a Sarah y Charlie y pasó unos minutos admirando de forma similar a la hija de la pareja, la pequeña Celia, que ya casi era lo bastante mayor para sentarse erguida en brazos de su orgulloso papá. Los varones habían empezado a regresar de las cuadras, y de forma gradual iban ocupando su lugar al lado de sus respectivas esposas.

Los once miembros de la familia de entre ocho y seis años, tanto niños como niñas, correteaban alborozados jugando al pilla-pilla entre los mayores, quienes vigilaban con cautela a aquellos escurridizos pececillos que pasaban zigzagueantes a toda velocidad. Aquel juego se había convertido en una especie de tradición, y cómo se las habían ingeniado para que ninguno de los participantes hubiera salido lastimado jamás era un misterio que ella aún no había logrado resolver después de todos aquellos años.

Los miembros de la familia más jóvenes aún, los de cinco años para abajo, habían sido relegados por consenso generalizado a las firmes manos de sus niñeras, que se habían congregado en una esquina del prado a la que habían llevado a los pequeños a su cargo mediante cochecitos, canastas y en bandolera. Había bloques, aros y otros juguetes diversos esparcidos por la hierba, unos caminaban con paso tambaleante y los más pequeños iban a gatas, y todos ellos gritaban y reían.

Era un grupo que estaba bien controlado, así que ella se limitó a lanzar un breve vistazo hacia allí. Incluyendo a los que se encontraban en ese momento en brazos de sus respectivos padres, había veinticinco, un número que llenaría de satisfacción y orgullo a cualquier matriarca.

Avanzó sonriente entre el gentío y de repente vio a dos hombres que estaban solos y que estaba claro que no habían logrado encontrar a sus respectivas esposas entre tanta gente. Daba la impresión de que James Glossup y Ryder Cavanaugh se sentían un poco perdidos, pero Luc y Martin se acercaron entonces a ellos y, segundos después, Portia se sumó al grupo tras dejar a la pequeña Persephone al cuidado de su abuela y sin duda les explicó a ambos lo que pasaba. Les habló del miembro ausente de la familia.

Les explicó que Amanda, Amelia, Simon, Henrietta y Mary se escabullían cada año sin falta de la reunión familiar para ir a pasar unos minutos a solas junto a la tumba de Tolly. Tan solo ellos, los hermanos. Ninguno de ellos estaba casado cuando Tolly había fallecido.

Honoria se detuvo mientras recordaba, mientras oía de nuevo el eco de aquel disparo que también para ella reverberaba a través de los años, el disparo que le había arrebatado la vida a Tolly y que la había unido a Diablo, que poco menos que les había obligado a unirse. Había sido el comienzo... en ciertos aspectos, el comienzo de todo.

Miró a su alrededor y vio a todos los allí reunidos, vio lo numerosos que eran, lo fuertes y profundos que eran los vínculos que los unían y, tal y como había hecho en los años anteriores, alzó su copa mentalmente para brindar por Tolly. Todo cuanto habían alcanzado, todo aquello en lo que se habían convertido, se debía en parte a él, al sacrificio que él había hecho.

La familia en todos sus aspectos... el dolor y la pena, así como también el júbilo, la calidez y la maravilla.

Tras un momento de callada reflexión, volvió a sonreír y echó a caminar de nuevo.

Mary apareció junto a Ryder diez minutos después y, al ver que él enarcaba una ceja, le tomó del brazo y le dio un pequeño apretón.

—Te lo cuento después.

—No hace falta —le aseguró él, con una cálida sonrisa. Señaló con la cabeza a Portia, junto a la cual acababa de detenerse Simon; Henrietta, por su parte, acababa de regresar junto a James y estaba parada junto a la propia Mary—. Portia me lo ha explicado.

Ella lo miró con una sonrisa un poco trémula y ojos empañados de emoción, pero respiró hondo y se volvió hacia los demás.

Como por acuerdo tácito retomaron lo que estaban haciendo antes, que no era otra cosa que charlar sobre la familia y sobre novedades que hubieran ocurrido dentro de ese ámbito. Henrietta y James acababan de regresar de su viaje de novios, así que eso les proporcionó un buen punto de inicio.

—¡Italia es una maravilla! —les aseguró Henrietta.

—Está llena de ruinas viejas, y ella estaba empeñada en verlas todas —James sonrió de oreja a oreja—. Aunque la verdad es que algunas de las estatuas eran de lo más interesantes.

Los demás se echaron a reír, pero Portia se puso alerta de inmediato cuando se oyó un fuerte berrido y lanzó una mirada alrededor.

—¡Oh, por el amor de Dios! —hundió un dedo en el hombro de Simon y le ordenó—: ¡ve a rescatar a la pobre Milly de tu hijo!, se quedará tranquilo si lo llevas un rato en brazos.

—¿Mi hijo? —a pesar de su protesta, Simon estaba volviéndose ya hacia el círculo de niñeras—. ¿Por qué resulta que siempre es mi hijo cuando está de mal genio?, ¿y tú qué?

—El mal genio no lo ha heredado de mí, así que ¿quién más podría ser el responsable? —le hincó el dedo en el hombro para que echara a andar, se despidió de los demás con la mano y fue tras él.

Los cuatro se quedaron allí, siguiéndoles en silencio con la mirada; al cabo de un instante, cada pareja se miró y se transmitió un mudo mensaje privado a través de los ojos, y entonces Henrietta se volvió hacia Mary justo cuando esta se volvía hacia ella a su vez.

—Estamos esperando...

Habían hablado al unísono. Se miraron sorprendidas, sus rostros se iluminaron con sendas sonrisas radiantes; Henrietta soltó de repente una exclamación llena de entusiasmo y abrazó a Mary, quien la abrazó con fuerza a su vez y preguntó, mientras poco menos que daba saltos de alegría:

—¿Cuándo?

—¡En marzo! ¿Y tú?

—¡En marzo también!

James y Ryder, que estaban sonriendo de oreja a oreja y parecían estar a punto de estallar de orgullo, se estrecharon la mano y se dieron unas palmaditas de felicitación en la espalda.

—Aún no se lo hemos dicho a nadie —confesó el segundo.

—Nosotros tampoco —confirmó el primero. Miró al gentío que les rodeaba antes de volverse de nuevo hacia él—. Pensábamos esperar un par de meses.

—Buena idea, nosotros pensábamos hacer lo mismo.

Permanecieron hombro con hombro, con una expresión en el rostro que reflejaba lo orgullosos y felices que se sentían, mientras sus respectivas mujeres parloteaban sin cesar con las cabezas muy juntas, y James comentó al fin:

—Cuesta un poco asimilar la idea de que un niño vaya a entrar a formar parte de la vida de uno.

Ryder asintió.

—Sí, la verdad es que sí, pero no puedo imaginar una... expectativa, por llamarlo así, más gloriosa que esta.

—Tienes razón —admitió James, con una pequeña carcajada—. Es una idea aterradora, pero a la vez condenadamente maravillosa.

Más tarde, cuando se despidieron de Henrietta y de James después de que unos y otros se comprometieran a guardarse mutuamente el secreto, Ryder y Mary siguieron paseando sin prisa ni rumbo fijo entre el gentío, tomados del brazo.

—¿Te gustaría que nosotros también hiciéramos un viaje de novios? —le preguntó él en un momento dado.

Ella se planteó aquella posibilidad, y al cabo de unos segundos lo miró sonriente y negó con la cabeza.

—No. Hay muchas cosas que quiero dejar listas en la abadía, en tus otras propiedades y en la casa de Londres antes de que llegue marzo. Prefiero dedicarme a eso y al resto de asuntos que requieren nuestra atención que ir a dar vueltas por el extranjero. Puede que en el futuro, cuando nuestros hijos hayan crecido... —alzó las cejas cuando se le ocurrió algo—. Ahora que lo pienso, debería aconsejarle a mi madre que haga precisamente eso. Una vez que tú y yo vayamos a Londres y Stacie se venga a vivir con nosotros, mis padres podrían viajar y ver algo más de mundo.

Ryder no pudo reprimir una sonrisa al oír aquello.

—En mi opinión, solo hay una cosa más improbable aún que el que tu padre acceda a marcharse de Inglaterra estando Henrietta y tú, o incluso tal vez Portia y las gemelas, en estado de buena esperanza: que tu madre acceda a ello.

—Sí, tienes razón en eso —admitió ella, con una mueca; segundos después, lo condujo hacia el borde del prado y se detuvo antes de añadir—: he estado pensado que, aparte de la jornada campestre para todos los habitantes de la finca... por cierto, he decidido que sería buena idea que coincidiera con la cosecha... también deberíamos organizar un evento similar a este como cabezas de la familia Cavanaugh que somos. No solo para tus hermanastros, sino también para todos aquellos vinculados a la familia, tal y como ves aquí —alzó la mirada hacia él—. Contribuye a...

—A unir a la gente, a darles una causa común.

—A subrayar esa causa común —asintió ella—. ¿Qué opinas?, ¿estás de acuerdo con la idea?

Ryder sonrió y echó a andar de nuevo.

—Puedes empezar a organizarlo todo cuando te apetezca, esposa mía. Tienes mi total beneplácito.

—¡Excelente! —exclamó ella, con una gran sonrisa, mientras se deleitaba imaginando de antemano la tarea que tenía por delante.

Quince minutos después, Henrietta y ella se encontraron de nuevo junto al carrito del té; una vez que Webster les sirvió sendas tazas bien llenas fueron a tomárselas relajadamente a la sombra de un roble, y estaban comentando en voz baja cómo esperaban que fueran aquellos meses de embarazo cuando vieron pasar a Lucilla.

—¡Lucilla! —la llamó Mary, ceñuda; al ver que se volvía a mirarla, le indicó con un gesto que se acercara.

Henrietta frunció también el ceño al verla acercarse, y miró a Mary con expresión interrogante.

—Le entregaste el collar en tu baile de compromiso, ¿verdad?

—Sí, por supuesto que sí —le aseguró ella, antes de mirar a Lucilla—. ¿Por qué no lo llevas puesto?

La joven enarcó las cejas, pero no dudó en contestar.

—Porque aún no ha llegado el momento adecuado para mí, y... —su ceño se frunció un poco— porque parece ser que este no es el lugar —se centró de nuevo en ellas y se encogió de hombros—. Ya sabéis cómo funciona esto. No conozco los detalles, lo único que sé es que debo esperar.

Miró por encima del hombro al oír que alguien la llamaba, y tras despedirse de ellas con un ademán de la mano se alejó entre el gentío.

Mary soltó una pequeña carcajada, tomó otro sorbito de té y comentó, sonriente:

—Menos mal que la que debe esperar es ella y no yo.

Henrietta se echó a reír.

—¡Sí, sin duda!

Tras tomar el té, las dos hermanas fueron a entregarle las tazas a Sligo y entonces se despidieron con un afectuoso beso en la mejilla y cada cual tomó su propio camino, cada cual regresó junto al héroe a cuyos brazos había sido conducida por la Señora.

En otro punto del prado, Lucilla se detuvo junto a su gemelo, Marcus, que era quien la había llamado. La suya era una voz, una llamada, a la que ella acudiría siempre, que oiría y contestaría por muchas distracciones que tuviera y por mucha distancia que los separara. Lo miró a los ojos, unos ojos de color azul oscuro iguales a los de su padre, y enarcó una ceja con expresión interrogante.

—¿Qué pasa?

Él señaló con la cabeza hacia el borde del prado y la condujo hacia allí. De niño también había sido pelirrojo, pero mientras que ella había conservado el mismo tono de pelo el suyo había ido oscureciéndose de forma gradual hasta quedar prácticamente negro.

—Los chicos hemos pensado que a las chicas podría apeteceros venir a dar un paseo alrededor del lago con nosotros.

—¿Por qué? —era la pregunta obvia.

Marcus lanzó una breve mirada hacia los mayores antes de contestar.

—Sebastian ha comentado que quizás sería buena idea hacer planes para Navidad, y nos hemos puesto a ello. Tanto a él como a los demás les gustaría celebrar esas fechas en el valle, hace una eternidad que no recibimos allí a toda la familia. Habrá que convencer a los mayores para que accedan y hemos pensado que, si vosotras estáis de acuerdo, podríamos reunirnos para hablar del tema y organizar nuestra estrategia.

Lucilla se detuvo a pensar en ello unos segundos, y finalmente decidió que le parecía una buena idea y asintió.

—Está bien —dirigió la mirada hacia la multitud—. Voy a por Prudence y Antonia y nos encontraremos con vosotros en el cenador, desde allí podemos salir todos juntos rumbo al lago.

—Me parece que deberías traer también a alguna de las otras, como mínimo a Therese y a Juliet. Bueno, y huelga decir que si queremos tener éxito vamos a necesitar también a...

—A Louisa. Sí, sin duda. La buscaré primero a ella, para que se encargue de reunir a las demás.

Sin necesidad de añadir nada más (a pesar de los años, seguían comprendiéndose el uno al otro de forma instintiva), cada uno partió en una dirección. Lucilla fue a buscar a Louisa, y Marcus fue a por el grupo de jóvenes de su edad que estaba esperándole.

Cinco minutos después, Diablo encontró a su esposa junto a los escalones del porche, observando atenta al grupo de jóvenes que estaba congregándose delante del cenador, y bajó la cabeza hacia ella para susurrarle al oído:

—¿Tienes idea de lo que se traen entre manos? —se sintió satisfecho al notar que la recorría un estremecimiento al oír su voz, al notar la caricia de su aliento contra la piel.

Ella tardó un segundo en reponerse de aquella deliciosa distracción y contestar.

—No, pero teniendo en cuenta que nuestros tres hijos mayores forman parte del grupo y que Louisa está en pleno meollo, estoy segura de que no tardaremos en enterarnos.

Observaron en silencio mientras el grupo se formaba y echaba a andar hacia el lago, y Diablo la tomó de la mano antes de comentar:

—Están creciendo. Dentro de un año, Sebastian regresará de Oxford; un año después se le unirán Michael y Christopher, y es probable que Marcus también.

Honoria alzó la mirada hacia aquel rostro de guerrero, un rostro de facciones duras que apenas había cambiado con el paso de los años, y pensó en sus hijos. En especial en el mayor, quien era tan parecido a su padre en muchos sentidos.

—¿Has pensado en cómo vas a mantener ocupado a Sebastian durante ese primer año en que no va a contar con la compañía de los demás?

—Ocupar su tiempo será tarea fácil, tiene mucho que aprender sobre el manejo del ducado —la miró a los ojos al añadir—: y sobre lo que se requiere para manejar una familia ducal.

—Será su esposa quien tenga que encargarse de eso, no él —le recordó Honoria, sonriente—. Y hasta que él se case siempre va a poder contar con Louisa, que estará deseosa de tomar las riendas.

—Sí, así es, pero el muchacho debe aprender a valorar vuestra tarea —le sostuvo la mirada—. Debe comprender qué es lo que tanto tú como el resto de damas aportáis a la familia.

Honoria vio claramente reflejado en sus ojos verdes cuánto valoraba él esa tarea y sintió que una profunda emoción le constreñía la garganta y le impedía pronunciar palabra.

Él debió de percibir lo que le pasaba y, consciente de que no iba a sentirse nada complacida si él tardaba demasiado en permitirle recobrar la compostura, esbozó una sonrisa y miró al frente.

Una vez que aquellos ojos que la habían mantenido cautiva la liberaron, ella respiró hondo y echó a caminar cuando él hizo que lo tomara del brazo y la condujo hacia el gentío.

Circularon entre los invitados, entre los miembros de su extensa familia y sus amigos más cercanos, mientras iban deteniéndose aquí y allá para intercambiar algún comentario y, en muchas ocasiones, para mirar hacia el futuro y pronosticar lo que este podría depararles a todos ellos.

Una fila de niñitos que corrían, tomados de la mano y entre risas, entre los mayores acaparó la atención de ambos por unos segundos. Estaban parados a un lado del grueso de los invitados, no muy lejos del círculo de niñeras al cuidado de los bebés y de los más pequeños, en un punto desde donde se veía tanto el partido de críquet que estaba disputándose en el prado lateral como el cercano grupo de muchachas que habían empezado a hacer collares de margaritas, cuando los jóvenes de mayor edad regresaron del paseo.

A ninguno de los dos le pasó desapercibida su llegada y los observaron en silencio. Notaron el paso decidido, la energía, el poder inherente que había en todos ellos.

Diablo era la viva estampa de un patriarca rebosante de orgullo cuando afirmó, sonriente:

—Ese es nuestro futuro. El futuro de esta casa, de la siguiente generación.

—Sí, así es —asintió Honoria, antes de alzar la mirada hacia él—. Son sanos y fuertes, conocen el valor de la familia y de la amistad, y...

Al ver que se interrumpía, Diablo ladeó un poco la cabeza para poder mirarla a la cara.

—¿Y qué?

Ella dejó pasar un segundo, y entonces esbozó una sonrisa y lo tomó del brazo; después de hacer que se diera la vuelta, le lanzó una mirada y afirmó:

—Y están haciendo planes.

Tal y como cabía esperar, él frunció el ceño y dirigió la mirada hacia el grupo.

—¿Y eso es positivo?

Ella le dio unas palmaditas en el brazo y esperó a que él volviera a mirarla de nuevo antes de contestar.

—Eso quiere decir que están mirando hacia delante, que están mirando al frente para forjar su propio futuro. Y sí, así es tal y como debe ser. Tal y como deben ser.

Él refunfuñó un poco al oír aquello. Dejó que ella lo condujera de nuevo hacia el gentío, pero al cabo de unos segundos murmuró:

—¿Y qué papel vamos a desempeñar nosotros en ese futuro?

Con la mirada puesta al frente, repleta también de seguridad y convicción, Honoria esbozó una suave sonrisa y murmuró a su vez:

—Nuestro papel consiste en mantener los cimientos sólidos como una roca, firmes y estables; y, más allá de eso, en aprender a dejar que ellos alcen el vuelo, aprender a dejarles ir.

Era consciente de que eso último no iba a ser una tarea nada fácil ni para él ni para el resto de caballeros, que iba a ir en contra de sus más arraigados instintos, pero no había duda de que esa era la siguiente batalla a la que iban a enfrentarse.

Aun así, al cabo de un largo momento, el duque de St. Ives respiró hondo y preguntó:

—Entonces, a tu juicio, ¿todo va bien?

A lo que su duquesa contestó, sonriente:

—A mi juicio, todo va a la perfección en nuestro mundo familiar. Todo es tal y como debe ser.

www.ingramcontent.com/pod-product-compliance
Lightning Source LLC
LaVergne TN
LVHW030332070526
838199LV00067B/6238